O LEOPARDO

Obras do autor publicadas pela Editora Record

Headhunters
Sangue na neve
O sol da meia-noite
Macbeth
O filho

Série Harry Hole
O morcego
Baratas
Garganta vermelha
A Casa da Dor
A estrela do diabo
O redentor
Boneco de Neve
O leopardo
O fantasma
Polícia
A sede
Faca

JO NESBØ
O LEOPARDO

tradução de **GRETE SKEVIK**

6ª edição

EDITORA RECORD
RIO DE JANEIRO • SÃO PAULO
2021

CIP-BRASIL. CATALOGAÇÃO NA FONTE
SINDICATO NACIONAL DOS EDITORES DE LIVROS, RJ

Nesbø, Jo, 1960-

N371L   O leopardo / Jo Nesbø; tradução de Grete Skevik. –
6ª ed. 6. ed. – Rio de Janeiro: Record, 2021.

Tradução de: Panserhjerte
ISBN 978-85-01-05278-0

1. Romance norueguês. 2. Literatura norueguesa
(Inglês). I. Skevik, Grete. II. Título.

14-13709

CDD: 839.82
CDU: 821.111(481)

Título original:
Panserhjerte

Copyright © Jo Nesbø, 2009
Publicado mediante acordo com Salomonsson Agency.

Essa tradução foi publicada com o auxílio da NORLA.

Texto revisado segundo o novo Acordo Ortográfico da Língua Portuguesa.

Todos os direitos reservados. Proibida a reprodução, no todo ou em parte, através de quaisquer meios. Os direitos morais do autor foram assegurados.

Editoração eletrônica: Abreu's System

Direitos exclusivos de publicação em língua portuguesa somente para o Brasil adquiridos pela
EDITORA RECORD LTDA.
Rua Argentina, 171 – Rio de Janeiro, RJ – 20921-380 – Tel.: (21) 2585-2000, que se reserva a propriedade literária desta tradução.

Impresso no Brasil

ISBN 978-85-01-05278-0

Seja um leitor preferencial Record.
Cadastre-se no site www.record.com.br e receba informações sobre nossos lançamentos e nossas promoções.

Atendimento e venda direta ao leitor:
sac@record.com.br.

Parte 1

1

O Afogamento

Ela acordou. Piscou na escuridão total. Abriu bem a boca e respirou pelo nariz. Piscou de novo. Sentiu uma lágrima escorrer, sentiu-a dissolver o sal de outras lágrimas. Mas a saliva havia parado de descer pela garganta; a boca estava seca e rachada. O objeto estranho fazia pressão dentro de sua boca, forçando as bochechas como se fosse explodir sua cabeça. Mas o que era aquilo? O que era? Seu primeiro pensamento ao acordar foi de querer voltar. Voltar para a profundeza escura e quente que a havia envolvido. Ainda estava sob o efeito da injeção que ele tinha aplicado, porém ela sabia que as dores logo chegariam, sabia pelas batidas lentas e surdas que marcavam a pulsação, e pela passagem espasmódica do sangue pelo cérebro. E ele, onde estava? Logo atrás dela? Prendeu a respiração para captar os ruídos. Não ouviu nada, mas notava uma presença. Como um leopardo. Alguém lhe contara que o leopardo era tão silencioso que podia esgueirar-se para pertinho da presa no escuro, e podia ajustar o fôlego para respirar no mesmo ritmo que você. Podia prender a respiração quando você prendia a sua. Ela tinha certeza de que podia sentir o calor do corpo dele. O que ele estava esperando? Ela voltou a respirar. No mesmo instante sentiu o hálito de alguém na nuca. Ela se virou, golpeou, mas acertou apenas o ar. Ela se encolheu, tentou se encolher, se esconder. Em vão.

Quanto tempo havia ficado desacordada?

O efeito da droga estava quase no fim. A sensação durou apenas uma fração de segundo. Mas foi o suficiente para dar-lhe o presságio, a promessa. A promessa do que estava por vir.

* * *

O objeto estranho que havia sido colocado na mesa diante dela tinha o tamanho de uma bola de bilhar e era feito de metal brilhante, com pequenos furos e figuras e símbolos. De um dos furos despontava um fio vermelho com um laço na ponta, que num instante a fez pensar na árvore de Natal que iriam decorar na casa dos seus pais no dia 23 de dezembro, dali a sete dias. Com bolas brilhantes, duendes natalinos, corações, luzes e bandeiras da Noruega. Dali a oito dias, eles cantariam músicas tradicionais natalinas, e ela veria os olhos dos sobrinhos e das sobrinhas brilhando na hora de abrir os presentes. Havia tantas coisas que ela devia ter feito de outra forma. Tantos dias que ela devia ter aproveitado melhor, com mais honestidade, devia tê-los preenchido com alegria, fôlego e amor. Tantos lugares por onde havia apenas passado, tantos lugares para onde planejava ir. Os homens que havia conhecido, o homem que ainda não havia conhecido. O feto que havia tirado aos 17 anos, os filhos que ainda não tinha. Tantos dias desperdiçados em troca dos dias que achava que teria.

Então, ela não pensou mais em nada além da faca brandida diante de si. E a voz macia que ordenou que inserisse a bola na boca. Ela fez o que lhe havia sido mandado; claro que fez. Com o coração martelando, abriu a boca o máximo que pôde e empurrou a bola para dentro, deixando o fio para fora. O metal tinha um gosto amargo e salgado, como lágrima. Então, sua cabeça foi forçada para trás, e o aço queimou a pele quando a lâmina da faca encostou em seu pescoço. O teto e o cômodo eram iluminados por um lampião encostado à parede num canto. Cimento frio e cinzento. Além do lampião, havia ali uma mesa de plástico de camping branca, duas cadeiras, duas garrafas de cerveja vazias, duas pessoas. Ele e ela. Ela sentiu o cheiro da luva de couro quando um dedo puxou de leve o laço do fio vermelho que pendia da boca. E no mesmo instante, sua cabeça pareceu explodir.

A bola se expandiu, pressionando o interior da sua boca. Mas, por mais que estendesse a mandíbula, a pressão era constante. Ele a havia examinado com uma expressão interessada e concentrada, como um dentista que verifica se o aparelho ortodôntico está ajustado corretamente. Um leve sorriso indicou satisfação.

Passando a língua, ela descobriu que havia pinos saindo da bola, e eram estes que pressionavam o céu da boca, a carne macia da parte interna, os dentes, a goela. Ela tentou dizer alguma coisa. Ele escutou com paciência os sons desarticulados que saíam da sua boca. Quando ela desistiu, ele fez que sim com a cabeça e pegou uma seringa. A gota na ponta da agulha cintilou à luz do lampião. Ele sussurrou no ouvido dela:

— Não mexa no fio.

Então aplicou a injeção no pescoço. Ela apagou em questão de segundos.

Ela ouviu sua própria respiração apavorada e piscou na escuridão total. Tinha que fazer alguma coisa.

Colocou as mãos no assento da cadeira, que estava pegajoso por causa do próprio suor, e se levantou. Ninguém a impediu.

Deu alguns passos curtos até esbarrar em uma parede. Foi tateando até sentir uma superfície lisa e fria. A porta de metal. Ela tentou levantar o trinco. Não se mexia. Trancada. Claro que estava trancada. O que havia pensado que podia acontecer? Ouvia risos, ou o som tinha vindo de dentro da sua cabeça? Onde ele estava? Por que estava brincando com ela dessa maneira?

Faça algo. Pense. Mas para pensar precisava primeiro se livrar da bola de metal antes que a dor a enlouquecesse. Enfiou o polegar e o indicador nos dois cantos da boca. Sentiu os pinos. Tentou em vão forçar os dedos por baixo de um deles. Teve um acesso de tosse, acompanhado de pânico por não conseguir respirar. Percebeu que os pinos fizeram a carne ao redor da traqueia inchar, e que logo corria o risco de sufocar. Então chutou a porta de metal, tentou gritar, mas a bola sufocou o som. Ela desistiu. Encostou-se à parede. Prestou atenção. Eram os passos cautelosos dele que ouvia? Estava ele se movendo ao redor, brincando de cabra-cega com ela? Ou era apenas seu próprio sangue pulsando nas orelhas? Ela se encheu de coragem e forçou a boca para fechá-la. Os pinos mal se mexeram antes de empurrarem a boca para voltar a ficar aberta. Agora, a bola parecia estar pulsando, como se houvesse se transformado em um coração de aço, em uma parte dela.

Faça algo. Pense.

Molas. Os pinos tinham molas de pressão.

Os pinos foram armados quando ele puxou o fio.

— Não mexa no fio — tinha dito ele.

Por que não? O que aconteceria?

Ela deslizou pela parede até ficar sentada. Um frio úmido subia do piso de cimento. Queria gritar de novo, mas não tinha forças. Calada. Silêncio.

Todas as palavras que devia ter dito às pessoas que amava, em vez daquelas que haviam preenchido o silêncio junto a pessoas por quem ela não sentia nada.

Não havia saída. Só ela mesma e essa dor enlouquecedora, a cabeça prestes a explodir.

— Não mexa no fio.

Se ela o puxasse, talvez os pinos se desarmassem, entrando de novo na bola, e ficaria livre das dores.

Os pensamentos percorriam os mesmos caminhos circulares. Há quanto tempo já estava ali? Duas horas? Oito horas? Vinte minutos?

Se fosse tão simples, só puxar o fio, por que já não havia puxado? Por causa da advertência de uma pessoa obviamente doente? Ou fazia parte do jogo, convencê-la a resistir a tentação de aliviar essa dor totalmente desnecessária? Ou o jogo se tratava de desafiar a advertência e puxar o fio para que... para que algo terrível acontecesse. O que aconteceria, então? O que era essa bola?

Sim, era um jogo, um jogo medonho. Que ela tinha que jogar. A dor era insuportável, a garganta estava inchada; logo ela sufocaria.

Tentou gritar outra vez, mas saiu apenas um soluço, e piscou e piscou sem que saísse uma só lágrima.

Seus dedos encontraram o fio pendendo dos lábios. Puxou com cuidado até ficar retesado.

Estava arrependida de tudo que não tinha feito, claro. Mas se uma vida de renúncias a tivesse colocado em qualquer outro lugar além daquele onde se encontrava, ela a teria escolhido. Só queria viver. Qualquer vida que fosse. Simples assim.

Ela puxou o fio.

Agulhas dispararam das pontas dos pinos. Tinham sete centímetros de comprimento. Quatro furaram as bochechas em ambos os lados, três penetraram os seios nasais, dois subiram pela narina e dois saíram pelo queixo. Uma agulha furou a traqueia e outra o olho direito. Várias agulhas penetraram a parte posterior do céu da boca e alcançaram o cérebro. Mas não foi esse o motivo imediato da sua morte. Como a bola de metal a impediu de se movimentar, ela não conseguiu cuspir o sangue que escorria das feridas para dentro da boca. Em vez disso, ele desceu pela traqueia até os pulmões, fazendo com que ela não absorvesse oxigênio, o que, por sua vez, levou à parada cardíaca, e o que o patologista chamou no seu relatório de hipoxia cerebral; isto é, falta de oxigênio no cérebro. Em outras palavras: Borgny Stem-Myhre se afogou.

2

O Escuro Iluminador

18 de dezembro

Os dias são curtos. Ainda está claro lá fora, mas aqui na minha sala de recortes a escuridão é eterna. Na luz da lâmpada de trabalho, as pessoas nas fotos da parede parecem irritantemente felizes e confiantes. Tão cheias de expectativas, como se tomassem por certo que a vida inteira estivesse diante delas, como um oceano de tempo tranquilo e imperturbável. Já fiz recortes no jornal, descartei as histórias melosas sobre a família que está em estado de choque, eliminei os detalhes sangrentos sobre a descoberta do corpo. Tive de me satisfazer com a foto que um parente ou amigo inevitavelmente cedeu a um jornalista insistente, a foto de quando ela estava no auge, quando sorria como se fosse imortal.

A polícia não sabe muita coisa. Ainda não. Mas logo terão mais material com o qual trabalhar.

O que é, onde está, aquilo que transforma alguém num assassino? É nato, está em algum gene, uma herança que algumas pessoas têm e outras não? Ou se desenvolve por necessidade, como forma de enfrentar o mundo, uma estratégia de sobrevivência, uma doença salvadora, loucura racional? Pois, assim como a doença é um bombardeio febril do corpo, a loucura é um retiro necessário a um lugar onde se pode retomar as forças.

Pessoalmente, acho que a capacidade de matar é essencial qualquer ser humano saudável. Nossa existência é uma luta pelo próprio lucro, e aquele que não consegue matar o próximo não tem direito a existir. Matar, afinal, é apenas adiantar o inevitável. A morte não abre nenhuma exceção, o que é bom, pois a vida é dor e sofrimento. Nesse sentido, todo assassinato é um ato de caridade. Você só não consegue perceber isso no momento em que o sol esquenta sua pele e a água molha seus lábios, e você sente em cada batida do coração a vontade idiota de viver e se dispõe a pagar por qualquer migalha de tempo com tudo que conquistou durante a vida: dignidade, status, princípios. Nesse momento é preciso mergulhar nas profundezas, ir além da luz confusa e ofuscante. Entrar na fria e reveladora escuridão. E compreender o núcleo rígido. A verdade. Porque era isso que eu tinha que encontrar. E foi o que encontrei. O que transforma uma pessoa em um assassino.

E a minha vida? Eu também acredito que seja um mar de tempo, tranquilo e imperturbável?

De modo algum. Em breve, eu também vou estar no lixão da morte, com os outros atores desse pequeno drama. Mas, qualquer que seja o estágio de apodrecimento do meu corpo, mesmo restando apenas o esqueleto, terei um sorriso nos lábios. Porque é para isso que vivo agora: pelo meu direito de existir, pela minha chance de ser purificado, de ser libertado de toda desonra.

Mas esse é só o começo. Agora vou apagar a lâmpada e sair para a luz do dia. O pouco que resta.

3

Hong Kong

A chuva não iria parar tão cedo. Nem tão tarde. Simplesmente não iria parar. O clima permanecia úmido e ameno, semanas a fio. A terra encontrava-se encharcada, as estradas europeias estavam desmoronando, as aves migratórias deixavam de migrar, e havia reportagens sobre insetos nunca antes vistos na região norte. O calendário constatava que era inverno, mas os parques de Oslo não só não tinham neve como não estavam nem amarelados. Estavam tão verdes e acolhedores quanto o gramado artificial em Sogn, onde os fãs de atividades físicas corriam com trajes justos de esqui, esperando em vão por condições climáticas mais apropriadas para esquiar em volta do lago Sognsvann. No Réveillon, a neblina estava tão densa que, mesmo que se pudesse ouvir o som dos fogos do centro de Oslo até o subúrbio de Asker, não se conseguia ver nada, nem mesmo se você os lançasse do gramado no próprio jardim. Contudo, naquela noite, os noruegueses acenderam fogos de artifício no valor de seiscentas coroas por família, de acordo com uma pesquisa de mercado, que revelou também que o número de noruegueses realizando o sonho de passar um Natal branco na areia branca das praias da Tailândia havia dobrado em apenas três anos. Mas também no sudeste da Ásia, o clima parecia ter endoidado; nuvens agourentas que normalmente apareciam apenas nos gráficos meteorológicos na época de tufões estavam agora enfileiradas sobre o Mar da China. Em Hong Kong, onde fevereiro em geral é um dos meses mais secos, a chuva caía torrencialmente naquela manhã, e a precária visibilidade fez com que o voo 731 da Cathay Pacific Airways, que partira de Londres, tivesse de fazer mais uma volta no ar antes de aterrissar no aeroporto Chek Lap Kok.

— Fique feliz por não termos que aterrissar no aeroporto antigo — disse o passageiro com aparência chinesa ao lado de Kaja Solness, que apertava os braços do assento com tanta força que os nós dos dedos se empalideceram. — Ficava no centro da cidade. A gente teria se chocado contra um dos arranha-céus.

Estas foram as primeiras palavras que o homem pronunciou desde que haviam decolado, doze horas antes. Kaja aceitou a chance de se concentrar em outra coisa além do fato de estarem temporariamente passando por uma turbulência.

— Obrigada, senhor, isso é muito tranquilizador. O senhor é inglês?

Ele recuou como se tivesse levado um tabefe, e ela percebeu que o tinha ofendido gravemente ao sugerir que fazia parte dos antigos colonizadores.

— Eh... chinês, talvez?

Ele balançou a cabeça negativamente, com firmeza.

— Chinês de Hong Kong. E a senhorita?

Kaja Solness se perguntou por um instante se iria responder que era norueguesa de Hokksund, mas limitou-se a dizer "norueguesa", e o chinês de Hong Kong pensou algum tempo antes de soltar um triunfante "Ahn!" antes de continuar com um "escandinava" e perguntar o que a trazia a Hong Kong.

— Estou procurando um homem — respondeu ela, fitando as nuvens azul-acinzentadas na esperança de que a terra firme logo se revelasse.

— Ahn! — repetiu o chinês de Hong Kong. — A senhorita é muito bonita. E não dê ouvidos para o que se diz sobre chineses só se casarem com outros chineses.

Ela esboçou um sorriso cansado.

— Chineses de Hong Kong, quer dizer?

— Especialmente chineses de Hong Kong — afirmou ele com entusiasmo e mostrou uma mão sem aliança. — Estou no ramo de microchips, minha família tem fábricas na China e na Coreia do Sul. O que a senhorita vai fazer esta noite?

— Dormir, espero — respondeu Kaja.

— E amanhã à noite?

— Espero que tenha encontrado o homem e esteja voltando para casa.

O homem franziu a testa.

— Está com tanta pressa assim, senhorita?

* * *

Kaja recusou a oferta de carona do homem e pegou um ônibus de dois andares para o centro. Uma hora mais tarde, estava sozinha num corredor do hotel Empire Kowloon, e deu um suspiro profundo. Tinha encaixado a chave magnética na porta do quarto onde estava hospedada e agora só faltava abrir. Ela se forçou a baixar o trinco. Então, empurrou a porta e olhou no interior do quarto.

Não havia ninguém.

Claro que não.

Ela entrou, deixou a mala ao lado da cama, foi à janela e olhou para fora. Primeiro para a multidão de pessoas na rua, dezessete andares abaixo, depois para os arranha-céus que em nada lembravam os edifícios suntuosos, ou ao menos pomposos, de Manhattan, Kuala Lumpur ou Tóquio. Estes pareciam grandes formigueiros, aterrorizantes e imponentes ao mesmo tempo, como testemunhos caricatos da capacidade do ser humano se adaptar quando sete milhões de pessoas precisam ocupar um espaço de pouco mais de 100 quilômetros quadrados. Kaja sentiu o cansaço se aproximando, tirou os sapatos, chutou-os longe e se deixou cair na cama. Mesmo o quarto sendo duplo, e o hotel, de padrão quatro estrelas, a cama de 120 centímetros de largura ocupava todo o espaço. E ela pensou que dentre todos estes formigueiros, tinha de encontrar uma única pessoa, um homem que, ao que tudo indica, não estava muito interessado em ser encontrado.

Por algum tempo ficou avaliando as opções: cair no sono ou entrar em ação. Então, recuperou as forças e pôs-se de pé. Tirou a roupa e entrou no chuveiro. Depois ficou em frente ao espelho e constatou sem um pingo de vaidade que o chinês de Hong Kong tinha razão: ela era bonita. Isso não era mera opinião; estava tão próximo de um fato quanto é possível ser quando se trata de beleza. O rosto com as maçãs acentuadas, as sobrancelhas negras finamente delineadas sobre os olhos grandes, quase infantis, com íris verdes que brilhavam intensamente com a maturidade de uma mulher jovem. O cabelo cor de mel, os lábios carnudos, que pareciam se beijar, na boca um tanto larga. O pescoço longo e fino, o corpo igualmente delgado com os seios pequenos que não eram mais que pequenas ondas num mar de pele perfeita, porém pálida como inverno. A curva delicada dos quadris. As pernas compridas que persuadiram duas agências de modelos em Oslo a mandar representantes até a escola onde estudava em Hokksund só para que tivessem de aceitar a recusa de sua proposta com um pesaroso balanço de cabeça. E o que mais a havia agradado foi quando um deles disse ao se despedir:

— Está bem, mas lembre-se, meu bem: você não é uma beldade *perfeita*. Seus dentes são pequenos e pontudos. Você não devia sorrir tanto.

De ali em diante, ela se sentia mais leve sempre que sorria.

Kaja vestiu calças cáqui, um casaco impermeável e caminhou, ligeira e silenciosamente, até o saguão.

— Chungking Mansion? — perguntou a recepcionista, sem conseguir impedir uma sobrancelha de se erguer, e apontou: — Kimberley Road até Nathan Road e depois à esquerda.

Todos os hotéis e as pousadas nos países-membros da Interpol eram obrigados a registrar a chegada de hóspedes estrangeiros, mas quando Kaja havia ligado para o secretário da embaixada norueguesa para verificar o último local onde o homem que procurava estava registrado, o secretário havia explicado que Chungking Mansion não era um hotel ou uma mansão, não no sentido de residência de ricos. Era um conjunto de lojas, restaurantes, lanchonetes e provavelmente mais de cem pousadas com ou sem alvará, com dois a vinte quartos distribuídos em quatro grandes torres de apartamentos. Os quartos disponíveis para aluguel variavam entre simples, limpos e aconchegantes a buracos de rato, e os hotéis de uma estrela tinham quartos que mais pareciam celas de prisão. E o mais importante de tudo: em Chungking Mansion, um homem não muito exigente podia dormir, comer, morar, trabalhar e procriar sem nunca sair do formigueiro.

Kaja encontrou a entrada para Chungking na Nathan Road, uma rua comercial movimentada com marcas de grife exibidas em vitrines altas. Ela entrou num misto de fumaça de restaurantes fast-food, marteladas de sapateiros, radiotransmissões de preces muçulmanas e olhares cansados nas lojas de roupas usadas. Sorriu de leve para um mochileiro confuso segurando um guia de turismo, cujas pernas brancas congeladas despontavam de sua superotimista bermuda de estampa militar.

Um guarda uniformizado olhou o papel que Kaja mostrou a ele, disse "*elevador C*" e apontou para um corredor.

A fila em frente ao elevador era tão comprida que ela só conseguiu entrar na terceira vez, com passageiros espremidos num baú de ferro caindo aos pedaços, o que fez Kaja pensar nos ciganos, que enterravam seus mortos verticalmente.

O dono do albergue era um muçulmano de turbante que, de imediato, e com grande entusiasmo, mostrou a ela um quarto minúsculo e quadrado onde eles milagrosamente conseguiram colocar na parede uma TV ao pé da cama e um trepidante ar-condicionado em cima da cabeceira. O entusiasmo do dono minguou quando ela interrompeu seu discurso de vendas mostrando uma foto de um homem, com o nome como estaria no seu passaporte, e perguntou onde ela poderia encontrá-lo naquele momento.

Quando Kaja viu a reação dele, apressou-se em informar que era a esposa desse homem. O secretário da embaixada havia explicado que seria, abre aspas, contraprodutivo, fecha aspas, sair mostrando uma carteira de identidade oficial em Chungking. E quando, para se assegurar, Kaja acrescentou que ela e o homem na foto tinham cinco filhos, o dono mudou radicalmente de atitude. Uma jovem ocidental herege que já havia trazido tantos filhos ao mundo era merecedora de seu respeito. Ele suspirou fundo, balançou a cabeça e disse em inglês pesaroso e entrecortado:

— Triste, triste, senhora. Eles vir e pegar seu passaporte.

— Quem veio?

— Quem? A Tríade, senhora. Sempre a Tríade.

— A Tríade? — exclamou Kaja.

Naturalmente, ela conhecia a organização, mas tinha uma vaga impressão de que a máfia chinesa pertencia em sua maior parte ao mundo de desenhos animados e filmes de kung fu.

— Senhora, sentar-se. — Depressa, ele pegou uma cadeira em que ela se deixou cair. — Eles procuraram por ele, ele não está, pegar passaporte.

— O passaporte? Por quê?

Ele hesitou.

— Por favor, eu preciso saber.

— Seu marido apostava em cavalos, sinto dizer.

— Cavalos?

— Happy Valley. Hipódromo. É um lugar repugnante.

— Ele está devendo dinheiro? À Tríade?

Ele fez que sim e balançou a cabeça repetidamente para ao mesmo tempo confirmar e lamentar esse fato.

— E eles levaram o passaporte dele?

— Ele precisa pagar a dívida se ele quiser sair de Hong Kong.

— Ele só pode receber um novo passaporte se for no consulado norueguês.

O turbante balançou de lado a lado.

— Claro. E você pode mandar fazer um passaporte falso por oitenta dólares americanos aqui em Chungking. Mas o problema não é esse. O problema é que Hong Kong é uma ilha, senhora. Como você chegou aqui?

— De avião.

— E como vai voltar?

— De avião.

— Um aeroporto. Passagens. Todos os nomes no computador. Muitos pontos de controle. Muitos no aeroporto pagos pela Tríade para reconhecer rostos. Entende?

Ela fez que sim.

— É difícil fugir.

O dono balançou a cabeça, rindo.

— Não, senhora. É *impossível* fugir. Mas pode se esconder em Hong Kong. Sete milhões de pessoas. Fácil se esconder.

O sono estava começando a se manifestar em Kaja, que fechou os olhos. O dono deve ter entendido errado, porque ele pôs uma mão reconfortante no seu ombro e murmurou:

— Calma, calma.

Ele hesitou, depois inclinou-se para a frente e sussurrou:

— Eu acho que ele ainda estar aqui, senhora.

— Sim, sei que está.

— Não, quero dizer aqui em Chungking. Eu o vi.

Ela levantou a cabeça.

— Duas vezes — disse ele. — Em Li Yan. Ele comer ali. Arroz barato. Não conte a ninguém que eu dizer isso. Seu marido homem bom. Mas encrenca. — Ele revirou os olhos com tanta veemência que eles quase sumiram por baixo do turbante. — Muita encrenca.

Li Yuan consistia em um balcão, quatro mesas de plástico e um chinês sorrindo encorajadoramente para ela quando, depois de seis horas, duas porções de arroz frito, três cafés e dois litros d'água, ela acordou sobressaltada, levantou a cabeça da mesa toda suja e engordurada e olhou para ele.

— Cansada? — perguntou ele rindo e revelando uma fileira incompleta de dentes da frente.

Kaja bocejou, pediu sua quarta xícara de café e continuou a esperar. Dois chineses se sentaram no balcão, sem falar ou pedir qualquer coisa.

Não olharam na direção dela, nem de relance, e ela achou bom assim. Seu corpo estava tão tenso por ter ficado sentada desde o início da viagem que sentia dores independente da posição que ficava. Ela moveu a cabeça para cada lado tentando ativar um pouco a circulação. E para trás. Seu pescoço estalou. Olhou para os tubos branco-azulados de luz fluorescente no teto antes de baixar a cabeça. E seu olhar caiu sobre um rosto pálido e assustado. Ele havia parado no corredor em frente às venezianas de aço, observando o pequeno estabelecimento de Li Yuan. Seu olhar deteve-se nos dois chineses ao balcão. E continuou a andar apressado.

Kaja saltou da cadeira, mas uma das pernas estava dormente e cedeu. Ela catou sua bolsa e mancou atrás do homem o mais depressa que podia.

— Volte logo — ouviu Li Yuan gritar em inglês atrás de si.

Como estava magro. Nas fotos aparecia forte e muito alto, e no *talk show* na TV, ele fizera a cadeira em que estava sentado parecer feita para pigmeus. Porém ela não tinha dúvidas de que era ele: o crânio amassado e raspado, o nariz proeminente, os olhos injetados de sangue e as íris azul-claras características de um alcoólico. O queixo bem definido com a boca surpreendentemente suave e quase bonita.

Ela cambaleou para a Nathan Road. No brilho da luz neon ela vislumbrou o dorso de uma jaqueta de couro erguendo-se sobre a multidão. Ele não parecia estar andando depressa, mas Kaja teve que acelerar o passo para acompanhá-lo. Ele deixou a rua movimentada e ela aumentou a distância entre os dois nas ruas mais estreitas e com menos pessoas. Ela notou uma placa de rua que dizia Melden Row. Era tentador abordá-lo e se apresentar; resolver logo a situação. Mas decidiu seguir com o plano: primeiro descobrir onde ele estava morando. A chuva havia parado e, de repente, um resquício de nuvens descortinou um céu alto e preto-aveludado com estrelas brilhantes do tamanho de cabeças de alfinete.

Depois de andar uns vinte minutos, ele parou subitamente numa esquina, e Kaja temia que a houvesse descoberto. Mas ele não se virou, apenas tirou algo do bolso da jaqueta. Ela olhou estarrecida. Uma mamadeira?

Ele virou a esquina e desapareceu.

Kaja o seguiu até chegarem a uma praça grande, cheia de gente. No final da praça, por cima de portas de vidro amplas, reluzia uma placa escrita em inglês e chinês. Kaja reconheceu o título de alguns dos filmes recentes que nunca teria tempo de assistir. Seus olhos encontraram a jaqueta de couro, e conseguiu vê-lo colocando a mamadeira no pedestal baixo da escultura de bronze que representava uma forca com um nó corredio. Ele continuou, passando por dois bancos ocupados e sentou-se no terceiro, então pegou um jornal. Depois de vinte segundos, levantou-se de novo, voltou à escultura, pegou a mamadeira ao passar, enfiou-a no bolso da jaqueta e voltou pelo mesmo caminho por onde viera.

Havia voltado a chover quando ela o viu entrar em Chungking Mansion. Ela começou a esboçar o que diria. Não havia mais fila para o elevador, mas ele subiu as escadas, virou à direita e sumiu por uma porta, que logo se fechou. Apressou-se atrás dele e, de repente, encontrou-se numa escadaria malconservada, deserta, emanando um cheiro penetrante de xixi de gato e cimento úmido. Prendeu a respiração, mas não escutou nada exceto ruídos de pingos. Quando ia continuar subindo, ouviu uma porta bater abaixo dela. Correu escada abaixo e encontrou a única coisa que podia ter feito aquele barulho: uma porta de metal amassada. Ela pôs a mão na maçaneta, sentindo as mãos tremerem, fechou os olhos e xingou a si mesma. Então, abriu a porta com um empurrão e entrou na escuridão. Ou melhor: saiu para a escuridão.

Alguma coisa passou correndo por cima dos seus pés, mas ela não gritou, nem se mexeu.

Primeiro pensou que havia chegado a um poço de elevador. Mas, olhando para cima, vislumbrou paredes enegrecidas, cobertas por um emaranhado de canos d'água, fios elétricos, pedaços de metal retorcido e andaimes enferrujados e desmoronados. Não era um quintal, apenas alguns metros quadrados entre dois arranha-céus. A única luz vinha de um retalho de estrelas bem lá no alto.

Apesar do céu limpo, chovia no asfalto e no seu rosto, e ela percebeu que era água condensada vindo dos pequenos e enferrujados aparelhos de ar-condicionado sobressaindo das fachadas. Ela deu um passo para trás e se encostou à porta de ferro.

Esperou.

E, por fim, ouviu do escuro uma pergunta em inglês:

— O que você quer?

Ela nunca tinha ouvido a voz dele antes. Bem, já havia ouvido no *talk show* quando conversaram sobre serial killers, mas escutá-la na vida real era totalmente diferente. Tinha uma rouquidão gasta que o fazia parecer mais velho do que seus 40 anos. Mas ao mesmo tempo havia uma calma segura e confiante que desmentiu o rosto atormentado que ela tinha visto em frente ao restaurante de Li Yuan. Intenso, caloroso.

— Sou norueguesa — respondeu ela.

Não houve resposta. Ela engoliu em seco. Sabia que as primeiras palavras seriam as mais importantes.

— Meu nome é Kaja Solness. Fui encarregada de procurar por você. Por Gunnar Hagen.

Nenhuma reação ao nome do chefe da Divisão de Homicídios para quem ele trabalhava. Será que havia ido embora?

— Eu trabalho como detetive de investigação de homicídios para Hagen — disse ela para a escuridão.

— Parabéns.

— Não há por que me parabenizar. Não se você vem acompanhando os jornais da Noruega ultimamente. — Ela podia ter ficado quieta. Estava tentando ser engraçada? Devia ser porque estava cansada. Ou nervosa.

— Quis dizer parabéns por ter cumprido a sua missão — disse a voz.
— Você me encontrou. Agora pode voltar.

— Espere! — pediu ela. — Você não quer ouvir o que eu tenho a dizer?

— Prefiro não saber.

Mas as palavras que ela havia anotado e memorizado já estavam saltando de sua boca.

— Duas mulheres foram assassinadas. As provas forenses indicam que o assassino seja o mesmo. Fora isso, não temos pista alguma. Mesmo que a imprensa tenha recebido o mínimo de informação possível, já estão gritando aos quatro ventos faz tempo que um novo serial killer está à solta. Alguns repórteres escreveram que ele talvez esteja se inspirando no Boneco de Neve. Estamos recebendo ajuda de peritos da Interpol, mas elas não conseguiram avançar. A pressão da mídia e das autoridades...

— A resposta é não — rebateu a voz.

Uma porta bateu.

— Oi? Oi? Está aí?

Ela tateou no escuro até achar uma porta. Abriu antes que o medo se instalasse e encontrou-se em outra escadaria escura. Ela vislumbrou luz mais acima e subiu a escada de três em três degraus. A luz vinha pela janela de uma porta basculante, e ela a empurrou. Entrou num corredor simples e malconservado, onde haviam desistido de tentar remendar o emboço descascado, e a umidade emanava das paredes como mau hálito. Dois homens com cigarros pendendo do canto da boca estavam enconstados à parede, e um fedor doce flutuava na direção dela. Eles a avaliaram de maneira preguiçosa. Preguiçosa demais para se mexer, ela esperou. O mais baixo era negro, de origem africana, ela supôs. O mais alto era branco e tinha uma cicatriz em forma de pirâmide na testa, parecendo uma placa de trânsito. Ela tinha lido na revista *A polícia* que Hong Kong tinha quase trinta mil policiais nas ruas e era considerada a metrópole mais segura do mundo. Por outro lado, ela não estava nas ruas.

— Está procurando haxixe, dona? — perguntou, em inglês, um dos homens.

Ela sinalizou que não e esboçou um sorriso confiante, tentando se comportar do modo que tinha aconselhado jovens garotas a agir na época em que visitava escolas: parecer alguém que sabe aonde está indo, e não alguém que perdeu o rebanho, como uma presa.

Eles retribuíram o sorriso. A única outra porta no corredor havia sido tapada com tijolos. Eles tiraram as mãos dos bolsos e os cigarros da boca.

— Procurando diversão, então?

— Só errei a porta — disse ela e deu meia-volta para sair. A mão de alguém agarrou-a pelo punho. O pavor que sentiu tinha gosto de papel-alumínio na boca. Em teoria, ela sabia como sair dessa situação. Tinha praticado num tapete de borracha numa sala de ginástica com um instrutor e os colegas em volta.

— Porta certa, dona. Porta certa. A diversão é aqui mesmo. — Seu hálito fedia a peixe, cebola e maconha. Na sala de ginástica só havia um adversário.

— Não, obrigada — retrucou ela, tentando manter a voz firme.

O negro se pôs ao seu lado, agarrou-a pelo outro punho e disse em voz esganiçada:

— A gente mostra o caminho.

— Mas não há muita coisa para ver, não é?

Os três se viraram para a porta basculante.

Ela sabia pelo passaporte que ele media 1,94m, mas ali no vão da porta, construída para os padrões de Hong Kong, parecia medir no mínimo 2,10m. E com o dobro da largura que tinha apenas há uma hora. Seus braços pendiam do lado do corpo, um pouco afastados, mas ele não se mexeu, não encarou ninguém, não rosnou, apenas olhou calmamente o homem branco e repetiu, misturando inglês com o dialeto local:

— Não é, *jau-ye*?

Ela sentiu os dedos do homem branco tensionarem e relaxarem no seu punho, notou que o negro mudava seu equilíbrio de um pé para o outro.

— *Ng-goy* — disse o homem na porta.

Ela sentiu as mãos hesitarem antes de soltá-la.

— Vem — ordenou ele, pegando de leve no braço dela.

Ela sentiu o rosto enrubescer quando eles saíram pela porta. Estava ansiosa e envergonhada. Envergonhada por se encontrar tão aliviada, por demorar tanto para reagir naquela situação, por ter deixado de bom grado que ele cuidasse de dois traficantes de haxixe inofensivos que só queriam assustá-la um pouco.

Ele a acompanhou dois andares para cima e por uma porta basculante, onde a colocou em frente a um elevador e apertou o botão de descer. Ficou ao seu lado, focado no número onze que estava aceso em cima da porta do elevador.

— Trabalhadores estrangeiros — disse ele. — Estão sozinhos e entediados.

— Eu sei — respondeu ela, desafiadoramente.

— Aperte T de térreo, vire à direita e siga em frente até chegar à Nathan Road.

— Me escute, por favor. Você é o único na Divisão de Homicídios que tem competência para pegar um serial killer. Afinal, foi você que prendeu o Boneco de Neve.

— Verdade — respondeu ele. Notou que ele desviou o olhar, e ele passou um dedo pelo queixo embaixo da orelha direita. — E depois me demiti.

— Se demitiu? Tirou férias, quer dizer.

— Me demiti. Tipo "fui embora".

Só agora ela notou a saliência estranha no lado direito do queixo dele.

— Gunnar Hagen diz que, quando você deixou Oslo há seis meses, ele concordou em te dar uma licença até nova ordem.

O homem sorriu, e Kaja viu como isso mudava por completo o rosto dele.

— Foi só porque Hagen não consegue botar na cabeça que... — Ele se calou, e o sorriso sumiu. Ele voltou a se concentrar na luz acima do elevador que agora mostrava "5". — Seja como for, não trabalho mais para a polícia.

— Estamos precisando de você... — Ela prendeu a respiração. Sabia que estava se expondo a um grande risco, mas tinha que fazer algo antes que ele sumisse de novo. — E você está precisando da gente.

Ele voltou seu olhar para ela.

— De onde tirou essa ideia?

— Você está devendo dinheiro à Tríade. Você está comprando drogas na rua numa mamadeira. Você mora... — Ela fez uma careta — ... aqui. E não tem passaporte.

— Estou bem aqui, para que preciso de passaporte?

O elevador chegou com um zunido, a porta se abriu rangendo e um ar quente e fétido emanou das pessoas que estavam no interior.

— Não vou! — disse Kaja, mais alto do que queria, e notou os rostos olhando para ela com um misto de impaciência e curiosidade visível.

— Vai, sim — rebateu ele, colocando a mão em suas costas, empurrando-a de modo gentil porém firme para dentro. Então ela foi imediatamente cercada por corpos que a impossibilitaram de se mexer ou mesmo de se virar. Ela virou a cabeça a tempo de ver as portas se fecharem.

— Harry! — gritou ela.

Mas ele já havia sumido.

4

Sex Pistols

O dono do albergue, um senhor de idade, pôs um dedo na testa abaixo do turbante, pensativo, e olhou por um bom tempo para ela de modo avaliador. Então, pegou o telefone e discou um número. Ele disse algumas palavras em árabe e desligou.

— Esperar — disse ele. — Talvez, talvez não.

Kaja sorriu e fez que sim com a cabeça.

Ficaram se olhando sobre a mesa estreita que funcionava como balcão da recepção.

Então, o telefone tocou. Ele atendeu, prestou atenção e desligou sem dizer nada.

— Cento e cinquenta mil dólares — emendou ele.

— Cento e cinquenta? — repetiu ela, incrédula.

— Dólares de Hong Kong, dona.

Kaja fez o cálculo de cabeça. Seria em torno de cento e trinta mil coroas norueguesas. Quase o dobro do que estava autorizada a pagar.

Já era mais de meia-noite e quase quarenta horas tinham se passado desde a última vez que havia dormido, quando o localizou. Ela investigou a torre H de alto a baixo por três horas. Havia desenhado um mapa do interior ao passar pelos albergues, cafés, lanchonetes, clubes de massagem e salas de preces até chegar aos quartos e dormitórios mais baratos onde ficava a força de trabalho importada da África e do Paquistão; aqueles que não tinham quartos, apenas cubículos sem porta, sem TV, sem ar-condicionado e sem vida privada. O porteiro noturno negro que tinha deixado Kaja entrar olhou demoradamente para a foto e mais ainda para a nota de 100 dólares na mão dela, antes de apanhá-la e apontar para um dos cubículos.

Harry Hole, ela pensou. Te peguei.

Ele estava deitado de costas num colchão, respirando quase inaudivelmente. Tinha uma ruga profunda na testa, e a saliência no queixo sob a orelha direita estava mais visível agora que estava dormindo. Dos outros cubículos ela ouviu homens tossindo e roncando. Água pingava do teto, caindo no piso com suspiros profundos e tristes. A abertura para o cubículo deixava entrar uma faixa de luz azul e fria da iluminação de neon na recepção. Ela viu um guarda-roupa na frente da janela, uma cadeira e uma garrafa pet d'água ao lado do colchão. Havia um cheiro agridoce que lembrava borracha queimada. Subia fumaça de uma guimba no cinzeiro ao lado da mamadeira no chão. Ela sentou-se na cadeira e percebeu que ele estava segurando algo na mão. Um pequeno bloco seboso marrom-amarelado. Kaja vira blocos de haxixe suficientes no ano em que fazia patrulha para saber que aquilo não era haxixe.

Eram quase duas horas quando ele acordou.

Ela ouviu uma ligeira mudança no ritmo da respiração dele, e então o branco dos seus olhos brilhou no escuro.

— Rakel? — sussurrou ele. E caiu no sono outra vez.

Meia hora depois, ele abriu de repente os olhos, teve um sobressalto, jogou-se de lado e tentou agarrar algo debaixo do colchão.

— Sou eu — sussurrou Kaja. — Kaja Solness.

O corpo na sua frente parou no meio do movimento. Depois caiu no colchão de novo.

— Que merda você está fazendo aqui? — gemeu ele com a voz cheia de sono.

— Buscando você — respondeu ela.

Ele riu baixinho, de olhos fechados.

— Me buscando? Ainda nessa?

Ela retirou um envelope, inclinou-se para a frente e segurou-o na direção dele, que logo abriu um olho.

— Uma passagem — emendou ela. — Para Oslo.

Os olhos voltaram a se fechar.

— Obrigado, mas vou ficar aqui.

— Se eu consegui te achar, é só uma questão de tempo até eles fazerem o mesmo.

Ele não respondeu. Ela esperou, ouvindo a respiração dele e o barulho da água pingando. Então ele voltou a abrir os olhos, coçou o rosto logo abaixo da orelha direita e apoiou-se nos cotovelos:

— Tem cigarro?

Ela fez que não. Ele jogou o lençol de lado, levantou-se e foi até o guarda-roupa. Estava espantosamente pálido apesar de ter passado mais de seis meses num clima subtropical, e tão magro que as costelas estavam à mostra. Seu físico indicava que já havia sido uma pessoa atlética, mas agora os músculos enfraquecidos pareciam sombras sob a pele branca. Ele abriu o guarda-roupa. Ela se surpreendeu ao ver que as roupas estavam dobradas em pilhas arrumadas. Ele vestiu uma camiseta e uma calça jeans, as mesmas do dia anterior, e tirou com certa dificuldade um maço de cigarros amassado do bolso.

Meteu os pés num par de chinelos e passou por ela com um clique do isqueiro.

— Vem — murmurou ele ao passar. — Hora de jantar.

Eram quase três horas da madrugada. As portas sanfonadas de ferro das lojas e dos restaurantes em Chungking já haviam sido abaixadas. Exceto as do restaurante de Li Yuan.

— Então, como foi que você chegou a Hong Kong? — perguntou Kaja, olhando para Harry, que de forma pouco elegante, mas eficaz, sorvia macarrão celofane da cumbuca de sopa branca.

— De avião. Está com frio?

Imediatamente, Kaja retirou as mãos de baixo das coxas.

— Mas por que veio para cá?

— Eu estava a caminho de Manila. Ia só fazer uma escala em Hong Kong.

— As Filipinas. O que ia fazer lá?

— Me jogar num vulcão.

— Qual deles?

— Bem. Qual deles você consegue nomear?

— Nenhum. Apenas li que são muitos. Alguns deles não ficam em... é, Luzon?

— Nada mal. Ao todo há dezoito vulcões, e três deles ficam em Luzon. Eu queria subir o monte Mayon. Dois mil e quinhentos metros. Um estratovulcão.

— Um vulcão com lados íngremes, formado por camadas e mais camadas de lava depois de uma erupção.

Harry parou de comer e olhou para ela.

— Erupções em tempos modernos?

— Muitas. Trinta?

— Os registros dizem quarenta e sete desde 1616. A última em 2002. É culpada por no mínimo três mil mortes.

— O que houve?

— A pressão foi aumentando.

— Eu quis dizer, com você.

— Estou falando de mim. — Ela pensou entrever o esboço de um sorriso. — Tive uma recaída e comecei a beber no avião. Fui forçado a descer em Hong Kong.

— Há vários voos para Manila.

— Percebi que, além de vulcões, Manila não tem nada que você não pode achar em Hong Kong.

— Como o que, por exemplo?

— Como, por exemplo, a distância da Noruega.

Kaja fez que sim. Tinha lido os relatórios do caso do Boneco de Neve.

— E o mais importante — disse ele, apontando com um hashi. — Tem o macarrão celofane de Li Yuan. Experimente. Já é motivo suficiente para pedir a cidadania.

— Isso e ópio?

Não era do estilo dela ser tão direta, mas sabia que tinha de engolir sua típica timidez. Era a única chance de realizar o que fora fazer.

Ele deu de ombros e concentrou-se no macarrão.

— Fuma ópio regularmente?

— Irregularmente.

— E por que faz isso?

Ele respondeu com comida na boca.

— Para não beber. Sou alcoólico. Essa é outra vantagem de Hong Kong em comparação a Manila. Penas mais brandas por porte de droga. E cadeias mais limpas.

— Eu sabia sobre a bebida, mas é viciado em drogas?

— Defina viciado.

— Você *precisa* se drogar?

— Não, mas quero.

— Por quê?

— Para aliviar meus sentidos, ficar em estado letárgico. Está parecendo uma entrevista de emprego para um emprego que não quero, Solness. Já fumou ópio?

Kaja fez que não. Tinha experimentado maconha algumas vezes fazendo mochilão pela América do Sul, mas não tinha gostado muito.

— Mas os chineses já. Duzentos anos atrás, os britânicos importaram ópio da Índia para melhorar a balança comercial. Assim fizeram metade da China se viciar. — Ele estalou os dedos. — E, então, quando as autoridades chinesas, com razão, proibiram o ópio, os britânicos começaram uma guerra por seu direito de dopar a China até se tornar submissa. Imagina a Colômbia bombardeando Nova York porque os americanos confiscaram um pouco de cocaína na fronteira.

— Aonde quer chegar?

— Eu vejo como um dever que tenho que cumprir, como europeu que sou, fumar um pouco da porcaria que introduzimos no país.

Kaja ouviu o próprio riso. Estava mesmo precisando dormir um pouco.

— Eu te segui enquanto você comprava a droga — comentou ela. — Vi como se faz aqui. Havia dinheiro na mamadeira quando você a deixou. E ópio depois, certo?

— Humm — disse Harry com a boca cheia de macarrão. — Já trabalhou na Divisão de Narcóticos?

Ela fez que não.

— Por que a mamadeira?

Harry esticou os braços por cima da cabeça. A cumbuca de sopa estava vazia.

— Ópio tem um fedor horrível. Se você colocar um pouco no bolso ou em papel-alumínio, os cães farejadores sentem o cheiro mesmo no meio de uma multidão. Não tem como lucrar com mamadeiras, então você não corre o risco de que seja roubada por um adolescente ou um bêbado durante a transação. Já aconteceu.

Kaja fez que sim, lentamente. Ele estava começando a relaxar; era só persistir. Pessoas que passam meio ano sem falar a própria língua ficam tagarelas quando encontram um conterrâneo. É natural. É só seguir em frente.

— Gosta de cavalos?

Ele mordia um palito de dente.

— Na verdade, não. São muito mal-humorados.

— Mas você gosta de apostar neles?

— Gosto, mas a jogatina não é um dos meus vícios.

Ele sorriu, e ela notou de novo como o sorriso o transformou, fazendo com que se tornasse mais humano, acessível, e até juvenil. E ela se lembrou do vislumbre de céu azul na Melden Row.

— A longo prazo, jogos de azar são uma péssima estratégia para ganhar alguma coisa. Mas se você não tiver mais o que perder, é a única estratégia. Eu apostei tudo o que tinha, além de boa parte do que não tinha, numa única corrida.

— Apostou tudo que tinha num único cavalo?

— Dois. Uma aposta chamada *quinella*. Você escolhe os dois cavalos que vão chegar em primeiro e em segundo lugar, independente de qual dos dois for ganhar.

— E você tomou dinheiro emprestado da Tríade?

Pela primeira vez ela viu surpresa no olhar de Harry.

— O que faz um sério cartel de criminosos chineses emprestar dinheiro a um estrangeiro que fuma ópio e não tem nada a perder?

— Bem — disse Harry, e pegou um cigarro. — Como estrangeiro você tem acesso ao camarote VIP no hipódromo de Happy Valley durante as três primeiras semanas depois de ter o passaporte carimbado. — Ele acendeu o cigarro e soprou fumaça para o ventilador de teto, que girava tão devagar que as moscas conseguiam voar em volta dele. — Há um código de vestimenta lá, por isso mandei fazer um terno. As duas primeiras semanas foram o suficiente para pegar gosto. Conheci Herman Kluit, um sul-africano que fez uma fortuna em minerais na África nos anos 1990. Ele me ensinou como perder consideráveis somas de dinheiro com estilo. Gostei da ideia. Na terceira semana, na véspera da corrida, fui jantar na casa de Kluit, onde ele entreteu os convidados mostrando sua coleção de instrumentos de tortura de Goma. E, lá, o chofer de Kluit me deu uma dica de aposta. O favorito de uma das corridas estava machucado, mas essa informação foi mantida em sigilo porque mesmo assim ele ia ser colocado para correr. A ideia era de que esse cavalo era um favorito tão óbvio que poderia ocorrer o chamado *minus pool*; isto é, seria impossível ganhar qualquer dinheiro apostando nele. Por outro lado, havia dinheiro a ser ganho apostando em todos os outros cavalos. Por exemplo, com *quinellas*. Mas, para ter um bom ganho, era preciso ter certo capital. Kluit me emprestou o dinheiro por causa da minha cara de honesto. E pelo terno feito sob medida. — Harry estudou a brasa do cigarro, e parecia que a lembrança o fez sorrir.

— E? — perguntou Kaja.

— E o favorito ganhou por seis corpos — Harry deu de ombros. — Quando expliquei que eu só tinha a roupa do corpo, ele ficou sinceramente triste e explicou de modo educado que ele, como homem de negócios, era obrigado a se ater aos seus princípios comerciais. Me assegurou que estes de modo algum incluíam o uso dos objetos de tortura do Congo, mas simplesmente vender a dívida à Tríade, com desconto. O que, ele admitiu, não era muito melhor. Mas, no meu caso, iria esperar trinta e seis horas antes de vender, para eu ter tempo para me mandar de Hong Kong.

— Mas você não foi?

— Às vezes sou meio lento para entender as coisas.

— E depois?

Harry abriu as mãos.

— Isso. Chungking.

— E os planos para o futuro?

Harry deu de ombros e apagou o cigarro. E Kaja lembrou-se da capa do disco que Even lhe mostrou com a foto de Sid Vicious, do Sex Pistols. E a música tocando no fundo: — "*No fu-ture, no fu-ture.*"

— Agora já sabe o que precisa, Kaja Solness.

— Preciso? — Ela franziu a testa. — Não estou entendendo.

— Não? — Ele se levantou. — Você acha que fico tagarelando sobre ópio e dívidas só por ser um norueguês solitário que encontrou um conterrâneo?

Ela não respondeu.

— É para você entender que não sou o tipo de homem que vocês estão precisando. Para você poder voltar sem a impressão de não ter cumprido o seu dever. Para você não se meter em encrenca nas escadarias, e para eu poder dormir em paz sem ficar pensando que você pode trazer meus credores diretamente até mim.

Ela olhou para ele. Tinha um aspecto severo, ascético, que ao mesmo tempo era contradito pela gozação que dançava no seu olhar, dizendo para não levar tudo tão a sério. Ou melhor: que ele não estava nem aí.

— Espere. — Kaja abriu a bolsa e tirou um livrinho vermelho que lhe entregou, e observou o efeito. Viu a surpresa se espalhar pelo rosto dele quando começou a folhear.

— Droga, parece meu passaporte.

— E é.

— Duvido que a Divisão de Homicídios tenha orçamento para isso.

— Os juros de sua dívida baixaram — mentiu ela. — Consegui um desconto.

— Por você, espero que sim, porque não tenho planos nenhum de ir para Oslo.

Kaja o encarou por um tempo. Receava esse momento. Porque já não havia como evitar. Ela teria que jogar a última carta, aquela que Gunnar Hagen havia orientado que tinha que deixar por último, se o desgraçado se mostrasse obstinado.

— Tem mais uma coisa — disse Kaja, preparando-se para o pior.

Uma das sobrancelhas de Harry deu um salto para cima, talvez tivesse percebido algo pelo tom de voz dela.

— É sobre seu pai, Harry. — Ela percebeu como instintivamente havia usado o primeiro nome dele. Disse a si mesma que a intenção era sincera e não só pelo efeito.

— Meu pai? — perguntou ele, como se fosse uma surpresa que tivesse um pai.

— Sim. Entramos em contato com ele para saber se sabia o seu paradeiro. Descobrimos que ele está doente.

Ela fitou a mesa.

Ouviu a respiração dele. A rouquidão havia voltado a sua voz.

— Seriamente doente?

— Sim. E sinto muito por ter que ser eu a te contar.

Ela ainda não tinha coragem para levantar o olhar. Sentiu vergonha. Esperou. Ouviu o som metralhador de um homem falando cantonês na TV atrás do balcão de Li Yuan. Engoliu em seco e esperou. Ela precisava dormir urgentemente.

— A que horas é o voo?

— Às oito — respondeu. — Eu pego você aqui na frente daqui a três horas.

— Vou por conta própria. Tenho algumas coisas a acertar primeiro.

Ele estendeu uma mão aberta. Ela o olhou, indagadora.

— Para isso, preciso do passaporte. E você devia comer. Botar um pouco de carne nesses ossos.

Ela hesitou. Depois estendeu o passaporte a ele.

— Confio em você — disse.

Ele olhou para ela, inexpressivo.

E foi embora.

* * *

O relógio em cima do portão C4 no Chek Lap Kok mostrava quinze para as oito, e Kaja tinha desistido. Claro que ele não viria. É um reflexo natural, em animais e seres humanos, esconder-se quando se está ferido. E Harry Hole definitivamente estava. Os relatórios do caso do Boneco de Neve traziam a descrição minuciosa dos assassinatos de todas as mulheres. Mas Gunnar Hagen também havia contado o que não estava escrito ali. Como a ex-namorada, Rakel e seu filho Oleg haviam acabado nas mãos do assassino maluco. E que ela e o filho tinham se mudado para o exterior assim que tudo terminou. E sobre Harry, que havia anunciado sua demissão e sumido. Ele estava mais ferido do que ela havia imaginado.

Kaja já havia entregado o cartão de embarque e subia a rampa, começando a pensar em como escrever o relatório sobre a missão malsucedida, quando o viu chegar a passos largos ao sol que entrava enviesado no prédio do terminal. Ele carregava uma mochila sobre os ombros e uma sacola do duty-free e tragava furiosamente um cigarro. Harry parou em frente ao balcão de embarque. Mas, em vez de entregar seu cartão de embarque ao pessoal que estava aguardando, ele colocou a mochila no chão e lançou um olhar desesperado a Kaja.

Ela voltou ao balcão.

— Problemas? — perguntou.

— Sinto muito — disse ele. — Não vou poder ir.

— Por que não?

Ele apontou para a sacola do duty-free.

— Acabei de lembrar que na Noruega é permitido apenas um pacote de cigarros por pessoa. Tenho dois. Então, a não ser que... — Ele nem piscou.

Ela levou os olhos aos céus e tentou não parecer aliviada.

— Passe para cá.

— Muito obrigado — respondeu ele, depois abriu a sacola, que ela percebeu que não continha garrafas, e entregou a ela um pacote aberto de cigarros Camel com um maço faltando.

Ela foi andando na frente dele até o avião, para que ele não visse o sorriso em seu rosto.

Kaja se manteve acordada tempo suficiente após a decolagem para ver Hong Kong desaparecer embaixo deles e o olhar de Harry seguir o carrinho de bebidas que estava se aproximando, aos trancos, fazendo um alegre tilintar de garrafas. E viu como ele fechou os olhos e respondeu à aeromoça, com um inglês quase inaudível:

— Não, obrigado.

Ela se perguntou se Gunnar Hagen tinha razão, se o homem ao seu lado de fato era quem poderia ajudá-los.

Então ela apagou, desmaiada, e sonhou que estava diante de uma porta fechada, ouvindo um frio e solitário pio de pássaro da floresta, o que soava tão esquisito porque o sol estava alto no céu. Ela abriu a porta...

Acordou com a cabeça encostada no ombro dele e com saliva ressecada nos cantos da boca. A voz do capitão anunciou que estavam se aproximando do aeroporto de Londres.

5

O Parque

Marit Olsen gostava de esquiar na montanha. Mas detestava correr. Detestava a própria respiração ofegante depois de apenas 100 metros de corrida, a vibração no chão que parecia um terremoto na hora de plantar o pé, os olhares levemente surpresos de pessoas que passavam por perto e as imagens que surgiam quando ela se via através dos olhos deles: o queixo sacudindo, a flacidez que balançava dentro do agasalho esportivo esticado, e a expressão boquiaberta de desamparo, como um peixe fora d'água, que ela mesma tinha visto em pessoas muito gordas treinando. Esta era uma das razões para ela fazer as três corridas semanais no Parque de Frogner às dez da noite: quase não havia ninguém. Aqueles que lá estavam a viam o mínimo possível enquanto ela avançava resfolegante na escuridão entre os poucos postes de luz que iluminavam as trilhas que entrecortavam o maior parque da cidade. E das poucas pessoas que a via, poucas reconheciam a representante parlamentar do Partido Socialista da província de Finnmark. Esqueça "reconhecer". Muito poucas pessoas tinham visto Marit Olsen. Quando ela falava — em geral em nome de sua província —, não chamava tanto atenção quanto outros colegas mais fotogênicos. Além disso, ela não tinha dito ou feito nada de errado durante os dois períodos do seu mandato. Pelo menos era assim que explicava tudo para si mesma. A explicação do editor do jornal *Finnmark Dagblad*, que ela era um político de peso leve, era apenas um maldoso jogo de palavras zombando da sua fisionomia. Contudo o editor não tinha excluído a possibilidade de ela um dia ser vista num governo socialista, já que preenchia as exigências mais importantes: não ter formação acadêmica, não ser homem, não ser de Oslo.

Bem, ele talvez tivesse razão pelo fato de que sua força não estava em grandes e complexos castelos nas nuvens. Mas era uma pessoa do povo que conhecia a situação das mulheres e dos homens comuns, e ela podia ser a voz deles ali no meio de todas as pessoas egocêntricas e presunçosas da capital. Porque Marit Olsen falava sem papas na língua. Era essa sua verdadeira capacidade, o que a levou até onde ela afinal havia chegado. Com sua inteligência verbal e sagacidade — que os noruegueses do sul consideravam "típico dos noruegueses do norte" e "cáustico" —, ela foi uma vencedora certeira nos poucos debates nos quais a deixaram participar. Era apenas uma questão de tempo até que tivessem de prestar atenção nela. Se ao menos pudesse se livrar de alguns quilos a mais. As pesquisas indicavam que as pessoas tinham menos confiança em figuras públicas que estavam acima do peso, que inconscientemente eram percebidos como pessoas sem autocontrole.

Ela chegou a uma subida, trincou os dentes e diminuiu o passo, e passou a uma espécie de caminhada rápida, se fosse honesta. A do tipo que chamavam *power-walk*. É, era isso. Uma marcha ao poder. Menos peso, mais elegibilidade.

Marit ouviu o barulho do cascalho atrás de si e sentiu as costas automaticamente tensionarem e o pulso acelerar mais um pouco. Era o mesmo ruído que tinha ouvido durante a corrida três dias atrás. E dois dias antes disso. As duas vezes, alguém tinha corrido atrás dela por quase dois minutos antes de o ruído ter parado. Da última vez, Marit havia se virado e visto um agasalho esportivo e um capuz preto, como se fosse um soldado especial treinando logo atrás dela. Só que não fazia sentido algum para ninguém, ainda mais não para um soldado especial, correr no mesmo passo lento que Marit Olsen.

É claro que ela não podia ter certeza de que se tratava da mesma pessoa, mas algo no som dos passos dizia que era. Faltava apenas uma parte da subida até o Monolito, até a tranquila descida de volta para casa, para Skøyen, para o marido e um rottweiler feio e sobrenutrido. Os passos se aproximavam. E de repente não era uma boa ideia estar no parque escuro e deserto às dez da noite. Marit Olsen tinha medo de várias coisas, mas acima de tudo tinha medo de estrangeiros. Claro, ela sabia que era xenofobia e contrariava o programa do partido, mas, afinal, temer o que é estranho não deixa de ser uma sensata estratégia de sobrevivência. Nesse exato momento, ela gostaria de já ter votado contra todos os projetos legislativos em prol dos imigrantes que seu partido havia apresentado, e que ela tivesse soltado mais a sua notória língua sem censura.

Mas seu corpo avançava devagar demais, os músculos das coxas ardiam, os pulmões gritavam por ar, e ela sabia que logo não conseguiria se mexer. Seu cérebro tentou combater o pavor, tentou dizer que ela não era exatamente um alvo óbvio de estupro.

O pavor carregou-a até o topo, agora podia ver sobre a colina, até a avenida Madserud abaixo. Um carro saía de ré pelo portão de uma das mansões. Ela conseguiria chegar lá, só havia pouco mais de 100 metros. Marit Olsen correu no gramado escorregadio, desceu o declive, mal conseguindo se manter em pé. Não escutava mais passos atrás de si, a respiração abafava tudo. O carro já estava na rua, emitindo um chiado feio quando o motorista trocou a marcha de ré para a primeira. Marit Olsen estava no pé do declive, faltavam poucos metros até a rua, até a abençoada luz dos faróis do carro. O peso considerável do seu corpo se moveu com vantagem na descida, e agora a forçava inexoravelmente para a frente. Mas as pernas não conseguiram acompanhar. Ela caiu de cabeça em direção à rua, em direção à luz. A barriga, envolta em poliéster molhado de suor, atingiu o asfalto, e ela deslizou e rolou para a frente. Então, Marit Olsen permaneceu imóvel no chão, sentindo na boca o gosto amargo da poeira da estrada e nas palmas das mãos os ferimentos devido ao cascalho.

Alguém se inclinou por cima dela. Pegou-a pelo ombro. Com um gemido, ela se virou de lado e ergueu os braços por cima do rosto em defesa. Nenhum soldado especial, apenas um homem idoso com chapéu. A porta do carro atrás dele estava aberta.

— Você está bem, *frøken?* — indagou ele.

— O que você acha? — respondeu Marit Olsen, sentindo a raiva ferver dentro de si.

— Espere! Eu já vi você antes.

— Bem, não é de surpreender — disse ela, recusando a ajuda do homem, ao se levantar gemendo.

— Você não está naquele show de comédia?

— Você... — começou ela, olhando para a escuridão silenciosa e vazia do parque, massageando o quadril. — ... vai cuidar da própria vida, vovô.

6

Voltando para Casa

Um Volvo Amazon, o último a sair da fábrica da Volvo em 1970, havia parado em frente à faixa de pedestres no terminal de desembarque do aeroporto de Gardermoen em Oslo.

Uma fileira de crianças de uma creche desfilou em frente ao carro, com suas capas de chuva puídas. Algumas olharam curiosas para o carro antigo e esquisito, com listras de rali na capota, e para os dois homens, atrás dos limpadores de para-brisa que afastavam a chuva da manhã.

O homem no banco do passageiro, o superintendente da polícia Gunnar Hagen, sabia que a imagem de crianças de mãos dadas devia fazê-lo sorrir e pensar em solidariedade, em consideração pelos outros e numa sociedade em que todos cuidam uns dos outros. Mas a primeira associação de Hagen foi de um grupo de busca à procura de uma pessoa que já contavam como morta. Era esse o tipo de resultado que o trabalho como chefe da Divisão de Homicídios produzia. Ou como um gozador havia escrito na porta da sala de Hole: *I see dead people*.

— O que uma turma de creche está fazendo num aeroporto? — perguntou o homem no assento do motorista.

O nome dele era Bjørn Holm, e o Amazon era seu bem mais querido. O cheiro do aquecedor barulhento mas terrivelmente eficaz, os assentos de imitação de couro ensebados de suor e o empoeirado compartimento da parte de trás do banco traseiro sempre lhe proporcionavam paz de espírito. Especialmente se estivesse acompanhado do motor na rotação certa, isto é, em torno de 80 quilômetros por hora em estrada plana, e a fita cassete de Hank Williams tocando. Bjørn Holm, da Perícia Técnica de Bryn, era um caipira de Skreia, com botas de caubói feitas de couro de cobra e um rosto em formato de lua com olhos levemente arregalados, o que lhe concedia uma expressão facial de permanente surpresa. Aquele rosto havia levado mais de um chefe de investigação a subestimá-lo. A verdade era que Bjørn Holm era o maior talento em perícia forense desde os dias de auge de Weber. Holm vestia uma jaqueta macia de camurça com franjas e um gorro de tricô rastafári de onde despontavam as costeletas mais intensamente ruivas que Hagen já havia visto naquele lado do Mar do Norte, e que por pouco não cobriam as bochechas.

Holm levou o Amazon para o estacionamento, onde o carro parou com um soluço, e os dois homens desceram. Hagen levantou a gola do casaco, o que evidentemente não impediu a chuva de cair sobre sua careca reluzente. Esta estava cercada de cabelo tão grosso e forte que algumas pessoas desconfiavam que Gunnar Hagen tivesse um crescimento capilar perfeitamente normal, mas um cabeleireiro excêntrico.

— Diga-me, sua jaqueta é mesmo à prova d'água? — perguntou Hagen ao se aproximarem da entrada.

— Não — respondeu Holm.

Kaja Solness havia ligado para eles enquanto ainda estavam no carro, informando que o voo de Londres tinha aterrissado dez minutos antes da hora. E que ela havia perdido Harry Hole de vista.

Depois de passarem pelas portas giratórias, Gunnar Hagen olhou em volta e avistou Kaja sentada sobre a própria mala perto do balcão dos táxis. Acenou de leve para ela e foi a passos largos em direção à porta de embarque. Ele e Holm entraram assim que a porta se abriu para a saída de passageiros. Um guarda quis pará-los, mas fez um gesto de reconhecimento, isto é, quase de reverência, quando Hagen mostrou-lhe seu distintivo e rosnou um breve "Polícia".

Hagen virou à direita e passou direto pelos funcionários da alfândega e seus cães, pelos reluzentes balcões de metal, que o fizeram pensar nas macas dos cadáveres do Instituto de Patologia, e continuou em direção ao cubículo atrás deles.

Lá, parou tão bruscamente que Holm esbarrou nele. Uma voz familiar silvou entre dentes.

— Olá, chefe. Lamento, mas por ora não estou em condições para tomar sentido.

Bjørn Holm olhou por cima do ombro de Hagen.

Era uma imagem que o asssombraria por muito tempo.

Com o corpo apoiado sobre um encosto de cadeira estava o homem que era uma lenda viva, não só na sede da Polícia de Oslo, mas em todas as delegacias da Noruega, por bem ou por mal. Um homem com quem o próprio Holm havia trabalhado de modo bem próximo. Mas não tão próximo quanto o funcionário da alfândega, que estava por trás da lenda com uma das mãos numa luva de látex e parcialmente oculta pelas nádegas pálidas da lenda.

— Ele é meu — disse Hagen ao funcionário e mostrou o seu distintivo. — Pode soltá-lo.

O funcionário olhou para Hagen e parecia relutar em deixá-lo ir, mas quando um colega mais velho com listras douradas nas dragonas entrou e fez um breve aceno com os olhos fechados, o funcionário girou a mão mais uma vez antes de retirá-la. A vítima gemeu.

— Vista a calça, Harry — disse Hagen, virando-se de costas.

Harry levantou a calça e disse ao funcionário da alfândega que estava tirando a luva de látex:

— Foi bom para você também?

Kaja Solness levantou-se da mala quando os três colegas saíram pela porta. Bjørn Holm foi buscar o carro, e Gunnar Hagen foi comprar alguma coisa para beber.

— Você sempre é revistado? — perguntou Kaja.

— Sempre — disse Harry.

— Acho que nunca fui detida num controle de alfândega.

— Eu sei.

— Como sabe?

— Porque eles procuram por milhares de pequenos sinais indicadores, e você não tem nenhum. Ao passo que eu tenho pelo menos a metade.

— Quer dizer que os funcionários da alfândega são tão preconceituosos assim?

— Bem. Você já contrabandeou alguma coisa?

— Não. — Ela riu. — Tá legal. Mas se eles são tão bons, deviam sacar que você é da polícia. E deixar você passar.

— E devem ter sacado mesmo.

— Sério? Isso só acontece em filmes.

— Sério. Viram um policial arruinado.

— É mesmo? — disse Kaja.

Harry procurou o maço de cigarros.

— Dê uma olhada discreta para o balcão de táxis. Tem um homem com olhos estreitos, um pouco puxados. Está vendo?

Ela fez que sim.

— Ele puxou o cinto duas vezes desde que saímos. Como se estivesse carregando algo pesado. Um par de algemas ou um porrete. Um movimento que se torna automático depois que você passa alguns anos trabalhando no carro de patrulha ou na cadeia.

— Eu trabalhei na patrulha, e eu nunca...

— Ele está trabalhando na Narcóticos e procura pessoas que parecem aliviadas demais depois de passar pela alfândega. Ou aqueles que vão direto ao banheiro, porque não aguentam mais segurar a mercadoria no reto. Ou malas que trocam de mãos entre um passageiro ingênuo e solícito e o contrabandista que fez o idiota passar pela alfândega carregando a bagagem com a droga toda.

Ela inclinou a cabeça e olhou para Harry com um leve sorriso nos lábios.

— Ou talvez ele seja um cara comum com as calças caindo esperando pela mãe. E você esteja enganado.

— Com certeza — respondeu Harry, depois olhou para o relógio de pulso e então para o relógio da parede. — Acontece o tempo todo. Nossa, já é meio-dia?

O Volvo Amazon entrou suavemente na autoestrada na hora em que as luzes dos postes se acenderam.

Holm e Kaja Solness conversavam engajados nos bancos da frente entre os gemidos chorosos de Townes van Zandt que soavam do toca-fitas. No banco de trás, Gunnar Hagen passou a mão sobre o liso couro de porco da maleta que segurava no colo.

— Gostaria de poder dizer que você está ótimo — disse baixinho.

— O fuso horário, chefe — disse Harry, mais deitado do que sentado.

— O que houve com seu queixo?

— É uma história longa e chata.

— De qualquer modo, seja bem-vindo. Desculpe pelas circunstâncias.

— Pensei que tivesse entregado minha demissão.

— Já fez isso antes.

— De quantas demissões você precisa?

Gunnar Hagen olhou para seu antigo inspetor e baixou ainda mais as sobrancelhas e a voz.

— Como disse, lamento as circunstâncias. E eu sei muito bem que o último caso foi duro para você. O fato de você e as pessoas mais próximas e queridas terem sido envolvidas daquela maneira... bem, isso pode fazer qualquer um querer mudar de vida. Mas esse é o seu trabalho, Harry, e é o que você sabe fazer melhor.

Harry fungou como se já tivesse contraído aquele resfriado típico ao voltar para sua terra.

— Dois assassinatos, Harry. Nem temos certeza de como foram executados, só sabemos que são idênticos. Mas graças a nossa experiência recente e custosa, sabemos do que se trata.

O superintendente se calou.

— Pode dizer a palavra, chefe. Não dói.

— Não tenho tanta certeza.

Harry olhou para os campos ondulantes e amarelados sem neve.

— Algumas vezes foi alarme falso. Mas ficou claro que um serial killer é uma raridade.

— Eu sei — disse Hagen. — No meu tempo, o Boneco de Neve foi o único que vimos nesse país. Mas desta vez estamos bastante seguros. Não havia ligação entre as vítimas, e foi encontrado um anestésico idêntico no sangue das duas.

— Já é alguma coisa. Boa sorte.

— Harry...

— Arrume alguém qualificado para a tarefa, chefe.

— *Você* é qualificado.

— Estou acabado.

Hagen respirou fundo.

— Então, a gente te ajuda a se reerguer.

— Estou além desse ponto — disse Harry.

— Você é o único neste país que tem competência e experiência com assassinatos em série.

— Chame um americano.

— Você sabe muito bem que as coisas não funcionam assim.

— Sinto muito, então.

— Será? Duas já foram mortas, Harry. Mulheres jovens.

Harry fez um gesto de rejeição quando Hagen abriu a maleta e tirou um envelope marrom.

— Eu estou sendo sincero, chefe. Obrigado por terem comprado de volta o meu passaporte e tudo o mais, mas já tô legal de fotos com sangue e relatórios bizarros.

Hagen lançou um olhar magoado para ele, mas continuou com o envelope no colo.

— Dê uma olhada, é só o que te peço. Além de manter o bico fechado sobre a gente estar trabalhando nesse caso.

— Ah? E por quê?

— É complicado. Apenas não mencione para ninguém, ok?

A conversa na frente do carro havia terminado, e Harry fixou o olhar na parte de trás da cabeça de Kaja. Como o Amazon de Bjørn Holm tinha sido fabricado muito antes de alguém inventar o termo *trauma cervical,* não havia encosto de cabeça, e com o cabelo dela em coque, Harry podia ver o pescoço fino, a penugem branca na sua pele, e meditou sobre a vulnerabilidade das coisas, sobre a rapidez com que tudo podia mudar, sobre tantas coisas que podiam ser destruídas em questão de segundos. Era isso a vida: um processo de destruição, uma desintegração de algo que a princípio era perfeito. O único suspense era se seríamos destruídos de repente ou lentamente. Era um pensamento triste, mas agarrou-se a ele mesmo assim. Até passarem pelo túnel Ibsen, um componente cinzento e anônimo da maquinaria de trânsito da cidade que podia estar em qualquer cidade no mundo. Contudo, foi naquele momento que sentiu. Uma enorme e incondicional alegria por estar ali. Em Oslo. Em casa. O sentimento era tão avassalador que ele por alguns segundos esqueceu o motivo de ter voltado.

Harry olhou para o número 5 da rua Sofie enquanto o Amazon desapareceu atrás dele. Havia mais pichação na fachada do que antigamente, mas a tinta azul por baixo continuava a mesma.

Então avisou que não assumiria o caso. Tinha um pai internado no hospital. Este era o único motivo por estar ali. O que ele não disse era que se tivesse a escolha de saber sobre a doença do seu pai, teria escolhido não saber. Porque ele não viera por amor. Viera por vergonha.

Harry olhou para as duas janelas pretas no terceiro andar que eram dele.

Então abriu o portão e entrou no pátio do fundo. A lixeira estava no lugar de sempre. Harry abriu a tampa. Havia prometido a Hagen dar uma olhada no arquivo do caso. Mais para seu chefe não ficar sem graça, afinal, o passaporte tinha custado à Divisão de Homicídios uma boa quantia de dinheiro. Harry deixou a pasta deslizar por baixo da tampa entre sacolas de plástico estouradas vazando borra de café, fraldas, fruta podre e casca de batata. Ele inalou o ar e constatou surpreso que o cheiro de lixo é internacional.

Nada havia sido tocado no apartamento de dois quartos, mas algo estava diferente. Um matiz de poeira cinzenta, como se alguém tivesse acabado de sair, fazendo com que a respiração gélida pairasse no ar. Ele foi para o quarto, deixou a bolsa no chão e pegou o pacote de cigarros ainda fechado. Também lá dentro, tudo estava cinzento como a pele de um corpo morto há dois dias. Ele deixou-se cair na cama. Fechou os olhos. Cumprimentou os ruídos familiares. Como os pingos do buraco na calha de chuva caindo no chumbo da moldura da janela. Não era o lento pingar reconfortante do teto em Hong Kong, mas um febril tamborilar, na transição entre pingar e escorrer, como um lembrete de que o tempo passava, os segundos corriam, o fim de uma linha de números estava chegando. Costumava lembrá-lo de *La Linea*, a série de animação italiana, que depois de quatro minutos sempre acabava caindo da linha do cartunista e sumia.

Harry sabia que tinha meia garrafa de Jim Beam no armário debaixo da pia da cozinha. Sabia que podia recomeçar do ponto onde estivera quando deixou o apartamento. Porra, ele já estava bêbado antes mesmo de pegar o táxi para o aeroporto seis meses atrás. Não é de espantar que ele não tivesse conseguido se arrastar até Manila.

Também podia ir direto para a cozinha e despejar o conteúdo na pia.

Harry gemeu.

Tolice pensar que não sabia com quem ela se parecia. Ele sabia muito bem com quem ela se parecia. Rakel. Todas se pareciam com Rakel.

7

A Forca

— Mas estou com medo, Rasmus — disse Marit Olsen. — Muito medo!

— Eu sei — respondeu Rasmus Olsen com aquela voz baixinha e agradável que tinha acompanhado e tranquilizado sua mulher durante vinte e cinco anos, com eleições políticas, exames para tirar a carteira de motorista, ataques de raiva e uma e outra crise de pânico.

"É natural que esteja — emendou ele e pôs o braço em volta dela. — Você trabalha duro, tem muitas coisas na cabeça. Não sobra espaço para a mente excluir esse tipo de pensamento."

— Esse tipo de pensamento? — disse ela, se virando no sofá para olhar para ele. Há muito ela já tinha perdido o interesse pelo DVD que estavam vendo: *Simplesmente amor.* — Esse tipo de pensamento, esse tipo de tolice, é isso que quer dizer?

— Não é importante o que eu penso — comentou ele enquanto tateava com as pontas dos dedos. — O importante é...

— ... o que *você* pensa. — Ela imitou a voz dele. — Meu Deus, Rasmus, você precisa parar de assistir ao programa do Dr. Phil.

Ele soltou um riso suave como seda.

— Só estou dizendo que, como representante parlamentar, você pode pedir um guarda-costas para te acompanhar se você se sentir ameaçada. Mas é isso o que você quer?

— Hummm — ronronou ela quando seus dedos começaram a massagear o ponto exato onde ele sabia que ela adorava ser tocada. — O que quer dizer com "o que você quer"?

— Pense bem. O que acha que vai acontecer?

Marit Olsen pensou. Fechou os olhos e sentiu os dedos dele massageando e trazendo calma e harmonia para seu corpo. Ela havia conhecido Rasmus quando trabalhava no Serviço Norueguês de Emprego em Alta, no extremo norte da Noruega. Ela tinha sido eleita representante do NTL, um sindicato de funcionários públicos, e eles a haviam mandado para um workshop de treinamento no Centro de Conferências de Sørmarka. Lá, um homem magro, com vivazes olhos azuis por baixo de entradas que rapidamente aumentavam, aproximou-se dela na primeira noite. A sua maneira de falar a fez lembrar dos cristãos no clube dos jovens em Alta, loucos para salvar almas. Só que ele falava de política. Ele trabalhava no secretariado do Partido Socialista, onde ajudava os parlamentares com assuntos práticos do escritório, viagens e imprensa, e vez ou outra até escrevia um discurso para eles.

Rasmus pagou uma cerveja para ela, convidou-a para dançar, e depois de quatro músicas românticas cada vez mais lentas, os corpos cada vez mais juntinhos, ele havia perguntado se ela queria acompanhá-lo. Não para seu quarto, mas para seu partido.

Quando ela voltou para casa em Alta, passou a frequentar as reuniões do partido e, de noite, ela e Rasmus conversavam longamente por telefone sobre o que haviam feito e pensado naquele dia. Claro, Marit nunca disse em voz alta que ela às vezes pensava que aquele era o melhor tempo que passaram juntos, quando havia dois mil quilômetros entre eles. Então, o comitê de nomeação havia ligado para colocá-la numa lista e, vupt, já estava eleita para a Assembleia Municipal. Dois anos mais tarde, foi nomeada vice-presidente do Partido Socialista em Alta, no ano seguinte estava no conselho distrital, quando recebeu outra ligação, desta vez do comitê de nomeação ao Parlamento.

E agora tinha um escritório minúsculo no Parlamento, um parceiro que a ajudava com os discursos e a perspectiva de subir na carreira, se tudo corresse de acordo com o plano. E se ela evitasse deslizes.

— Vão colocar um policial para me vigiar — comentou ela. — E a imprensa vai querer saber por que um membro do Parlamento de quem ninguém ouviu falar fica andando por aí com a droga de um guarda-costas à custa dos contribuintes. E quando descobrirem o motivo, que ela *suspeitou* que alguém a estivesse seguindo no parque, vão escrever que, com essa justificativa, todas as mulheres de Oslo deveriam pedir proteção policial subsidiada pelo estado. Não quero um guarda-costas. Deixe para lá.

Rasmus riu em silêncio e, usando os dedos, massageou para conseguir sua própria aprovação.

O vento assobiava entre as árvores desfolhadas no Parque de Frogner. Um pato com a cabeça afundada na plumagem flutuava na superfície negra da água. Folhas secas grudavam nos azulejos das piscinas vazias de Frogner. O lugar parecia abandonado para todo o sempre, um mundo perdido. Na piscina funda, o vento produzia uma turbulência que cantava um monótono lamento embaixo do trampolim de 10 metros de altura, que se destacou como uma forca contra o céu noturno.

8

Snow Patrøl

Eram três da tarde quando Harry acordou. Ele abriu a bolsa, vestiu roupas limpas, encontrou um casaco de lã no armário e saiu. A garoa o despertou o suficiente para que parecesse razoavelmente sóbrio quando entrou no recinto marrom cheirando a cigarros do restaurante Schrøder. Sua mesa estava ocupada, e ele foi se sentar ao fundo, embaixo da TV.

Olhou ao redor. Por cima dos copos de cerveja, viu dois rostos que jamais tinha visto antes; de resto, o tempo havia parado. Nina apareceu, colocando uma caneca branca e um bule de café na sua frente.

— Harry — disse ela. Não como um cumprimento, mas para confirmar que era ele de fato.

Harry fez que sim.

— Olá, Nina. Jornais velhos?

Nina sumiu para o recinto dos fundos e voltou com uma pilha de papéis amarelados. Harry nunca conseguira entender por que eles guardavam jornais velhos no Schrøder, mas tinha tirado vantagem disso mais de uma vez.

— Quanto tempo — disse Nina e desapareceu. E Harry se lembrou do que gostava no Schrøder, além de ser o bar mais próximo do seu apartamento. As frases curtas. E o respeito pela vida privada. Sua volta foi reconhecida; nenhuma explicação era necessária.

Harry tomou duas xícaras daquele café impressionantemente horrível enquanto folheava os jornais sem se ater a um assunto específico, para ter uma ideia geral sobre os acontecimentos do reino nos últimos meses. Como sempre, nada demais. Era o que ele mais gostava na Noruega.

Alguém havia ganhado a competição musical *Norwegian Idol*, uma celebridade fora eliminada de uma competição de dança, um jogador de futebol da terceira divisão tinha cheirado cocaína, e Lene Galtung, a filha do armador Anders Galtung, havia recebido a herança antecipada de alguns milhões e ficado noiva de um investidor chamado Tony, mais bonito, mas presumidamente não tão rico. O editor da *Liberal*, Arve Støp, escreveu que estava se tornando vergonhoso que a Noruega, que gostaria de se fazer notar como modelo social-democrata, ainda fosse uma monarquia. Tudo na mesma.

Só nos jornais de dezembro foi que Harry viu as primeiras manchetes sobre os assassinatos. Ele reconheceu a descrição de Kaja do local do crime, um porão num conjunto comercial em construção no bairro de Nydalen. O motivo da morte era incerto, mas a polícia não excluía assassinato.

Harry continuou folheando e preferiu ler sobre um político que se gabava de ter que renunciar como secretário de Estado para passar mais tempo com a família.

O arquivo de jornais de Schrøder estava longe de ser completo, mas o segundo assassinato apareceu num jornal datado duas semanas depois.

A mulher foi encontrada atrás de um carro Datsun abandonado à beira de uma floresta perto do lago Dausjøen em Maridalen. A polícia não excluía um "ato criminal", mas também não havia revelado nada sobre o motivo da morte.

Os olhos de Harry examinaram as partes principais do artigo, e ele constatou que o silêncio da polícia se devia ao motivo de sempre: eles não tinham pista alguma, nada; o radar deles estava varrendo por cima de um mar aberto e vazio.

Apenas duas mortes. Mas Hagen parecia ter tanta certeza quando disse se tratar de um serial killer. Qual era então a ligação, o que havia que não estava nos jornais? Harry sentiu sua mente vagar pelos velhos caminhos familiares, e se amaldiçoou por não conseguir detê-la, e continuou folheando os jornais.

Quando o bule de café se esvaziou, ele colocou uma nota amassada na mesa e saiu. Fechou bem o casaco e semicerrou os olhos para o céu cinzento.

Ele chamou um táxi, que encostou no meio-fio. O motorista se inclinou diagonalmente dentro do carro e a porta de trás se abriu. Um truque raro de se ver hoje em dia, o que Harry decidiu remunerar com uma gorjeta. Não só porque ele podia entrar de imediato, mas porque o vidro da porta havia refletido um rosto atrás do volante de um carro estacionado atrás do táxi.

— Hospital Central — disse Harry e esgueirou-se para o meio do banco traseiro.

— É para já — respondeu o motorista.

Harry olhou pelo retrovisor ao se afastarem do meio-fio.

— Mudei de ideia, vamos primeiro à rua Sofie número cinco.

Na rua Sofie, o táxi ficou esperando com o motor diesel matraqueando enquanto Harry subiu ligeiro a escada com passos longos, sua mente avaliando as alternativas. A Tríade? Herman Kluit? Ou a velha e conhecida paranoia? O apetrecho ainda estava onde ele o havia deixado antes de sair, na caixa de ferramentas na despensa. A velha carteira de identidade vencida. Dois pares de algemas da marca Hiatts com braço de mola para uso rápido. E a pistola de serviço, uma Smith & Wesson calibre .38.

Quando Harry voltou à rua, entrou direto no táxi sem olhar à direita ou à esquerda.

— Para o Hospital Central? — perguntou o motorista.

— É, pelo menos vamos naquela direção — respondeu Harry e olhou pelo retrovisor ao subirem a Stensberggata, continuando pela Ullevålsveien. Não viu nada. O que podia significar uma de duas coisas. Que era a boa e velha paranoia. Ou que o cara era bom.

Ele hesitou, mas disse por fim:

— Ao Hospital Central.

Então continuou olhando pelo retrovisor quando passaram pela igreja Vestre Aker e pelo hospital Ulleval. De modo algum podia levá-los direto ao lugar onde ele era mais vulnerável. Onde eles sempre tentariam chegar. À família.

O maior hospital do país pairava sobre a cidade.

Harry pagou ao motorista, que lhe agradeceu a gorjeta e repetiu o truque com a porta traseira.

As fachadas dos prédios ergueram-se diante de Harry, e as nuvens baixas pareciam roçar os telhados.

Ele respirou fundo.

Encostado no travesseiro, Olav Hole sorriu de modo tão gentil e débil que Harry engoliu em seco.

— Eu estava em Hong Kong — disse Harry. — Precisei de um tempo para pensar.

— E conseguiu chegar a alguma conclusão?

Harry deu de ombros.

— O que os médicos dizem?

— O mínimo possível. Não deve ser um bom sinal, mas, na verdade, prefiro assim. Enfrentar as realidades da vida, como você sabe, nunca foi o forte da nossa família.

Harry se perguntou se iam falar sobre a mãe. Esperava que não.

— Já tem emprego?

Harry fez que não. O cabelo sobre a testa do pai estava tão arrumado e branco que o filho pensou não ser dele, parecia algo que havia recebido ao ser internado, com o pijama e os chinelos.

— Nada? — perguntou o pai.

— Eles me ofereceram um posto para lecionar na Academia de Polícia.

Era quase verdade. Depois do caso do Boneco de Neve, Hagen viera com a oferta, uma espécie de licença.

— Professor? — O pai riu baixinho e cautelosamente, como se usar mais força fosse acabar com ele. — Eu achava que um dos seus princípios era nunca fazer algo que eu fiz?

— Nunca foi nada disso.

— Tudo bem, você sempre fez as coisas do seu jeito. Essas coisas da polícia... Bem, acho que devo ser grato por você não ter feito o que fiz. Não sou um exemplo a seguir. Você sabe que depois que sua mãe morreu...

Harry estava naquele quarto branco de hospital havia vinte minutos e já sentia uma vontade desesperadora de fugir.

— Depois que sua mãe morreu, não consegui encontrar sentido nas coisas. Eu me isolei, não senti mais prazer em estar na companhia de outras pessoas. Foi como se na solidão eu estivesse mais próximo dela. Mas não funciona assim, Harry. — O pai mostrou um sorriso meigo e angelical. — Sei que perder Rakel foi difícil, mas você não pode fazer como eu. Você não deve se esconder, Harry. Não deve trancar a porta e jogar fora a chave.

Harry olhou para as mãos, fez que sim e sentiu formigas passarem sobre o corpo todo. Tinha que beber alguma coisa, qualquer coisa.

Um enfermeiro entrou, apresentou-se como Altman, segurou uma seringa e disse, ceceando de leve, que só daria a Olav algo para que dormisse melhor. Harry teve vontade de perguntar se ele havia algo para ele também.

O pai se deitou de lado, a pele flácida do rosto caindo. Parecia mais velho do que deitado de costas. Ele olhou para Harry com um olhar pesado e vazio.

Harry levantou-se tão repentinamente que os pés da cadeira rasparam o piso.

— Aonde vai? — murmurou o pai.

— Vou sair para fumar. Já volto.

Harry sentou-se num muro baixo de onde podia ver o estacionamento e acendeu um Camel. No outro lado da estrada podia ver Blindern e os prédios da universidade, onde seu pai havia estudado. Há quem ache que os filhos sempre se tornam variantes mais ou menos disfarçadas de seus pais, que a experiência de sair de casa nunca passava de uma ilusão; você sempre acabava voltando; a força da gravidade do sangue não era apenas mais forte do que sua vontade, mas era a própria vontade. Harry sempre se considerou uma prova do contrário. Então, por que a visão do rosto desamparado e devastado do pai no travesseiro foi como ver um reflexo de si mesmo? Ouvi-lo falar foi, de repente, como ouvir a si mesmo. Ouvi-lo pensar, as palavras... como uma broca de dentista acertando os nervos de Harry com uma precisão infalível. Porque ele era uma cópia. Merda! O olhar de Harry havia detectado um Corolla branco no estacionamento.

Sempre branco, a cor mais anônima de todas. A cor do Corolla na frente do restaurante Schrøder, aquele com o rosto atrás do volante, o mesmo rosto que há menos de vinte e quatro horas o havia fitado com seus olhos estreitos e caídos.

Harry jogou o cigarro fora e entrou depressa. Diminuiu o passo assim que entrou no corredor que levava ao quarto do pai. Ele continuou até o corredor se alargar, formando uma sala de espera aberta, e fingiu olhar a pilha de revistas na mesa enquanto varria a sala pelo canto do olho.

O homem havia se escondido atrás de uma edição de *Liberal*.

Harry pegou uma revista *Se og Hør* com a foto de Lene Galtung e seu noivo, e saiu.

Olav Hole estava de olhos fechados. Harry se abaixou e pôs o ouvido perto da boca do pai. Sua respiração estava leve, quase inaudível, mas Harry sentiu a corrente de ar no rosto.

Ele esperou por um tempo sentado na cadeira ao lado da cama, olhando o pai enquanto em seus pensamentos passaram memórias da infância, mal-organizadas, em sequência aleatória e sem outro sentido que não fosse o de serem coisas que ele de fato lembrava.

Então, colocou a cadeira perto da porta, que deixou entreaberta, e esperou.

Levou meia hora até vê-lo chegar da sala de espera e andar pelo corredor. Harry constatou que o homem robusto e baixinho tinha pernas excepcionalmente arqueadas, parecia que andava com uma bola de praia entre os joelhos. Antes de entrar pela porta com o símbolo internacional de banheiro masculino, ele levantou o cinto. Como se segurasse algo pesado.

Harry se levantou e o seguiu.

Parou na frente do banheiro e respirou fundo. Fazia muito tempo. Então, empurrou a porta aberta e esgueirou-se para dentro.

O banheiro era como o resto do hospital: limpo, arrumado, novo e muito grande. Ao longo da parede mais comprida havia seis portas de cabines, nenhum com um sinal de ocupado sobre a fechadura. Na parede menor havia quatro pias e na outra parede comprida, quatro urinóis de porcelana na altura dos quadris. O homem estava diante de um dos urinóis, com as costas para Harry. Na parede em cima dele passava um cano de água na horizontal. Parecia sólido. Sólido o suficiente. Harry tirou a pistola e as algemas. Em banheiros masculinos, a etiqueta internacional é de não olhar um para o outro. Olhos nos olhos, mesmo não intencional, é motivo de morte. Por isso, o homem não se virou para olhar para Harry. Nem quando Harry, com cuidado infinito, trancou a porta de saída, nem quando ele calmamente se aproximou, nem quando ele encostou a pistola na dobra de gordura entre a nuca e a cabeça e sussurrou em inglês o que um colega costumava afirmar que todos os policiais deviam ter a chance de dizer pelo menos uma vez na carreira:

— Parado.

O homem obedeceu o comando ao pé da letra. Harry podia ver a dobra na nuca raspada arrepiar quando o outro gelou.

— Mãos ao alto.

O homem levantou os braços curtos e musculosos sobre a cabeça. Harry se inclinou para a frente. E no mesmo instante sacou que foi um erro. A rapidez do homem foi impressionante. Harry sabia graças às aulas de técnica de luta corpo a corpo que se tratava tanto de saber como receber a surra assim como saber surrar. E que a arte estava em conseguir relaxar a musculatura, entender que a punição não pode ser evitada, apenas reduzida. Por isso, quando o homem se virou com o joelho levantado, Harry reagiu com a suavidade de um dançarino, acompanhando o movimento. Ele conseguiu deslocar o corpo na mesma direção do chute. O pé o acertou logo acima dos quadris. Harry perdeu o equilíbrio, caiu e deslizou pelo piso de azulejo liso até ficar fora de alcance. Permaneceu caído, suspirou e olhou o teto enquanto retirava um maço de cigarros. Então pôs um na boca.

— *Speed-cuffing* — disse Harry. — Aprendi no ano em que fiz um curso no FBI em Chicago. Cabrini Green, um buraco de quarto. Para um homem branco, não havia nada para fazer à noite a não ser sair na rua para ser assaltado. Por isso, fiquei no quarto treinando duas coisas. Esvaziar e carregar minha pistola de serviço no escuro, o mais rápido possível. E *speed-cuffing*, algemando a um pé de mesa com rapidez.

Harry apoiou-se nos cotovelos.

O homem ainda estava com os braços curtos acima da cabeça. As mãos encontravam-se algemadas ao cano de água. Ele olhou inexpressivamente para Harry.

— O Sr. Kluit mandou você? — perguntou Harry, em inglês.

O outro sustentou o olhar de Harry sem piscar.

— A Tríade? Eu já paguei as minhas dívidas, não sabia? — continuou em inglês. Harry estudou o rosto inexpressivo do homem. Tinha aspecto asiático, mas não o formato de rosto e a cor dos chineses. Mongol, talvez? — Então, o que quer de mim?

Sem resposta. O que era péssima notícia, já que indicava que o homem não tinha vindo para exigir algo. Mas para fazer algo.

Harry levantou-se e deu alguns passos em semicírculos para se aproximar de lado. Ele segurou a pistola contra a têmpora do homem, enfiando a mão esquerda no interior da jaqueta. A mão passou pelo aço frio de uma arma antes de encontrar uma carteira, que ele puxou.

Harry deu três passos para trás.

— Vejamos... Sr. Jussi Kollka. — Harry segurou um cartão do American Express na luz do teto. — Finlandês? Então, talvez entenda minha língua?

Nenhuma resposta.

— Você já foi policial, correto? Quando vi você no saguão de desembarque do aeroporto Gardermoen, achei que fosse policial da Divisão de Narcóticos. Como sabia que eu estava justamente naquele voo, Jussi? Posso te chamar de Jussi? Parece mais natural usar o primeiro nome de um cara quando ele está com o pau para fora.

Houve um ruído da garganta antes que um escarro de saliva voasse pelo ar, rodopiando no seu próprio eixo, e pousasse no peito de Harry.

Ele olhou para a sua camiseta. O escarro preto de rapé fazia uma diagonal sobre o segundo "o", então o nome ficou escrito como "Snow Patrøl".

— Então você entende mesmo a minha língua — disse Harry. — E então, para quem trabalha, Jussi? E o que você quer?

Nenhum músculo se moveu no rosto de Jussi. Alguém abaixou o trinco da porta no lado de fora, praguejou e foi embora.

Harry suspirou. Então levantou a pistola, apontou para a testa do finlandês e engatilhou.

— Talvez você pense que eu seja uma pessoa normal e sensata, Jussi. Bem, aqui está uma prova da minha sensatez. Meu pai está numa cama de hospital ali dentro, indefeso. Você descobriu e por isso tenho um problema. Só tem uma maneira de resolver. Felizmente, você está armado, então posso dizer à polícia que foi em autodefesa.

Harry pressionou o gatilho com mais força. E sentiu a náusea tão familiar.

— Kripos.

Harry deteve o gatilho e perguntou em inglês:

— Repita.

— Trabalho na Kripos — As palavras em sueco sibilaram com aquele sotaque finlandês que os contadores de piada em festas de casamento norueguesas gostam tanto.

Harry estudou o homem. Não tinha um pingo de dúvida de que o outro falava a verdade. Mas não fazia sentido algum.

— Na minha carteira — rosnou o finlandês sem que a raiva na voz alcançasse os olhos.

Harry abriu a carteira e verificou o conteúdo. Tirou um documento de identidade. Os dados eram poucos, mas satisfatórios. O homem diante de Harry trabalhava na Polícia de Combate ao Crime, a Krimpolitisentralen, ou Kripos, a Divisão Central em Oslo que assistia — e normalmente liderava — as investigações de assassinatos no âmbito nacional.

— Que merda a Kripos pode querer de mim?

— Pergunte a Bellman.

— Quem é Bellman?

O finlandês soltou um ruído curto, era difícil dizer se era tosse ou riso.

— Superintendente Bellman, seu babaca de merda. Meu chefe. Pode me soltar agora, *gracinha*.

— Porra — disse Harry e olhou para a carteira de identidade de novo. — Porra, porra, porra. — Ele deixou a carteira cair no chão e virou-se para a porta.

— Ei! Ei!

Os gritos do finlandês desvaneceram assim que a porta se fechou atrás de Harry, e ele foi pelo corredor até a saída. O enfermeiro que esteve com o seu pai vinha no sentido contrário e acenou sorridente ao se cruzarem. Harry lançou a pequena chave das algemas no ar.

— Tem um exibicionista nu no banheiro dos homens, Altman.

Por instinto, o enfermeiro pegou a chave com as mãos. Harry sentiu o olhar boquiaberto em suas costas até sair pela porta.

9

O Mergulho

Eram quinze para as onze da noite. Fazia 9°C, e Marit Olsen lembrou que a previsão do tempo havia anunciado temperatura ainda mais amena para o dia seguinte. No Parque de Frogner não se avistava vivalma. Algo naquelas piscinas enormes a fez pensar em navios embarcados, aldeias de pescadores abandonadas com o vento assobiando pelas paredes das casas e parques de diversão fora de temporada. Memórias fragmentadas da infância. Como os pescadores afogados que assombravam Tronholmen, surgindo do mar de madrugada, com algas no cabelo e peixinhos na boca e nas narinas. Fantasmas sem respiração, mas que vez ou outra soltavam gritos roucos e frios de gaivota. Os mortos, com seus membros inchados se agarrando a galhos e sendo arrancados com um ruído rascante, sem que isso detivesse o avanço deles à casa solitária em Tronholmen. Justo onde moravam seus avós. Onde ela estava deitada no quarto de criança, tremendo. Marit Olsen respirou fundo. E continuou respirando.

Lá embaixo não estava ventando, mas ali no alto da plataforma de mergulho, dez metros acima, dava para sentir o ar se mover. Marit sentiu a própria pulsação nas têmporas, na garganta, no ventre, em cada membro; o sangue fluía, revigorante. Era maravilhoso viver. Estar viva. Ela nem ficou tão ofegante depois de subir todos os degraus da plataforma de mergulho, havia apenas sentido o coração, aquele músculo fiel, bater loucamente. Ela olhou para a piscina vazia embaixo, que a luz da lua iluminava com um brilho azulado, quase artificial. Mais longe, no final da piscina, ela podia ver o grande relógio. Os ponteiros haviam parado às cinco e dez. O tempo havia parado. Ela podia ouvir a cidade, ver as luzes dos carros na Kirkeveien. Tão perto. E tão longe. Longe demais para que alguém a ouvisse.

Ela estava respirando. Mas estava morta mesmo assim. Em volta do pescoço tinha uma corda, grossa como uma sirga, e podia ouvir os ruídos das gaivotas, os fantasmas aos quais ela logo se juntaria. Mas ela não estava pensando na morte. Pensava na vida, e na sua enorme vontade de viver. Em todas as coisas grandes e pequenas que gostaria de ter feito. Ela teria viajado a países onde nunca havia estado, teria visto seus sobrinhos e suas sobrinhas crescerem, teria testemunhado o mundo entrar nos eixos.

Havia sido uma faca; a lâmina tinha brilhado na luz da rua e encostado em seu pescoço. Dizem que o medo dá forças. Mas no seu caso, o medo roubou toda sua força, toda sua capacidade de agir. A ideia de a lâmina abrir seu corpo a deixou trêmula e desamparada. Tanto é que, quando recebeu a ordem de subir a cerca, ela não conseguiu, caiu como um saco de feijão, as lágrimas escorrendo pelo rosto. Porque ela já sabia o que ia acontecer. Faria qualquer coisa para que ele não a ferisse e sabia que não haveria como evitar. Porque ela queria tanto viver mais um pouco. Mais alguns anos, mais alguns minutos, era a mesma racionalidade cega e irracional que governava todos.

Ela tinha começado a explicar que não conseguia subir, havia esquecido a ordem para ficar calada. A faca tinha se contorcido como uma cobra, cortando sua boca e esmagando os dentes, antes de ser retirada. O sangue jorrou no mesmo instante. A voz sussurrou algo por trás da máscara e a empurrou em direção à escuridão ao longo da cerca. Até um lugar atrás dos arbustos onde ele a forçou por um rombo na cerca até o outro lado.

Marit Olsen engoliu o sangue que continuava enchendo sua boca e olhou para as arquibancadas abaixo, também banhadas pelo brilho azul da lua. Estavam tão vazias, como numa sala de tribunal, sem audiência e júri, apenas um juiz. Uma execução sem a multidão, apenas o carrasco. Uma última aparência pública aonde ninguém achou que valia a pena comparecer. Ocorreu a Marit Olsen que tanto na morte como na vida faltou-lhe encanto. E agora, nem conseguia falar.

— Pule.

Ela viu como o parque era bonito, mesmo agora no inverno. Marit gostaria que o relógio no final da piscina funcionasse, para que visse os segundos de vida que ela estava roubando.

— Pule — repetiu a voz. Ele devia ter retirado a máscara, porque a voz estava diferente; ela o reconhecia agora. Ela virou a cabeça e olhou, chocada. Sentiu um pé nas costas. Ela gritou. O chão sumiu por baixo dos pés; por um momento surpreendente ficou sem peso. Mas a gravidade a puxava para baixo; seu corpo acelerou, e ela percebeu que a porcelana azul e branca da piscina corria ao seu encontro, para quebrá-la em pedacinhos.

A corda em volta do pescoço de Marit Olsen se apertou quando ela estava 3 metros acima do fundo da piscina. Era de um tipo antigo, feita de fibra de tília e olmo, e não tinha nenhuma elasticidade. O corpo volumoso de Marit Olsen não se deixou frear significativamente; desprendeu-se da cabeça e acertou o fundo da piscina com um baque abafado. A cabeça e o pescoço ficaram na corda. Não havia muito sangue. Assim, a cabeça se inclinou para a frente, soltou-se da corda, caiu em cima da jaqueta de corrida azul de Marit Olsen e rolou pelos ladrilhos da piscina com um ruído surdo.

Então, a piscina voltou ao silêncio.

Parte 2

10

Lembretes

Eram três da madrugada quando Harry desistiu da ideia de dormir e se levantou. Ele abriu a torneira da cozinha e colocou um copo embaixo, segurou-o lá até a água transbordar e pingar gelada no seu punho. Seu queixo doía. Ele estudou as duas fotos fixadas sobre a bancada da cozinha.

Uma, com marcas de dobras, mostrou Rakel num vestido azul-claro. Mas não era verão, a folhagem atrás dela tinha cores de outono. Seu cabelo negro caía até os ombros. Seu olhar parecia buscar alguém atrás da lente, o fotógrafo, talvez. Foi ele mesmo que tinha tirado a foto? Estranho não conseguir lembrar.

A outra foto era de Oleg. Tirada com a câmera do celular de Harry em Valle Hovin durante o treino de patinação no verão passado. Na época ainda era um rapaz magricelo, mas se tivesse continuado os treinos, logo teria preenchido sua roupa esportiva vermelha. O que estaria fazendo? Onde estaria? Será que Rakel havia conseguido criar um lar para eles, onde quer que estivessem, onde podiam se sentir mais seguros do que em Oslo? Será que havia pessoas novas em suas vidas? Quando Oleg ficava com sono, ou perdia a concentração, será que ainda chamava Harry de "papai"?

Harry fechou a torneira. Ele sentiu a porta do armário contra os joelhos. Do lado de dentro, Jim Beam sussurrava seu nome.

Ele vestiu uma calça e uma camiseta, foi até a sala e colocou *Kind of Blue* de Miles Davis para tocar. Era o disco original, onde não haviam compensado o pequeno atraso da gravação do estúdio, de modo que o álbum inteiro era um quase imperceptível deslocamento da realidade.

Harry ouviu por um tempo antes de aumentar o volume para abafar o sussurro da cozinha. Fechou os olhos.

Kripos. Bellman.

Ele nunca tinha ouvido falar nesse nome. Claro, ele podia ligar para Hagen e conseguir mais informações, mas não estava a fim. Porque tinha uma ideia do que se tratava. Melhor deixar quieto.

Harry havia chegado à última música, "Flamenco Sketches", quando desistiu. Ele se levantou e caminhou da sala até a cozinha. No corredor virou à esquerda, enfiou as botas Doc Martens e saiu.

Encontrou o que procurava debaixo de um saco plástico furado. A frente da pasta estava coberta por algo parecendo sopa de ervilha ressecada. Ao voltar, sentou-se na velha poltrona verde e começou a ler, tremendo de frio.

O nome da primeira mulher era Borgny Stem-Myhre, 33 anos, nascida na cidadezinha de Levanger. Solteira, não tinha filhos, morava no bairro de Sagene em Oslo. Trabalhava como estilista, tinha um grande círculo de amizades, especialmente entre cabeleireiros, fotógrafos e gente da imprensa de moda. Frequentava vários restaurantes da cidade, não apenas os que estavam em alta. Além disso, apreciava a natureza e gostava de fazer caminhadas ou de esquiar de cabana a cabana nas montanhas.

"Você pode sair de Levanger, mas Levanger nunca sai de você", era o que se concluía a partir de as conversas com os colegas. Harry supôs que o comentário viesse de colegas que haviam tido sucesso em apagar os traços dos vilarejos onde nasceram.

"A gente gostava muito dela. Ela era uma das poucas pessoas genuinamente honestas nesse ramo."

"É incompreensível, a gente não consegue entender por que alguém poderia querer matá-la."

"Ela era boazinha demais. E mais cedo ou mais tarde, todos os homens por quem ela se apaixonava se aproveitavam disso. Ela virava um brinquedo para eles. Mirou alto demais — foi basicamente esse o problema."

Harry observou uma foto dela. Estava na pasta de quando ainda estava viva. Loura, talvez não natural. Aparência comum, nenhuma beleza evidente, mas vestia-se com estilo, uma jaqueta militar e um gorro rastafári. Estilosa e boazinha demais — fazia algum sentido?

Ela havia visitado o restaurante Mono para a festa de lançamento mensal e pré-leitura da revista de moda *Sheness*. O evento aconteceu das sete às oito, e Borgny dissera a um colega/amigo que ela queria ir para casa se preparar para a sessão de fotos do dia seguinte, para a qual o fotógrafo queria um look "selva encontra punk nos anos 1980".

Eles pensaram que ela iria ao ponto de táxi mais próximo, mas nenhum taxista nas proximidades naquele horário (listas computadorizadas da Norgestaxi e Oslotaxi estavam anexadas) reconheceu a foto de Borgny Stem-Myhre ou fez corridas até o bairro de Sagene. Em suma, ninguém a tinha visto depois que ela deixou o restaurante Mono. Até que dois pedreiros poloneses a caminho do trabalho repararam que o cadeado da porta de ferro do abrigo antiaéreo havia sido violado, e entraram. Borgny estava deitada no meio do chão numa posição retorcida, completamente vestida.

Harry estudou a foto. A mesma jaqueta militar. O rosto parecia ter sido maquiado com base branca. O flash lançou sombras marcantes contra a parede do porão. Sessão de fotos. Estiloso.

O patologista constatou que Borgny Stem-Myhre morreu em algum momento entre as dez e onze horas da noite. Acharam vestígios de uma substância chamada cetamina no sangue, um anestésico forte que age rapidamente, mesmo aplicado com injeção intramuscular. Mas a causa direta da morte foi afogamento, provocado por sangue de feridas na boca. E aqui começou a parte mais inquietante. O patologista encontrou vinte e quatro furos na boca, simetricamente distribuídos e da mesma profundidade de sete centímetros — contando os que não penetraram o rosto. Mas os investigadores não faziam ideia de que arma ou instrumento tinha sido usado. Nunca tinham visto uma coisa dessas. Não havia absolutamente nenhuma prova técnica; nenhuma impressão digital, nenhum DNA, nem sequer pegadas de sapatos ou botas, já que o chão de cimento havia sido limpo no dia anterior para colocarem cabos de aquecimento e revestimento de piso. No relatório de Kim Erik Lokker, um patologista que devia ter sido contratado depois da época de Harry, havia a foto de duas pedrinhas preto-acinzentadas encontradas no chão e que não faziam parte do cascalho em torno da cena do crime. Lokker assinalou que pedregulhos tendiam a se prender em botas com solas grossas, e caíam ao andar em piso mais firme, como o de cimento. Mas essas pedrinhas eram tão incomuns que, se por acaso surgissem outras mais tarde na investigação, num atalho de cascalho, por exemplo, talvez pudessem encontrar uma pista. O relatório teve uma emenda após ser escrito e datado: foram encontrados pequenos traços de ferro e coltan em dois dentes molares.

Harry já podia antever a continuação. Ele continuou folheando.

O nome da outra mulher era Charlotte Lolles. Pai francês, mãe norueguesa. Residente em Lambertseter, Oslo. Vinte e nove anos. Advogada formada. Morava sozinha, mas tinha namorado: um Erik Fokkestad que logo foi descartado como suspeito. Ele estava num seminário de geologia no parque nacional de Yellowstone em Wyoming, nos Estados Unidos. Charlotte ia acompanhá-lo, mas acabou dando prioridade a uma grande disputa imobiliária na qual estava trabalhando.

Os colegas a tinham visto pela última vez no escritório na noite de terça-feira por volta das nove. Aparentemente, ela nunca chegou em casa. Sua pasta executiva foi encontrada ao lado do corpo atrás do carro abandonado em Maridalen. Ambas as partes envolvidas na disputa imobiliária foram eliminadas do caso. Constava no relatório de necropsia que havia resquícios de pintura e ferrugem por baixo das unhas de Charlotte Lolles, o que coincidiu com o relatório da cena do crime que descrevia arranhões em volta da fechadura da tampa do porta-malas do carro, como se ela tivesse tentado abri-la. Um exame mais detalhado da fechadura mostrou que tinha sido forçada pelo menos uma vez. Seria pouco provável que Charlotte Lolles tivesse feito isso. Harry visualizou a garota atada a algo dentro do porta-malas, e imaginou que foi por isso que ela havia tentado escapar. Algo que o assassino tinha retirado depois. Mas o quê? E como? E por quê?

O protocolo das interrogações de uma colega do escritório de advocacia incluiu uma citação: "Charlotte era uma pessoa ambiciosa, ela sempre trabalhava até tarde. Se era eficiente, não sei. Sempre gentil, mas não tão extrovertida quanto seus sorrisos e sua aparência mediterrânea podiam sugerir. Um tanto retraída, diria. Ela nunca falava sobre o namorado, por exemplo. Mas meus chefes gostavam muito dela."

Harry imaginou a colega contando a Charlotte uma revelação íntima atrás da outra sobre o próprio namorado, sem receber nada além de um sorriso em troca. Sua mente investigativa estava no piloto automático: talvez Charlotte estivesse se esquivando de fazer parte de uma amizade inconveniente, talvez tivesse algo a esconder. Talvez...

Ele observou as fotos. Traços não muito delicados, mas atraentes. Olhos escuros, pareciam os de... droga! Ele fechou os olhos. Voltou a abri-los. Folheou até o relatório do patologista. Passou os olhos pelo documento.

Teve que conferir o nome de Charlotte no início do documento para se assegurar de que não estava lendo o relatório de Borgny outra vez. Anestésico. Vinte e quatro feridas na boca. Afogamento. Nenhuma outra violência externa, nenhum sinal de abuso sexual. A única diferença foi a hora da morte, entre as onze e meia-noite. Mas esse relatório também tinha uma emenda sobre traços de ferro e coltan nos dentes da vítima. Provavelmente porque a Perícia Técnica mais tarde havia entendido que o fato podia ser importante, já que havia sido encontrado nas duas vítimas. Coltan. O Exterminador do Futuro não era feito desse material?

Harry já estava bem acordado e percebeu que tinha sentado na ponta da cadeira. Ele se sentiu agitado, empolgado. E nauseado. Como quando tomava o primeiro drinque, aquele que fazia o estômago virar, aquele que seu corpo desesperadamente recusava. E logo iria pedir por mais. Mais e mais. Até destruí-lo e a todas as pessoas em torno dele. Como estava acontecendo. Harry levantou-se tão bruscamente que ficou tonto, pegou a pasta e, sabendo que era grossa demais, conseguiu mesmo assim rasgá-la ao meio. Juntou os pedacinhos de papel e levou-os de volta à lixeira. Ele soltou os pedacinhos pela beirada e ergueu os sacos para que os documentos caíssem até o fundo. Torceu para que o caminhão de lixo passasse no dia seguinte ou logo depois.

Harry voltou para casa e sentou-se na poltrona.

Quando a noite começou a ganhar um matiz cinzento, ele ouviu os primeiros sons de uma cidade a acordar. Mas, sobre o zumbido da hora do rush matinal de Pilestredet, também podia ouvir uma sirene distante e aguda de um carro de polícia atravessar as frequências. Podia ser qualquer coisa. Ele ouviu outra sirene. Qualquer coisa. E mais uma. Não era qualquer coisa, não.

O telefone fixo começou a tocar.

Harry tirou o telefone do gancho.

— Aqui é Hagen. Acabamos de receber a informa...

Harry desligou.

Tocou de novo. Harry olhou pela janela. Ele não tinha ligado para Søs, sua irmã. Por que não? Por que não queria se mostrar para sua irmã caçula — sua admiradora mais entusiasmada, mais incondicional? Ela que tinha o que a própria chamava de "um toque de Síndrome de Down" e que mesmo assim se arranjava na vida infinitamente melhor do que ele. A irmã era a única pessoa que ele não podia se permitir decepcionar.

O telefone parou de tocar. E recomeçou.

Harry agarrou o fone.

— Não, chefe. A resposta é não, eu não quero esse emprego.

Por um segundo ficou quieto no outro lado. Depois uma voz desconhecida disse:

— Aqui é Oslo Energia. Sr. Hole?

Harry praguejou para si mesmo.

— Sim?

— O senhor não pagou as faturas que enviamos, nem respondeu aos avisos de desligamento. Estou ligando para avisar que vamos cortar o fornecimento de energia ao seu apartamento na rua Sofie, 5, a partir da meia-noite de hoje.

Harry não respondeu.

— Será religado assim que recebermos o pagamento do valor devido.

— E o valor é de?

— Com juros, taxa de cobrança e desligamento são 14.463 coroas.

Silêncio.

— Alô?

— Estou aqui. No momento não tenho tanto dinheiro.

— O valor devido irá para cobrança judicial. Enquanto isso, esperamos que a temperatura não fique abaixo de zero grau. Não é?

— É — constatou Harry e desligou.

As sirenes lá fora aumentavam e baixavam.

Harry foi se deitar. Ele ficou de olhos fechados por quinze minutos até desistir; vestiu-se de novo e saiu para pegar o bonde para o hospital.

11

Impresso

Quando acordei hoje de manhã, sabia que estive lá de novo. No sonho é sempre assim: estamos deitados no chão, com o sangue escorrendo, e quando olho para o lado, ela está lá olhando para nós. Ela me olha com pesar, como se só agora tivesse descoberto quem sou, só agora tivesse me desmascarado, visto que não sou o homem que ela quer.

O café da manhã foi excelente. Está em teletexto. "Membro do Parlamento encontrada morta em piscina no Parque de Frogner." As páginas da internet estão cheias. Imprimir, recortar, recortar.

Daqui a pouco, os primeiros sites irão publicar o nome. Até agora, a suposta investigação policial tem sido tão risivelmente amadora que irrita mais do que desperta interesse. Mas desta vez irão empregar todos os recursos, e não brincar de detetive como andaram fazendo com Borgny e Charlotte. Afinal, Marit Olsen era um membro do Parlamento. Está na hora de pôr um fim nisso. Porque já escolhi a próxima vítima.

12

Cena do Crime

Harry fumou um cigarro na frente da entrada do hospital. Acima dele, o céu estava azul-pálido, mas embaixo, a cidade, que ficava num vale verde entre os baixos topos de montanha, encontrava-se coberta pela neblina. A visão o lembrou da infância em Oppsal, quando ele e Øystein haviam matado a primeira aula para ir aos bunkers alemães em Nordstrand. Lá do alto tinham visto a neblina densa esconder o centro de Oslo. Mas com os anos, a neblina matinal havia gradualmente se dissipado, junto à indústria e ao aquecimento à base de madeira.

Harry esmagou o cigarro com o calcanhar.

Olav Hole parecia melhor. Ou talvez fosse efeito da luz. Ele perguntou por que Harry estava sorrindo. E o que havia acontecido com o queixo do filho.

Harry falou algo sobre ser desastrado e se perguntou em que idade a transformação ocorria, começando a vez dos filhos de poupar os pais da realidade. Em torno dos 10 anos, concluiu.

— Sua irmãzinha esteve aqui — disse o pai.

— Como ela está?

— Está bem. Quando soube que você havia voltado, ela disse que precisava cuidar de você. Porque ela já cresceu, e você ainda não.

— Humm. Espertinha. Como você está se sentindo hoje?

— Bem. Aliás, muito bem. Acho até que está na hora de sair daqui.

Ele sorriu, e Harry devolveu o sorriso.

— O que os médicos dizem?

Olav Hole continuou sorrindo.

— Falam demais. Vamos falar de outra coisa?

— Claro. De que quer falar?

Olav Hole pensou um pouco.

— Quero falar dela.

Harry assentiu com a cabeça. E ficou calado ouvindo o pai contar como ele e a mãe de Harry haviam se encontrado e casado. Sobre a doença da mãe quando Harry ainda era menino.

— A Ingrid sempre me ajudou. Sempre. Mas ela precisava tão pouco de mim. Até ficar doente. De vez em quando cheguei a pensar que a doença foi uma bênção.

Harry endireitou-se na cadeira.

— Me deu a chance de retribuir, entende. E eu retribuí. Fazia tudo o que ela me pedia. — Olav Hole fixou o olhar no filho. — Tudo, Harry. Quase.

Harry fez que sim com a cabeça.

O pai continuou falando. Sobre a irmã e Harry, a irmã sempre gentil e alegre. E sobre a força de vontade de Harry. Que ele tinha medo do escuro, mas que não queria contar para ninguém. Quando ele e a mãe haviam escutado à porta, tinham ouvido Harry chorar e amaldiçoar os monstros invisíveis. Mas sabiam que não deviam entrar para consolar e tranquilizar o filho porque ele iria ficar furioso e gritar que estavam estragando tudo e mandar eles sair.

— Você sempre queria combater aqueles monstros sozinho, Harry.

Olav Hole contou a velha história sobre Harry não ter dito uma palavra até ter quase 5 anos. Mas então — um dia — frases inteiras simplesmente fluíram dele. Frases lentas e sérias com palavras adultas e eles não entendiam onde ele as havia aprendido.

— Mas sua irmã tem razão — disse o pai, sorrindo. — Você voltou a ser um menino. Você não fala.

— Humm. Você quer que eu fale?

O pai fez que não.

— Você precisa ouvir. Mas por hoje chega. Volte outro dia.

Harry apertou a mão esquerda do pai com a mão direita e se levantou.

— Tudo bem se eu ficar alguns dias em Oppsal?

— Obrigado por se oferecer. Eu não queria incomodar você, mas a casa está precisando de cuidados.

Harry deixou de explicar sobre o corte do fornecimento de energia no seu apartamento.

O pai tocou a campainha, e uma enfermeira jovem e sorridente entrou usando o primeiro nome do pai de modo inocente, brincando de flertar. E Harry ouviu seu pai engrossar a voz ao explicar que Harry precisava da mala onde estava a chave da casa. Ele viu como o homem doente na cama tentou estufar o peito para ela. E por algum motivo, não parecia patético, mas como devia ser.

Na hora de se despedir, o pai repetiu:

— Tudo que ela me pedia. — E sussurrou: — Exceto por uma coisa.

Ao levar Harry ao guarda-volumes, a enfermeira disse que o médico queria trocar algumas palavras com ele. Depois de achar a chave na mala, Harry bateu na porta indicada pela enfermeira.

O médico apontou para um assento, inclinou-se para trás na cadeira e juntou as pontas dos dedos das mãos.

— Foi bom você voltar. Tentamos te encontrar.

— Eu sei.

— O câncer se espalhou.

Harry fez que sim com a cabeça. Uma vez, alguém tinha dito a ele que essa era a função de uma célula de câncer: se espalhar.

O médico o observou, como se avaliasse o próximo passo.

— Sim — disse Harry.

— Sim?

— Sim, estou pronto para ouvir o resto.

— Não costumamos dizer quanto tempo de vida resta a uma pessoa. Os erros de avaliação e a tensão psicológica são grandes demais. Entretanto, neste caso, acho justo contar que ele já está fazendo hora extra.

Harry concordou. Olhou pela janela. A neblina ainda estava densa lá embaixo.

— Tem um número de celular para entrarmos em contato caso aconteça algo?

Harry balançou a cabeça. Seria uma sirene que soou lá embaixo na neblina?

— Algum conhecido que pode te avisar?

Harry fez que não outra vez.

— Sem problema. Vou ligar para cá e visitá-lo todo dia. Está bem assim?

O médico assentiu e observou Harry se levantar e sair a passos largos.

Já eram nove horas quando Harry chegou à piscina de Frogner. O parque inteiro media cerca de 50 hectares, mas como a piscina pública apenas consistia em uma pequena fração e, além disso, era cercada, foi fácil para a polícia isolar a cena do crime; haviam apenas esticado a fita em volta da cerca inteira e colocado um guarda no guichê da bilheteria. Repórteres chegaram voando como abutres em bando, crocitando em frente ao portão, querendo saber quando teriam acesso ao cadáver. Pelo amor de Deus, com uma autêntica representante do Parlamento como essa, será que o público não tinha direito a fotos de um corpo tão proeminente?

Harry comprou um café americano no Kaffepikene. Eles colocavam cadeiras e mesas na calçada durante todo o mês de fevereiro, e Harry se sentou, acendeu um cigarro e olhou o bando em frente à bilheteria.

Um homem sentou-se na cadeira ao lado.

— Harry Hole em pessoa. Por onde tem andado?

Harry levantou o olhar. Roger Gjendem, o repórter do jornal *Aftenposten*, acendeu um cigarro e fez um gesto em direção ao Parque de Frogner:

— Finalmente Marit Olsen conseguiu o que sempre quis. Às oito horas da noite de hoje, ela será uma celebridade. Se enforcar na torre de mergulho na piscina de Frogner? Bom passo para a carreira dela. — Ele virou-se para Harry e fez uma careta: — O que houve com seu queixo? Sua cara está um horror.

Harry não respondeu. Ficou bebericando o café e não fez nada para evitar o silêncio embaraçoso, na vã esperança de que o repórter entendesse que não era uma companhia desejada. Da neblina acima deles vinha o zumbido de rotores. Roger Gjendem olhou para cima.

— Deve ser do *Verdens Gang*. É típico daquele tabloide alugar um helicóptero. Espero que a neblina não levante.

— Humm. Melhor ninguém conseguir fotos do que eles?

— Claro. O que você sabe?

— Com certeza menos que você — disse Harry. — O corpo foi encontrado por um guarda noturno ao amanhecer e ele ligou para a polícia na mesma hora. E você?

— Cabeça arrancada. Parece que a mulher pulou do alto da plataforma com uma corda em volta do pescoço. E ela não era exatamente um peso-leve. Na categoria de mais de 100 quilos.

"Encontraram fios consistentes com o agasalho esportivo dela no local da cerca por onde acham que ela entrou. Não acharam outras pistas, por isso suspeitam que estivesse sozinha."

Harry tragou a fumaça. *Cabeça arrancada*. Falavam como escreviam, esses repórteres, a pirâmide invertida, como chamavam: a informação mais importante primeiro.

— Aconteceu durante a madrugada, então? — pescou Harry.

— Ou ontem de noite. De acordo com o marido, Marit Olsen saiu de casa às nove e quarenta e cinco para correr.

— Tarde para uma corrida.

— Parece que era o horário que costumava correr. Gostava de ter o parque só para si.

— Humm.

— Aliás, tentei localizar o guarda noturno que a encontrou.

— Por quê?

Gjendem olhou surpreso para Harry.

— Para ter um relato de primeira mão, claro.

— Claro — disse Harry, tragando a fumaça.

— Mas, parece que ele está escondido. Não está aqui, nem em casa. Deve ter sido o choque, coitado.

— Bem, não é a primeira vez que ele encontrou corpos na piscina. Suponho que o detetive-chefe cuidou para que vocês não pusessem as mãos nele.

— O que quer dizer, não é a primeira vez?

Harry deu de ombros.

— Já fui chamado para cá duas ou três vezes. Jovens entravam sorrateiramente durante a noite. Uma vez foi suicídio, outra vez, um acidente. Quatro amigos bêbados voltando para a casa depois de uma festa queriam brincar um pouco, ver quem tivesse a coragem de ficar mais perto da ponta do trampolim. O rapaz mais corajoso mal chegou aos 19 anos. O mais velho era seu irmão.

— Que horror — disse Gjendem por obrigação.

Harry olhou para o relógio como se tivesse que ir.

— Aquela corda deve ter sido bem resistente — disse Gjendem. — A cabeça arrancada. Onde já se ouviu uma coisa dessas?

— Tom Ketchum — disse Harry ao tomar o resto do café em um gole só e se levantar.

— Ketchup?

— Ketchum. Do Bando do Buraco na Parede. Enforcado no Novo México em 1901. Uma forca bem comum; só usaram uma corda comprida demais.

— Nossa. Quanto?

— Um pouco mais de dois metros.

— Só isso? Ele deve ter sido um gordo e tanto.

— Não. Para se ver como é fácil perder a cabeça, não é?

Gjendem gritou algo atrás dele, mas Harry não ouviu. Ele cruzou o estacionamento no lado norte da piscina, passou pelo parque e virou à esquerda, atravessando a ponte em direção à entrada principal. A cerca toda tinha mais de 2m de altura. *Mais de cem quilos.* Marit Olsen pode ter tentado, mas não tinha subido a cerca da piscina sozinha.

Do outro lado da ponte, Harry virou à esquerda para se aproximar da piscina pela direção oposta. Ele passou por cima da fita laranja da polícia e parou no topo do declive em frente a um arbusto. Harry tinha esquecido uma alarmante quantidade de coisas nos últimos anos. Mas os casos ficaram gravados. Ainda se lembrava dos nomes dos quatro rapazes na plataforma de mergulho. O olhar distante e vazio do irmão mais velho quando respondia as perguntas de Harry num tom monótono. E a mão apontando para o lugar por onde tinham entrado.

Harry pisou com cuidado para não destruir nenhuma pista e virou o arbusto para o lado. O pessoal da manutenção dos parques de Oslo parecia planejar bem a longo prazo. Se é que planejava. O rombo na cerca ainda estava lá.

Harry se agachou e estudou as pontas afiadas do corte. Ele viu fios escuros. Deixados por alguém que não havia se esgueirado, mas forçado o caminho pela cerca. Ou tinha sido empurrado. Ele procurou outras pistas. Do alto do rombo tinha um longo fio preto de lã. O buraco era tão alto que a pessoa teria que estar em pé para tocar a cerca naquele ponto. A cabeça. A lã fazia sentido, um gorro de lã. Será que Marit Olsen estava usando um gorro de lã? De acordo com Robert Gjendem, Marit Olsen havia saído de casa quinze para as dez para correr no parque. Como costumava fazer, tinha informado ele.

Harry tentou visualizar a cena. Viu uma noite no parque mais amena do que o normal. Ele observou uma grande mulher suada correr. Não viu um gorro de lã. Também não viu nenhuma outra pessoa usando gorro de lã. Pelo menos não porque estava frio. Mas talvez por não querer ser visto ou reconhecido. Gorro de lã preto. Uma máscara, talvez.

Ele saiu dos arbustos com cuidado.

Não tinha ouvido eles chegarem.

Um homem segurava uma pistola — provavelmente uma Steyr austríaca, semiautomática. Que estava apontada para Harry. O homem atrás dele tinha cabelos loiros, boca aberta e um queixo bem pontudo, e quando ele emitiu um riso que mais parecia um grunhido, Harry lembrou o apelido de Truls Berntsen da Kripos: Beavis. Como em *Beavis and Butt-Head*.

O segundo homem era baixinho, com pernas seriamente arqueadas, e mantinha as mãos nos bolsos de um casaco que Harry sabia que escondia uma arma e uma carteira de identidade da Kripos com um nome que soava finlandês. Mas foi o terceiro homem, aquele com o elegante casaco cinza, que chamou a atenção de Harry. Ele estava um pouco à esquerda dos outros dois, mas havia algo estranho com a linguagem corporal do homem da pistola e do finlandês, a maneira como se viraram meio para Harry, meio para este homem. Como se fossem a extensão dele, como se fosse esse homem que *de fato* segurasse a pistola. O que mais chamou a atenção de Harry não foi sua beleza quase feminina. Nem os cílios marcantes, que desconfiava que estivessem com rímel. Nem o nariz, o queixo, o formato fino das bochechas. Não o cabelo grosso, escuro, grisalho, de corte bonito e bem mais comprido do que era o padrão na polícia. Nem todas as manchinhas escuras na pele bronzeada que davam a impressão que ele havia sido alvo de uma chuva de ácido. O que chamou a atenção de Harry foi o ódio. O ódio no olhar enquanto o fitava, um ódio tão feroz que Harry teve a sensação de poder senti-lo fisicamente, como algo branco e sólido.

O homem estava palitando os dentes. A voz era mais fina e suave do que Harry teria imaginado.

— Você invadiu uma área que foi isolada para investigação, Hole.

— Um fato irrefutável — disse Harry, dando uma olhada em volta.

— Por quê?

Harry olhou para o homem, em silêncio descartando uma resposta atrás da outra até perceber que ele simplesmente não tinha uma.

— Já que parece me reconhecer — disse Harry —, a quem tenho o prazer de conhecer?

— Duvido que seja algum prazer para qualquer um de nós, Hole. Sugiro, portanto, que você deixe esta área agora, e que não apareça numa cena de crime da Kripos novamente. Está claro?

— Bem. Está claro, mas não totalmente compreendido. Que tal eu ajudar a polícia contribuindo com uma dica de como Marit Olsen...

— Sua única contribuição à polícia — interrompeu a voz suave — tem sido sujar seu nome. Na minha opinião, você é um bêbado, um criminoso e um verme, Hole. Desse modo, minha dica para você é que se arraste de volta para debaixo da pedra de onde saiu antes que alguém te esmague com o calcanhar.

Harry fitou o homem e percebeu que sua cabeça e seus instintos estavam de acordo: Aceite. Bata em retirada. Você não tem munição para um contra-ataque. Seja esperto.

E ele queria muito ser esperto, realmente teria apreciado esta qualidade. Harry retirou o maço de cigarros:

— E esse alguém seria então você, Bellman? Porque você é Bellman, correto? O gênio que mandou aquele macaco de sauna atrás de mim? — Harry fez um gesto em direção ao finlandês. — Julgando por aquela tentativa, você não consegue botar o calcanhar em... em... — Harry tentou febrilmente lembrar a analogia, mas nada ocorreu a ele. Merda de fuso horário. Bellman interveio:

— Agora se manda, Hole. — O superintendente lançou o polegar por cima do ombro. — Dá o fora. Vaza.

— Eu... — começou Harry.

— Pronto — disse Bellman e abriu um largo sorriso. — Está preso, Hole.

— O quê?

— Você recebeu três avisos para deixar a cena do crime e não obedeceu. Mãos nas costas.

— Agora escute aqui! — rosnou Harry com uma ligeira sensação de ser um rato muito previsível preso no labirinto do laboratório. — Eu só queria...

Berntsen, ou melhor, Beavis, puxou a mão de Harry com força e o cigarro caiu da boca para o chão molhado. Ele se inclinou para pegá-lo, mas levou um chute de Jussi nas costas e caiu para a frente. Harry bateu a testa no chão e sentiu o gosto de terra e bílis. E ouviu a voz suave de Bellman perto do ouvido:

— Está resistindo à prisão, Hole? Eu mandei você pôr as mãos nas costas, não foi? Pedi para você pôr aqui...

Bellman colocou uma das mãos de leve na bunda de Harry, que respirou fundo pelo nariz sem se mexer. Porque ele sabia exatamente aonde Bellman queria chegar. Violência contra um policial. Duas testemunhas. Parágrafo 127. Pena de cinco anos. Fim de jogo. E mesmo que isso estivesse claro como o dia para Harry, ele sabia que Bellman logo ia conseguir o que queria. Por isso concentrou-se em outra coisa, afastando da mente o grunhido de Beavis e a água-de-colônia de Bellman. Ele pensou nela. Em Rakel. Pôs as mãos nas costas, em cima da mão de Bellman, e virou a cabeça. O vento havia acabado de dissipar a neblina que pairava por cima deles e agora podia ver a plataforma de mergulho, branca e fina, delineada contra o céu cinzento. Alguma coisa presa ao trampolim balançava no vento, uma corda, talvez.

Ouviu-se o clique macio de algemas.

Bellman ficou no estacionamento na rua Middelthun olhando o carro se afastar. O vento balançava de leve seu casaco.

O policial de plantão da cadeia estava lendo o jornal quando se deu conta da presença dos três homens em frente ao balcão.

— Olá, Tore — disse Harry. — Tem uma para não fumantes com vista?

— Olá, Harry. Quanto tempo. — O policial pegou uma chave no armário atrás de si e a estendeu para Harry. — A suíte de núpcias.

Harry viu a confusão de Tore quando Beavis se inclinou para a frente, arrancou a chave de sua mão e rosnou:

— É esse aqui o prisioneiro, seu babaca.

Harry lançou a Tore um olhar de desculpas enquanto as mãos de Jussi vasculharam seus bolsos, pescando as chaves e a carteira.

— Você pode ligar para Gunnar Hagen, Tore? Ele...

Jussi deu uma puxada nas algemas, elas cortaram a pele, e Harry cambaleou atrás dos dois em direção às celas.

Depois de trancá-lo no cubículo de 2,5m por 1,5m, Jussi foi até Tore para assinar os documentos, enquanto Beavis ficou no lado de fora da porta de grade observando o peso lá dentro. Harry viu que ele queria dizer algo e esperou. Por fim soltou a língua, com a voz trêmula de raiva reprimida:

— Então, como é? Ter sido uma figuraça daquelas, ter pegado dois serial killers, aparecendo na TV e tudo mais. E agora está aí, olhando as grades pelo lado de dentro, que tal?

— Está com raiva de quê, Beavis? — perguntou Harry baixinho e fechou os olhos. Ele sentiu ondas passarem por seu corpo, como se tivesse acabado de voltar à terra depois de uma longa viagem ao mar.

— Não estou com raiva. Mas quando penso em canalhas que atira em bons policiais, tenho raiva deles.

— Três erros numa só frase — disse Harry e deitou-se na cama — Primeiro, é "que atiram"; segundo, o policial Waaler não era um bom policial; e, terceiro, eu não atirei nele, eu arranquei o braço dele. Aqui, em cima do ombro. — Harry demonstrou.

Beavis abriu e fechou a boca, mas nada saiu dela.

Harry voltou a fechar os olhos.

13

Escritório

Quando Harry abriu os olhos de novo, já tinha passado duas horas deitado na cela, e Gunnar Hagen estava do outro lado lutando para abrir a porta com a chave.

— Desculpe, Harry, eu estava numa reunião.

— Para mim foi ótimo, chefe — disse Harry, esticando-se no colchão com um bocejo. — Estou livre?

— Conversei com o advogado da polícia, ele disse que está tudo certo. A detenção é preventiva, não é cumprimento de pena. Disseram que foram dois rapazes da Kripos que trouxeram você para cá. O que houve?

— É o que espero que você me diga.

— Eu?

— Desde que aterrissei em Oslo estou sendo seguido pela Kripos.

— Kripos?

Harry sentou-se no colchão e passou uma das mãos pelo cabelo escovinha

— Eles me seguiram até o hospital. Me prenderam por uma formalidade. O que está havendo, chefe?

Hagen ergueu o queixo e passou a mão pelo pescoço.

— Droga, eu devia ter adivinhado.

— Adivinhado o quê?

— Que ia vazar que a gente estava atrás de você. Que Bellman ia tentar nos impedir.

— Traduza, por favor.

— Como já disse, é muito complicado. Trata-se de corte de gastos e pessoal na força policial. Sobre jurisdição. A briga de sempre, a Divisão de Homicídios versus a Kripos. Se há recursos suficientes para duas entidades com competência paralela num país pequeno. A discussão ressurgiu quando entrou o novo segundo comandante da Kripos, Mikael Bellman.

— Me fale sobre ele.

— Bellman? Academia de Polícia, curto período em serviço na Noruega antes de seguir para a Europol em Haia. Voltou para a Kripos como menino-prodígio querendo avançar e subir. Encrenca desde o primeiro dia, quando ele quis empregar um ex-colega da Europol, um estrangeiro.

— Por acaso finlandês?

Hagen fez que sim.

— Jussi Kolkka. Tem formação policial da Finlândia, mas nenhuma das qualificações formais exigidas para ser policial na Noruega. O sindicato pegou fogo. A solução foi, claro, empregar Kolkka temporariamente como intercambista. A iniciativa seguinte de Bellman foi deixar claro que a legislação seria interpretada de modo que, em grandes casos de investigação de assassinato, a própria Kripos é quem decide se o caso cabe a eles ou ao distrito policial, não ao contrário.

— E?

— É inaceitável, claro. Temos a maior divisão de Homicídios nacional aqui na sede da polícia; cabe a nós decidir que casos pegar dentro do distrito de Oslo, quando precisamos de ajuda e quando queremos solicitar à Kripos que cuide de algum caso. A Kripos foi estabelecida para oferecer seus conhecimentos aos distritos policiais investigando casos de homicídio, mas sem mais nem menos Bellman deu status de império à sua divisão. O Ministério da Justiça foi envolvido na questão. E, de imediato, eles viram a chance de realizar o que conseguimos conter por tanto tempo: a concentração de investigações de homicídios em uma única central de competências. Eles não querem saber dos nossos argumentos sobre o perigo de padronização e nepotismo, sobre a importância de conhecimento local e distribuição de competências, sobre recrutamento e...

— Obrigado, está ensinando o padre a rezar missa.

Hagen levantou uma mão.

— Ok, mas o Ministério da Justiça está convocando uma reunião...

— E...?

— Dizem que vão ser pragmáticos. Que se trata de utilizar recursos escassos da melhor maneira possível. Se a Kripos puder mostrar que alcança melhores resultados ao atuar de maneira desimpedida em relação aos distritos policiais...

— Então todo o poder fica com a sede da Kripos em Bryn — emendou Harry. — Um grande escritório para Bellman e adeus para a Divisão de Homicídios?

Hagen deu de ombros.

— Algo do tipo. Quando Charlotte Lolles foi encontrada morta atrás daquele Datsun e vimos semelhanças com o assassinato daquela moça no porão do prédio novo, houve um embate. A Kripos disse que mesmo que os corpos tivessem sido encontrados em Oslo, um homicídio duplo cabe a eles e não à polícia distrital de Oslo, e iniciaram uma investigação por conta própria. Eles entenderam que a batalha pelo suporte do Ministério será travada nesse último caso.

— Então, o jeito é solucionar o caso antes da Kripos?

— Como disse, é complicado. A Kripos se recusa a trocar informações conosco, mesmo que não tenham conseguido avançar. Em vez disso, foram ao Ministério. O nosso chefe recebeu um telefonema do Ministério, que *gostaria* que a Kripos cuidasse do caso até eles resolverem a futura divisão das responsabilidades.

Harry balançou a cabeça lentamente.

— As coisas estão ficando mais claras. Vocês ficaram desesperados...

— Não é essa a palavra que eu usaria.

— Desesperados o suficiente para ressuscitar Hole, o velho caçador de serial killers. Um cara que não está mais na folha de pagamento, que podia investigar o caso sem levantar poeira. Foi por isso que eu devia ficar de bico fechado.

Hagen soltou um suspiro.

— Mas Bellman descobriu, claro. E mandou seguirem você.

— Para ver se vocês estavam cumprindo o pedido do Ministério. Para me pegar em flagrante lendo velhos relatórios ou interrogando testemunhas antigas.

— Ou ainda mais eficaz: Tirar você do jogo. Bellman sabe que um pequeno deslize seria suficiente para sua suspensão, uma cervejinha no horário do serviço, uma única quebra do regulamento.

— Humm. Ou resistir à prisão. Ele está pensando em levar o caso adiante, o canalha.

— Vou falar com ele. Vai deixar para lá quando souber que você não quer o caso. A gente não deixa policiais na lama se não houver nenhum motivo. — Hagen olhou para o relógio. — Tenho trabalho a fazer. Vamos tirar você daqui.

* * *

Eles saíram da detenção, cruzaram o estacionamento e pararam na entrada da sede da Polícia, uma torre de concreto e aço no topo do parque. Ao lado deles, conectados à sede da Polícia por um aqueduto subterrâneo, ficavam os velhos muros cinzentos de Botsen, a Prisão Distrital de Oslo. Abaixo deles, o bairro de Grønland estendia-se até o fiorde e o porto. As fachadas eram brancas como inverno, e estavam sujas como se houvesse chovido cinzas por cima delas. Os guindastes no porto estavam delineados como forcas contra o céu.

— Não é muito boa esta vista, o que acha?

— Não — disse Harry, respirando o ar.

— No entanto, essa cidade tem algo peculiar.

Harry fez que sim.

— Tem mesmo.

Ficaram algum tempo ali, balançando sobre os calcanhares com as mãos nos bolsos.

— Está frio — disse Harry.

— Nem tanto.

— Pode ser, mas meu termostato ainda está sintonizado em Hong Kong.

— Entendo.

— Então, talvez tenha uma xícara de café esperando ali em cima? — Harry virou a cabeça em direção ao sexto andar. — Ou era trabalho? O caso Marit Olsen?

Hagen não respondeu.

— Humm — disse Harry. — Então, também ficou com Bellman e a Kripos?

Harry recebeu um e outro cumprimento comedido ao andar pelo corredor da zona vermelha no sexto andar. Decerto era uma lenda da casa, mas nunca foi um homem bem-quisto.

Passaram por uma porta onde alguém havia colado uma folha de papel A4 com o texto "I SEE DEAD PEOPLE".

Hagen pigarreou.

— Eu tive que deixar Magnus Skarre ficar com seu escritório, aqui está entupido de gente.

— Sem problema — disse Harry.

83

Pegaram um copo do infame café coado na copa.

No escritório de Hagen, Harry instalou-se na cadeira em frente à mesa do chefe, onde havia sentado tantas vezes.

— Estou vendo que ainda tem isso — comentou Harry e apontou para um objeto em cima da mesa que à primeira vista parecia um ponto de interrogação branco. Era um dedo mindinho empalhado. Harry sabia que havia pertencido a um comandante japonês durante a Segunda Guerra Mundial. Durante a retirada, o comandante havia cortado fora seu mindinho na frente dos seus homens, como um pedido de desculpas por não poderem voltar para pegar seus mortos. Hagen adorava usar a história quando ensinava a gerência intermediária sobre liderança.

— E você ainda não. — Hagen acenou para a mão de Harry, que segurava o copo de café, sem o dedo do meio.

Harry fez que sim e tomou um gole. O café também estava como antes. Asfalto derretido.

Harry fez uma careta.

— Preciso de um grupo de três pessoas.

Hagen bebericou o café e pôs o copo na mesa.

— Só três?

— Você sempre pergunta isso. Você sabe que eu não trabalho com grandes grupos de investigadores.

— Nesse caso, não vou reclamar. Menos pessoas significa menos chance para a Kripos e o Ministério da Justiça ficar sabendo que estamos investigando o homicídio duplo.

— Homicídio triplo — disse Harry e bocejou.

— Peraí, a gente não sabe se Marit Olsen...

— Mulher sozinha à noite, sequestrada e levada para outro lugar onde é assassinada de forma nada convencional. Pela terceira vez nessa cidadezinha de Oslo. Triplo. Acredite. Mas, independente do nosso número, você sabe que, se depender de mim, vamos tomar muito cuidado para que os nossos caminhos não se cruzem com os da Kripos.

— Sei — disse Hagen. — Sei disso. Por isso há a condição de que, caso a investigação venha à tona, não terá nada a ver com a Divisão de Homicídios.

Harry fechou os olhos.

Hagen prosseguiu.

— É claro que vamos lamentar que alguns dos nossos empregados estejam envolvidos, mas deixaremos claro que se trata de algo que o notoriamente rebelde Harry Hole iniciou por conta própria, sem o conhecimento do comando da divisão. E você irá confirmar essa versão.

Harry reabriu os olhos e fitou Hagen.

Hagen encontrou seu olhar.

— Alguma pergunta?

— Sim.

— Estou ouvindo.

— Onde está o vazamento?

— Como é?

— Quem está informando Bellman?

Hagen deu de ombros.

— Não tenho a impressão de que ele tenha algum acesso sistemático ao que fazemos. Ele pode ter descoberto por várias fontes que você estava voltando.

— Sei que Magnus Skarre gosta de soltar a língua a torto e a direito.

— Não me pergunte mais, Harry.

— Ok. Onde podemos nos instalar?

— Certo. Certo. — Gunnar Hagen fez que sim com a cabeça repetidamente, como se tivessem falado do assunto já por algum tempo. — A respeito de uma sala...

— Então?

— Como disse, aqui está lotado, por isso tivemos que achar algo do lado de fora, mas não muito longe.

— Ótimo. Onde?

Hagen olhou pela janela. Para os muros cinzentos da prisão Botsen.

— Está brincando — disse Harry.

14

Recrutamento

Bjørn Holm entrou na sala de reuniões da Perícia Técnica em Bryn. Lá fora, o sol despedindo-se das fachadas, entregando a cidade à escuridão da tarde. O estacionamento estava lotado, e na frente da entrada da Kripos, no outro lado da rua, havia uma minivan branca com uma antena no teto e o logo NRK da Rádio Nacional da Noruega na lateral.

A única pessoa na sala era sua chefe, Beate Lønn, uma mulher excepcionalmente pálida, miúda e quieta. Pessoas mal-informadas podiam achar que uma mulher como ela teria problemas em chefiar um bando de adultos experientes, profissionais e seguros de si; esses sempre excêntricos peritos técnicos que raramente recuavam diante de um conflito. Pessoas mais bem-informadas saberiam que ela era a única ali capaz de lidar com aquele bando. Não necessariamente por respeitarem o fato de Beate ter se mantido firme apesar da perda de dois policiais, primeiro seu pai e mais tarde o pai do seu filho. Mas por ela ser a melhor deles e por radiar uma irrepreensibilidade, integridade e seriedade que fazia com que uma ordem sussurrada de Beate Lønn, com olhar baixo e o rosto vermelho, fosse cumprida na hora. Portanto, Bjørn Holm veio assim que foi informado.

Ela estava sentada numa cadeira logo em frente à tela da TV.

— Estão gravando ao vivo da coletiva de imprensa — disse ela sem se virar. — Sente-se.

Holm reconheceu de imediato as pessoas na tela. Ocorreu-lhe que era estranho estar ali vendo sinais de TV que haviam viajado milhares de quilômetros para o espaço e voltado, só para mostrar o que estava acontecendo no outro lado da rua naquele instante.

Beate Lønn aumentou o volume.

— Entendeu corretamente — disse Mikael Bellman e inclinou-se para o microfone na mesa diante dele. — Por enquanto não temos pistas, nem suspeitos. E para repetir: não estamos excluindo a possibilidade de suicídio.

— Mas você disse... — começou uma voz do grupo de jornalistas.

Bellman a interrompeu:

— Eu disse que estamos considerando a morte *suspeita*. Você deve conhecer a terminologia. Caso contrário, deve... — Ele deixou a continuação no ar e apontou para alguém atrás da câmera.

— *Stavanger Aftenblad* — ouviu-se berrar no dialeto lento de Rogaland: — A polícia está vendo alguma ligação entre esta e as duas mortes em...?

— Não! Se você tivesse prestado atenção, teria entendido que eu disse que *não estamos excluindo* uma possível ligação.

— Já entendi isso — continuou o mesmo cara do lento e imperturbável dialeto de Rogaland. — Mas nós aqui presentes estamos mais interessados no que vocês acham, e não no que vocês *não estão excluindo*.

Bjørn Holm pôde ver Bellman lançar um olhar cruel ao homem, a impaciência tensionando os cantos da boca. Uma mulher de uniforme ao lado de Bellman pôs a mão sobre o microfone, inclinou-se para ele e sussurrou alguma coisa. O rosto dele demonstrou preocupação.

— Mikael Bellman está recebendo um curso intensivo em como lidar com a mídia — disse Bjørn Holm. — Lição um, passar a mão na cabeça deles, especialmente nos jornais provinciais.

— Ele é novo no emprego — disse Beate Lønn. — Vai aprender.

— Você acha?

— Acho. Bellman é do tipo que aprende.

— Ouvi dizer que humildade não é nada fácil de aprender.

— A verdadeira, não. Mas baixar a crista quando proveitoso é essencial na comunicação moderna. É o que Ninni está dizendo a ele. E Bellman é esperto o bastante para entender.

Na tela, Bellman limpou a garganta, esboçou um sorriso com ares de menino, e inclinou-se para o microfone:

— Desculpe se fui um pouco brusco, mas tem sido um dia longo para todos nós, e espero que vocês entendam que estamos impacientes para voltar à investigação desse caso trágico. Temos que encerrar, mas se alguém tiver outras perguntas, pode passá-las a Ninni aqui, e prometo voltar a elas pessoalmente mais tarde. Antes do prazo. Combinado?

— O que foi que eu disse? — Beate riu triunfante.

— Nasce uma estrela — disse Bjørn Holm.

A imagem da TV sumiu, e Beate Lønn se virou.

— Harry ligou. Quer que eu te libere.

— Me libere? — perguntou Bjørn Holm. — Para quê?

— Você sabe muito bem. Soube que você foi até o aeroporto com Gunnar Hagen quando Harry chegou.

— Ooops. — Holm sorriu, mostrando todos os dentes.

— Suponho que Hagen queria usar você na Operação de Persuasão, sabendo que você é um dos poucos policiais com quem Harry gosta de trabalhar.

— Nunca chegamos a tanto, e Harry não aceitou o trabalho.

— Mas agora parece que ele mudou de ideia.

— É mesmo? O que foi que o fez mudar?

— Ele não disse. Só disse que ele achou correto passar por mim.

— Claro, é você quem manda aqui.

— Nada é claro quando se trata de Harry. Como você sabe, eu o conheço bem.

Holm fez que sim. Ele sabia. Sabia que Jack Halvorsen, o namorado de Beate e depois pai do filho dela, morreu enquanto trabalhava para Harry. Um dia gélido de inverno, em plena luz do dia, em Grünerløkka, e teve a garganta cortada. Holm havia chegado logo depois. O sangue quente escorria pelo gelo azul. A morte de um policial. Ninguém havia colocado a culpa em Harry. Além de Harry, claro.

Holm coçou a costeleta.

— Então, o que você respondeu?

Beate respirou fundo e olhou os jornalistas e fotógrafos deixando o prédio da Kripos às pressas.

— A mesma coisa que digo agora para você. Que o ministério sinalizou que a Kripos tem a prioridade e, evidentemente, não posso de modo algum liberar peritos técnicos a outros além de Bellman nesse caso.

— Mas?

Beate Lønn tamborilou na mesa com uma caneta Bic.

— Mas tem outros casos além desse homicídio duplo.

— Homicídio triplo — disse Holm, e acrescentou quando Beate lhe lançou um olhar penetrante: — Acredite.

— Não sei exatamente o que o inspetor Hole está investigando, mas definitivamente não é nenhum desses homicídios. Ele e eu estamos de acordo sobre isso — observou Beate. — Portanto, você está liberado para esse caso ou esses casos; dos quais eu não tenho conhecimento. Por quinze dias. Uma cópia do primeiro relatório sobre qualquer caso em que esteja trabalhando deve estar na minha mesa daqui a cinco dias úteis. Entendido?

Kaja Solness riu por dentro e sentiu uma quase irresistível vontade de dar uma volta ou duas na sua cadeira giratória.

— Se Hagen está dizendo que sim, é claro que topo — disse ela, tentando se conter, embora notasse o júbilo na própria voz.

— Hagen está dizendo que sim — emendou o homem encostado no vão da porta com o braço sobre a cabeça, formando uma diagonal na porta da sala. — Então, vai ser apenas Holm, você e eu. E o caso que vamos investigar tem caráter sigiloso. Vamos começar amanhã. Esteja às sete na minha sala.

— Eh... às sete?

— S-e-t-e. Às sete. Dezenove horas.

— Ok. Que sala?

O homem abriu um sorriso largo e explicou.

Ela o olhou, incrédula.

— Nossa sala vai ser na prisão?

A forma em diagonal relaxou.

— Venha preparada. Alguma dúvida?

Kaja tinha muitas, mas Harry Hole já não estava mais lá.

O sonho já está começando a aparecer também de dia. De longe ainda posso ouvir a banda tocar "Love Hurts". Percebo que alguns rapazes estão à nossa volta, mas não estão interferindo. Bom. Da minha parte, estou olhando para ela. Veja o que fez, tento dizer. Olhe para ele agora. Ainda o quer? Meu Deus, como eu a odeio, como quero arrancar a faca da minha boca e enfiá-la nela, perfurá-la, ver jorrar para fora: o sangue, as entranhas, a mentira, a estupidez, sua presunção idiota. Alguém devia mostrar a ela como é feia por dentro.

Vi a coletiva de imprensa na TV. Idiotas incompetentes! Nenhuma pista, nenhum suspeito? As primeiras quarenta e oito horas, tão importantes; o relógio está correndo, depressa, depressa. O que querem que eu faça? Que eu escreva tudo na parede com sangue?

São vocês, e não eu, que estão deixando essa matança continuar.

A carta está escrita.

Corram.

15

Luz Estroboscópica

Stine olhou para o rapaz que havia acabado de falar com ela. Tinha barba, cabelo loiro e usava gorro. Dentro de casa. E não era um gorro para se usar dentro de casa, mas um grosso, para manter as orelhas aquecidas. Um gorro de snowboard? Mas, olhando melhor para ele, não era um rapaz, mas um homem. Acima dos 30. Pelo menos tinha rugas brancas na pele bronzeada.

— E então? — gritou ela por sobre a música que trovejava pelo sistema de som no Krabbe. O restaurante recém-inaugurado havia alardeado ser o novo point para os músicos, cineastas e escritores de vanguarda de Stavanger, que de fato eram numerosos naquela cidade de petróleo, em geral mais propensa para se fazer negócios e dinheiro. Porém ainda era cedo demais para saber se o pessoal havia decidido se Krabbe merecia sua aprovação ou não. Assim como Stine ainda não havia decidido se aquele rapaz, homem, merecia a sua.

— Eu só acho que você devia me deixar contar — disse ele, mostrando um sorriso confiante, olhando para ela com um par de olhos que pareciam de um azul claro demais. Mas talvez fosse a luz ali dentro? Luz estroboscópica? Será que aquilo era bacana? O tempo diria.

Ele girou o copo de cerveja na mão e encostou-se no bar de modo que ela precisava se inclinar para a frente se quisesse ouvir o que ele dizia, mas ela não caiu no truque. Ele vestia uma jaqueta de duvet bem grossa, mas mesmo assim não havia um pingo de suor no seu rosto por baixo daquele gorro ridículo. Ou será que aquilo era bacana?

— Poucas pessoas que cruzaram o delta da Birmânia de moto voltaram com vida o suficiente para contar a história — comentou ele.

Com vida o suficiente. Um contador de histórias, então. De certa forma gostava. Ele a lembrava de alguém. Um herói de ação americano de um filme antigo ou de um seriado dos anos 1980.

— Prometi a mim mesmo que, se eu conseguisse voltar a Stavanger, eu ia sair, comprar um chope e abordar a garota mais linda que eu encontrasse, e dizer exatamente o que estou dizendo agora. — Ele abriu os braços, deixando aparecer um largo sorriso cheio de dentes brancos.

— Acho que você é a garota do templo.

— Como é?

— Rudyard Kipling, linda. Você é a garota que está esperando pelo soldado inglês no templo azul de Moulmein. O que diz? Quer me acompanhar caminhando descalça no mármore em Shwedagon? Comer carne de cobra em Bago? Dormir ao som da prece muçulmana em Yangon e acordar ao som da prece budista em Mandalay?

Ele respirou fundo, e ela se inclinou para a frente:

— Então, sou a garota mais linda aqui dentro?

Ele olhou ao redor.

— Não, mas você tem os maiores peitos. Você é linda, mas a concorrência é dura demais para você ser a mais bela. Vamos embora?

Ela riu e fez que não. Não sabia se ele era engraçado ou maluco.

— Estou com uma amiga. Tente o truque com outras.

— Elias.

— Como é?

— Você estava querendo saber meu nome. Caso a gente se encontre de novo. E meu nome é Elias. Skog. Vai se esquecer do sobrenome, mas vai se lembrar de Elias. E nós nos veremos de novo. Bem antes que você imagine, aliás.

Ela inclinou a cabeça.

— É mesmo?

Ele inclinou a cabeça, imitando-a:

— É.

Em seguida esvaziou o copo, colocou-o no bar, riu para ela e foi embora.

— Que cara era aquele?

Era a Mathilde.

— Não sei — respondeu Stine. — Era bacana. Mas esquisito. Seu dialeto era da região leste.

— Esquisito?

— Havia algo estranho com os olhos dele. E os dentes. Aqui tem luz estroboscópica?

— Luz estroboscópica?

Stine riu.

— É, aquela luz tipo de pasta de dente e cama de bronzeamento artificial, de uma cor azulada. Que deixa você com cara de zumbi.

Mathilde fez que não.

— Você está precisando de um drinque. Vem.

Ao seguir sua amiga, Stine virou-se para a entrada. Ela pensou ter visto um rosto contra o vidro, mas não havia ninguém.

16

Speed King

Eram nove horas da noite, e Harry caminhava pelo centro de Oslo. Tinha passado a manhã carregando cadeiras e mesas para a sala nova. À tarde esteve no hospital, mas eles tinham levado o pai para fazer exames. Então havia voltado, copiado relatórios, feito algumas ligações, reservado uma passagem para Bergen e passado no shopping para comprar um cartão SIM do tamanho de uma guimba de cigarro.

Harry andou a passos largos. Sempre tinha gostado daquilo, ir do leste ao oeste daquela cidade compacta, vendo as gradativas, mas visíveis mudanças: das pessoas, da moda, da etnia, da arquitetura, das lojas, dos cafés e bares. Entrou num McDonald's e comeu um hambúrguer, enfiou três canudos no bolso do casaco e continuou sua caminhada.

Meia hora depois de passar pelo bairro de Grønland, que parecia um gueto paquistanês, já estava na zona leste, arrumada, levemente estéril e branca como a neve. O endereço de Kaja Solness era na rua Lyder Sagens, uma daquelas grandes mansões antigas de madeira que atraía filas de pessoas de Oslo nas raras vezes em que alguma era posta à venda. Não para comprar — quase ninguém tinha dinheiro suficiente —, mas para ver, sonhar e constatar que Fagerborg realmente era o que pretendia ser: um bairro onde os ricos não eram ricos demais, o dinheiro não era novo demais, e ninguém tinha piscina, portas de garagem elétricas ou outras invenções vulgares e modernas. Porque os Fagerborger, literalmente os "belos burgueses", faziam como sempre fizeram. No verão sentavam sob as macieiras, nos seus grandes jardins sombreados, nos móveis de jardim que eram tão antigos, impraticavelmente grandes e enegrecidos quanto a mansão de onde foram carregados. E quando eram carregados para dentro de novo, e os dias ficavam curtos, as velas eram acesas atrás dos vidrinhos quadriculados. Na rua Lyder Sagens, o ambiente natalino reinava de outubro a março.

O portão rangeu de tal maneira que Harry torceu para que isso tornasse supérflua a necessidade de ter um cão de guarda. O cascalho rilhou por baixo de suas botas. Ele sentiu uma alegria infantil ao revê-las quando as achou no armário, mas agora estavam encharcadas por dentro e por fora.

Ele subiu a escada da varanda e tocou a campainha. Não havia nenhuma placa com nome.

Na frente da porta havia um par de delicados sapatos femininos, e ao lado, um par masculino. Tamanho 46, calculou Harry. Pelo visto, o marido de Kaja devia ser grande. Pois, claro que tinha marido; ele não sabia por que havia imaginado que não. Pois havia imaginado, não havia? Não era importante. A porta se abriu.

— Harry? — Ela vestia uma jaqueta de lã aberta e grande demais, jeans surrados e pantufas de feltro tão velhos que Harry podia jurar que tinham manchas de velhice. Nenhuma maquiagem. Só o sorriso surpreso. Mesmo assim, era como se ela soubesse que ele viria. Como se soubesse que ele ia gostar de vê-la exatamente daquele modo. Claro, ele já havia visto isso no seu olhar em Hong Kong, a fascinação que tantas mulheres têm por qualquer homem com uma reputação, boa ou má. Mas ele não tinha feito qualquer análise mais profunda sobre cada um dos pensamentos que, somados, haviam-no levado àquela porta. Melhor não ter gastado seu tempo com isto. Sapatos tamanho 46. Ou 46,5.

— Consegui seu endereço com Hagen — disse Harry. — Dá para ir a pé do meu apartamento, por isso pensei em dar uma passada em vez de ligar.

Ela esboçou um sorriso.

— Você não tem celular.

— Errado. — Harry pescou um celular vermelho do bolso. — Hagen me deu, mas já esqueci o PIN. Estou incomodando?

— Não, não. — Ela abriu mais a porta, e Harry entrou.

Foi patético, mas seu coração deu uma leve acelerada enquanto ele ficou esperando por ela. Quinze anos antes, teria ficado chateado, mas já havia se resignado e aceitado o fato banal de que a beleza de uma mulher sempre tinha esse toque de poder sobre ele.

— Estou fazendo café, você quer?

Eles haviam entrado na sala. As paredes estavam cobertas de fotos e estantes com tantos livros que ele duvidou que ela tivesse tido tempo para juntá-los todos por conta própria. A sala tinha um ar marcadamente masculino. Grandes móveis quadrados, um globo, um narguilé, discos de vinil, mapas e fotografias de altas montanhas cobertas de neve. Harry concluiu que ele era muito mais velho do que ela. Uma TV estava ligada no mudo.

— Marit Olsen é manchete em todos os noticiários — disse Kaja, pegando o controle e desligando o aparelho. — Dois dos líderes de oposição apareceram para pedir uma rápida solução. Disseram que o governo havia sistematicamente desconstruído a polícia. A Kripos não vai ter muita paz esses dias.

— Aceito o café — disse Harry, e Kaja sumiu pela porta da cozinha.

Ele sentou-se no sofá. Um livro de John Fante estava aberto e virado para baixo na mesa, perto de um par de óculos feminino de leitura. Ao lado havia fotos da piscina de Frogner. Não da cena do crime, mas de pessoas aglomeradas do lado de fora da barreira para espiar. Harry grunhiu contente. Não só por ela ter levado trabalho para casa, mas porque os peritos técnicos da cena do crime continuavam a tirar aquelas fotos. Foi Harry que tinha insistido para que fotografassem as pessoas que compareciam. No curso de FBI sobre serial killers, ele aprendeu que não era um mito que o autor do crime costumasse voltar à cena do crime. Tanto os irmãos King em San Antonio quanto o homem K-Mart foram pegos justo por não conseguirem resistir à tentação de admirar a própria obra, de ver todo o rebuliço que haviam causado, e para sentir a própria invulnerabilidade. Os fotógrafos da perícia técnica chamavam isto de sexto mandamento de Hole. E sim, havia outros nove mandamentos. Harry deu uma olhada nas fotos.

— Você não põe leite, não é? — gritou Kaja da cozinha.

— Sim.

— Põe? No Heathrow...

— Quero dizer, sim, você tem razão, eu não ponho leite.

— Aha. Você se converteu ao sistema cantonês.

— Como é?

— Você parou de usar a dupla negação. Cantonês é mais lógico. Você gosta de lógica.

— É mesmo? Isso sobre o cantonês?

— Não sei. — Ela riu da cozinha. — Só estou tentando parecer esperta.

Harry viu que o fotógrafo havia sido discreto, tirando a foto da altura dos quadris, sem flash. A atenção dos espectadores estava voltada para a plataforma de mergulho. Olhares desinteressados, bocas semiabertas, como se estivessem entediados enquanto esperavam olhar para algo terrível, algo para os álbuns de recordações, algo para deixar seus vizinhos loucos de medo. Um homem segurava um celular no ar, com certeza tirando uma foto. Harry pegou a lente de aumento que estava no topo da pilha de relatórios e estudou os rostos, um a um. Ele não sabia o que procurava, não tinha nada em mente, essa era a melhor maneira de não perder nada que pudesse estar lá.

— Está encontrando alguma coisa? — Ela estava atrás da sua cadeira, inclinando-se para a frente para poder ver. Ele podia sentir uma leve fragrância de sabão de lavanda, a mesma que havia sentido no avião quando ela dormiu com a cabeça no seu ombro.

— Humm. Você acha que tem alguma coisa ali? — perguntou e pegou a xícara de café.

— Não.

— Então, por que trouxe essas fotos para casa?

— Porque noventa e cinco por cento de toda investigação consiste em procurar no lugar errado.

Ela havia acabado de citar o terceiro mandamento de Harry.

— E também tem que aprender a gostar desses noventa e cinco por cento. Senão acaba subindo pelas paredes.

O quarto mandamento.

— E os relatórios? — perguntou Harry.

— Claro, só temos nossos próprios relatórios dos assassinatos de Borgny e Charlotte, e não há nada ali. Nenhuma pista técnica, nenhum relato sobre algo fora do comum. Ninguém sabendo de inimigos acirrados, amantes ciumentos, herdeiros gananciosos, perseguidores perturbados, traficantes impacientes ou outros credores. Em suma...

— Nenhuma pista, nenhum motivo aparente, nenhuma arma. Eu bem que gostaria de começar a interrogar as pessoas no caso de Marit Olsen, mas como você sabe, não estamos no caso.

Kaja riu.

— Claro. Aliás, hoje conversei com um jornalista político do VG. Ele disse que nenhum dos jornalistas no Parlamento tinha conhecimento de que Marit Olsen sofresse de depressão, estivesse passando por alguma crise pessoal ou pensando em suicídio. Ou que cultivasse inimigos, no trabalho ou na vida privada.

— Humm.

Harry passou os olhos pela fileira de rostos dos espectadores. Uma mulher com olhar de sonâmbula e uma criança no colo.

— O que essas pessoas querem?

Atrás delas: as costas de um homem se afastando. Jaqueta de duvet, gorro.

— Ficar chocadas. Abaladas. Entretidas. Purificadas...

— Incrível.

— Humm. E você está lendo John Fante. Parece que gosta de coisas mais velhas? — Ele fez um gesto de cabeça em direção à sala, à casa. E ele se referia à sala, à casa. Mas pensou que ela ia fazer um comentário sobre o marido se ele fosse tão mais velho do que ela, como Harry pensou que fosse.

Ela o olhou com entusiasmo.

— Você já leu Fante?

— Quando eu era jovem, passando pelo período de Bukowski, li um livro do qual não lembro o título. Acho que comprei os livros mais porque Charles Bukowski era um fã ardoroso. — Harry olhou gesticulando para o relógio. — Epa. Está na hora de ir para casa.

Kaja o olhou surpresa, depois olhou para a xícara de café que ele nem havia tocado.

— O fuso horário. — Harry sorriu e se levantou. — Podemos conversar amanhã na reunião.

— Claro.

Harry deu tapinhas no bolso da calça.

— Aliás, estou sem cigarros. Aquele pacote de Camel que você levou pela alfândega por mim...

— Espere um pouco.

Quando voltou com o pacote de cigarros aberto, Harry estava no corredor, já de jaqueta e sapatos.

— Obrigado — disse Harry, tirando e abrindo um maço.

Quando chegou à escadaria, ela se inclinou no vão da porta:

— Talvez não devesse dizer, mas tenho uma sensação de que isso foi uma espécie de teste.

— Teste? — perguntou Harry e acendeu um cigarro.

— Não vou perguntar para que servia o teste, mas será que passei?

Harry deu uma risada.

— Era só esse aqui. — Ele desceu a escada balançando o pacote no ar. — Até as sete.

Harry chegou em seu apartamento. Ligou a luz e constatou que a eletricidade ainda não havia sido cortada. Tirou o casaco, entrou na sala, colocou Deep Purple para tocar, definitivamente sua banda favorita na categoria engraçado-mas-brilhante. "Speed King", Ian Paice na bateria. Ele se sentou no sofá e pressionou as pontas dos dedos nas têmporas. Os cães puxavam as correntes. Uivavam, rosnavam, os dentes rasgavam suas entranhas. Se ele os soltasse desta vez, não teria volta. Não desta vez. Antes sempre tinham havido motivos bons o suficiente para parar novamente. Rakel, Oleg, o trabalho, talvez até seu pai. Mas ele não tinha mais nada disso. Não podia acontecer. Bebida, não. Precisava de uma embriaguez alternativa. Uma que ele pudesse controlar. Obrigado, Kaja. Não sentia vergonha? Claro que sentia vergonha. Mas orgulho era um luxo pelo qual nem sempre se podia pagar.

Ele arrancou o plástico do pacote de cigarros. Tirou o maço no fundo. Quase não dava para ver que o selo fora rompido. Era fato consumado que mulheres como Kaja nunca eram checadas na alfândega. Ele abriu o maço e tirou o papel-alumínio. Desenrolou e olhou para a pedra marrom. Inalou o cheiro doce.

Em seguida começou a preparar as coisas.

Harry tinha visto todas as possíveis maneiras de fumar ópio, desde os procedimentos dos complexos rituais nas casas de ópio, praticamente cerimônias chinesas de chá, passando por todo tipo de arranjo de cachimbos ao mais simples: acender a pedra, encostar um canudo e inalar com a maior força possível, enquanto a mercadoria literalmente virava fumaça. De qualquer maneira, tratava-se da mesma coisa: fazer com que as substâncias — a morfina, a tebaína, a codeína e um leque de outros químicos — entrassem na circulação sanguínea. O método de Harry era simples. Ele prendia uma colher de aço à beira da mesa com fita crepe, colocava um pedacinho da pedra do tamanho de uma ponta de um fósforo na colher, esquentando-a com o isqueiro. Quando o ópio começava a fumegar, ele segurava um copo de vidro por cima para captar a fumaça. Então, enfiava um canudo, de preferência com uma junta flexível, no copo e inalava. Harry registrou que os dedos funcionavam sem sinal de tremor. Em Hong Kong, tinha testado seu nível de dependência a intervalos regulares, nesse sentido, ele era o drogado mais disciplinado que conhecia. Podia predeterminar sua dose de álcool e parar aí, mesmo quando já estava bem bêbado. Em Hong Kong, tinha cortado o uso de ópio por uma semana ou quinze dias, só tomando um analgésico ou dois, que de qualquer maneira não teria aplacado os sintomas de abstinência, mas que devia ter um efeito psicológico, já que ele sabia que continha um tiquinho de morfina. Não estava viciado. Em drogas no geral, sim, mas em ópio, em particular, não. Mas é claro: é um caminho escorregadio. Porque enquanto prendia a colher, já sentia os cães se acalmarem. Porque eles já sabiam, já sabiam que logo iam ter o que queriam.

E podiam ficar quietos. Até a próxima vez.

O isqueiro escaldante já queimava os dedos de Harry. O canudo do McDonald's estava na mesa.

Um minuto mais tarde tinha dado a primeira tragada.

O efeito era imediato. As dores, até aquelas que nem sabia que tinha, sumiram. Vieram as associações, as imagens. Esta noite ia conseguir dormir.

Bjørn Holm não conseguiu dormir.

Ele tinha tentado ler *Hank Williams: The Biography*, de Escott, sobre a vida curta e a morte longa da lenda de música country, tinha tentado ouvir um CD pirata de Lucinda Williams ao vivo em Austin e tentado contar vacas Longhorn do Texas, mas tudo em vão.

Um dilema. Era o que era, um dilema. Um problema sem solução certa. O tipo de problema que o perito técnico Holm detestava.

Ele se encolheu no sofá-cama um pouco curto demais que tinha vindo com a mudança de Skreia, junto à coleção de discos de vinil de Elvis, Sex Pistols, Jason & The Scorchers, três ternos de Nashville feitos à mão, uma bíblia americana e um conjunto de mesa de jantar com cadeiras que haviam sobrevivido a três gerações da família Holm. Mas ele não conseguiu se concentrar.

O dilema era que ele havia feito uma descoberta interessante na hora de examinar a corda com a qual Marit Olsen tinha sido enforcada, ou, para ser mais preciso, degolada. Não era uma pista que necessariamente levaria a algum lugar, mas o dilema era de qualquer maneira o mesmo: Seria correto repassar a informação à Kripos ou a Harry?

Bjørn Holm tinha descoberto minúsculas conchinhas na corda enquanto ainda prestava serviços à Kripos, durante a conversa com um biólogo de água doce no Instituto de Biologia na Universidade de Oslo. Mas daí, Beate Lønn o havia transferido para a unidade de Harry, antes de escrever o relatório, de modo que, quando ele se sentasse ao computador no dia seguinte e escrevesse, ele na verdade devia reportar a Harry.

Ok, tecnicamente talvez não fosse um dilema, a informação pertencia à Kripos. Passá-la a outros devia ser considerado descumprimento de deveres. E o que ele de fato devia a Harry Hole? Hole nunca tinha dado a ele nada além de encrenca. Era rabugento e sem consideração no trabalho. Um perigo quando bebia. Mas legal quando sóbrio. Você podia confiar que ele sempre compareceria, e não havia artimanhas, nem nada de "Você me deve". Um inimigo indesejável, mas um bom amigo. Um homem bom. Um homem muito bom. Um pouco como Hank.

Bjørn Holm gemeu e se virou para a parede.

Stine acordou de sobressalto.

Ela ouviu um ruído cortante no escuro. E se virou de lado. O teto estava na penumbra, a luz vinha fraca do chão ao lado da cama. Que horas seriam? Três da madrugada? Ela se estendeu e pegou o celular.

— Sim? — disse ela com a voz mais sonâmbula do que se sentia.

— Depois do delta cansei de cobras e mosquitos e fui com minha moto ao norte pelo litoral da Birmânia até Arakan.

Ela reconheceu sua voz de imediato.

— Até as ilhas Sai Chung — continuou. — É um vulcão de lama ativo que me disseram que estava prestes a explodir. E entrou em erupção na terceira noite em que estive lá. Pensei que só ia ter lama, mas sabe, também jorrou a boa e velha lava. Lava grossa que escorria tão devagar pela cidade que podíamos sair caminhando tranquilamente.

— Está de madrugada — observou ela, bocejando.

— Mas não queria parar. Parece que chamam de lava fria quando é tão viscoso, mas queimava tudo que passava pela frente. Árvores com folhas verdes que pareciam árvores de Natal segundos antes de virar cinza e sumir do mapa. Os birmaneses tentaram fugir em carros lotados com os pertences que conseguiram recolher, mas demoraram demais, pois a lava seguia tão rápido! Quando saíram com os aparelhos de TV, a lava já estava nas paredes das suas casas. Eles se jogaram para dentro dos carros, mas o calor fez os pneus estourarem. Depois, a gasolina pegou fogo e eles saíram correndo dos carros como tochas vivas. Você lembra meu nome?

— Escute, Elias...

— Eu disse que ia lembrar.

— Preciso dormir. Tenho aula amanhã.

— Sou uma erupção assim, Stine. Sou lava fria. Escorro lentamente, mas nada me detém. Eu vou até onde você estiver.

Ela tentou lembrar se havia falado seu nome. E olhou automaticamente para a janela. Estava aberta. Lá fora, o vento rumorejava tranquilo, reconfortante.

A voz dele estava baixa, sussurrando:

— Eu vi um cão preso no arame farpado, tentando fugir. Estava no meio do caminho da lava. Mas, então, a corrente de lava deslocou-se para a esquerda, parecia que ia desviar. Um Deus misericordioso, pensei. Mas a lava passou de raspão, a metade do cão simplesmente sumiu, evaporou. Antes que o resto pegasse fogo. Também virou cinzas. Tudo vira cinzas.

— Que horror. Vou desligar.

— Olhe para fora. Veja, já estou embaixo da janela.

— Pare!

— Relaxe, só estou brincando. — Ele soltou uma gargalhada alta que ressoou no ouvido dela.

Stine se arrepiou. Ele devia estar bêbado. Ou louco. Ou as duas coisas.

— Durma bem, Stine. A gente se vê em breve.

Ele encerrou a ligação. Stine olhou para o telefone. Depois desligou e jogou-o aos pés da cama. Resmungou porque já sabia. Ela não ia conseguir dormir mais aquela noite.

17

Fibras

Eram seis e cinquenta e oito da manhã. Harry Hole, Kaja Solness e Bjørn Holm estavam passando pelo aqueduto, um corredor subterrâneo de 400 metros que ligava a sede da Polícia à Prisão Distrital de Oslo. Vez ou outra, o corredor era usado para levar detentos à sede da Polícia para interrogação, outras para treino de corrida durante o inverno, e nos dias ruins de antigamente, para o absolutamente não oficial espancamento de presos particularmente intratáveis.

Gotas de água caíam do teto no piso de concreto, como beijos molhados que ecoavam pelo corredor mal-iluminado.

— Aqui — disse Harry quando chegaram ao fim do corredor.

— AQUI? — perguntou Bjørn Holm.

Tinham que abaixar as cabeças ao passar por baixo da escadaria que levava às celas da prisão. Harry girou a chave e abriu a porta de ferro. O cheiro mofado de ar quente e úmido atingiu suas narinas.

Ele pressionou o interruptor. Uma luz azul e fria do tubo fluorescente iluminou a sala de concreto com linóleo azul-cinzento no piso e nada nas paredes.

O lugar não tinha janelas, nem aquecedores, nenhum dos recursos esperados de uma sala que serviria de escritório para três pessoas, além de mesas e cadeiras e um computador para cada um. No chão havia uma cafeteira com manchas marrons e um garrafão d'água.

— As caldeiras para o aquecimento central da prisão inteira estão na sala ao lado — disse Harry. — É por isso que está tão quente aqui.

— Nem um pouco aconchegante — disse Kaja e sentou-se a uma das mesas.

— É mesmo, lembra um pouco o inferno — emendou Holm, tirando a jaqueta de camurça e abrindo um botão da camisa. — O celular pega aqui?

— O sinal não é dos melhores, mas sim. E conexão com a internet. Temos tudo de que precisamos.

— Menos xícaras de café — observou Holm.

Harry fez que não e tirou dos bolsos da jaqueta três xícaras brancas, colocando uma em cada mesa. Depois tirou um pacote de café do bolso interno e foi até a cafeteira.

— Você as pegou da cantina — disse Bjørn, levantando a xícara que Harry havia posto à sua frente. — Hank Williams?

— Escrito com caneta de ponta porosa, então tome cuidado — continuou Harry e abriu o pacote de café com os dentes.

— "John Fante" — leu Kaja na sua xícara. — E o que está escrito na sua?

— Por enquanto nada — respondeu Harry.

— E por que não?

— Porque vai ser o nome do nosso principal suspeito do momento.

Os outros dois não falaram nada. A cafeteira absorveu a água ruidosamente.

— Quero três teorias na mesa antes que essa máquina termine — disse Harry.

Estavam no meio da segunda xícara e na sexta teoria quando Harry interrompeu a sessão.

— Ok, isso foi um aquecimento, só para exercitar a massa cinzenta um pouco.

Kaja tinha acabado de lançar a hipótese de os assassinatos terem motivos sexuais, que o autor do crime já havia sido condenado por crimes parecidos, sabia que a polícia tinha seu DNA e por isso não despejava seu sêmen na terra, mas se masturbava num saco ou em coisa parecida antes de deixar a cena do crime, e que eles por isso deviam começar a procurar no registro criminal e falar com pessoas na Divisão de Crimes Sexuais.

— Mas você não acha que pode ser uma hipótese? — perguntou ela.

— Não acho nada — respondeu Harry. — Estou tentando manter a mente vazia e aberta.

— Mas deve estar achando alguma coisa, não?

— Estou. Acho que os três assassinatos foram executados pela mesma pessoa ou pelas mesmas pessoas. E acho que é possível encontrar uma conexão, que por sua vez possa indicar um motivo, que então... se tivermos muita, muita sorte... vai nos levar até o culpado.

— Muita, muita sorte? Faz com que as chances pareçam péssimas.

— Bem. — Harry inclinou-se para trás na cadeira com as mãos atrás da cabeça. — Já foram escritos metros de estantes de literatura especializada sobre o que caracteriza um serial killer. Nos filmes, a polícia chama um psicólogo que, depois de ler alguns relatórios, indica um perfil que invariavelmente é correto. As pessoas acham que *Henry: Retrato de um assassino* é uma descrição precisa. Mas, na verdade, os serial killers são infelizmente tão diferentes uns dos outros quanto todas as outras pessoas. Só tem uma coisa que os distingue dos demais criminosos.

— E isso é...?

— Não são pegos.

Bjørn Holm riu, entendeu que não era apropriado e se calou.

— Mas isso não é verdade, é? — disse Kaja. — E no caso...

— Você está pensando nos casos onde havia um padrão e o autor foi pego. Mas pense em todos os assassinatos não solucionados que ainda são considerados casos individuais, onde nunca se descobriu uma conexão. Milhares.

Kaja olhou para Bjørn, que concordou, sério.

— Você acredita em conexões? — perguntou.

— Acredito — disse Harry. — E temos que achar uma sem pegar o atalho por interrogações que possam nos denunciar.

— Então?

— Quando previmos ameaças potenciais no Serviço de Segurança, não fizemos nada além de procurar por possíveis ligações, sem falar com uma alma viva. Tivemos um sistema de busca construído pela OTAN muito antes que se ouvisse falar em Yahoo e Google. Com ele podíamos entrar de maneira furtiva em qualquer lugar e escanear praticamente tudo que tivesse alguma conexão com a internet. É o que temos que fazer aqui também. — Ele olhou o relógio. — E, por isso, daqui a meia hora estarei num voo para Bergen. E em três horas, estarei conversando com um colega desempregado que espero poder nos ajudar. Então, vamos terminar aqui. Kaja e eu já falamos bastante, Bjørn. O que você tem?

Bjørn Holm saltou na cadeira, como se tivesse acabado de acordar.

— Eu? Eh... pouca coisa, receio.

Harry esfregou o queixo com cautela.

— Alguma coisa tem.

— Nada. Tanto a Perícia Técnica quanto os investigadores táticos não conseguiram porcaria nenhuma, nem no caso de Marit Olsen, nem nos outros dois.

— Dois meses — disse Harry. — Vamos lá.

— Posso te dar um resumo — disse Bjørn Holm. — Durante dois meses analisamos, radiografamos e olhamos fotos, análises de sangue, fios de cabelo e unhas até nossos olhos arderem. Examinamos vinte e quatro teorias de como e por que ele colocou vinte e quatro furos na boca das duas primeiras vítimas de modo que todos os furos apontassem para o mesmo ponto central. Sem resultado. Marit Olsen também tinha feridas na boca, mas foram causadas por faca e eram desleixadas, brutais. Em suma: *niente*.

— E aquelas pedrinhas no porão onde Borgny foi encontrada?

— Analisadas. Muito ferro e magnésio, um pouco de alumínio e sílica. A chamada pedra basalto. Porosa e preta. Agora, alguma ideia?

— Borgny e Charlotte tinham ferro e coltan no interior dos molares. O que significa?

— Que foram mortas com o mesmo maldito instrumento, mas não nos leva mais perto de saber de qual se trata.

Silêncio.

Harry pigarreou.

— Ok, Bjørn, bota para fora.

— Botar o que para fora?

— O que está te perturbando desde que chegamos.

O perito coçou as costeletas e olhou para Harry. Pigarreou uma vez. E outra vez. Lançou um olhar para Kaja, como se pedisse sua ajuda. Abriu a boca, então a fechou.

— Tudo bem — disse Harry. — Então vamos passar para...

— É sobre a corda.

Os outros dois fitaram Bjørn.

— Encontrei conchas nela.

— Ah é? — perguntou Harry.

— Mas não havia sal.

Continuaram com os olhos nele.

— Isso é bem incomum — continuou Bjørn. — Conchas. Em água doce.

— E então?

— Então, verifiquei com um biólogo de água doce. Esse marisco se chama marisco de Jylland, é o menor marisco de lagoa e só foi encontrado em duas lagoas na Noruega.

— E quais são elas?

— Øyeren e Lyseren.

— Região leste — disse Kaja. — Lagoas vizinhas. Grandes.

— Numa região com densa população — observou Harry.

— Sinto muito — disse Holm.

— Humm. Há marcas na corda indicando onde pode ter sido comprada?

— Não, essa é a questão — respondeu Holm. — Não há marcas. E não parece com nenhuma corda que eu já tenha visto. As fibras são cem por cento orgânicas, não há náilon ou outras fibras artificiais.

— Cânhamo — disse Harry.

— Como é? — perguntou Holm.

— Cânhamo. Corda e haxixe são feitos do mesmo material. Se quiser um baseado, é só ir até o porto e acender a corda de amarração da balsa para a Dinamarca.

— Não é cânhamo — disse Bjørn Holm por cima da gargalhada de Kaja. — As fibras são de olmo e tília. Na maior parte, olmo.

— Corda norueguesa feita em casa — disse Kaja. — Era assim que faziam corda nas fazendas antigamente.

— Nas fazendas? — perguntou Harry.

Kaja fez que sim.

— Em geral, cada povoado tinha pelo menos uma pessoa que sabia fazer corda. Você deixa a madeira na água durante um mês, retira a casca e usa a fibra liberiana que fica embaixo. Enrola e vira corda.

Harry e Bjørn viraram suas cadeiras para Kaja.

— O que foi? — perguntou ela, insegura.

— Bem — disse Harry. — Isso é um conhecimento geral que todos deviam ter?

— Ah, assim — respondeu Kaja. — Meu avô fazia corda.

— Ahã. E para fazer corda se usa olmo e tília?

— A princípio pode usar a fibra liberiana de qualquer tipo de árvore.

— E a proporção da mistura?

Kaja deu de ombros.

— Não sou especialista, mas acho que não é comum usar fibra de várias árvores em uma corda. Eu lembro que Even, meu irmão mais velho, disse que o vovô só usava tília por absorver pouca água. Assim, ele não precisava embrear suas cordas.

— Humm. O que você acha, Bjørn?

— Se as cordas misturadas forem incomuns, vai ser mais fácil encontrar o lugar onde é feita, claro.

Harry se levantou e começou a andar de um lado para o outro. Cada vez que as solas das botas se soltavam do linóleo ouviam-se suspiros pesados.

— Então podemos supor que a produção foi limitada, e a venda, local. Parece razoável, Kaja?

— Acho que sim.

— Também podemos supor que o local de produção fica perto de onde a corda foi usada. As cordas feitas de forma artesanal provavelmente não viajam longe.

— Ainda parece razoável, mas...

— Então vamos usar esse ponto de partida. Vocês dois, comecem a mapear produtores locais perto de Lyseren e Øyeren.

— Mas hoje em dia ninguém mais faz estas cordas.

— Façam o melhor que puderem. — Harry olhou para o relógio, pegou o casaco do encosto da cadeira e foi até a porta. — Descubram onde a corda foi feita. Suponho que Bellman não tenha conhecimento desses mariscos de Jylland. Ou tem, Bjørn?

Bjørn Holm forçou um sorriso como resposta.

— Tudo bem se eu seguir a teoria sobre homicídio por motivo sexual? — perguntou Kaja. — Posso falar com alguém que conheço na Divisão de Crimes Sexuais.

— Negativo — respondeu Harry. — A ordem geral de ficar de bico fechado sobre o que estamos fazendo vale em especial para nossos queridos colegas na sede da Polícia. Parece haver um vazamento entre a sede e a Kripos, por isso, a única pessoa com quem a gente fala é Gunnar Hagen.

Kaja abriu a boca, mas o olhar de Bjørn a fez fechá-la.

— Mas o que você pode fazer — começou Harry — é arrumar um perito em vulcões. E mandar os resultados das análises daquelas pedrinhas.

A sobrancelha loira de Bjørn se ergueu até o meio da testa.

— Pedra preta e porosa, rocha basalto — disse Harry. — Aposto que é lava. Volto de Bergen lá pelas quatro.

— Dê lembranças à delegacia de Bergen — respondeu Bjørn e ergueu a xícara de café.

— Não vou à delegacia — disse Harry.

— Não? Para onde, então?

— Ao hospital de Sandviken.

— Sand...

A porta bateu atrás de Harry. Kaja olhou para Bjørn Holm, que ainda olhava para a porta, boquiaberto.

— O que ele vai fazer lá? — perguntou ela. — Ver um patologista?

Bjørn fez que não.

— O hospital de Sandviken é um manicômio.

— É? Então ele vai se encontrar com um psicólogo especializado em serial killers ou algo parecido?

— Eu sabia que eu devia ter recusado — sussurrou Bjørn, ainda com o olhar na porta. — Ele está louco de pedra.

— Quem está louco?

— A gente está trabalhando numa prisão — disse Bjørn. — Estamos arriscando nossos empregos se o chefe descobrir o que estamos fazendo, e aquela colega em Bergen...

— Sim?

— Ela é louca de verdade.

— Quer dizer que ela...

— Foi internada à força numa ala fechada.

18

A paciente

Para cada passo do policial alto, Kjersti Rødsmoen teve que dar dois. Mesmo assim, ela ficou para trás nos corredores no hospital de Sandviken. Uma tromba-d'água caía no outro lado das janelas altas e estreitas viradas para o fiorde, onde as árvores estavam tão verdes que parecia que a primavera tinha vindo antes do inverno.

No dia anterior, Kjersti Rødsmoen havia reconhecido a voz do policial de imediato. Como se estivesse esperando que ele ligasse. Para fazer exatamente o pedido que tinha feito: falar com a Paciente. A Paciente havia ganhado esse nome para manter o máximo de anonimato devido à tensão após o caso de homicídio investigado por ela havia quase um ano e que a mandou de volta aonde veio: a ala psiquiátrica. Certamente, ela havia se recuperado com rapidez impressionante e tinha voltado para sua casa, mas a imprensa — seguindo histericamente o caso do Boneco de Neve muito tempo depois que ele foi solucionado — não a deixava em paz. E uma noite uns três meses atrás, a Paciente havia ligado para Rødsmoen perguntando se podia voltar.

— Então ela está em boas condições? — perguntou o policial. — Tomando medicamentos?

— Sim para a primeira pergunta — respondeu Kjersti Rødsmoen. — A segunda é confidencial. — A verdade era que a Paciente estava tão bem que não precisava de medicação, nem ficar internada. Mesmo assim, Rødsmoen ficou em dúvida se deixaria ele visitar a Paciente; ele também esteve envolvido no caso do Boneco de Neve e podia trazer problemas antigos à tona. No seu tempo como psiquiatra, Kjersti Rødsmoen tinha acreditado cada vez mais em repressão, em fechar-se em si mesmo, em esquecimento. Era uma visão ultrapassada dentro da profissão. Por outro lado, um encontro com uma pessoa que esteve envolvida justamente naquele caso podia ser um bom teste para saber até que ponto a Paciente estava fortalecida.

— Você tem meia hora — disse Rødsmoen antes de abrir a porta para a sala comunitária. — E lembre-se que a mente é vulnerável.

Na última vez em que Harry tinha visto Katrine Bratt, ele não a havia reconhecido. A jovem mulher atraente, com cabelo escuro, pele clara e brilho nos olhos, tinha desaparecido, e no lugar estava uma pessoa que o lembrou uma flor murcha: sem vida, frágil e pálida. Ele teve a impressão de que quebraria sua mão se desse um aperto forte demais.

Por isso foi um alívio vê-la agora. Ela parecia mais velha, ou talvez estivesse apenas cansada. Mas o brilho nos olhos voltou ao sorrir e se levantar.

— Harry H — disse ela e o abraçou. — Como está?

— Médio para cima — respondeu Harry. — E você?

— Péssima — rebateu ela. — Mas muito melhor.

Ela riu, e Harry sabia que ela havia se recuperado. Ou que havia se recuperado o suficiente.

— O que houve com seu queixo? Está doendo?

— Só na hora de falar e comer — disse Harry. — E sempre que estou acordado.

— Parece familiar. Você está mais feio do que me lembro, mas fico feliz em te ver.

— Igualmente.

— Quer dizer igualmente, exceto pela parte em que estou mais feia?

Harry sorriu.

— Claro. — Ele olhou em volta. Os outros pacientes no recinto olhavam pela janela, para o colo, ou para a parede. Mas ninguém parecia interessado nele ou em Katrine.

Harry contou o que tinha acontecido desde que haviam se visto da última vez. Sobre Rakel e Oleg, que tinham se mudado para algum lugar incógnito no exterior. Sobre Hong Kong. Sobre a doença do pai. Sobre o caso que ele acabou de aceitar. Ela até riu quando ele disse que ela não podia contar a ninguém.

— E você? — perguntou Harry.

— Na verdade, eles me querem fora daqui, acham que já estou recuperada e que estou ocupando a vaga de outra pessoa. Mas gosto de ficar aqui. O serviço de quarto é péssimo, mas é seguro. Tenho TV e posso ir e vir quando quiser. Daqui a um mês ou dois talvez volte para casa, quem sabe.

— Quem sabe?

— Ninguém. A loucura vem e vai. O que você quer?

— O que você gostaria que eu quisesse?

Ela o olhou demoradamente antes de responder:

— Além de querer que você tenha uma vontade louca de transar comigo, quero que precise de mim.

— É exatamente isso.

— A vontade louca de transar comigo?

— Preciso de você.

— Merda. Mas tudo bem. De que se trata?

— Vocês tem um computador aqui com acesso à internet?

— Temos um computador comunitário na sala de recreação, mas não está conectado à internet, eles não iriam correr esse risco. Só é usado para jogar paciência. Mas eu tenho o meu próprio no quarto.

— Use o comunitário. — Harry enfiou a mão no bolso e passou o cartão SIM por cima da mesa. — Na loja chamaram isso de "escritório móvel". É só conectar...

— ... em uma das saídas de USB — disse Katrine, pegando o cartão e enfiando-o no bolso. — Quem paga a assinatura?

— Eu. Quer dizer: Hagen.

— Eba, vou surfar hoje à noite. Alguns novos sites quentes de pornográfia que eu devia conhecer?

— Provavelmente. — Harry passou uma pasta sobre a mesa. — Aqui estão os relatórios. Três assassinatos, três nomes. Quero que faça o mesmo que fez no caso do Boneco de Neve. Descobrir as conexões que a gente não enxerga. Está por dentro do caso?

— Estou — disse Katrine Bratt sem olhar a pasta. — Eram mulheres. É esta a conexão.

— Está lendo os jornais...

— Só um pouco. Por que acha que sejam mais do que vítimas aleatórias?

— Não acho nada, procuro.

— Mas não sabe o que procura?

— Correto.

— Mas tem certeza de que o autor do crime de Marit Olsen é o mesmo das outras duas? O método de matar foi totalmente diferente, pelo que entendi.

Harry sorriu. Achou graça Katrine tentar esconder que ela havia lido o caso até os mínimos detalhes nos jornais.

— Não, Katrine, não tenho certeza. Mas estou ouvindo que você chegou à mesma conclusão que eu.

— Claro. Éramos almas gêmeas, lembra?

Ela riu e, de repente, era Katrine novamente e não o esqueleto daquela investigadora brilhante e excêntrica que ele mal teve tempo de conhecer antes de tudo ruir. Para sua própria surpresa, Harry sentiu um nó na garganta. Maldito fuso horário.

— Então, acha que pode me ajudar?

— A encontrar algo que a Kripos passou dois meses sem encontrar? Com um computador ultrapassado numa sala de recreação de um manicômio? Nem sei por que está me perguntando. Há pessoas na polícia muito mais preparadas do que eu quando o assunto é procurar dados.

— Eu sei, mas tenho algo que eles não têm. E que nem posso passar a eles: a senha para o underground.

Ela o fitou perplexa. Harry verificou que não havia ninguém por perto.

— Quando trabalhei no Serviço Secreto POT no caso da Garganta Vermelha, tive acesso à ferramenta de busca que o POT usava para rastrear terroristas. Eles usam portas de fundo secretas na internet como a MILNET, a rede militar americana, feita antes de eles passarem a rede para o uso comercial através da ARPANET nos anos 1980. Como você sabe, a ARPANET virou internet, mas as portas de fundo ainda estão lá. As ferramentas de busca usam cavalos de Troia para atualizar senhas, códigos e atualizações onde eles já conseguiram entrar. Reservas de voo, de hotéis, pedágios rodoviários, transferências bancárias eletrônicas. Essas ferramentas podem ver tudo.

— Já ouvi boatos sobre essas ferramentas de busca, mas não acreditei que existissem — disse Katrine.

— Mas existem. Foram montadas em 1984. O pesadelo orwelliano transformado em realidade. E o melhor de tudo, minha senha ainda está válida. Já chequei.

— Então, para quê precisa de mim? Você pode fazer isso sozinho, não?

— Apenas a POT pode usar o sistema e, como disse, só em caso de emergência. Como no Google, sua busca de dados pode ser rastreada até o usuário. Se for descoberto que eu ou outras pessoas na sede da Polícia entramos nas ferramentas de busca, podemos ser presos e condenados. Mas se a busca for rastreada até um computador comunitário num manicômio...

Katrine Bratt riu. A outra risada, a variante bruxa malvada.

— Estou começando a entender. Minha qualificação mais importante aqui não é como a genial investigadora Katrine Bratt, mas... — Ela abriu a mão: — ... como a paciente Katrine Bratt. Pois, devido à insanidade mental, ela não pode ser processada.

— Correto — disse Harry com um sorriso. — Além de ser uma das poucas pessoas em quem posso confiar e que não vai dar com a língua nos dentes. E mesmo que não seja genial, você é definitivamente mais esperta que a média dos investigadores.

— Três dedos machucados e manchados de nicotina no seu cuzinho.

— Ninguém pode saber o que estamos fazendo. Mas prometo que seremos *Os irmãos cara de pau* aqui.

— *On a mission from God?* — citou ela.

— Anotei a senha no verso do cartão SIM.

— E o que faz você pensar que vou conseguir usar aquelas ferramentas de busca?

— É praticamente como usar o Google, até eu captei isso quando estive no POT. — Ele mostrou um sorriso irônico. — Afinal, as ferramentas eram destinadas a policiais.

Ela soltou um suspiro profundo.

— Obrigado — disse Harry.

— Eu não disse nada.

— Quando você acha que vai ter algo para mostrar?

— Vai se foder! — Ela deu uma pancada na mesa com uma das mãos.

Harry viu uma enfermeira olhar na direção deles. Harry encarou o olhar selvagem de Katrine. Esperou.

— Não sei — sussurrou ela. — Não acho que eu deva ficar na sala de recreação usando ferramentas de busca ilegais em plena luz do dia, por assim dizer.

Harry se levantou.

— Ok. Vou entrar em contato daqui a três dias.

— Não se esqueceu de nada?

— Do quê?

— Dizer o que eu tenho a ganhar com isso?

— Bem — disse Harry e abotoou o casaco. — Agora sei o que você quer.

— O que eu quero... — A surpresa em seus olhos virou perplexidade quando a ficha caiu, e ela gritou atrás de Harry, que já estava a caminho da porta: — Seu descarado! Além do mais, é presunçoso!

Harry sentou-se no táxi, disse "aeroporto", pegou o celular e viu que havia três ligações perdidas de um dos únicos dois números em sua lista de contatos. Ótimo, isso significava que eles tinham encontrado alguma coisa.

Ele ligou.

— Lyseren — disse Kaja. — Tinha um negócio de cordas lá que foi fechado há uns quinze anos. O delegado de Ytre Enebakk pode nos mostrar o lugar amanhã à tarde. Tinha uns dois criminosos notórios na área, mas só peixe pequeno; invasão de domicílio e roubo de carros. E um cara que cumpriu pena por espancar a mulher. Mas ele já nos mandou uma lista de homens, e vou conferir no nosso registro criminal agora mesmo.

— Ótimo. Me pega no aeroporto de Gardermoen a caminho de Lyseren.

— Não fica no caminho.

— Tem razão. Me pega mesmo assim.

19

A Noiva Branca

Apesar da velocidade lenta, o Volvo Amazon de Bjørn Holm seguia balançando na estreita estrada serpenteada entre os campos e as colinas na região de Østfold.

Harry dormia no banco de trás.

— Não achei nenhum criminoso sexual em torno de Lyseren — disse Bjørn.

— Nenhum que tenha sido preso — corrigiu Kaja. — Não viu a enquete no jornal *VG*? Uma pessoa em vinte diz ter feito o que pode ser caracterizado como abuso sexual.

— Será que as pessoas são honestas ao responder esse tipo de enquete? Se eu tivesse pressionado uma mulher a ir longe demais, tenho certeza de que minha cabeça ia cuidar de esquecer isso.

— Foi isso o que você fez?

— Eu? — Bjørn entrou na contramão para ultrapassar um trator.

— Negativo. Sou um dos dezenove por cento. Ytre Enebakk. Droga, como é o nome daquele comediante da TV que é daqui da área? O caipira idiota com óculos quebrados e uma bicicleta motorizada? Paródia hilária.

Kaja deu de ombros. Bjørn olhou pelo retrovisor, mas só viu a boca aberta de Harry.

Como combinado, o delegado de Ytre Enebakk estava esperando por eles na estação de tratamento de água em Vøyentangen. Eles estacionaram, ele apresentou-se como Skai — o nome norueguês do couro sintético que Bjørn Holm parecia tanto apreciar — e o seguiram até um cais flutuante onde havia uma dúzia de barcos balançando na água calma.

— É cedo para colocar os barcos na água — comentou Kaja.

— Não teve neve esse ano, nem vai ter — disse o delegado. — É a primeira vez desde que nasci.

Eles entraram num barco largo de fundo plano, Bjørn com mais cuidado do que os outros.

— É raso aqui — disse Kaja enquanto o delegado afastou o barco do cais com uma vara.

— É mesmo — respondeu ele, olhando para a água enquanto puxava a corda para ligar o motor. — O lugar das cordas fica ali, na parte funda. Há uma trilha, mas o terreno é tão íngreme que é melhor ir de barco. — Ele moveu a alavanca lateral do motor para a frente. Um pássaro de uma espécie indeterminada levantou voo de uma árvore no meio do pinheiral e lançou um grito de alerta.

— Odeio o mar — disse Bjørn a Harry, que mal ouviu o colega por causa do barulho entrecortado do motor de popa de dois tempos. Deslizavam por entre a luz cinzenta da tarde num canal aberto no meio do junco de 2m de altura. Passaram quietos por um monte de galhos que Harry supôs tratar-se de uma toca de castor, saindo no meio de uma avenida de árvores de mangue.

— Isso é um lago — disse Harry. — Não o mar.

— É a mesma droga — retrucou Bjørn e sentou-se mais para o meio do barco. — Prefiro um lugar no interior, com bosta de cavalo e montanhas rochosas.

O canal alargou-se e lá estava na frente deles: o lago Lyseren. Eles passaram por ilhas e ilhotas onde sobreviviam pequenas cabanas abandonadas com janelas pretas que pareciam fitá-los com olhar vigilante.

— Cabanas simples — disse o delegado. — Aqui você está livre do estresse do litoral dos ricos, onde você precisa competir com o vizinho para ver quem tem o maior barco e fez a maior obra na casa. — Ele cuspiu na água.

— Como é que se chama aquele comediante da TV que é de Ytre Enebakk? — perguntou Bjørn, gritando para ser ouvido por cima do barulho do motor. — Óculos quebrados. Bicicleta motorizada.

O delegado lançou um olhar inexpressivo para Bjørn Holm e balançou a cabeça lentamente.

— A fábrica de cordas — disse ele.

Na frente da proa, na beira da água, Harry viu uma velha construção comprida de madeira ao pé de um declive íngreme com floresta densa nos dois lados. Ao lado da casa, trilhos de aço desciam pela montanha e desapareciam na água preta. A tinta vermelha estava descascando das paredes com buracos escancarados em vez de janelas e portas. Harry semicerrou os olhos. Na luz esmaecida parecia que uma pessoa vestida de branco estava numa janela, olhando fixamente para eles.

— Nossa, é uma casa mal-assombrada — disse Bjørn, rindo.

— É o que dizem — comentou o delegado Skai, desligando o motor.

No silêncio repentino podiam ouvir o eco do riso de Bjørn do outro lado e, de longe, um solitário sino de carneiro chegou a eles por cima da água.

Kaja pegou a corda, pulou do barco e, experiente, deu um nó duplo numa madeira verde e podre que se projetava entre as vitórias-régias.

Desceram do barco para as grandes pedras que serviam como cais. Pela abertura da porta entraram num galpão estreito e deserto cheirando a alcatrão e urina. Não era completamente visível do lado de fora, porque uma extremidade da construção continuava para dentro da densa floresta, e, com cerca de 2 metros de largura, o galpão devia ter mais de 60 metros de comprimento.

— Ficavam em cada ponta da casa girando a corda — explicou Kaja antes que Harry tivesse tempo de perguntar.

Num canto havia garrafas de cerveja vazias e sinais de tentativas de acender uma fogueira. Na parede oposta pendia uma rede de pesca em frente a algumas tábuas soltas.

— Depois de Simonsen, ninguém quis assumir o negócio — disse o delegado, olhando em volta. — Desde então o galpão está vazio.

— Para que servem os trilhos ao lado da casa? — perguntou Harry.

— Para duas coisas. Para levantar e baixar o barco que usavam para buscar as toras de madeira. E para segurar os troncos embaixo da água para amolecer. Prendiam as toras ao vagão de ferro que deve estar na casa de barco. Depois baixavam o vagão na água e o levantavam de novo após algumas semanas, quando a madeira estava no ponto. Simonsen era um cara prático.

Sobressaltaram-se com um repentino ruído da floresta lá fora.

— Carneiros — disse Skai. — Ou veados.

Eles seguiram o delegado pela escada estreita até o segundo andar. No meio do aposento tinha uma enorme mesa comprida. As duas extremidades do espaço, que mais parecia um corredor, sumiam no escuro. O vento entrava pela abertura das janelas, que tinham bordas de vidro quebrado ao longo dos batentes e assobiavam e agitavam o véu de noiva carcomido. Ela fitava o lago. Por baixo da cabeça e do torso estava o esqueleto: uma estrutura de ferro preto com rodas.

— Simonsen a usava como espantalho — disse Skai, fazendo um gesto em direção ao manequim de vitrine.

— Sinistro — disse Kaja, aproximando-se do delegado e tremendo dentro da jaqueta.

Ele olhou-a de soslaio e esboçou um sorriso:

— As crianças por aqui morriam de medo dela. Os adultos diziam que, na lua cheia, ela andava por aí caçando o marido que a havia abandonado no dia do casamento. E que dava para ouvir as rodas chiando quando ela se aproximava. Eu cresci pertinho daqui, em Haga, sabe.

— É mesmo? — disse Kaja, e Harry escondeu um sorriso.

— É — respondeu Skai. — Aliás, essa aqui era a única mulher conhecida na vida de Simonsen. Ele era um pouco recluso. Mas fazer corda, ah, isso ele sabia.

Atrás deles, Bjørn Holm tirou um rolo de corda que estava pendurado num prego.

— Eu disse que você podia tocar em alguma coisa? — comentou o delegado sem se virar.

Depressa, Bjørn colocou a corda no lugar.

— Ok, chefe — disse Harry, abrindo um sorriso para Skai sem mostrar os dentes. — Podemos tocar em alguma coisa?

O delegado mediu Harry com os olhos.

— Vocês ainda não me contaram de que se trata.

— É confidencial — respondeu Harry. — Sinto muito. Combate a fraudes. Você sabe.

— É? Se você for aquele Harry Hole que acho que é, costumava trabalhar na Divisão de Homicídios.

— Bem — disse Harry. — Agora é *insider trading*, evasão de impostos e fraudes. Chama-se progredir.

O delegado Skai fechou um olho. Um pássaro chiou.

— É claro que você tem razão, Skai — disse Kaja e suspirou. — Mas sou a pessoa encarregada de cuidar da burocracia para obter o mandado de busca do advogado da polícia. Como você sabe, estamos com falta de pessoal e eu podia ganhar bastante tempo se a gente pudesse... — Ela sorriu com seus pequenos dentes afiados e fez um gesto em direção ao rolo de corda.

Skai olhou para ela. Balançou algumas vezes para a frente e para trás nos calcanhares das botas de borracha. Daí fez que sim.

— Espero no barco — disse.

Bjørn começou o trabalho sem demora. Colocou o rolo de corda na mesa comprida, abriu sua pequena mochila, acendeu uma lanterna presa a uma cordinha com um anzol na ponta e o prendeu entre duas tábuas no teto. Pegou o laptop, um microscópio móvel no formato de um martelo, conectou-o à entrada USB do laptop, verificou se o microscópio estava transmitindo as fotos para a tela e clicou numa imagem que ele tinha passado para o computador antes de partir.

Harry ficou ao lado da noiva, olhando para o lago. No barco podia ver a brasa de um cigarro. Ele viu os trilhos que desapareceram na água. A parte funda. Harry nunca havia gostado de tomar banho em água doce, especialmente depois que ele e Øystein haviam matado aula para ir ao lago Hauktjern em Østmarka para pular do Pico do Diabo, que supostamente tinha 12 metros de altura. E Harry — segundos antes de atingir a água — tinha visto uma cobra deslizar na água por baixo dele. Daí foi engolido pelo gélido escuro verde e, em pânico, tragou metade do lago, com a certeza de que nunca voltaria a ver a luz do dia ou respirar novamente.

Harry sentiu a fragrância e sabia que Kaja estava logo atrás dele.

— Bingo — ouviu Bjørn dizer baixinho.

Harry se virou:

— O mesmo tipo de corda?

— Sem um pingo de dúvida — respondeu Bjørn, segurando o microscópio contra a ponta da corda e apertando o botão para fotos de alta resolução. — Tília e olmo. Fibra da mesma grossura e do mesmo comprimento. Mas o *bingo* foi por causa do corte fresco na ponta da corda.

— Como é?

Bjørn Holm apontou para a tela.

— A foto à esquerda foi aquela que eu trouxe. Ela mostra o corte da corda da piscina de Frogner, ampliado vinte e cinco vezes. E nessa corda tenho uma perfeita...

Harry fechou os olhos para melhor apreciar a palavra que ele sabia que vinha:

— ... combinação.

Ele continuou de olhos fechados. O pedaço de corda com a qual Marit Olsen foi enforcada não apenas tinha sido fabricado ali, mas havia sido cortado da corda que estava na sua frente. E era um corte recente.

Há pouco tempo, ele tinha estado ali onde se encontravam agora. Harry farejou o ar.

Uma densa escuridão os envolvia. Harry mal podia enxergar algo branco na abertura da janela quando deixaram o lugar.

Kaja sentou ao seu lado na frente do barco. Tinha que ficar bem pertinho dele para Harry poder ouvi-la por cima do zunido do motor:

— A pessoa que veio pegar a corda deve conhecer bem o local. E não deve ter muitas conexões entre essa pessoa e o assassino...

— Não acho que tenha conexão alguma — disse Harry. — O corte é recente demais. E não há muitos motivos para que uma corda troque de mãos.

— Alguém familiar com o local morando por perto ou que tem cabana por aqui — pensou Kaja em voz alta. — Ou que cresceu aqui.

— Mas por que ir até essa fábrica de corda abandonada para arrumar alguns metros de corda? — indagou Harry. — Quanto custa uma corda comprida na loja? Umas 200 coroas?

— Talvez estivesse passando por perto e sabia que tinha corda ali.

— Ok, mas *por perto* quer dizer que deve ter ficado numa das cabanas mais próximas. Para todas as outras pessoas é uma longa viagem de barco até a fábrica. Você faz...?

— Claro, faço uma lista dos vizinhos mais próximos. Aliás, consegui achar o perito em vulcões que você pediu. Um nerd do Instituto de Geologia. Felix Røst. Parece que ele costuma ir à procura de vulcões. Viaja pelo mundo todo para ver vulcões e erupções e esse tipo de coisa.

— Falou com ele?

— Só com a irmã que mora com ele. Ela me pediu para enviar um e-mail ou SMS, ele não se comunica de outra forma, ela disse. Ele estava fora, jogando xadrez. Mandei as pedras e as informações.

Eles avançaram pelo canal raso em direção ao cais em passo de lesma. Bjørn segurou a lanterna para guiá-los pela leve neblina que pairava sobre a superfície da água. O delegado desligou o motor.

— Olhe! — sussurrou Kaja e inclinou-se para ainda mais perto de Harry. Ele podia sentir seu cheiro quando acompanhou o dedo indicador. No junco atrás do cais uma grande cegonha branca e solitária deslizou pelo véu de neblina para a área iluminada pela luz da lanterna. — Não é apenas... lindo? — sussurrou encantada, riu e deu um aperto rápido na mão dele.

Skai os acompanhou até a estação de tratamento de água. Eles já estavam no Amazon prestes a ir embora quando Bjørn febrilmente baixou a janela e gritou atrás do delegado:

— FRITJOF!

Skai parou e virou-se lentamente. A luz de um poste caiu sobre seu rosto pesado e inexpressivo.

— O comediante da TV — gritou Bjørn. — Fritjof de Ytre Enebakk.

— Fritjof? — disse Skai e cuspiu. — Nunca ouvi falar dele.

Vinte e cinco minutos mais tarde, quando o Amazon pegou a estrada perto do lixão de Grønmo, Harry havia tomado uma decisão.

— Temos que vazar essa informação para a Kripos — disse ele.

— O quê? — disseram Bjørn e Kaja em uníssono.

— Vou falar com Beate, e ela vai passar a informação adiante para parecer que foi o pessoal dela da Perícia Técnica que descobriu o negócio da corda, e não a gente.

— Por quê? — quis saber Kaja.

— Se o assassino mora nos arredores de Lyseren, terá que ser feita uma busca de casa em casa. Não temos meios, nem pessoal para isso.

Bjørn Holm deu um murro no volante.

— Eu sei — disse Harry. — Mas o mais importante é que ele seja preso, não quem o prende.

Continuaram em silêncio com o eco falso das palavras ressoando no ar.

20

Øystein

Sem luz. Harry permaneceu parado no corredor escuro ligando e desligando o interruptor várias vezes. Fez a mesma coisa na sala.

Depois sentou-se na poltrona e ficou fitando o escuro.

Manteve-se assim algum tempo, até o celular tocar.

— Hole.

— Felix Røst.

— É mesmo? — disse Harry, porque a voz parecia pertencer a uma mulher delicada.

— Frida Larsen, irmã dele. Felix me pediu para ligar e dizer que as pedras que encontraram são máficas, lava basáltica. Ok?

— Espere! O que quer dizer máfica?

— Que é uma lava quente, acima de 1.000°C, e de baixa viscosidade, o que faz com que flua com facilidade e se espalhe por uma larga distância quando está em erupção.

— Pode vir de Oslo?

— Não.

— Por que não? Oslo está construída em cima de lava.

— É lava antiga. Essa lava é recente.

— Quão recente?

Ele ouviu-a colocar a mão sobre o fone e falar com alguém. Não ouviu outras vozes, mas ela deve ter recebido uma resposta, porque voltou logo depois:

— Ele diz que deve ser entre cinco e cinquenta anos. Mas se você está pensando em descobrir exatamente de que vulcão é, tem um trabalho e tanto pela frente. Há mais de mil e quinhentos vulcões ativos no mundo.

E esses são apenas os conhecidos. Se tiver outras perguntas, Felix pode responder por e-mail. Sua assistente tem o e-mail dele.

— Mas...

Ela já havia desligado.

Ele pensou em ligar de novo, mas mudou de ideia e digitou outro número.

— Oslotaxi.

— Olá, Øystein, é Harry H.

— Está brincando, Harry H está morto.

— Não totalmente.

— Ok, eu devo ter morrido, então.

— Está a fim de me levar da rua Sofie até a casa da minha infância?

— Não, mas te levo mesmo assim. Só vou terminar essa corrida. — Øystein riu e tossiu. — Harry H! Caraca... Te ligo quando estiver aí.

Harry desligou, entrou no quarto, arrumou uma mala na luz da rua em frente à janela e selecionou alguns CDs da sala na luz do celular. O pacote de cigarros, algemas, a pistola de serviço.

Ele se sentou na poltrona e usou a escuridão para repetir o exercício com a pistola. Acionou o cronômetro do relógio, girou o tambor da Smith & Wesson, esvaziou e carregou. Quatro cartuchos para fora, quatro para dentro, sem carregador rápido, apenas dedos ligeiros. Girou o tambor para dentro de modo a fazer com que o primeiro cartucho fosse o primeiro a atirar. Parou. Nove e sessenta e seis. Quase três segundos além do recorde. Ele abriu o tambor. Tinha se confundido. O primeiro cartucho pronto para disparar era um dos dois vazios. Ele estava morto. Repetiu o treino. Nove e cinquenta. E morto de novo. Quando Øystein ligou vinte minutos mais tarde, ele havia chegado a oito segundos e tinha morrido três vezes.

— Estou indo — disse Harry.

Entrou na cozinha. Olhou para a porta do armário embaixo da pia. Hesitou. Então pegou as fotos de Rakel e Oleg e enfiou no bolso interno.

— Hong Kong? — fungou Øystein Eikeland. Ele virou o rosto, inchado de tanto beber, com seu avultado nariz e triste bigode caído, para Harry no assento ao seu lado. — Que merda tinha que fazer por lá?

— Você me conhece — disse Harry enquanto Øystein parava no sinal vermelho em frente ao hotel Radisson SAS.

— Conheço nada, caralho — respondeu Øystein e despejou tabaco no papel de enrolar cigarro. — De que jeito?

— Bem, a gente cresceu juntos. Lembra?

— E daí? Você já era um maldito mistério naquela época, Harry.

A porta de trás foi aberta num golpe e um homem de casaco entrou:

— Trem expresso para o aeroporto, estação central. Depressa.

— Tá ocupado — disse Øystein sem se virar.

— Que nada, o sinal no teto está ligado.

— Hong Kong parece bacana. Por que voltou, hein?

— Como é? — disse o homem no banco de trás.

Øystein enfiou o cigarro entre os lábios e acendeu.

— Tresko ligou me convidando para uma festa de uns amigos hoje à noite.

— Tresko não tem amigos — disse Harry.

— Pois é. Por isso perguntei a ele: "Então, quem são seus amigos?" "Você", ele disse e perguntou: "E você, Øystein?" "Você", respondi. Então somos só nós dois. A gente tinha simplesmente esquecido de você, Harry. É o que acontece quando se viaja para... — Ele fez um funil com a boca e pronunciou com voz destacada: — Hong Kong!

— Alô! — chamou uma voz do banco de trás. — Se vocês terminaram, talvez a gente possa...

O sinal ficou verde, e Øystein acelerou.

— Então, você vem? É na casa de Tresko.

— Fede demais a chulé lá, Øystein.

— A geladeira dele está cheia.

— Lamento, não estou com ânimo para festas.

— Ânimo para festas? — fungou Øystein e deu um murro com a mão espalmada no volante. — Você não sabe o que é ânimo para festas, Harry. Você nunca queria ir às festas. Lembra? A gente tinha comprado cerveja, ia para algum endereço bacana em Nordstrand com um monte de garotas. Daí você sugeriu que você, eu e Tresko fôssemos para os bunkers para beber só a gente.

— Alô, esse não é o caminho para o trem do aeroporto! — queixou-se a voz do banco de trás.

Øystein brecou para o sinal vermelho, jogou seu longo cabelo ralo para o lado e falou virado para o banco de trás.

— E foi para lá que acabamos indo. E ficamos para lá de bêbados, e esse cara aqui começou a cantar "No Surrender" até Tresko começar a atirar garrafas vazias atrás dele.

— Estou falando sério! — choramingou o homem, batendo o indicador no vidro do seu relógio TAG Heuer. — *Tenho* que pegar o último avião para Estocolmo.

— Demais aqueles bunkers — disse Harry. — A melhor vista de Oslo.

— É mesmo — rebateu Øystein. — Se os aliados tivessem atacado por lá, os alemães teriam metido bala, estraçalhado todos eles.

— É isso mesmo — disse Harry.

— Sabe, a gente tinha um acordo permanente, esse aqui e eu e Tresko, — emendou Øystein, mas o cara de terno estava desesperadamente olhando pela janela à procura de um táxi livre. — Se aqueles malditos aliados viessem, a gente ia meter bala até arrancar a carne das carcaças deles. Assim. — Øystein segurou uma metralhadora imaginária apontando para o homem de terno e descarregou uma salva. O passageiro olhou apavorado para o taxista maluco, que fazia ta-ta-ta-ta até caírem gotas de saliva branca nas calças escuras e recém-passadas do terno. Com um pequeno gemido, ele conseguiu abrir a porta do carro e sair cambaleando na chuva.

Øystein soltou uma gargalhada rouca.

— Você sentiu saudades de casa — disse Øystein. — Você estava louco para dançar com a Killer Queen no restaurante de Ekeberg de novo.

Harry riu e fez que não. No espelho lateral viu o homem correr como louco em direção à estação do Teatro Nacional.

— É meu pai. Ele está doente. Não tem muito tempo de vida.

— Que triste. — Øystein pisou no acelerador. — Bom homem, ele.

— Obrigado. Pensei que ia querer saber.

— Pode apostar. Preciso avisar meus velhos.

— Chegamos — disse Øystein, estacionando na frente da garagem e da casinha de madeira amarela em Oppsal.

— É — disse Harry.

Øystein tragou com tanta força que parecia que o cigarro ia pegar fogo, prendeu a fumaça nos pulmões e soltou-a de novo com um sibilo longo e gorgolejante. Depois inclinou a cabeça e bateu as cinzas no cinzeiro. Harry sentiu uma doce dor no coração. Quantas vezes não tinha visto Øystein exatamente assim, inclinando-se de lado como se o cigarro estivesse tão pesado que fosse perder o equilíbrio? A cabeça inclinada. Batendo as cinzas no chão numa barraca para fumantes na escola, numa garrafa de cerveja vazia numa festa onde haviam entrado de penetra, no cimento gélido e úmido do bunker.

— Essa maldita vida não é justa — disse Øystein. — Seu pai não bebia, fazia caminhadas aos domingos e trabalhava como professor. Meu pai bebia, trabalhava na fábrica da Kadok, onde todos tiveram asma e irritações esquisitas na pele, e ele não se mexia um milímetro depois de sentar no sofá lá em casa. E o cara tem uma saúde de ferro.

Harry se lembrava da fábrica da Kadok. *Kodak* ao contrário. O dono, um cara de Sunnmøre, tinha lido que Eastman havia chamado sua fábrica de Kodak porque era um nome fácil de ser lembrado e pronunciado no mundo todo. Mas Kadok já havia sido esquecida e fechada havia muito tempo.

— Tudo acaba — observou Harry.

Øystein anuiu com um gesto de cabeça, como se tivesse seguido a sua linha de pensamento.

— Bem, ligue se precisar de alguma coisa, Harry.

— Tá.

Harry esperou até ouvir as rodas do carro triturarem o cascalho e desaparecerem antes de destrancar a porta e entrar na casa. Acendeu a luz e ficou parado até ouvir o clique da porta se fechar. O cheiro, o silêncio, a lâmpada que iluminava o armário: tudo falava para ele; era como mergulhar numa piscina de memórias. Ele foi abraçado, aquecido, ficou com um nó na garganta. Tirou o casaco e os sapatos e começou a andar. De quarto em quarto. De ano em ano. Da mãe ao pai à irmã Søs, e por fim a si mesmo. O quarto de menino. O pôster do The Clash, aquele com a guitarra sendo atirada no chão. Ele se deitou na cama e inalou o cheiro do colchão. E então vieram as lágrimas.

21

BRANCA DE NEVE

Faltavam dois minutos para as oito da noite quando Mikael Bellman subiu a Karl Johansgate, uma das ruas mais modestas do mundo. Ele estava no coração do reino da Noruega, bem no centro do eixo. À esquerda ficava a universidade e o conhecimento; à direita, o Teatro Nacional e a cultura. Atrás dele, no Jardim Real, jazia o Palácio Real, imponente. E bem na sua frente: o poder. Trezentos passos adiante, exatamente às oito horas, ele subiu os degraus de pedra da entrada principal de Stortinget. Como a maior parte de Oslo, o prédio do Parlamento não era especialmente grande ou imponente. A segurança era igualmente modesta. A única coisa visível em termos de segurança eram dois leões talhados em granito de Grorud, um em cada lado da ladeira que levava à entrada.

Bellman subiu até a porta, que se abriu silenciosamente, antes de ter que empurrá-la. Ele chegou à recepção e ficou olhando ao redor. Um segurança surgiu na sua frente e meneou a cabeça de modo amigável, mas determinado, em direção a uma máquina de raios X da marca Gilardoni. Dez segundos mais tarde, ela revelou que Mikael Bellman não estava armado; tinha metal no cinto, mas isso era tudo.

Rasmus Olsen o esperava, inclinado no balcão da recepção.

O magro viúvo de Marit Olsen cumprimentou-o com um aperto de mão e foi na frente enquanto automaticamente ligou sua voz de guia:

— Stortinget, trezentos e oitenta funcionários, cento e sessenta e nove membros. Construído em 1866, projetado por Emil Victor Langlet. Um sueco, aliás. Esta sala é conhecida como Trappehallen. O mosaico em pedra se chama "Sociedade", de Else Hagen, 1950. O retrato do rei foi pintado...

Chegaram ao Vandrehallen, que Mikael reconheceu da TV. Alguns rostos, nenhum familiar, passaram apressados por eles. Rasmus explicou que uma reunião de comitês tinha acabado alguns minutos atrás mas Bellman não estava prestando atenção. Estava pensando que aqueles eram os corredores do poder. Estava desapontado. Decerto havia bastante dourado e vermelho, mas onde se encontrava a grandeza, o poderio, o que ia influir reverência por aqueles que governavam? Esta maldita sobriedade humilde, era como uma fraqueza da qual essa pequena, e até recentemente pobre, democracia ao norte da Europa não conseguia se livrar. Apesar disso, ele tinha voltado. Se não havia conseguido alcançar o topo entre os lobos da Europol, certamente ia conseguir aqui, competindo com anões e policiais de segunda.

— Toda essa sala era o escritório de Terboven durante a guerra. Hoje em dia, ninguém aqui tem uma sala tão grande.

— Como era seu casamento?

— Perdão, como é?

— Você e Marit. Vocês brigavam?

— Eeeh... não. — Rasmus Olsen pareceu abalado e apressou o passo. Como que para fugir do policial ou pelo menos ficar fora de alcance dos ouvidos de outras pessoas. Só quando estavam sentados atrás da porta fechada da sala da secretaria de grupos, ele soltou a respiração, trêmulo.

— É claro que tivemos nossos altos e baixos. Você é casado, Bellman?

Mikael Bellman fez que sim.

— Então sabe o que quero dizer.

— Ela era infiel?

— Não. Acho que posso definitivamente excluir essa possibilidade.

Por ser tão gorda? Bellman teve vontade de perguntar, mas deixou para lá, ele tinha o que queria. A hesitação, o tique nos cantos dos olhos, a contração quase imperceptível da pupila.

— E você, Olsen, já foi infiel?

A mesma reação. Além de um rubor na testa sob as rugas profundas. A resposta foi curta e birrenta:

— Não, na verdade, não.

Bellman inclinou a cabeça. Ele não considerava Rasmus Olsen um suspeito. Porque atormentar o homem com esse tipo de pergunta? A resposta era tão simples quanto frustrante. Porque ele não tinha mais ninguém a interrogar, nenhuma outra pista a seguir. Ele apenas estava descarregando sua frustração em cima do coitado.

— E você, superintendente?

— E eu? — disse Bellman, abafando um bocejo.

— Já foi infiel?

Bellman sorriu.

— Minha mulher é linda demais. Além disso, temos dois filhos. Você e sua mulher não tinham filhos, e isso pode instigar um pouco mais de... diversão. Conversei com uma fonte que diz que, algum tempo atrás, você e sua mulher passaram por problemas.

— Deve ser a vizinha. Marit costumava conversar bastante com ela, é verdade. Houve um rompante de ciúmes há uns dois meses. Eu havia recrutado uma jovem para o partido durante uma conferência do sindicato. Foi assim que conheci Marit, então ela...

A voz de Rasmus Olsen se desfez, e Bellman viu seus olhos se encherem de lágrimas.

— Não foi nada. Mas Marit passou uns dois dias nas montanhas para pensar. Depois, tudo voltou ao normal.

O celular de Bellman tocou. Ele o retirou, olhou o nome na tela e respondeu com um breve "sim". E sentiu a pulsação e a raiva aumentarem enquanto prestava atenção à voz.

— Corda? — repetiu. — Lyseren? Isto é... Ytre Enebakk? Obrigado.

Ele enfiou o celular no bolso do casaco.

— Preciso ir, Olsen. Obrigado pelo seu tempo.

Na saída, Bellman deu uma parada breve no escritório de Terboven, o nazista alemão.

Era uma da madrugada e Harry estava na sala ouvindo Martha Wainwright cantar "Far Away": "Whatever remains is yet to be found".

Sentia-se exausto. Na mesa à sua frente estavam o celular, o isqueiro e o papel-alumínio com a pedrinha marrom. Ele não o havia tocado. Mas logo tinha que dormir, achar um ritmo. Segurava na mão a foto de Rakel. Vestido azul. Ele fechou os olhos. Sentiu seu cheiro. Ouviu sua voz. "Olha!" A mão dela apertou-o de leve. A água em torno era escura e profunda, e ela flutuava branca, silenciosa e leve na superfície da água. O vento levantou o véu de noiva, mostrando as penas alvas por baixo. Seu pescoço longo e fino formou um ponto de interrogação. Onde? Ela saiu da água, um esqueleto de ferro preto com rodas que rangiam queixosas. Daí ela entrou na casa e desapareceu. E reapareceu no segundo andar. Tinha um laço de corda em volta do pescoço e, ao lado, havia um homem de terno preto com uma flor branca na lapela. Na frente deles, virado de costas, havia um padre de casula branca. Ele lia lentamente. Então se virou. Seu rosto e suas mãos eram brancos. Feitos de neve.

Harry acordou sobressaltado.

Piscou no escuro. Ruído. Mas não de Martha Wainwright. Harry pegou o celular vibrando na mesa.

— Alô — disse com voz grossa.

— Já saquei.

Ele se sentou.

— Sacou o quê?

— A conexão. E não são três mortos. São quatro.

22

Ferramenta de Busca

— Primeiro tentei com os três nomes que você me deu — disse Katrine Bratt. — Borgny Stem-Myhre, Charlotte Lolles e Marit Olsen. Mas a busca não deu em nada que fizesse sentido. Então acrescentei todas as pessoas desaparecidas na Noruega durante os doze últimos meses. E consegui um ponto por onde começar.

— Espere — disse Harry, já bem acordado. — De onde conseguiu as pessoas desaparecidas?

— Intranet da Divisão de Pessoas Desaparecidas da Polícia Distrital de Oslo. O que você achou?

Harry gemeu, e Katrine prosseguiu.

— Surgiu um nome que de fato ligou os outros três nomes. Está pronto?

— Então...?

— O nome da mulher desaparecida é Adele Vetlesen, 23 anos, residente em Drammen. O desaparecimento dela foi registrado pelo companheiro em novembro. Apareceu uma conexão no sistema de passagens da Ferroviária Nacional da Noruega. Dia sete de novembro, Adele Vetlesen reservou uma passagem de trem de Drammen a Ustaoset pela internet. Na mesma data, Borgny Stem-Myhre tinha passagem de Kongsberg para o mesmo destino.

— E olha que Ustaoset nem é o centro do mundo — disse Harry.

— Não é um lugar, é parte de uma montanha. Onde as famílias de Bergen construíram suas cabanas com dinheiro antigo e onde a Associação de Turismo construiu cabanas nos cumes, para que os noruegueses pudessem honrar a herança de Amundsen e Nansen e ir de cabana a cabana, com esquis nos pés, 25 quilos nas costas e um leve medo quanto a morte no fundo da mente. Apimenta a vida, sabe.

— Parece que você já esteve lá.

— A família do meu ex-marido tem uma cabana nas montanhas. São tão dignamente ricos que nem tem eletricidade ou água encanada. Só os novos ricos têm sauna e Jacuzzi.

— E a outra conexão?

— Não havia registro de passagem de trem para Marit Olsen. Entretanto, surgiu um pagamento registrado no caixa eletrônico no restaurante do mesmo trem no dia anterior. O horário do registro foi às duas e treze da tarde quando, de acordo com os horários da ferrovia, o trem devia estar entre Ål e Geilo, isto é, antes de Ustaoset.

— Menos convincente — disse Harry. — O trem vai até Bergen, talvez ela fosse para lá.

— Você acha...? — Katrine Bratt começou, mas se calou, esperou e continuou em tom mais baixo. — Você acha que sou tão burra assim? O hotel em Ustaoset registrou um pernoite em quarto de casal em nome de Rasmus Olsen, que no registro central é listado com o mesmo endereço residencial de Marit Olsen. Presumi por isso que...

— Sim, é o marido dela. Por que está sussurrando?

— Porque o guarda noturno acabou de passar, ok? Escute, colocamos duas pessoas mortas e uma desaparecida em Ustaoset no mesmo dia. O que você acha?

— Bem. É uma coincidência significante, mas não podemos excluir a possibilidade de ser uma coincidência.

— De acordo. Então, aqui vem o resto. Fiz buscas por Charlotte Lolles e Ustaoset, mas não apareceu nada. Então me concentrei na data para ver onde Charlote Lolles podia estar enquanto as outras três pessoas estavam em Ustaoset. Dois dias antes, Charlotte havia comprado diesel num posto de gasolina perto de Hønefoss.

— Fica longe de Ustaoset.

— Mas fica na direção certa vindo de Oslo. Tentei achar um carro que estivesse registrado no nome dela ou de um eventual companheiro. Se eles tivessem um cartão de passagem automática de pedágio e se deparassem com vários, seria possível rastrear seus movimentos.

— Humm.

— O problema é que ela não tinha carro, nem companheiro, pelo menos não oficialmente.

— Tinha um namorado.

— Pode ser. Mas nos registros de Europark, a ferramenta de busca encontrou um carro na garagem deles em Geilo, pago por uma Iska Peller.

— Fica a poucos quilômetros de distância. Mas quem é... hum, Iska Peller?

— De acordo com os dados do cartão de crédito, ela mora em Bristol, Sydney, Austrália. Acontece que ela tem pontuação alta nas buscas relacionadas à Charlotte Lolles.

— Buscas relacionadas?

— Funciona assim. Há registros dos últimos anos de pessoas que pagaram com cartão no mesmo restaurante no mesmo horário, o que indica que elas comeram juntas e dividiram a conta. Ou que sejam membros da mesma academia de ginástica por ter a mesma data de adesão, ou que sentaram lado a lado em voos mais de uma vez. Sacou?

— Saquei — repetiu Harry, imitando seu sotaque de Bergen. — E tenho certeza de que você verificou a marca do carro e que usa...

— De fato, usa diesel — respondeu Katrine de forma um tanto brusca. — Quer ouvir o resto ou não?

— Mas é claro.

— Não é possível reservar cama nestas cabanas da Associação de Turistas de self service. Se todas as camas estiverem ocupadas quando você chega, você simplesmente se instala no chão num colchão ou no saco de dormir que você levar. Custa apenas 370 coroas por noite, e pode pagar em espécie numa caixinha na cabana, ou deixar um envelope com autorização de debitar o valor na sua conta.

— Em outras palavras, não tem como ver quem esteve em que cabana e quando?

— Se pagarem em dinheiro, não. Mas, caso deixem uma autorização, haverá depois uma transação bancária entre a conta da pessoa em questão e a Associação de Turistas. Com menção à cabana e à data do pagamento.

— Pelo que me lembro, era difícil fazer busca de transações bancárias.

— Não se a ferramenta tiver os critérios corretos fornecidos por um cérebro humano esperto.

— O que nesse caso se aplica, certo?

— É isso que gosto de ouvir. Bem, dia vinte de novembro, a conta de Iska Peller foi debitada, referente a duas camas em quatro cabanas da Associação de Turistas, com um dia de caminhada entre uma a outra.

— Uma viagem de esqui de quatro dias.

— É. E ficaram na última cabana, em Håvass, dia sete de novembro. Fica apenas meio dia de esqui de Ustaoset.

— Interessante.

— Interessante mesmo são duas outras contas que também foram debitadas, referente a pernoites no dia sete de novembro na cabana de Håvass. Adivinhe quais?

— Bem. Não deve ser a de Marit Olsen ou Borgny Stem-Myhre, já que suponho que a Kripos teria descoberto se duas mulheres assassinadas recentemente estivessem no mesmo lugar na mesma noite. Então uma deve ser da garota desaparecida, como era o nome dela?

— Adele Vetlesen. E você acertou. Ela pagou por duas pessoas, mas é claro que não posso saber quem é a outra.

— E quem é a outra pessoa que pagou com autorização de débito?

— Não é tão interessante. É de Stavanger.

Harry pegou mesmo assim uma caneta e anotou o nome e o endereço da pessoa e também de Iska Peller em Sydney.

— Parece que está gostando da ferramenta de busca — comentou ele.

— Estou mesmo — respondeu ela. — É como pilotar um avião de caça antigo. Um pouco enferrujado e lento de início, mas depois de levantar voo... nossa. O que acha do resultado?

Harry pensou um pouco.

— O que fez — disse — foi colocar uma mulher desaparecida e uma mulher que presumidamente não tem nada a ver com o caso no mesmo lugar na mesma hora. Por si só, não há motivo para festejar. Mas você mostrou ser mais provável que uma das vítimas de assassinato, Charlotte Lolles, estava com ela. E você colocou duas das vítimas, Borgny Stem-Myhre e Marit Olsen, na proximidade imediata a Ustaoset. Portanto...

— Portanto...

— Meus parabéns. Você cumpriu sua parte do acordo. Quanto à minha...

— Poupe-se e tire esse sorriso do rosto. Eu não estava falando sério. Sou mentalmente instável, não sabia?

Ela desligou batendo o telefone.

23

Passageira

Ela estava sozinha no ônibus. Stine encostou a testa ao vidro para não ver o reflexo de si mesma. Olhou para a rodoviária deserta no breu da noite. Torceu para que viesse alguém. Torceu para que não viesse ninguém.

Ele esteve sentado à janela em Krabbe, com uma cerveja na sua frente, olhando fixo para ela, imóvel. Gorro, cabelo louro e aqueles olhos azuis, selvagens. Seu olhar riu, penetrou, implorou, chamou seu nome. Por fim, ela dissera a Mathilde que queria ir para casa. Mas Mathilde estava de papo com um petroleiro americano, e queria ficar mais um pouco. Então Stine havia pegado seu casaco, corrido de Krabbe até a rodoviária, sentando-se no ônibus para Våland.

Ela olhou para os dígitos vermelhos no relógio digital em cima do motorista. Torceu para que as portas se fechassem logo e que o ônibus começasse a se mover. Faltava um minuto.

Não levantou os olhos quando ouviu passos correndo, uma voz ofegante comprando a passagem com o motorista lá na frente, ou quando ele se sentou no assento ao seu lado.

— Oi, Stine — disse ele. — Acho que está me evitando.

— Oi, Elias — respondeu ela, sem tirar os olhos do asfalto molhado de chuva. Por que ela havia se sentado atrás no ônibus, tão longe do motorista?

— Você não devia estar andando por aí sozinha à noite, você sabe.

— Não devia? — murmurou ela, torcendo para que viesse alguém, qualquer pessoa.

— Você não está lendo os jornais? Aquelas duas garotas de Oslo. E anteontem, aquela mulher do Parlamento. Como era mesmo o nome dela?

— Não faço ideia — mentiu Stine, sentindo o coração acelerar.

— Marit Olsen — disse Elias. — Do partido socialista. As outras duas se chamavam Borgny e Charlotte. Tem certeza de que não reconhece os nomes, Stine?

— Não leio jornais — disse Stine. Logo tinha que vir alguém.

— Garotas bacanas, todas as três.

— Claro, você as conhecia, não é? — De imediato, Stine se arrependeu pelo tom sarcástico. Era medo.

— Não muito bem, é claro — disse Elias. — Mas gostei da primeira impressão. Sou, como você sabe, do tipo que dá muito valor à primeira impressão.

Ela olhou fixamente para a mão que ele cuidadosamente havia colocado no seu joelho.

— Você... — disse ela, e só pelas duas sílabas podia ouvir o tom de suplício na própria voz.

— Sim, Stine?

Ela olhou para ele. Seu rosto era inocente como o de uma criança, o olhar verdadeiramente indagador. Ela queria gritar, se levantar, quando ouviu passos e uma voz falando com o motorista. Um passageiro. Um homem. Ele foi para o final do ônibus. Stine tentou captar o olhar dele, fazê-lo entender, mas a aba do chapéu escondia seus olhos e ele estava ocupado pondo o troco e a passagem na carteira. Ela respirou aliviada quando ele se sentou no assento atrás deles.

— É incrível que a polícia ainda não tenha descoberto a conexão entre as vítimas — disse Elias. — Não devia ser tão difícil. Eles deviam saber que todas as três garotas gostavam de esquiar nas montanhas. Pernoitaram na cabana de Håvass na mesma noite. Você acha que eu devia ir até a polícia e contar?

— Talvez — sussurrou Stine. Se ela agisse com rapidez, talvez conseguisse pular por cima de Elias e descer do ônibus. Mas mal havia concluído o pensamento quando as portas se fecharam, sibilantes, e o ônibus deu a partida. Ela fechou os olhos.

— Só não quero me envolver. Espero que entenda isso, Stine.

Ela fez que sim com um lento gesto de cabeça, ainda de olhos fechados.

— Ótimo. Então posso te contar sobre outra pessoa que estava lá. Alguém que você com certeza conhece.

Parte 3

24

Stavanger

— Está fedendo a... — disse Kaja.

— Bosta — disse Harry. — De vaca mesmo. Bem-vinda ao distrito de Jæren.

A luz matinal surgiu entrecortada pelas nuvens que varriam os campos verdes. Detrás de muros de pedras, vacas silenciosamente seguiram o táxi com os olhos. Eles estavam a caminho do aeroporto Sola para o centro de Stavanger.

Harry inclinou-se para a frente no meio dos assentos.

— Podia ir um pouco mais depressa, motorista? — Ele segurou sua carteira de identidade no ar. O motorista abriu um largo sorriso, pisou no acelerador, e entraram na rodovia em alta velocidade.

— Está com medo de chegarmos atrasados? — perguntou Kaja quando Harry se deixou cair no assento.

— Não atendeu ao telefone, não compareceu ao trabalho — disse Harry, sem precisar completar o raciocínio.

Depois de falar com Katrine Bratt na véspera, Harry deu uma olhada no que tinha anotado. Tinha os nomes, números de telefone e endereços de duas pessoas ainda vivas que provavelmente haviam passado a noite numa cabana com as três vítimas assassinadas. Ele havia olhado a hora, calculado que era manhã em Sydney e ligado para Iska Peller. Ela atendera, e se mostrou surpresa quando Harry tinha mencionado a cabana em Håvass. Ela não pôde contar muito sobre a estada na cabana de turistas, pois tinha estado com febre alta e havia ficado no quarto. Talvez por haver esquiado muito tempo com roupas molhadas de suor, talvez porque esquiar de cabana a cabana havia sido demais para alguém inexperiente como ela. Ou apenas porque a gripe ataca aleatoriamente. De qualquer maneira, tinha conseguido, a duras penas, se arrastar até a cabana de Håvass, onde foi mandada para a cama por sua companheira de viagem, Charlotte Lolles. Lá, Iska Peller havia entrado e saído de um sono cheio de sonhos enquanto seu corpo doía, suava e passava frio. O que havia se passado entre os outros na cabana — quem quer que fossem — ela não ficou ciente, uma vez que ela e Charlotte foram as primeiras a chegar. No dia seguinte, ela tinha ficado na cama até os outros irem embora, e ela e Charlotte deixaram o lugar com a ajuda da motoneve de um policial local que Charlotte conseguira localizar. Ele havia levado as duas para a própria casa, oferecendo hospedagem para a noite, já sabendo que o hotel estava lotado. Elas haviam aceitado, porém mais tarde tinham mudado de ideia, pegando um trem para Geilo, onde se hospedaram num hotel. Charlotte não contara a Iska nada de especial sobre a noite na cabana de Håvass. Aparentemente, uma noite sem grandes acontecimentos.

Cinco dias depois da viagem às montanhas, a Srta. Peller voou de Oslo a Sydney, ainda com um pouco de febre, e depois de chegar em casa, manteve contato regular com Charlotte por e-mail, mas não havia percebido nada fora do normal. Até receber a chocante notícia de que a amiga tinha sido encontrada morta atrás de um carro abandonado na beira do lago Dausjøen, perto de uma floresta nos arredores suburbanos de Oslo.

Com jeito, mas sem dar voltas demais, Harry havia explicado a Iska Peller que estavam preocupados com as pessoas que estiveram na cabana naquela noite, e que ele, depois de desligar, ligaria ao chefe da Divisão de Homicídios no distrito policial de Sydney, Neil McCormack, para quem Harry havia trabalhado certa ocasião. McCormack iria interrogá-la mais detalhadamente e — mesmo que a Austrália ficasse muito distante — cuidar para que ela, até segunda ordem, recebesse proteção policial. Iska Peller pareceu aceitar isso com serenidade.

Então, Harry tinha ligado para o segundo número que havia anotado, o telefone de Stavanger. Ele havia tentado quatro vezes, mas ninguém atendeu. Sabia, é claro, que esse fato em si não era necessariamente indício de algo. Nem todas as pessoas dormem com o celular ligado ao seu lado. Mas Kaja Solness fazia isso. Ela atendeu no segundo toque, e quando Harry disse que iam para Stavanger no primeiro voo, e que ela devia encontrá-lo no trem expresso ao aeroporto às seis e cinco, ela apenas disse: "Ok."

Chegaram ao aeroporto de Oslo às seis e meia, e Harry tentou o número de novo, mas em vão. Uma hora mais tarde aterrissaram no aeroporto de Sola, e Harry ligou de novo, obtendo o mesmo resultado. Ao saírem do terminal para a fila de táxi, Kaja conseguiu falar com o empregador da pessoa que estavam procurando, que contou que ela não tinha comparecido ao trabalho na hora que costumava chegar. Ela repassou a informação a Harry, e ele gentilmente encostou a mão nas suas costas, empurrando-a resoluto para o início da fila do táxi, sob protestos inflamados, que ele respondia com um: "Obrigado, e tenham um dia maravilhoso, pessoal."

Exatamente às oito e dezesseis da manhã chegaram ao endereço, uma casa de madeira branca em Våland. Harry deixou Kaja pagar o táxi, desceu e largou a porta aberta. Ele estudou a fachada, que nada revelou. Inalou o ar úmido e fresco, porém ameno, da região oeste. Ele se preparou. Porque já sabia. Podia estar enganado, é claro, mas já sabia com a mesma certeza de que sabia que Kaja ia dizer "obrigada" na hora de receber o recibo.

— Obrigada. — A porta do carro foi fechada.

O nome estava na campainha entre outros dois ao lado da porta de entrada.

Harry apertou o botão e ouviu o zunido de algum lugar no interior da casa.

Um minuto e três tentativas mais tarde, apertou a campainha de baixo.

A velha senhora que abriu sorriu para eles.

Harry notou que Kaja automaticamente sabia quem deveria falar:

— Olá, sou Kaja Solness, somos da polícia. Ninguém atende no andar de cima, sabe dizer se tem alguém em casa?

— Provavelmente. Mesmo que tenha estado quieto lá o dia todo — disse a senhora. E, ao ver a sobrancelha de Harry se erguer, apressou-se em acrescentar: — Aqui pode se ouvir tudo, e ouvi alguém essa noite. Como sou eu que alugo o apartamento, acho que devo ficar atenta.

— A senhora fica atenta? — perguntou Harry.

— Fico, mas não me meto em... — O rosto da senhora ganhou um rubor intenso. — Não tem nada de errado, tem? Quero dizer, eu nunca tive nenhum problema com...

— Não sabemos — disse Harry.

— Seria melhor verificar — disse Kaja. — Então, se a senhora tiver uma chave... — Harry sabia que Kaja estava pensando em diversas maneiras de concluir a frase, e esperou, curioso para ouvir a continuação.

— ... podemos ajudar a senhora a verificar que está tudo em ordem.

Kaja Solness era uma mulher esperta. Se a proprietária aceitasse a proposta e eles encontrassem algo, ia constar no relatório que foram convidados a entrar, e que não se tratava de forçar acesso ou fazer uma busca sem mandado.

A senhora hesitou.

— Mas a senhora também pode entrar lá depois de termos ido embora — disse Kaja, sorrindo. — E depois chamar a polícia. Ou a ambulância. Ou...

— Acho melhor que venham comigo — disse a senhora, agora com uma ruga profunda de preocupação na testa. — Esperem, vou pegar as chaves.

O apartamento onde entraram um minuto mais tarde estava limpo, arrumado e quase sem móveis. De imediato, Harry reconheceu o silêncio que se faz tão presente, quase opressivo, em apartamentos vazios na parte da manhã, quando o corre-corre cotidiano só chega de fora como um quase inaudível zunido. Mas havia também um cheiro que ele reconheceu. Cola. Ele viu um par de sapatos, mas nenhuma roupa de frio.

Na pequena cozinha tinha uma grande xícara de chá na bancada da pia, e na prateleira em cima havia latas anunciando o conteúdo de variedades de chá de origem desconhecida para Harry: chá oolong, Anji Bai Cha. Avançaram pelo apartamento. Na parede da sala havia uma foto que Harry reconheceu como K2, uma montanha do Himalaia responsável por muitas mortes.

— Verifique ali — disse Harry, acenando com a cabeça para uma porta com um coração e seguiu em direção a uma porta que ele imaginou ser do quarto. Respirou fundo, girou a maçaneta e abriu a porta.

A cama estava arrumada. O quarto também. Uma janela estava entreaberta, não havia cheiro de cola, o ar estava tão fresco quanto a respiração de uma criança. Harry ouviu a proprietária se posicionar no vão da porta atrás dele.

— Que estranho — disse ela. — Eu os ouvi durante a noite. Mas só ouvi os passos de uma pessoa saindo.

— Eles? — perguntou Harry. — Tem certeza de que havia outras pessoas?

— Tenho. Escutei vozes.

— Quantas pessoas?

— Três, acho.

Harry olhou no guarda-roupas.

— Homens? Mulheres?

— Não dá para ouvir tudo.

Roupas. Um saco de dormir e uma mochila. Mais roupas.

— Por que você acha que eram três?

— Depois de uma pessoa ir embora, ouvi ruídos daqui de cima.

— Que tipo de ruídos?

De novo, a senhora ficou corada.

— Batidas. Como se... bem, você sabe.

— Mas nenhuma voz?

A senhora pensou.

— Não, nenhuma voz.

Harry saiu do quarto. E viu para sua surpresa que Kaja ainda estava no corredor em frente à porta do banheiro. Havia algo com a maneira dela — como se estivesse enfrentando um vento forte.

— Algo de errado?

— Não, nada não — respondeu Kaja rápido, em tom leve. Leve demais.

Harry aproximou-se e ficou ao seu lado.

— O que foi? — perguntou em voz baixa.

— Eu... é que tenho um problema com portas fechadas.

— Ok — disse Harry.

— É só... é uma coisa minha.

Harry fez que sim. E então ouviu o ruído. O ruído de tempo medido, de uma linha que está chegando ao fim, de segundos que vão embora, um repique rápido e intenso de água que não está bem escorrendo, nem bem pingando. Uma torneira no outro lado da porta. E ele sabia que não havia se enganado.

— Espere aqui — disse Harry. Ele abriu a porta.

A primeira coisa que notou foi que o cheiro de cola estava mais forte ali dentro.

A segunda, que no chão havia uma jaqueta, um jeans, uma calcinha, uma camiseta, duas meias pretas, um gorro e um agasalho fino de lã.

A terceira, que água pingava numa linha quase contínua da torneira para dentro da banheira que estava cheia de água, transbordando pelo lado.

A quarta, o que constatou de imediato, foi que a água na banheira estava tingida de vermelho — sangue, pelo que ele pôde ver.

A quinta, que o olhar vidrado acima da boca tapada com fita crepe da pessoa nua e pálida no fundo da banheira estava olhando para o lado. Como se tentasse entrever algo no ponto cego, algo que ele não tinha visto.

A sexta coisa foi que ele não viu sinal de violência, nenhuma ferida externa que pudesse explicar aquele sangue todo.

Harry pigarreou e perguntou-se como seria o modo mais ameno possível de pedir à proprietária que entrasse e identificasse seu locatário.

Mas não precisou; ela já estava na porta.

— MeuDeus! — gemeu. E então, pronunciando cada silaba: — Ah, Meu Deus! — E por fim, num tom queixoso com ênfase ainda mais acentuada: Meu Deus do Céu, Jesus...

— É...?

— É — disse a mulher com a voz chorosa. — É ele. É Elias Skog.

25

Território

A mulher cobriu a boca com as mãos e murmurou entre os dedos:
— Mas o que foi que você fez, Elias, meu bem?

— Pode ser que ele não tenha feito absolutamente nada, senhora — disse Harry, levando-a para fora do banheiro e para a porta de saída.

— Posso pedir para você ligar para a delegacia de polícia de Stavanger e pedir que mandem um perito criminal? Diga que temos uma cena de crime aqui.

— Cena de crime? — Ela arregalou os olhos.

— Sim, diga isso a eles. Use o número de emergência, 112, se quiser. Está bem?

— Es... está bem.

Podiam ouvir os passos pesados da senhora descendo a escada e depois entrando em seu apartamento.

— Temos quinze minutos até eles chegarem — disse Harry.

Tiraram os sapatos, deixando-os no corredor, e entraram no banheiro de meias. Harry olhou ao redor. A pia estava cheia de fios compridos de cabelo louro, e na bancada havia um tubo espremido.

— Isso parece pasta de dente — disse Harry e inclinou-se sobre o tubo sem tocá-lo.

Kaja se aproximou.

— Supercola — constatou. — A mais forte do mundo.

— É do tipo que não se deve botar nas mãos, certo?

— Age na hora. Se os dedos estiverem apertados por tempo demais, ficam grudados. E daí, para você separá-los, tem que cortar ou puxar até a pele vir junto.

Harry olhou primeiro para Kaja. Depois para o corpo na banheira.

— Meu Deus — disse ele. — Isso não pode ser verdade...

O superintendente Gunnar Hagen tivera suas dúvidas. Talvez fosse a coisa mais estúpida que tinha feito desde sua promoção à chefia da Polícia. Formar um grupo para fazer investigações, contra as ordens do Ministério, podia virar encrenca. Fazer Harry Hole líder do grupo era pedir encrenca. E a encrenca acabou de bater na porta e entrar. Nesse momento ela tomava forma à frente sob a figura de Mikael Bellman. E enquanto Hagen ficou ouvindo, ele notou que as esquisitas manchas no rosto do superintendente da Kripos estavam brilhando, e mais brancas do que de costume, como se estivessem iluminadas no interior por algo em brasa, uma fissão resfriada de um reator atômico, uma explosão em potencial, por ora sob controle.

— Estou certo de que Harry Hole e dois dos seus colegas estiveram em Lyseren investigando a morte de Marit Olsen. Beate Lønn da Perícia Criminal pediu para executar uma busca de cabana em cabana na área em torno de uma velha fábrica de cordas. Parece que um de seus técnicos descobriu que a corda usada para enforcar Marit Olsen vem de lá. Até então, tudo bem...

Mikael Bellman balançou nos calcanhares. Ele nem tinha tirado o sobretudo. Gunnar Hagen preparou-se para a continuação. Que veio num prolongamento impiedoso, num tom de voz levemente perplexo:

— Mas quando conversamos com o delegado de Ytre Enebakk, ele me contou que o infame Harry Hole era um dos três que executaram a investigação. Quer dizer, um de seus homens, Hagen.

Hagen não respondeu.

— Suponho que esteja a par das consequências por se opor às ordens do Ministério da Justiça.

Hagen continuou sem responder, mas encarou o olhar de Bellman.

— Escute — disse Bellman, ao soltar um botão do casaco e finalmente se sentar. — Gosto de você, Hagen. Acho você um policial decente, e vou precisar de homens bons.

— Quando a Kripos estiver com o poder todo, quer dizer?

— Exato. Seria vantajoso ter alguém como você num alto cargo. Você fez a academia militar, conhece a importância de pensar estrategicamente, de evitar batalhas que não pode ganhar, de saber quando a retirada é a melhor estratégia para vencer...

Hagen fez um vagaroso sim com a cabeça.

— Ótimo — disse Bellman e levantou-se. — Suponhamos que Harry Hole encontrou-se na área de Lyseren inadvertidamente, por uma coincidência que não tinha nada a ver com Marit Olsen. E que esse tipo de coincidência provavelmente não venha a se repetir. Estamos de acordo sobre isso... Gunnar?

Hagen contraiu-se involuntariamente ao ouvir seu primeiro nome na boca do outro, como um eco de um nome que ele mesmo dissera uma vez, o de seu antecessor, numa tentativa de criar uma jovialidade que não havia fundamento. Mas ele deixou passar. Porque sabia que aquilo era uma dessas batalhas a que Bellman se referia. Que ele, além do mais, estava prestes a perder a guerra também. E que as condições de capitulação oferecidas por Bellman podiam ser piores. Muito piores.

— Vou falar com Harry — disse, apertando a mão estendida de Bellman. Foi como apertar mármore: duro, frio e sem vida.

Harry bebeu um gole e desenganchou o dedo da alça da xícara de café translúcida da proprietária.

— Então, você é o inspetor Harry Hole da polícia distrital de Oslo? — perguntou o homem na cadeira no outro lado da mesa da sala. Ele havia se apresentado como inspetor Colbjørnsen com "c", e agora repetiu o título, nome e a afiliação de Harry com ênfase em *Oslo*. — E o que traz a polícia de Oslo para Stavanger, Sr. Hole?

— O de sempre — disse Harry. — O ar fresco, as belas montanhas.

— Ah, é?

— O fiorde. Pular do Penhasco do Púlpito, se der tempo.

— Então, Oslo nos enviou um comediante? Certamente estão praticando esporte radical, isso posso afirmar. Existe algum motivo especial para não termos sido informados dessa visita?

O sorriso falso do inspetor Colbjørnsen acentuava seu bigode fino. Ele vestia um chapeuzinho engraçado usado apenas por homens bem velhos e hipsters bem convencidos. Harry lembrou que Gene Hackman tinha aparecido com um desses no papel do policial Popeye Doyle no filme *Operação França*. E adivinhou que Colbjørnsen também não se impediria de chupar um pirulito ou de, na hora da saída, parar na porta com um: "Ah, só mais uma coisa..."

— Deve haver um fax no fundo da pilha de papéis — disse Harry, olhando para o homem no traje branco enquanto ele entrava. O tecido do macacão do perito criminal farfalhou quando tirou o capuz branco e deixou-se cair numa cadeira. Ele fitou Colbjørnsen e murmurou um palavrão local.

— Então? — perguntou Colbjørnsen.

— Ele tem razão — disse o perito e acenou em direção a Harry, sem olhar para ele. — O cara lá em cima foi colado ao fundo da banheira com supercola.

— Foi colado? — perguntou Colbjørnsen, olhando para seu subalterno com uma sobrancelha arqueada. — Foi colado? Não está sendo precipitado, excluindo a possibilidade de Elias Skog ter feito isso ele próprio?

— E conseguido depois abrir a torneira para se afogar na maneira mais lenta e dolorosa que se pode imaginar? — perguntou Harry. — Depois de tapar a boca com fita crepe para não poder gritar?

Colbjørnsen esboçou outro sorriso forçado para Harry:

— Vou avisar quando você puder interromper, *Oslo*.

— Colado da cabeça aos pés — continuou o perito. — A parte de trás da cabeça foi barbeada e untada com cola. Os ombros e as costas também. As nádegas. Os braços. As duas pernas. Quer dizer...

— Quer dizer — disse Harry — que quando o assassino terminou de colar, depois de ter deixado Elias ali até a cola endurecer, ele abriu a torneira um pouco e deixou Elias Skog se afogar bem devagarinho. E Elias começou sua luta contra o tempo e a morte. A água subiu lentamente, e suas forças esmaeceram. Até ele ser seriamente acometido por um medo mortal que lhe deu forças para uma última tentativa desesperada de se soltar. E conseguiu. Conseguiu soltar o membro mais forte do fundo da banheira. O pé direito. O pé foi simplesmente arrancado da pele, que, vocês podem ver, ainda está no fundo da banheira. O sangue jorrou na água enquanto Elias batia o pé no fundo para chamar a proprietária no andar de baixo. E ela ouviu as batidas.

Harry acenou para a cozinha, onde Kaja tentava acalmar a proprietária. Eles podiam ouvir o choro sofrido da senhora.

— Mas ela entendeu errado. Pensou que seu inquilino estivesse transando com uma mulher que ele havia convidado para ir à sua casa.

Ele olhou para Colbjørnsen, que já estava pálido e não fazia sinal nenhum de querer interromper.

— E o tempo todo Elias estava perdendo sangue. Muito sangue. Ele estava sem pele nenhuma na perna. Enfraqueceu, cansou. Por fim, começou a perder a força de vontade. Desistiu. Talvez já estivesse inconsciente por ter perdido tanto sangue quando a água chegou às suas narinas.

— Harry olhou para Colbjørnsen. — Ou talvez não.

O pomo de adão de Colbjørnsen subia e descia.

Harry olhou para dentro da xícara de café.

— E agora acho que a policial Solness e eu vamos agradecer sua hospitalidade e voltar para Oslo. Se tiver mais perguntas, aqui está o meu número. — Harry anotou o número na margem de um jornal, rasgou o pedaço de papel e o passou por cima da mesa. Depois levantou-se.

— Mas... — disse Colbjørnsen ao se levantar também. Harry erguia-se imponente 20 centímetros acima dele. — O que vocês queriam com Elias Skog?

— Salvá-lo — disse Harry e abotoou o casaco.

— Salvar? Ele estava metido em alguma encrenca? Espere, Hole, temos que chegar ao fundo disso. — Mas Colbjørnsen não tinha mais a mesma autoridade imperativa na voz.

— Tenho certeza de que vocês aqui em Stavanger têm total capacidade de descobrir tudo por vocês mesmos — disse Harry, ao ir à porta da cozinha, sinalizando para Kaja que estavam saindo. — Senão, posso recomendar a Kripos. Mande lembranças a Mikael Bellman se tiver que chamá-lo.

— Salvar ele de quê?

— Do que não conseguimos salvá-lo — disse Harry.

No táxi para o aeroporto de Sola, Harry observou pelo vidro a chuva que martelava nos campos excepcionalmente verdes. Kaja não disse uma palavra sequer. Ele era grato por isso.

26

A Agulha

Gunnar Hagen esperava por eles, sentado na cadeira de Harry, quando entraram na sala úmida e quente.

Bjørn Holm, que estava sentado atrás de Hagen, deu de ombros, fazendo gestos de que não tinha ideia do que o chefão queria.

— Stavanger, me disseram — disse Hagen ao se levantar.

— Sim — disse Harry. — Fique sentado, chefe.

— É sua cadeira. Não vou demorar.

— Ah, é?

Harry deduziu que havia notícias ruins. Notícias ruins de certa importância. Os chefes não se apressavam pelo aqueduto até a prisão Botsen para dizer que o recibo de viagem havia sido malpreenchido.

Hagen ficou em pé, de modo que Holm era a única pessoa sentada.

— Infelizmente, preciso informar que a Kripos já descobriu que vocês estão investigando os assassinatos. E não tenho outra escolha a não ser pôr um fim à investigação.

No silêncio que seguiu, Harry pôde ouvir o murmúrio das caldeiras na sala vizinha. Hagen deixou os olhos varrerem no seu redor, encarou o olhar de cada um e parou no de Harry:

— Também não posso dizer que é uma demissão honrável. Deixei bem claro que a investigação tinha que ser feita sob total sigilo.

— Bem — disse Harry. — Pedi a Beate Lønn para vazar informações sobre certa fábrica de cordas à Kripos, e ela prometeu que ia fazer parecer que a fonte fosse a Perícia Criminal.

— E tenho certeza de que ela fez isso — disse Hagen. — Foi o delegado de Ytre Enebakk que te entregou, Harry.

Harry revirou os olhos e praguejou baixinho.

Hagen juntou as mãos com tanta força que provocou um ruído seco entre as paredes de alvenaria.

— Por isso, tenho que dar a triste ordem de encerrar toda a investigação, a partir de agora. E que essa sala esteja arrumada em 48 horas. *Gomen nasai.*

Harry, Kaja e Bjørn Holm se entreolharam enquanto a porta de ferro se fechou lentamente e os passos apressados de Hagen se afastavam pelo aqueduto.

— Quarenta e oito horas — disse Bjørn por fim. — Alguém quer um café fresquinho?

Harry chutou a lata de lixo ao lado da mesa, que acertou a parede com um estrondo, despejando o conteúdo esparso de papéis, e voltou rolando até ele.

— Vou estar no hospital — disse e foi até a porta.

Harry tinha colocado a cadeira dura de madeira ao lado da janela e ouviu a respiração regular do pai enquanto folheava o jornal. Havia um casamento e um enterro lado a lado. À esquerda, as fotos do enterro de Marit Olsen, mostrando o rosto sério e compassivo do primeiro-ministro, os ternos pretos dos colegas do partido e o marido, Rasmus Olsen, atrás de um grande óculos de sol nada atraente. No lado direito, o anúncio de que a filha de um armador, Lene, ia casar com seu Tony na primavera, com fotos dos convidados mais badalados que seriam levados de avião para St. Tropez. Na última página leu que o pôr do sol em Oslo ocorreria exatamente às cinco e quinze. Harry olhou para o relógio e constatou que era exatamente o que o sol estava fazendo naquele momento, escondendo-se atrás das nuvens baixas que não deixavam cair chuva nem neve. Observou as luzes se acenderem em todas as casas nos morros em torno do que outrora havia sido um vulcão. De certa forma, era um pensamento libertador, que o vulcão um dia se abriria por baixo deles, engolindo-os e apagando todos os traços do que uma vez tinha sido uma cidade satisfeita, bem-organizada e um pouco triste.

Quarenta e oito horas. Por quê? Não ia levar mais de duas horas para arrumar aquela sala de escritório improvisada.

Harry fechou os olhos e analisou o caso. Escreveu um último relatório mental para seu arquivo pessoal.

Duas mulheres assassinadas da mesma maneira, afogadas com o próprio sangue da boca e com cetamina no sangue. Uma mulher enforcada numa plataforma de mergulho, com a corda de uma velha fábrica de cordas. Um homem afogado na própria banheira. Todas as vítimas estiveram provavelmente na mesma cabana na mesma hora. Ainda não sabiam quem mais tinha estado lá, o motivo dos homicídios ou o que havia acontecido na cabana de Håvass naquela noite. Só tinham efeitos, nenhuma causa. Caso encerrado.

— Harry...

Ele não tinha ouvido seu pai acordar, e se virou.

Olav Hole parecia melhor, mas talvez fosse devido à cor das bochechas e ao brilho febril no olhar. Harry se levantou e colocou a cadeira perto da cama do pai.

— Já está aqui há um tempo?

— Dez minutos — mentiu Harry.

— Dormi tão bem — disse o pai. — E tive sonhos tão bons.

— Dá para ver. Parece que pode levantar e sair daqui.

Harry afofou o travesseiro dele, coisa que o pai permitiu, mesmo os dois sabendo que não era necessário.

— Como está a casa?

— Ótima — disse Harry. — Vai durar uma eternidade.

— Bom. Tem um assunto que eu queria discutir com você, Harry.

— Humm.

— Você é um homem feito agora. Vai me perder de modo natural. É como deve ser. Não como quando você perdeu a sua mãe. Você quase enlouqueceu.

— Foi? — perguntou Harry e passou a mão sobre a fronha.

— Você destruiu seu quarto. Queria matar o médico e todos que tinham contaminado ela, e a mim também. Porque eu tinha... bem, porque eu não tinha percebido tudo antes, imagino. Você estava tão cheio de amor.

— De ódio, quer dizer.

— Não, de amor. É a mesma moeda. Tudo começa com amor. O ódio é só o outro lado da moeda. Sempre achei que foi a morte da sua mãe que fez você começar a beber. Ou melhor, o amor à sua mãe.

— O amor é uma máquina mortífera — murmurou Harry.

— O quê?

— Apenas algo que alguém me disse uma vez.

— Eu fiz tudo que tua mãe pediu. Exceto essa única coisa. Ela me pediu para ajudá-la quando chegasse a hora.

Parecia que alguém havia injetado água gelada no peito de Harry.

— Mas não consegui. E sabe de uma coisa, Harry? Tive muitos pesadelos por causa disso. Não passou um dia sequer sem eu pensar que não consegui satisfazer o desejo dela, da mulher que eu amava acima de tudo nesse mundo.

A cadeira fraca rangeu quando Harry se levantou de repente. Ele foi até a janela. Ouviu o pai respirar fundo algumas vezes atrás de si, de forma profunda e trêmula. Então ele continuou:

— Sei que é um fardo pesado impor isso a você, filho. Mas sei que você é igual a mim, e que isso vai te perseguir se não o fizer. Então, deixe-me explicar como fazer...

— Pai — disse Harry.

— Está vendo aquela agulha?

— Pai! Pare!

O quarto ficou em silêncio. Exceto pelo respirar trêmulo. Harry ficou vendo o filme em preto e branco daquela cidade, onde as nuvens pressionavam seus rostos cinza-chumbo embaçados contra os telhados das casas.

— Quero ser enterrado em Åndalsnes — disse o pai.

Enterrar. A palavra soou como um eco da Páscoa que tinha passado com a mãe e o pai em Lesja, quando Olav Hole, com frieza, explicou o que ele e a irmã tinham que fazer se fossem soterrados numa avalanche, se o coração ficasse com pericardite constritiva, uma calcificação que surge em torno do coração, impedindo-o de se expandir. Um coração blindado. Em torno deles havia campos planos e colinas gentis, era quase como aeromoças em voos domésticos no interior da Mongólia explicando como se usa o colete salva-vidas. Absurdo, porém deu aos dois uma sensação de segurança, a sensação de que todos iam sobreviver se fizessem as coisas certas. E agora, seu pai estava dizendo que aquilo não era verdade.

Harry pigarreou duas vezes.

— Por que em Åndalsnes? Por que não aqui na cidade onde...

Harry se deteve, e o pai entendeu o resto. Onde a mãe estava enterrada.

— Quero ficar com meus conterrâneos na vila.

— Você não os conhece.

— Bem, quem é que a gente conhece? Pelo menos, eu e eles somos do mesmo lugar. No fim das contas, talvez seja disso que se trata. A tribo. Queremos estar junto à tribo.

— Queremos?

— É, é o que queremos. Ciente ou não, é isso que queremos.

O enfermeiro chamado Altman entrou, deu a Harry um breve sorriso e bateu com a ponta do dedo no relógio.

Harry desceu pela escada e cruzou com dois policiais de uniforme subindo. Automaticamente, ele acenou com a cabeça, cúmplice. Eles o olharam calados, como se ele fosse um desconhecido.

Normalmente, Harry ansiava pela solidão e por todos os benefícios que ela trazia: a paz, o silêncio, a liberdade. Mas quando parou no ponto do bonde, de súbito não sabia aonde ir. Ou o que fazer. Só que, nesse momento, a solidão na casa de Oppsal lhe parecia insuportável.

Ele digitou o número de Øystein.

O amigo estava numa longa corrida a Fagernes, mas sugeriu uma cerveja no Lompa lá pela meia-noite, para celebrar que outro dia de trabalho na vida de Øystein Eikeland havia sido relativamente bem-cumprido. Harry lembrou a Øystein que era alcoólico, e recebeu a resposta de que até um alcoólico precisava se embebedar de vez em quando, né?

Harry desejou a Øystein uma viagem tranquila e desligou. Olhou para o relógio. E a questão surgiu de novo. Quarenta e oito horas? Por quê?

Um bonde parou na sua frente e as portas se abriram. Harry olhou para dentro do vagão acolhedor, aquecido e iluminado. Daí deu meia-volta e começou a caminhar em direção à cidade.

27

Gentil, gatuno e mão de vaca

— Eu estava na vizinhança — disse Harry. — Mas você parece estar saindo.

— Não estou, não. — Kaja estava na porta vestindo uma jaqueta de duvet grossa, e sorria. — Estava na varanda. Entre. Pode calçar aquelas pantufas.

Harry tirou os sapatos e passou pela sala atrás dela. Sentaram-se em enormes poltronas de madeira na varanda coberta. A rua Lyder Sagens estava calma e deserta, só havia um carro solitário estacionado. Mas no segundo andar da casa no outro lado da rua, Harry podia ver o contorno de um homem numa janela iluminada.

— É Greger — disse Kaja. — Ele já está com 80 anos. Está sentado aí desde o fim da guerra, acho, acompanhando tudo o que acontece na rua. Gosto de pensar que ele está cuidando de mim.

— Pois é, a gente precisa disso — comentou Harry e tirou o maço de cigarros. — Acreditar que alguém cuida da gente.

— Você também tem um Greger?

— Não — disse Harry.

— Posso pegar um?

— Um cigarro?

Ela riu.

— Fumo às vezes. Me deixa... mais calma, acho.

— Humm. Já pensou no que fazer? Depois das 48 horas, quero dizer?

Ela fez que não.

— Voltar à Divisão de Homicídios. Pés na mesa. Esperar um homicídio pequeno demais para a Kripos não tirar da gente.

Harry tirou dois cigarros, colocou-os por entre os lábios, acendeu-os e estendeu um para ela.

— *Estranha passageira* — disse ela, rindo. — Hen... Hen... Como se chama o cara que fez aquilo?

— Henreid — disse Harry. — Paul Henreid.

— E a mulher para quem acendeu o cigarro?

— Bette Davis.

— Demais aquele filme. Quer emprestada uma jaqueta mais quente?

— Não, obrigado. Aliás, por que está sentada na varanda? Não é exatamente uma noite tropical.

Ela levantou um livro.

— Meu cérebro fica mais aguçado no ar frio.

Harry leu a capa.

— *Monismo materialista*. Hum. Fragmentos de estudos filosóficos já esquecidos estão surgindo na minha mente.

— Correto. O materialismo alega que tudo é feito de matéria e energia. Que tudo que acontece faz parte de um grande cálculo, uma reação em cadeia, consequências de algo que já aconteceu.

— E que a vontade própria é imaginária?

— Isso mesmo. Nossos atos são determinados pela composição química do nosso cérebro, que por sua vez é determinado por quem escolheu ter filho com quem, que por sua vez é determinado pela química cerebral delas. E assim por adiante. Tudo pode ser rastreado ao passado, por exemplo, ao big bang e até antes dele. Até o fato de que esse livro veio a ser escrito, e o que você está pensando nesse momento.

— Estou me lembrando disso — disse Harry e soprou fumaça dentro da noite de inverno. — Me fez pensar no meteorologista que disse que, se ele tivesse todas as variáveis relevantes, podia prever o tempo para o futuro inteiro.

— E a gente podia impedir homicídios antes de acontecerem.

— E prever que policiais mulheres que pedem cigarros iam ficar em varandas frias com livros de filosofia caros.

Ela riu.

— Não fui eu que comprei o livro, eu o encontrei na estante aqui. — Deu uma tragada no cigarro fazendo bico, e a fumaça entrou nos seus olhos. — Nunca compro livros, pego emprestado. Ou furto.

— Não consigo exatamente imaginar você como uma ladra.

— Ninguém consegue, por isso nunca sou pega — respondeu ela e deixou o cigarro cair no cinzeiro.

Harry pigarreou.

— E por que furta livros?

— Só furto de pessoas conhecidas e que têm dinheiro para comprar outro. Não por ser gananciosa, mas por ser meio mão de vaca. Quando estudava, furtava papel higiênico dos banheiros da universidade. Aliás, já lembrou o título do livro de Fante que era tão bom?

— Não.

— Me mande uma mensagem de texto quando lembrar.

Harry soltou um riso breve.

— Lamento, mas não mando mensagens de texto.

— Por que não?

Harry deu de ombros.

— Sei lá. Não gosto do conceito. Como os indígenas, que não querem que tire foto deles porque acreditam que irão perder uma parte da alma, talvez.

— Eu sei! — disse ela, empolgada. — Você não quer deixar pegadas. Pistas. Prova irrefutável de quem você é. Você quer ter certeza de que irá desaparecer, por completo.

— Acertou em cheio — disse Harry secamente, e inalou. — Quer entrar? — Ele fez um gesto para as mãos de Kaja, que ela havia enfiado entre suas coxas e o banco.

— Não, só estou com frio nas mãos — respondeu ela, sorrindo.

— Mas o coração está quente. E você?

Harry olhou por cima da cerca do jardim, para a rua. Para o carro estacionado.

— E eu?

— Você é como eu? Gentil, gatuno e mão de vaca?

— Não, sou ruim, honesto e mão de vaca. E seu marido?

Soou mais severo do que Harry intencionava, como se ele quisesse colocá-la no seu devido lugar porque ela... porque ela o quê? Porque ela estava ali e era bonita e gostava das mesmas coisas que ele e lhe emprestou as pantufas de um homem que ela fazia de conta que não existia.

— O que tem ele? — perguntou ela com um sorrisinho.

— Bom, tem pés enormes. — Harry ouviu a própria voz e sentiu imediatamente a vontade de meter a cara na mesa.

Ela riu alto. Seu riso ecoou no silêncio escuro de Fagerborg, descendo sobre as casas, jardins, garagens. As garagens. Todos tinham garagens. Só um carro estava estacionado na rua. Claro, podia haver cerca de mil motivos para estar lá.

— Não tenho marido — disse ela.

— Então...

— Então, são as pantufas do meu irmão as que você está usando.

— E na escada...

— ... são também do meu irmão mais velho, e estão lá porque imagino que sapatos masculinos número 46,5 têm um efeito dissuasivo a homens maus com planos sinistros.

Ela lançou um olhar cheio de ambiguidade. Ele optou por achar que o duplo sentido não fosse intencional.

— Então, seu irmão mora aqui?

Ela fez que não.

— Ele morreu. Há dez anos. Esta é a casa do meu pai. Durante os últimos anos, quando Even estudava na universidade, ele e meu pai moravam aqui.

— E seu pai?

— Ele morreu logo depois de Even. Na época, eu tinha me mudado para cá, por isso fiquei com a casa.

Kaja colocou as pernas na cadeira e a cabeça nos joelhos. Harry olhou o pescoço fino, a nuca onde o cabelo preso estava esticado e alguns fios soltos sobre a pele.

— Você pensa muito neles? — perguntou Harry.

Ela levantou a cabeça dos joelhos.

— Mais em Even — respondeu. — Meu pai se mudou quando éramos pequenos, e minha mãe vivia na própria bolha, por isso, Even virou uma espécie de mãe e pai para mim. Ele me ajudava, me encorajava, me criava; era meu ídolo. No meu conceito, ele não podia fazer nada de errado. Quando há uma ligação tão forte quanto a minha com Even, essa proximidade nunca se desfaz. Nunca.

Harry fez que sim.

Kaja limpou a garganta:

— Como está seu pai?

Harry estudou a brasa do cigarro.

— Você não acha estranho? — perguntou ele. — Que Hagen tenha nos dado 48 horas? A gente podia ter arrumado a sala em duas.

— Acho que sim. Agora que está dizendo.

— Talvez ele pensasse que a gente podia usar os últimos dois dias para alguma coisa útil.

Kaja o fitou.

— Não investigar o homicídio atual, claro, isso a gente deixa para a Kripos. Mas a Divisão de Pessoas Desaparecidas está precisando de ajuda, me disseram.

— O que quer dizer com isso?

— Adele Vetlesen é uma jovem mulher que, pelo que sei, não está ligada a nenhum caso de homicídio.

— Você está pensando que a gente devia...

— Eu acho que a gente deve comparecer ao trabalho às sete da manhã — disse Harry. — E ver se podemos ser úteis de alguma forma.

Kaja Solness deu uma tragada no cigarro. Soprou a fumaça e deu outra tragada.

— Te deixa mais calma? — perguntou Harry, esboçando um sorriso torto.

Kaja fez que não e segurou o cigarro na sua frente.

— Eu gostaria muito de manter meu emprego, Harry.

Harry fez que sim.

— É voluntário comparecer. Bjørn também vai querer pensar um pouco.

Kaja deu outra tragada. Harry apagou o seu.

— Está na hora de ir — disse ele. — Seus dentes estão rangendo de frio.

Ao sair, tentou ver se havia alguém no carro estacionado, mas não foi possível sem chegar mais perto. E optou por não se aproximar.

Em Oppsal, a casa o esperava. Grande, deserta e cheia de eco.

Ele se deitou na cama no quarto de menino e fechou os olhos.

E teve o sonho de sempre. Ele está num porto em Sydney, uma corrente é puxada para cima, uma água-viva sobe para a superfície. Não é uma água-viva, é um cabelo ruivo flutuando em volta de um rosto pálido. Depois veio o outro sonho. O novo. Surgiu pela primeira vez em Hong Kong, logo antes do Natal. Ele está deitado de costas olhando para um prego saindo da parede, um rosto está sendo espetado pelo prego, um rosto sensível com um bigode bem-cuidado. No sonho, Harry tem alguma coisa na boca, parecendo que ia estourar sua cabeça. O que seria, o que seria? Era uma promessa. Harry se contraiu. Três vezes. Então dormiu.

28

Drammen

— Então foi você que registrou o desaparecimento de Adele Vetlesen — disse Kaja.

— Foi — respondeu o rapaz que estava sentado na frente deles no People & Coffee. — A gente morava junto. Ela não foi para casa. Achei que tinha que avisar.

— Claro — disse Kaja, olhando para Harry. Eram oito e meia da manhã. Haviam levado meia hora de carro de Oslo a Drammen, logo depois da reunião matinal do trio, que terminou com Harry dispensando Bjørn Holm. Ele não tinha dito muita coisa, havia apenas soltado um suspiro profundo, lavado sua xícara de café e voltado para a Perícia Criminal em Bryn para retomar seu trabalho.

— Já tiveram notícias de Adele? — perguntou o rapaz e olhou de Kaja a Harry.

— Não, e você?

O rapaz fez que não e olhou por cima do ombro, para o balcão, para se assegurar de que não houvesse clientes à espera. Estavam sentados em bancos de bar na frente da janela virada para uma das muitas praças de Drammen — isto é, para uma praça aberta que funcionava como estacionamento. A People & Coffee vendia café e bolos a preços de aeroporto, tentando parecer que pertencesse a uma cadeia americana, e, quem sabe, pertencia mesmo. O rapaz que morava com Adele Vetlesen, Geir Bruun, parecia estar com 30 e poucos anos, era excepcionalmente branco, com uma testa que suava com facilidade sobre olhos azuis constantemente em movimento. Ele trabalhava no local como "barista", título que nos anos 1990 inspirava sério respeito quando os cafés invadiram Oslo. Mas consistia-se em preparar café, uma arte que — do ponto de vista de Harry

— se tratava acima de tudo de evitar cometer falhas evidentes. Como policial, Harry usava a entonação, a dicção, a escolha de palavras e os erros gramaticais das pessoas para classificá-las. Geir Bruun não se vestia, se penteava ou se portava de modo a fazer alguém pensar que era gay, mas assim que abria a boca, era impossível pensar que não. Havia algo no final das vogais, as pequenas redundâncias léxicas, o ceceio que quase parecia fingido. Harry sabia que o cara podia ser absolutamente heterossexual, mas já concluía que Katrine havia se precipitado ao deduzir que Adele Vetlesen e Geir Bruun estavam morando juntos como namorados. Eram apenas duas pessoas que por motivos econômicos dividiam um apartamento no centro de Drammen.

— Lembro que ela foi para uma dessas cabanas nas montanhas no outono. — Passou a informação como se fosse um conceito estranho para ele. — Mas não foi lá que ela desapareceu.

— Estamos sabendo — disse Kaja. — Ela foi para lá em companhia de alguém? Se for esse o caso, de quem?

— Não faço ideia. A gente não falava sobre essas coisas, bastava dividir o banheiro, se entendem o que estou dizendo. Ela tinha a vida privada dela, eu a minha. Mas duvido que ela tenha ido sozinha às montanhas, por assim dizer.

— Como assim?

— Adele fazia o mínimo possível sozinha. Não consigo imaginar ela numa cabana sem um cara. Mas quem foi é impossível dizer. Ela era, para ser direto, um tanto promíscua. Não tinha nenhuma amiga, mas, em compensação, tinha um número considerável de amigos homens. E os mantinha separados. Adele não vivia uma vida dupla, mas uma vida quádrupla. Ou algo assim.

— Então ela era desonesta?

— Não necessariamente. Uma vez, me deu uma dica sobre maneiras honestas de terminar um relacionamento. Ela contou que uma vez, enquanto um cara a pegava por trás, ela tirou uma foto com o celular sobre o ombro, digitou o nome do cara com quem estava saindo, mandou a foto e apagou o nome. Tudo em uma operação. — Geir Bruun olhou para eles, o rosto inexpressivo.

— Impressionante — disse Harry. — Sabemos que ela pagou por duas pessoas lá na montanha. Poderia dar o nome de algum amigo dela, para termos por onde começar?

— Acredito que não — disse Geir. — Mas quando notifiquei o desaparecimento dela, vocês checaram com quem ela havia falado pelo telefone nas últimas semanas, não?

— Quem foi que checou?

— Não me lembro do nome. Polícia local.

— Está bem, temos uma reunião na delegacia agora — disse Harry, que olhou para o relógio e se levantou.

— Por que... — perguntou Kaja, ainda sentada — ... a polícia parou de investigar o caso? Nem lembro de ter lido sobre ele nos jornais.

— Vocês não sabem? — comentou o rapaz e sinalizou para as duas mulheres com carrinho de bebê na frente do balcão que ele já ia atender. — Ela mandou um cartão-postal.

— Cartão-postal? — disse Harry.

— Sim. Da Ruanda. Lá na África.

— O que ela escreveu?

— Muito pouco. Tinha encontrado o homem dos seus sonhos, e eu tinha que pagar o aluguel sozinho até ela voltar em março. Aquela vadia.

Caminharam até a delegacia. Um inspetor com a cabeça larga como uma abóbora e um nome que Harry esqueceu assim que ouviu os recebeu numa sala fedendo a cigarro, serviu café em copos de plástico que queimaram seus dedos e lançou olhares a Kaja sempre que achava que ela não o via.

Ele começou fazendo uma palestra sobre haver sempre de quinhentas a mil pessoas desaparecidas na Noruega, que quase todos, cedo ou tarde, reapareceriam, e, se a polícia fosse investigar todos os casos de desaparecimentos sem suspeita de crime ou acidente, não ia ter tempo para mais nada. Harry abafou um bocejo.

No caso de Adele Vetlesen, eles até receberam um sinal de vida; devia estar por aí em algum lugar. O inspetor se levantou e enfiou a cabeça de abóbora numa gaveta de arquivos e voltou com um cartão-postal que pôs na frente deles. Era uma foto de uma montanha em forma de cone com uma nuvem ao redor do pico, mas sem texto explicando o nome da montanha ou onde ficava no mapa. A caligrafia era feia e angulosa. Harry mal podia decifrar a assinatura. Adele. Tinha selo de Ruanda e carimbo de Kigali, que Harry achou ser a capital.

— A mãe confirmou que era a caligrafia da filha — disse o inspetor e explicou que, pelos insistentes pedidos da mãe, haviam verificado e encontrado Adele Vetlesen na lista de passageiros de um voo da Brussels Airlines a Kigali, via Entebbe em Uganda, dia 25 de novembro.

Além disso, já haviam feito uma busca em hotéis por intermédio da Interpol, e um hotel em Kigali — o inspetor procurou nas anotações: Hotel Gorilla! — havia de fato tido uma hóspede com aquele nome na mesma noite em que o avião dela chegou. O único motivo para Adele ainda constar na lista de pessoas desaparecidas era por não saberem exatamente o paradeiro dela no momento, e porque, tecnicamente, um cartão-postal não bastava para alterar o status de desaparecida.

— Além do mais, não estamos exatamente falando da parte civilizada do mundo aqui — disse o inspetor e abriu os braços. — Huti, Tutsu, ou seja lá como se chamam. Machetes. Dois milhões de mortos. Entendem?

Harry viu Kaja fechar os olhos enquanto o inspetor, com voz de professor e muitas sentenças subordinadas, explicava o valor ínfimo da vida na África, onde o tráfego humano não era um fenômeno desconhecido, e que, teoricamente, Adele podia ter sido sequestrada e forçada a escrever o cartão, já que os negros pagariam um salário anual para cravar os dentes numa garota norueguesa loura, não é?

Harry estudou o cartão, tentando bloquear a voz do homem cabeça de abóbora. Uma montanha cônica com uma nuvem ao redor do pico. Ele levantou os olhos quando o inspetor com o nome esquecível pigarreou.

— Pois é, às vezes dá até para entender os caras, não é? — disse com um sorriso cúmplice dirigido a Harry.

Harry se levantou e disse que tinha trabalho esperando em Oslo. Mas se Drammen podia fazer o favor de escanear e enviar o cartão para eles?

— Para um perito em caligrafia? — perguntou o inspetor, visivelmente desapontado, olhando o endereço que Kaja escreveu para ele.

— Perito em vulcões — disse Harry. — Quero que envie a foto, perguntando se ele pode identificar a montanha.

— *Identificar a montanha?*

— Ele é especialista no assunto. Viaja o mundo todo estudando vulcões.

O inspetor deu de ombros, mas anuiu com um gesto de cabeça. Em seguida, acompanhou-os até a saída. Harry perguntou se haviam verificado as ligações do celular de Adele desde que ela tinha viajado.

— Sabemos como fazer nosso trabalho, Hole — disse o inspetor.
— Nenhuma ligação para fora. Mas você pode imaginar a rede de celular num país como Ruanda...

— Na verdade, não — disse Harry. — Mas também nunca estive lá.

— Um cartão-postal! — exclamou Kaja quando chegaram à praça onde estava o carro civil que eles solicitaram da sede da Polícia. — Passagem de avião e pernoitada em Ruanda! Porque essa nerd sua em Bergen não encontrou isso, para a gente não ter que jogar fora metade do dia nessa droga de cidade chamada Drammen?

— Pensei que isso te deixaria de bom humor — disse Harry, abrindo a porta. — Você ganhou um amiguinho, e talvez Adele não esteja morta.

— E *você* está de bom humor? — perguntou Kaja.

Harry olhou para as chaves do carro.

— Quer dirigir?

— Quero!

Por mais estranho que parecesse, conseguiram passar sem problemas pelos detectores de velocidade e ainda voltar a Oslo em pouco mais de vinte minutos.

Concordaram em começar levando as coisas menos pesadas, as coisas do escritório e as gavetas da mesa até a sede da Polícia, e deixar as pesadas para o dia seguinte. Colocaram tudo no mesmo carrinho que Harry havia usado quando montaram o escritório.

— Já tem sua sala? — perguntou Kaja quando estavam no meio da galeria subterrânea, e sua voz produziu ecos demorados.

Harry fez que não.

— Vamos pôr tudo na sua sala.

— Já pediu uma sala? — perguntou ela, e parou.

Harry continuou andando.

— Harry!

Ele parou.

— Você perguntou sobre meu pai — disse ele.

— Eu não quis...

— Claro que não. Mas ele tem pouco tempo de vida. Ok? Depois, vou embora de novo. Eu só queria...

— Só queria?

— Já ouviu falar na Sociedade dos Policiais Mortos?

— O que é?

— Pessoas que trabalharam na Divisão de Homicídios. Pessoas queridas para mim. Não sei se é porque devo algo a ela, mas é a tribo.

— O quê?

— Não é muito, mas é tudo o que tenho, Kaja. São os únicos por quem tenho motivo de sentir lealdade.

— Uma divisão policial?

Harry começou a andar.

— Eu sei, e deve passar. O mundo continua. É só uma reorganização, certo? As histórias estão nas paredes, e agora as paredes irão ruir. Você e os seus vão ter que fazer histórias novas, Kaja.

— Está bêbado?

Harry riu.

— Apenas derrotado. Acabado. E está bem assim. Muito bem.

Seu telefone tocou. Era Bjørn.

— Deixei a biografia de Hank na minha mesa — disse.

— Estou com ela aqui — respondeu Harry.

— Está ressoando, está numa igreja?

— No aqueduto.

— Caraca, tem cobertura aí?

— Parece que temos uma rede de telefonia melhor do que em Ruanda. Vou deixar o livro na recepção.

— É a segunda vez hoje que escuto alguém falar de Ruanda e celulares na mesma frase. Pode avisar que vou pegar o livro amanhã?

— O que ouviu sobre Ruanda?

— Nada, só algo que Beate mencionou. Sobre coltan, sabe, aqueles resíduos de metal que encontramos nos dentes das duas mulheres que tinham marcas de furos na boca.

— O Exterminador do Futuro.

— Como?

— Nada. O que isso tem a ver com Ruanda?

— Coltan é usado em telefones celulares. É um metal raro e quase todo o coltan do mundo vem do Congo. Só que os depósitos ficam na zona de guerra, onde ninguém tem controle da coisa, e, nesse caos todo, espertalhões de negócios estão roubando tudo e enviando para Ruanda.

— Humm.

— A gente se fala.

Harry ia guardar o celular quando viu que tinha um SMS ainda não lido. Ele abriu.

Monte Nyiragongo. Última erupção 2002. Um dos poucos vulcões com lago de lava na cratera. Fica no Congo perto da cidade de Goma. Felix.

Goma. Harry ficou parado olhando as gotas pingando de um cano no teto. Era de lá que vieram os instrumentos de tortura de Kluit.

— O que foi? — perguntou Kaja.

— Ustaoset — disse Harry. — E Congo.

— E isso quer dizer o quê?

— Não sei — disse Harry. — Mas não acredito muito em coincidências. — Ele pegou o carrinho e deu meia-volta.

— O que está fazendo? — perguntou Kaja.

— Voltando — disse Harry. — Ainda temos mais de vinte e quatro horas.

29

Kluit

Era uma noite excepcionalmente amena em Hong Kong. Os arranha-céus lançavam longas sombras no The Peak, algumas até a mansão onde Herman Kluit estava sentado no terraço com um Singapore Sling vermelho-sangue numa das mãos e o telefone na outra. Ele escutou enquanto observava as filas de carros serpenteando como lagartos luminosos lá embaixo dele.

Gostava de Harry Hole, tinha gostado dele desde a primeira vez em que havia visto o norueguês alto e atlético, visivelmente alcoolizado, entrar no Happy Valley para apostar seu último dinheiro no cavalo errado. Havia algo no seu olhar de guerreiro, na postura agressiva e na linguagem corporal vigilante que o lembrou dele mesmo quando era um jovem soldado mercenário na África. Herman Kluit havia lutado em toda parte, em todos os lados, servido aos senhores que pagassem. Em Angola, Zâmbia, Zimbábue, Serra Leoa, Libéria. Todos os países com passado sombrio e um futuro ainda mais. Mas nenhum mais sombrio do que o país sobre o qual Harry havia perguntado. O Congo. Foi lá que finalmente encontraram a veia de ouro. Em forma de diamantes. E cobalto. E coltan. O chefe da aldeia pertencia ao povo mai-mai, que acreditava que água tornava seus integrantes invulneráveis. Fora isso, ele era um homem sensato. Não havia nada na África que não se podia arranjar com um maço de notas ou — num aperto — com uma Kalashnikov carregada. Em um ano, Herman Kluit tinha se tornado um homem rico. Em três anos, podre de rico. Uma vez por mês tinham ido à cidade mais próxima, Goma, e dormido em camas em vez do chão batido na selva onde, toda noite, um tapete de moscas misteriosas e sanguessugas subiam de um buraco do chão e se acordava como se metade do corpo houvesse sido devorada. Lava negra, dinheiro negro, beldades negras, pecados negros. Na selva, a metade dos homens havia pegado malária, e o resto, doenças que nenhum médico branco conhecia, todos sob o nome genérico de *febre da selva*. Era uma doença dessas que Herman Kluit tinha, e mesmo que o deixasse em paz durante longos períodos, nunca tinha conseguido se livrar dela de vez.

O único remédio que Herman Kluit conhecia era o Singapore Sling. Ele foi introduzido ao drinque em Goma por um belga, dono de uma mansão fantástica, aparentemente construída pelo rei Leopoldo quando o país se chamava Estado Livre do Congo e que servia como parque de diversão e baú de tesouros. A mansão ficava na beira do lago Kivu, com mulheres tão lindas quanto o pôr do sol, fazendo com que se esquecesse por algum tempo da selva, dos mai-mai e das moscas da terra.

Foi o belga que tinha mostrado a Herman Kluit o pequeno tesouro do rei no porão. Lá, ele havia colecionado de tudo, de relógios dos mais avançados do mundo, armas raras e criativos instrumentos de tortura a pepitas de ouro, diamantes brutos e cabeças humanas preservadas.

Foi lá que Kluit se deparou pela primeira vez com o que chamavam de Maçã de Leopoldo. Aparentemente tinha sido desenvolvido por um dos engenheiros do rei para usar em líderes tribais recalcitrantes que não queriam contar onde haviam encontrado seus diamantes. O método anterior havia sido usar búfalos. Eles untavam o chefe da tribo com mel, amarravam-no a uma árvore e traziam um búfalo capturado no mato até ele, e o bicho começava a lamber-lhe o mel. Como a língua do búfalo do mato era tão áspera, a ideia era que nas lambidas a pele e a carne fossem arrancadas juntas. Mas levava tempo para se capturar búfalos, e eles podiam ser difíceis de se conter quando já haviam começado a lambança. Por isso, a Maçã de Leopoldo. Não tanto por ser eficaz em termos de tortura — afinal, a maçã impedia o prisioneiro de falar. Mas o efeito aos nativos presentes, que presenciavam o que acontecia quando o interrogador puxava a corda pela segunda vez, era impressionante. A pessoa seguinte solicitada a abrir bem a boca para receber a maçã soltava a língua e falava sem parar.

Herman Kluit fez um gesto para sua empregada filipina levar o copo vazio para dentro.

— Está lembrando corretamente, Harry — disse Herman Kluit.

— Ainda está aqui na minha estante. Felizmente, não sei se alguma vez já foi usada. Um souvenir. Ela me lembra daquilo que existe no coração da escuridão. Isso é sempre útil, Harry. Não, não vi nem ouvi dizer que foi usado em outro lugar. É uma peça de tecnologia complexa, entende, com todas essas molas e agulhas. Exige uma liga especial. Coltan, correto. Certamente. Muito raro. A pessoa que me vendeu a minha maçã, Eddie Van Boorst, alegou que, no total, só foram fabricadas 24, e que ele tinha 22, das quais uma em ouro de 24 quilates. Correto, são também 24 agulhas, como sabia? Parece que o número vinte e quatro tinha algo a ver com a irmã do engenheiro, não me lembro por quê. Mas também pode ser algo que Van Boorst tenha dito para fazer o preço subir. Afinal, ele é belga.

A gargalhada de Kluit passou para tosse. Maldita febre.

— De qualquer maneira, ele deve saber onde as maçãs se encontram. Ele morava numa mansão linda em Goma, na parte norte de Kivu, perto da divisa com a Ruanda. O endereço? — Kluit tossiu mais um pouco.

— Goma ganha uma nova rua todo dia, e de vez em quando metade da cidade é enterrada por lava, por isso não há endereços lá, Harry. Mas o correio tem o registro de todas as pessoas brancas. Não, não faço ideia se ele ainda mora em Goma. Se é que está vivo. A expectativa de vida em Congo é de 30 e pouco, Harry. Também para os brancos. Além do mais, a cidade está praticamente sitiada. Exato. Não, claro que você não ouviu falar da guerra. Ninguém ouviu falar dela.

Gunnar Hagen olhou incrédulo para Harry, e debruçou-se por cima da mesa.

— Você quer ir a Ruanda? — perguntou.

— Um viagem rápida — disse Harry. — Duas noites, incluindo os voos.

— Para investigar o quê?

— O que eu disse. Um desaparecimento. Adele Vetlesen. Kaja está indo a Ustaoset para tentar descobrir com quem Adele viajou pouco antes de desaparecer.

— Por que não podem apenas ligar para lá e pedir para verificarem no livro de hóspedes?

— Porque não tem atendimento na cabana de Håvass — disse Kaja, que tinha se sentado na cadeira ao lado de Harry. — Mas todas as pessoas que pernoitam nas cabanas da Associação de Turistas precisam assinar no livro de hóspedes, informando o próximo destino. É obrigatório porque, se alguém é notificado como desaparecido na montanha, o grupo de busca pode saber por onde começar. Espero que Adele e seu companheiro de viagem estejam registrados com nomes e endereços completos.

Gunnar Hagen coçou o cabelo com as mãos.

— E nada disso tem algo a ver com os outros casos de homicídio?

Harry projetou o lábio inferior.

— Pelo que vejo, não, chefe. Você vê alguma relação?

— Hum. E por que devia dizimar a verba de viagem da Divisão com um passeio tão extravagante?

— Porque o tráfego humano é uma área prioritária — disse Kaja. — De acordo com o discurso do ministro da Justiça à imprensa no início desta semana.

— Contudo — disse Harry, alongando-se e pondo as mãos atrás da cabeça. — Não é impossível que, durante o processo, outras coisas venham à tona, podendo levar à solução de outros casos.

Gunnar Hagen olhou pensativo para o inspetor.

— Chefe — acrescentou Harry.

30

Livro de hóspedes

A placa de um prédio modesto da estação de trem anunciou que estavam em Ustaoset. Kaja conferiu no relógio que tinham chegado como previsto, às dez e quarenta e quatro da manhã. Ela olhou para fora. O sol brilhava nas planícies cobertas de neve, e as montanhas estavam brancas como porcelana. Ustaoset, exceto por um agrupamento de casas e um hotel de dois andares, era uma montanha deserta. Decerto havia pequenas cabanas espalhadas na paisagem e um e outro arbusto perdido no alto, mas não deixava de ser um lugar ermo. Ao lado do prédio da estação, quase na própria plataforma, havia um solitário SUV com o motor ligado. Do vagão do trem parecia que não havia nem uma leve brisa. Mas quando Kaja desceu do trem, o vento pareceu atravessar suas roupas; roupas de baixo térmicas, agasalho, botas de esquiar.

Uma figura pulou do SUV e foi ao seu encontro. Ele estava com o baixo sol de inverno nas costas. Kaja semicerrou os olhos. Andar ágil, confiante, um sorriso branco e uma das mãos estendida. Ela gelou. Era Even.

— Aslak Krongli — disse o homem com um firme aperto de mão.

— Delegado.

— Kaja Solness.

— Está frio, não é? Não como lá embaixo, né?

— Exato — disse Kaja e devolveu o sorriso.

— Não posso te acompanhar até a cabana de Håvass hoje. Tivemos uma avalanche, um túnel está fechado e temos que redirecionar o trânsito. — Sem perguntar, pegou os esquis dela e colocou-os sobre o ombro e começou a ir para o SUV. — Mas o homem que cuida das cabanas pode levar você até lá. Odd Utmo. Tudo bem?

— Tudo bem — disse Kaja, que de verdade achou o arranjo ótimo. Desse modo talvez escapasse das perguntas sobre o súbito interesse da polícia de Oslo numa pessoa desaparecida da cidade de Drammen.

Krongli acompanhou-a pelos 500 metros até o hotel. Na praça coberta de neve na frente da entrada havia um homem numa motoneve amarela. Usava macacão vermelho, gorro de pele com abas protetoras nas orelhas, cachecol cobrindo a boca e grandes óculos de neve.

Quando ele levantou os óculos e murmurou seu nome, Kaja viu que tinha um olho coberto por uma membrana branca, como se leite tivesse sido derramado por cima. O outro olho estudou-a da cabeça aos pés, sem embaraço. Sua postura ereta lembrava um jovem, mas seu rosto era de um velho.

— Sou Kaja. Obrigada por comparecer, mesmo sendo avisado na última hora — cumprimentou-o.

— Sou pago — respondeu Odd Utmo. Ele olhou para o relógio, baixou o cachecol e cuspiu. Kaja viu o brilho do aparelho ortodôntico entre dentes manchados de rapé. O cuspe de tabaco desenhou uma estrela preta no gelo. — Espero que você já tenha comido e feito xixi.

Kaja riu, mas Utmo já havia se virado para montar na motoneve.

Ela olhou para Krongli, que tinha enfiado os esquis e bastões de esqui por baixo das correias ao longo da motoneve, junto com os esquis de Utmo, e uma trouxa que parecia conter bananas de dinamite vermelhas e um rifle com telescópio.

Kaja virou-se para Krongli. O delegado deu de ombros e mostrou seu sorriso branco de menino outra vez.

— Boa sorte, espero que encontre...

O resto foi abafado pelo estrondo do motor da motoneve. Kaja montou depressa. Para seu alívio, viu que havia alças para se segurar, assim não ia ter que abraçar o velho caolho por trás. A fumaça da descarga os envolveu; em seguida partiram com um puxão.

Utmo estava com os joelhos dobrados, usando o peso do corpo para equilibrar a motoneve. Passaram pelo hotel, por cima de um amontoado de neve até chegarem à neve fofa, subindo diagonalmente o primeiro declive suave. Quando chegaram ao topo, com vista para o norte, Kaja viu um sem-fim de branco à sua frente. Utmo virou-se com uma expressão indagadora. Kaja fez um gesto de que estava tudo bem. Então, ele acelerou. Ela se virou e, através da fonte de neve que jorrava atrás das correias da motoneve, viu as casas desaparecerem.

Kaja sempre tinha ouvido dizer que os planaltos cobertos de neve lembravam o deserto. Isso a fez pensar nos dias e noites junto a Even no seu barco de corrida náutica.

A motoneve cortou a vasta paisagem vazia. A neve e o vento haviam apagado os contornos, alisando e aplainando tudo até virar uma vasta superfície de mar de onde a grande montanha, Hallingskarvet, se erguia como uma monstruosa e ameaçadora onda. Não havia nenhum movimento brusco, a maciez da neve e o peso da motoneve tornaram todos os movimentos macios e abafados. Com cuidado, Kaja esfregou o nariz e as bochechas para manter a circulação do sangue. Estava ciente do que relativamente pequenas feridas de frio podiam fazer com um rosto. O rugido monótono do motor e a uniformidade tranquilizadora da paisagem a fez cair no sono, até o motor morrer e eles ficarem parados. Ela acordou e olhou o relógio. Seu primeiro pensamento foi que houvesse uma pane no motor e que fossem levar pelo menos quarenta e cinco minutos para voltar à civilização. Quanto tempo levariam esquiando? Três horas? Cinco? Não fazia ideia. Utmo já havia descido e estava soltando os esquis do scooter.

— Tem algum problema com... — começou ela, mas se deteve quando Utmo se endireitou, apontando para dentro do pequeno vale mais adiante.

— A cabana de Håvass — disse ele.

Kaja semicerrou os olhos atrás dos óculos de sol. E, de fato, ao pé da montanha viu uma pequena cabana preta.

— Por que não vamos de moto...

— Porque as pessoas são idiotas, e por isso, temos que nos arrastar até a cabana.

— Arrastar? — perguntou Kaja e colocou depressa seus esquis, como Utmo já havia feito.

Ele apontou com o bastão de esqui para o lado da montanha.

— Se andar de scooter para dentro de um vale tão estreito, o eco é lançado de lado a lado. A neve recém-caída solta...

— Avalanche — disse Kaja. Ela lembrou algo que seu pai havia contado depois de uma de suas viagens aos Alpes. Durante a Segunda Guerra Mundial, mais de 60 mil soldados haviam morrido lá em cima, e a maioria das avalanches foi causada por ondas sonoras do fogo de artilharia.

Utmo parou um momento e olhou para ela.

— Aquele pessoal da cidade que se diz amante da natureza se acha esperto quando constrói uma cabana numa área protegida. Mas é só uma questão de tempo até ela também estar coberta pela neve.

— Também? — perguntou Kaja.

— A cabana de Håvass só está aí há três anos. Este ano é o primeiro com neve típico de avalanche. E logo vem mais.

Ele apontou para o oeste. Kaja protegeu os olhos com as mãos. No horizonte nevado viu o que ele queria dizer. Pesadas nuvens cúmulos branco-acinzentadas formavam cogumelos gigantes contra o fundo azul.

— Vai nevar a semana toda — disse Utmo, soltando o rifle da motoneve e pendurando-o sobre o ombro. — Se eu fosse você, me apressaria. E não grite.

Entraram no vale em silêncio, e assim que chegaram à sombra, Kaja sentiu a temperatura cair, e o frio assentava-se nos sulcos do terreno.

Tiraram os esquis na frente da cabana de madeira preta e os colocaram em pé contra a parede. Utmo pegou uma chave do bolso e enfiou-a na fechadura.

— Como os hóspedes entram? — perguntou Kaja.

— Eles compram a chave-padrão que serve para todas as quatrocentas e cinquenta cabanas de turistas no país inteiro.

Ele girou a chave, apertou a maçaneta e empurrou a porta. Nada aconteceu. Ele praguejou baixinho, encostou o ombro à porta e empurrou com força. A porta soltou dos batentes com um chiado estridente.

— A cabana encolhe no frio — murmurou ele.

Lá dentro estava um breu, e havia cheiro de parafina e madeira queimada.

Kaja examinou o interior. Sabia que os arranjos eram bem simples. Quando alguém chegava, registrava seus dados no livro de hóspedes, pegava uma cama, ou um colchão se a cabana estivesse lotada, acendia a lareira, fazia sua própria comida na cozinha, onde havia um fogão e utensílios, ou, se usasse a comida guardada nos armários, deixava algum dinheiro numa lata. Pagava-se pela estada na mesma lata ou se preenchia uma autorização bancária. Todos os pagamentos eram à base de sentimento de responsabilidade e honra.

A cabana tinha quatro quartos, todos virados para o norte, todos com duas camas, cabendo duas pessoas em cada uma. A sala estava virada para o sul, com móveis tradicionais, isto é, sólidos móveis de pinho.

Havia uma lareira grande e aberta para um efeito visual acolhedor, e um fogão a lenha para uma calefação mais eficiente. Kaja calculou que cabia de doze a quinze pessoas sentadas em volta da mesa de jantar, e o dobro de lugares para dormir, se as pessoas se espremessem e usassem os colchões no chão. Ela imaginou a luz das velas e da lareira tremeluzindo sobre rostos conhecidos e desconhecidos, enquanto conversavam sobre o passeio do dia seguinte, bebendo uma cerveja ou uma taça de vinho tinto. O rosto corado de Even sorria para ela, e ele brindou com ela de um dos cantos na penumbra.

— O livro de hóspedes está na cozinha — disse Utmo, apontando para uma das portas. Ali na entrada, ainda de gorro e luvas, ele parecia impaciente.

Kaja pôs a mão na maçaneta e ia girá-la quando uma imagem veio a sua mente. O delegado Krongli. Ele era tão parecido. Ela soube que o pensamento viria à tona novamente, só não sabia quando.

— Pode abrir a porta para mim? — pediu.

— Hein?

— Emperrou — disse Kaja. — O frio.

Ela fechou os olhos enquanto ouviu ele se aproximar, ouviu a porta ser aberta sem barulho nenhum, e sentiu o seu olhar surpreso nela. Então, abriu os olhos de novo e entrou.

A cozinha tinha um leve cheiro de ranço. Ela sentiu a pulsação acelerar enquanto seus olhos varriam as bancadas, os armários. Seu olhar caiu no livro de capa de couro preto na bancada por baixo da janela. Estava amarrado à parede com um fio de náilon azul.

Kaja respirou fundo. Aproximou-se do livro. Abriu.

Páginas e páginas com nomes escritos a mão pelos próprios hóspedes. A maioria havia seguido a regra de registrar o próximo destino.

— Na verdade, eu tinha feito planos de vir para cá depois do final da semana e poderia ter verificado o livro para vocês — ouviu a voz de Utmo atrás dela. — Mas a polícia não podia esperar, não é?

— Não — disse Kaja, procurando pelas datas. Novembro. Seis de novembro. Oito de novembro. Ela folheou para trás. E para a frente. Não estava lá. Sete de novembro havia sumido. Ela abriu bem o livro. Havia apenas vestígios da folha. Tinha sido arrancada por alguém.

31

Kigali

O aeroporto de Kigali, Ruanda, era pequeno, moderno e surpreendentemente bem-organizado. Por outro lado, a experiência de Harry era de que aeroportos internacionais diziam pouco ou nada sobre o respectivo país. Em Mumbai, na Índia, havia calma e eficácia, no JFK em Nova York, paranoia e caos. A fila do controle de passaporte deu uma guinada para a frente, e Harry seguiu. Apesar da temperatura agradável, ele sentiu o suor escorrer entre as escápulas por baixo da camisa de algodão fina. Pensou de novo na figura que tinha visto no aeroporto Schiphol em Amsterdã, onde o voo de Oslo tinha chegado atrasado. Harry ficou suado ao ter que correr pelos corredores e pelo grande número de portões para alcançar o voo que ia levá-lo a Kampala, Uganda. Onde dois corredores se cruzavam, ele havia percebido algo pelo canto do olho. Uma figura familiar. Na contraluz, ela estava longe demais para ele poder ver direito seu rosto. Já a bordo, o último passageiro a entrar, Harry concluiu o óbvio: não era ela. Qual seria a chance de ser ela? E o menino ao seu lado definitivamente não podia ser Oleg. Não podia ter crescido tanto.

— O próximo.

Harry aproximou-se do guichê, apresentou o passaporte, o cartão de imigração, a cópia da solicitação do visto que imprimiu pela internet, e os 60 dólares que o visto custava.

— A trabalho? — perguntou o oficial em inglês, e Harry enfrentou seu olhar. O homem era alto, magro e tinha uma cor de pele tão preta que reluzia. Deve ser tutsi, pensou Harry. Eram eles que no momento controlavam as fronteiras do país.

— Sim.

— Onde?

— Congo — respondeu Harry, depois usou o nome local para distinguir os dois países de Congo.

— Congo-Kinshasa — corrigiu o oficial. Ele apontou para o cartão de imigração que Harry havia preenchido no avião. — Aqui diz que você vai ficar no Hotel Gorilla em Kigali.

— Só esta noite — disse Harry. — Amanhã vou de carro até o Congo, vou passar uma noite em Goma, depois volto para cá para ir para casa. Daqui é mais perto de carro do que de Kinshasa.

— Tenha uma estada agradável no Congo, *busy man* — disse o oficial de uniforme com uma gargalhada, carimbou o passaporte e o devolveu.

Meia hora depois, Harry preencheu um cartão de hóspedes no Gorilla, assinou e recebeu uma chave presa a um gorila talhado em madeira. Quando Harry se deitou na cama, havia se passado dezoito horas desde que tinha se levantado da sua cama em Oppsal. Ele olhou para o ventilador chiando ao pé da cama. Mal vinha um sopro de ar, apesar de as pás girarem numa velocidade histérica. Sabia que não ia conseguir dormir.

O motorista disse para Harry chamá-lo de Joe. Ele era congolês, fluente em francês e mais fraco em inglês. Tinha sido contratado por intermédio de contatos de uma organização norueguesa de ajuda internacional baseada em Goma.

— Oitocentos mil — disse Joe enquanto levava o Land Rover por uma estrada esburacada, mas transitável, que serpenteava entre colinas verdes e declives de montanhas com terra cultivada do pé até o topo. Vez ou outra freava para não atropelar as pessoas que caminhavam, andavam de bicicleta, empurravam carrinhos e carregavam coisas na beira da estrada, mas em geral, elas mesmas pulavam para o lado na última hora para se salvaram.

"Em poucas semanas mataram 800 mil em 1994. Os hutus entravam na casa dos seus velhos e bons vizinhos e os cortavam em pedacinhos com machetes por serem tutsis. A propaganda da rádio era que, se seu marido fosse tutsi, era sua obrigação como hutu matá-lo. Cortar as árvores altas. Muitas pessoas fugiram por essa estrada... — Joe apontou pela janela. — Os corpos ficavam empilhados, tinha lugares onde não dava para passar. Bons tempos para os abutres."

Continuaram em silêncio.

Passaram por dois homens carregando um grande felino amarrado a um pedaço de madeira pelos pés. Crianças dançavam em júbilo ao lado, espetando galhinhos no animal morto. A pele tinha a cor do sol com manchas sombreadas.

— Caçadores? — perguntou Harry.

Joe fez que não, olhou pelo retrovisor e respondeu com um misto de palavras em inglês e francês:

— Atropelado por um carro, imagino. Bicho quase impossível de pegar. É raro, tem território grande, só sai para caçar de noite. De dia se esconde e fica bem camuflado no seu hábitat. Acho que é um animal muito solitário, Harry.

Harry olhou homens e mulheres trabalhando nos campos. Em vários lugares havia máquinas e homens consertando a estrada. Num vale, Harry viu uma autoestrada sendo construída e, num campo, crianças alegres de uniformes azuis jogavam futebol.

— Ruanda é bom — disse Joe.

Duas horas e meia mais tarde, Joe apontou pela janela.

— Lago Kivu. Muito bonito, muito fundo.

A superfície do lago enorme parecia refletir mil sóis. O país do outro lado era o Congo. Montanhas erguiam-se em todo canto. Uma nuvem isolada cercava o topo de uma delas.

— Sem nuvens — disse Joe, como se lesse o pensamento de Harry. — A montanha assassina. Nyiragongo.

Harry fez que sim.

Uma hora mais tarde haviam atravessado a fronteira e iam em direção à Goma. Na beira da estrada um homem macilento, de jaqueta rasgada, estava sentado olhando para a frente com um olhar louco, desesperado. Joe guiou o carro com cuidado entre as crateras da trilha lamacenta. Um jipe militar ia na frente deles. O soldado que operava a metralhadora balançava e fitou-os com olhar frio e cansado. Motores de aviões zumbiam logo acima deles.

— ONU — disse Joe. — Mais armas e granadas. Nkunda está chegando mais perto da cidade. Muito forte. Muitas pessoas estão fugindo. Refugiados. Talvez o Sr. Van Boorst também, eh? Eu não ver há muito tempo.

— Você o conhece?

— Todos conhecem o Sr. Van. Mas ele tem *Ba-Maguje* nele.

— Ba-o quê?

— Mau espírito. Demônio. Faz você ter sede de bebida. E acaba com seus sentimentos.

O ar-condicionado soprava ar frio. O suor escorria pelas costas de Harry.

Eles pararam no meio de duas fileiras de barracas, o que Harry entendeu como uma espécie de centro da cidade de Goma. As pessoas corriam para lá e para cá no caminho quase intransitável entre as lojas. Ao longo das casas havia pilhas de blocos de pedras pretas servindo como muros de alicerce. O chão parecia glacê negro endurecido, e poeira cinzenta rodopiava no ar, que fedia a peixe podre.

— Ali — disse Joe e apontou para a porta da única casa de alvenaria.

— Espero no carro.

Harry notou dois homens na rua pararem quando ele desceu do carro. Eles o lançaram aquele olhar neutro e perigoso que não transmitiu nenhum aviso. Homens que sabiam que atos agressivos são mais eficazes sem avisos. Harry foi direto à porta sem olhar ao redor, mostrando que sabia o que estava fazendo e aonde ia. Ele bateu à porta. Uma vez. Duas vezes. Três. Merda! Uma viagem longa demais só para...

A porta se entreabriu.

Um rosto branco e enrugado o fitou, indagador.

— Eddie Van Boorst? — perguntou Harry.

— *Il est mort* — disse o homem numa voz tão rouca que parecia que esse também dava o último suspiro.

Harry lembrou o suficiente do francês da escola para entender que o homem alegava que Van Boorst estava morto. Ele apostou no inglês:

— Meu nome é Harry Hole. Herman Kluit, de Hong Kong, me deu o nome de Van Boorst. Estou interessado na maçã de Leopoldo.

O homem piscou duas vezes. Enfiou a cabeça para fora da porta espiando à direita e à esquerda. Depois abriu a porta mais um pouco.

— *Entrez* — disse e deixou Harry entrar.

Harry se agachou para passar pela porta baixinha e conseguiu dobrar os joelhos a tempo; o chão no interior estava 20 centímetros mais embaixo. Cheirava a incenso. Misturado com outra coisa, familiar: o odor doce e acre de um velho que andou bebendo durante dias.

Os olhos de Harry adaptaram-se ao escuro, e ele descobriu que o velho, baixinho e magro, usava um elegante roupão de seda cor de vinho.

— Sotaque escandinavo — disse Van Boorst, levando um cigarro numa piteira amarelada aos lábios finos. — Deixe-me adivinhar. Definitivamente não é dinamarquês. Pode ser sueco. Mas acho que é norueguês. Certo?

Uma barata mostrou suas antenas numa fresta na parede atrás dele.

— Humm. Um perito em sotaques?

— Apenas um hobby — respondeu Van Boorst, lisonjeado, contente.

— Em nações pequenas como a Bélgica é preciso aprender a olhar para o exterior, e não para o interior. E como está Herman?

— Bem — respondeu Harry, ao virar-se para a direita e descobrir dois pares de olhos desinteressados olhando para ele.

Um par vinha de uma foto sobre a cama no canto. Um retrato emoldurado de uma pessoa de barba comprida e grisalha, nariz marcante, cabelo curto, ombreiras, corrente e espada. O rei Leopoldo, se Harry não estivesse enganado. O outro par pertencia à mulher deitada de lado na cama, com apenas um cobertor cobrindo os quadris. A luz da janela acima dela caía nos seios de menina. Ela respondeu ao aceno de Harry com um sorriso breve, deixando à mostra um grande dente de ouro no meio dos outros, todos brancos. Não devia ter mais de 20 anos. Na parede atrás da cintura fina dela, Harry detectou um prego grosso enfiado no emboço descascado. Do prego pendia um par de algemas cor-de-rosa.

— Minha esposa — disse o belga baixinho. — Bem, uma delas.

— Srta. Van Boorst?

— Algo parecido. Você quer comprar? Tem dinheiro?

— Primeiro quero ver o que você tem — respondeu Harry.

Eddie Van Boorst foi até a porta e deu uma espiada para fora com a porta entreaberta. Depois a fechou e trancou.

— Só está com seu motorista?

— Só.

Van Boorst deu baforadas enquanto observava Harry pelas rugas ao redor dos seus olhos semicerrados.

Então foi para um canto da sala, afastou o tapete com o pé, inclinou-se e puxou uma argola de ferro. Abriu-se um alçapão. O belga fez gesto para Harry descer primeiro. Harry supunha se tratar de precaução com base em experiência, e fez como o outro pediu. Uma escada de madeira, levou-o até um breu. Harry só sentiu o piso sólido depois do sétimo degrau. E uma lâmpada foi acesa.

Harry olhou em torno; o teto era de altura normal, e havia um piso plano de cimento. Prateleiras e armários cobriam três paredes. Nas prateleiras havia a mercadoria do dia a dia: pistolas Glock usadas, um Smith & Wesson .38, caixas de munição, uma Kalashnikov. Harry nunca havia segurado a famosa arma automática russa com o nome oficial de AK-47. Ele passou a mão sobre o cabo de madeira.

— Essa é original, de 1947, o primeiro ano de produção — disse Van Boorst.

— Parece que todos aqui têm uma — disse Harry. — É a causa de morte mais popular da África, me disseram.

Van Boorst fez que sim.

— Por dois motivos simples. Primeiro, quando os países comunistas começaram a exportar a Kalashnikov para cá depois da Guerra Fria, em tempos de paz, custava tanto quanto uma galinha gorda. E nem passava de 100 dólares em tempos de guerra. E segundo, ela funciona, não importa o que fizer com ela, e isso é importante na África. Em Moçambique gostam tanto da Kalashnikov que a colocaram na bandeira nacional.

Os olhos de Harry detiveram-se nas letras discretas de uma mala preta.

— É o que eu acho que seja? — perguntou Harry.

— Märklin — disse Van Boorst. — Um rifle raro. Muito poucos foram produzidos, já que foi um fracasso. Era pesado demais e tinha calibre grosso demais. Foi usado para caçar elefantes.

— E pessoas — disse Harry.

— Você conhece a arma?

— Telescópio com a melhor ótica do mundo. Não exatamente o que você precisa para acertar um elefante a 100 metros de distância. Perfeito para um assassinato. — Harry passou os dedos sobre a mala, tomado pelas lembranças que evocaram. — Sim, conheço.

— Pode comprar. Apenas 30 mil euros.

— Dessa vez não estou procurando um rifle. — Harry virou-se para a prateleira aberta no meio do recinto. Grotescas máscaras pintadas de branco fizeram caretas para ele.

— As máscaras espirituais do povo mai-mai — disse Van Boorst. — Eles acreditam que, molhando-se com a água sagrada, as balas dos inimigos não podem feri-los. Porque as balas de fato também vão voltar a ser H_2O. A guerrilha mai-mai atacou a tropa do governo com arco e flecha, touca de banho na cabeça e, como amuletos, tampas de banheiras. Não estou brincando, não, senhor. Foram ceifados, claro. Mas os mai-mai gostam de água. E máscaras brancas. E corações e rins dos seus inimigos. Levemente grelhados com purê de milho para acompanhar.

— Humm — disse Harry. — Não imaginei que uma casa tão simples teria um porão tão cheio.

Van Boorst deu uma curta risada.

— Porão? Esse é o andar térreo. Ou era. Antes da erupção há três anos.

A ficha caiu para Harry. Blocos de pedra pretos, glacê preto. O chão em cima que estava mais preto que o chão lá fora.

— Lava — disse Harry.

Van Boorst fez que sim.

— Escorreu bem no meio do centro da cidade e levou minha mansão na beira do lago Kivu. Todas as casas de madeira na área queimaram; essa casa de concreto foi a única que ficou em pé, mas enterrada em lava pela metade. — Ele apontou para a parede. — Ali dá para ver a porta de saída que dava para a rua, no nível que estava três anos atrás. Comprei a casa e apenas coloquei uma nova porta por onde você entrou.

Harry fez que sim.

— Sorte que a lava não queimou a porta e encheu esse andar também.

— Como pode ver, as janelas e a porta ficam na parede virada para o outro lado, não para o vulcão. Não é a primeira vez. Aquela maldita montanha cospe lava nessa cidade a cada dez ou vinte anos.

Harry ergueu uma sobrancelha.

— E mesmo assim as pessoas voltam para cá?

Van Boorst deu de ombros.

— Bem-vindo à África. Mas o vulcão é bastante útil. Se quiser se livrar de um corpo inconveniente, um problema até comum aqui em Goma, é claro que pode afundá-lo no lago Kivu. Mas ele ainda continua lá embaixo. Mas se você usar o Nyiragongo... As pessoas acreditam que a maioria dos vulcões tem aquele lago borbulhante e incandescente no fundo, mas não tem. Na verdade, nenhum a não ser Nyiragongo. Mil graus celsius. Afunde algo ali e *puf*! Volta de novo em forma de gás. É a única chance que as pessoas de Goma têm para chegar ao céu.

Van Boorst riu e tossiu.

— Uma vez, fui testemunha de um caçador de coltan muito empolgado baixando a filha de um líder tribal, com a ajuda de correntes, para dentro da cratera. O chefe não queria assinar os documentos que dava aos caçadores de coltan o direito de extrair o minério no território deles.

O cabelo dela pegou fogo 20 metros acima da lava. Quando estava 10 metros acima, a menina queimava como uma vela. E 5 metros mais embaixo, ela pingava. Não estou exagerando. Pele e carne escorriam do seu esqueleto... É isso que te interessa? — Van Boorst havia aberto um armário e tirado uma bola metálica. Brilhava, era perfurada por pequenos buraquinhos e um pouco menor do que uma bola de tênis. De um buraco maior pendia uma corrente fina com um anel na ponta. Era o mesmo instrumento que Harry tinha visto na casa de Herman Kluit.

— Funciona? — perguntou Harry.

Van Boorst soltou um suspiro. Ele enfiou o mindinho no anel metálico e puxou. Houve um estalo alto e a esfera de metal saltou na mão do belga. Harry olhou fixo. Saía dos furos da esfera algo parecido com antenas.

— Posso? — perguntou, estendendo a mão. Van Boorst passou a esfera para ele e, com olhar vigilante, observou Harry contar as antenas.

Harry fez um gesto afirmativo.

— Vinte e quatro — concluiu.

— A mesma quantidade de maçãs produzidas — disse Van Boorst.

— O número tinha um valor simbólico para o engenheiro que inventou e produziu a bola. Era a idade da irmã dele quando ela cometeu suicídio.

— E você tem quantas delas no seu armário?

— Apenas oito. Incluindo esse exemplar magnífico de ouro. — Ele tirou uma bola que brilhava fracamente na luz da lâmpada e logo a colocou de volta no armário. — Mas ela não está à venda, terá que me matar para botar a mão nela.

— Então, já vendeu treze desde que Kluit comprou a dele?

— E a preços cada vez mais altos. É um investimento seguro, Sr. Hole. Antigos instrumentos de tortura têm um fiel grupo de seguidores, todos dispostos a pagar, acredite.

— Acredito — disse Harry, tentando baixar uma das antenas.

— É de mola — disse Van Boorst. — Quando a corda for puxada uma vez, o sujeito interrogado não vai conseguir tirar a maçã da boca novamente. Aliás, ninguém vai. Não execute a segunda etapa se quiser recolher as antenas. Não puxe a corda, por favor.

— A segunda etapa?

— Passe a maçã para mim.

Harry estendeu a bola a Van Boorst. Com cuidado, o belga enfiou uma caneta pelo anel, segurou-a na horizontal e na altura da bola, então soltou a bola. No momento em que a corrente se esticou, houve outro estalo. A maçã de Leopoldo dançava 15 centímetros embaixo da caneta e as agulhas afiadas, que agora despontavam de cada antena, brilhavam.

— Å *faen* — vociferou Harry em norueguês.

O belga sorriu.

— Os mai-mai chamavam o invento de "Sangue do Sol". Essa beleza tem muitos apelidos. — Ele colocou a maçã na mesa, introduziu a caneta no buraco de onde a corda saía, puxou com força, e com mais um estalo, as agulhas e antenas recolheram-se para dentro da esfera, e a maçã real recuperou sua forma esférica e lisa.

— Impressionante — disse Harry. — Quanto custa?

— Seis mil dólares — disse Van Boorst. — Costumo aumentar o preço um pouco a cada vez, mas você pode levá-la pelo mesmo preço que vendi a última.

— Por quê? — perguntou Harry, passando o indicador sobre o metal liso.

— Porque você viajou de tão longe — disse Van Boorst, soprando a fumaça de cigarro no ar. — E porque gosto do seu sotaque.

— Humm. E quem foi o último comprador?

Van Boorst riu.

— Da mesma maneira que ninguém vai ficar sabendo que você esteve aqui, não vou contar sobre meus outros clientes. Não parece reconfortante, senhor...? Viu, já esqueci o nome.

Harry fez que sim.

— Seiscentos — ofereceu ele.

— Como é?

— Seiscentos dólares.

Van Boorst soltou a mesma gargalhada breve.

— Ridículo. Mas, por acaso, o preço que está mencionando corresponde a um tour guiado de três horas para dentro da reserva natural de gorilas da montanha. Prefere isso, Sr. Hole?

— Pode ficar com sua maçã real — disse Harry e tirou do bolso da calça um maço fino de notas de 20 dólares. — Estou oferecendo 600 pelas informações sobre quem comprou maçãs de você.

Ele colocou o maço na mesa diante de Van Boorst. Em cima, uma carteira de identidade.

— Polícia norueguesa — disse Harry. — Pelo menos duas mulheres norueguesas foram assassinadas com o produto monopolizado por você.

Van Boorst inclinou-se sobre o monte de notas e estudou a carteira de identidade sem tocar em nenhum dos dois.

— Se esse for o caso, eu realmente sinto muito — disse, e sua voz parecia ter ficado ainda mais rouca. — Acredite. Mas minha segurança pessoal vale mais do que 600 dólares. Se falasse abertamente sobre as pessoas que compraram algo aqui, minha expectativa de vida...

— Devia ficar mais preocupado com sua expectativa de vida numa prisão congolesa — disse Harry.

Van Boorst riu de novo.

— Bela tentativa, Hole. Mas, por acaso, o chefe de polícia de Goma é meu amigo, e além do mais... — ele abriu os braços — ... o que foi que eu fiz?

— O que fez é menos interessante — disse Harry e tirou uma foto do bolso da camisa. — O estado da Noruega é um dos mais importantes provedores de ajuda ao Congo. Quando as autoridades norueguesas ligarem para Kinshasa, apontando você como fonte não cooperadora da arma do crime num homicídio duplo na Noruega, o que você acha que vai acontecer?

Van Boorst não estava mais sorrindo.

— Não será erroneamente condenado por nada, longe disso — disse Harry. — Será apenas detido, o que não se deve confundir com cumprimento de pena. É apenas a detenção judicial de uma pessoa enquanto um caso está sendo investigado, e talvez possa haver o temor de adulteração de provas. Contudo é uma prisão. E essa investigação pode levar tempo. Já viu o interior de uma prisão congolesa, Van Boorst? Não, não deve haver muitos brancos que o viram.

Van Boorst apertou o roupão. Olhou para Harry enquanto mordia a piteira do cigarro.

— Ok — disse. — Mil dólares.

— Quinhentos — disse Harry.

— Quinhentos? Mas você...

— Quatrocentos — disse Harry.

— Fechado! — disse Van Boorst e ergueu os braços aos céus. — O que você quer saber?

— Tudo — disse Harry, inclinando-se até a parede e retirando um maço de cigarros.

* * *

Meia hora mais tarde, quando Harry saiu da casa de Van Boorst e entrou no Land Rover de Joe, já era noite.

— Para o hotel — disse Harry.

O hotel ficava bem na beira do lago. Joe precaveu Harry quanto a entrar na água. Não por causa do parasita da Guiné que ele provavelmente não ia descobrir até um dia ter um verme fino serpenteando por baixo de sua pele, mas por causa do gás metano que subia do fundo em forma de bolha grandes e que podia deixá-lo inconsciente, provocando consequentemente, o seu afogamento.

Harry sentou-se na varanda e olhou duas criaturas de pernas longas gingarem pausadamente pelo gramado iluminado lá embaixo. Pareciam flamingos disfarçados de pavão. Na quadra de tênis com holofotes, dois jovens negros jogavam com apenas duas bolas, ambas tão esfarrapadas que pareciam meias enroladas, voando para lá e para cá sobre a rede já furada. Vez ou outra passavam aviões trovejando no ar.

Harry ouviu um tilintar de garrafas. O bar ficava exatamente a 68 passos de onde ele estava. Tinha contado quando chegou. Ele pescou o celular e discou o número de Kaja.

Ela parecia contente em ouvir sua voz. Contente em geral, pelo menos.

— Estou presa em Ustaoset devido ao mau tempo — disse ela. — Não está nevando pra cachorro, mas pra elefante. Pelo menos fui convidada para jantar. E o livro de hóspedes foi interessante.

— É?

— A página da data que estamos procurando está faltando.

— Como pensei. Você pode verificar se...

— Sim, já procurei impressões digitais ou se a escrita havia atravessado para a página seguinte. — Ela deu risinhos, e Harry apostou que já havia tomado um pouco de vinho.

— Humm. Estava mais pensando em...

— Sim, verifiquei quem estava inscrito no dia anterior e no seguinte. Mas é raro alguém ficar mais do que uma noite numa cabana tão rústica como esta de Håvass. A não ser que o tempo impeça de continuar. E no dia sete de novembro o tempo estava bom. Mas o delegado daqui me prometeu verificar os livros de hóspedes nas cabanas da redondeza nos dias anteriores e nos depois, para ver quem foram os hóspedes que incluíram a cabana de Håvass nas suas rotas.

— Ótimo. Parece que estamos avançando.

— Talvez. E você?

— Aqui está mais devagar. Encontrei Van Boorst, mas não há nenhum escandinavo entre seus compradores. Ele diz que tem certeza quanto a isso. Estou com seis nomes com endereços, mas são todos colecionadores conhecidos. Fora alguns nomes que ele não lembra muito bem, algumas descrições, algumas nacionalidades, é só. Existem mais duas maçãs, mas Van Boorst sabia, por acaso, que ainda estão com um colecionador em Caracas. Checou Adele e o visto dela?

— Liguei para o consulado de Ruanda na Suécia. Confesso que esperei um caos, mas estava tudo muito organizado.

— O pequeno irmão mais velho certinho do Congo.

— Eles tinham uma cópia do pedido de visto de Adele, e as datas conferem. O período de visto já expirou faz tempo, mas não sabiam do paradeiro dela, claro. Disseram para entrar em contato com as autoridades de imigração em Kigali. Me deram um número, tentei ligar e fui jogada como uma bola de *pinball* entre os escritórios, até um sabichão que falava inglês atender, o qual me chamou a atenção ao fato de não termos nenhum acordo de cooperação com Ruanda nessa área, e lamentou que tinha que recusar meu pedido e desejou a mim e a minha família uma vida longa e feliz. Você também não farejou alguma coisa?

— Não. Mostrei a foto de Adele a Van Boorst. Ele disse que a única mulher que tinha comprado algo dele era uma ruiva com cabelo encaracolado e sotaque da Alemanha oriental.

— Sotaque da Alemanha oriental? Isso existe?

— Não sei, Kaja. Esse homem anda de roupão, usa piteira, é alcoólico e especialista em sotaques. Vou fazer o que puder e depois me mandar daqui.

Ela riu. Vinho branco, pensou Harry. Quem bebe vinho tinto ri menos.

— Mas tenho uma ideia — disse ele. — O cartão de imigração.

— Sim?

— É preciso preencher um cartão dizendo onde se vai ficar hospedado a primeira noite. Se eles mantêm os cartões em Kigali, talvez eu consiga ver onde Adele se hospedou. Pode ser uma pista. Pelo que sabemos, ela pode ser a única pessoa viva que saiba quem estava na cabana de Håvass naquela noite.

— Boa sorte, Harry.

— Para você também.

Ele desligou. É claro que podia ter perguntado com quem ela ia jantar, mas, se fosse relevante para a investigação, ela teria contado.

Harry ficou na varanda até o bar fechar e o tilintar de garrafas ser substituído por ruídos de alguém transando no quarto de cima. Gritos roucos, monótonos. Eles o lembravam das gaivotas em Åndalsnes, quando ele e o avô levantavam cedinho para pescar. Mas o pai nunca ia junto. Por que não? E como é que Harry nunca havia pensado sobre isso, por que compreendera instintivamente que o pai não se sentia em casa num barco de pesca? Será que ele, já com 5 anos, entendera que o pai havia conseguido se formar e ir embora da fazenda justamente para não se sentar naquele barco? Mesmo assim, o desejo de o pai era voltar para lá e ali ficar eternamente. Era estranha a vida. E, certamente, a morte.

Harry acendeu mais um cigarro. O céu estava sem estrelas, escuro, exceto sobre a cratera de Nyiragongo, onde havia um fulgor ardente. Harry sentiu o arder de uma picada de inseto. Malária. Magma. Gás metano. O lago Kivu brilhava distante. Muito bonito. Muito profundo.

Uma trovoada ressoou das montanhas, e o som rolou por cima da água. Erupção de vulcão ou trovoada? Harry olhou para cima. Outro estrondo, o eco sendo jogado entre as montanhas. E ao mesmo tempo, outro eco, de muito longe, chegou a Harry.

Muito profundo.

Ele fitava a escuridão de olhos arregalados e mal percebeu o céu se abrir e a chuva martelar, abafando os gritos das gaivotas.

32

Polícia

— Estou feliz que conseguiram descer da cabana de Håvass antes dessa neve começar a cair — disse o delegado Krongli. — Vocês podiam ter ficado presos ali por vários dias. — Ele fez um gesto para a grande janela panorâmica do hotel. — Mas é uma vista linda, não acha?

Kaja olhou para a densa nevasca. Even também era assim; deixava-se impressionar com a força da natureza, independente de ela trabalhar a seu favor ou contra ele.

— Espero que meu trem consiga chegar — disse ela.

— Claro que vai — disse Krongli e mexeu com a taça de vinho de um modo que fez Kaja pensar que não era algo que ele fazia com muita frequência. — Vamos cuidar para que chegue. E verificar todos os livros de hóspedes das outras cabanas.

— Obrigada — disse Kaja.

Krongli passou uma das mãos pelos cachos rebeldes e esboçou um sorriso. Chris de Burgh cantava "Lady in Red" suave como a brisa pelos alto-falantes.

Só havia mais dois fregueses no restaurante: dois homens de 30 anos, cada um com sua mesa de toalha branca e um chope na frente, fitando a nevasca, esperando por algo que não ia acontecer.

— Não fica muito solitário aqui às vezes? — perguntou Kaja.

— Depende — respondeu o delegado e seguiu o olhar dela. — Se você não tiver mulher e família, tende a acabar em lugares como esse.

— Para estar sozinho com outros — disse Kaja.

— Isso mesmo — concordou Krongli, sorrindo, e serviu mais vinho nas taças. — Mas em Oslo deve ser assim também, não?

— É — disse Kaja. — É, sim. Tem família?

Krongli deu de ombros.

— Tive uma namorada. Mas a vida ficou pacata demais para ela, e acabou se mudando para onde você mora. Eu a entendo. Você precisa ter um trabalho interessante num lugar como esse.

— E você tem?

— Acho que sim. Conheço todo mundo, e eles me conhecem. A gente se ajuda. Preciso dele e eles... bem... — Ele girou a taça.

— Precisam de você — disse Kaja.

— Acredito que sim.

— E isso é importante.

— É, sim — disse Krongli com voz firme, levantando os olhos para ela. O olhar de Even. Sempre com um esboço de riso, sempre parecendo que havia acabado de acontecer algo engraçado ou que proporcionasse motivo para ser feliz. Mesmo que não houvesse motivo. Especialmente quando não havia.

— E Odd Utmo? — perguntou Kaja.

— O que tem ele?

— Ele foi embora assim que desci do carro. O que será que faz numa noite como esta?

— Como sabe que ele não está em casa com a mulher e os filhos?

— Se alguma vez já vi um homem recluso, delegado...

— Me chame de Aslak — disse ele, rindo e erguendo a taça. — E já vi que você é detetive de verdade. Mas Utmo sempre foi assim.

— Sério?

— Antes de o filho dele desaparecer, Utmo era acessível. Às vezes até afável. Mas creio que ele sempre teve um gênio perigoso.

— Eu não imaginaria que um homem como Utmo é casado.

— Sua mulher era bonita. Considerando a feiura dele. Já viu seus dentes?

— Vi que usa aparelho, sim.

— Ele diz que é para os dentes não ficarem tortos. — Aslak Krongli balançou a cabeça com um riso nos olhos, mas não na voz. — Mas é a única coisa que os impedem de cair.

— Me diga, o que ele trouxe na motoneve era dinamite de verdade?

— Foi você que viu — disse Krongli. — Eu não.

— O que quer dizer com isso?

— Há muitas pessoas do lugar que não acham tão romântico ficar por horas a fio com uma vara de pescar nos lagos aqui na montanha. Mas querem ter o peixe que consideram seu na mesa de jantar.

— Eles jogam dinamite nos lagos?

— Assim que o gelo tiver derretido.

— Mas isso não é considerado ilegal, delegado?

Krongli ergueu as mãos em defesa.

— Como disse, eu não vi nada.

— Claro, é verdade, você mora aqui. Você também tem dinamite, talvez?

— Só para a garagem. Que pretendo construir.

— Certo. E a arma de Utmo? Parecia moderna, com telescópio e tudo.

— E é mesmo. Ele era um bom caçador de urso. Até ficar meio cego.

— Eu vi o olho dele. O que houve?

— Aparentemente, o filho derramou um copo de ácido nele.

— Aparentemente?

Krongli deu de ombros.

— Utmo é a única pessoa que sabe o que houve. Seu filho sumiu aos 15 anos. Logo depois, a mulher também sumiu. Mas tudo isso foi há dezoito anos, antes de eu me mudar para cá. Desde então, Utmo mora sozinho ali na montanha, sem TV ou rádio, nem lê jornais.

— Como foi que desapareceram?

— É uma boa pergunta. Há muitos penhascos ao redor da fazenda de Utmo, de onde é fácil cair. E neve. Um sapato do filho foi encontrado perto de uma avalanche, mas não havia traços dele depois que a neve derreteu aquele ano, e foi estranho perder um sapato assim na neve. Algumas pessoas acharam que foi um urso. Mas pelo que eu saiba, não havia ursos por lá dezoito anos atrás. E há quem achou que foi o próprio Utmo.

— É? Por quê?

— Bem — disse Aslak, hesitando. — O menino tinha uma cicatriz feia no peito. As pessoas acharam que foi obra do pai. Que tinha algo a ver com a mãe, Karen.

— Como assim?

— Eles estavam disputando ela.

Aslak balançou a cabeça ao olhar indagador de Kaja.

— Isso foi antes de eu chegar aqui. E Roy Stille, que foi delegado aqui desde sempre, foi até Utmo, mas só estavam lá Odd e Karen, e os dois disseram a mesma coisa, que o menino tinha ido caçar e não tinha voltado. Mas isso foi em abril.

— Não era temporada de caça?

Aslak fez que não.

— E desde então, ninguém mais o viu. Um ano depois, Karen também sumiu. As pessoas acham que ela morreu de tristeza por causa da perda do filho; que ela se jogou de um penhasco.

Kaja pensou notar um leve tremor na voz do delegado, mas concluiu que devia ter sido o vinho.

— E o que você acha? — perguntou ela.

— Acho que é verdade. E que o menino foi pego por uma avalanche. Sufocado por baixo da neve. Carregado pela água derretida do gelo para um lago e lá está. Com a mãe, espero.

— Pelo menos, parece melhor assim do que a história do urso.

— Não.

Kaja levantou os olhos e fitou Aslak. Seus olhos não estavam mais rindo.

— Enterrado vivo por baixo de uma avalanche — disse, e olhou pela janela, para a nevasca lá fora. — A escuridão. A solidão. Você não consegue se mover, fica preso como numa garra de ferro, que ri das suas tentativas de se libertar. A certeza de que vai morrer. O pânico, o medo mortal quando não consegue respirar. Não há pior maneira de morrer.

Kaja tomou um gole de vinho. Colocou a taça na mesa.

— Quanto tempo você ficou lá?

— Achei que foram três ou talvez quatro horas — disse Aslak.

— Quando eles conseguiram me tirar, disseram que estive lá por quinze minutos. Mais cinco minutos, e eu estaria morto.

O garçom apareceu para perguntar se queriam mais alguma coisa, pois o bar ia fechar em dez minutos. Kaja disse que não, e o garçom respondeu colocando a conta na frente de Aslak.

— Por que Utmo anda armado? — perguntou Kaja. — Pelo que saiba, não é temporada de caça agora?

— Ele diz que é para se defender se for atacado por algum animal.

— Há animais perigosos por aqui? Lobos?

— Ele nunca diz que tipo de animal tem em mente. A propósito, existe um rumor de que, de noite, o fantasma do menino continua andando pela planície. E se você o vir, tem que tomar cuidado, porque significa que tem um penhasco ou um ponto de avalanche por perto.

Kaja terminou seu vinho.

— Posso fazer com que sirvam bebidas por mais tempo, se quiser.

— Obrigada, Aslak, mas amanhã preciso acordar cedo.

— Ah — disse ele, com um sorriso nos olhos, coçando as madeixas.

— Agora vai parecer que eu... — Ele se calou.

— O quê? — perguntou Kaja.

— Nada. Você deve ter um marido ou namorado lá no sul.

Kaja sorriu, mas não respondeu.

Aslak olhou para a mesa, e disse baixinho:

— Que coisa, o delegado da província só precisou de duas taças para começar a balbuciar.

— Sem problema — disse ela. — Não tenho namorado. E gosto de você. Você me lembra do meu irmão.

— Mas?

— Mas o quê?

— Não esqueça que também sou detetive de verdade. Posso ver que você não é do tipo recluso. Tem alguém, não é?

Kaja riu. Normalmente, teria parado por aí. Talvez fosse o vinho. Talvez porque estava gostando de Aslak Krongli. Talvez porque não tivesse com quem conversar sobre essas coisas, não depois que Even morreu, e Aslak era um estranho, morava longe de Oslo, e não falava com as pessoas do círculo de amizade dela.

— Estou apaixonada — ouviu sua própria voz dizer. — Por um policial. — Ela levou o copo d'água à boca para esconder sua própria confusão. Estranho foi o fato não ter parecido real até aquele momento, após ouvir as palavras ditas em voz alta.

Aslak ergueu o copo d'água para ela.

— Um brinde para um cara sortudo. E uma garota sortuda. Espero.

Kaja fez que não.

— Não há por que brindar. Ainda não. Talvez nunca. Meu Deus, como estou falando...

— O que mais podemos fazer? Conte.

— É complicado. *Ele* é complicado. Nem sei se ele vai me querer. Na verdade, esta parte até que é bem simples.

— Me deixe adivinhar. Ele tem uma mulher, e não consegue deixá-la.

Kaja soltou um suspiro.

— Talvez. Eu realmente não sei. Aslak, eu agradeço toda sua ajuda, mas...

— Você tem que ir dormir agora. — O delegado se levantou. — Espero que dê tudo errado com o cara, assim você irá querer fugir da sua dor de cotovelo na cidade e aceitar pensar sobre isso aqui. — Ele estendeu uma folha de papel com o cabeçalho da delegacia de Hol.

Kaja leu e soltou uma gargalhada.

— Um cargo na província?

— Roy Stille vai se aposentar no outono e bons policiais são difíceis de encontrar — disse Aslak. — É nosso anúncio da vaga. Foi publicado na semana passada. A sede fica no centro de Geilo. Folga um fim de semana sim, outro não. Dentista de graça.

Quando Kaja se deitou, ouviu um estrondo distante. Trovão e nevasca raramente vinham juntos.

Ela ligou para Harry, e caiu na caixa postal. Contou uma história de terror sobre o guia local Odd Utmo com dentes podres e aparelho ortodôntico, sobre o filho que devia ser mais feio ainda, visto que andava por aí como fantasma há dezoito anos. Ela riu. Percebeu que estava bêbada. Disse boa-noite.

Ela sonhou com avalanches.

Eram onze horas da manhã. Harry e Joe haviam saído de Goma às sete, cruzando a fronteira para Ruanda sem problemas, e Harry estava num escritório no primeiro andar do terminal do aeroporto de Kigali. Dois oficiais uniformizados o mediam de cima a baixo. Não de modo hostil, mas como para avaliar se ele de fato fosse quem ele tinha dito ser: um policial norueguês. Harry devolveu a carteira de identidade ao bolso da jaqueta e tocou o papel liso do envelope pardo que também guardava lá. O problema era o fato de serem dois. Como subornar dois funcionários públicos juntos? Dizer para dividirem o conteúdo do envelope e educadamente pedir que não dedurem o colega?

Um dos funcionários, o mesmo que havia carimbado o passaporte de Harry dois dias antes, empurrou a boina para trás.

— Então você quer a cópia dos cartões de imigração de... podia repetir a data e o nome?

— Adele Vetlesen. Sabemos que ela chegou a esse aeroporto dia 25 de novembro. E eu pago uma recompensa.

Os dois trocaram olhares, e um deles sumiu pela porta após um sinal do outro. O que permaneceu foi à janela e olhou para o aeroporto, para a pequena nave DH8 que acabara de aterrissar, e que em cinquenta e cinco minutos ia levar Harry na primeira etapa da sua volta para casa.

— Recompensa — repetiu o oficial em voz alta. — Suponho que saiba que é ilegal subornar um funcionário público, Sr. Hole. Mas você deve ter pensado, ah, tudo bem, isso aqui é a África.

Ele sentiu a camisa grudar às costas. A mesma camisa. Talvez vendessem camisas no aeroporto de Nairóbi. Se ele conseguisse chegar lá.

— Correto — disse Harry.

O oficial riu e se virou.

— Cara valente, é? Você é durão, Hole? Eu vi quando você entrou. Que você é policial.

— É?

— Você me mediu tanto quanto eu medi você.

Harry deu de ombros.

A porta se abriu. O outro oficial voltou acompanhado de uma mulher vestida como secretária com saltos fazendo toc-toc e óculos na ponta do nariz.

— Sinto muito — disse ela em inglês impecável, medindo Harry. — Eu verifiquei a data. Não temos nenhuma Adele Vetlesen chegando naquele voo.

— Humm. Pode ter havido uma falha?

— Pouco provável. Os cartões de imigração são organizados por data. O voo que você mencionou é um avião DH8 de Entebbe com 37 assentos. Foi rápido verificar.

— Humm. Sendo assim, posso pedir para verificar outra coisa para mim?

— Pode pedir, claro. Trata-se de quê?

— Uma lista sobre outras mulheres estrangeiras que vieram no mesmo voo.

— E por que devo passar essa informação?

— Porque Adele Vetlesen estava registrada naquele voo. Ou ela mostrou um passaporte falso aqui...

— Duvido muito — disse o controlador de passaportes.

— Fazemos uma verificação detalhada de todas as fotos dos passaportes antes que sejam colocados num scanner com leitor que confere o número com o registro pela Organização da Aviação Civil Internacional.

— Ou outra pessoa viajou com o nome de Adele Vetlesen, passando pelo controle de passaporte com seu passaporte verdadeiro. O que seria perfeitamente possível, já que o número de passaporte não é verificado na hora do check-in ou de se entrar no avião.

— Correto — disse o controlador de passaportes, puxando a boina.

— O pessoal das companhias aéreas só olha se o nome e a foto estão mais ou menos de acordo. Pode-se mandar fazer um passaporte falso por 50 dólares em qualquer lugar do mundo. É só na hora de sair do aeroporto no destino final, quando tem que passar pelo controle de passaporte, que o número é conferido e os passaportes falsos são descobertos. Mas a pergunta é a mesma: Por que devemos ajudá-lo? Está aqui numa missão oficial, e tem documentos para provar isso?

— Minha missão oficial foi no Congo — mentiu Harry. — Mas não encontrei nada lá. Adele Vetlesen está desaparecida, e receamos que possa ter sido assassinada por um serial killer que já matou pelo menos três outras mulheres, entre elas um membro do Parlamento norueguês. O nome dela é Marit Olsen, vocês podem verificar pela internet. Estou ciente de que o procedimento seria eu voltar para casa e fazer o trâmite por canais oficiais, perdendo vários dias e dando mais vantagens ao assassino. E tempo para matar novamente.

Harry viu que as palavras impressionaram. A mulher e o oficial-chefe conversaram entre si, e a mulher saiu de novo.

Esperaram em silêncio.

Harry olhou o relógio. Ele ainda não tinha feito o check-in do seu voo.

Seis minutos se passaram até ouvirem os saltos altos se aproximarem.

— Eva Rosenberg, Juliana Verni, Veronica Raul Gueno e Claire Hobbes.
— Ela cuspiu os nomes, endireitou os óculos e colocou quatro fichas de imigração na mesa diante de Harry, antes que a porta tivesse tido tempo de se fechar atrás dela. — Não vêm muitas mulheres europeias para cá — disse ela.

Os olhos de Harry escanearam as fichas. Todas tinham informado hotéis como endereço em Kigali, mas nenhum deles era o Hotel Gorilla. Ele olhou os endereços residenciais. Eva Rosenberg tinha fornecido um endereço em Estocolmo.

— Obrigado — disse Harry e anotou os nomes, endereços e números de passaportes no verso de um recibo de táxi que encontrou no bolso da jaqueta.

— Lamento não poder ajudar mais — disse a mulher e endireitou os óculos de novo.

— Ao contrário — disse Harry. — Você ajudou muito. De verdade.

— E agora, policial... — disse o oficial alto e magro, e o sorriso iluminou o rosto negro como a noite.

— Sim? — disse Harry esperando, pronto para pegar o envelope pardo.

— Agora está na hora de levar você para o check-in do voo para Nairóbi.

— Humm — disse Harry e olhou o relógio. — Pode ser que eu tenha que pegar o próximo voo.

— O próximo?

— Tenho que voltar ao Hotel Gorilla.

Kaja estava no vagão do trem supostamente confortável que, além de ter jornais e dois cafés de graça, tinha tomada para laptop, o que na prática significava ficar espremida como sardinha em lata, em contraste com o vagão econômico quase deserto. Por isso, quando o telefone tocou e ela viu que era Harry, foi depressa para lá.

— Onde está? — perguntou Harry.

— No trem. Acabei de passar por Kongsberg. E você?

— Hotel Gorilla em Kigali. Me deixaram ver a ficha de hóspede de Adele Vetlesen. Não vou conseguir sair daqui até o voo da tarde, mas chego amanhã cedo. Pode ligar para seu amigo cabeça de abóbora da delegacia de Drammen e pedir para pegar emprestado o cartão-postal que Adele teria escrito. Pode pedir para levá-lo à estação, tem uma parada em Drammen, certo?

— Está abusando da sorte, mas vou tentar. O que queremos com o cartão?

— Conferir assinaturas. Tem um perito em caligrafia chamado Jean Hue que trabalhava na Kripos antes de se aposentar. Convoque ele para nosso escritório amanhã às sete.

— Cedo assim? Você acha que ele...

— Tem razão. Vou escanear e mandar a ficha de hóspede de Adele, aí você leva os dois para a casa de Jean hoje à noite.

— Hoje à noite?

— Ele vai gostar de receber visita. Se você tinha outros planos, já estão cancelados.

— Tá legal. E desculpe pela ligação ontem à noite.

— Sem problema. História divertida.

— Eu estava um pouco bêbada.

— Foi o que pensei.

Harry desligou.

— Obrigado pela ajuda — disse ele.

A recepcionista respondeu com um sorriso.

O envelope pardo tinha finalmente ganhado um novo dono.

Kjersti Rødsmoen entrou na sala comunitária e aproximou-se da mulher sentada à janela, olhando a chuva caindo nas casas de madeira de Sandviken. Na sua frente havia um pedaço de bolo intocado com uma vela em cima.

— Esse celular foi encontrado em algum lugar no seu quarto, Katrine — disse ela baixinho. — A chefe de enfermaria me deu. Você sabe que não é permitido, não sabe?

Katrine fez que sim.

— Bem — disse Rødsmoen, estendendo-lhe o celular. — Está tocando.

Katrine Bratt pegou o celular e apertou o botão "atender".

— Sou eu — disse a voz do outro lado. — Tenho os nomes de quatro mulheres aqui. Eu gostaria de saber qual delas não tinha reserva no voo RA101 para Kigali dia 25 de novembro. E também confirmar que a pessoa não estava no sistema de reservas de algum hotel em Ruanda naquela mesma noite.

— Estou bem, titia.

Pausa de um segundo.

— Entendi. Me ligue quando der.

Katrine devolveu o celular a Rødsmoen.

— Minha tia querendo dar os parabéns pelo meu aniversário.

Kjersti Rødsmoen balançou a cabeça.

— As normas proíbem o uso de celular. Por isso, não vejo motivo nenhum para você não ter um telefone, desde que não o use. Só não deixe a chefe de enfermaria vê-lo. Ok?

Katrine fez que sim, e Rødsmoen saiu.

Ela continuou olhando pela janela mais um pouco, antes de se levantar e ir para a sala de recreação. Ouviu a voz da chefe de enfermaria na porta.

— O que vai fazer, Katrine?

Katrine respondeu sem se virar.

— Jogar paciência.

33

Leipzig

Gunnar Hagen pegou o elevador até o porão.
Descida. Desolação. Desgraça.

Ele saiu e começou a caminhar pela galeria subterrânea.

Mas Bellman havia cumprido a promessa, não tinha dado com a língua nos dentes. E tinha jogado para ele uma boia de salvação, um cargo proeminente na nova e ampliada Kripos. O relatório de Harry fora curto e conciso. Nenhum resultado. Qualquer idiota entenderia que estava na hora de nadar em direção à boia de salvação.

Hagen abriu sem bater a porta no final do corredor.

Kaja Solness abriu um sorriso largo, enquanto Harry Hole, na frente da tela do computador com o telefone ao ouvido, nem sequer se virou, só lançou um "senta-aí-chefe-aceita-um-café-passado?", como se o espírito do chefe da divisão já houvesse anunciado sua chegada.

Hagen ficou no vão da porta.

— Fiquei sabendo por uma mensagem que vocês não encontraram Adele Vetlesen. Está na hora de fazer as malas. O prazo já expirou há tempos, e precisam de vocês para outros trabalhos. Pelo menos de você, Kaja Solness.

— *Danke schön, Günther* — disse Harry ao telefone, então o desligou e girou a cadeira.

— *Danke schön?* Obrigado? — repetiu Hagen.

— À polícia de Leipzig — disse Harry. — Aliás, Katrine Bratt manda lembranças, chefe. Lembra dela?

Hagen olhou desconfiado para o inspetor.

— Pensei que Bratt estivesse num manicômio.

— Sem dúvidas de que está — disse Harry e foi até a cafeteira. — Mas ela é um gênio em fazer buscas na rede. Falando em buscas, chefe...

— Buscas?

— Você nos daria fundos ilimitados para uma ação de busca?

Hagen olhou incrédulo para o inspetor. E caiu na gargalhada.

— Só você mesmo, Harry. Acabou de desperdiçar um orçamento inteiro para uma viagem fracassada ao Congo, e agora quer uma ação de busca? Esta operação acaba agora. Está entendendo?

— Estou... — disse Harry, servindo café em duas xícaras, estendendo uma a Hagen — ... e vou muito além. E logo você também vai entender, chefe. Sente-se na minha cadeira e me escute.

Desconfiado, Hagen olhou de Harry para Kaja e depois para o café. Resolveu se sentar.

— Vocês têm dois minutos.

— É muito simples — começou Harry. — De acordo com as listas de passageiros da Brussels Airlines, Adele Vetlesen voou para Kigali dia 25 de novembro. Mas, de acordo com o controle de passaportes, ninguém com esse nome entrou no país. O que aconteceu é que uma mulher com um passaporte falso com o nome de Adele pegou o voo de Oslo. O passaporte falso funcionou muito bem até chegar ao destino final em Kigali, porque é só lá que o passaporte é verificado no computador e o número conferido, certo? Então, a mulher misteriosa deve ter usado seu próprio passaporte, o verdadeiro. Os oficiais no controle de passaportes não pedem para ver o nome na sua passagem, por isso, uma possível discrepância entre o passaporte e a passagem não é detectada. A não ser que se procure, claro.

— E você procurou?

— Procurei.

— E não poderia ser apenas uma falha administrativa? Talvez se esqueceram de registrar a chegada de Adele?

— Poderia. Mas há o cartão-postal...

Harry acenou para Kaja, que segurava um cartão-postal. Hagen observou a foto de algo semelhante a um vulcão fumegante.

— Foi enviado de Kigali no mesmo dia em que ela supostamente chegou — continuou Harry. — Mas, primeiro, a foto é de Nyiragongo, um vulcão que fica no Congo, e não em Ruanda. Segundo, pedimos para Jean Hue comparar a assinatura deste cartão com o formulário de check-in que a suposta Adele Vetlesen preencheu no Hotel Gorilla.

— Ele chegou, sem dúvidas à conclusão que até eu saquei — emendou Kaja. — Não são a mesma pessoa.

— Ok, ok — disse Hagen. — Mas aonde estão querendo chegar com tudo isso?

— Alguém se esforçou muito para fazer parecer que Adele Vetlesen foi à África — explicou Harry. — Imagino que Adele estava na Noruega e foi forçada a escrever o cartão. Daí, o cartão foi levado à África por outra pessoa que o enviou de volta para cá. Tudo para dar a impressão de que Adele viajou para lá e mandou um cartão falando do homem de seus sonhos e que não voltaria antes de março.

— Alguma ideia de quem possa ser essa pessoa?

— Temos.

— Têm?

— As autoridades de imigração no aeroporto de Kigali encontraram um cartão de embarque preenchido em nome de Juliana Verni. Mas, de acordo com nossa amiga maluca em Bergen, esse nome não consta em nenhuma lista de passageiros para Ruanda, ou em qualquer hotel que tenha agendamento moderno e eletrônico nesta data. No entanto, ela consta na lista de passageiros de Ruanda partindo de Kigali três dias depois.

— Será que vou gostar de saber como vocês conseguiram essa informação?

— Não, chefe. Mas você vai gostar de saber quem é e onde está Juliana Verni.

— E isso quer dizer?

Harry olhou o relógio.

— De acordo com as informações do cartão de embarque, ela mora em Leipzig, Alemanha. Já esteve em Leipzig, chefe?

— Não.

— Nem eu. Mas sei que é conhecida por ser a cidade natal de Goethe e Bach, além de um desses reis de valsa. Como era mesmo o nome?

— O que isso tem a ver com...

— Bem, é que Leipzig também é conhecida por guardar os arquivos principais da Stasi, a polícia secreta. A cidade fica na antiga Alemanha Oriental. Você sabia que, durante os quarenta anos de duração da Alemanha Oriental, o alemão falado lá se desenvolveu de tal maneira que alguém com um ouvido apurado pode perceber a diferença entre a língua alemã do oeste e a do leste?

— Harry...

— Perdão, chefe. É que uma mulher falando em dialeto da Alemanha Oriental esteve na cidade de Goma no Congo no mesmo período, a apenas três horas de carro de Kigali. E estou convencido de que foi lá que ela comprou a arma que matou Borgny Stem-Myhre e Charlotte Lolles.

— Recebemos uma transcrição da cópia que fica no arquivo da polícia quando emitem um passaporte — disse Kaja, estendendo uma folha a Hagen.

— Confere com a descrição da compradora por Van Boorst — completou Harry. — Juliana Verni tinha grandes madeixas cor de ferrugem.

— Cor de tijolo — disse Kaja.

— Como é? — perguntou Hagen.

Kaja apontou para a folha.

— O passaporte dela é do tipo antigo, no qual consta a cor do cabelo. Eles deram o nome de cor de tijolo. É a meticulosidade alemã.

— Também pedi à polícia de Leipzig para confiscar seu passaporte e verificar se há um carimbo de Kigali na data em questão.

Gunnar Hagen olhou para a folha com olhar inexpressivo, parecendo fazer um esforço para entender o que Harry e Kaja haviam acabado de contar. Por fim Hagen levantou o olhar, uma sobrancelha hirsuta erguida.

— Está me dizendo que... está me dizendo que você pode ter a pessoa que... — O superintendente engoliu em seco, tentando encontrar um modo indireto de se expressar, morrendo de medo de que esse milagre, essa miragem, pudesse sumir se ele a pronunciasse em voz alta. Mas ele desistiu da tentativa. — O nosso serial killer?

— Não estou dizendo mais do que estou dizendo — respondeu Harry.

— Por enquanto. Meu colega em Leipzig está verificando os dados pessoais e a ficha criminal, e logo saberemos mais um pouco sobre Fraülein Verni.

— Mas estas são notícias fantásticas — festejou Hagen, abrindo um grande sorriso para Harry e Kaja, que por sua vez responderam com um gesto encorajador.

— Não... — disse Harry, tomando um gole de café. — ... para a família de Adele Vetlesen.

O sorriso de Hagen se desfez.

— É verdade. Você acha que haja alguma esperança de...

Harry balançou a cabeça, em negativa.

— Está morta, chefe.

— Mas...

O telefone tocou.

Harry atendeu.

— Sim. Günther! — E repetiu com um sorriso forçado: — Sim, Harry Klein. *Genau*, exatamente.

Gunnar Hagen e Kaja observaram Harry, que ficou quieto, ouvindo. Harry finalizou com um "*danke*" e desligou. Limpou a garganta.

— Está morta.

— Pois é, você acabou de dizer — observou Hagen.

— Não. Juliana Verni. Ela foi encontrada no rio Elster no dia dois de dezembro.

Hagen vociferou baixinho.

— E o motivo da morte? — perguntou Kaja.

Harry ficou com o olhar distante.

— Afogamento.

— Pode ter sido um acidente.

Harry balançou a cabeça devagar.

— Ela não se afogou com água.

No silêncio que se seguiu, eles ouviram o ruído surdo das caldeiras na sala vizinha.

— Com feridas na boca? — perguntou Kaja.

Harry fez que sim.

— Vinte e quatro, para ser exato. Ela foi mandada à África para trazer de volta o instrumento com o qual seria morta.

34

Médium

— Então Juliana Verni foi encontrada morta em Leipzig três dias depois de voltar num voo de Kigali — disse Kaja. — Para onde tinha viajado em nome de Adele Vetlesen, registrando-se no Hotel Gorilla como Adele Vetlesen, e enviado um cartão-postal escrito pela verdadeira Adele Vetlesen, cujas palavras foram provavelmente ditadas a ela.

— Certo, é por aí mesmo — respondeu Harry, já preparando outro café.

— E vocês acham que Verni deve ter feito tudo em conluio com alguém — emendou Hagen. — E essa outra pessoa matou Adele para encobrir as pistas.

— Correto — disse Harry.

— Resta então achar a ligação entre ela e essa outra pessoa. Não deve ser tão difícil, pois devem ter tido uma relação bem próxima para cometer um crime como esse.

— Nesse caso, acho que será difícil.

— Por quê?

— Porque — explicou Harry, fechando a tampa da cafeteira e pressionando um botão — Juliana Verni tinha ficha criminal. Por drogas. Prostituição. Vadiagem. Em suma, era do tipo que seria fácil contratar para um trabalho como esse, se o dinheiro fosse bom. E tudo nesse caso indica que a pessoa por trás não deixou pistas, parece ter pensado em praticamente cada detalhe. Katrine descobriu que Verni viajou de Leipzig a Oslo. Então, de lá deve ter prosseguido com o nome de Adele até Kigali. No entanto Katrine não achou sequer uma conversa por telefone entre o celular de Verni e a Noruega. Essa pessoa tomou todas as precauções.

Desanimado, Hagen balançou a cabeça.

— Tão perto...

Harry sentou-se na mesa.

— Há outro dilema que precisamos resolver. Os hóspedes na cabana de Håvass naquela noite.

— O que é que têm eles?

— Não podemos excluir a possibilidade de que a folha que sumiu do livro de hóspedes seja uma lista de vítimas em potencial. Elas têm que ser avisadas.

— De que maneira? Nem sabemos quem são.

— Através da mídia. Mesmo que isso signifique revelar para o assassino que achamos uma pista.

Hagen balançou a cabeça devagar.

— Lista de vítimas. E você só chegou a esta conclusão *agora*?

— Eu sei, eu sei, chefe. — Harry encarou o olhar do chefe. — Se eu tivesse ido à mídia com um aviso assim que a gente descobriu a cabana de Håvass, isso poderia ter salvado Elias Skog.

A sala ficou em silêncio.

— *Nós* não podemos ir à mídia — concluiu Hagen.

— Por que não?

— Se alguém responder ao aviso talvez a gente possa descobrir quem mais esteve lá, e o que aconteceu de fato — disse Kaja.

— Não podemos ir à mídia — reafirmou Hagen ao se levantar. — A gente investigou o caso de uma pessoa desaparecida e acabamos descobrindo conexões a um homicídio que está nas mãos da Kripos. Temos que repassar a informação a eles, e deixar que levem o caso adiante. Vou ligar para Bellman.

— Espere! — pediu Harry. — Quer dizer que ele vai ganhar o mérito pelo trabalho que nós fizemos?

— Não sei se vai ter algum mérito a ser ganho — respondeu Hagen e foi até a porta. — E vocês podem começar a arrumar as coisas e sair daqui.

— Não é um pouco precipitado demais? — perguntou Kaja.

Os outros dois olharam para ela.

— Quer dizer, ainda temos uma pessoa desaparecida. Não devemos tentar achá-la antes de cair fora?

— E como você acha que vai conseguir essa façanha? — perguntou Hagen.

— Como Harry já falou. Com uma ação de busca.

— Vocês nem sabem por onde começar a procurar.

— Harry sabe.

Eles olharam para o homem, que tinha acabado de pegar a jarra da cafeteira com uma das mãos, segurando com a outra o copo de plástico por baixo do jato marrom.

— Sabe mesmo? — perguntou Hagen por fim.

— Sei, sim — disse Harry.

— Onde?

— Você vai se meter numa encrenca — disse Harry.

— Cale a boca e bota para fora — disse Hagen, sem perceber a contradição. Porque ele estava pensando: "E lá vou eu fazer a mesma coisa outra vez." Qual era a desse policial alto e loiro que sempre conseguia fazer com que os outros caíssem com ele?

Olav Hole levantou o olhar para Harry e a mulher ao seu lado.

Ela fez mesura ao se apresentar, e Harry viu que o pai gostou; ele sempre reclamava que as mulheres não faziam mais isso.

— Então, você é a colega de Harry — indagou o pai. — Ele está se comportando?

— Estamos a caminho para organizar uma busca — disse Harry. — Só passamos para ver como você está.

Seu pai deu um sorriso fraco, deu de ombros e chamou Harry para mais perto de si. Harry inclinou-se para ouvir. E endireitou-se num sobressalto.

— Você vai ficar bem — disse Harry com a voz subitamente rouca. — Volto à noite, Ok?

No corredor, Harry interceptou o enfermeiro Altman e sinalizou a Kaja para ir em frente.

— Escute, será que pode me fazer um grande favor? — pediu, quando Kaja já estava fora de alcance. — Meu pai acabou de me dizer que está com dores. Ele nunca quer admitir isso para vocês, porque tem medo de que vocês deem mais anestésicos, e bem, ele tem um medo danado de se viciar em... em entorpecentes. Há um histórico familiar, entende.

— Fois não — ceceou o enfermeiro, e houve um momento de confusão até Harry entender que Altman dissera "pois não". — O problema é que estou começando o turno em outra ala agora.

— Estou pedindo um favor pessoal.

Altman semicerrou os olhos atrás dos óculos, fixando o olhar pensativo no espaço entre ele e Harry.

— Vou ver o que posso fazer.

— Obrigado.

Kaja ficou no volante enquanto Harry falava ao telefone com o chefe de operações do corpo de bombeiros de Briskeby.

— Seu pai parece ser um homem legal — disse Kaja quando Harry desligou.

Ele pensou um pouco.

— Graças à minha mãe. Enquanto ela estava viva, ele era legal. Ela conseguiu despertar as melhores coisas nele.

— Parece que você passou pela mesma situação — comentou ela.

— Qual?

— A de que alguém fez bem a você.

Harry olhou pela janela. E concordou com a cabeça.

— Rakel?

— Rakel e Oleg — disse Harry.

— Desculpe, não quis...

— Sem problema.

— É que quando cheguei à Divisão de Homicídios, todos estavam falando sobre o caso do Boneco de Neve. E que ele quase matou os dois. E você. Mas que vocês haviam terminado antes de o caso começar, não foi assim?

— De certa forma — disse Harry.

— Já esteve em contato com eles?

Harry balançou a cabeça.

— Tivemos que tentar esquecer tudo. Ajudar Oleg a esquecer. Quando são jovens assim ainda conseguem.

— Nem sempre — comentou Kaja, com um sorriso triste.

Harry olhou-a de soslaio.

— E quem fez bem a você?

— Even — disse ela sem hesitar.

— Nenhum grande amor?

Ela fez que não.

— Nenhum dos grandes. Só alguns dos pequenos. E um médio.

— Algum pretendente?

— *Pretendente?* — falou ela, rindo baixinho.

Harry sorriu.

— Meu vocabulário é um pouco ultrapassado nessa área.

Ela hesitou.

— Acho que estou bastante a fim de um cara.

— E as perspectivas são...?

— Péssimas.

— Me deixe adivinhar — começou Harry, baixando o vidro para acender um cigarro. — Ele é casado e diz que vai deixar a mulher e os filhos por você, mas nunca deixa.

Ela riu.

— Me deixe adivinhar. Você é um daqueles caras que se acha perito em decifrar as outras pessoas porque só se lembra das vezes em que seus palpites estavam certos.

— Ele diz que você só precisa dar um tempo a ele?

— Errou de novo — respondeu. — Ele não diz nada.

Harry fez um gesto de compreensão. Ia fazer mais perguntas quando lhe ocorreu: ele não queria saber.

35

O Mergulho

A neblina flutuava sobre a superfície negra do lago Lyseren. Na margem, as árvores pareciam estar de ombros caídos, remetendo a testemunhas sombrias e mudas. O silêncio era rompido por gritos de comando, comunicação por rádio e o ruído dos mergulhadores caindo de costas da borda dos botes de borracha. Eles haviam começado perto da beira, em frente à fábrica de cordas. Os líderes dos grupos de busca haviam mandado seus mergulhadores manterem distância entre si, avançando como um leque, e agora estavam em terra, marcando no mapa quadriculado as partes da área definida que já haviam esquadrinhado, sinalizando com um puxão nas cordas quando queriam que os mergulhadores parassem ou voltassem. Os mergulhadores profissionais de busca e salvamento, como Jarle Andreassen, também tinham fios entre as cordas ligados às máscaras para que se mantivessem em contato.

Havia apenas seis meses desde que Jarle havia terminado seu último curso de resgate, e ainda ficava com pressão alta durante esses mergulhos. E alta pressão significa maior consumo de ar. Os membros mais experientes do corpo de bombeiros em Briskeby o chamavam de "A boia", porque tinha que subir com frequência para trocar o cilindro de ar.

Jarle sabia que ainda havia bastante luz do dia lá em cima, mas ali no fundo era um breu. Ele tentou nadar a 1,5m acima do fundo, conforme as instruções, mas não pôde evitar tocar no lodo, que se levantou, refletindo a luz da lanterna e quase o cegando. Mesmo ciente de que havia outros mergulhadores nos dois lados a poucos metros de distância, ele se sentiu só. Só e congelando até os ossos. E teriam possivelmente horas de mergulho pela frente. Sabia que tinha menos ar que os outros, e vociferou para si mesmo. Ser o primeiro mergulhador do corpo de bombeiros a trocar de cilindro, tudo bem, mas temia também ter que subir antes dos voluntários do clube de mergulhadores local. Ele redirecionou o olhar para a frente e parou de respirar. Não como um ato voluntário para reduzir o consumo. Mas porque, no meio do raio da luz da lanterna, dentro da floresta esvoaçante de talos que cresciam do fundo lodoso mais perto da margem, viu um vulto flutuando. Um vulto que não pertencia àquele lugar, que não podia viver ali. Um elemento estranho. Era isso que fazia tudo tão fantástico e ao mesmo tempo tão apavorante. Ou talvez fosse a luz da sua lanterna refletida nos olhos escuros que fez com que parecesse estar vivo.

— Tudo bem, Jarle?

Era o líder do seu grupo. Uma das suas tarefas era escutar a respiração dos seus mergulhadores. Não só para saber se estavam respirando, mas para detectar qualquer sinal de ansiedade. Ou calma exagerada. A 20 metros de profundidade, o cérebro começa a armazenar tanto nitrogênio que pode ocorrer a chamada embriaguez das profundezas, uma narcose de nitrogênio que leva o mergulhador a se esquecer das coisas, tornando as tarefas simples mais difíceis, e que, em profundidades maiores, pode causar tontura, falta de visão periférica e um comportamento completamente irracional. Jarle não sabia se eram apenas mitos, mas tinha ouvido falar de mergulhadores que haviam arrancado suas máscaras e começado a gargalhar numa profundidade de 50 metros. Por enquanto, sua experiência de embriaguez se limitava à calma agradável do vinho que ele costumava apreciar com a namorada nas noites de sábado.

— Está tudo bem — respondeu Jarle Andreassen e voltou a respirar. Ele sugou a mistura de nitrogênio e oxigênio e ouviu um zunido passar pelos ouvidos quando soltou amontoados de borbulhas que subiam desesperadamente em direção à superfície.

Era um cervo vermelho. Estava pendurado de ponta-cabeça, parecia preso num precipício pelos imensos chifres. Devia ter pastado perto da margem do lago e caído na água. Ou talvez algo ou alguém o tivesse assustado para dentro da água. Senão, o que estava fazendo ali? Provavelmente havia se enroscado no junco e nos longos talos das vitórias-régias, tentando se libertar, mas em vez disso se enroscou ainda mais naqueles tentáculos verdes e viscosos. Devia ter se debatido até cair na água, continuando sua luta até se afogar. E provavelmente ficou no fundo do lago até que as bactérias e a química do corpo o enchessem de gás, fazendo-o subir outra vez à superfície, e devia ter ficado preso pelos chifres na rede verde de vegetação que crescia ali embaixo. Em poucos dias, o gás devia ter vazado do cadáver, que voltara ao fundo do lago. Como acontece com uma pessoa afogada. Era perfeitamente possível que isso houvesse acontecido com a pessoa que estavam procurando, e era por isso que o corpo não tinha sido encontrado: nunca havia flutuado à superfície. Nesse caso, estaria em algum lugar por ali, provavelmente coberto por camadas de lodo. Lodo que inevitavelmente se levantaria assim que eles se aproximassem, o que queria dizer que até pequenas áreas definidas de busca como essa podiam manter seus segredos escondidos para todo o sempre.

Jarle Andreassen tirou a poderosa faca de mergulho, nadou até o cervo e cortou os talos por baixo dos chifres. Pressentiu que seu chefe não ia apreciar tal feito, mas ele não suportava a ideia daquele animal majestoso ficar ali submerso. O cadáver subiu meio metro, mas, outros talos o prendiam. Jarle tomou cuidado para que sua linha não se enroscasse nos talos e fez mais alguns cortes apressados. De súbito sentiu um puxão na linha. Forte o suficiente para sentir a irritação. Forte o suficiente para ele perder a concentração por um instante. A faca escorregou de sua mão. Ele direcionou a lanterna para o fundo e viu a lâmina cintilar na luz antes de sumir no lodo. Foi atrás, nadando com cuidado. Enfiou a mão no lodo, que se levantou em sua direção como cinzas. Tateou o fundo. Sentiu pedras, galhos, tudo escorregadio por podridão e algas. E alguma coisa dura. Corrente. Provavelmente de algum navio. Mais corrente. E outra coisa. Sólida. Os contornos de algo. Um buraco, uma abertura. Ouviu o repentino sibilo de borbulhas antes que seu cérebro tivesse tempo de formular o pensamento: de que ele estava com medo.

— Tudo bem, Jarle? Jarle?

Não, as coisas não estavam nada bem. Porque mesmo com luvas grossas, mesmo com um cérebro que parecia não ser capaz de receber ar o suficiente, ele não teve dúvida de onde estava sua mão. Dentro da boca aberta de um corpo humano.

Parte 4

36

Helicóptero

Mikael Bellman chegou ao lago de helicóptero. As lâminas do rotor faziam algodão-doce da neblina enquanto ele, curvado, saiu depressa do assento e atravessou o campo até a fábrica de cordas. Kolkka e Beavis corriam atrás dele. Em direção oposta seguiam quatro homens levando uma maca. Bellman os deteve e afastou o cobertor. Os carregadores viraram os rostos enquanto Bellman se debruçou sobre a maca e estudou minuciosamente o corpo branco, nu e inflado.

— Obrigado — disse, e deixou-os continuar em direção ao helicóptero.

Bellman parou no topo do declive e olhou para baixo, para as pessoas que estavam entre a fábrica de cordas e a água. Entre os mergulhadores que estavam tirando os equipamentos e a roupa, ele viu Beate Lønn e Kaja Solness. E mais afastado, Harry Hole falando com um homem que Bellman supôs ser Skai, o chefe da polícia local.

O superintendente sinalizou para Kolkka e Beavis esperarem ali mesmo e desceu agilmente o declive.

— Bom dia, Skai — disse Bellman, catando galhinhos do casaco longo. — Mikael Bellman, Kripos. Já conversamos por telefone.

— Correto — disse Skai. — Na noite em que o pessoal dele encontrou alguma corda aqui. — Ele apontou para Harry com o polegar.

— E parece que está aqui de novo — disse Bellman. — A questão é: O que ele está fazendo na minha cena de crime?

— Bem — disse Harry e limpou a garganta. — Para começar, seria um exagero chamar isso de uma cena de crime. Segundo, estou conduzindo a busca de uma pessoa desaparecida. E de fato, parece que a gente encontrou o que estava procurando. Como está indo com o homicídio triplo? Já tem alguma pista? Recebeu nossa informação sobre a cabana de Håvass?

Skai percebeu o aceno de Bellman e afastou-se depressa, discretamente. Bellman contemplou o lago, passando o indicador sobre o lábio inferior, como se estivesse espalhando uma pomada.

— Muito bem, Hole. Está ciente de que você e seu chefe, Gunnar Hagen, não só perderão o emprego como serão indiciados por descumprimento do dever?

— Hummm. Por fazermos o trabalho que fomos encarregados de fazer?

— Acho que o ministro da Justiça vai exigir uma explicação pormenorizada de como vocês iniciaram uma busca de uma pessoa desaparecida justo na frente da fábrica de onde veio a corda que matou Marit Olsen. Eu dei uma chance a vocês, não terão outra. Esse jogo já era. Acabou a brincadeira, Hole.

— Daremos então ao ministro de Justiça uma explicação minuciosa, Bellman. Que vai conter a informação sobre como descobrimos de onde veio a corda, como achamos a pista de Elias Skog e a cabana de Håvass, como descobrimos que havia uma quarta vítima chamada Adele Vetlesen, e como a encontramos aqui hoje. Um trabalho que a Kripos, com todo seu pessoal e recursos, não tinha conseguido em dois meses. Não é, Bellman?

Bellman não respondeu.

— Receio que pode incutir na avaliação do ministro da Justiça sobre que unidade seja mais capacitada a investigar homicídios neste país.

— Não aposte demais com suas cartas, Hole. Acabo com você assim.

— Bellman estalou os dedos.

— Ok — disse Harry. — Nenhum dos dois tem a mão com cartas para ganhar o jogo, que tal pedirmos mesa?

— O que quer dizer?

— Você fica com tudo. Tudo que temos. Não ficamos com o mérito de nada.

Bellman olhou desconfiado para Harry.

— E por que você iria nos ajudar?

— Simples — disse Harry, tirando o último cigarro do maço. — Sou pago para ajudar a pegar o assassino. Esse é meu trabalho.

Bellman fez uma careta, mexendo os ombros e a cabeça como se estivesse rindo, mas não houve som algum.

— Bota para fora, Harry, o que é que você quer?

Harry acendeu o cigarro.

— Não quero que Gunnar Hagen, Kaja Solness ou Bjørn Holm sejam prejudicados. O futuro deles na corporação permanecerá inalterado.

Bellman pressionou o grosso lábio inferior entre o polegar e o indicador.

— Vou ver o que posso fazer.

— E eu quero participar. Quero ter acesso a todo o material que vocês têm, e aos recursos para a investigação.

— Chega! — disse Bellman, levantando a mão. — Você está ouvindo mal, Hole? Falei para ficar longe desse caso.

— Podemos pegar esse assassino juntos, Bellman. Neste momento, isso deve ser mais importante do que quem vai estar no comando depois, não é?

— Não...! — gritou Bellman, mas se deteve ao ver algumas cabeças se virando para eles. Ele deu um passo mais para perto de Harry e baixou a voz: — Não fale comigo como se eu fosse um idiota, Hole.

O vento soprou a fumaça do cigarro de Harry no rosto de Bellman, mas ele nem piscou. Harry deu de ombros.

— Quer saber, Bellman? Não acho que isso tenha tanto a ver com poder ou política. Você é um menininho com vontade de ser o herói que salva o dia. Simples assim. E agora está com medo de que eu venha para destruir seu caso épico. Mas tem uma maneira simples de resolver isso. Que tal a gente baixar o zíper e ver quem consegue mijar até os botes de mergulho ali?

Quando Mikael Bellman riu desta vez, foi de verdade, com som e tudo.

— Você devia ler os avisos de advertência, Harry.

A mão direita de Bellman disparou com tanta rapidez que Harry não teve tempo de reagir, e arrancou o cigarro dos lábios do outro. O cigarro voou e caiu na água com um breve sibilo.

— Fumar mata. Tenha um bom-dia.

Harry ouviu o helicóptero decolar enquanto observou seu último cigarro flutuar na água. O papel cinza molhado, a ponta preta apagada.

Já estava escurecendo quando o bote do grupo de mergulho deixou Harry, Kaja e Beate Lønn em terra perto do estacionamento. Houve um repentino movimento entre as árvores, e em seguida, flashes piscando. Harry ergueu um braço instintivamente e ouviu a voz de Roger Gjendem no meio da escuridão.

— Harry Hole, há rumores de que encontraram o corpo de uma mulher jovem. Qual é o nome dela e até que ponto tem certeza de que isso tem algo a ver com os outros homicídios?

— Sem comentários — respondeu Harry e abriu o caminho, meio cego pela luz. — Por enquanto trata-se de uma pessoa que desapareceu, e a única coisa que podemos dizer é que foi encontrada uma mulher que pode ser a desaparecida. Quanto aos homicídios a que você está se referindo, fale com a Kripos.

— O nome da mulher?

— Primeiro, ela precisa ser identificada, e a família, informada.

— Mas vocês não estão excluindo...

— Como sempre, não estou excluindo nada, Gjendem. Haverá uma coletiva de imprensa.

Harry entrou no carro onde Kaja já esperava com o motor ligado e Beate Lønn sentada no banco de trás. Entraram na estrada principal com flashes de câmeras disparando atrás deles.

— Então — disse Beate Lønn e inclinou-se entre os assentos da frente. — Ainda não ouvi a explicação de como tiveram a ideia de procurar por Adele Vetlesen justamente aqui.

— Foi pura e simples dedução lógica — explicou Harry.

— Claro — suspirou Beate.

— Na verdade, fico envergonhado por não ter percebido antes — continuou Harry. — Andava me perguntando por que o assassino tinha se dado o trabalho de ir até uma velha fábrica abandonada só para arranjar um pedaço de corda. E ainda mais porque esse tipo de corda, que podia ser rastreada até aqui, ao contrário de uma que se podia comprar numa loja qualquer. A resposta foi óbvia. Mesmo assim, só me ocorreu quando estava olhando para dentro de um lago fundo na África. Não foi por causa da corda que ele veio para cá. Ele deve tê-la usado para alguma coisa aqui, simplesmente porque estava disponível, e acabou levando-a para casa, usando mais tarde quando matou Marit Olsen. O motivo de vir para cá foi para se livrar de um corpo. Adele Vetlesen. Skai disse isso claramente quando viemos para cá pela primeira vez. Esse é o lado fundo do lago. O assassino encheu as calças dela com pedras e passou a corda em volta do corpo em vários lugares antes de jogá-lo no lago.

— Como sabe que ela estava morta antes de vir para cá? Talvez ele tenha afogado.

— Adele tinha um grande corte em volta da garganta. Aposto que a necropsia vai mostrar que não havia água nos pulmões.

— E que tem cetamina no sangue, igual a Charlotte e Borgny — disse Beate.

— Já fiquei sabendo que cetamina é um anestésico de efeito rápido — emendou Harry. — Estranho que nunca ouvi falar dele antes.

— Não é estranho — comentou Beate. — É uma antiga versão barata de Ketalar, que é usado para anestesiar pacientes, com a vantagem de que podem continuar a respirar por conta própria. A cetamina foi proibida na União Europeia e na Noruega nos anos 1990 devido aos efeitos colaterais, por isso, só é encontrada em países subdesenvolvidos. Durante algum tempo, a Kripos a considerou a pista principal, mas isso não levou a lugar algum.

Quando pararam para deixar Beate no Instituto Técnico-Científico de Bryn quarenta minutos mais tarde, Harry pediu para Kaja esperar e desceu do carro.

— Queria te perguntar uma coisa — falou Harry.

— Sim? — disse Beate, batendo os dentes de frio e esfregando as mãos.

— O que você foi fazer numa cena de crime em potencial? Por que Bjørn não veio?

— Porque Bellman o transferiu para serviços especiais.

— Isso quer dizer o quê? Limpar os banheiros?

— Não. Coordenação de planejamento da criminalística e investigação tática.

— O quê? — Harry ergueu uma sobrancelha. — Isso é uma promoção.

Beate deu de ombros.

— Bjørn é competente. Estava na hora. Mais alguma coisa?

— Não.

— Boa noite.

— Boa noite. Não, espere um pouco. Pedi para você vazar para Bellman que a gente tinha encontrado a corda. Quando foi que repassou o recado a ele?

— Você me ligou no meio da noite, esperei até de manhã cedo. Por quê?

— Não, por nada — disse Harry. — Por nada.

Quando ele entrou no carro de novo, Kaja colocou depressa o celular no bolso.

— A notícia do corpo encontrado já está nas páginas on-line do *Aftenposten* — avisou ela.

— E, então?

— Dizem que há uma grande foto sua com nome completo, e você aparece como quem está "liderando a investigação". E, com certeza, estão ligando esse caso com os outros homicídios.

— Ah, é mesmo? Humm. Você também está com fome?

— Bastante.

— Tem planos? Se não, é minha convidada.

— Beleza! Onde?

— O restaurante de Ekeberg.

— Uau. Exclusivo. Algum motivo para escolher aquele?

— Bem, me lembrei do lugar quando um amigo me contou uma velha história.

— Me conte.

— Não há o que contar, é só uma história de adolescência...

— Adolescência! Conte!

Harry riu baixinho. E ao passarem pelo centro, subindo a colina de Ekeberg, Harry contou sobre Killer Queen, a rainha do restaurante de Ekeberg, outrora o prédio funcional mais vistoso de Oslo. E o qual, depois de uma reforma, já figurava de novo como nos velhos tempos.

— Mas nos anos 1980 o prédio estava tão caído que as pessoas desistiram de ir para lá. Virou um restaurante cheio de bebuns, onde se ia às mesas convidar alguém para dançar, tentando não derrubar os drinques. Para então ficarem arrastando os pés, segurando-se um no outro.

— Entendo.

— Øystein, Tresko e eu costumávamos ir ao alto dos bunkers alemães na praia de Nordstrand para beber cerveja e esperar a juventude passar. Já com 17, a gente se aventurou no restaurante de Ekeberg, mentindo a idade para poder entrar. A gente não precisava mentir muito, o lugar estava precisando de qualquer dinheiro que podia ganhar. A banda era péssima, mas pelo menos tocavam "Nights in White Satin". E havia uma atração especial que ia lá todas as noites. A gente a chamava de Killer Queen. Um avião de mulher.

— *Avião?* — perguntou Kaja risonha. — *Pretendente?*

— É isso mesmo — disse Harry. — Vinha ao seu encontro com suas turbinas imponentes, sexy e sinistra. Enfeitada como um parque de diversões. Com curvas que nem uma montanha-russa.

Kaja riu mais alto.

— Quer dizer, o parque de diversões local?

— De certa forma — respondeu Harry. — Mas acho que ela frequentava o restaurante de Ekeberg principalmente para ser vista e admirada. E pelos drinques de graça dos já cansados parceiros de dança, claro. Ninguém nunca viu Killer Queen acompanhá-los para casa. Talvez fosse isso que fascinava a gente. Uma mulher que fora rebaixada uma divisão ou duas em termos de admiradores, mas que mesmo assim conseguiu manter o estilo.

— Mas então?

— Øystein e Tresko disseram que pagariam um uísque cada um se eu tivesse coragem de chamá-la para dançar.

Eles cruzaram os trilhos do bonde, subindo a íngreme colina para o restaurante.

— E? — perguntou Kaja.

— E eu tive.

— E daí?

— Dançamos. Até ela dizer que tinha cansado de levar pisadas nos pés e que era melhor sair para passear. Ela saiu primeiro. Era agosto, estava calor e, como você pode ver, só tem mato por aqui. Com folhagem densa e um monte de trilhas para esconderijos. Eu estava bêbado, mas tão empolgado que sabia que ela ia notar o tremor na minha voz caso eu abrisse a boca. Por isso fiquei calado. Sem problema, já que ela cuidou da conversa. E do resto, também. Depois perguntou se eu queria ir para a casa dela.

Kaja deu risadinhas.

— Uuuh. E o que rolou lá?

— O resto fica para o jantar. Chegamos.

Pararam no estacionamento, desceram do carro e subiram a escada do restaurante. Na entrada, o maître desejou-lhes boas-vindas e perguntou o nome da reserva. Harry respondeu que não havia feito nenhuma.

O maître mal conseguiu conter um revirar de olhos.

— "Estamos lotados pelos próximos dois meses" — fungou Harry quando saíram, depois de comprar cigarros no bar. — Acho que eu gostava mais do lugar quando tinha goteiras e os ratos chiavam por trás dos toaletes. Pelo menos conseguíamos entrar.

— Vamos fumar — sugeriu Kaja.

Então foram até o muro baixo em frente à floresta que descia íngreme em direção a Oslo. As nuvens no oeste tinham tons laranja e vermelho, e as faixas de trânsito, com seus carros, na autoestrada, cintilavam como vaga-lumes na escuridão da cidade. Parecia estar de tocaia, vigilante, pensou Harry. Um predador camuflado. Ele tirou dois cigarros, acendeu-os e estendeu um a Kaja.

— O resto da história — pediu Kaja, inalando.

— Onde paramos?

— A Killer Queen te levou para casa.

— Não, ela me convidou. E eu recusei, educadamente.

— Não? Está de sacanagem. Por quê?

— Øystein e Tresko me fizeram a mesma pergunta quando voltei. Respondi que eu não podia dar no pé quando tinha dois amigos e uísque de graça esperando por mim.

Kaja deu uma gargalhada e soprou fumaça sobre a paisagem.

— Mas era mentira, claro — continuou Harry. — A lealdade não tinha nada a ver com o caso. A amizade não quer dizer nada para um homem se ele tiver uma oferta bastante tentadora. Nada. A verdade é que eu não tive coragem. A Killer Queen era simplesmente sinistra demais para mim.

Ambos ficaram um tempo em silêncio, ouvindo o zunido da cidade e olhando a fumaça desaparecer em espirais.

— Está pensativo — disse Kaja.

— Humm. Estou pensando em Bellman. Como está sempre tão bem-informado. Ele não só sabia que eu estava voltando à Noruega como até em que voo eu vinha.

— Talvez tenha contatos na Polícia.

— Humm. E no lago Lyseren hoje, Skai disse que Bellman havia ligado para ele sobre a corda na mesma noite em que estivemos na fábrica.

— Sério?

— Mas Beate disse que ela não contou nada a Bellman sobre a corda antes da manhã depois que estivemos lá. — Harry assistiu às brasas do cigarro sumirem no escuro. — E Bjørn foi promovido a coordenador de planejamento técnico e tático.

Kaja o olhou espantada.

— Não pode ser, Harry.

Ele não respondeu.

— Bjørn Holm! Acha que ele teria mantido Bellman informado sobre o que a gente fazia? Você e Bjørn trabalham juntos há tanto tempo. Vocês são... amigos!

Harry deu de ombros.

— Como disse, eu não acho... — disse ele, jogando o cigarro no chão e pisou em cima com o calcanhar — ...que amizade queira dizer grande coisa a um homem se ele tiver uma oferta bastante tentadora. Tem coragem de provar o prato executivo do dia no Schrøder comigo hoje?

Estou sonhando o tempo todo. Era verão e eu a amava. Eu era tão jovem e achei que, se desejasse algo o suficiente, você o conseguiria.

Adele, você tinha o sorriso dela, o cabelo dela e o coração traidor dela. E agora o jornal Aftenposten diz que eles te encontraram. Espero que você esteja tão horrível no lado de fora quanto por dentro.

O jornal também diz que o inspetor Harry Hole está à frente do caso. Foi ele que capturou o Boneco de Neve. Talvez haja esperança, talvez a polícia possa salvar vidas, afinal?

Imprimi uma foto de Adele do jornal Verdens Gang on-line e prendi na parede, ao lado da página tirada do livro de hóspedes da cabana de Håvass. Contando o meu, agora só restam três nomes da lista.

37

Perfil

O prato do dia no restaurante Schrøder era picadinho, servido com ovo frito e cebola crua.

— Delicioso — disse Kaja.

— Parece que o cozinheiro está sóbrio hoje — entoou Harry e apontou: — Olha lá!

Kaja se virou para ver a televisão para a qual Harry apontava.

— Uau!

O rosto de Mikael Bellman preenchia a tela, e Harry sinalizou para Nina aumentar o volume. Harry estudou os movimentos da boca de Bellman. Os traços suaves, quase femininos. Brilhava no olhar escuro e intenso por baixo das sobrancelhas modeladas. As manchas brancas, como chuvisco na sua pele, não estragavam sua aparência, pelo contrário, o faziam mais interessante para se olhar, como um animal exótico. Se o número dele não fosse sem registro, como o da maioria dos investigadores, sua caixa de mensagem de voz logo ficaria abarrotada de mensagens sensuais e platônicas. Então o som foi ligado.

— ... na cabana de Håvass no dia sete de novembro à noite. Estamos fazendo um apelo às pessoas que estavam lá para entrarem em contato com a polícia o mais rápido possível.

Daí o locutor voltou com outra notícia.

Harry empurrou o prato e fez sinal com a mão pedindo café.

— Me conte o que você pensa sobre esse assassino agora que achamos Adele. Me dá o perfil dele.

— Por quê? — perguntou Kaja, bebericando água. — A partir de amanhã a gente vai começar a trabalhar em outros casos.

— Só por diversão.

— Quer dizer que fazer perfil de um serial killer se enquadra na sua definição de diversão?

Harry mordiscou um palito.

— Sei que existe uma boa resposta a isso, mas não me ocorre nenhuma.

— Você é doente.

— Então, quem é ele?

— Primeiro, ainda se trata "dele". E ainda se trata de um serial killer. Não acho que Adele foi necessariamente a primeira vítima.

— Por que não?

— Porque saiu tão perfeito que ele devia estar com a cabeça bem fria. A primeira vez que alguém mata, não costuma estar com tanto controle sobre o que faz. Além do mais, ele a escondeu tão bem que definitivamente não queria que fosse encontrada. Isso indica que ele pode estar por trás de várias vítimas da lista de pessoas desaparecidas.

— Muito bom. Continue.

— Bem...

— Vamos. Você acabou de dizer que ele escondeu Adele Vetlesen muito bem. É a primeira vítima dele da qual temos algum conhecimento. Como aconteceram os outros homicídios?

— Ele fica cada vez mais ousado, mais confiante. Ele não as esconde mais. Charlotte foi encontrada atrás de um carro na floresta e, Borgny, no porão de um prédio comercial no centro da cidade.

— E Marit Olsen?

Kaja pensou por bastante tempo.

— Foi ousado demais. Ele perdeu o controle.

— Ou... — disse Harry. — Ele chegou ao nível seguinte. Ele quer mostrar a todos como é esperto, então começa a exibir suas vítimas. O assassinato de Marit Olsen nas piscinas de Frogner foi uma grande tentativa de chamar a atenção, mas a execução em si demonstra poucos sinais de falta de controle. A corda que ele usou foi, na pior das hipóteses, falta de cuidado, mas de resto, não deixou nenhuma pista. Discorda?

Ela pensou um pouco e balançou a cabeça.

— Então, temos Elias Skog — continuou Harry. — Alguma coisa diferente ali?

— Ele torturou a vítima com uma morte lenta — explicou Kaja. — E revelou seu lado sádico.

— As maçãs de Leopoldo também são instrumentos de tortura — disse Harry. — Mas concordo com você que é a primeira vez que vemos uma cena de sadismo. Ao mesmo tempo, é uma escolha consciente, ele se revela; ele não se deixa ser revelado pelos outros. Ele continua na direção e no controle.

O bule de café e xícaras foram colocados na mesa, sem rodeios.

— Mas... — falou Kaja.

— Mas?

— Não destoa um pouco que um assassino sádico deixe a cena do crime antes de poder testemunhar o real sofrimento da vítima e, por fim, sua morte? De acordo com a proprietária, ela ouviu as batidas vindas do banheiro depois que o convidado foi embora. Ele se mandou... Engraçado, né?

— Bem-observado. Então, o que temos? Um falso sádico? E por que fingir ser sádico?

— Porque ele sabe que vamos tentar fazer um perfil dele, como estamos fazendo agora — disse Kaja, engajada. — Daí, a gente vai procurar por ele em lugares errados.

— Humm. Talvez. Nesse caso, um assassino sofisticado.

— O que você acha, venerável sábio?

Harry serviu o café.

— Se realmente se trata de um serial killer, acho que as mortes destoam demais.

Kaja inclinou-se sobre a mesa, e seus dentes afiados reluziram quando sussurrou.

— Você acha que pode *não* ser um serial killer?

— Bem, estou sentindo falta de uma assinatura. Em geral há certos aspectos do assassinato que marcam um serial killer, e certos comportamentos se repetem nas execuções seguintes. Neste caso não há indícios de que o assassino cometesse algo sexual durante o assassinato. E não há nenhuma semelhança nos métodos de matar, exceto no caso de Borgny e Charlotte, que provavelmente foram mortas com uma maçã de Leopoldo. As cenas do crime são totalmente diferentes, e as vítimas também. De ambos os sexos, idade, histórico e físico diferentes.

— Mas não são escolhidas por acaso; eles pernoitaram na mesma cabana na mesma noite.

— Exato. E é por isso que não tenho tanta certeza de que seja um clássico serial killer que estejamos enfrentando. Ou, pelo menos, não com um clássico motivo para matar. Em geral, para um serial killer, o assassinato em si é motivo suficiente. Se as vítimas são prostitutas, por exemplo, não é por serem pecadoras, mas por serem vítimas fáceis. Só conheço um serial killer que usava um critério de escolha das vítimas que tinha a ver com as próprias vítimas.

— O Boneco de Neve.

— Eu não acredito que um serial killer escolha suas vítimas de uma página aleatória num livro de registro de hóspedes numa cabana de turistas. E se houve algo na cabana de Håvass que motivasse um assassino, não estamos falando em clássicos assassinatos em série. Além do mais, a progressão em se mostrar é rápida demais para ser um serial killer comum.

— Como assim?

— Ele mandou uma mulher para Ruanda e para o Congo para encobrir um assassinato, aproveitando para comprar a arma do crime da próxima vítima. Depois ele a matou. Em outras palavras, ele empenhou-se ao extremo para esconder esse assassinato. Ele cometeu outro assassinato algumas semanas depois, no entanto não fez absolutamente nada. E, no seguinte, agiu como um matador que esfrega os colhões na cara da gente enquanto abana com a capa. É uma transformação de personalidade que aumenta rapidamente. Não faz sentido.

— Você acha que pode haver mais de um assassino? Cada um com seu método?

Harry fez que não.

— Há uma semelhança. O assassino não deixa pistas. Se um serial killer é uma raridade, um que não deixe pistas é como uma baleia branca. Só tem um deles nesse caso.

— Ok, então do que estamos falando? — Kaja abriu os braços. — Um serial killer com múltiplas personalidades?

— Uma baleia branca com asas — disse Harry. — Não, não sei. E tanto faz, só estamos especulando por diversão. Agora está nas mãos da Kripos. — Ele tomou um gole do café. — Vou pegar um táxi até o hospital.

— Eu posso te levar lá.

— Obrigado, mas não. Vá para casa e se prepare para novos casos interessantes.

Kaja soltou um suspiro profundo.

— Aquilo com Bjørn...

— Não é para comentar com ninguém — emendou Harry. — Durma bem.

No hospital, Altman estava saindo do quarto do seu pai quando Harry chegou.

— Ele está dormindo — avisou o enfermeiro. — Dei a ele 10 miligramas de morfina. Você pode ficar aqui, é claro, mas ele não deve acordar tão cedo.

— Obrigado — disse Harry.

— Sem problema. Eu mesmo tive uma mãe que... bem, teve que aguentar mais dor do que precisava.

— Humm. Você fuma, Altman?

Harry viu pela reação de arrependimento de Altman que a resposta era positiva, e convidou-o para sair. Os dois homens ficaram fumando enquanto Altman, ou Sigurd, que era seu primeiro nome, contou que foi por causa da mãe que ele havia se especializado em anestesia.

— Então, quando você deu aquela injeção no meu pai, você...

— Sim, foi um favor de um filho a outro — comentou Altman com um sorriso. — Mas estava liberado pelo médico, claro. Não gostaria de perder meu emprego.

— Sábio — disse Harry. — Queria eu ser tão sábio.

Eles terminaram seus cigarros, e Altman estava indo embora quando Harry fez a pergunta.

— Já que é especialista em anestesia, pode me dizer onde uma pessoa consegue arranjar cetamina?

— Opa — disse Altman. — Acho que é melhor eu não responder.

— Relaxa — disse Harry, esboçando um sorriso. — Tem a ver com o caso de homicídio em que estou trabalhando.

— Ah, bom. A não ser que você trabalhe na área de anestesia, é difícil encontrar cetamina na Noruega. Funciona como uma bala, quase literalmente, o paciente desmorona. Mas os efeitos colaterais, úlceras, são bem desagradáveis. E o risco de parada cardíaca é grande quando há overdose, já foi usado por suicidas. Mas isso é passado, a cetamina foi proibida na União Europeia e na Noruega há muitos anos.

— Eu sei, mas aonde você iria se quisesse arranjar cetamina agora?

— Humm. Aos Estados da antiga União Soviética. Ou à África.

— Congo, por exemplo?

— Com certeza. O fabricante vende a droga a preços mais baixos depois que ela foi proibida na Europa, daí acaba nos países pobres. É sempre assim.

Harry sentou ao lado da cama do pai e ficou olhando o frágil peito coberto pelo pijama que subia e descia. Uma hora depois, ele se levantou e foi embora.

Resolveu deixar a ligação de lado até chegar em casa, colocar o *Don't Get Around Much Anymore* — um dos discos de Duke Ellington do seu pai — para tocar e então pegar a pedra marrom. Ele viu que havia uma mensagem de voz de Gunnar Hagen, que ele não estava a fim de ouvir, pois tinha uma boa noção do que se tratava. Bellman devia ter reclamado de novo: de agora em diante não podiam nem chegar perto do caso, mesmo com as melhores justificativas do mundo. E Harry devia se apresentar para o serviço regular se ainda quisesse trabalhar para a polícia. Bem, talvez não a última parte. Estava na hora de viajar. E a viagem ia começar ali mesmo, agora, nessa noite. Ele pegou o isqueiro com uma das mãos, e, com a outra, começou a checar os dois recados que havia recebido. O primeiro era de Øystein. Ele sugeriu uma noite para a galera sair junto, só os homens, num futuro próximo, convidando também Tresko, o qual provavelmente era o mais abastado dos três. O outro era de um número desconhecido. Harry ouviu a mensagem.

Vi no *Aftenposten* on-line que o caso é seu. Posso te dar uma ajuda. Elias Skog abriu o bico antes de ser colado na banheira. C.

Ele deixou o isqueiro cair, e o objeto acertou a mesa de vidro com um estalido alto. Harry sentiu o coração disparar. Em casos de homicídio sempre recebiam muitas ligações com dicas, conselhos, suposições. Pessoas que podiam jurar que tinham visto, ouvido ou ficado sabendo de algo, e será que a polícia não podia ceder um tempinho para ouvir o que tinham a dizer? Muitas vezes eram as mesmas vozes, mas sempre surgiam mensagens novas e confusas. Harry já sabia que esta não era uma delas. A imprensa havia escrito muito sobre o caso; as pessoas tinham muita informação. Porém ninguém entre o público geral sabia que Elias Skog tinha sido colado na banheira. Ou tinha o número de celular não registrado de Harry.

38

Marcado para Sempre

Harry havia abaixado o volume de Duke Ellington e estava com o celular na mão. Essa pessoa sabia sobre a supercola. E tinha o número do celular dele. Será que Harry deveria rastrear o número para verificar o endereço e o nome da pessoa que havia deixado a mensagem, talvez até mandar prendê-lo antes, pois havia o risco de ele se assustar e fugir? Por outro lado, quem quer que fosse, estava esperando uma resposta.

Harry apertou "retornar a ligação".

Após dois toques, ele ouviu uma voz grave:

— Sim?

— Aqui é Harry Hole.

— Prazer falar com você de novo, Hole.

— Humm. Quando foi que nos falamos pela primeira vez?

— Não está lembrado? No apartamento de Elias Skog. Supercola.

Harry sentiu o sangue pulsar contra a artéria carótida, produzindo um aperto na garganta.

— Eu estava lá. Com quem estou falando, e o que você estava fazendo lá?

Houve um segundo de silêncio do outro lado e Harry pensou por um momento que a pessoa havia desligado. Mas então a voz voltou com um alongado:

— Ah, perdão, devo ter assinado a mensagem apenas com C, não foi?

— Foi.

— É um hábito meu. Aqui é Colbjørnsen. O inspetor de Stavanger. Você me deu o seu número, lembra?

Harry vociferou por dentro, percebeu que ainda estava segurando a respiração e soltou o ar num longo sibilo.

— Ainda está aí?

— Estou — respondeu Harry, pegando a colher de chá que estava na mesa e raspando um pouquinho do ópio. — Disse que tem algo para mim?

— Tenho. Mas com uma condição.

— E qual é?

— Que fique só entre nós dois.

— Por quê?

— Porque não quero que aquele babaca do Bellman venha para cá se achando a dádiva divina para as investigações de homicídio. Ele e a maldita Kripos estão tentando monopolizar o país inteiro. Por mim, ele pode ir para o inferno. O problema são os meus chefes. Não tenho a permissão de levantar um dedo sequer naquele maldito caso de Skog.

— Então por que entrou em contato comigo?

— Sou um rapaz simples de uma cidade provinciana, Hole. Mas quando leio no *Aftenposten* que você está cuidando do caso, sei o que vai acontecer. Sei que você é como eu, que não quer apenas se fingir de morto e deixar as coisas acontecerem, não é?

— Bem... — começou Harry e olhou para o ópio à sua frente.

— Então, se você puder usar isso para passar a perna naquele rato, o que por sua vez pode também deter os planos daquele império maldito de Bellman, então, será um prazer. Vou esperar para enviar o relatório a Bellman até depois de amanhã. Você tem um dia para agir.

— E o que você sabe?

— Conversei com as pessoas ligadas a Skog. Não eram muitas, já que ele era meio esquisito, superintenso e viajava pelo mundo todo sozinho. Duas pessoas, para ser exato. A proprietária. E uma garota que rastreamos pelos números de telefone que ele havia ligado alguns dias antes de ser morto. O nome dela é Stine Ølberg e ela disse que falou com Elias na mesma noite em que ele foi assassinado. Estavam no ônibus que saía do centro, e ele contou que hospedou-se na cabana de Håvass com as mulheres cujas mortes apareciam nos jornais. Ele achou estranho que ninguém houvesse descoberto que tinham estado todos na mesma cabana, e ele queria ir à polícia. Mas estava relutante, porque não queria se envolver no caso. E disso entendo, porque Skog já havia tido problemas com a polícia. Havia sido acusado de perseguir pessoas em duas ocasiões. Mas ele não chegou a fazer nada de ilegal, era só uma pessoa estranha. Stine disse que teve medo dele, mas naquela noite quem parecia estar com medo era ele.

— Interessante.

— Stine fingiu não saber quem eram as três pessoas assassinadas, e então Elias disse que ele queria contar para ela sobre outra pessoa que também esteve na cabana, alguém que ela com certeza conhecia. E é aqui que começa a ficar interessante. O homem é bem conhecido. Pelo menos uma celebridade de segundo escalão.

— É mesmo?

— De acordo com Elias Skog, Tony Leike estava lá.

— Tony Leike. Eu devia saber quem é?

— Ele mora com a filha de Anders Galtung, o armador.

Algumas manchetes de jornais passaram pela cabeça de Harry.

— Tony Leike é um suposto investidor, isto é, ficou rico sem que ninguém entendesse bem como; com certeza não foi dando duro. Além do mais, é boa-pinta. Mas isso não quer dizer que é do tipo bonzinho. E aqui chegamos ao que é realmente interessante. O cara tem um *sheet*.

— *Sheet?* — perguntou Harry, deliberadamente perplexo a fim de insinuar o que ele achava dos anglicismos de Colbjørnsen.

— Ficha criminal. Tony Leike tem uma condenação por agressão violenta.

— Humm. Verificou a condenação?

— Tony Leike espancou e desfigurou Ole S. Hansen no dia seis de agosto das onze e vinte até as onze e quarenta. Ocorreu em frente a uma boate na cidade onde Tony morava com o avô. Tony tinha 18, Ole, 17, e, claro, tinha mulher no meio.

— Hum. Jovens ciumentos brigando depois de encher a cara não é exatamente fora do normal. Você disse agressão violenta?

— Foi, porque tem mais. Depois de Leike ter espancado o outro rapaz, ele se sentou em cima dele e cortou a cara do coitado com uma faca. O menino ficou com uma cicatriz no rosto, mas de acordo com a condenação, podia ter sido pior se Leike não tivesse sido detido por alguém.

— Nada mais além dessa condenação?

— Tony Leike era conhecido por seu gênio terrível e vivia metido em brigas. No tribunal, uma testemunha contou que, no ensino médio, Leike quase o havia estrangulado com um cinto porque tinha falado mal do pai de Tony.

— Parece que alguém deve bater um bom papo com esse Tony Leike. Sabe onde mora?

— Na sua cidade. Holmenveien... espere... 172.

— Certo. Zona sul. Bem. Obrigado, Colbjørnsen.

— Não há de quê. Ah, sim, tem mais uma coisa. Um homem desceu do ônibus no mesmo ponto que Elias, e Stine disse que ela viu o cara seguir Elias. Mas ela não conseguiu dar qualquer descrição do homem, porque o rosto estava escondido por um chapéu. Pode ser importante ou não.

— Certo.

— Então, conto com você, Hole.

— Conta com o quê?

— Que você faça a coisa certa.

— Humm.

— Boa noite.

Harry ficou algum tempo ouvindo o Duke. Depois pegou o telefone e procurou o número de Kaja. Ele ia apertar o botão para ligar, mas hesitou. Estava fazendo aquilo de novo. Levando outras pessoas na queda. Harry largou o celular. Ele tinha duas opções. A opção mais inteligente, que era ligar para Bellman. E a opção mais estúpida, que era agir sozinho.

Harry suspirou. A quem estava enganando? Não tinha escolha. Então pôs o isqueiro no bolso, embrulhou a pedra no papel-alumínio, guardou-a no armário de bebidas, tirou a roupa, ajustou o despertador para as seis e foi para a cama. Prisioneiro do próprio padrão comportamental, cada movimento uma ação compulsiva. Nesse aspecto, ele não era melhor nem pior do que aqueles que perseguia.

E com esse pensamento caiu no sono com um grande sorriso no rosto.

Abençoado seja o silêncio da noite, que cura a visão e clareia o pensamento. O novo velho policial. Hole. Preciso contar a ele. Não vou mostrar tudo a ele, só o suficiente para que entenda. Para ele parar isso tudo. Para que eu não tenha que fazer o que faço. Eu cuspo e cuspo, mas o sangue enche minha boca, sem parar.

39

Busca relacionada

Harry chegou à sede da polícia às seis e quarenta e cinco da manhã. Além do segurança na recepção, não havia ninguém no grande átrio além das pesadas portas de entrada.

Ele acenou para o segurança, passou o crachá no leitor da catraca e pegou o elevador para o porão. De lá andou a passos largos pelo corredor subterrâneo e entrou na sala. Acendeu o primeiro cigarro do dia e ligou para o número de celular enquanto o computador iniciava. A voz de Katrine Bratt estava sonolenta.

— Quero que faça uma daquelas buscas relacionadas — pediu Harry.

— Entre Tony Leike e todas as vítimas de assassinato. Incluindo Juliana Verni de Leipzig.

— A sala de recreação fica vazia pelo menos até as oito e meia — respondeu ela. — Começo já. Mais alguma coisa?

Harry hesitou.

— Pode checar um Jussi Kolkka para mim? Policial.

— Qual é a história dele?

— É essa a questão — respondeu Harry. — Não sei qual é a história dele.

Harry guardou o celular e começou a trabalhar no computador.

De fato, Tony Leike tinha sido condenado uma vez. E de acordo com o registro, teve problemas com a polícia em duas outras ocasiões. Como Colbjørnsen havia mencionado, as duas eram por agressão violenta. No primeiro caso, a acusação tinha sido retirada; no outro, o processo fora arquivado.

Harry realizou buscas por Tony no Google e teve vários resultados: artigos menores nos jornais, a maioria ligado a sua noiva, Lene Galtung, mas também alguns de veículos de economia e finanças, nos quais era alternadamente referido como investidor, especulador da bolsa e "cordeiro" ignorante. A última descrição estava no *Kapital*, dizendo que Leike pertencia ao rebanho que imitava o cordeiro líder, o psicólogo Einar Kringlen, em tudo o que fazia; desde compra de ações, cabanas e carros à escolha correta do restaurante, do drinque, da mulher e endereço do escritório, da residência e das férias.

Harry passou pelos links até parar num artigo de um jornal sobre finanças.

— Bingo — murmurou.

Tony Leike estava sem dúvida querendo deixar sua própria marca. O jornal *Finansavisen* noticiou um projeto de mineração iniciado e gerenciado por Leike. Ele havia sido fotografado com os sócios, dois jovens com corte de cabelo com divisão lateral. Eles não estavam vestindo os costumeiros ternos de grife, mas macacões, sentados numa pilha de madeira em frente a um helicóptero e sorrindo. Tony Leike tinha o sorriso mais largo de todos. Possuía ombros largos, membros longos, pele e cabelo escuros, e um imponente nariz aquilino que, com seu tom de pele, fez Harry pensar que ele devia ter uma boa pitada de sangue árabe nas veias. Mas o motivo da exclamação contida de Harry era a manchete: "O REI DO CONGO?"

Harry continuou seguindo os links.

A imprensa estava mais ocupada com o iminente casamento com Lene Galtung e a lista dos convidados.

Harry olhou o relógio. Sete e cinco. Ligou para o policial de plantão.

— Estou precisando de reforço para uma detenção em Holmenveien.

— Detenção?

Harry sabia que não dispunha de provas suficientes para pedir um mandado de prisão ao promotor.

— Para interrogatório — disse Harry.

— Achei que tinha falado em detenção? Por que precisa de reforço se é só...

— Pode trazer dois homens e um carro na frente da garagem em cinco minutos?

Harry recebeu um bufo como resposta, que interpretou como um "sim". Deu duas tragadas no cigarro, o apagou, trancou a porta e saiu. Tinha dado poucos passos quando ouviu um som baixinho atrás de si, sabendo que era o telefone do escritório tocando.

Já havia saído do elevador e estava quase na porta de saída quando ouviu alguém chamar seu nome. Ele se virou e viu o segurança gesticulando. Na frente do balcão, viu as costas de um casaco de lã amarelo-mostarda.

— Este homem perguntou por você — disse o recepcionista.

O casaco virou-se. Era do tipo que devia parecer ser de casimira, e às vezes era mesmo. Nesse caso, Harry supôs que era. Porque encontrava-se preenchido pelos ombros largos de uma pessoa com membros longos, olhos e cabelo escuros, e possivelmente uma pitada de sangue árabe nas veias.

— Você é mais alto do que aparenta nas fotos — comenta Tony Leike, mostrando uma fileira de dentes de porcelana e uma mão estendida.

— Café bom — disse Tony Leike, parecendo sincero. Harry observou os longos dedos retorcidos de Leike em torno da xícara. Na hora de estender a mão para Harry, Leike havia explicado, com um riso, que não era contagioso, apenas o reumatismo de sempre, uma aflição hereditária que, se não havia servido para outra coisa, pelo menos fez dele um meteorologista confiável. — Mas, francamente, achei que ofereciam salas melhores para seus inspetores. Um pouco quente, não?

— É o aquecedor da prisão — respondeu Harry, dando um gole no café. — Então você leu sobre o caso hoje de manhã no *Aftenposten*?

— Sim. Estava tomando o café da manhã. Quase engasguei, para ser sincero.

— Por quê?

Leike se mexeu um pouco na cadeira, como um piloto de Fórmula 1 no assento anatômico do carro antes da partida:

— Espero que o que eu disser fique entre nós.

— Quem somos *nós*?

— A polícia e eu. De preferência, entre você e eu.

Harry se esforçou para manter a voz neutra e impassível.

— E qual seria o motivo?

Leike respirou fundo.

— Não gostaria que viesse a público que eu estava na cabana de Håvass na mesma noite em que a representante parlamentar, Marit Olsen. No momento, meu nome está bastante evidente na mídia devido a meu casamento iminente. Não seria muito favorável ser relacionado a um caso de homicídio agora. A imprensa ia fazer alarde, e isso poderia...

remexer em coisas do meu passado que eu prefiro manter enterradas e esquecidas.

— Certo — retrucou Harry, fingindo ingenuidade. — É claro que eu teria que avaliar vários aspectos, e por isso não posso prometer nada. Mas isso não é um interrogatório, apenas uma conversa, e não costumo vazar esse tipo de informação para a imprensa.

— Nem para os meus... ah, entes mais próximos?

— Não, a não ser que haja motivo para isso. Se você tem medo de que alguém possa descobrir que você esteve aqui, por que veio?

— Vocês já pediram a todas as pessoas que estavam na cabana para entrar em contato, então, é minha obrigação como cidadão, não é? — Ele olhou indagador para Harry. E depois fez uma careta. — Meu Deus, fiquei com medo! Eu entendi que as outras pessoas que estavam na cabana aquela noite podiam também estar na mira do assassino. Sentei no carro e vim direto para cá.

— Aconteceu algo em especial nos últimos tempos que tenha deixado você preocupado?

— Não. — Tony Leike olhou-o pensativo. — Nada além de um arrombamento da porta do porão alguns dias atrás. Eu devia instalar um alarme, não acha?

— Você registrou o roubo na polícia?

— Não, só levaram uma bicicleta.

— E você acha que serial killers fazem bico como ladrões de bicicletas?

Leike deu um riso curto e fez que sim, sorridente. Não o sorriso desajeitado de quem está envergonhado por ter dito alguma bobagem, pensou Harry. Mas o sorriso desarmador e sedutor que diz "aí você me pegou, amigo", a celebração galante do conquistador acostumado a ganhar.

— Por que pediu para falar comigo?

— Dizia no jornal que você está liderando as investigações, por isso achei natural procurar você. E, como eu disse, gostaria que pudesse ficar entre poucas pessoas, por isso vim direto à chefia.

— Não sou da chefia, Leike.

— Não? O *Aftenposten* deu a entender que sim.

Harry passou a mão sobre o maxilar saliente. Ele ainda não havia formado uma opinião sobre Tony Leike. Era um homem com uma aparência bem-cuidada, mesclado com o charme de menino malvado que fez Harry pensar num jogador de hóquei de gelo que tinha visto num anúncio de roupas íntimas. Parecia querer passar a impressão de ser um cosmopolita despreocupado e astuto, mas também parecia ser um homem sincero, com sentimentos que não conseguia esconder. Ou talvez fosse o contrário; talvez o cosmopolita fosse verdadeiro, e os sentimentos, fingidos.

— O que você fazia na cabana de Håvass?

— Fui esquiar, claro.

— Sozinho?

— Sim. Tive alguns dias exaustivos no trabalho, precisava de um descanso. Vou muito a Ustaoset e Hallingskarvet. Durmo nas cabanas. É a minha área, por assim dizer.

— Então, por que não tem sua própria cabana?

— Não é mais permitido construir nada onde eu gostaria de ter uma cabana. Regulamentos do parque nacional.

— Por que sua noiva não foi com você? Ela não sabe esquiar?

— Lene? Ela... — Leike tomou um gole do café. O tipo de gole que as pessoas tomam no meio de uma frase quando precisam de um tempo para pensar no que dizer, refletiu Harry. — Ela estava em casa. Eu... a gente... — Ele olhou para Harry com uma expressão levemente preocupada, como que pedindo ajuda. Harry não o ajudou. — Droga. Pressão nenhuma, né?

Harry não respondeu.

— Está bem — disse Leike como se Harry havia afirmado. — Eu precisava respirar, escapar um pouco. Pensar. Noivado, casamento... são decisões sérias. E eu penso melhor quando estou sozinho. Especialmente lá no alto da planície.

— E pensar ajudou?

Leike exibiu o sorriso branco outra vez.

— De fato.

— Você se lembra de mais alguém na cabana?

— Como disse, me lembro de Marit Olsen. Tomamos uma taça de vinho tinto juntos. Eu não sabia que ela era membro do Parlamento até ela me contar.

— Mais alguém?

— Havia três ou quatro outras pessoas que apenas cumprimentei de longe. Mas cheguei meio tarde, algumas pessoas podiam ter ido dormir.

— É mesmo?

— Havia seis pares de esqui na neve em frente à cabana. Lembro bem disso, porque os levei para dentro do corredor por causa do risco de avalanche. Lembro de ter pensado que os outros talvez não fossem tão experientes na montanha. Se a cabana fosse enterrada por 3m de neve, todos estariam encrencados sem esquis. Eu fui o primeiro a acordar de manhã, normalmente sou, e fui embora antes que os outros houvessem levantado.

— Você disse que chegou tarde da noite. Quer dizer que esquiava sozinho no escuro?

— Com uma lanterna presa na cabeça, um mapa e um compasso. A viagem foi decidida em cima da hora, e peguei o trem para Ustaoset de noite. Mas, como disse, conheço bem o lugar, estou acostumado a me orientar pela montanha no escuro. E o tempo estava bom, com o luar refletido na neve, não precisei do mapa nem da lanterna.

— Pode dizer alguma coisa sobre o que aconteceu na cabana enquanto estava lá?

— Não aconteceu nada. Marit Olsen e eu conversamos sobre vinho tinto e depois sobre as dificuldades em manter um relacionamento moderno. Quer dizer, acho que o relacionamento dela era mais moderno que o meu.

— E ela não mencionou se havia acontecido algo na cabana?

— Não, nada.

— E os outros que estavam lá?

— Estavam sentados em frente à lareira, bebendo e conversando sobre viagens na qual haviam esquiado. Bebiam cerveja, talvez. Ou algum tipo de isotônico. Duas garotas e um homem entre 20 e 35, suponho.

— Nomes?

— A gente só se cumprimentou com um aceno de cabeça, dando um "oi". Como disse, eu tinha ido para a montanha para ficar sozinho, não para fazer amizades.

— Como eles eram?

— De noite é bastante escuro nessas cabanas. Se eu disser que um era loiro e o outro moreno, pode ser que não seja nada disso. Como disse, nem lembro quantas pessoas estavam lá.

— Dialetos?

— Uma das garotas falava o dialeto do litoral oeste, acho.

— De Stavanger? Bergen? Sunnmøre?

— Lamento, não sou muito bom nisso. Pode não ter sido do litoral oeste, talvez fosse da região sul.

— Ok. Você queria estar sozinho, mas conversou com Marit Olsen sobre relacionamentos.

— Aconteceu. Ela se sentou perto de mim e puxou papo. Não era exatamente tímida. Tagarela. Gorda e divertida.

Ele disse isso como se as duas palavras se completassem naturalmente. E ocorreu a Harry que a foto de Lene Galtung que ele havia visto mostrava uma mulher magérrima — pelo menos em relação ao atual peso médio da população da Noruega.

— Então, além de Marit Olsen, não pode contar nada sobre mais ninguém? Nem se eu mostrasse fotos de pessoas que sabemos que estavam lá?

— Ah, acho que posso, sim — disse Leike, sorrindo.

— Então?

— Quando eu estava num quarto procurando um beliche para me deitar, tive que ligar a luz para ver onde havia um lugar vago. E vi duas pessoas dormindo. Uma mulher e um homem.

— E você acha que pode descrever os dois?

— Não com muitos detalhes, mas com certeza eu os reconheceria.

— É?

— Você costuma se lembrar de rostos quando os vê de novo.

Ele sabia que Leike tinha razão. Em geral, as descrições dadas por testemunhas eram totalmente erradas, mas se você enfileirasse suspeitos, raramente erravam.

Ele foi até o arquivo que haviam trazido de volta, abriu as respectivas pastas das vítimas e retirou as fotos. Ele passou os cinco retratos a Leike, que os olhou, um por um.

— Esta é Marit Olsen — afirmou ele e estendeu uma foto para Harry. — E acho que estas são as duas garotas que estavam perto da lareira, mas não tenho certeza. — Ele devolveu as fotos de Borgny e Charlotte.

— Esse deve ser o garoto. — Elias Skog. — Mas nenhuma destas pessoas estava dormindo no quarto, tenho certeza. E também não reconheço essa última — disse ele, devolvendo a foto de Adele.

— Então você não tem certeza sobre as pessoas com quem ficou na mesma sala por algum tempo, mas tem certeza sobre aquelas que você viu por apenas alguns segundos?

Leike fez que sim.

— Estavam dormindo.

— É mais fácil reconhecer as pessoas quando dormem?

— Não, mas elas não olham para você. Você pode olhar para elas com calma.

— Humm. Por alguns segundos.

— Talvez mais um pouco.

Harry colocou as fotos de volta nas pastas.

— Tem algum nome? — perguntou Leike.

— Nome?

— É. Como disse, eu fui o primeiro a levantar e comi duas fatias de pão na cozinha. O livro de hóspedes estava lá, e eu não tinha me registrado. Enquanto comi, eu o abri e li os nomes das pessoas que haviam assinado na noite anterior.

— Por quê?

— Por quê? — Tony deu de ombros. — Muitas vezes são as mesmas pessoas que fazem essas viagens de cabana a cabana. Eu queria ver se conhecia alguém.

— E conhecia?

— Não. Mas se você passar os nomes das pessoas que você sabe ou acha que estavam lá, posso talvez lembrar se eu os vi no livro de hóspedes.

— Parece razoável, mas infelizmente não temos nome nenhum. Ou endereços.

— Está bem — emendou Leike e começou a abotoar o casaco. — Então acredito que eu não possa ajudar muito. Mas já podem riscar meu nome.

— Humm — murmurou Harry. — Já que está aqui, tenho mais algumas perguntas. Se você tiver tempo?

— Sou meu próprio chefe — disse Leike. — Pelo menos por enquanto.

— Ótimo. Você diz que tem um passado conturbado. Pode dar uma ideia geral de que se trata?

— Tentei matar um cara — afirmou Leike sem rodeios.

— Entendo — disse Harry, e inclinou-se para trás na cadeira. — Por quê?

— Porque ele me atacou. Ele alegou que eu tinha roubado a namorada dele. A verdade é que ela nem era, nem queria ser namorada dele, e eu não roubo mulheres. Não preciso.

— Humm. Ele pegou vocês no flagra e bateu nela, não foi?

— Como assim?

— Só estou tentando entender que tipo de situação que possa ter levado você a querer matá-lo. Se você quis dizer isso literalmente, é claro.

— Foi ele que bateu em *mim*. Por isso fiz o que pude para matá-lo. Com uma faca. E eu estava quase conseguindo quando uns amigos meus me tiraram de cima dele. Fui condenado por agressão violenta. O que é pouco para uma tentativa de assassinato.

— Está ciente de que o que você está dizendo pode fazer de você um dos primeiros suspeitos?

— *Deste* caso? — Leike olhou desconfiado para Harry. — Está brincando? Vocês devem ter mais tino do que isso, não é?

— Se você teve o intuito de matar uma vez...

— Tive o intuito de matar várias vezes. Suponho que o tenha feito também.

— Supõe?

— De noite na selva não é fácil enxergar pessoas negras. Em geral, você acaba atirando a esmo.

— Você fez isso?

— Na minha juventude depravada, sim. Depois de ter cumprido a pena daquela condenação, alistei-me no Exército e então fui direto para a África do Sul e consegui trabalho como mercenário.

— Humm. Então foi mercenário na África do Sul?

— Durante três anos. E a África do Sul foi apenas o local onde me alistei, o combate era nos países vizinhos. Sempre havia uma guerra, sempre havia um mercado para profissionais, especialmente brancos. Os negros ainda acham que somos mais espertos, sabe? Eles confiam mais em oficiais brancos do que nos seus próprios.

— Então, esteve no Congo também?

A sobrancelha direita de Tony Leike formou uma curva preta.

— Como assim?

— Pensei que pudesse ter estado lá naquela época.

— Naquela época se chamava Zaire. Mas a maior parte do tempo a gente não fazia ideia de em que merda de país a gente estava. Só havia verde, verde, verde e depois breu, breu, breu até o sol raiar de novo. Eu trabalhava para uma empresa de segurança em algumas minas de diamante. Foi lá que aprendi a ler o mapa e o compasso com uma lanterna de cabeça. Aliás, o compasso é perda de tempo por lá, tem metal demais naquelas montanhas.

Tony Leike inclinou-se para trás na cadeira. Relaxado e destemido, notou Harry.

— Falando em metal — disse Harry. — Acho que li em algum lugar que você tem uma empresa de mineração por lá.

— Correto.

— Que tipo de metal?

242

— Já ouviu falar em coltan?

Harry fez que sim com um lento movimento da cabeça.

— É usado em celulares.

— Exato. E em consoles de videogames. Nos anos 1990, quando a produção de celulares no mundo decolou, eu estava com minha tropa numa missão a noroeste do Congo. Alguns franceses e nativos faziam mineração lá, e eles usavam crianças com pás e picaretas para extrair o coltan. Parece uma pedra comum, mas é usado para produzir tântalo, que é a matéria realmente valiosa. E eu percebi que, se eu conseguisse alguém que me financiasse, eu poderia criar uma mineração moderna e tornar a mim e a meus sócios homens ricos.

— E foi o que aconteceu?

Tony Leike riu.

— Não exatamente. Consegui levantar o empréstimo, fui extorquido por sócios safados e perdi tudo. Peguei mais dinheiro emprestado, fui enganado outra vez, peguei mais dinheiro e ganhei um pouco.

— Um pouco?

— Alguns milhões para pagar a dívida. Mas aí já dispunha de uma rede de contatos e algumas menções na imprensa, já que eu naturalmente botei a carroça na frente dos bois, o que bastou para ser aceito no círculo onde rola a grana preta. Para ingressar lá, o que conta são os dígitos da sua fortuna, não importando se negativos ou positivos. — Leike soltou uma gargalhada estrondosa, e Harry não conseguiu deter um sorriso.

— E agora?

— Agora estamos aguardando o grande lucro, porque é por esses dias que o coltan vai ser extraído. Tudo bem, já venho dizendo isso há muito tempo, mas desta vez é verdade. Tive que vender algumas ações do projeto em troca de opções de compra para poder pagar minhas dívidas. Essa parte já está resolvida, agora falta arrumar dinheiro para resgatar minhas ações e de novo ser sócio com plenos direitos.

— Humm. E o dinheiro?

— Algumas pessoas irão considerar sensato me emprestar o dinheiro em troca de uma pequena participação. O lucro é imenso, e o risco, mínimo. E todos os grandes investimentos já foram realizados, incluindo os subornos locais. Limpamos até uma pista de voo no meio da selva, para poder carregar diretamente os aviões de carga e enviar a mercadoria via Uganda. Você é rico, Harry? Posso ver se há uma possibilidade de você ter uma fatia do bolo.

Harry fez que não.

— Esteve em Stavanger ultimamente, Leike?

— Humm. No verão.

— Não depois disso?

Leike pensou e fez que não.

— Não tem certeza? — perguntou Harry.

— Estou apresentando meu projeto para investidores em potencial, e isso significa que tenho que viajar muito. Neste ano devo ter ido três ou quatro vezes a Stavanger, mas não estive lá desde o verão.

— E em Leipzig?

— É agora que devo perguntar se preciso de um advogado, Harry?

— Só queria eliminar você do caso o mais rápido possível, para podermos nos concentrar em informações mais relevantes. — Harry passou o indicador sobre o nariz. — Se você não quer a mídia farejando nada, imagino que não queira envolver advogados, ou ser chamado para um interrogatório formal e daí por diante, certo?

Leike fez que sim com a cabeça.

— Claro, tem razão. Obrigado pelo conselho, Harry.

— Leipzig?

— Lamento — disse Leike, parecendo lamentar de verdade, a julgar pela voz e pelo rosto. — Nunca estive lá. Deveria?

— Humm. Também tenho que perguntar onde estava e o que estava fazendo em algumas datas.

— Vai em frente.

Harry ditou as datas dos quatro assassinatos enquanto Leike os anotou num caderno Moleskin com capa de couro.

— Vou verificar assim que estiver no escritório — respondeu ele. — E esse é o meu número. — Ele estendeu a Harry um cartão de visita com a escrita *Tony C Leike, Empresário*.

— E o C é de quê?

— Bela pergunta — disse Leike e se levantou. — Tony é só uma abreviação de Anthony, por isso achei que precisava de uma inicial. Acrescenta certo peso, não acha? Acho que os estrangeiros gostam disso.

Em vez de passar pelo corredor subterrâneo, Harry levou Leike pela escada que dava à prisão, bateu na janela de vidro e um guarda foi abrir para eles.

— É como estar participando de um episódio da Gangue Olsen — disse Leike quando estavam no caminho de cascalho fora dos muros imponentes da velha prisão.

— Desse modo é um pouco mais discreto — respondeu Harry. — Seu rosto está ficando conhecido, e as pessoas já estão chegando ao trabalho na sede da polícia.

— Falando em rosto, vi que alguém quebrou seu maxilar.

— Devo ter caído e me machucado.

Leike fez que não com a cabeça, sorrindo.

— Sei alguma coisa sobre queixos quebrados. Esse é de uma briga. Você apenas deixou que cicatrizasse sozinho. Devia procurar alguém para dar um jeito, não seria muito complicado.

— Agradeço a dica.

— Devia muito dinheiro a eles?

— Sabe algo sobre isso também?

— Sei! — exclamou Leike, arregalando os olhos. — Infelizmente.

— Humm. Uma última coisa, Leike...

— Tony. Ou Tony C. — Leike mostrou sua brilhante ferramenta de mastigar. Como quem não tem uma única preocupação na vida, pensou Harry.

— Tony. Já esteve no lago Lyseren? O lago em Øst...

— Se estive, mas é claro! — respondeu Tony, sorrindo. — A propriedade da família fica em Rustad. Eu visitava meu avô todo verão. Cheguei até a morar lá por dois anos. Um lugar incrível, não é? Mas por que a pergunta? — Seu sorriso sumiu de repente. — Ah, droga, foi lá que vocês acharam aquela garota! Uma coincidência e tanto, não é?

— Bem — disse Harry. — Tão improvável não é. O lago é grande.

— É verdade. Novamente, obrigado, Harry. — Leike estendeu a mão para ele. — E se surgirem alguns nomes da cabana de Håvass, ou se aparecer alguém, é só ligar, então posso ver se eu me lembro deles. Cooperação total, Harry.

Harry se viu apertando a mão do homem que ele havia acabado de concluir ser o mesmo que tinha assassinado cinco pessoas durante os últimos três meses.

Quinze minutos depois que Leike saiu, Katrine Bratt ligou.

— Sim?

— Negativo em quatro de cinco — afirmou ela.

— E o quinto?

— Um resultado. Nas profundezas das entranhas da informação digital.

— Poético.

— Vai gostar. Dia 16 de fevereiro, Elias Skog recebeu uma ligação de um número que não está registrado no nome de ninguém. Um número confidencial, em outras palavras. E esse pode ser o motivo pelo qual a polícia de Oslo...

— De Stavanger.

— ... não descobriu a ligação antes. Mas na profundeza das entranhas...

— Quer dizer, no superprotegido registro interno da central da Telenor?

— Algo do gênero. Surgiu o nome de Tony Leike, Holmenveien 172, como responsável pela fatura desse número confidencial.

— Ótimo! — disse Harry. — Você é um anjo.

— Péssima escolha de metáfora. Já que parece que eu acabei de mandar um homem para a prisão perpétua.

— A gente se fala.

— Espere! Não vai querer saber sobre Jussi Kolkka?

— Quase tinha me esquecido. Me conte.

Ela contou.

40

A Oferta

Harry encontrou Kaja na Divisão de Homicídios, na zona vermelha no sexto andar. Ela se animou ao ver Harry no vão da porta.

— Sempre de porta aberta? — perguntou ele.

— Sempre. E você?

— Fechada. Sempre. Mas vejo que você jogou fora a cadeira de visitas. Boa jogada. As pessoas adoram jogar conversa fora.

Ela riu.

— Está fazendo algo empolgante?

— De certa forma — disse ele, ao entrar e encostar-se à parede.

Ela colocou as mãos na beirada da mesa e se empurrou, e a cadeira rolou até o arquivo. Lá abriu uma gaveta, tirou uma carta e estendeu-a para Harry.

— Pensei que ia querer saber disso.

— O que é?

— O Boneco de Neve. O advogado dele fez um requerimento para ele ser transferido de Ullersmo para um hospital comum, por motivos de saúde.

Ele sentou-se no canto da mesa e leu.

— Humm. Esclerodermia. Está progredindo rapidamente. Não rápido demais, espero. Ele não merece.

Ele levantou o olhar e viu que ela estava chocada.

— Minha tia-avó morreu de esclerodermia — comentou ela. — Uma doença terrível.

— E um homem terrível — disse Harry. — Falando nisso, concordo plenamente com aqueles que dizem que a habilidade de perdoar diz algo sobre a qualidade de uma pessoa. Sou da ralé.

— Não quis criticar você.

— Prometo ser melhor na minha próxima vida — emendou Harry, que baixou o olhar e esfregou a nuca. — Se os hindus tiverem razão, provavelmente serei um escaravelho de árvores. Mas vou ser um escaravelho *bonzinho*.

Ele levantou o olhar e viu que o que Rakel chamava de seu "maldito charme de menino" estava fazendo efeito.

— Escute, Kaja, vim para te fazer uma oferta.

— Ah, é?

— É. — Harry ouviu a formalidade na sua voz. A voz de um homem sem capacidade de perdoar, sem consideração, sem pensar em nada além das próprias metas. E aplicou a técnica de convencer invertida, com a qual tinha êxito com demasiada frequência: — E te aconselho a recusá-la. É que tenho uma tendência a estragar a vida das pessoas com quem me envolvo.

Para sua surpresa, ele viu o rosto dela ficar vermelho escarlate.

— Mas não acho certo fazer isso sem você — continuou ele. — Não agora que estamos tão perto.

— Perto... de quê? — O vermelho havia sumido.

— De prender o culpado. Estou indo agora até o promotor de polícia para pedir um mandado de prisão.

— Ah... claro.

— Claro?

— Quer dizer, prender quem? — Ela puxou a cadeira para perto da mesa. — Acusado de quê?

— Nosso assassino, Kaja.

— Sério? — Ele viu as pupilas dela se dilatarem lentamente, pulsantes. E sabia o que estava acontecendo dentro dela. A sede de sangue antes da caça, antes de abater o animal. A detenção. O que ia constar no seu CV. Como podia resistir?

Harry fez que sim.

— O nome dele é Tony Leike.

A cor voltou ao rosto de Kaja.

— Soa familiar.

— Ele vai se casar com a filha de...

— Claro, é o noivo da filha de Galtung. — Ela franziu a testa. — Quer dizer que você tem provas?

— Indícios. E coincidências. — Ele viu as pupilas dela se contraírem outra vez. — Tenho certeza de que ele é o nosso homem, Kaja.

— Me convença — pediu ela, e ele percebeu a fome. A vontade de engolir tudo cru, de ter um pretexto para tomar a decisão mais louca da sua vida. E ele não tinha nenhuma intenção de protegê-la contra si mesma. Porque precisava dela. Ela era perfeita para a mídia: jovem, inteligente, mulher, ambiciosa. Com rosto e histórico atraentes. Em suma, Kaja tinha tudo o que ele não tinha. Uma Joana d'Arc que o Ministério da Justiça não ousaria queimar na fogueira.

Harry respirou fundo. Então reproduziu sua conversa com Tony Leike. Detalhadamente. Sem estranhar o fato de conseguir relatar o que tinha sido dito palavra por palavra. Seus colegas sempre consideraram essa sua capacidade algo fora de série.

— A cabana de Håvass, Congo e Lyseren — disse Kaja quando ele terminou. — Ele esteve em todos esses lugares.

— Pois é. E já foi condenado por agressão violenta. E ele admitiu que já teve intenção de matar.

— Legal. Mas...

— A parte realmente legal vem agora. Ele fez uma ligação para Elias Skog. Dois dias antes de Skog ser encontrado morto.

Suas pupilas viraram sóis negros.

— Nós o pegamos — disse ela baixinho.

— O "nós" quer dizer o que estou pensando?

— Sim.

Harry suspirou.

— Está a par do risco que corre fazendo parte disso? Mesmo que eu tenha razão a respeito de Leike, não é certo que a detenção e o esclarecimento do caso sejam o suficiente para fazer com que a balança do poder se manifeste a favor de Hagen. Aí vai ser uma desgraça para você.

— E você? — Ela inclinou-se sobre a mesa. Os dentinhos de tubarão brilhavam. — Por que *você* acha que vale a pena correr o risco?

— Sou um policial arruinado com pouca coisa a perder, Kaja. Para mim, é isso aqui ou nada. Não posso trabalhar com crimes de narcotráfico ou de natureza sexual, e a Kripos nunca irá me fazer uma oferta. Mas para você seria provavelmente uma péssima escolha.

— Como a maioria das minhas escolhas — disse ela, séria.

— Ótimo — respondeu Harry ao se levantar. — Vou procurar o promotor. Não suma.

— Vou estar aqui, Harry.

Harry deu meia-volta e deparou-se com o rosto de um homem que com certeza estava no vão da porta havia algum tempo.

— Licença — falou o homem com um sorriso largo. — Só queria tomar emprestada a senhorita um pouco.

Ele fez um aceno a Kaja com o riso dançando nos olhos.

— Fique à vontade — disse Harry, esboçando um sorriso e seguindo a passos largos pelo corredor.

— Aslak Krongli — começou Kaja. — O que traz um rapaz do interior à cidade grande?

— O de sempre, imagino — disse o delegado de Ustaoset.

— Emoção, luz neon e o zunido da multidão?

Aslak sorriu

— Trabalho. E uma mulher. Posso te convidar para tomar um café?

— Agora não — respondeu Kaja. — Há muita coisa acontecendo, preciso ficar de prontidão. Mas seja meu convidado para um café na cantina. Fica no último andar, pode ir na frente, só preciso fazer uma ligação.

Ele fez um "ok" com a mão e partiu.

Kaja fechou os olhos e deu um longo e trêmulo suspiro.

O escritório do promotor de polícia ficava no sexto andar, logo Harry não teve que andar muito. A jovem advogada, provavelmente contratada depois da última vez que Harry passou por lá, olhou-o por cima dos óculos quando ele entrou.

— Estou precisando de um mandado — disse Harry.

— E você é?

— Harry Hole, inspetor.

Ele mostrou a identidade, mesmo tendo notado pela reação meio agitada da moça que ela havia ouvido falar dele. Podia adivinhar o quê e resolveu deixar para lá. Ela, por sua vez, anotou o nome dele no formulário de mandado de busca e apreensão, semicerrando os olhos de forma exagerada, como se o soletrado fosse extremamente complicado.

— Os dois campos?

— Ótimo — disse Harry.

Ela marcou os campos de mandado de busca e de prisão e inclinou-se para trás na cadeira de um modo que Harry apostou ser uma imitação da postura do tipo "você-tem-trinta-segundos-para-me-convencer" que ela havia visto os advogados mais experientes fazer.

Por experiência, Harry sabia que o primeiro argumento seria o mais importante — era aí que o jurista se decidia —, por isso começou dizendo que Leike tinha ligado para Elias Skog dois dias antes do assassinato. Mesmo que Leike na conversa com Harry houvesse alegado não conhecer Skog nem ter conversado com ele na cabana de Håvass. O segundo argumento foi a condenação por agressão violenta que Leike admitiu ser uma tentativa de homicídio, e Harry já estava contando com o mandado assinado. Por isso, adoçou o caso com as coincidências do Congo e do lago Lyseren sem entrar em demasiados pormenores.

Ela tirou os óculos.

— A princípio, concordo com o mandado — afirmou ela. — Mas preciso refletir um pouco.

Harry vociferou por dentro. Um jurista mais experiente teria feito o mandado na hora, mas ela era provavelmente tão nova no posto que não ousava expedir o mandado sem consultar mais alguém. Devia constar "em treinamento" na sua porta, para que ele pudesse ter ido a um dos outros. Agora era tarde demais.

— É urgente — disse Harry.

— Por quê?

Nessa ela o pegou. Harry fez um movimento no ar com a mão do tipo que quer dizer tudo, mas que não diz nada.

— Vou tomar uma decisão logo depois do almoço... — Ela fez uma performance de olhar para o formulário. — ... Hole. Vou deixar o mandado no seu escaninho caso seja aprovado.

Harry cerrou os dentes para frear algum comentário impetuoso. Porque sabia que ela estava fazendo a coisa certa. Estava claramente compensando pelo fato de ser jovem, inexperiente e uma mulher num meio dominado por homens. Mas ela estava aparentemente determinada em se fazer respeitar; na primeira oportunidade deu a entender que a técnica do rolo compressor não funcionava com ela. Bem feito. Ele ficou com vontade de arrancar seus óculos e quebrá-los.

— Você poderia me ligar no interfone assim que tomar uma decisão? — perguntou. — No momento, minha sala fica bem longe dos escaninhos.

— Está bem — respondeu ela, misericordiosa.

Harry estava no corredor subterrâneo, a uns 50 metros da sua sala, quando ouviu a porta se abrir. Uma pessoa saiu, trancou a porta depressa, virou-se e começou a andar rápido em direção a Harry. E parou ao avistá-lo.

— Te assustei, Bjørn? — perguntou Harry, baixinho.

A distância entre eles ainda era de uns 20 metros, mas as paredes lançavam o som em direção a Bjørn Holm.

— Um pouco — respondeu, ajeitando o colorido gorro rastafári que cobria o cabelo ruivo. — É seu jeito sorrateiro.

— Humm. E você?

— O que tem eu?

— O que está fazendo aqui? Pensei que tivesse bastante trabalho a fazer na Kripos. Soube que já tem um ótimo emprego novo.

Harry parou 2 metros longe de Holm, que parecia visivelmente confuso.

— Nem tão ótimo assim — respondeu Holm. — Não posso trabalhar com o que eu mais quero.

— Que seria?

— Perícia técnica. Você me conhece.

— Será?

— Hein? — Holm franziu a testa. — Coordenação de planejamento tático e técnico, o que você acha que é? Dar recados, convocar reuniões, mandar relatórios.

— É uma promoção — disse Harry. — O começo de alguma coisa legal, não acha?

Holm bufou.

— Sabe o que acho? Acho que Bellman me colocou lá para me manter longe dos acontecimentos, para garantir que eu não fique por dentro de nada. Porque ele suspeita de que, se eu conseguisse alguma informação, talvez ele não a tivesse antes de você.

— Mas aí ele se engana — disse Harry e se postou bem na frente do perito criminal.

Bjørn Holm piscou duas vezes.

— Qual é, Harry?

— Pois sou eu que pergunto isso. — Harry ouviu a raiva tornar sua voz rígida e metálica. — Que porra você estava fazendo na sala, Bjørn? Sua tralha já foi tirada de lá.

— O que eu estava fazendo? — disse Bjørn. — Fui pegar isso aqui. — Ele levantou a mão direita, que segurava um livro. — Você disse que ia deixá-lo na recepção, lembra?

A biografia de Hank Williams.

Harry se sentiu corar de vergonha.

— Humm.

— Humm — imitou Bjørn.

— Eu tinha levado quando tiramos as coisas — disse Harry. — Mas a gente deu meia-volta no corredor e mudou de volta. Depois esqueci.

— Ok. Posso ir agora?

Harry deu um passo para o lado, e ouviu Bjørn pisar pelo corredor, praguejando.

Ele destrancou a porta e entrou na sala.

Deixou-se cair na cadeira.

Deu uma olhada ao redor.

O bloco de anotações. Ele o folheou. Não havia anotado nada da conversa, nada que pudesse revelar Tony Leike como suspeito. Harry abriu as gavetas da mesa para procurar indícios de que alguém os tivesse revistado. Tudo parecia intocado. Será que Harry havia se enganado? Podia ter esperança de que Holm não estivesse vazando informações para Mikael Bellman?

Harry olhou o relógio. Torceu para que a advogada almoçasse depressa. Ele tocou uma tecla qualquer no computador e a tela ganhou vida. Ainda mostrava a última página da sua busca no Google. No campo de busca, um nome reluzia diante de seu olhar: Tony Leike.

41

Mandado de Prisão

— Então — disse Aslak Krongli girando a xícara de café na mão. Kaja pensou que parecia um copo para ovos na mão grande dele. Ela estava sentada à sua frente na mesa perto da janela. A cantina da polícia ficava no último andar e era do típico design norueguês, isto é, grande, iluminada e limpa, mas não aconchegante o suficiente para que o pessoal ficasse tentado a permanecer mais tempo do que o necessário. O melhor do lugar era a vista da cidade, mas não parecia despertar o interesse de Krongli.

— Eu verifiquei o livro de hóspedes nas outras cabanas de autoatendimento na área — continuou ele. — As únicas pessoas que escreveram no livro que iam passar a noite em questão na cabana de Håvass foram Charlotte Lolles e Iska Peller, que estavam na cabana de Tunvegg na noite anterior.

— E já sabemos delas — disse Kaja.

— Sim. Então, de fato, só tenho duas coisas que talvez possam ter algum interesse para você.

— E são?

— Conversei por telefone com um casal idoso que esteve na cabana de Tunvegg na mesma noite que Lolles e Peller. Disseram que, à noite, apareceu um homem lá, que comeu um pouco, trocou de camisa e continuou em direção sudoeste. No escuro mesmo. E a única cabana naquela direção é a de Håvass.

— E essa pessoa...?

— Elas mal o viram. Parecia que não queria ser visto, ele não tirou a balaclava ou os óculos de esqui antiquados, nem mesmo quando trocou de camisa. A esposa disse ter pensado que ele devia ter se machucado feio no passado.

— Por quê?

— Ela só lembrou que teve esse pensamento, não o motivo. De qualquer maneira, ele pode ter mudado de direção depois de sumir de vista, e ido para outra cabana.

— Claro — disse Kaja e olhou para o relógio.

— Aliás, já receberam alguma notícia em relação ao pedido de se apresentar à polícia?

— Não — respondeu Kaja.

— Esse seu "não" parece querer dizer sim.

Kaja lançou um rápido olhar a Aslak Krongli, que reagiu levantando as mãos.

— Caipira burro na cidade grande! Desculpe, não quis dizer nada com isso.

— Sem problema — disse Kaja.

Os dois olharam para suas xícaras de café.

— Você disse que havia duas coisas que poderiam me interessar — disse Kaja. — Qual é a segunda?

— Sei que vou me arrepender por dizer isso — afirmou Krongli. O riso quieto estava de novo no seu olhar.

Kaja entendeu no mesmo instante aonde estava querendo chegar e sabia que ele tinha razão: ele ia se arrepender.

— Estou no hotel Plaza esta noite e queria saber se gostaria de jantar lá comigo hoje.

Ela podia ver no rosto dele que foi fácil interpretar a reação dela.

— Não conheço mais ninguém nessa cidade — comentou ele e fez uma careta com a boca que talvez fosse um sorriso desarmador. — Além da ex, mas não tenho coragem de ligar para ela.

— Teria sido muito legal... — começou Kaja e fez uma pausa. Futuro do pretérito. Ela viu que Aslak Krongli já estava arrependido. — Mas infelizmente já tenho compromisso para hoje.

— Tudo bem, foi muito em cima da hora. — Krongli sorriu e enfiou os dedos no cabelo encaracolado. — Que tal amanhã?

— Eu... eh, estou muito ocupada esses dias, Aslak.

Krongli fez que sim, mais para si mesmo.

— Claro. Claro que está ocupada. O cara que estava na sua sala quando cheguei talvez seja o motivo?

— Não, tenho outros chefes agora.

— Não era em chefes que eu estava pensando.

— Não?

— Você disse que estava apaixonada por um policial. E pelo visto, ele não teve dificuldades em te convencer. Não tanto quanto eu, pelo menos.

— Não, não, está louco, não foi ele! Eu... bem, acho que bebi um pouco demais naquela noite. — Kaja ouviu a própria risada tola e sentiu o sangue subir pelo pescoço.

— Bem — continuou Krongli e tomou o resto do café. — Devo sair para a cidade grande e gelada. Deve ter museus para ver e bares para visitar.

— É, você deve aproveitar a oportunidade.

Ele ergueu uma sobrancelha e seu olhar dançou. Igual ao olhar de Even no final.

Kaja desceu com ele. Quando ele apertou sua mão, ela falou de improviso:

— Me ligue se ficar muito só, vou ver se posso dar uma escapada.

Ela interpretou seu sorriso como agradecimento por ela lhe dar a oportunidade de recusar uma oferta ou pelo menos decidir por conta própria se procuraria ela.

Quando Kaja entrou no elevador de novo, ela pensou no que ele tinha dito: *"não teve dificuldade em te convencer"*. Quanto tempo será que Krongli havia ficado no vão da porta ouvindo a conversa deles?

À uma hora da tarde, o telefone na frente de Kaja tocou.

Era Harry.

— Então, consegui o mandado. Pronta?

Ela sentiu o coração disparar.

— Estou.

— Colete?

— Colete e arma.

— A Delta vai cuidar das armas. Estão prontos num carro na frente da garagem, é só descer. E traz o mandado que está no meu escaninho?

— Ok.

Dez minutos depois estavam numa van azul de doze lugares da Unidade Especial Delta, indo para o oeste, passando pelo centro de Oslo. Kaja ouviu Harry explicar que ele, meia hora antes, havia ligado para o prédio comercial onde Leike alugava uma sala. Disseram que ele estava trabalhando em casa hoje. Harry havia ligado para o telefone fixo em

Holmenveien e assim que Leike tinha atendido, Harry desligara. Harry tinha especialmente requisitado Milano para chefiar a operação, um homem moreno e forte com sobrancelhas enormes, mas que apesar do nome não tinha um pingo de sangue italiano nas veias.

Passaram pelo túnel Ibsen, e retângulos de luz refletida passaram sobre os capacetes e visores dos oito policiais que pareciam estar em meditação profunda.

Kaja e Harry encontravam-se nos assentos de trás. Harry vestia uma jaqueta com POLÍCIA escrito em maiúsculas amarelas na frente e nas costas e verificava se possuía cartuchos em todas as câmaras do revólver.

— Oito homens da Delta e um liquidificador — comentou Kaja, referindo-se à luz azul girando no teto do carro. — Tem certeza de que não está pegando pesado demais?

— É para pegar pesado — disse Harry. — Para conseguirmos a atenção quanto a quem de fato tomou a iniciativa dessa prisão, precisamos de efeitos especiais mais contundentes do que os de praxe.

— Vazou para a imprensa?

Harry olhou para ela.

— Se quiser atenção, quis dizer — rebateu ela. — Imagine Leike, a celebridade, ser preso pelo assassinato de Marit Olsen. Eles deixariam um nascimento de princesa de lado por isso.

— E se a noiva dele estiver lá? — disse Harry. — Ou a mãe? Também vão estar nos jornais e na TV ao vivo? — Ele deu uma girada rápida no revólver, e o cilindro fechou com um clique.

— Então, para quê os efeitos especiais?

— A imprensa vem depois — explicou Harry. — Vão questionar os vizinhos, os transeuntes, a gente. Vão ficar sabendo que foi um grande show. Para mim, basta. Nenhuma pessoa inocente envolvida, e a primeira página é nossa.

Ela o olhou de soslaio quando as sombras do túnel seguinte passaram por cima deles. Cruzaram Majorstuen e subiram a rua Slemdal, passando por Vinderen, e ela o observou olhando para fora pela janela, na parada do bonde, com uma expressão de preocupação no rosto. Teve vontade de pôr sua mão por cima da dele, dizer algo, qualquer coisa, que pudesse fazer aquela expressão sumir. Ela olhou a mão dele. Segurava o revólver, apertando-o com força, como se fosse tudo o que tinha. Não podia continuar assim; algo iria arrebentar. Já havia arrebentado.

Subiram cada vez mais, deixando a cidade abaixo deles. Passaram sobre os trilhos do bonde, e daí luzes piscaram atrás deles e a cancela foi baixada.

Estavam na Holmenveien.

— Quem vem comigo até a porta, Milano? — gritou Harry para o policial no assento de passageiro na frente.

— Delta três e Delta quatro — gritou Milano ao se virar e apontar para um homem com um grande número 3 escrito com giz no peito e nas costas do seu uniforme de combate.

— Ok — disse Harry. — E os outros?

— Dois homens em cada lado da casa. Procedimento Dyke 1-4-5.

Kaja sabia que era um código para a formação. Tinha sido emprestada do futebol americano, e o propósito era comunicar rapidamente sem que mais ninguém entendesse, caso alguém conseguisse interceptar a radiofrequência usada pela Delta. Pararam algumas casas antes da de Leike. Seis homens checaram suas MP-5 e saltaram. Kaja os viu avançarem pelo grande jardim do vizinho, o gramado queimado e seco, macieiras desnudas e altas cercas vivas das quais tanto gostavam ali na zona oeste, a parte mais rica da cidade. Kaja olhou o relógio. Já haviam se passado quarenta segundos quando zuniu no rádio de Milano:

— Todos a postos.

O motorista soltou a embreagem, e eles seguiram devagar até a casa.

A mansão relativamente nova de Leike era amarela, de um só andar, imponente e grande, mas o endereço era mais ostensivo do que a arquitetura, que estava em algum lugar entre funcional e uma caixa de madeira, pelo menos na opinião de Kaja.

Pararam na frente de duas portas de garagem no fim de uma rua de cascalho que levava à porta de entrada. Alguns anos antes, durante um sequestro dramático na província de Vestfold, em que a Delta havia cercado uma casa, os sequestradores haviam escapado entrando na garagem por um corredor ligado à casa, dar a partida no carro do proprietário e saindo tranquilamente, para a surpresa de policiais armados com o queixo caído.

— Fique atrás e me siga — disse Harry a Kaja. — A próxima vez será sua.

Desceram da van, e Harry foi imediatamente em direção à casa com os outros dois policiais um passo atrás e para o lado, numa formação triangular. Kaja ouviu pela voz de Harry que o batimento dele estava acelerado. Também viu pela linguagem corporal, na tensão da nuca, pelo modo extremamente lento com que se movimentava.

Subiram a escada. Harry tocou a campainha. Os dois policiais tomaram posição em cada lado da porta com as costas à parede.

Kaja contou. Harry tinha dito a ela no carro que no FBI a instrução era de tocar a campainha ou bater, gritar "polícia!" e "favor abrir!", repetir uma vez e esperar dez segundos antes de entrar. A polícia norueguesa não possuía nenhuma instrução tão específica, mas isso não queria dizer que não houvesse regras.

Esta manhã na Holmenveien, porém, nenhuma regra foi aplicada.

A porta foi aberta de um golpe só, e Kaja deu automaticamente um passo para trás quando viu o gorro rastafári no vão da porta, depois viu o ombro de Harry se mexer e ouviu o som de um punho socando a carne.

42

Beavis

Foi uma reação automática; Harry simplesmente não conseguiu detê-la.

Quando o rosto rechonchudo do perito técnico Bjørn Holm surgiu no vão da porta de Tony Leike e Harry viu outros peritos em plena atividade de busca por trás dele, ele entendeu numa fração de segundo o que tinha acontecido e tudo ficou preto.

Ele só sentiu a punhalada suplantar-se pelo braço e pelo ombro e a dor nos ossos da mão. Quando reabriu os olhos, Bjørn Holm estava de joelhos no corredor, com sangue jorrando do nariz, entrando na boca e pingando do queixo.

Os dois policiais da Delta haviam pulado para a frente, apontando suas armas para Holm, mas estavam claramente confusos. Eles provavelmente reconheceram seu gorro rastafári, entendendo que os outros em trajes brancos faziam parte do grupo de peritos na cena do crime.

— Avise que a situação está sob controle — disse Harry ao homem com o número 3 no peito. — E que o suspeito foi preso. Por Mikael Bellman.

Harry estava afundado na cadeira, com as pernas esticadas, quase alcançando a mesa de Gunnar Hagen.

— E bem simples, chefe. Bellman ficou sabendo que a gente estava prestes a prender Tony Leike. Droga, a sala da promotoria fica logo do outro lado da rua da Kripos, no mesmo prédio que a Perícia Técnica. Era só dar uns passinhos para o outro lado e conseguir um mandado de um dos promotores de lá, provavelmente resolvido em dois minutos, enquanto eu tive que esperar durante duas malditas horas!

— Não precisa gritar — disse Hagen.

— *Você* não precisa, mas *eu* preciso! — gritou Harry e deu um soco no braço da cadeira. — Merda! Merda! Merda!

— Seja grato que Holm não quer dar queixa contra você. Aliás, por que bateu *nele?* Foi ele que vazou a informação?

— Algo mais, chefe?

Hagen olhou para seu inspetor. Balançou a cabeça.

— Tire uns dias de folga, Harry.

Truls Berntsen tinha sido chamado de muitas coisas durante sua juventude. A maioria dos apelidos já estava esquecida. Mas depois do ensino médio, nos anos de 1990, um ficou: Beavis.

Aquele idiota do desenho animado da TV. Tinha cabelo loiro, maxilar inferior protuberante e ria soltando grunhidos. Ok, talvez sua risada fosse assim. Era assim desde a escola primária, especialmente quando alguém apanhava. Ele tinha lido num gibi que o cara que havia criado *Beavis and Butt-Head* se chamava Judge; não se lembrava do primeiro nome. Mas, então, esse Judge disse que imaginava que o pai de Beavis fosse um bêbado que batia no filho. Truls Berntsen lembrou-se de ter jogado o gibi no chão da loja e sair rindo daquela maneira mesma, soltando grunhidos.

Ele tinha dois tios que eram policiais, e conseguira satisfazer os requisitos da Academia de Polícia por um triz e com duas recomendações. Ele passou na prova com a ajuda de pelo menos uma mãozinha do cara ao lado dele. Era o mínimo que podia fazer, afinal eram amigões desde a infância. Bem, talvez amigões não fosse o termo correto. Para ser franco, Mikael Bellman tinha sido seu chefe desde que tinham 12 anos e costumavam se encontrar no terreno baldio que estava sendo dinamitado lá em Manglerud. Bellman o tinha pegado em flagrante quando tentava botar fogo num rato morto. E Bellman lhe havia mostrado que era muito mais divertido enfiar uma banana de dinamite pela boca do rato. Ele havia até deixado Truls acender. E desde aquele dia, ele tinha seguido Mikael Bellman aonde quer que fosse. Quando era permitido. Mikael era craque em tudo o que Truls não sabia fazer. Na escola, nas aulas de educação física, no modo de falar para que ninguém o perturbasse. Ele tinha até garotas, uma delas tinha um ano a mais que ele e peitos que Mikael podia apalpar à vontade. Só numa coisa Truls era melhor: apanhar. Mikael sempre recuava quando alguns garotos maiores ficavam de saco cheio das suas provocações e vinham atrás dele, de punhos cerrados.

Então, ele empurrava Truls na sua frente. Porque Truls sabia apanhar. Ele tinha sido treinado em casa. Podiam surrá-lo até o sangue escorrer, mas ele continuava em pé, com seu riso de grunhidos que só fazia aumentar a raiva deles. Mas não conseguia se controlar, tinha de rir. Sabia que Mikael lhe daria um tapinha no ombro de reconhecimento, e, se fosse domingo, Mikael podia dizer que Julle e Te-Ve iam apostar corrida de novo. Então iam até a ponte em baixo do cruzamento de Ryen, sentindo o cheiro de asfalto queimado pelo sol enquanto ouviam os motores das Kawasaki 1000 acelerarem, as líderes de torcidas gritando. Depois, as motos de Julle e Te-Ve viriam descendo como jatos a autoestrada de domingo, sem trânsito, passariam por baixo deles e continuariam para o túnel e Bryn, e às vezes — se Mikael estivesse de bom humor e a mãe de Truls estivesse de plantão no hospital de Aker — iam almoçar na casa de D. Bellman.

Uma vez, quando Mikael tocou a campainha na sua casa, seu pai gritou a Truls que Jesus havia chegado para buscar seu discípulo.

Nunca brigavam. Quer dizer, Truls nunca revidava se Mikael estivesse de mau humor e o ofendia. Nem na festa em que Mikael o chamou de Beavis e todos haviam caído na gargalhada, quando Truls instintivamente entendeu que o apelido ia pegar. Truls só revidou uma única vez. Foi quando Mikael chamou seu pai de um dos bebuns da fábrica da Kadok. Truls se levantou e foi até Mikael com os punhos em riste. Mikael se encolheu com uma mão por cima da cabeça, pedindo com um riso para ele relaxar, que era só brincadeira e pedia desculpas. Mas depois foi Truls que se sentiu mal e se arrependeu.

Um dia, Mikael e Truls entraram num posto de gasolina onde sabiam que Julle e Te-Ve roubavam gasolina. Julle e Te-Ve só enchiam os tanques das Kawasakis nas bombas de autoatendimento com as namoradas sentadas atrás, suas jaquetas jeans casualmente amarradas na cintura cobrindo o número das placas. Então os garotos subiam nas motos pisando no acelerador.

Mikael deu ao dono do posto o nome e endereço de Julle e Te-Ve, mas só de uma das garotas, a namorada de Te-Ve. O dono do posto parecia desconfiado, achando que talvez tivesse visto Truls numa das câmeras de segurança, pelo menos parecia o rapaz que tinha roubado um galão de gasolina pouco antes do incêndio do alojamento dos operários do terreno em Manglerud. Mikael disse que ele não queria nenhuma recompensa pelas informações, só queria que os culpados respondessem pelo que haviam feito. Ele também supunha que o dono do posto estivesse ciente da sua responsabilidade cívica. O homem fez que sim, um tanto perplexo. Mikael sabia persuadir as pessoas. Quando foram embora, Mikael disse que depois do ensino médio queria entrar para a Academia de Polícia e que Beavis devia pensar em fazer o mesmo — ele até tinha parentes na instituição.

Pouco tempo depois, Mikael começou a namorar Ulla, e eles se viram menos. Mas depois da escola e da Academia de Polícia, os dois conseguiram empregos na mesma delegacia em Stovner, bem no subúrbio leste de Oslo, com gangues criminais, assaltos e até um e outro assassinato. Depois de um ano, Mikael casou com Ulla e se tornou chefe de Truls, ou Beavis, como foi chamado desde o terceiro dia, e o futuro parecia bom para Truls e brilhante para Mikael. Até que um babaca, um civil que estava como temporário no departamento financeiro, acusou Bellman de ter quebrado seu queixo depois da festa de Natal. Ele não tinha nenhuma prova, e Truls sabia que Mikael não tinha feito aquilo. Mas no meio do rebuliço Mikael pediu transferência para o exterior e conseguiu um emprego na Europol, mudou-se para a sede em Haia, onde não demorou a se tornar uma estrela.

Quando Mikael voltou à Noruega e à Kripos, a segunda coisa que fez foi ligar para Truls e dizer:

— Beavis, está pronto para voltar a detonar ratos?

A primeira coisa foi empregar Jussi.

Jussi Kolkka era especialista em meia dúzia de técnicas de luta cujos nomes você esquece antes de serem totalmente pronunciados. Ele tinha trabalhado para a Europol durante quatro anos, e antes disso fora policial em Helsinki. Jussi Kolkka teve que sair da Europol porque havia extrapolado durante a investigação de uma série de estupros de meninas adolescentes no sul da Europa. Diziam que Kolkka havia surrado tanto um molestador que até o advogado do acusado teve problemas em reconhecê-lo. Mas não em ameaçar a Europol com um processo. Truls havia tentado fazer Jussi contar os detalhes mais interessantes, mas ele só o tinha encarado sem dizer nada. Certo, Truls também não era do tipo de falar muito. E ele havia percebido que falar pouco aumentava as chances das pessoas te subestimarem. O que nem sempre caía tão mal. Não importa. Esta noite tinham motivo para festejar. Mikael, ele mesmo, Jussi e a Kripos haviam vencido. E na ausência de Mikael, quem ficava no comando eram eles.

— Cale a boca! — gritou Truls e apontou para a TV na parede sobre o bar no café Justisen. E ouviu os grunhidos da própria risada nervosa quando os colegas de fato obedeceram ao que ele havia mandado. Fez-se um silêncio em volta das mesas e no balcão do bar. Todos estavam concentrados no âncora do noticiário que olhava diretamente para a câmera, anunciando o que estavam esperando:

— Hoje, a Kripos prendeu um homem suspeito de cinco assassinatos, entre eles o de Marit Olsen.

O júbilo foi geral, as canecas de chope foram erguidas e brindes feitos, abafando o resto do noticiário, até uma voz grave com sotaque finlandês-sueco trovar:

— Fecha a matraca, porra!

O pessoal da Kripos obedeceu e dirigiu a atenção a Mikael Bellman, que estava na frente do prédio deles em Bryn com um microfone enfiado na cara.

— A pessoa em questão é suspeita, será interrogada pela Kripos e depois detida preventivamente — disse Mikael Bellman.

— Isso quer dizer que a polícia já solucionou esse caso?

— Encontrar o culpado e condená-lo são duas coisas diferentes — rebateu Bellman com um leve sorriso nos cantos da boca. — Mas nossa investigação aqui na Kripos já revelou tantos indícios e tantas coincidências que achamos apropriado fazer a prisão de imediato, já que havia risco de outros crimes e adulteração das provas.

— O detido tem 30 e poucos anos. Pode dizer mais sobre ele?

— Ele já tem uma condenação por agressão violenta, é só o que posso dizer.

— Na internet há rumores sobre a identidade dele. Sugerem que seja um investidor conhecido que, entre outras coisas, é noivo da filha de um famoso armador da marinha mercante. Pode confirmar esses rumores, Bellman?

— Acho que não preciso confirmar ou negar nada além de que nós da Kripos estamos confiantes em conseguir um desfecho do caso em breve.

O repórter virou-se para a câmera para concluir, mas foi abafado pelos aplausos no Justisen.

Truls pediu mais um chope, e um dos investigadores subiu numa cadeira e proclamou que a Divisão de Homicídios podia chupar seu pau, pelo menos a cabeça, se pedisse de joelhos. As gargalhadas trovejaram no balcão abarrotado fedendo a suor.

Nesse instante, a porta se abriu e, no espelho, Truls viu uma figura preencher o vão da porta.

A visão deu-lhe uma estranha excitação, uma certeza trêmula de que algo estava para acontecer, e que alguém ia se machucar.

Era Harry Hole.

Alto, ombros largos, rosto magro, os olhos injetados fundo nas órbitas. Ele não se mexeu. E mesmo assim — sem alguém ter que gritar para se calarem — o silêncio espalhou-se por todo o Justisen, até ouvirem um último "shhh" a dois peritos técnicos tagarelas. Quando o silêncio por fim se fez total, Hole falou:

— Então estão festejando que conseguiram roubar o trabalho que já fizemos?

As palavras vieram baixinho, quase sussurradas, mas cada sílaba ressoou no balcão.

— Estão festejando por ter um chefe que está disposto a passar por cima de cadáveres, tanto aqueles que já estão empilhados lá fora quanto aqueles que logo serão carregados para fora do sexto andar da sede da polícia, só para poder ser o Rei-Sol da porra de Bryn. Bacana. Então tomem uma nota de 100.

Truls viu Hole segurar uma nota.

— Não vão precisar roubar esta. Tomem, comprem chope, perdão, um vibrador para o trio de Bellman...

Ele amassou a nota e jogou-a no chão. No canto do olho, Truls viu que Jussi já estava entrando em ação.

— ...Ou outro dedo-duro.

Hole deu um passo de lado para se equilibrar e só então Truls entendeu que o cara — apesar de falar com a clareza de um padre — estava de porre.

No instante seguinte, Harry deu uma meia pirueta quando o gancho de direita de Jussi Kolkka o acertou no queixo, e depois, uma reverência profunda, quase galante, quando o punho esquerdo do finlandês enterrou-se no seu plexo solar. Truls anteviu que Hole em poucos segundos — assim que tivesse recuperado um pouco de ar nos pulmões — ia vomitar. Ali dentro. E pelo visto, Jussi teve o mesmo pensamento, que seria melhor se isso acontecesse lá fora. Foi impressionante ver aquele rechonchudo finlandês troncudo erguer o pé com a elasticidade de uma bailarina, encostá-lo no ombro de Harry e empurrar com cuidado, alavancando o policial encolhido para trás e para fora pela mesma porta por onde havia entrado.

Os mais bêbados e jovens gritavam de tanta gargalhada, mas Truls grunhiu. Dois dos mais velhos levantaram a voz, e um gritou que Kolkka, porra, devia se comportar. Mas ninguém fez nada. Truls sabia por quê. Todos ali presentes se lembravam da história. Harry havia levado o uniforme para a sarjeta, feito merda das grandes, ao matar um dos seus melhores homens.

Jussi marchou solenemente até o balcão, como se tivesse levado o lixo para fora. Truls relinchou e grunhiu. Ele nunca compreenderia os finlandeses ou lapões e esquimós ou seja lá quem fossem.

No fundo do recinto, um cara se levantou e foi até a porta da saída. Truls não tinha visto ele na Kripos antes, mas tinha pinta de policial por baixo do escuro cabelo encaracolado.

— Me avise se precisar de alguma ajuda com ele, delegado — gritou alguém da sua mesa.

Três minutos mais tarde, quando Celine Dion novamente soava pelos alto-falantes e o papo fluía como antes, Truls aventurou-se para a frente, pisou na nota de cem e levou-a até o balcão.

Harry recuperou o ar. E vomitou. Uma, duas vezes. Depois esmaeceu de novo. O asfalto estava tão gelado que queimava o corpo através da camisa, e ao mesmo tempo tão pesado que parecia que era ele que o suportava e não o contrário. No interior das pálpebras dançavam manchas vermelhas e vermes sinuosos e pretos.

— Hole?

Harry ouviu a voz, mas sabia que se ele mostrasse que estava consciente, o caminho estaria livre para ser chutado. Por isso ficou de olhos fechados.

— Hole? — A voz já estava mais perto e ele sentiu a mão no ombro.

Harry também sabia que o álcool ia reduzir a rapidez, a precisão do ataque e a percepção da distância, mas ele agiu mesmo assim. Ele abriu os olhos, girou e desferiu um golpe mirando a garganta. Depois caiu outra vez.

Ele tinha errado em meio metro.

— Vou chamar um táxi — disse a voz.

— Vai se foder — gemeu Harry. — Se manda, maldito rato.

— Não sou da Kripos — explicou a voz. — Meu nome é Krongli. Delegado de Ustaoset.

Harry se virou e olhou para ele.

— Só bebi um pouco demais — disse Harry com voz rouca, tentando respirar com calma para que as dores no estômago não o fizessem vomitar de novo. — Nada grave.

— Também estou um pouco bêbado — disse Krongli, sorrindo, e pôs um braço em volta do ombro de Harry. — E para ser franco, não faço ideia de onde arrumar um táxi. Consegue ficar em pé?

Harry se apoiou com um pé, depois com o outro, piscou algumas vezes e constatou que pelo menos estava novamente na vertical. E meio abraçado a um delegado de Ustaoset.

— Onde vai dormir esta noite? — perguntou Krongli.

Harry olhou-o de soslaio:

— Em casa. E de preferência sozinho, se tudo bem para você.

Naquele momento, um carro da polícia parou na frente deles, e o vidro lateral desceu. Harry ouviu o final de uma gargalhada e depois uma voz calma:

— Harry Hole, Homicídios?

— Eu — suspirou Harry.

— Acabamos de receber uma ligação de um investigador da Kripos mandando levar você para casa.

— Abre a porta, então!

Harry sentou-se no banco de trás, pôs a cabeça no encosto, fechou os olhos, sentindo tudo começar a girar, mas preferiu isso a ter que ver os dois homens nos bancos da frente olhando para ele. Krongli pediu para ligarem para um número quando "Harry" estivesse são e salvo em casa. Que porre fez aquele cara pensar que fosse seu amigo? Harry ouviu o zunido do vidro levantar, e depois a voz agradável do assento na frente perguntar:

— Onde mora, Hole?

Quando Harry sentiu o carro começar a andar, abriu os olhos, virou-se e viu Aslak Krongli ainda na calçada da Møllergata.

43

Visita em Casa

Kaja estava deitada de lado, olhando para o escuro do seu quarto. Ouviu o portão abrir e depois passos no cascalho lá fora. Segurou a respiração e esperou. A campainha tocou. Ela saiu com cuidado da cama, enfiou o roupão e foi até a janela. Tocou de novo. Ela entreabriu a cortina. E suspirou.

— Policial bêbado — disse ela em voz alta.

Ela enfiou os pés nas pantufas e arrastou-os pelo corredor até a porta. Abriu e ficou no vão de braços cruzados. Kaja se perguntou se isso seria uma paródia do esquete do bêbado. Ou se esse fosse o triste original.

— O que traz você até aqui tão tarde? — perguntou Kaja.

— Você. Posso entrar?

— Não.

— Mas você disse que eu podia encontrar você se eu me sentisse muito sozinho. E eu *estava*.

— Aslak Krongli — começou ela. — Eu já estava deitada. Vai para o seu hotel agora. Podemos tomar um café amanhã de manhã.

— Estou precisando de café agora, acho. Dez minutos, depois chamamos um táxi, ok? Enquanto isso, podemos falar sobre assassinatos e serial killers. O que acha?

— Sinto muito — disse ela. — Não estou sozinha.

De imediato, Krongli se endireitou, mas com um movimento que fez Kaja suspeitar que ele não estivesse tão bêbado quanto parecia a princípio:

— É mesmo? Aquele policial em quem você está gamada está aqui?

— Talvez.

— Estes aqui são dele? — perguntou ele, devagar, e chutou os sapatos grandes ao lado do capacho.

Kaja não respondeu. Havia algo na voz de Krongli, não, por trás da voz, algo que ela não tinha notado antes. Como um rosnado de baixa frequência, quase inaudível.

— Ou só colocou os sapatos aí para assustar? — Havia riso no seu olhar. — Não há ninguém aqui, não é, Kaja?

— Escute, Aslak...

— O policial de quem está falando, aquele Harry Hole, se deu mal hoje à noite. Apareceu no café Justisen de porre, provocou e ganhou a surra que pediu. Uma viatura chegou para levá-lo para casa. Assim, você deve estar livre esta noite, não é?

Seu coração disparou. Ela não sentia mais frio por baixo do roupão.

— Talvez eles tenham trazido Harry para cá — retrucou ela e ouviu que sua voz também havia mudado.

— Não, me ligaram dizendo que o levaram para bem longe, algum lugar no alto onde ele ia visitar alguém. Quando descobriram que era o Hospital Central, eles o aconselharam a não entrar, mas aí ele pulou fora no sinal vermelho. Gosto do café bem forte, ok?

Seus olhos haviam ganhado um brilho intenso, o mesmo que Even costumava ter quando não estava bem.

— Aslak, vai embora. Tem táxi na Kirkeveien.

A mão dele disparou, e antes de ela ter tempo de reagir, ele a agarrou e empurrou-a para dentro do corredor. Ela tentou se soltar, mas ele pôs um braço em volta dela e segurou-a com força.

— Você vai ser igual a ela? — sibilou a voz dele perto do seu ouvido. — Sair de fininho, fugir? Vocês são todas iguais, malditas...

Ela gemeu e se contorceu, mas ele era forte.

— Kaja!

A voz veio do quarto, cuja porta estava aberta. Uma voz masculina decidida e dominante que Krongli em outras circunstâncias talvez houvesse reconhecido. Já que a tinha ouvido no café Justisen apenas uma hora antes.

— O que está acontecendo, Kaja?

Krongli já a havia soltado e a fitava, boquiaberto e de olhos arregalados.

— Nada — respondeu Kaja sem tirar os olhos de Krongli. — Só um caipira bêbado de Ustaoset que já está voltando para casa.

Krongli foi de costas até a saída sem dizer uma palavra. Esgueirou-se para fora e bateu a porta atrás de si. Ela foi até a porta, trancou-a e encostou a testa na madeira fria. Tinha vontade de chorar. Não de medo ou choque. Mas de aflição. Tudo em sua volta estava desmoronando. Tudo o que ela havia considerado tão puro e correto estava finalmente começando a surgir em sua luz verdadeira. Já estava acontecendo havia algum tempo, mas ela não *queria* ver. Porque Even tinha razão ao dizer: ninguém é como aparenta ser, e a maior parte da vida, exceto a traição sincera, é mentira e engano. E o dia em que descobrimos que não somos diferentes, é o dia em que não queremos mais viver.

— Cadê você, Kaja?

— Estou indo.

Kaja afastou-se da porta, contra a forte vontade de abri-la e sair correndo. O luar entrava por entre as cortinas, caindo sobre a cama, sobre a garrafa de champanhe que ele tinha trazido para celebrar, sobre seu torso nu atlético, sobre o rosto que para ela antes havia sido o mais belo neste mundo. As manchas no rosto dele brilhavam como tinta luminescente. Como se fossem incandescentes por dentro.

44

A Âncora

Kaja ficou no vão da porta do quarto olhando para ele. Mikael Bellman. Para as pessoas em geral: um inspetor competente e ambicioso, feliz no casamento e pai de três filhos, em breve comandante geral da nova *Kripos gigantus* que ia chefiar toda as investigações de homicídios na Noruega. Para ela, Kaja Solness: o homem por quem ela havia se apaixonado desde a primeira vez que tinham se encontrado, que a havia seduzido com todas as artimanhas possíveis, e mais algumas impossíveis. Ela foi uma presa fácil, mas não era culpa dele, e sim dela. Em geral. O que foi que Harry havia dito? "Ele é casado e diz que vai deixar a mulher e os filhos por você, mas nunca deixa?"

Ele tinha acertado em cheio. É claro. Somos tão previsíveis assim. Acreditamos porque queremos acreditar. Nos deuses porque mitigam o medo da morte. No amor porque embeleza a noção do que é a vida. No que homens casados falam porque é o que homens casados falam.

Ela sabia o que Mikael ia dizer. E agora disse:

— Preciso ir para casa. Ela já vai começar a desconfiar.

— Eu sei — suspirou Kaja e deixou, como de costume, de fazer a pergunta que sempre surgia quando ele dizia aquilo: por que não fazer com que ela pare de desconfiar? Por que não fazer o que já tinha prometido há tanto tempo? E agora surgiu uma nova pergunta: Por que não tenho mais tanta certeza de que *quero* que ele o faça?

Harry subiu para a ala de Hematologia no Hospital Central, apoiando-se no corrimão da escada. Estava ensopado de suor, gelado até os ossos, e os dentes batiam como um motor a dois tempos. E estava de porre. Tinha enchido a cara de Jim Beam e encontrava-se cheio de astúcia, cheio de si, cheio de merda. Cambaleou pelo corredor, e no final vislumbrou a porta do pai.

A cabeça de uma enfermeira surgiu de uma sala, ela olhou para ele e desapareceu. Faltavam 50 metros para o quarto quando a enfermeira e um enfermeiro careca irromperam no corredor, barrando Harry.

— Não guardamos medicamentos aqui nessa ala — disse o careca.

— O que está dizendo não é apenas uma mentira descarada — respondeu Harry e tentou controlar o equilíbrio e o bater dos dentes. — Mas um insulto grave. Não sou viciado, mas parente próximo. Vou visitar meu pai. Então façam a gentileza de saírem do caminho.

— Desculpe — disse a enfermeira, que parecia mais calma com a dicção clara de Harry. — Mas você está fedendo igual a uma cervejaria, e não podemos permitir...

— Cervejaria faz cerveja — retrucou Harry. — Jim Beam é bourbon. O que implica dizer que estou fedendo igual a uma destilaria, senhorita. É...

— De qualquer modo... — disse o enfermeiro e tocou o cotovelo de Harry. E soltou-o depressa quando sua mão foi torcida. O homem gemeu e fez uma careta de dor antes de Harry soltá-lo. Harry ficou imóvel, encarando-o. — Ligue para a polícia, Gerd — pediu o enfermeiro, baixinho, sem tirar os olhos de Harry.

— Se me permitem, eu cuido disso — disse uma voz com um leve ceceio atrás deles. Era Sigurd Altman. Ele vinha andando com uma pasta por baixo do braço e um sorriso amigável. — Você pode me acompanhar até o local onde a gente guarda os medicamentos, Harry?

Hole balançou duas vezes para a frente e para trás. Focou no baixinho magricelo de óculos redondos. E fez que sim.

— É para cá — disse Altman, que já havia começado a andar.

A rigor, a sala de Altman parecia uma despensa. Sem janela, sem ventilação perceptível, mas cabia uma mesinha com computador, uma cama simples, e ele explicou que servia quando fazia plantão e podia dormir e ser chamado quando necessário. E um armário com chave que Harry supunha conter uma série de anfetaminas e calmantes.

— Altman — disse Harry, que estava sentado na beira da cama, estalando a língua, como se tivesse cola nos lábios. — Nome incomum. Só conheço uma pessoa com esse sobrenome.

— Robert — disse Sigurd Altman, que estava sentado na única cadeira da sala. — Eu não gostava de quem eu era naquele vilarejo onde cresci. Assim que consegui sair de lá, fiz um requerimento para trocar o nome tão comum terminando em -sen. Justifiquei o requerimento com a verdade, que Robert Altman era meu diretor favorito. E o encarregado do caso devia estar de ressaca naquele dia, porque autorizou. Pode fazer bem a todos renascer de vez em quando.

— *O jogador* — disse Harry.

— *Assassinato em Gosford Park* — disse Altman.

— *Short Cuts: Cenas da vida.*

— Ah, uma obra-prima.

— Bom, mas superestimado. Tem temas demais. O roteiro faz a trama desnecessariamente complicada.

— A vida é complicada. As pessoas são complicadas. Assista ao filme de novo, Harry.

— Humm.

— Como está indo? Algum avanço no caso de Marit Olsen?

— Avanço — disse Harry. — O culpado foi preso hoje.

— Uau. Bem, então entendo que esteja festejando. — Altman pressionou o queixo contra o peito e olhou por cima dos óculos. — Preciso confessar que tenho esperança em contar a meus netos que foi minha informação sobre cetamina que solucionou o caso.

— Pode contar, mas foi uma ligação para um dos mortos que o desmascarou.

— Coitado.

— Quem é coitado?

— Todos são coitados, eu acho. Então, por que a pressa em ver seu pai justamente agora?

Harry pôs a mão diante da boca e soltou um arroto.

— Há um motivo — disse Altman. — Não importa o quão bêbado estiver, sempre tem um motivo. Por outro lado, é claro que não tenho nada a ver com esse motivo, por isso, talvez eu devesse calar a bo...

— Você já foi solicitado para ajudar alguém a morrer?

Altman deu de ombros.

— Algumas vezes, sim. Como enfermeiro especializado em anestesia, faz sentido pedir isso a mim.

— Meu pai me pediu.

Altman anuiu devagar com a cabeça.

— É uma carga pesada para pôr nos ombros de outra pessoa. É por isso que veio para cá agora? Para acabar com isso?

O olhar de Harry tinha vagado pela sala à procura de uma bebida. Agora dava outra volta.

— Vim para pedir perdão. Por não poder fazer isso por ele.

— Não precisa pedir perdão por isso. Tirar uma vida não é algo que se pode exigir que alguém faça, especialmente seu próprio filho.

Harry pôs a cabeça nas mãos. Parecia dura e pesada como uma bola de boliche.

— Eu já fiz isso uma vez — respondeu ele.

A voz de Altman soou mais perplexa do que diretamente chocada:

— Ajudou alguém a morrer?

— Não — disse Harry. — Me recusado a fazer. A meu pior inimigo. Ele tinha uma doença incurável, mortal e terrivelmente dolorosa. Ele se sufocou lentamente com a própria pele, que foi encolhendo.

— Esclerodermia — disse Altman.

— Quando eu o prendi, ele tentou fazer com que eu o matasse com um tiro. Estávamos no topo de uma torre, só ele e eu. Ele tinha matado um número desconhecido de pessoas e machucado a mim e a pessoas queridas. Estão marcadas para sempre. Meu revólver estava apontado para ele. Só nós dois ali. Autodefesa. Não havia risco nenhum atirar nele.

— Mas você preferia que ele sofresse — disse Altman. — A morte era uma saída fácil demais.

— Exato.

— E agora está sentindo que está fazendo a mesma coisa com seu pai, deixando-o sofrer em vez de ajudá-lo a morrer.

Harry esfregou a nuca.

— Não é por me ater a princípios sobre a virtude da vida ou qualquer tolice do gênero. É pura e simples conformidade. É covardia. Droga, não tem nada para beber aqui, Altman?

Sigurd Altman balançou a cabeça. Harry não sabia se era uma resposta à última pergunta ou à outra parte que ele havia dito. Talvez às duas coisas.

— Você não pode desqualificar seus próprios sentimentos dessa maneira, Harry. Você está tentando ignorar o fato de que você, como todo mundo, é guiado por noções de certo e errado. Seu intelecto talvez não tenha todos os argumentos para estas noções, mas mesmo assim estão profundamente enraizadas em você. Certo e errado. Talvez seja algo que seus pais contaram na sua infância, um conto de fadas com moral que sua avó lia, algo na escola que você achou injusto e parou para pensar a respeito. A soma de todas as coisas meio esquecidas. — Altman inclinou-se para a frente. — Na verdade, "profundamente enraizado" é uma boa expressão. Porque diz que você talvez não enxergue a âncora ali no fundo, mas mesmo assim não consegue sair do lugar, que é em torno disso que está girando, é ali que você se sente em casa. Tente aceitar isso, Harry. Aceite a âncora.

Harry ficou olhando para suas mãos dobradas.

— As dores que ele sofre...

— Dor física não é a pior coisa para alguém — refletiu Altman. — Acredite, eu vejo isso todo dia. Nem a morte. Nem o medo da morte.

— O que é a pior então?

— Humilhação. Ser destituído de honra e dignidade. Ser despido, expulso do rebanho. É essa a pior pena; é como ser enterrado vivo. E o único consolo é que a pessoa vai perecer bem depressa.

— Humm. — Harry fitou Altman por um longo tempo. — Será que tem algo naquele armário que pode aliviar um pouco a atmosfera aqui?

45

Interrogatório

Mikael Bellman havia sonhado com queda livre de novo. Escalando sozinho em El Chorro, a mão que não tem onde se segurar, a parede rochosa que passa depressa diante de seus olhos, o chão vindo veloz a seu encontro. O despertador que tocou no último momento. Ele limpou a gema de ovo do canto da boca e levantou os olhos para Ulla, que estava atrás dele servindo café. Ela havia aprendido a saber o momento exato em que ele tinha terminado de comer, e era nessa hora, nem um segundo antes, que ele queria seu café, fumegante, servido na xícara azul. E esse era apenas um dos motivos pelos quais ele a apreciava. Outro era que Ulla se mantinha em tão boa forma que ainda atraía olhares nas festas às quais eram convidados com cada vez mais frequência. Afinal, Ulla fora, sem dúvida, a mulher mais bonita de Manglerud quando eles começaram a sair juntos, ele com 18 e ela com 19 anos. O terceiro motivo era que Ulla, sem fazer grande alarde, havia colocado de lado seu próprio sonho de continuar os estudos, para que ele pudesse dar prioridade ao seu trabalho. Mas os três motivos mais importantes estavam sentados em volta da mesa, brigando sobre quem ia ficar com os bonecos de plástico da caixa de cereais e quem ia sentar na frente quando a mãe os levasse de carro para a escola. Duas meninas, um menino. Três motivos perfeitos para valorizar a mulher e a compatibilidade de seus genes com os dele.

— Vai chegar tarde hoje também? — perguntou ela e passou a mão furtivamente pelo cabelo dele. Bellman sabia que ela adorava seu cabelo.

— O interrogatório pode se estender — disse ele. — Vamos começar com o suspeito hoje. — Sabia que durante o dia os jornais iam publicar o que já sabiam: que o preso era Tony Leike. Mas por princípio nunca mencionava confidencialidades em casa. Isso também lhe permitia explicar as horas extras com: "Não posso falar sobre isso, meu bem."

— Por que não o interrogaram ontem? — perguntou ela enquanto colocava o lanche nas mochilas das crianças.

— Tivemos que reunir mais fatos. E terminar a busca na casa dele.

— Encontraram alguma coisa?

— Não posso ser tão específico, querida — rebateu ele, e mostrou aquele pesaroso olhar sigiloso. Para não ter que revelar o fato de que ela realmente tinha tocado num ponto sensível. Bjørn Holm e os outros peritos técnicos não haviam encontrado nada durante a busca que de imediato pudesse ser ligado aos homicídios. Mas, felizmente, por enquanto isso não tinha a menor importância. — Não faz mal ele ser amaciado numa cela de detenção durante uma noite — disse Bellman. — Isso só vai deixar ele mais receptivo quando a gente começar. E o começo de um interrogatório é sempre a parte mais importante.

— É? — perguntou ela, e ele sabia que a mulher estava se esforçando para parecer interessada.

— Tenho que ir. — Ele se levantou e beijou-a no rosto. Sim, ele realmente se importava com ela. A ideia de ter que desistir dela e dos filhos, o arranjo e a infraestrutura que o possibilitava subir, na carreira e socialmente, era obviamente absurda. Seguir o impulso de seus sentimentos, jogar tudo fora por uma paixão, seja lá qual fosse, era utópico, um sonho sobre o qual ele podia falar e pensar em voz alta, tendo Kaja como ouvinte, naturalmente. Mas em se tratando de sonhar, Mikael Bellman preferia sonhos maiores do que esse.

Ele conferiu os dentes da frente no espelho do corredor e verificou se a gravata de seda estava certa. Com certeza, a imprensa estaria reunida em peso na entrada da polícia.

Quanto tempo ia poder ficar com Kaja? Ele achou ter notado uma dúvida nela na noite anterior. E certa falta de entusiasmo na cama. Mas também sabia que, enquanto ele estava indo ao topo, como tinha feito até agora, poderia controlá-la. Não porque Kaja fosse uma caça-níquel, com metas claras para o que ele, como comandante geral, podia significar para sua própria carreira. Não se tratava de intelecto, mas pura biologia. As mulheres podiam ser tão modernas quanto quisessem, mas quando se tratava de subordinar-se ao líder da manada, elas se assemelhavam aos macacos. Mas se ela agora tivesse começado mesmo assim a ter dúvidas, por já entender que ele nunca ia renunciar da sua mulher em prol dela, talvez fosse o momento de dar-lhe um estímulo. Afinal, precisava que ela o alimentasse com informações sobre a Divisão de Homicídios por mais algum tempo, até que todos os fios soltos estivessem amarrados, até que o combate estivesse terminado. E a guerra, ganha.

Ele foi até a janela enquanto abotoava o casaco. A casa que haviam herdado dos seus pais ficava em Manglerud, não o melhor bairro da cidade, se você perguntasse aos moradores na zona leste. Mas as pessoas que haviam crescido ali tendiam a ficar; o bairro tinha personalidade. E era seu bairro. Com vista para o resto da cidade. Que em breve também seria dele.

— Estão chegando — disse o policial, que estava no vão da porta de uma das novas salas de interrogatório da Kripos.

— Ok — disse Mikael Bellman.

Alguns interrogadores gostavam de pôr o suspeito na sala primeiro, deixar com que esperasse, fazer com que entendesse quem estava no comando. Para depois fazer a entrada em grande estilo e começar com dureza, enquanto o suspeito se tornava cada vez mais defensivo e vulnerável. Bellman preferia já estar sentado, pronto, quando trouxessem o suspeito. Marcar território, mostrar quem era o dono do pedaço. Ele ainda podia fazer o suspeito esperar, folheando e lendo os documentos, sentir o nervosismo do outro aumentar e então — na hora H — levantar os olhos e atacar. Mas esses eram detalhes da técnica de interrogatório. Que ele obviamente estava aberto para discutir com outros chefes de interrogatório competentes. Ele verificou de novo se a luz vermelha de gravação estava ligada. Começar a mexer com partes técnicas depois que o suspeito havia chegado podia estragar toda a marcação preliminar.

Pelo vidro, ele viu Beavis e Kolkka entrarem na sala adjacente. Entre eles estava Tony Leike, que haviam trazido da detenção.

Bellman respirou fundo. Sim, sua pulsação já estava um pouco mais acelerada agora. Um misto de agressividade e nervosismo. Tony Leike havia recusado a oferta da presença de um advogado. A princípio, era uma vantagem óbvia para a Kripos; isso lhes dava maiores chances de sucesso. Mas ao mesmo tempo era um sinal de que Leike achava que tinha pouco a temer. Coitado do babaca. Ele não sabia que Bellman tinha provas de que Leike tinha ligado para Elias Skog logo antes de a vítima ser assassinada.

Bellman baixou o olhar para os documentos e ouviu Leike entrar na sala. Ouviu Beavis fechar a porta atrás dele do modo que lhe havia instruído.

— Sente-se — disse Bellman, sem levantar os olhos.

Ele ouviu Leike fazer como mandou.

Bellman parou num documento qualquer e passou o indicador para a frente e para trás sobre o lábio inferior enquanto contava devagar para si mesmo, começando por "um". O silêncio vibrava na salinha fechada. Um, dois, três. Ele e seus colegas foram obrigados a participar de um workshop sobre o novo método de interrogatório que teriam que adotar, o chamado método de *entrevista investigativa,* onde a ideia básica, de acordo com esses caras acadêmicos distantes da realidade, era a franqueza, o diálogo e a confiança. Quatro, cinco, seis. Bellman havia escutado em silêncio — afinal, o modelo tinha sido selecionado pelo mais alto escalão —, mas que tipo de indivíduo é esse que o pessoal imaginava que a Kripos interrogava? Almas frágeis mas receptíveis, que iriam contar tudo o que você queria saber em troca de um ombro para chorar? Eles alegavam que o método que a polícia aplicava até então, o modelo tradicional americano do FBI de nove passos, era desumano e manipulativo, fazia inocentes confessarem atos que não haviam cometido e, por isso, era contraproducente. Sete, oito, nove. Ok, talvez houvesse um e outro franguinho facilmente influenciado em cana, mas que importância tinha contra todos os bandidos de sorriso maroto que iam sair dali, morrendo de rir da "franqueza, diálogo e confiança"?

Dez.

Bellman juntou as pontas dos dedos e levantou o olhar.

— Sabemos que você ligou para Elias Skog daqui de Oslo, e que você, dois dias depois, esteve em Stavanger. E que você o matou. Esses são os fatos que temos, mas o que quero saber é por quê? Ou não tinha motivo, Leike?

Era o primeiro dos nove passos do modelo de interrogar dos agentes do FBI Inbau, Reid e Buckley: O confronto, tentar aplicar o efeito de choque, nocauteando com o primeiro golpe, alegando que já sabiam tudo, que não valia a pena negar. Isso visava uma única coisa: a confissão. Neste caso, Bellman combinou o primeiro passo com outra técnica interrogativa: ligar um fato verdadeiro a um ou mais fatos falsos. Neste caso ele associou a data incontestável da ligação telefônica ao fato de Leike ter estado em Stavanger e que ele era o assassino. Ao ouvir as provas para a primeira alegação, Leike ia automaticamente acreditar que eles tivessem provas para as outras. E que esses fatos eram tão simples e irrefutáveis que eles podiam pular direto para o que ainda precisava de uma resposta: por quê?

Bellman viu Leike engolir em seco, viu-o tentar mostrar os dentes de coelho num sorriso, viu a confusão em seus olhos e sabia que já tinham ganhado.

— Não liguei para nenhum Elias Skog — respondeu Leike.

Bellman soltou um suspiro.

— Quer que eu mostre o registro de chamadas da Telenor?

Leike deu de ombros.

— Não liguei. Perdi um celular algum tempo atrás. Talvez alguém tenha usado para ligar para esse Skog?

— Não tente bancar o esperto, Leike. Estamos falando do seu *telefone fixo*.

— Eu não liguei para ele, estou dizendo.

— Estou ouvindo. De acordo com o registro de endereço, você mora sozinho?

— Sim. Quer dizer...

— Sua noiva dorme lá de vez em quando. E às vezes você levanta antes dela e vai para o trabalho enquanto ela fica no apartamento?

— Acontece. Mas eu fico mais na casa dela.

— Veja só, a filha do armador Galtung tem um refúgio mais bacana do que o seu, Leike?

— Pode ser. Mais aconchegante, pelo menos.

Bellman cruzou os braços e sorriu.

— De qualquer modo, se não foi você quem ligou para Skog da sua casa, deve ter sido ela. Tem cinco segundos para começar a dizer algo sensato, Leike. Em cinco segundos, uma patrulha nas ruas de Oslo receberá uma ordem de ir com as sirenes ligadas ao abrigo aconchegante dela, algemá-la, trazê-la para cá, deixá-la ligar para o pai e contar que você está culpando a filha dele por ter ligado para Skog. De forma que Galtung pode arrumar a pior matilha de advogados ferozes da Noruega para a filha, e aí você arranjou um verdadeiro inimigo. Quatro segundos... três.

Leike deu de ombros de novo.

— Se você achar que isso basta para conseguir um mandado de prisão de uma jovem com uma ficha reluzente de tão limpa, vai em frente. Mas, nesse caso, não acho que serei eu a arranjar um inimigo.

Bellman observou Leike. Será que o subestimou, afinal? Ele era mais difícil de ler agora. De qualquer modo, já haviam terminado o primeiro passo. Sem confissão. Certo, faltavam oito. O segundo do modelo dos nove passos era simpatizar com o suspeito, fazendo seus atos parecerem normais. Mas isso exigia que ele conhecesse o motivo, que tivesse algo para normalizar. O motivo para tirar a vida de todos os hóspedes que por acaso haviam pernoitado ao mesmo tempo numa cabana de turistas não era óbvio, além do óbvio de que boa parte dos motivos dos serial killers se esconde em lugares da mente que a maioria das pessoas nunca visitam. Por isso, ao se preparar, Bellman havia decidido apenas tocar de leve no passo da simpatia, antes de pular diretamente para o passo da motivação: dar ao suspeito um motivo para confessar.

— O que quero frisar, Leike, é que não sou seu inimigo. Sou apenas uma pessoa que quer entender por que você faz o que faz. O que te move. Você é claramente uma pessoa competente e inteligente, isso se vê pelo que conseguiu nos negócios. Fico fascinado por pessoas que se propõem uma meta e vão atrás dela, não importa o que os outros pensem a respeito. Pessoas que se destacam da massa medíocre. Posso até dizer que, nesse ponto, eu me reconheço. Talvez eu te entenda melhor do que você pensa, Tony.

Bellman havia mandado um investigador ligar para um dos companheiros de Leike na bolsa para saber se Leike preferia seu nome pronunciado como "Touni" ou "Toni". A resposta foi "Toni". Bellman usou a pronúncia correta ao mesmo tempo que prendeu o olhar de Leike e tentou mantê-lo.

— Agora vou dizer algo que não devia te contar, Tony. E é porque a gente, devido a algumas questões internas, dispõe de pouco tempo para esse caso, por isso queria logo uma confissão. Normalmente, a gente não ofereceria um acordo por uma confissão a um suspeito com provas tão contundentes quanto as do seu caso, mas adiantaria o processo. E em troca dessa confissão, que a gente na verdade nem precisa para que você seja condenado, te ofereço uma significante diminuição da pena. Infelizmente a lei me limita quanto a oferecer uma delação premiada com detalhes concretos, mas que seja dito entre você e eu agora que será *sig-ni-fi-ca-ti-va*. Tá legal, Tony? É uma promessa. E agora está gravada.

— Ele apontou para a luz vermelha na mesa entre eles.

Leike fitou Bellman pensativo durante algum tempo. Depois abriu a boca.

— Os dois policiais que me trouxeram disseram que seu nome é Bellman.

— Pode me chamar de Mikael, Tony.

— Também me disseram que você é um homem bem inteligente. Durão, mas confiável.

— Acho que verá que é esse o caso.

— Você disse significativa, certo?

— Tem a minha palavra. — Bellman sentiu o pulso acelerar.

— Ok — respondeu Leike.

— Ótimo — disse Mikael Bellman de leve e tocou rapidinho o lábio inferior com o polegar e o indicador. — Vamos começar do início?

— Com prazer — rebateu Leike e retirou do bolso de trás um pedaço de papel que Truls e Jussi haviam deixado que ficasse com ele.

"Consegui as datas e os horários com Harry Hole, portanto, não deve demorar. Borgny Stem-Myhre morreu mais ou menos entre às vinte e duas e vinte e três horas do dia 16 de dezembro em Oslo."

— Correto — disse Bellman e sentiu um júbilo inicial no coração.

— Conferi minha agenda. Naquele momento, eu estava na cidade de Skien na sala Peer Gynt na casa Ibsen, falando sobre meu projeto de coltan. Pode ser confirmado pelo locador e cerca de 120 investidores em potencial que estavam presentes. Suponho que saibam que leva em torno de duas horas de carro para chegar ao local. A próxima vítima foi Charlotte Lolles entre... vamos ver... consta entre as vinte e três e meia-noite do dia três de janeiro. Naquela hora eu estava jantando com alguns pequenos investidores na cidade de Hamar. Duas horas de carro de Oslo. Aliás, fui de trem e tentei encontrar essa passagem, mas, infelizmente, não consegui.

Exibiu um sorriso lastimoso a Bellman, que havia parado de respirar. E mal era possível enxergar os dentes perfeitos de Leike entre seus lábios quando ele finalizou:

— Mas espero que pelo menos *algumas* das doze testemunhas presentes durante o jantar possam ser consideradas confiáveis.

— Então ele disse que havia a possibilidade de ser acusado pelo assassinato de Marit Olsen, porque mesmo que estivesse em casa com a noiva naquela noite, de fato passou duas horas esquiando sozinho nas trilhas iluminadas em Sørkedalen.

Mikael Bellman balançou a cabeça e enfiou as mãos ainda mais fundo nos bolsos do casaco enquanto estudava a pintura *A menina doente*.

— No horário em que Marit Olsen foi morta? — perguntou Kaja, inclinando um pouco a cabeça ao reparar na boca da moça pálida, provavelmente à beira da morte. Ela costumava se concentrar em uma coisa de cada vez quando os dois se encontravam ali no museu Munch. Podia ser os olhos, outra vez a paisagem no fundo, o sol, ou simplesmente a assinatura de Edvard Munch.

— Ele disse que nem ele nem essa filha de Galtung...

— Lene — disse Kaja.

— Lembrava exatamente a que horas foi, mas que pode ter sido bem tarde; ele costumava sair para esquiar a essa hora para ter as trilhas só para si.

— Então, Tony Leike pode ter estado no Parque de Frogner. Se ele esteve em Sørkedalen, deve ter passado pelo pedágio eletrônico na ida e na volta. Se ele tem um cartão de passagem automático de pedágio, os horários ficam registrados. E aí pode...

Ela havia se virado e emudeceu ao deparar-se com seu olhar frio.

— Mas é óbvio que vocês já devem ter verificado — comentou ela.

— Não foi necessário — disse Mikael. — Ele não tem cartão de passe livre, paga a cada vez que passa por um pedágio. Nesse caso, o carro não é registrado.

Ela fez que sim com a cabeça. O casal continuou até a pintura seguinte, ficando atrás de alguns japoneses que apontavam e gesticulavam ruidosamente. A vantagem de se encontrarem no museu Munch em dias da semana, além de ficar entre a Kripos em Bryn e a Divisão de Homicídios em Grønland, era por ser um desses lugares turísticos em Oslo onde você tinha a certeza de não arriscar cruzar com colegas, vizinhos ou pessoas conhecidas.

— O que Leike disse sobre Elias Skog e Stavanger? — perguntou Kaja.

Mikael balançou a cabeça outra vez.

— Ele disse que provavelmente podia ser acusado disso também. Já que tinha dormido sozinho naquela noite, não tinha um álibi. Então perguntei se ele tinha ido ao trabalho no dia seguinte, e disse que não se lembrava, mas supunha que devia ter chegado às sete como sempre fazia. E que eu podia verificar com a recepcionista dos escritórios compartilhados se eu achasse importante. Foi o que fiz, e fiquei sabendo que Leike havia reservado uma sala de reuniões para às nove e quinze. Ao conversar com alguns investidores do seu escritório, dois deles confirmaram que estiveram na reunião com Leike. Se ele saiu do apartamento de Elias Skog às três de madrugada, precisaria ter pegado um avião para conseguir chegar a tempo. E seu nome não está registrado em nenhuma lista de voo.

— Não quer dizer grande coisa, ele pode ter viajado com nome e identidade falsos. E temos ainda a ligação para Skog. Qual foi a explicação dele?

— Ele nem tentou explicar, só negou — bufou Bellman. — O que é que as pessoas acham tanta graça em *A dança da vida*? Nem tem rostos de verdade. Parecem uns zumbis.

Kaja estudou as pessoas dançando na pintura.

— Talvez sejam mesmo — refletiu ela.

— Zumbis? — Bellman soltou um riso curto. — Acha mesmo?

— Pessoas que andam por aí, que dançam, mas sentindo-se mortas por dentro, enterradas, em decomposição. Com certeza.

— Teoria interessante, Solness.

Ela detestava quando ele a chamava pelo sobrenome, o que ele tendia a fazer quando estava com raiva ou achava que estava na hora de lembrá-la da superioridade intelectual dele. O que ela havia permitido, uma vez que parecia tão importante para ele. E talvez fosse fato. Não era isso um dos motivos que a fez cair de quatro por ele, sua evidente inteligência? Agora não se lembrava mais disso com muita clareza.

— Preciso voltar ao trabalho — comentou ela.

— Para fazer o quê? — perguntou Mikael e olhou para o segurança que estava bocejando atrás da corda no fundo da sala. — Contar clipes e esperar sua divisão acabar? Está sabendo que você me deu um problemão com esse Leike?

— *Eu?*

— Abaixe o tom, querida. Foi você que ligou dando a dica sobre o que Harry havia descoberto sobre Leike. Que ele estava prestes a prendê-lo. Confiei em você. Confiei tanto que prendi Leike com base nas suas dicas, e depois praticamente contei à imprensa que o caso estava solucionado. E agora essa merda toda explodiu na cara da gente. O cara tem um álibi incontestável para pelo menos dois dos assassinatos, querida, vamos ter que soltá-lo ainda hoje. Certamente, o sogro Galtung já deve estar pensando em processos e advogados do inferno, e o ministro da Justiça vai querer saber como essa falha de merda foi acontecer. E a cabeça que está na forca neste momento não é a sua, de Hole ou de Hagen, mas a minha, Solness. Entendeu? Apenas a minha. E temos que fazer algo a respeito. *Você* precisa fazer algo.

— E o que seria?

— Não muito, só uma coisinha, depois a gente acerta o resto. Quero que saia com Harry. Esta noite.

— Sair? Eu?

— Ele gosta de você.

— De onde tirou essa ideia?

— Não te contei que vi vocês fumando no terraço?

Kaja empalideceu.

— Você chegou tarde, mas não disse nada de ter visto a gente.

— Vocês estavam tão absortos um no outro que nem notaram que eu estava chegando, por isso parei e fiquei olhando para vocês. Ele gosta de você, querida. Agora quero que você o leve para algum lugar, só por umas duas horas.

— Por quê?

Mikael Bellman sorriu.

— Ele fica demais em casa. Hagen nunca devia ter dado folga a ele, pessoas como Hole não aguentam. E a gente não quer que ele morra de tanto beber lá em Oppsal, não é? Leve ele para jantar em algum lugar. Cinema. Um chope. E tome cuidado. Não sei se ele é esperto ou só paranoico, mas ele olhou atento para meu carro quando saiu da sua casa. Ok?

Kaja não respondeu. O sorriso de Mikael era do tipo com o qual podia ficar sonhando nos longos períodos em que ele não estava presente, quando o trabalho e os deveres familiares o impediam de encontrá-la. Então, por que o mesmo sorriso agora a deixava com náuseas?

— Você... você não está pensando em...

— Estou pensando em fazer o que preciso fazer — disse Mikael e olhou para o relógio.

— E isso é?

Ele deu de ombros

— O que você acha? Trocar a cabeça na forca, claro.

— Não me peça isso, Mikael.

— Mas não estou te pedindo, querida. Estou mandando.

Sua voz era quase inaudível:

— E se... se eu dissesse não?

— Nesse caso, não vou acabar apenas com Hole, mas com você também.

A luz do teto iluminou os pequenos pigmentos do rosto dele. Tão lindo, pensou ela. Alguém devia pintá-lo.

*   *   *

As marionetes estão dançando conforme a música agora. Harry Hole descobriu que eu liguei para Elias Skog. Gosto dele. Acho que poderíamos ter sido amigos se a gente tivesse se conhecido na infância ou na juventude. Temos algumas coisas em comum. Como a inteligência. Ele é o único dos investigadores que parece capaz de olhar por trás do véu que oculta as coisas. Claro, isso também quer dizer que vou precisar tomar cuidado com ele. Estou ansioso para ver a continuação. Alegre como uma criança.

Parte 5

46

Besouro Vermelho

Harry abriu os olhos e viu um grande besouro vermelho, de formato quadrado, arrastando-se em sua direção entre duas garrafas vazias. Ronronava como um gato. Parou, depois voltou a ronronar, avançou mais 5 centímetros sobre a superfície da mesa da sala, desenhando um fino traço nas cinzas. Ele esticou a mão, pegou o inseto e o encostou no ouvido. Sua própria voz soou como uma pedreira.

— Pare de me ligar, Øystein.

— Harry...

— Quem é?

— Kaja. O que está fazendo?

Ele olhou o display para se assegurar de que a voz falava a verdade.

— Descansando. — Ele sentiu o estômago se preparar para se livrar do que tinha. Outra vez.

— Onde?

— No sofá. Vou desligar agora, a não ser que seja algo importante.

— Quer dizer que está em casa em Oppsal?

— Bem. Deixe-me ver. O tapete confere, pelo menos. Kaja, tenho que desligar.

Harry jogou o telefone no sofá, ficou em pé, dobrou-se para encontrar o centro de gravidade e cambaleou para a frente, usando a cabeça como antena orientadora e aríete. Isso o conduziu à cozinha sem grandes colisões, e ele conseguiu pôr as mãos em cada lado da pia antes de vomitar.

Quando abriu os olhos novamente, viu que o secador de louças ainda estava na pia. O vômito ralo, verde-amarelado, escorria sobre um prato solitário na vertical. Harry abriu a torneira. Uma das vantagens de ser um alcoólico voltando a beber era que, no segundo dia, seu vômito parava de entupir o dreno.

Harry tomou um pouco de água diretamente da torneira. Não muito. Outra vantagem do alcoólico experiente é saber exatamente o que seu estômago aguenta.

Ele voltou para a sala, as pernas afastadas como se tivesse sujado as calças. Aliás, algo que não tinha checado. Deitou-se no sofá e ouviu algo coaxar baixinho perto dos pés. A vozinha de uma pessoa em miniatura chamou seu nome. Ele tateou entre os pés e pôs o celular vermelho no ouvido de novo.

— O que é?

Harry se perguntou o que podia fazer com a bile que queimava como lava na garganta, botar para fora ou engolir. Ou deixar queimar, como ele bem merecia.

Ouviu a voz explicar que queria vê-lo. Se ele queria encontrá-la no restaurante de Ekeberg? Agora, por exemplo. Ou em uma hora.

Ele olhou as duas garrafas de Jim Beam vazias na mesinha da sala e depois para o relógio. Sete. A Vinmonopol estava fechada. Bar de restaurante então.

— Agora — respondeu ele.

Harry desligou, e o telefone voltou a tocar. Viu no display e apertou o botão de "atender".

— Oi, Øystein.

— *Agora* você atende! Merda, Harry, não pode me assustar desse jeito, estava começando a achar que tivesse dado uma de Jimi Hendrix.

— Pode me levar ao restaurante Ekeberg?

— Que merda você pensa que eu sou, um maldito motorista de táxi?

Dezoito minutos depois, o carro de Øystein estava diante da escada da casa de Hole gritando pela janela aberta com um sorriso:

— Precisa de ajuda para trancar a porra da porta, seu beberrão?

Quando estavam passando por Nordstrand, Øystein perguntou:

— Jantar? *Antes* de transar ou porque já *transaram*?

— Relaxa. A gente trabalha junto.

— Exato. Como minha ex-mulher dizia: "A gente deseja o que se vê todo dia." Ela deve ter lido numa revista. Só que não se referia a mim, mas ao maldito rato do escritório ao lado.

— Você não foi casado, Øystein.

— Podia ter sido. O cara andava com uma jaqueta de tricô tradicional e gravata e falava o novo norueguês* Não o dialeto, mas a merda do novo norueguês nacional romântico de Ivar Aasen, não estou brincando. Já imaginou como é ficar sozinho na cama e pensar que, nesse exato momento, sua mulher em potencial está transando numa mesa de escritório? Visualizar uma jaqueta de tricô e uma bunda branca transando a todo vapor, até parar e berrar: "EG KJEM!" "Gozei!", em nynorsk.

Øystein olhou para Harry, que não reagiu.

— Porra, Harry, isso é humor do melhor. Está assim *tão* bêbado?

Kaja estava numa mesa ao lado da janela perdida em pensamentos, olhando a cidade, quando ouviu um pigarrear baixinho que a fez se virar. Era o maître, estava com aquele olhar lamentando que está-no-menu-mas-a-cozinha-diz-que-não-tem, e havia se inclinado para ela, falando numa voz tão baixa que ela mal conseguiu ouvir.

— Lamento ter que dizer que o acompanhante da senhora chegou.

— Antes de se corrigir, já vermelho: — Quero dizer, lamento por não poder deixá-lo entrar. Receio que ele está um tanto... animado. E nossa política nesse caso...

— Sem problema — interrompeu Kaja ao se levantar. — Onde ele está?

— Esperando lá fora. Receio que ele tenha conseguido comprar um drinque no bar ao entrar e o levou para fora. Talvez a senhora pudesse ajudar a trazer o drinque para dentro. Podemos perder nossa licença para servir bebidas por isso, a senhora entende.

— Claro. Poderia trazer meu casaco, por favor? — pediu Kaja, cruzando o restaurante depressa com o maître saltitando nervoso atrás. Ao sair, viu Harry. Estava balançando perto do muro baixo em frente ao declive, onde haviam estado da última vez.

Ela se juntou a ele. Havia um copo vazio em cima do muro.

— Parece que não devíamos comer nesse restaurante — comentou ela. — Alguma sugestão?

Ele deu de ombros e tomou um gole de um cantil de bolso.

— O bar no hotel Savoy. Se não estiver com muita fome.

---

* Na Noruega há duas línguas oficiais, o "nynorsk" sendo uma língua criada por Ivar Aasen no final do século XIX com base em dialetos do litoral oeste, na época em que a língua dinamarquesa era predominante no país. (*N. da T.*)

Ela fechou mais o casaco.

— Não estou com tanta fome. Por que não me mostra um pouco o lugar? É por aqui que você cresceu e estou de carro. Podia me mostrar os bunkers aonde costumavam ir.

— Frios e feios — resumiu Harry. — Fedem a urina e cinzas molhadas.

— A gente podia fumar. E apreciar a vista. Tem algo melhor para fazer?

Um cruzeiro, iluminado como uma árvore de Natal, passou deslizando vagarosa e silenciosamente pela escuridão em direção à cidade abaixo deles. Estavam sentados no cimento úmido no topo dos bunkers, mas nem Harry nem Kaja sentiam o frio que batia em seus corpos. Kaja bebericou do cantil que Harry estendeu a ela.

— Vinho tinto em cantil de bolso — afirmou ela.

— Era tudo que havia no bar do meu pai. De qualquer maneira, era só de reserva. Ator favorito, então?

— Sua vez de começar — falou ela e tomou um grande gole.

— Robert de Niro.

Ela fez uma careta.

— *Máfia no divã? Entrando numa fria maior ainda?*

— Jurei lealdade eterna depois de *Taxi Driver* e *O franco-atirador*. Mas, sim, teve seu preço. E você?

— John Malkovich.

— Humm. Legal. Por quê?

Kaja pensou um pouco.

— Acho que é a maldade cultivada. Não que eu gosto como qualidade, mas amo o modo dele de demonstrá-la.

— E ele tem uma boca feminina.

— Isso é bom?

— É. Todos os melhores atores têm uma boca feminina. E/ou uma voz aguda, feminina. Kevin Spacey, Philip Seymour Hoffmann. — Harry pegou o maço de cigarros e ofereceu a ela.

— Só se acender para mim. Aqueles rapazes não são exatamente supermasculinos.

— Mickey Rourke. Voz feminina. Boca feminina. James Woods. Boca para beijar, como uma rosa obscena.

— Mas não tem voz aguda.

— Voz berrante. Carneiro. Fêmea.

Kaja riu e pegou o cigarro aceso.

— Ah, peraí. Os machões nos filmes têm vozes roucas e profundas. Bruce Willis, por exemplo.

— Claro, Bruce Willis. Voz rouca mesmo. Mas profunda? Acho que não. — Harry semicerrou os olhos e sussurrou em falsete para a cidade: — "Daqui de cima não parece que você está no controle de porcaria nenhuma."

Kaja caiu na gargalhada, o cigarro voou dos lábios dela e soltou faíscas pela parede e para dentro da floresta.

— Ruim?

— Extremamente ruim — soluçou ela. — Puxa, agora me fez esquecer aquele ator macho com voz feminina que era para *eu* dizer.

Harry deu de ombros

— Depois você se lembra.

— Even e eu também tínhamos um lugar como esse — disse Kaja e aceitou outro cigarro, segurando-o entre o polegar e o indicador como se fosse um prego a ser martelado. — Um lugar só para nós dois que ninguém mais conhecia, onde a gente podia se esconder e contar segredos um ao outro.

— Quer me contar sobre isso?

— O quê?

— Seu irmão. O que houve.

— Ele morreu.

— Sei disso. Pensei que talvez quisesse contar o resto.

— E o que seria o resto?

— Bem. Por que você o canonizou, por exemplo.

— Eu fiz isso?

— Não fez?

Ela o olhou longamente.

— Vinho — ordenou Kaja.

Harry estendeu o cantil a ela, que tomou um gole sedento.

— Ele deixou um bilhete — começou ela. — Even era tão sensível e vulnerável. Em certas épocas, era só sorrisos e ria muito, era como se o sol entrasse onde ele ia. Se houvesse problemas, pareciam sumir quando ele chegava, como... bem, como orvalho no sol. E nas épocas tensas era o contrário. Tudo silenciava em torno dele, era como se pairasse uma tragédia iminente no ar, e dava para notar pela voz de Even. Música em dó menor. Belo e terrível ao mesmo tempo, entende? Mesmo assim, parecia que um pouco do brilho do sol ficava armazenado em seu olhar, porque os olhos continuavam rindo. Era inquietante.

Kaja ficou arrepiada.

— Foi nas férias de verão, num dia de sol, um desses que só Even podia fazer. A gente estava na nossa casa de veraneio em Tjøme e eu havia levantado e ido à mercearia para comprar morangos. Quando voltei, o café da manhã estava pronto e minha mãe chamou meu irmão para descer. Mas ele não respondeu. A gente pensou que estivesse dormindo; Even às vezes ficava na cama até tarde. Subi para pegar alguma coisa no meu quarto e bati de leve na porta dele e disse "morangos" quando passei. Ainda estava esperando uma resposta quando abri a porta para o meu quarto. Quando se entra no próprio quarto, não se presta tanta atenção, só se vai aonde é para ir, até a mesa de cabeceira, onde sabe que está o livro que foi pegar, ou ao batente da janela e à lata de anzóis de pesca. Eu não o vi de imediato, só percebi que havia algo errado com a luz do quarto. Então, olhei para o lado e primeiro só vi os pés descalços dele. Eu conhecia cada centímetro daqueles pés, ele costumava me pagar uma coroa para eu fazer cócegas neles. Ele adorava. Meu primeiro pensamento foi que estava voando, que finalmente havia aprendido. Meu olhar continuou para o alto; ele vestia o pulôver azul-claro que eu havia tricotado. Ele tinha se enforcado pelo lustre do teto com um fio de extensão. Deve ter esperado até ouvir que eu havia levantado e saído, e depois entrado no meu quarto. Eu queria correr para fora, mas não consegui me mexer, era como se os meus pés estivessem cimentados no chão. Então fiquei lá, olhando para ele, e estava tão próximo, chamei minha mãe, fiz tudo que pude para gritar, mas não saía um som sequer pela minha boca.

Kaja baixou a cabeça e bateu a cinza do cigarro. Respirou trêmula.

— De resto só me lembro de fragmentos. Eles me deram remédio, calmante. Quando me recuperei, três dias depois, eles já o haviam enterrado. Disseram que era melhor eu não estar presente, podia ficar pesado demais. Logo depois, fiquei doente e passei grande parte das férias com febre. Sempre achei que o enterro foi rápido demais, como se tivesse algo vergonhoso no modo como meu irmão havia morrido, você não acha?

— Humm. Você disse que ele havia escrito um bilhete?

Kaja olhou para o fiorde.

— Estava na minha mesa de cabeceira. Escreveu que se sentia infeliz porque estava apaixonado por uma garota que nunca poderia ser dele, que não queria mais viver e pediu desculpas por todo sofrimento que nos causava e que sabia que a gente o amava.

— Humm.

— Isso foi uma surpresa e tanto. Even nunca havia me contado que existia uma garota, e ele costumava me contar quase tudo. Se não fosse por Roar...

— Roar?

— Sim. Tive meu primeiro namorado naquele verão. Era muito bonzinho e paciente, me visitava quase todo dia enquanto estive doente e ficou me ouvindo falar sobre Even.

— Sobre a pessoa imensuravelmente maravilhosa que ele foi.

— Você entendeu.

Harry deu de ombros.

— Fiz a mesma coisa quando minha mãe morreu. Øystein não tinha a mesma paciência que Roar. Ele perguntou sem pena se eu estava fundando uma nova religião.

Kaja riu baixinho e deu um trago no cigarro.

— Acho que Roar, com o tempo, sentiu que a lembrança de Even reprimia tudo e todos, inclusive ele. A relação não durou muito.

— Humm. Mas Even ainda estava lá.

Ela fez que sim.

— Atrás de todas as portas que eu abria.

— Então é por isso, não?

Kaja fez que sim outra vez.

— Quando voltei do hospital naquele verão e tive que ir para o meu quarto, não consegui abrir a porta. Simplesmente não consegui. Porque eu sabia que, se a abrisse, ele ia estar pendurado lá de novo. E a culpa seria minha.

— A culpa é sempre nossa, não é?

— Sempre.

— E ninguém pode nos convencer de que não é assim, nem nós mesmos. — Harry lançou a guimba do cigarro para a escuridão. Acendeu outro.

O navio lá embaixo havia atracado no cais.

Um golpe de vento assobiava oco e triste entre as ameias.

— Por que está chorando? — perguntou ele, baixinho.

— Porque a culpa é minha — sussurrou ela, com lágrimas escorrendo pelo rosto. — Tudo é culpa minha. Você já sabia o tempo todo, não é?

Harry tragou. Tirou o cigarro e soprou fumaça na brasa.

— Não o tempo todo.

— Desde quando?

— Desde quando vi o rosto de Bjørn Holm no vão da porta em Holmenveien. Bjørn Holm é um bom perito técnico, mas nenhum De Niro. E ele parecia sinceramente surpreso.

— Foi só isso?

— Foi o suficiente. Entendi pela expressão dele que não fazia ideia de que eu estava atrás de Leike. Portanto, ele não tinha descoberto pelo meu computador, e não era ele que havia contado para Bellman. E, se o informante não foi Holm, só podia ser uma única pessoa.

Ela fez que sim e enxugou as lágrimas.

— Por que não disse nada? Não fez nada? Não cortou minha cabeça?

— Para quê? Supus que tivesse um bom motivo.

Kaja balançou a cabeça e deixou as lágrimas escorrerem.

— Não sei o que ele te prometeu — disse Harry. — Imagino que seja um cargo no topo da nova e todo-poderosa Kripos. E que eu tinha razão quando disse que o cara em quem está gamada é casado e diz que vai deixar mulher e filhos por sua causa, mas nunca faz isso.

Ela soluçou quieta, com o pescoço dobrado, como se a cabeça tivesse ficado pesada demais. Como uma flor vergada pela chuva, pensou Harry.

— O que eu não entendo é por que você queria me encontrar hoje à noite — declarou ele e olhou desaprovador para o cigarro. Talvez devesse trocar de marca. — Primeiro pensei que você queria me contar que era a informante, mas logo percebi que não era isso. Estamos esperando alguém? Vai acontecer alguma coisa? Quero dizer, já fui tirado do jogo, como posso causar mais mal a vocês agora?

Ela olhou para o relógio. Fungou.

— Podemos ir para sua casa, Harry?

— Por quê? Alguém está nos esperando lá?

Ela fez que sim.

Harry esvaziou o cantil.

A porta estava arrombada. As lascas de madeira no chão indicavam que um pé de cabra foi usado. Sem refinamento, sem tentar parecer discreto. Trabalho da polícia.

Harry se virou na escada e olhou para Kaja, que havia descido do carro e estava de braços cruzados. Então, entrou.

A sala estava na penumbra, a única luz vinha do armário de bebidas, que estava com a porta aberta. Mas foi o suficiente para ele reconhecer a pessoa sentada à sombra perto da janela.

— Bellman — disse Harry. — Você está sentado na poltrona do meu pai.

— Tomei essa liberdade — retrucou Bellman. — Já que o sofá tem um cheiro um tanto especial. Até o cão evitou chegar perto.

— Posso te oferecer algo? — Harry meneou a cabeça em direção ao bar. — Ou já se serviu?

Harry conseguiu discernir o superintendente fazer um gesto negativo.

— Eu não. Mas o cão sim.

— Humm. Suponho que tenha um mandado de busca, mas estou curioso para saber a justificativa.

— Uma denúncia anônima de que você contrabandeou narcóticos para o país através de um inocente e que talvez estivesse aqui.

— E o que descobriu?

— O cão farejador encontrou algo, um pedaço de uma substância marrom-amarelada embrulhada em papel-alumínio. Não se parece com as drogas comuns que confiscamos nesse país, por isso ainda não está claro do que se trata. Mas estamos considerando mandar para análise.

— Considerando?

— *Pode* ser ópio, e *pode* ser um pedaço de plasticina ou argila. Depende.

— Depende do quê?

— De você, Harry. E de mim.

— É mesmo?

— Se você aceitar nos fazer um favor pode ser que eu venha a achar que se trata de plasticina, fazendo vista grossa para a análise. Um chefe deve dar prioridade aos seus recursos, não é?

— O chefe é você. Que tipo de favor?

— Você é um homem que não gosta de eufemismos, Hole, por isso vou direto ao ponto. Quero que aceite fazer o papel de bode expiatório.

Harry viu uma camada marrom no fundo da garrafa de Jim Beam na mesa, mas resistiu à tentação de levá-la à boca.

— Há pouco tivemos que soltar Tony Leike, porque ele tem um álibi incontestável para pelo menos dois dos assassinatos. A única prova que possuímos é uma ligação dele a uma das vítimas. Fomos um tanto precipitados em relação à imprensa. Leike e seu futuro sogro podem nos deixar em maus lençóis. Precisamos fazer uma comunicação à imprensa hoje à noite. Que vai dizer que a prisão foi executada com base no mandado que você, o controverso Harry Hole, conseguiu levar a coitada de uma advogada novata a emitir. E que fez isso sozinho, que apenas você organizou, e pela qual assume total responsabilidade. Depois da prisão, a Kripos começou a desconfiar, interferiu e, após conversas com Leike, esclareceu os fatos e o soltou imediatamente. Você também vai nos acompanhar para assinar o comunicado, e nunca mais vai se pronunciar sobre o caso, nenhuma palavra. Entendido?

Harry contemplou o restinho na garrafa outra vez.

— Humm. Um pedido difícil. Você acha que a imprensa vai engolir essa história depois de você ter ficado com as mãos erguidas, recebendo o mérito da prisão?

— Assumi a responsabilidade, vai constar no comunicado. Considerei parte do meu dever como superintendente liderar a prisão, mesmo com receios de que um policial pudesse ter cometido um erro. Mas, quando Harry Hole mais tarde insistiu em tomar a dianteira, não o impedi, por ele ser um inspetor experiente e que nem trabalhava para a Kripos.

— E minha motivação seria qual? Se eu não cooperar, serei acusado por contrabando e posse de entorpecentes?

Bellman juntou as pontas dos dedos e balançou na poltrona.

— Correto. Porém, mais importante para sua motivação talvez seja o fato de que posso fazer com que seja detido agora mesmo. Uma pena. Sei que gostaria de estar no hospital com seu pai, a quem, pelo que soube, não resta muito tempo de vida. Uma situação bem triste.

Harry se inclinou para trás no sofá. Ele sabia que devia estar furioso. Que o antigo — o jovem — Harry estaria. Mas esse Harry queria mais se enterrar naquele sofá fedendo a vômito e suor, fechar os olhos e esperar que fossem embora, que Bellman, Kaja, as sombras perto da janela sumissem. Mas seu cérebro continuou seu raciocínio automático de costume.

— Independente de mim — ouviu-se dizer —, o que faria Leike apoiar essa versão? Ele sabe que foi a Kripos que o prendeu, que o interrogou.

Harry já sabia a resposta antes de ouvi-la de Bellman.

— Porque Leike sabe que sempre vai haver uma incômoda sombra de dúvida pairando sobre alguém que foi preso. Especialmente incômoda para alguém como Leike, claro, que nesse momento está se esforçando para ganhar a confiança dos investidores. A melhor maneira de se livrar dessa sombra seria apoiar uma versão que diz que a prisão se deu devido a um encrenqueiro, um elemento isolado da polícia que dos limites. De acordo?

Harry fez que sim.

— Se trata também da corporação... — começou Bellman.

— Estou protegendo o nome da corporação inteira ao assumir a responsabilidade — interveio Harry.

Bellman sorriu.

— Sempre considerei você um homem relativamente inteligente, Hole. Quer dizer então que chegamos a um acordo?

Harry pensou. Se Bellman fosse embora agora, podia descobrir se de fato havia algumas gotas de uísque naquela garrafa. Ele fez que sim.

— Aqui está o comunicado à imprensa. Quero seu nome ali no final. — Bellman empurrou uma folha com uma caneta sobre a mesinha.

Estava escuro demais para ler. Não tinha importância. Harry assinou.

— Ótimo — concluiu Bellman, então pegou a folha e se levantou. A luz de um poste de rua iluminou seu rosto, fazendo a pintura de guerra reluzir. — Assim é melhor para todos nós. Pense nisso, Harry. E tente descansar um pouco.

A atenção misericordiosa do vencedor, pensou Harry, fechando os olhos e sentindo as boas-vindas do sono. Depois os abriu, conseguiu se pôr de pé e seguiu Bellman até o exterior do prédio. Kaja ainda estava de braços cruzados ao lado do seu carro.

Harry viu o aceno de cumplicidade que Bellman deu a Kaja, que respondeu encolhendo os ombros. Observou-o cruzar a rua, sentar-se no carro, o mesmo que tinha visto na rua Lyder Sagens naquela noite, e que então viu dar a partida e ir embora. Kaja estava ao pé da escada. Sua voz continuava embargada pelo choro.

— Por que você deu um soco em Bjørn Holm?

Harry se virou para entrar, mas ela foi mais rápida, subindo a escada em dois degraus por vez, interpondo-se entre ele e a porta, barrando o caminho. A respiração de Kaja estava acelerada e quente em seu rosto.

— Você só bateu nele depois que sacou que ele era inocente. Por quê?

— Vai embora, Kaja.

— Não vou!

Harry olhou para ela. Sabia que havia algo que não podia explicar. A dor inesperada que sentiu quando a ficha caiu. Doeu o bastante para fazê-lo dar o soco bem no meio daquele rosto redondo, perplexo e inocente, o reflexo de sua própria ingenuidade.

— O que quer saber? — perguntou ele e ouviu o tom metálico, a ira mesclando-se na voz. — Eu acreditava em você de verdade, Kaja. Parabéns. Parabéns pelo trabalho bem-feito. Pode ir embora agora?

Harry viu lágrimas brotarem nos olhos dela outra vez. Então, ela deu um passo para o lado e ele cambaleou para dentro, batendo a porta atrás de si. Ficou parado no corredor, no vácuo mudo após a batida, no silêncio repentino, no vazio, no magnífico nada.

47

Fear of the Dark

Olav Hole piscou no escuro.

— É você, Harry?

— Sim, sou eu.

— É noite, não é?

— É noite, sim.

— Como está?

— Estou vivo.

— Deixe-me acender a luz...

— Não precisa. Tenho algo para te contar.

— Conheço esse tom de voz. Não sei se quero ouvir.

— Você vai ler sobre isso no jornal amanhã.

— E você tem uma versão diferente que queira me contar?

— Não. Só queria ser o primeiro.

— Andou bebendo, Harry?

— Quer ouvir?

— Seu avô bebia. Eu o amava. Bêbado ou sóbrio. Não há muitas pessoas que podem dizer isso sobre um pai bêbado. Não, não quero ouvir.

— Humm.

— E posso dizer isso a você também. Sempre te amei. Sempre. Bêbado ou sóbrio. Nem foi difícil. Mesmo que você sempre tenha sido muito encrenqueiro. Vivia em guerra com a maioria das pessoas, inclusive consigo mesmo. Mas amar você foi a coisa mais fácil que fiz, Harry.

— Pai...

— Não há tempo para falar de coisas triviais, Harry. Não sei se já contei, acho que sim, mas de vez em quando a gente pensa uma coisa tantas vezes que simplesmente acha que falou em voz alta. Sempre tive orgulho de você, Harry. Será que eu te disse isso o suficiente?

— Eu...

— Sim? — Olav Hole ficou ouvindo no escuro — Está chorando, filho? Não tem problema. Sabe o que me deu mais orgulho? Nunca te contei isso. Você era adolescente, e um dos seus professores ligou lá para casa. Ele disse que você esteve de novo envolvido numa briga no pátio da escola. Com dois rapazes do ano acima do seu, mas dessa vez tinha sido feio, tiveram que te mandar para o hospital para levar pontos no seu lábio e arrancar um dente solto. Lembra que eu descontei da sua mesada? Bem, de qualquer modo, Øystein me contou sobre a briga mais tarde. Que você foi em cima deles porque encharcaram a mochila de Tresko com água do chafariz do pátio. Pelo que me lembro, você nem gostava muito de Tresko. Øystein disse que você ficou tão machucado porque não quis desistir de jeito nenhum. Você se levantava de novo e de novo e por fim estava tão ensanguentado que os rapazes maiores ficaram com medo e deram no pé.

Olav Hole riu baixinho.

— Eu achava que não podia te dizer naquela época, seria encorajar a entrar em brigas. Mas eu me sentia tão orgulhoso que podia chorar. Você era tão corajoso, Harry. Tinha medo do escuro, mas isso não te impedia de andar na escuridão. E eu era o pai mais orgulhoso do mundo. Alguma vez te disse isso, Harry? Harry? Está aí?

Livre. A garrafa de champanhe quebra contra a parede, e o líquido borbulhante escorre pelo papel de parede como massa encefálica fervendo, sobre as fotos, os recortes, sobre a foto impressa de um site que diz que Harry Hole assumirá a culpa. Livre. Livre da culpa, livre para mandar o mundo para o inferno outra vez. Piso em cacos de vidro, piso até afundarem no chão, escutando-os estilhaçar. E estou descalço. Escorrego no meu próprio sangue. Rindo sem parar. Livre. Livre!

48

Hipótese

O chefe da Divisão de Homicídios no distrito sul de Sydney, Neil McCormack, passou a mão pelo cabelo ralo enquanto estudava a mulher de óculos do outro lado da mesa de interrogatório. Ela havia ido direto da editora em que trabalhava. Vestia um conjunto simples e amarrotado, mas Iska Peller tinha algo que o fez supor que era caro, não um mero adorno para impressionar almas simples como ele. Porém o endereço residencial indicava que ela não era exatamente rica. Bristol não era o bairro mais chique de Sydney. Parecia adulta e sensata. Definitivamente não do tipo que gosta de dramatizar, exagerar, querer chamar a atenção. Além do mais, foram eles que pediram para Iska Peller comparecer; não ela que procurou a polícia de Sydney. Ele olhou para o relógio. McCormack havia combinado com o filho que iam velejar à tarde; encontrariam-se em Watson Bay, onde o barco estava atracado. Por isso queria acabar logo. E tudo ia muito bem até a última informação.

— Srta. Peller — disse McCormack, inclinando-se para trás e dobrando as mãos sobre sua avantajada barriga —, por que não contou a ninguém sobre isso antes?

Iska Peller deu de ombros.

— Por que deveria? Ninguém me perguntou, e também não vejo por que possa ter qualquer relevância para a morte de Charlotte. Estou contando isso agora só porque você está me perguntando tão especificamente. Pensei que estivessem interessados no que aconteceu na cabana, não num... incidente posterior. E foi apenas isso, um pequeno incidente, breve, logo esquecido. Idiotas como ele existem em todo lugar. Como indivíduo, não se pode dar ao trabalho de registrar queixa contra cada cretino que aparece.

McCormack grunhiu. A mulher tinha razão, claro. Ele tampouco tinha vontade de prosseguir com o caso. Sempre havia um monte de problemas e coisas desagradáveis, para não falar em mais trabalho quando uma pessoa possuía um título profissional que começava ou terminava com a palavra "polícia". Ele olhou pela janela. O sol brilhava na água de Port Jackson e no lado de Manly, onde ainda se via fumaça, apesar de já ter se passado uma semana desde que o último incêndio florestal da estação fora apagado. A fumaça ia para o sul. Vento norte, agradável e quente. Perfeito para velejar. McCormack havia gostado de Harry Hole. Ou Holy, como ele chamara o norueguês. Havia feito um trabalho brilhante quando os ajudou com o caso de assassinato do palhaço. Mas a voz do norueguês alto e loiro parecia cansada ao telefone. McCormack torcia para que Holy não estivesse emborcando outra vez.

— Vamos voltar ao começo, Srta. Peller?

Mikael Bellman entrou na sala de reunião Odin e ouviu as conversas silenciarem de imediato. Ele foi direto ao púlpito e colocou as anotações na sua frente, conectou o computador e se posicionou no meio da sala com os pés afastados. O grupo de investigação contava com 36 pessoas, o triplo do normal num caso de homicídio. Já trabalhavam havia tanto tempo sem resultados que ele duas vezes teve que estimular certo ânimo no grupo, mas em geral deram duro, como heróis. Por isso, Bellman não dera só a si mas também ao seu pessoal o que tinha prometido ser o grande triunfo: a prisão de Tony Leike.

— Devem ter lido os jornais de hoje — começou, observando seu público.

Ele havia salvado as peles deles. Na primeira página de dois dos três maiores jornais via-se a mesma foto: Tony Leike entrando num carro diante da sede da Polícia. O terceiro trazia uma foto de Harry Hole, uma foto de arquivo de um *talk show* onde tinha falado sobre o Boneco de Neve.

— Como podem ver, o inspetor Hole assumiu a responsabilidade. O que é, de fato, justo e correto.

Suas palavras foram devolvidas por um silêncio profundo, e ele encarou o cansado olhar matinal dos policiais. Ou seria outra espécie de cansaço? Nesse caso, devia ser combatido. Porque a situação estava ficando séria. O chefe da Kripos havia aparecido para dizer que o Ministério da Justiça ligara fazendo perguntas. A areia da ampulheta escorria.

— Não temos mais um suspeito principal — anunciou ele. — Mas a boa notícia é que temos pistas novas. E todas vêm da cabana de Håvass, em Ustaoset.

Ele foi até o computador, bateu numa tecla, fazendo surgir a primeira página da apresentação em PowerPoint que havia preparado durante a noite.

Meia hora depois checaram todos os fatos que tinham disponíveis, com nome, horário e supostas rotas.

— A questão é — emendou ele ao desligar o computador — com que tipo de assassinato estamos lidando. Acho que podemos excluir o típico assassinato em série. As vítimas não foram escolhidas casualmente dentro de um grupo demográfico; elas estão ligadas a um local específico e a um horário específico. Por isso, há razões para acreditar que estamos também falando de um motivo específico que pode até ser entendido como racional. Se for o caso, facilitaria muito a nossa tarefa: encontre o motivo e teremos o assassino.

Bellman viu vários investigadores assentirem com a cabeça.

— O problema é que não há testemunhas para contar qualquer coisa. A única que sabemos estar viva, Iska Peller, estava doente e passou o dia e a noite inteira sozinha no quarto. Sabemos, por exemplo, que Adele Vetlesen estava com um homem que tinha acabado de conhecer, mas ninguém no seu círculo de amizade parece saber nada sobre ele, por isso temos que supor que era uma relação de curta duração. Estamos procurando os homens que ela contatou por telefone e pela internet, mas leva tempo para verificar todos. E, sem testemunhas, temos que estabelecer nosso próprio ponto de partida. Precisamos de hipóteses para o motivo. Qual pode ser o motivo para assassinar pelo menos quatro pessoas?

— Ciúmes ou vozes na cabeça — respondeu alguém do fundo da sala. — É o que toda a nossa experiência diz.

— De acordo. Quem pode ter vozes na cabeça que mandam matar?

— Qualquer um com uma ficha psiquiátrica — disse uma voz no dialeto cantado do norte.

— E qualquer um sem — acrescentou outra voz.

— Certo. Quem costuma ter ciúmes?

— Namorado ou cônjuge de alguém que estava lá.

— Mas já verificamos os álibis dos namorados das vítimas e possíveis motivos — apontou outro. — Foi a primeira coisa que fizemos. Ou não tinham parceiros estáveis ou os eliminamos como suspeitos.

Mikael Bellman sabia muito bem que eles só estavam pisando no acelerador com as rodas girando no mesmo atoleiro onde estavam presos havia algum tempo, porém o mais importante agora era que estavam prontos para fazer exatamente isso: acelerar. Porque ele não tinha dúvida de que a cabana de Håvass era uma tábua que podia ser colocada por baixo da roda para tirá-los do atoleiro.

— Não eliminamos *todos* os namorados e cônjuges do caso — disse Bellman e balançou nos calcanhares. — Só não consideramos todos suspeitos. Qual deles não tinha álibi para o horário em que sua mulher foi assassinada?

— Rasmus Olsen!

— Correto. E, quando fui ao Parlamento para conversar com Rasmus Olsen, ele admitiu que tivessem o que ele chamou de "um pequeno rompante de ciúmes" alguns meses antes. Rasmus havia flertado com uma mulher. E Marit Olsen foi passar alguns dias na cabana de Håvass para pensar. Os dias conferem. Talvez ela tenha feito mais que pensar. Talvez quisesse se vingar. E aqui existe uma informação. Na noite em questão, quando as vítimas estavam na cabana, Rasmus Olsen não estava em Oslo; ele possuía uma reserva no hotel de Ustaoset. O que Rasmus fazia na área se sua mulher estava na cabana de Håvass? E será que ele passou a noite no hotel ou foi de esqui até a cabana?

Os olhares na sua frente não estavam mais pesados e cansados, pelo contrário; ele estava acendendo uma luz neles. Esperou uma resposta. Em geral, um grupo de investigação tão grande não era a maneira mais eficaz de resolver aquele tipo de charada improvisada, mas já estavam trabalhando tempo suficiente no caso para que todos ali presentes tivessem seus pontos de vista, suas dicas certeiras e suas hipóteses fantasiosas refutados e seus egos amansados.

Um jovem investigador arriscou.

— Ele pode ter chegado à cabana durante a noite sem avisar, pegando-a no flagra. Talvez ele tenha visto algo e saído de fininho. Depois planejou tudo com calma.

— Talvez — disse Bellman, que foi até o púlpito e pegou um bilhete. — O primeiro argumento em favor da teoria: acabei de receber isso da Telenor. Mostra que Rasmus Olsen falou por telefone com sua mulher na parte da manhã. Vamos, portanto, supor que ele sabia a que cabana ela estava indo. O segundo argumento em favor da hipótese é esse relatório do tempo que mostra que o luar proporcionava visibilidade durante a noite toda, e ele pode muito bem ter esquiado para lá, da mesma forma que Tony Leike. O primeiro argumento contra a hipótese: por que matar alguém além de sua mulher e seu hipotético parceiro?

— Talvez ela tivesse mais de um — gritou uma das investigadoras, uma mulher baixinha e peituda que Bellman supôs ser lésbica o suficiente para brincar com a ideia de levá-la para a casa de Kaja uma noite. Apenas em pensamento, claro. — Talvez houvesse uma puta orgia geral lá em cima.

As gargalhadas ressoaram na sala. Ótimo, a atmosfera já estava mais leve.

— Talvez ele não tenha visto com quem ela estava transando nem se era mulher ou homem, apenas que alguém estava embaixo dos lençóis com ela — comentou outro. — Só queria se garantir.

Mais risos.

— Parem com isso, não temos tempo para toda essa bobagem — gritou Eskildsen, um policial experiente que ninguém sabia por quanto tempo havia atuado como investigador de homicídios. A sala ficou em silêncio. — Algum de vocês novatos se lembra do caso que solucionaram na Divisão de Homicídios uns anos atrás, quando todos achavam que havia um serial killer à solta em Oslo? — continuou Eskildsen. — Quando pegaram o assassino, descobriram que ele só tinha motivo para matar a terceira vítima da série. Mas, sabendo que seria suspeito se houvesse apenas aquele assassinato, ele matou as outras para camuflar, tentando fazer parecer assassinatos em série.

— Uau — berrou o jovem policial. — A Divisão de Homicídios conseguiu solucionar um caso? Deve ter sido um tiro no escuro.

O jovem olhou em torno com um sorriso estampado no rosto, que enrubesceu quando não houve resposta. Porque todos com algum tempo no ramo de homicídios se lembravam daquele caso. Estava no programa das academias policiais de todos os países nórdicos. Era lendário. Assim como o homem responsável por solucionar o caso.

— Harry Hole.

— Aqui é Neil McCormack, Holy. Como vai? E onde você está? — disse em inglês.

McCormack achou que ouviu Harry responder "em coma", mas supôs que estava pronunciando o nome de um lugar na Noruega.

— Conversei com Iska Peller — comentou, ainda em inglês. — Como você falou, ela não tinha muito o que dizer sobre a noite na cabana, mas sobre a noite seguinte...

— É?

— Ela e a amiga Charlotte saíram da cabana com o policial local que as levou para a casa dele. Enquanto a Srta. Peller dormia para melhorar da gripe, o policial e a amiga tomaram um drinque na sala, e ele tentou seduzir Charlotte. Chegou a usar força, tanto que ela gritou por ajuda, a Srta. Peller acordou e foi até a sala onde o policial já havia baixado a calça de esquiar da sua amiga até os joelhos. Ele parou, e a Srta. Peller e a amiga decidiram ir para a estação de trem para ficar num hotel num lugar que receio não...

— Geilo.

— Obrigado.

— Você disse "tentou seduzir", Neil, mas quer dizer *estuprar*?

— Não. Tive que conversar bastante com a Srta. Peller até chegarmos a uma formulação precisa. Ela disse que, pela descrição da amiga, o policial havia baixado a calça dela sem seu consentimento, mas que ele não tocou nas partes íntimas da moça.

— Mas...

— Podemos supor que era essa sua intenção, mas não sabemos. De qualquer maneira, ainda não havia acontecido nada de fato criminoso. A Srta. Peller estava de acordo com isso. Nem se deram ao trabalho de registrar queixa... só se mandaram de lá. O policial tinha até conseguido que algum maluco do lugar levasse os três até a estação de trem e inclusive as ajudou a embarcar. De acordo com a Srta. Peller, o policial não parecia perturbado com o caso; ele estava mais interessado em conseguir o telefone da amiga do que em se desculpar. Como se fosse algo bastante natural quando um homem encontra uma mulher.

— Humm. Mais alguma coisa?

— Não, Harry. Estamos dando proteção policial a ela, como você sugeriu. Serviço 24 horas, comida e necessidades entregues à porta. Ela pode ficar curtindo o sol. Se tiver sol em Bristol, claro.

— Obrigado, Neil. Se surgir algo...

— Eu ligo, e vice-versa.

— Claro. — E emendou em inglês: — Se cuida.

É o que você diz, pensou McCormack, ao desligar e olhar para o céu azul da tarde. Os dias eram um pouco mais longos no verão, ainda dava para velejar uma hora e meia antes de escurecer.

Harry se levantou e foi para o chuveiro. Ficou parado, deixando a água escaldante escorrer pelo corpo durante vinte minutos. Depois saiu, secou a pele sensível e vermelha e se vestiu. Viu no celular que houve dezoito ligações perdidas enquanto dormia. Quer dizer que conseguiram seu número de celular. Ele reconheceu os primeiros dígitos dos três maiores jornais da Noruega e os dois maiores canais de televisão, visto que todos tinham números PABX com zeros e dígitos parecidos. O final da série de números era mais arbitrário e levava com certeza a jornalistas famintos por notícias. Mas seu olhar se deteve em um dos números, sem que soubesse o motivo. Porque havia alguns bits em seu cérebro que se divertiam em memorizar números, talvez. Ou porque os primeiros dígitos mostraram que era de Stavanger. Ele verificou no registro de ligações e reencontrou o número de dois dias antes. Colbjørnsen.

Harry apertou seu número, segurando o celular entre o ombro e o queixo enquanto amarrava as botas, dando-se conta de que estava na hora de comprar novas. A proteção de ferro que permitia pisar em cima de pregos estava saindo da sola.

— Puxa, Harry. Os jornais de hoje acabaram com você. Um massacre. O que seu chefe diz?

Colbjørnsen parecia estar de ressaca. Ou doente mesmo.

— Não sei — respondeu Harry. — Ainda não falei com ele.

— A Divisão de Homicídios se safa, a culpa cai toda em cima de você. Foi seu chefe que te fez assumir a culpa pelo grupo?

— Não.

A pergunta veio depois de um longo silêncio.

— Não... Não foi Bellman, foi?

— O que você quer, Colbjørnsen?

— Porra, Harry. Acabei de fazer uma investigação por conta própria, igual a você. Por isso preciso saber se a gente ainda está jogando no mesmo time ou não.

— Não tenho time, Colbjørnsen.

— Ótimo, saquei que você ainda está no nosso time. O dos perdedores.

— Estou de saída.

— Certo. Tive outra conversa com Stine Ølberg, a garota da qual Elias Skog gostava.

— Então?

— Descobri que Elias Skog contou mais a ela sobre o que aconteceu na cabana naquela noite do que fiquei sabendo durante o primeiro interrogatório.

— Estou começando a acreditar nos segundos interrogatórios — disse Harry.

— Hein?

— Nada. Conta aí.

49

Bombay Garden

Bombay Garden era o tipo de restaurante que parecia não ter o direito de existir, mas que, ao contrário dos seus concorrentes da moda, resistia ano após ano. A localização no meio da zona leste era péssima, uma ruazinha entre um antigo armazém de madeira e uma fábrica fechada que agora servia de teatro. A licença para servir bebidas alcoólicas tinha sido alternadamente concedida e revogada por inúmeras violações de normas; o mesmo acontecia em relação à comida que servia. Numa ocasião, a Vigilância Sanitária encontrou uma espécie de roedor que não conseguiram identificar, além de declarar que possuía certa semelhança ao *Rattus norvegicus*. Nos comentários do relatório, o representante da Vigilância havia soltado o verbo, descrevendo a cozinha como uma "cena de crime" onde sem sombra de dúvida "as matanças mais horrendas ocorreram". Os caça-níqueis ao longo da parede davam algum lucro, mas eram regularmente objetos de roubo. Os proprietários vietnamitas não usavam o lugar para lavar dinheiro do narcotráfico, como alguns suspeitavam. O motivo de Bombay Garden conseguir se manter aberto encontrava-se nos fundos, atrás de duas portas fechadas. Lá havia o que se chamava de um clube privado, e para se permitir a entrada, era preciso fazer um pedido de filiação. Na prática, isso significava assinar um documento no bar do restaurante, receber o cartão de associado e pagar a anuidade de 100 coroas. Em seguida, era levado para dentro, e a porta era trancada as suas costas.

Então, encontrava-se num recinto fumacento — a lei antifumo não se aplica a clubes privados — e na sua frente havia uma pista de corrida de cavalos em miniatura, 4 por 2 metros. O circuito todo era coberto por feltro verde e tinha sete pistas. E sete cavalos de metal avançavam, cada um preso a uma haste. A velocidade de cada cavalo era decidida por um computador que zunia por baixo da mesa, e funcionava — até onde se podia determinar — de modo totalmente arbitrário e justo. Ou seja, o programa dava a alguns cavalos maiores chances de velocidade maior, o que se refletia nas apostas e, portanto, no eventual pagamento. Ao redor da pista ficavam os membros do clube, alguns assíduos, outros recém-chegados, instalados em confortáveis cadeiras giratórias de couro, fumando, bebendo o chope local a preços especiais para sócios torcendo pelo cavalo ou pela combinação escolhida.

Uma vez que o clube funcionava numa situação jurídica pouco definida em relação à lei de jogos de azar, as regras diziam que, com 12 ou mais sócios presentes, a aposta era limitada a 100 coroas por corrida para cada um. Se tivesse menos de 12 sócios presentes, os estatutos do clube estipulavam que se tratava de uma reunião particular, e não havia como impedir pessoas adultas de fazerem apostas entre si. As quantias apostadas eram decididas pelas pessoas presentes. Por esse motivo, havia com notável frequência exatamente 11 presentes na sala dos fundos do Bombay Garden. Onde o *garden* entrava na história, ninguém sabia.

Às duas e dez da tarde, o sócio mais recente do clube, inscrito quarenta segundos antes, foi levado ao aposento, onde logo constatou que os únicos presentes, além dele, eram um sentado de costas para ele numa das cadeiras giratórias e um homem de provável origem vietnamita que aparentemente administrava as corridas e as apostas; pelo menos vestia um colete parecido com o que era usado pelos crupiês.

As costas do homem na cadeira giratória eram largas e enchiam a camisa de flanela. Cachos escuros caíam sobre a gola.

— Está ganhando, Krongli? — perguntou Harry ao se sentar na cadeira ao lado do delegado.

A cabeça cacheada se virou de lado.

— Harry! — exclamou, com sincera felicidade na voz e na expressão. — Como conseguiu me encontrar?

— Por que acha que estou à sua procura? Talvez eu também seja um freguês.

Krongli riu e olhou para os cavalos que avançavam na reta, cada um com seu jóquei de chumbo nas costas.

— Não é mesmo. Sempre venho aqui quando estou em Oslo e nunca te vi.

— Ok. Alguém me disse que era possível te encontrar aqui.

— Merda, será que tenho uma reputação? Talvez não fique bem para um policial frequentar esse lugar, mesmo que esteja tudo dentro da legalidade.

— A propósito de estar dentro da legalidade — comentou Harry e fez um gesto negativo para o crupiê que apontava para a torneira de chope.

— Era sobre isso mesmo que eu queria falar com você.

— Vai falando — disse Krongli, concentrado na corrida; um cavalo azul na pista lateral estava na frente, mas tinha a grande curva ainda a percorrer.

— Iska Peller, a mulher australiana para quem você deu uma carona até a cabana de Håvass, diz que você assediou a amiga dela. Charlotte Lolles.

Harry não detectou nenhuma alteração na expressão concentrada de Krongli. Harry esperou. Por fim, Krongli ergueu o olhar.

— Você quer que eu reaja a isso?

— Só se você quiser — disse Harry.

— Vou interpretar como um "sim". "Assediar" é a palavra errada. Flertamos um pouco. Nos beijamos. Eu queria ir adiante. Ela achou que bastava. Tentei convencê-la de forma construtiva, como as mulheres muitas vezes esperam de um homem. Afinal, faz parte do jogo entre os sexos. Mas, além disso, nada.

— Não confere totalmente com o que Iska Peller diz que Charlotte contou a ela. Você acha que Peller está mentindo?

— Não.

— Não?

— Mas acho que Charlotte bem queria dar outra versão a sua amiga. As moças católicas gostam de parecer mais castas do que são.

— Elas decidiram pernoitar em Geilo em vez de ficar na sua casa. Mesmo com Peller doente.

— Foi a australiana que insistiu em ir embora. Não sei que tipo de relação havia entre as duas; amizade entre mulheres é sempre algo bastante complexo. Aliás, imagino que aquela Peller nem tenha um namorado. — Ele ergueu o copo de chope. — Onde está querendo chegar, Harry?

— É um pouco estranho você não ter dito nada a Kaja Solness sobre o encontro com Charlotte Lolles quando Kaja esteve em Ustaoset.

— E é um pouco estranho que você ainda esteja trabalhando nesse caso. Pensei que fosse da Kripos, especialmente depois das manchetes nos jornais de hoje. — Krongli voltou a se concentrar nos cavalos. Saindo da curva, o cavalo amarelo na faixa três ganhava distância dos outros.

— É — disse Harry. — Mas casos de estupro ainda cabem à Divisão de Homicídios.

— Estupro? Ainda não ficou sóbrio, Harry?

— Bem. — Harry retirou o maço de cigarros do bolso da calça. — Estou mais sóbrio do que espero que você estivesse, Krongli. — Ele enfiou um cigarro torto entre os lábios — Todas as vezes que surrava e estuprava sua ex lá em Ustaoset.

Krongli se virou para Harry e derrubou o copo de chope com o cotovelo. A cerveja penetrou no feltro verde, e a mancha de umidade se espalhou como o Wehrmacht num mapa da Europa.

— Estou vindo da escola onde ela trabalha — continuou Harry e acendeu um cigarro. — Foi ela que me disse que era provável encontrar você aqui. Ela também disse que, quando te deixou em Ustaoset, foi mais por fugir do que por se mudar. Que você...

Harry não conseguiu continuar. Krongli era rápido. Ele girou sua cadeira com o pé e segurou Harry por trás antes que ele pudesse reagir. Harry sentiu o aperto em seu pulso e sabia o que estava por vir; sabia, porque era algo que praticavam desde o primeiro ano na Academia: a chave de braço policial. Mesmo assim, reagiu com o atraso de um segundo, com a lentidão de quem bebeu, com a burrice de um quarentão. Krongli torceu seu punho e braço para trás das costas e pressionou sua têmpora contra o feltro. Na lateral do queixo machucado. Harry gritou de dor e perdeu os sentidos por um instante. As dores voltaram e ele tentou se soltar alucinadamente. Harry era forte, sempre foi, mas sentiu logo que não tinha chance contra Krongli. A respiração acelerada do homem estava quente e úmida no seu rosto.

— Não devia ter feito isso, Harry. Não devia ter falado com aquela puta. Ela diz qualquer coisa. Faz qualquer coisa. Ela te mostrou a boceta? Mostrou, Harry?

Houve um estalo na cabeça de Harry quando Krongli pressionou com mais força. Um cavalo amarelo e outro verde batiam respectivamente contra o nariz e a testa de Harry quando ele levantou o pé direito e deu uma pisada. Forte. Krongli gritou, Harry girou e conseguiu se soltar, para em seguida se virar e bater. Não com o punho, já havia fraturado ossos demais naquela bobagem, mas com o cotovelo. Acertou Krongli onde aprendera que o efeito era maior, não no meio do queixo, mas um pouco na lateral. Krongli cambaleou para trás, caiu sobre uma cadeira giratória e depois no chão, com os pés apontando para cima. Harry notou que o material do tênis Converse no pé direito de Krongli tinha uma fenda sangrenta após o choque com a placa de ferro da sola de uma bota que definitivamente devia ter sido jogada fora. Também percebeu que o cigarro ainda pendia entre os lábios. E, pelo canto do olho, que o cavalo vermelho na primeira pista se aproximava da linha de chegada para uma evidente vitória.

Harry se curvou, pegou Krongli pelo colarinho e o puxou para cima, deixando-o cair na cadeira. Deu um trago fundo no cigarro, sentindo-o arder e esquentar os pulmões.

— Concordo que esse meu caso de estupro não tem muito fundamento — disse Harry. — Já que nem Charlotte Lolles nem sua mulher registraram queixa. Por isso preciso, como investigador, tentar ir mais fundo nas coisas, certo? E é nesse ponto que volto à cabana de Håvass.

— De que merda você está falando? — Krongli parecia ter contraído uma gripe forte e aguda.

— É sobre essa garota de Stavanger a quem Elias Skog se confidenciou na mesma noite em que foi assassinado. Estavam no ônibus quando Elias contou a ela sobre a noite na cabana de Håvass, e ele foi testemunha de algo que mais tarde pensou que podia ter sido um estupro.

— Elias?

— Sim, Elias. Parece que ele tem um sono leve. Acordou no meio da noite com ruídos no lado de fora do quarto e olhou pela janela. Como a noite estava clara, viu duas pessoas na sombra do telhado do banheiro de fora. A mulher estava de frente para ele e havia um homem atrás dela, de modo que Elias não podia ver seu rosto. Imaginou que estivessem transando, a mulher parecia fazer a dança de ventre e o homem tapava sua boca com a mão, provavelmente para que não acordassem ninguém. E, quando o homem a puxou para dentro do banheiro, Elias, um pouco decepcionado por não ver todo o show ao vivo, voltou a dormir. Foi só quando leu sobre os assassinatos que começou a pensar diferente sobre o que tinha visto. Talvez a mulher estivesse se contorcendo para tentar se soltar. Talvez a mão sobre sua boca fosse para abafar os gritos de socorro. — Harry deu outra tragada. — Foi você, Krongli? Você estava lá?

Krongli esfregou o queixo.

— Álibi? — perguntou Harry, a voz leve.

— Estava em casa, dormindo sozinho. Elias Skog disse quem era a mulher?

— Não. E, como eu disse, ele não viu o cara.

— Não fui eu. E você vive perigosamente, Harry.

— É para ser interpretado como uma ameaça ou um elogio?

Krongli não respondeu. Mas havia um brilho nos seus olhos, amarelo e frio.

Harry apagou o cigarro e se levantou.

— A propósito, sua ex não me mostrou nada. Estávamos na sala dos professores. Algo me diz que ela tem medo de ficar sozinha quando há um homem por perto. Alguma coisa você conseguiu, não é, Krongli?

— É melhor você manter um olho aberto, Harry.

Harry se virou. O crupiê parecia totalmente impassível diante do ocorrido e já estava montando os cavalos para a próxima corrida.

— Quer fazer uma aposta? — perguntou, sorrindo, com um domínio precário da língua.

Harry fez que não.

— Sinto muito, não tenho o que apostar.

— Só tem a ganhar — respondeu o crupiê.

Harry refletiu sobre isso ao sair e chegou à conclusão de que era um mal-entendido linguístico ou que estava além da sua própria lógica. Ou apenas outro péssimo ditado oriental.

50

Suborno

Mikael Bellman esperou.

Essa era a melhor parte. Os segundos esperando para que ela abrisse. Ansioso para saber se — tendo ao mesmo tempo a certeza de que — ela ia novamente ultrapassar as expectativas dele. Porque toda vez que a via ele percebia que tinha esquecido como era bonita. Sempre que a porta se abria, era como se ele precisasse de alguns segundos para assimilar toda a sua beleza. De apreender a confirmação. A confirmação de que ela, entre todos os homens que a desejavam — na prática, qualquer homem com boa visão que se dizia heterossexual —, o escolhera. A confirmação de que ele era o líder da matilha, o macho alfa, o macho com prioridade de se acasalar com as fêmeas. Pois é, podia ser dito de tal forma banal e vulgar. Ser o macho alfa não era algo que se almejava ser; era nato. Não era necessariamente a vida mais simples e confortável para um homem, mas, ao receber essa dádiva, não se podia recusá-la.

A porta se abriu.

Ela vestia o pulôver branco de gola alta e tinha arrumado o cabelo num coque. Parecia cansada, os olhos não brilhavam como de costume. Contudo, possuía a elegância e a classe com que até sua própria esposa só podia sonhar. Ela disse "oi", que estava sentada na varanda e virou as costas, entrando na casa. Ele a seguiu, pegando uma cerveja da geladeira, e se sentou numa das cadeiras ridiculamente grandes e pesadas da varanda.

— Por que você fica aqui fora? — bufou ele. — Vai acabar pegando uma pneumonia.

— Ou câncer no pulmão — retrucou ela, alcançando o cigarro da beira do cinzeiro e o livro que estava lendo. Bellman leu a capa. *Misto-*

quente. Charles... ele semicerrou os olhos... Bukowski? Como nos leilões da Suécia?

— Trago boas notícias — anunciou ele. — Não só impedimos uma grande catástrofe como conseguimos reverter todo o incidente de Leike a nosso favor. Ligaram do Ministério da Justiça hoje.

Bellman pôs os pés na mesa e estudou a etiqueta da garrafa de cerveja.

— Queriam agradecer por eu, de modo tão resoluto, ter interferido e colocado Leike em liberdade. Estavam muito preocupados com o que Galtung e sua matilha de advogados pudessem fazer se a Kripos não tivesse agido com tanta rapidez. E queriam uma garantia de que eu pessoalmente manteria o controle da situação e que ninguém fora da Kripos teria a chance de bagunçar as coisas.

Ele bebeu um gole da garrafa de cerveja. Colocou-a com força na mesa.

— O que você acha, Bukowski?

Ela baixou o livro e encarou seu olhar.

— Você devia estar interessada — incentivou ele. — Isso tem a ver com você também, sabe. O que acha do caso, querida? Vamos lá. Você é investigadora de homicídios.

— Mikael...

— Tony Leike é um criminoso violento e a gente se deixou enganar por isso. Porque sabemos que os criminosos violentos não se deixam corrigir. A capacidade e o desejo de matar não estão em todas as pessoas; é nato ou adquirido. Mas, quando já se tem o assassino dentro de você, ele é muito difícil de tirar. Talvez o assassino nesse caso saiba que a gente está ciente disso? Talvez saiba que, se ele nos desse Tony Leike, a gente ia se atrapalhar e gritar em uníssono "o caso é evidente, é o cara com as tendências violentas!" E por isso ele arrombou a casa de Tony Leike e ligou para Elias Skog. Para que não procurássemos as outras pessoas que estiveram na cabana.

— O telefonema da casa de Leike foi antes que alguém além da polícia soubesse que a gente tinha descoberto a ligação com a cabana de Håvass.

— E daí? Ele deve ter imaginado que fosse apenas uma questão de tempo até descobrirmos. Porra, a gente devia ter descoberto muito antes! — Bellman agarrou a garrafa de novo.

— Quem é o assassino, então?

— O oitavo hóspede na cabana — respondeu Mikael Bellman. — O cara que Adele levou, mas que ninguém sabe quem é.

— Ninguém?

— Já tive mais de trinta pessoas investigando. Vasculhamos o apartamento de Adele. Nada por escrito. Nenhum diário, cartão ou carta, quase nenhum e-mail ou mensagem de texto. Os conhecidos masculinos de Adele que conseguimos identificar foram interrogados e eliminados como suspeitos. As mulheres também. E nenhuma dessas pessoas viu ou falou com o homem com quem ela estava na cabana. Sem que alguém achasse esquisito; aparentemente, ela trocava de parceiro com a mesma frequência que trocava de calcinha, e não costumava comentar com ninguém. A única coisa que descobrimos foi que Adele teria dito a uma amiga que o cara da cabana conseguia ser estimulante, e às vezes era justamente o contrário. O estimulante foi seu pedido que ela comparecesse a um encontro noturno numa fábrica vazia vestida de enfermeira.

— Se isso foi estimulante, não quero nem saber o que não era.

— Quando ele falava, pois lembrava Adele do companheiro de apartamento. A amiga não fazia ideia do que Adele quis dizer com aquilo.

— O cara era companheiro só de apartamento, mesmo — disse Kaja e bocejou. — Geir Bruun é gay. Se esse oitavo homem tentou colocar a culpa dos assassinatos em Tony Leike, com certeza sabia que Leike tinha ficha na polícia.

— A condenação por agressão violenta é uma informação acessível ao público em geral. Como também o local onde ocorreu, justamente o município de Ytre Enebakk. Leike estava prestes a se tornar um assassino quando morava com seu avô perto do lago Lyseren. Se você fosse um assassino e quisesse conduzir a suspeita da polícia a Leike, onde ia deixar o corpo de Adele Vetlesen? Claro, num lugar onde a polícia pode associar o corpo a uma pessoa que já tem uma condenação por agressão violenta nos seus registros. Por isso escolheu Lyseren. — Mikael Bellman parou de falar. — Diga-me, estou te chateando?

— Não.

— Você parece tão desinteressada.

— Eu... estou com muita coisa na cabeça.

— Quando você começou a fumar? Aliás, já tenho um plano para encontrar o oitavo hóspede.

Kaja o olhou longamente.

Bellman suspirou.

— Não vai me perguntar como, querida?

— Como?

— Usando a mesma tática que ele usa.

— Que é?

— Colocando o foco numa pessoa inocente.

— Não é essa a tática que você sempre usa?

Mikael Bellman ergueu o olhar bruscamente. Ele estava começando a se dar conta de algo. Algo sobre ser um macho alfa.

Explicou o plano para Kaja. Contou como ia conseguir lograr o oitavo hóspede a sair da toca.

Depois, Bellman tremeu de frio e raiva. Não sabia o que o deixava mais furioso: o fato de ela não responder, nem de forma negativa ou positiva, ou por ficar ali fumando, como se o caso não tivesse nada a ver com ela. Será que não entendia que a carreira e as ações dele, nesses dias tão críticos, eram decisivas também para o futuro dela? Se não pudesse aspirar a se tornar a próxima Sra. Bellman, pelo menos podia subir na corporação sob sua proteção, contanto que fosse leal e continuasse a fazer um bom serviço. Ou talvez estivesse furioso por causa da pergunta que Kaja fez. Sobre ele. O outro. O macho alfa velho e caduco.

Ela havia perguntado sobre o ópio. Se realmente o teria usado caso Hole não tivesse cedido a sua exigência de assumir a responsabilidade pela prisão de Leike.

— Claro — respondeu Bellman e tentou ver seu rosto, mas estava escuro demais. — Por que não faria isso? Ele contrabandeou droga.

— Não estou pensando nele. Estou querendo saber se você realmente teria denegrido a reputação da polícia.

Bellman balançou a cabeça.

— Não podemos nos corromper por esse tipo de consideração.

A gargalhada dela soou seca no encontro com o frio compacto da noite.

— Mas você o subornou de fato.

— Ele é subornável — declarou Bellman secando a garrafa num único gole. — É essa a diferença entre nós dois. Diga-me, Kaja, tem algo que você esteja tentando me dizer?

Ela abriu a boca. Queria falar. Ia falar. Mas, no mesmo instante, seu telefone tocou. Kaja o viu enfiar a mão no bolso, repetindo seu hábito de fazer beiço com os lábios. O que não era para ser um beijo, mas um sinal para ela calar a boca. Caso fosse sua mulher, seu chefe ou qualquer outra pessoa que Bellman não queria que soubesse que ia para lá para foder com uma colega da Divisão de Homicídios que lhe fornecia toda a informação de que ele precisava para passar a perna na unidade concorrente de investigações. Para o inferno com Mikael Bellman. Para o inferno com Kaja Solness. E, acima de tudo, para o inferno com...

— Ele sumiu — disse Mikael Bellman, devolvendo o celular ao bolso.

— Quem?

— Tony Leike.

51

Carta

Olá, Tony,

Faz tempo que você está se perguntando quem sou eu. Por tanto tempo que achei que estava na hora de me revelar. Eu estava na cabana de Håvass naquela noite, mas você não me viu. Ninguém me viu, eu estava invisível como um fantasma. Mas você me conhece. Bem demais. E agora estou vindo para te pegar. A única pessoa que pode me deter agora é você. Todas as outras estão mortas. Sobraram apenas você e eu, Tony. Seu coração está batendo um pouco mais acelerado agora? Sua mão está pegando uma faca? Está cortando cegamente no escuro, desnorteado de medo de que sua vida será tirada de você?

52

Visita

Alguma coisa o acordou. Um ruído. Quase nunca havia ruídos ali fora, nenhum que não fosse familiar e que não o fizesse acordar. Ele levantou, colocou as solas dos pés no assoalho frio e olhou pela janela. Sua paisagem. Algumas pessoas chamavam isso de deserto, seja lá o que queriam dizer com isso. Porque nunca era deserto, sempre havia algo. Como agora. Um bicho? Ou seria ele? O fantasma? Havia algo lá fora, disso tinha certeza. Ele olhou para a porta. Estava trancada e fechada com ferrolho. O rifle estava na despensa lá fora. Tremeu na camisa de flanela vermelha e grossa que vestia dia e noite ali na planície. A sala estava tão vazia. Estava tão vazio lá fora. Tão vazio no mundo. Mas deserto, não. Havia os dois, os dois que restavam.

Harry sonhou. Um elevador com dentes, com uma mulher com um palito de drinque entre lábios vermelhos, um palhaço com sua própria cabeça risonha por baixo do braço, uma noiva de branco no altar com um boneco de neve, uma estrela desenhada na poeira na tela da televisão, uma jovem de um braço só num trampolim de mergulho em Bangkok, o cheiro adocicado das pastilhas desinfetantes de vasos sanitários, o perfil de um corpo humano que se desenhava no interior do plástico de um colchão d'água, uma furadeira de compressão e sangue jorrando em seu rosto, quente e mortal. Álcool agia como cruz, alho e água benta contra fantasmas, mas essa noite houve lua cheia e sangue de virgem, e agora eles vinham em multidão, dos cantos mais escuros e das sepulturas mais fundas, e o jogavam entre si na sua dança, mais violentos e loucos que nunca, aos ritmos cardíacos de medo mortal e do incessante zunido do alarme de incêndio ali no inferno. E, de repente, o silêncio. Silêncio total.

Estava ali de novo. Enchia sua boca. Não conseguiu respirar. Estava frio e escuro como breu, e ele não conseguia se mexer, ele...

Harry se sobressaltou e piscou confuso no escuro. Um eco pairava entre as paredes. Eco de quê? Pegou o revólver da mesa de cabeceira, pôs os pés no assoalho gelado, desceu a escada e entrou na sala. Vazia. O armário do bar ainda estava com a luz acesa. Havia antes uma solitária garrafa de conhaque Martell ali. Seu pai sempre foi cuidadoso com bebidas, ele sabia que tipos de genes carregava, e o conhaque era para oferecer às visitas. Não houve muitas. A garrafa empoeirada, meio vazia, tinha desaparecido no maremoto, junto do capitão Jim Beam e o marujo Harry Hole. Ele se sentou na poltrona, passou os dedos pelo tecido gasto nos braços da poltrona. Fechou os olhos e se visualizou enchendo o copo até a metade. Os gorgolejos profundos da garrafa, o brilho dourado do líquido. O aroma e o tremor na hora de pôr o copo nos lábios e sentir o corpo em pânico se opor. Então deixou o conteúdo descer garganta abaixo.

Pareceu um golpe nas têmporas.

Harry abriu bem os olhos. De novo, silêncio total.

E voltou igualmente brusco.

Furava os canais auditivos. O alarme de incêndio do inferno. O mesmo que o havia acordado. A campainha da porta. Harry olhou o relógio. Meia-noite e meia.

Foi ao corredor, acendeu a luz externa, viu os contornos no outro lado do vidro, segurou o revólver na mão direita enquanto segurava a maçaneta com o polegar e o indicador esquerdo, abrindo a porta com um só golpe.

Ao luar, ele podia ver trilhas de esqui cruzando o pátio da entrada. Não eram os seus. E fantasmas não faziam trilhas de esqui, faziam?

As marcas davam a volta pela casa, indo para os fundos.

Ocorreu-lhe no mesmo instante que a janela do quarto estava aberta, que ele devia... Prendeu a respiração. Parecia que alguém havia parado de respirar ao mesmo tempo que ele. Não alguém. Algo. Um animal.

Ele se virou. Abriu a boca. O coração tinha parado de bater. Como podia ter se movido tão depressa, sem fazer um ruído sequer, como podia ter chegado tão... perto?

Kaja olhou para ele.

— Posso entrar? — perguntou ela.

Vestia uma capa de chuva grande demais, o cabelo estava todo desgrenhado, seu rosto se encontrava pálido e cansado. Ele piscou com força algumas vezes para ver se ainda estava sonhando. Kaja nunca esteve tão linda.

Harry tentou vomitar o mais silenciosamente possível. Tinha voltado a beber álcool havia um dia e seu estômago ainda era uma sensível criatura de hábitos que reagia mal a bebedeira e abstinência repentinas. Ele deu a descarga e tomou com cuidado um copo d'água antes de voltar à cozinha. O bule de café fazia ruídos no fogão e Kaja estava sentada numa das cadeiras da cozinha olhando para ele.

— Então, Tony Leike sumiu — disse ele.

Ela fez que sim.

— Mikael tinha dado ordem de entrar em contato com ele. Mas ninguém conseguiu localizá-lo, ele não estava em casa nem no escritório, e não havia deixado recados. Nenhum Leike nas listas de passageiros de voos e navios durante as últimas 24 horas. Por fim, um investigador localizou Lene Galtung. Ela acha que Tony Leike pode ter ido para as montanhas. Para pensar; parece que costuma fazer isso. Se for o caso, deve ter ido de trem, porque o carro está na garagem.

— Ustaoset — avisou Harry. — Ele disse que era essa a sua paisagem.

— De qualquer maneira, com certeza não se hospedou em um hotel.

— Humm.

— Eles acham que ele está em perigo.

— Eles?

— Bellman, a Kripos.

— Pensei que fosse o seu "nós". Aliás, por que Bellman estava atrás de Leike?

Kaja fechou os olhos.

— Mikael elaborou um plano. Para atrair o assassino.

— Ah, é?

— O assassino está tentando matar todos que estavam na cabana de Håvass naquela noite. Por isso, Mikael queria convencer Tony Leike a ser a isca em uma armadilha. Ia fazer Leike comparecer a uma entrevista com um jornal, contando sobre os tempos difíceis que passou, e que ele agora queria descansar sozinho num determinado lugar a ser revelado no jornal.

— Onde a Kripos montaria uma cilada.

— É.

— Mas agora esse plano falhou e por isso você está aqui?

Kaja o olhou sem piscar.

— Ainda há outra pessoa que podemos usar como isca.

— Iska Peller? Ela está na Austrália.

— E Bellman sabe que ela tem proteção policial e que você esteve em contato com ela e um tal de McCormack. Bellman quer que você a convença a vir para cá para servir de isca.

— Por que eu aceitaria?

Ela olhou para as próprias mãos.

— Você sabe. A mesma tática coerciva de antes.

— Humm. Quando descobriu que havia ópio no pacote de cigarros?

— Quando ia colocá-lo na prateleira no quarto. Você tem razão, o cheiro é forte. E me lembrei do cheiro do seu albergue. Abri o pacote e vi que o selo do maço no fundo estava violado. E encontrei o ópio lá dentro. Contei para Mikael. Ele me mandou entregar o pacote a você quando você pedisse.

— Talvez tenha sido mais fácil você me delatar assim. Sabendo que eu tinha te usado.

Ela balançou a cabeça devagar.

— Não, Harry. Não ficou mais fácil. Talvez devesse, mas...

— Mas?

Kaja deu de ombros.

— Transmitir esse recado é o último serviço que faço para Mikael.

— É?

— Depois vou dizer que não quero mais vê-lo.

O barulho da chaleira silenciou.

— Eu devia ter feito isso há muito tempo — emendou ela. — Não vou pedir para me perdoar pelo que fiz, Harry, seria demais. Mas fiquei pensando que queria te dizer isso pessoalmente, para você entender. Na verdade, é por isso que vim até aqui agora. Para dizer que fiz tudo por uma paixão muito idiota. O amor me corrompeu. E eu achava que não fosse corruptível. — Ela apoiou a testa nas mãos. — Eu enganei você, Harry. Não sei o que dizer. Além de que sinto que enganar a mim mesma foi ainda pior.

— Somos todos corruptíveis — argumentou Harry. — A gente só exige preços diferentes. E moedas diferentes. O seu é amor. A minha é a automedicação. E sabe o que mais?

A chaleira cantou de novo, uma oitava mais alto desta vez.

— Acho que faz de você uma pessoa melhor do que eu. Café?

Ele se virou rápido e olhou para a figura. Estava na sua frente, imóvel, como se estivesse assim havia muito tempo, como se fosse sua própria sombra. Estava tão quieto, ouvia apenas sua própria respiração. Então percebeu um movimento, algo que era levantado no escuro, ouviu um assobio baixo no ar e, no mesmo instante, ocorreu-lhe um pensamento estranho. Que a figura fosse isso mesmo, sua própria sombra. Que ele...

O pensamento pareceu hesitar, o tempo estava deslocado, a conexão visual foi por um momento rompida.

Olhou surpreso à sua frente e sentiu uma gota de suor quente escorrer pela testa. Ele falou, mas as palavras saíam sem sentido, como se houvesse uma falha na conexão entre o cérebro e a boca. De novo ouviu o assobio baixinho. Depois o som desapareceu. Todos os sons — não ouvia a própria respiração. E ele descobriu que estava de joelhos e que o telefone se encontrava no chão ao seu lado. Diante de si havia uma faixa branca de luar sobre as tábuas grossas do assoalho, mas desapareceu quando a gota de suor chegou ao dorso do nariz e escorreu para dentro dos olhos, cegando-o. E entendeu que não era suor.

Sentiu o terceiro golpe como um pingente de gelo sendo enfiado pela cabeça, até a garganta e para o interior do seu corpo. Tudo congelou.

Não quero morrer, pensou, e tentou erguer o braço sobre a cabeça para se proteger, porém não conseguiu mover nenhum membro, e percebeu que estava paralisado.

Ele não registrou o quarto golpe, mas pelo cheiro de madeira concluiu que estava com o rosto virado para o assoalho. Então piscou várias vezes e conseguiu recuperar a visão de um olho. Bem à sua frente viu um par de botas de esqui. Lentamente, os sons voltaram; sua própria respiração ofegante, a respiração calma do outro, o sangue que pingava da ponta do nariz para as tábuas do assoalho. A voz do outro era como um sussurro, mas as palavras soavam como se fossem berradas em seu ouvido.

— Agora só há um de nós.

Quando o relógio da sala marcou duas horas, ainda conversavam na cozinha.

— O oitavo homem — disse Harry e serviu mais café. — Feche os olhos. Como você o visualiza? Rápido, não pense.

— É cheio de ódio — respondeu Kaja. — Nervoso. Desequilibrado, mau. Um cara desses que mulheres como Adele encontram por acaso, avaliam e rejeitam. Na sua casa tem pilhas de revistas e filmes pornôs.

— Por que você acha isso?

— Não sei. Porque pediu para Adele ir a uma fábrica vazia vestida de enfermeira.

— Continue.

— Ele é efeminado.

— Como assim?

— Bem. Voz aguda. Adele disse que, quando ele falava, ela se lembrava do amigo gay com quem morava. — Kaja levou a xícara à boca e sorriu. — Ou talvez seja um ator. Com voz aguda e beicinho. Aliás, ainda não consegui me lembrar do nome do ator machão com voz feminina.

Harry levantou a xícara como que para brindar.

— E o que contei a você sobre Elias Skog tê-los visto pela janela da cabana aquela noite. Quem eram os dois? Foi mesmo um estupro o que ele viu?

— Com certeza não era Marit Olsen — declarou Kaja.

— Humm. Por que não?

— Porque ela era a única mulher gorda lá, e Elias Skog a teria reconhecido e usado o nome dela quando contou isso.

— Cheguei à mesma conclusão. Mas você acha que foi um estupro?

— É o que parece. Ele pôs a mão sobre a boca da mulher, abafou os gritos, puxou-a para dentro do banheiro, o que mais podia ser?

— Mas por que Elias Skog não achou que fosse um estupro logo de cara?

— Não sei. Porque havia algo na maneira... na maneira com que se movimentavam, algo na linguagem corporal.

— Exato. O inconsciente percebe muito mais do que o pensar consciente. Ele estava tão certo de que era sexo voluntário que simplesmente voltou a dormir. Foi só muito tempo depois, quando leu sobre os assassinatos e tornou a pensar sobre a cena meio esquecida que teve a ideia de que tinha sido um estupro.

— Um jogo — sugeriu Kaja. — Que podia lembrar um estupro. Quem faz isso? Não um homem e uma mulher que acabaram de se conhecer numa cabana de turistas, saindo para se conhecer melhor. Os dois têm que se conhecer um pouco melhor para isso.

— Então eram duas pessoas que já se conheciam — concluiu Harry.

— Que, pelo que a gente saiba, só podiam ser...

— Adele e o desconhecido. O oitavo hóspede.

— Ou isso ou apareceu mais alguém por lá aquela noite. — Harry bateu as cinzas do cigarro.

— Onde é o banheiro? — perguntou Kaja.

— No fundo do corredor à esquerda.

Ele viu a fumaça do cigarro serpentear até o abajur em cima da mesa. Esperou. Não ouviu a porta se abrir. Então se levantou e foi atrás dela.

Kaja ainda estava no corredor, olhando para a porta. Na luz esparsa podia vê-la engolir em seco, o brilho úmido num dente afiado. Ele pôs uma das mãos nas costas dela e mesmo através das roupas podia sentir seu coração bater.

— Tudo bem se eu abrir?

— Você deve achar que sou uma doente mental — comentou ela.

— Todos somos. Agora vou abrir. Ok?

Kaja fez que sim e ele abriu a porta.

Harry estava sentado à mesa da cozinha quando Kaja voltou. Ela havia vestido a capa de chuva.

— Acho melhor voltar para casa agora.

Harry fez que sim e a acompanhou até a entrada. Olhou-a se curvar e vestir as botas.

— Só acontece quando estou cansada — explicou ela. — Aquilo com as portas.

— Eu sei — respondeu Harry. — Comigo é com elevadores.

— Ah, é?

— É.

— Conte mais.

— Em outra oportunidade, talvez. Quem sabe, talvez a gente se veja de novo.

Ela ficou quieta. Levou muito tempo para puxar o zíper das botas. Então, endireitou-se bruscamente, tão próxima dele que Harry sentiu seu cheiro a seguir, como um eco.

— Me conte agora — pediu ela com uma expressão selvagem no olhar que Harry não conseguiu interpretar.

— Bem — disse, sentindo uma comichão nas pontas dos dedos, como se estivessem com frio e começassem a esquentar de novo. — Quando éramos pequenos, minha irmãzinha tinha o cabelo muito comprido. A gente tinha ido ao hospital para visitar a nossa mãe, e íamos descer de elevador. Nosso pai esperava no térreo, porque não suportava hospitais.

Minha irmã estava perto demais do vão e o cabelo se prendeu entre a parede e o elevador. E eu fiquei tão apavorado que não consegui me mexer. E vi como ela foi arrastada pelo cabelo.

— O que aconteceu? — perguntou ela.

Os dois estavam um pouco perto demais, pensou Harry. Estavam no limite do espaço pessoal. E ambos sabiam. Ele respirou fundo.

— Ela perdeu um bocado de cabelo. Voltou a crescer. Eu... perdi outra coisa. Que não voltou a crescer.

— Você acha que falhou com ela.

— É fato que falhei.

— Quantos anos você tinha?

— O bastante para falhar. — Ele sorriu. — Mas chega de autopiedade para uma noite só, não acha? Meu pai gostou de ver você fazer uma mesura.

Kaja riu baixinho

— Boa noite. — Ela fez uma mesura.

Harry abriu a porta para ela.

— Boa noite.

Kaja saiu pela porta e se virou.

— Harry?

— Sim?

— Você não ficou muito só em Hong Kong?

— Só?

— Eu vi você dormir. Parecia tão... tão solitário.

— É verdade — respondeu ele. — Eu estava só. Boa noite.

Ficaram ali por um segundo, tempo demais. Cinco décimos de um segundo antes e ela estaria descendo a escada e ele, voltando para a cozinha.

Os dedos de Kaja procuraram a nuca dele e puxaram a cabeça de Harry em sua direção enquanto ela ficava nas pontas dos pés. Os olhos dela perderam o foco, virando um mar brilhante antes de fechá-los. Seus lábios estavam semiabertos no encontro com os dele. Segurou-o assim e Harry não se mexeu, sentiu apenas a doce adaga no estômago, como uma onda de morfina.

Ela o soltou.

— Durma bem, Harry.

Ele fez que sim.

Kaja se virou e desceu a escada. Harry entrou e fechou a porta com cuidado.

Arrumou as xícaras, limpou a chaleira e tinha acabado de guardá-la quando a campainha tocou.

Harry foi abrir a porta.

— Esqueci uma coisa — disse Kaja.

— O quê?

Ela ergueu a mão e passou os dedos pela sobrancelha dele.

— Seu rosto.

Ele a puxou para perto de si. Sua pele. O perfume. Harry caiu, uma queda deliciosamente vertiginosa.

— Quero você — sussurrou ela. — Quero fazer amor com você.

— E eu com você.

Eles se soltaram. Se olharam. Um ar de solenidade baixou. Entre os dois, e por um momento lhe ocorreu que ela se arrependeu. Que ele também se arrependeu. Que era demais, rápido demais. Que havia outras coisas demais, bagagem demais, boas razões demais. Mas Kaja pegou a mão de Harry, quase tímida, sussurrou "venha" e subiu a escada na sua frente.

O quarto estava frio e tinha o cheiro dos pais de Harry. Ele acendeu a luz.

A grande cama de casal estava arrumada com dois edredons e dois travesseiros.

Harry a ajudou a trocar a roupa de cama.

— Qual é o lado dele? — perguntou ela.

— Esse — disse Harry, apontando.

— E ele continuou dormindo ali depois que ela se foi — disse Kaja como se para si mesma. — Por via das dúvidas.

Os dois se despiram sem se olhar. Entraram por baixo do edredom onde se encontraram.

Primeiro ficaram assim juntinhos, beijando, explorando, com cuidado para não estragar algo antes de saber como seria. Ouviram a respiração um do outro e o zunir de carros solitários lá fora. Os beijos se tornaram mais ávidos, os toques, mais ousados, e ele ouviu a respiração excitada dela sibilar contra o ouvido.

— Está com medo? — perguntou ele.

— Não — gemeu ela, agarrando firme seu membro endurecido, levantando os quadris e guiando-o para dentro, mas Harry afastou a mão de Kaja e guiou-se sozinho.

Ela não gemeu, apenas arfou quando ele a penetrou. Harry fechou os olhos, ficou imóvel, apreciando o que sentia. Lentamente começou a se mexer. Abriu os olhos e encontrou o olhar dela. Kaja parecia que ia chorar.

— Me beije — sussurrou ela.

A língua de Kaja se enroscou na dele, lisa por baixo, áspera em cima. Mais rápido, mais fundo, mais devagar, mais fundo. Ela o empurrou de lado sem soltar sua língua e sentou-se por cima dele. Pressionava os quadris contra os músculos do abdômen de Harry toda vez que descia. Então, sua língua soltou a dele, e Kaja pôs a cabeça para trás e gemeu com voz rouca. Duas vezes, um som animal profundo que foi aumentando, ficando estridente quando arfou e silenciou de novo. Sua garganta estava inchada pelo grito que não vinha. Harry levantou a mão, pôs os dedos na artéria azul que tremia por baixo da pele do pescoço dela.

Então Kaja gritou, como de dor, de fúria, de libertação. Harry sentiu seus testículos se contraírem e também gozou. Foi perfeito, tão insuportavelmente perfeito que ele levantou o punho para socar a parede atrás de si. E, como se tivesse recebido uma injeção mortal, ela se deixou cair por cima dele.

Ficaram deitados assim, com o corpo esparramado, como mortos. Harry sentiu o sangue nos ouvidos e o bem-estar passar pelo corpo como uma onda. Isso, e algo que ele podia jurar ser felicidade.

Ele dormiu, e acordou com ela subindo de novo na cama, aconchegando-se nele. Kaja vestia uma camiseta do seu pai. Ela o beijou, murmurou algo e apagou, com a respiração leve e calma. Harry olhou para o teto. E deixou os pensamentos ruminarem, sabendo que não tinha como resistir.

Foi tão bom. Não era tão bom desde… desde…

A persiana não tinha sido abaixada, e às cinco e meia faixas de luz dos carros começaram a passar sobre o teto enquanto Oslo acordava, arrastando-se ao trabalho. Ele a olhou outra vez. Então também apagou.

53

Lance de Calcanhar

Quando Harry acordou, eram nove horas, o quarto estava banhado pela luz do dia e não havia ninguém ao seu lado. Tinha quatro mensagens de voz no celular.

A primeira era de Kaja, que disse estar no carro a caminho de casa para se trocar antes de ir trabalhar. Ela agradeceu pelo... ele não conseguiu ouvir o que, apenas um riso alegre antes de desligar.

A segunda era de Gunnar Hagen, que queria saber por que Harry não havia respondido as suas ligações, dizendo que a imprensa estava em cima dele devido à prisão injustificada de Tony Leike.

A terceira era de Günther, que repetiu o gracejo de Harry Klein e disse que a polícia de Leipzig não havia encontrado o passaporte de Juliana Verni e, por isso, não podia confirmar se existia um carimbo de Kigali.

A quarta era de Mikael Bellman, que simplesmente pediu para Harry comparecer à Kripos às duas da tarde, e que ele supunha que Solness o havia instruído.

Harry se levantou. Ele se sentiu bem. Melhor que bem. Talvez fantástico. Parou para sentir. Ok, fantástico seria talvez um exagero.

Ele desceu, pegou um pacote de pão sueco e fez a ligação mais importante primeiro.

— Está falando com Søs Hole. — Sua voz soava tão solene que o fez sorrir.

— E você está falando com Harry Hole.

— Harry! — Ela gritou seu nome outras duas vezes.

— Oi, Søs.

— Papai disse que você estava em casa! Por que não ligou antes?

— Não estava pronto, Søs. Agora estou. Você está?

— Estou sempre pronta, Harry. Você sabe.

— Claro, eu sei. Vamos almoçar no centro antes de visitar o papai? Eu pago.

— Claro! Você parece tão feliz, Harry. É Rakel, falou com ela? Falei com ela ontem. Que barulho foi esse? Harry?

— Pão caindo no chão. O que ela queria?

— Saber sobre papai. Ela ficou sabendo que ele está doente.

— Isso foi tudo?

— Foi. Não. Ela disse que Oleg está bem.

Harry engoliu em seco.

— Ótimo. Então vamos nos falar em breve, ok?

— Não esquece. Estou tão feliz por você ter voltado, Harry! Tenho tanta coisa para te contar!

Harry deixou o celular na bancada da cozinha e se curvou para catar os pães quando o telefone tocou de novo. Søs tinha a mania de se lembrar de coisas que queria dizer depois de terem desligado. Ele se endireitou.

— O que foi?

Pigarro fundo. E uma voz que se apresentou como Abel. O nome era familiar, e Harry procurou automaticamente na memória. Havia pastas de homicídios anteriores, cuidadosamente arquivadas que pareciam nunca se apagar: nomes, rostos, números de casas, datas, o tom de uma voz, a cor e o ano de um carro. Mas ele podia de repente se esquecer do nome de vizinhos que moraram três anos no mesmo prédio ou do aniversário de Oleg. Era chamado de "memória de investigador".

Harry ouviu sem interromper.

— Entendo — disse por fim. — Obrigado por ligar.

Ele desligou e ligou para um novo número.

— Kripos — atendeu a voz cansada de uma recepcionista. Está tentando ligar para Mikael Bellman?

— Estou. Hole da Divisão de Homicídios. Onde ele está?

A recepcionista informou onde o superintendente se encontrava.

— Lógico — disse Harry.

— Como é? — disse a recepcionista, e bocejou.

— É o que ele faz, não é?

Harry deixou o celular cair no bolso. Olhou pela janela da cozinha. Os pães suecos esmigalharam por baixo dos seus pés quando saiu.

* * *

"Centro de Escaladas Skøyen", dizia no vidro da porta virado para o estacionamento. Harry a empurrou e entrou. Ao descer as escadas, teve que aguardar uma turma animada de alguma escola que estava de saída. Ele tirou as botas e deixou no lugar apropriado ao pé da escada. No grande ginásio de escaladas havia meia dúzia de homens escalando as paredes de 10 metros de altura, mais parecendo os paredões rochosos de papel machê nos filmes do Tarzan que Harry e Øystein viam no Cinema Symra quando eram crianças. Porém essas eram incrementadas com suportes multicoloridos, ferrolhos com cordas e mosquetões. Um discreto cheiro de sabão e chulé emanava das esteiras azuis no chão por onde Harry cruzou. Ele parou ao lado de um homem atarracado e com pernas arqueadas que olhava concentrado para a saliência por cima deles. Uma corda se estendia de sua cintura até um homem que nesse momento balançava como um pêndulo por um só braço 8 metros acima deles. No extremo do movimento, ele lançou um pé para cima, enfiou o calcanhar por baixo de um apoio cor-de-rosa em forma de pera, colocou o outro pé num pedacinho da estrutura e encaixou a corda de escalada na âncora do topo com um lance elegante.

— Te peguei! — gritou, e se inclinou para trás na corda, colocando os pés contra a parede.

— Belo lance de calcanhar — elogiou Harry. — Seu chefe é um exibicionista e tanto, não é?

Jussi Kolkka não respondeu nem se dignou a olhar para Harry, apenas puxou o dispositivo de trava da corda.

— Disseram no escritório que você estava aqui — continuou Harry a falar para o homem que estava sendo baixado até eles.

— Horário fixo toda semana — respondeu Bellman. — Um dos poucos benefícios de ser policial é poder treinar um pouco na hora do expediente. Como está, Harry? Pelo menos você parece estar com os músculos definidos. Muitos músculos por quilo, imagino. Ideal para escalar, você sabe.

— Para ambições bem limitadas — disse Harry.

Bellman aterrissou com as pernas abertas, puxando um pouco a corda para poder soltar o nó de oito.

— Não entendi essa.

— Não vejo graça em escalar tão alto. Eu trepo em cima de um rochedo vez ou outra.

— Trepar — bufou Bellman, soltando e tirando o arnês. — Sabe que dói mais cair de 2 metros sem corda do que de 30 com uma?

— Sei — disse Harry e esboçou um sorriso. — Eu sei.

Bellman se sentou num dos bancos de madeira, tirou as sapatilhas de escalada, que pareciam mais apropriadas para balé, e esfregou os pés, enquanto Kolkka puxou a corda e começou a enrolá-la.

— Recebeu minha mensagem?

— Recebi.

— Então, por que a pressa, a gente não ia se ver às duas?

— Era isso que queria esclarecer com você, Bellman.

— Esclarecer?

— Antes de encontrar os outros. Vamos entrar de acordo sobre as condições para eu me juntar à equipe.

— A *equipe?* — Bellman riu. — Do que está falando, Harry?

— Quer que eu soletre? Você não precisa de mim para ligar para a Austrália e convencer uma mulher a vir para cá para agir como isca, isso você mesmo consegue. O que está me pedindo é uma *ajudinha.*

— Harry! Sinceramente, agora...

— Você parece cansado, Bellman. Já está começando a notar isso, não é? Sentiu a pressão aumentar depois de Marit Olsen.

Harry se sentou no banco ao lado do superintendente. Mesmo sentado, era quase 10 centímetros mais alto.

— Há um frenesi de especulação na imprensa todo santo dia. Impossível passar por uma banca de jornal ou ligar a TV sem ser lembrado do Caso. O Caso que você não solucionou. O Caso que os chefes te cobram o tempo todo. O Caso que exige uma coletiva com a imprensa por dia, com os abutres gritando perguntas nos bicos um do outro. E agora o homem que você mesmo soltou simplesmente evaporou. Os abutres jornalistas estão vindo aos montes, alguns já grasnando em tudo quanto é língua, incluindo sueco, dinamarquês e até em inglês. Já estive onde você está, Bellman. Em breve estarão falando o maldito francês. Porque esse é o Caso que você *precisa* solucionar, Bellman. E o Caso está entravado.

Bellman não respondeu, mas a musculatura do maxilar se contraía. Kolkka havia guardado a corda na sacola e se aproximou deles, mas Bellman fez um gesto para que se afastasse. O finlandês deu meia-volta e bamboleou para a saída como um terrier obediente.

— O que você quer, Harry?

— Estou te oferecendo uma chance de resolver isso pessoalmente em vez de lá em cima durante a reunião.

— Você quer que eu te *peça* ajuda?

Harry viu o rosto de Bellman ficar um tom mais vermelho.

— Em que posição você imagina estar para negociar assim, Harry?

— Bem. Imagino que seja melhor do que em muito tempo.

— Você está enganado.

— Kaja Solness não quer trabalhar para você. Você já promoveu Bjørn Holm, e, se o mandar de volta para o trabalho da perícia na cena do crime, ele só vai te agradecer. A única pessoa que você pode atingir agora sou eu, Bellman.

— Esqueceu que posso mandar te prender para que você não possa mais encontrar seu pai antes que ele morra?

Harry balançou a cabeça.

— Não há mais ninguém para encontrar, Bellman.

Surpreso, Mikael Bellman ergueu uma sobrancelha.

— Ligaram do hospital hoje de manhã — rebateu Harry. — Meu pai entrou em coma essa noite. Seu médico, Abel, diz que ele não vai mais acordar. O que ficou não dito entre nós dois continuará não dito.

54

Tulipa

Bellman olhou para Harry em silêncio. Na verdade, os olhos castanhos, iguais aos de um veado, estavam direcionados a Harry, mas o olhar voltava-se para dentro. Harry sabia que ocorria uma reunião do comitê em andamento ali, e parecia haver opiniões bastante divergentes. Bem lentamente, Bellman soltou as tiras que prendiam o saquinho de cal à cintura, como para ganhar tempo. Tempo para pensar. Depois o enfiou na mochila com raiva.

— Se, e somente *se*, eu pedisse ajuda a você sem ter nada para te pressionar — começou ele. — Por que cargas d'água você o faria?

— Não sei.

Bellman parou de arrumar suas coisas e levantou os olhos.

— Não sabe?

— Bem. Com certeza não seria por amor a você, Bellman. — Harry respirou fundo e mexeu no maço de cigarros. — Podemos dizer que até pessoas que se acham sem-teto de vez em quando descobrem que possuem um lar. Um lugar onde se imagina um dia ser enterrado. E sabe onde quero ser enterrado, Bellman? No parque em frente à sede da polícia. Não por amar a polícia ou por ter sido adepto do tal "espírito corporativo". Pelo contrário, já cuspi na lealdade covarde das pessoas à corporação, essa camaradagem incestuosa que só existe porque as pessoas pensam que elas também podem um dia precisar de uma mãozinha num dia ruim. Um parceiro que pode te vingar, dar seu testemunho, ou, se necessário, fechar os olhos. Odeio isso tudo.

Harry se virou para Bellman.

— Mas a polícia é tudo que tenho. É a minha tribo. E meu trabalho é solucionar homicídios. Seja para a Kripos ou para a Divisão. Dá para entender uma coisa dessas, Bellman?

Mikael Bellman apertou o lábio inferior entre o polegar e o indicador. Harry fez um gesto com a cabeça à parede.

— Que nível foi aquela escalada, Bellman. Sete, pelo menos?

— Oito, no mínimo. Na primeira tentativa.

— Dureza. E aposto que você achou isso mais duro ainda. Mas é assim que tem que ser.

Bellman pigarreou.

— Ok. Está bem, Harry. — Ele puxou as cordas da mochila com força. — Vai nos ajudar?

Harry enfiou o maço de cigarros no bolso e baixou a cabeça.

— Claro.

— Primeiro preciso ver com seu chefe se está tudo bem.

— Não será preciso — avisou Harry, se levantando. — Já o informei de que vou trabalhar com vocês a partir de agora. Vejo você às duas.

Iska Peller olhou pela janela do prédio de três andares para a fileira de casas idênticas no outro lado da rua. Podia ser qualquer rua em qualquer lugar da Inglaterra, mas era o pequeno distrito de Bristol, em Sydney, Austrália. Um vento frio do sul havia ganhado força. O calor da tarde ia ceder junto do pôr do sol.

Ela ouviu o latido de um cão e o tráfego pesado na autoestrada a dois quarteirões dali.

O homem e a mulher no carro do outro lado da rua já haviam sido substituídos; agora eram dois homens. Bebiam de copos com tampa lentamente, porque não há motivo nenhum no mundo para se apressar quando se tem um turno de oito horas pela frente e absolutamente nada que possa acontecer. Restava diminuir a marcha, frear o metabolismo, fazer como os aborígines: entrar naquele estado letárgico e dormente do modo de espera, onde podem permanecer por horas e dias a fio quando preciso. Ela tentou imaginar como esses lentos bebedores de café podiam ser de alguma ajuda se algo *realmente* acontecesse.

— Sinto muito — disse ao telefone e tentou abafar o tremor na voz causado pela raiva reprimida. — Gostaria muito de ajudar a encontrar o assassino de Charlotte, mas o que você está propondo está fora de cogitação. — Por fim, a raiva acabou vencendo. — Como podem me pedir uma coisa dessas! Já estou servindo de isca o suficiente aqui. Nem dez cavalos selvagens poderiam me arrastar até a Noruega de novo. Os policiais são vocês, são pagos para pegar aquele monstro. Por que *vocês* não podem servir de isca?

Ela terminou a ligação e jogou para longe o celular, que acertou a almofada na poltrona, assustando um de seus gatos que dormia lá fazendo-o fugir para a cozinha. Ela escondeu o rosto nas mãos e deixou o choro vir outra vez. Querida Charlotte. Sua mais que querida e amada Charlotte.

Iska, que nunca teve medo do escuro, agora não pensava em outra coisa; logo o sol ia se pôr e a noite viria. Inexoravelmente e para sempre.

O telefone tocou as primeiras notas de uma canção de Antony & The Johnsons e o display acendeu na poltrona. Ela se aproximou e olhou. Sentiu os pelos da nuca se eriçarem. O número começava com 47. Da Noruega de novo.

Ela pôs o celular no ouvido.

— Sim?

— Sou eu de novo.

Ela suspirou de alívio. Era só o policial.

— Já que você não quer vir até aqui em pessoa, gostaria de saber se podemos pelo menos usar seu nome emprestado?

Kaja olhou para o homem abraçado à mulher ruiva. Estava com o rosto voltado para a nuca exposta dele.

— O que você vê? — perguntou Mikael. Sua voz ecoou entre as paredes do museu.

— Ela o beija — respondeu Kaja e recuou um passo do quadro. — Ou o consola.

— Ela o morde e suga seu sangue — disse Mikael.

— Por que você acha isso?

— É um dos motivos de Munch usar o título de *O Vampiro*. Tudo pronto?

— Sim, vou de trem para Ustaoset daqui a uma hora.

— Por que queria me ver agora?

Kaja respirou fundo.

— Queria te dizer que não vamos mais nos ver.

Mikael Bellman balançou nos calcanhares.

— *Amor e sofrimento.*

— Como é?

— Foi como Munch chamou esse quadro originalmente. Harry já instruiu você sobre os detalhes do nosso plano?

— Já. Você ouviu o que eu disse?

— Obrigado, Solness, escutei muito bem. Se minha memória não falha, você já disse isso umas duas vezes. Sugiro que pense um pouco.

— Já pensei, Mikael.

Ele passou uma das mãos sobre o nó da gravata.

— Você dormiu com ele?

Ela se sobressaltou.

— Com quem?

Bellman riu baixinho.

Kaja não se virou; manteve o olhar fixo no rosto da mulher enquanto ouviu os passos dele se afastarem.

A luz entrou pelas persianas de aço cinzento, e Harry esquentou as mãos numa caneca branca de café com Kripos escrito em letras maiúsculas azuis. A sala de reunião parecia com aquela onde ele havia passado tantas horas de sua vida na Divisão de Homicídios. Iluminada, cara e mesmo assim ascética de maneira despojada e moderna sem ser intencionalmente minimalista, apenas um pouco sem alma. Uma sala que exigia eficiência para que pudessem se mandar de lá o mais rápido possível.

As oito pessoas no aposento constituíam o que Bellman denominara como o núcleo interno do grupo de investigação. Harry só conhecia duas: Bjørn Holm e uma robusta investigadora, do tipo pé no chão, mas não muito imaginativa, apelidada de Pelicano, e que já havia trabalhado na Divisão. Bellman tinha apresentado Harry a todos, inclusive Ærdal, um homem com óculos de armação de chifre e um terno marrom que lembrava a Alemanha Oriental. Ele estava sentado sozinho na outra extremidade da mesa e limpava as unhas com um canivete suíço. Harry adivinhou que viesse da inteligência do exército. Já haviam entregado seus relatórios, todos apoiando a suposição de Harry, que o caso estava emperrado. Ele notou a atitude defensiva, especialmente no relatório sobre a busca por Tony Leike. O relator se delongou sobre listas de passageiros que foram conferidas com as respectivas companhias aéreas em vão e que as autoridades em cada operadora telefônica o informaram de que nenhuma de suas estações de base havia captado sinais do celular de Leike. Ele disse que nenhum hotel da cidade possuía qualquer hóspede registrado em nome de Leike, mas que, naturalmente, o Capitão (até Harry conhecia o autodenominado e excessivamente entusiasta informante e atendente na recepção do Hotel Bristol) havia ligado para contar que tinha visto alguém parecido com a descrição de Tony Leike. Enfim, o investigador relatou, em um impressionante nível de detalhe sobre tudo o que tinha sido feito, sem se dar conta de que apenas havia exposto uma defesa do resultado. Zero. Nada.

Bellman sentava-se na ponta da mesa com as pernas cruzadas e calças ainda com vincos perfeitos. Ele agradeceu os relatórios e apresentou Harry de modo mais formal, lendo rápido uma espécie de currículo com ano de formação da Academia da Polícia, o curso do FBI de serial killers em Chicago, o caso do palhaço em Sydney, a promoção para inspetor e, claro, o Boneco de Neve.

— Então, a partir de hoje, Harry faz parte desse grupo — anunciou Bellman. — Ele se reporta a mim.

— E é também sujeito apenas às suas ordens? — retumbou Pelicano. Harry se lembrou de que foi justamente pelo que ela fazia agora que seu apelido surgiu, o modo dela pressionar o queixo e o nariz comprido como um bico em direção ao pescoço longo e fino enquanto olhava por cima dos óculos, cética e voraz ao mesmo tempo, avaliando se queria você no cardápio ou não.

— Ele não é diretamente sujeito às ordens de ninguém — retrucou Bellman. — Ele tem um papel livre na equipe. Vamos considerar o inspetor Hole um consultor. Certo, Harry?

— Por que não? — respondeu Harry. — Um cara superestimado e muito bem-pago que acha que sabe algo que vocês não sabem.

Risos contidos ao redor da mesa. Harry trocou olhares com Bjørn Holm, que respondeu com um aceno encorajador.

— Exceto que, nesse caso específico, ele realmente sabe — acrescentou Bellman. — Você conversou com Iska Peller, Harry.

— Conversei — respondeu Harry. — Mas antes gostaria de saber mais sobre o plano que bolaram para usá-la como isca.

Pelicano pigarreou.

— Não está elaborado em detalhes. Por enquanto só pensamos em trazê-la à Noruega, informar à imprensa que ela está hospedada num lugar onde seria óbvio para o assassino pensar que fosse uma presa fácil. Então, ficar na tocaia, torcendo para ele engolir a isca.

— Humm — murmurou Harry. — Simples.

— Em geral é o simples que funciona — disse o homem de canivete suíço e terno da República Democrática Alemã, que se concentrava na unha do mindinho.

— Concordo — emendou Harry. — Mas nesse caso a isca não quer comparecer. Iska Peller disse não.

Gemidos e suspiros resignados.

— Por isso, sugiro tentarmos algo ainda mais simples — continuou Harry. — Iska Peller perguntou por que a gente, sendo pago para pegar o monstro, não podia servir de isca.

Ele olhou ao redor da mesa. Pelo menos tinha a atenção de todos. Convencê-los seria outra história.

— Temos uma vantagem em relação ao assassino. Vamos supor que ele tenha a página arrancada do livro de hóspedes da cabana de Håvass e, desse modo, possua o nome de Iska Peller. Mesmo considerando que o assassino estivesse na cabana aquela noite, foram Iska e Charlotte Lolles que chegaram primeiro. E Iska estava doente e passou o dia e a noite sozinha no quarto que dividia com Charlotte. Ela ficou lá até todos os outros irem embora. Podemos, portanto, montar um teatro onde um de nós fará o papel de Iska Peller, sem que o assassino perceba.

Outro olhar ao redor da mesa. O ceticismo era marcante nos rostos impassíveis.

— E como imaginou fazer alguém chegar a esse espetáculo? — perguntou Ærdal, fechando o canivete.

— Com a Kripos fazendo o que melhor sabe fazer — respondeu Harry.

Silêncio.

— E isso seria...? — perguntou Pelicano por fim.

— Dando coletivas de imprensa — disse Harry.

O silêncio na sala era tangível. Até surgir uma gargalhada. De Mikael Bellman. Olharam surpresos para o chefe. E entenderam que o plano de Harry Hole já estava sancionado.

— Então... — começou Harry.

Depois da reunião, Harry puxou Bjørn Holm para o lado.

— O nariz ainda está doendo? — perguntou Harry.

— Está tentando pedir desculpas?

— Não.

— Eu... Bem, você teve sorte de não quebrar meu nariz, Harry.

— Podia ser uma mudança para melhor, você sabe.

— Vai pedir desculpas ou não?

— Desculpe, Bjørn.

— Desculpas aceitas. E isso quer dizer que você vai me pedir um favor?

— É.

— Que seria...?

— Queria saber se você foi à cidade de Drammen para checar o DNA nas roupas de Adele. Acreditamos que ela encontrou o cara da cabana várias vezes.

— Checamos o guarda-roupa dela, mas o problema é que as roupas foram lavadas, usadas e com certeza estiveram em contato com muitas outras pessoas desde então.

— Humm. Ela não era muito de esquiar, pelo que sei. Vocês verificaram as roupas de esqui?

— Adele não tinha.

— E aquele uniforme de enfermeira? Talvez tenha sido usado aquela única vez e ainda possa ter manchas de sêmen.

— Também não tinha.

— Nenhum vestido curtinho ousado ou um chapéu com uma cruz vermelha?

— Não. Havia uma calça azul-clara e uma blusa de hospital, nada muito excitante.

— Humm. Talvez ela não tivesse conseguido arrumar a variante com minissaia. Ou não se deu ao trabalho. Podem checar as roupas do hospital para mim?

Holm suspirou.

— Como disse, checamos todas as roupas no lugar e o que podia ser lavado, foi lavado. Sem manchas ou fios de cabelo.

— Podia levar para o laboratório? Checar minuciosamente?

— Harry...

— Obrigado, Bjørn. E eu só estava brincando, seu narigão é uma beleza. Sério.

Já eram quatro horas quando Harry foi pegar Søs num carro da Kripos que Bellman colocou à disposição dele por enquanto. Foram para o Hospital Central e conversaram com o Dr. Abel. Harry traduziu as partes que Søs não entendeu, e ela chorou um pouco. Depois subiram para ver o pai, que tinha sido transferido para outro quarto. Søs apertou a mão do pai e sussurrou seu nome repetidamente, como para acordá-lo do sono com cuidado.

Sigurd Altman apareceu, pôs uma das mãos no ombro de Harry, não por muito tempo, e disse algumas palavras, não muitas.

344

* * *

Após deixar Søs em seu apartamento perto do lago Sognsvann, Harry passou pelo centro, serpenteando por ruas de mão única, ruas em obras, ruas sem saída. Ele passou pela área de prostitutas, pela área de shopping, pela área de drogados, e foi apenas quando viu a cidade logo abaixo que percebeu que estava indo para os bunkers alemães. Ligou para Øystein, que apareceu dez minutos depois, estacionou o táxi ao lado do dele, deixando a porta entreaberta com o som alto, antes de subir e se sentar no muro ao lado de Harry.

— Coma — disse Harry. — Talvez não seja de todo ruim. Tem um cigarro?

Ficaram ouvindo Joy Division. "Transmission". Ian Curtis. Øystein sempre gostou dos músicos que morreram jovens.

— Pena que nunca mais falei com ele depois que ficou doente — comentou Øystein e tragou fundo.

— Você não teria ido vê-lo, não importa quanto tempo levasse — disse Harry.

— Certo, que seja esse meu consolo.

Harry riu. Øystein olhou para ele de soslaio e sorriu, um pouco inseguro se era permitido rir quando se tem pais à beira da morte.

— O que vai fazer agora? — perguntou Øystein. — Encher a cara? Posso ligar para Tresko e...

— Não — retrucou Harry e apagou o cigarro. — Vou trabalhar.

— Prefere morte e depravação a um copinho ou dois?

— Você podia passar e se despedir enquanto ele ainda respira, sabe.

Øystein estremeceu.

— Hospitais me dão arrepios. Além do mais, ele não escuta porra nenhuma, não é?

— Não era nele que eu estava pensando, Øystein.

Øystein semicerrou os olhos por causa da fumaça.

— O pouco de educação que tive foi do seu pai, Harry. Sabia disso? Meu próprio pai não vale uma bosta de mosca. Vou para lá amanhã, cara.

— Bom para você.

Olhou para o homem acima dele. Viu sua boca se mexer, ouviu as palavras que saíam, mas devia ter sofrido algum dano, porque não conseguia conectá-las com qualquer coisa que fizesse sentido. Só entendeu que havia chegado a hora. A vingança. Que ele teria que pagar. E de certa forma era um alívio.

Ele estava no chão com as costas contra o grande fogão de lenha redondo. Os braços forçados para trás, em volta do fogão, as mãos amarradas com duas correias de esqui. Vez ou outra vomitava, talvez por causa da concussão. O sangue tinha estancado e voltara a sentir o corpo, mas havia uma neblina por cima da visão que ia e vinha. Contudo, ele não duvidava. A voz. Era a voz de um fantasma.

— Você logo vai morrer — sussurrava. — Como ela morreu. Mas ainda tem algo a ganhar. Porque você ainda pode escolher como. Infelizmente, só há duas alternativas. A maçã de Leopoldo...

O homem segurou uma bola de metal cheia de furos, com um curto fio de metal saindo de um deles.

— Três das moças tiveram o prazer. Ninguém gostou muito. Mas é indolor e rápido. Só exige que você responda essa única pergunta: como? E quem mais sabe? Com quem você trabalhou? Acredite, a maçã é preferível à outra alternativa. Que você, como o homem inteligente que é, já entendeu do que se trata...

O homem se levantou, agitou os braços com uma lentidão exagerada e abriu um largo sorriso. Só a voz sussurrante rompeu o silêncio.

— Está um pouco frio aqui dentro, não acha?

Então ouviu um rangido, seguido de um sibilo baixo. Ele olhou para o fósforo. Para a firme chama amarela em forma de tulipa.

55

Turquesa

A noite tinha chegado com céu estrelado e frio cortante.

Harry estacionou o carro na ladeira diante do endereço de Voksenkollen que forneceram a ele. Na rua, que consistia em mansões luxuosas, essa se destacou. A casa parecia vinda de um conto de fadas, um palácio real com toras pretas, colunas de madeira enormes na entrada e grama no telhado. No jardim havia mais dois prédios, além de uma versão Disney de uma casa de mantimentos tipicamente norueguesa em cima de pilares. Harry achou pouco provável que o armador Anders Galtung não tivesse uma geladeira suficientemente grande.

Harry tocou a campainha, reparou na câmera no alto do muro e disse seu nome ao ser solicitado por uma voz feminina. Ele andou pelo caminho iluminado por holofotes, e o cascalho parecia comer o que ainda restava da sola de suas botas.

Uma mulher de meia-idade, de avental e olhos turquesa o recebeu na porta e o acompanhou até uma sala vazia. Ela fez isso com uma mistura elegante de dignidade, superioridade e simpatia profissional que, mesmo depois de ter lançado a Harry um "café ou chá?", o deixou em dúvida se era a Sra. Galtung, a empregada ou as duas coisas.

Quando os contos de fadas estrangeiros chegaram à Noruega, não existiam reis e nobreza, de forma que nas versões locais o papel de rei era representado por um fazendeiro vestindo pele de arminho. E foi exatamente isso que Harry viu quando Anders Galtung entrou na sala: um fazendeiro gordo, sorridente e levemente suado num agasalho tradicional de tricô. Mas, depois de apertar a mão de Harry, o sorriso foi substituído por uma expressão de preocupação mais adequada à situação. Sua pergunta — "alguma novidade? — foi seguida por uma respiração arfante.

— Nada, receio.

— Parece que Tony tem por hábito desaparecer, pelo que entendi da minha filha.

Harry notou que Galtung pronunciou o nome do futuro genro com certa relutância. O armador se deixou cair numa cadeira cor-de-rosa em frente a Harry.

— Vocês têm... ou melhor, *você* tem alguma teoria, Galtung?

— Teoria? — Anders Galtung balançou a cabeça, fazendo a papada tremer. — Não o conheço o suficiente para formar teorias. Ele foi para as montanhas, para a África, sei lá.

— Humm. Na verdade, vim para cá para falar com sua filha...

— Lene já está chegando — interrompeu Galtung. — Só queria fazer umas perguntas antes.

— Sobre o quê?

— Como disse, se há alguma novidade. E... E se a polícia tem certeza de que o homem é de boa índole.

Harry notou que "Tony" foi trocado por "o homem" e sabia que sua primeira impressão estava correta: o sogro não parecia de todo contente com a escolha da filha.

— Você acha que ele é, Galtung?

— Eu? Suponho que eu esteja mostrando confiança. Afinal, estou prestes a investir uma soma considerável em seu projeto no Congo. *Bem* considerável.

— Então, um maltrapilho bate na porta e leva a princesa *e* metade do reino, como no conto de fadas?

Houve um silêncio repentino enquanto Galtung observou Harry.

— Pode ser — respondeu ele.

— E talvez sua filha esteja exercendo certa pressão para você investir. O projeto depende desse financiamento, não é?

Galtung abriu os braços.

— Sou armador. Vivo de correr riscos.

— E pode morrer disso.

— Dois lados da mesma moeda. No mercado de riscos, o ganho de um é sempre a perda do outro. Até agora foram os outros que perderam, e espero que continue assim.

— Que outras pessoas perdem?

— A empresa de armador é uma empresa familiar, e se Leike vai ser da família, devemos cuidar para que... — Galtung se calou quando a porta foi aberta. Ela era alta e loira com as feições toscas do pai e os olhos turquesa da mãe, mas sem os modos de fazendeiro bruscos do pai nem a superioridade digna da mãe. Andava com as costas curvadas como que para diminuir sua altura, para não se destacar, e olhou mais para seus sapatos do que para Harry ao apertar sua mão e se apresentar como Lene Gabrielle Galtung.

Ela não tinha muito a dizer. E ainda menos a perguntar. Parecia sucumbir ao olhar do pai toda vez que respondia às perguntas de Harry, que começou a achar que sua suposição de ela ter pressionado seu pai para investir podia estar errada.

Vinte minutos depois, Harry agradeceu, levantou-se e, como por um sinal invisível, lá estava ela, a mulher com os olhos turquesa.

Quando ela abriu a porta da frente para ele, o frio entrou e Harry parou para abotoar o casaco. Olhou para ela.

— Onde você acha que Tony Leike está, Sra. Galtung?

— Não acho nada — respondeu ela.

Talvez tivesse respondido um pouco rápido demais, talvez fosse um tique no canto do olho, talvez fosse apenas o desejo intenso de Harry de achar alguma coisa, qualquer coisa, mas ele não se sentiu convencido de que ela estivesse falando a verdade. Mas a segunda coisa que disse não deixou dúvida.

— E não sou a Sra. Galtung. Ela está no andar de cima.

Mikael Bellman ajustou o microfone à sua frente e olhou para a plateia. Sussurravam entre si, mas todos mantinham os olhos na tribuna para não perder nada. Na sala cheia ele reconheceu o jornalista do *Stavanger Aftenblad* e Roger Gjendem do *Aftenposten*. Ao seu lado, ouviu Ninni, como sempre em seu uniforme recém-passado. Alguém fez a contagem regressiva que era praxe em coletivas de imprensa com transmissão direta pelo rádio ou pela TV. Então a voz de Ninni ressoou pelos alto-faltantes.

— Bem-vindo a todos. Convidamos vocês a essa coletiva de imprensa para mantê-los informados sobre o que estamos fazendo. Eventuais perguntas...

Risadas baixinhas.

— Serão respondidas no final. Passo então a palavra ao chefe da investigação, o superintendente Mikael Bellman.

Bellman pigarreou. Todos compareceram. Os canais de TV tiveram permissão de colocar seus microfones na mesa da tribuna.

— Obrigado. Deixe-me começar estragando a festa. Vejo pela presença e pelos seus rostos que a gente deve ter elevado demais as expectativas ao convocar vocês para essa coletiva. Não haverá nenhuma divulgação sobre um avanço final das investigações. — Bellman viu a decepção nos rostos e ouviu alguns gemidos dispersos. — Estamos aqui para cumprir o desejo que expressaram por serem mantidos informados. Peço desculpas se todos vocês tinham compromissos mais importantes hoje.

Bellman esboçou um sorriso, ouviu o riso de alguns jornalistas e sabia que tinha sido perdoado.

O superintendente revelou em que pé estava a investigação. Isto é, ele repetiu as poucas histórias bem-sucedidas: a corda que rastrearam até a fábrica perto do lago Lyseren; a outra vítima que encontraram, Adele Vetlesen; e a arma do crime usada em dois dos homicídios, a chamada maçã de Leopoldo. Notícias velhas. Ele viu alguns jornalistas abafarem um bocejo. Mikael Bellman olhou para as folhas à sua frente. O roteiro. Porque era isso mesmo, um roteiro para uma peça teatral, elaborado palavra por palavra. Cuidadosamente avaliado e revisado. Não demais, não de menos, a isca devia cheirar, não feder.

— Por fim, um pouco sobre as testemunhas — começou e viu os jornalistas se endireitarem nas cadeiras. — Como sabem, pedimos às pessoas que estavam na cabana de Håvass na mesma noite das vítimas que se apresentassem. E uma delas, seu nome é Iska Peller, se apresentou. Ela chega hoje à noite em um voo vindo da Austrália e vai amanhã para a cabana com um dos nossos investigadores. Lá vão reconstruir o que aconteceu na noite em questão, até onde for possível.

Normalmente não revelavam o nome da testemunha, mas era importante nesse caso que o homem a quem se dirigiam, o assassino, entendesse que a polícia de fato havia encontrado uma pessoa do livro de hóspedes. Bellman não deu nenhuma ênfase especial à palavra "um" ao mencionar o investigador, mas era esse o recado. Seriam apenas duas pessoas, a testemunha e o investigador. Numa cabana. Longe da civilização.

— Evidentemente, temos a esperança de que a Srta. Peller possa dar uma descrição dos outros hóspedes presentes naquela noite.

Eles tiveram uma longa discussão sobre a escolha das palavras. Queriam semear a ideia de que a testemunha podia levar ao assassino. Ao mesmo tempo, Harry havia assinalado a importância de não levantar demasiada suspeita em torno do fato de a testemunha viajar com apenas um investigador e que a sucinta introdução "Por fim, um pouco sobre as testemunhas" sinalizasse que a polícia por enquanto não considerava essa uma testemunha importante que, como tal, exigisse maior segurança.

— O que vocês acham que ela pode ter visto? E pode soletrar o nome da testemunha?

Era o jornalista de Rogaland. Ninni se inclinou para a frente para lembrar que as perguntas seriam respondidas no final, mas Mikael balançou a cabeça.

— Vamos ver do que ela vai se lembrar quando chegar à cabana — disse Bellman e se aproximou do microfone com o logo da NRK, a rede nacional. — Ela vai para lá com um dos nossos investigadores mais experientes e vai ficar lá por 24 horas.

Ele olhou para Harry Hole, que estava no fundo da sala, e viu seu aceno de aprovação. Já havia passado o recado. Vinte e quatro horas. A isca estava bem arrumada. Bellman observou o restante da sala. Viu Pelicano. Ela foi a única a se opor, que achou vergonhoso eles estarem enganando a imprensa de propósito. Bellman teve que pedir para o grupo fazer um intervalo e conversou a sós com ela. Depois ela aderiu à maioria. Ninni abriu espaço para as perguntas. O público se animou, enquanto Mikael Bellman relaxou e se preparou para dar respostas ambíguas, formulações evasivas e a sempre útil frase: "Receio não poder revelar isso nesta fase da investigação."

Seus pés estavam congelados, ele não podia senti-los de tão dormentes que estavam. Como seria possível, visto que o resto do corpo queimava? Ele havia gritado até perder a voz; a garganta estava seca, rasgada, uma ferida aberta com sangue chamuscado em poeira vermelha. Cheirava a cabelo e carne queimados. O fogão havia queimado suas costas através de sua camisa de flanela, e, enquanto ele gritava e gritava, as duas se fundiram. Derretia como fosse um soldado de chumbo. Quando sentiu que as dores e o calor começaram a penetrar o consciente e ele finalmente desfalecia, acordou sobressaltado. O homem havia despejado um balde de água fria por cima dele. O alívio momentâneo o fez recomeçar a chorar. Então ouviu o sibilar de água fervente entre as costas e o fogão e as dores retornaram com força renovada.

— Mais água?

Ele levantou o olhar. O homem pairava por cima dele com o balde cheio. A neblina nos olhos sumiu, e por uns segundos o viu claramente.

A luz das chamas do fogão dançava em seu rosto, fazendo o suor na testa brilhar.

— É muito simples. Só preciso saber quem. É alguém da polícia? É uma das pessoas que estavam na cabana de Håvass naquela noite?

— Que noite? — perguntou ele entre soluços.

— Você sabe que noite. Quase todos estão mortos. Vamos lá.

— Não sei. Não tenho nada a ver com isso, você precisa acreditar em mim. Água. Por favor. Por fa...

— ... vor? Como em... favor?

O cheiro. O cheiro de seu corpo sendo queimado. As palavras que gaguejou não passaram de um sussurro rouco.

— Era s-só, só... eu.

Um riso suave.

— Esperto. Está tentando fazer parecer que faria tudo para evitar as dores. Para que eu acredite em você quando não consegue revelar o nome do seu parceiro. Mas eu sei que você aguenta mais. Você é osso duro de roer.

— Charlotte...

O homem brandiu o atiçador de brasas. Ele nem sentiu o golpe. Desmaiou por um longo e delicioso segundo. E logo voltou ao inferno.

— Ela está morta! — gritou o homem. — Invente algo melhor.

— Quis dizer a outra — disse ele e tentou fazer o cérebro funcionar. Agora se lembrou; ele tinha boa memória, por que ela o traía agora? Será que seu estado era tão ruim assim? — Ela é australiana...

— Você está mentindo!

Ele sentiu os olhos vagarem de novo. Outra ducha de água. Um momento de clareza.

A voz.

— Quem? Como?

— Me mate! Misericórdia! Eu... Você sabe que não estou protegendo ninguém. Deus, por que eu faria isso?

— Não sei de nada.

— Então por que não me mata? Eu a matei. Está ouvindo? Faça isso. A vingança é sua.

O homem pôs o balde no chão, deixou-se cair na poltrona, inclinou-se para a frente com os cotovelos apoiados nos braços da poltrona e o queixo nos punhos, então respondeu lentamente, como se não tivesse ouvido o que ele disse, mas estava pensando em outra coisa.

— Sabe, sonhei com isso há tantos anos. E agora, agora que estamos aqui... esperava que o gosto fosse mais doce.

O homem desferiu outro golpe com o atiçador de brasas. Inclinou a cabeça e olhou para ele. Esquadrinhando-o, com uma expressão mal-humorada, o homem enfiou o atiçador entre suas costelas.

— Talvez me falte imaginação? Talvez falte a essa justiça o tempero certo?

Algo fez o homem se virar. Para o rádio. Estava ligado, baixinho. Ele se aproximou e aumentou o volume. O noticiário. Vozes numa grande sala. Algo sobre a cabana de Håvass. Uma testemunha. Reconstrução. Ele estava com tanto frio, os pés não estavam mais ali. Fechou os olhos e fez outro pedido a seu deus. Não de ser libertado das dores, como havia rezado até agora. Pediu perdão, pediu que todos os seus pecados fossem purificados pelo sangue de Jesus, que outra pessoa carregasse tudo o que ele fizera. Ele havia matado. Havia, sim. Pediu para ser banhado no sangue do perdão. Para depois poder morrer.

Parte 6

56

A Isca

Um inferno de luzes. Mesmo de óculos escuros, os olhos de Harry ardiam. O sol brilhava na neve que brilhava no sol; era como olhar para um mar de diamantes, um frenesi de luzes resplandecentes. Harry se afastou um pouco da janela, mesmo sabendo que, visto de fora, elas pareciam espelhos pretos e impenetráveis. Ele olhou o relógio. Eles chegaram à cabana de Håvass na noite anterior. Jussi Kolkka havia se instalado nela com Harry e Kaja e os outros tinham se escondido em cavernas escavadas na neve em dois grupos de quatro pessoas, em lados opostos do vale, cerca de 3 quilômetros distantes um do outro.

Havia três motivos para a escolha de colocar a isca na cabana. Primeiro, porque fazia sentido estarem ali. Segundo, porque tinham a esperança de que o assassino pensasse que conhecia o lugar tão bem que se sentiria confiante para fazer um ataque. Terceiro, porque era uma armadilha perfeita. A depressão do vale onde ficava a cabana só era acessível pelo nordeste e pelo sul. Ao leste a montanha era íngreme demais e ao oeste havia tantos precipícios e fendas que era preciso conhecer muito bem o terreno para poder avançar por lá.

Harry ergueu os binóculos e tentou localizar os outros, mas não via nada além de branco. E luzes. Ele tinha falado com Mikael Bellman que estava ao sul e Milano ao norte. Normalmente teriam usado seus celulares, mas a única rede com cobertura ali na montanha deserta era a Telenor. A antiga operadora de telefonia estatal teve capital o suficiente para construir estações de base em cada penhasco varrido pelo vento, mas, como muitos policiais, inclusive Harry, usavam outras operadoras, contavam com a ajuda de walkie-talkies. Para poder chamá-lo caso acontecesse algo no hospital, Harry havia deixado um recado em sua secretária antes de viajar, com o aviso de que estava fora da área de cobertura e o número de celular de Milano da Telenor.

Bellman alegou que não passaram frio durante a noite, que a combinação de sacos de dormir, travesseiros que refletiam o calor e fogões de parafina era tão eficaz que até tiveram que tirar alguma roupa. E que agora a água derretida pingava da caverna de neve que tinham escavado na encosta da montanha.

A coletiva de imprensa tinha sido tão bem coberta pelo rádio, pela TV e pelos jornais que alguém teria que ser completamente desinteressado no caso para não saber que a testemunha Iska Peller e um policial tinham viajado para a cabana de Håvass. Em intervalos regulares, Kolkka e Kaja iam lá fora, gesticulando e apontando para a cabana, para o caminho por onde tinham vindo e para o banheiro externo, Kaja no papel de Iska Peller, Kolkka como o investigador solitário que estava ajudando a reconstruir os eventos daquela noite fatal. Harry se manteve escondido no interior da cabana, onde também havia guardado seus esquis e bastões, para que apenas os esquis dos outros dois, enfiados na neve em frente à cabana, pudessem ser vistos.

Harry seguiu com os olhos a neve recém-caída sendo varrida por um golpe de vento sobre o deserto branco. Era levada para os picos da montanha, dos penhascos, declives e irregularidades na paisagem, formando ondas e grandes amontoados, como aquele que despontava como uma aba de chapéu do topo da encosta atrás da cabana.

Harry sabia que não havia garantia de que o homem que estavam caçando fosse dar o ar da graça. Podia ser que Iska Peller, por algum motivo ou outro, não constasse na lista mortal, que ele não achasse o momento adequado, que tivesse outros planos para ela. Ou que farejasse o perigo. E podia haver outros motivos mais banais. Estar doente, viajando...

Contudo, se Harry contasse todas as vezes que sua intuição o havia enganado, o número diria que devia desistir de usá-la como método e guia. Mas ele não contava. Em vez disso, contava todas as vezes que sua intuição disse algo que ele não sabia que sabia. E agora, ela dizia que o assassino estava a caminho de Håvass.

Harry olhou o relógio outra vez. O assassino tinha vinte horas. O pinho estalava e cuspia fogo por trás da tela protetora da grande lareira. Kaja descansava em um dos quartos, enquanto Kolkka estava sentado à mesa da sala, lubrificando uma Weilert P11 desmontada. Harry reconheceu a pistola alemã pelo fato de não ter mira. A pistola Weilert era própria para combate à curta distância, quando era importante tirar a pistola do coldre, bolso ou cinto com rapidez e risco mínimo de se enganchar. Nessas situações, a mira se fazia desnecessária; era só apontar a pistola para o objeto e atirar, não precisava *mirar*. A pistola de reserva ao lado, uma SIG Sauer, estava montada e carregada. Harry podia sentir o coldre de ombro de seu próprio Smith & Wesson .38 roçar contra as costelas.

Aterrissavam de helicóptero durante a noite perto do lago Neddalvann, poucos quilômetros dali, e percorreram o resto do caminho com esquis. Em outras circunstâncias, Harry talvez tivesse apreciado a beleza da vastidão enevoada banhada pelo luar, a aurora boreal brincando no céu ou o rosto de Kaja, quase eufórico, ao deslizarem pelo silêncio branco como num conto de fadas, a completa ausência de som que dava a sensação de que o ruído áspero de seus esquis era carregado por quilômetros sobre a planície. Mas havia muito em jogo, coisas que não tinham condições de perder, para que ele pudesse se concentrar em algo que não fosse a missão, a caça.

Foi Harry quem pôs Kolkka no papel de "um investigador". Não porque houvesse se esquecido do café Justisen, mas se tudo não corresse como planejado, podiam precisar da competência do finlandês em luta corpo a corpo. De preferência, o assassino entraria em ação durante o dia e seria avistado por um dos grupos escondidos na neve. Mas, se ele viesse à noite sem ser visto antes de chegar à cabana, os três lá dentro teriam que lidar com a situação por conta própria.

Kaja e Kolkka dormiram cada um num quarto e Harry na sala. A manhã havia transcorrido sem conversas desnecessárias, até Kaja esteve quieta. Concentrada.

Pelo reflexo da janela, viu Kolkka montar a pistola, erguê-la, mirar a cabeça de Harry por trás e atirar em seco. Faltavam vinte horas. Harry torceu para que o assassino se apressasse.

Enquanto Bjørn Holm tirava as roupas de hospital azul-claras do guarda-roupa de Adele, sentiu o olhar de Geir Bruun, que estava no vão da porta.

— Por que não leva tudo? — perguntou Bruun. — Assim não preciso me dar ao trabalho de jogar o resto fora. Aliás, onde está seu amigo, Harry?

— Está esquiando na montanha — respondeu Holm com paciência e colocou as roupas nos sacos plásticos que havia levado.

— É mesmo? Interessante. Ele não me pareceu ser o tipo de pessoa que esquia. Aonde foi?

— Não sei. Falando em esqui, o que Adele estava vestindo quando foi à cabana de Håvass? Aqui não tem roupa de esquiar.

— Ela pegou as minhas emprestadas, é claro.

— Ela pegou roupas de esquiar emprestadas de *você*?

— Você parece tão surpreso.

— Você não me parece ser o tipo de pessoa... que esquia.

Holm percebeu que as palavras possuíam uma insinuação não intencional e sentiu um calor na nuca.

Bruun riu baixinho e se mexeu no vão da porta.

— Correto, sou mais do tipo... que se importa com a roupa.

Holm pigarreou e, sem saber por que, falou num tom de voz mais grave.

— Posso dar uma olhada?

— Minha nossa — ceceou Bruun e parecia se divertir muito com o constrangimento de Holm. — Venha, vamos ver o que tenho.

— Quatro e meia — anunciou Kaja e passou, pela segunda vez, a panela com picadinho para Harry. Suas mãos não se tocavam. Nem os olhares. Nem as palavras. A noite que passaram juntos em Oppsal era tão distante quanto um sonho dois dias depois. — De acordo com o roteiro, devo ir para o lado sul e fumar um cigarro agora.

Harry fez que sim e passou a panela para Kolkka, que a raspou antes de devorar a comida.

— Ok — disse Harry. — Kolkka, pode vigiar a janela ao oeste? O sol está baixo agora, por isso procure reflexos de binóculos.

— Só depois de comer — retrucou Kolkka devagar e com ênfase, botando outro garfo cheio na boca.

Harry ergueu uma sobrancelha, olhou para Kaja e fez um gesto para ela ir.

Depois de ela sair, Harry se sentou na janela e deixou os olhos percorrerem a planície e os espinhaços.

— Então, Bellman empregou você quando ninguém mais te queria? — Ele falou baixo, mas a sala estava tão silenciosa que podia ter sussurrado.

Passaram alguns segundos sem nenhuma reação. Harry supôs que Kolkka estivesse processando o fato de ele ter falado sobre uma questão pessoal.

— Conheço os boatos que se espalharam depois que você foi mandado embora da Europol. Que você havia surrado um ex-condenado estuprador durante o interrogatório. É verdade, não é?

— Não é da sua conta — disse Kolkka e ergueu o garfo à boca. — Mas pode ser que ele não tenha me dado o devido respeito.

— Humm. O interessante é que os rumores foram plantados pela própria Europol. Para facilitar as coisas para eles. E para você, imagino. E claro, para os pais e os advogados da moça que você interrogou.

Harry ouviu o mastigar atrás de si parar.

— De modo que receberam a indenização às escondidas sem ter que arrastar você e a Europol ao tribunal. A moça não teve que sentar no banco das testemunhas e contar que, quando você estava no quarto dela, perguntando sobre a amiga que tinha sido estuprada, ficou tão excitado com as respostas que começou a acariciar a menina. Quinze anos, como consta no relatório interno da Europol.

Harry podia ouvir Kolkka respirando fundo.

— Suponhamos que Bellman também tenha lido aquele relatório — prosseguiu Harry. — Tendo acesso por contatos diretos e indiretos. Como eu. Ele esperou um pouco antes de entrar em contato. Esperou até você ter esvaziado sua raiva, até estar arriado, atolado. Então catou você. Deu um emprego e um pouco do orgulho que tinha perdido. E sabia que você o pagaria com lealdade. Ele compra quando o mercado está em baixa, Kolkka. É assim que Bellman consegue seus guarda-costas.

Harry se virou para Jussi Kolkka. O rosto do finlandês estava branco.

— Você foi comprado, porém mal está sendo pago, Jussi. Escravos como você não recebem respeito, nem do *senhorio* Bellman nem de mim. Porra, nem respeito próprio você tem, cara.

O garfo de Kolkka caiu no prato com um ruído quase ensurdecedor. Ele se levantou, enfiou a mão dentro da jaqueta e sacou o revólver. Foi até Harry e se inclinou por cima dele. Harry não se mexeu, apenas ergueu o olhar.

— Então, como vai recuperar o respeito, Jussi? Me matando?

As pupilas do finlandês tremiam de raiva.

— Ou levantando sua bunda mole para trabalhar? — Harry olhou de novo a planície.

Ouviu a respiração pesada de Kolkka. Esperou. Ouviu-o se virar. Ouviu-o se afastar. Ouviu-o se sentar à janela para o oeste.

O rádio chiou. Harry pegou o microfone.

— Pronto?

— Já vai escurecer. — Era a voz de Bellman. — Ele não vem.

— Continue na espreita.

— Para quê? Está nublado e sem luar, não vamos enxergar um...

— Se a gente não consegue enxergar, ele também não — retrucou Harry. — Procure pela luz de um capacete com lanterna.

O homem havia desligado a lanterna. Ele não precisava de luz, sabia aonde levava a pista de esqui que percorria. À cabana de turistas. E seus olhos iam se acostumar com o escuro; suas pupilas estariam dilatadas e sensíveis antes de chegar lá. Ali estava, a parede de toras com janelas escuras. Como se não houvesse ninguém em casa. A neve recém-caída rangeu quando o homem deu impulso e desceu deslizando os últimos metros. Ele parou alguns segundos para ouvir o silêncio antes de remover os esquis sem fazer barulho algum. Tirou o grande e pesado facão, com a intimidante lâmina em forma de barco e o cabo liso de madeira envernizada. Era tão boa para ceifar galhos quanto para fatiar uma rena. Ou cortar gargantas.

O homem abriu a porta o mais silenciosamente que pôde e entrou no corredor. Ficou parado na porta da sala, ouvindo. Silêncio. Silêncio demais? Ele segurou o trinco e abriu a porta com um golpe, mantendo-se ao lado do vão com as costas contra a parede. Então, para se fazer o mais esquivo e pequeno possível, ele se curvou e entrou depressa na sala escura com o facão empunhado.

Vislumbrou a figura do homem morto sentado no chão com a cabeça pendendo e os braços ainda abraçados ao fogão.

Então embainhou a faca e acendeu a luz perto do sofá. Ele não tinha reparado nisso antes, que o sofá era idêntico àquele na cabana de Håvass; a Associação de Turistas devia ter desconto de atacado. Mas o estofado do sofá era velho; a cabana esteve fechada durante muitos anos, a área era perigosa demais. Houve acidentes com pessoas caindo do precipício ao tentar encontrar a cabana.

A cabeça do morto abraçado ao fogão se ergueu devagar.

— Desculpe por entrar assim, sem aviso. — Ele verificou que todas as correntes que prendiam as mãos do morto ao fogão estavam no lugar.

Depois começou a tirar o conteúdo de sua mochila. Tinha escondido os olhos com o boné ao entrar e sair depressa da mercearia em Ustaoset. Biscoito. Pão. Os jornais, que traziam mais notícias sobre a coletiva de imprensa. E aquela testemunha na cabana de Håvass.

— Iska Peller — disse em voz alta. — Australiana. Está na cabana de Håvass. O que acha? Será que ela viu alguma coisa?

As cordas vocais do outro mal conseguiram mover ar suficiente para produzir algum som.

— A polícia. A polícia na cabana.

— Eu sei. Está nos jornais. Um investigador.

— Estão lá. A polícia alugou a cabana.

— É mesmo? — Ele olhou para o outro. Será que a polícia havia preparado uma armadilha? E aquele desgraçado na sua frente estaria tentando *ajudá-lo*, salvá-lo de pôr o pé por lá? A simples ideia o deixou furioso. Mas essa mulher devia mesmo ter visto algo, caso contrário, não teriam trazido da Austrália para cá. Ele pegou o atiçador de brasas.

— Porra, como está fedendo. Você cagou nas calças?

A cabeça do morto caiu ao peito. Ele tinha obviamente se mudado para lá. Havia alguns pertences pessoais nas gavetas. Uma carta. Alguma ferramenta. Algumas fotos antigas da família. O passaporte. Como se o morto planejasse fugir, pensando que ia conseguir se estabelecer em outro lugar, que não fosse lá embaixo, nas chamas, onde seria castigado por seus pecados. Mesmo que ele agora começasse a pensar que o morto talvez não estivesse por trás de toda a crueldade. Afinal, há limites para o que uma pessoa pode aguentar de dores antes de começar a falar.

Ele checou o celular de novo. Sem cobertura — porra!

E que fedor. O depósito de mantimentos lá fora. Melhor pendurá-lo lá para secar. Era o que se fazia com carne defumada.

Kaja havia se deitado no quarto e Harry esperou que conseguisse dormir um pouco antes de sua vigília.

Kolkka despejou café em sua xícara, depois na de Harry.

— Obrigado — agradeceu Harry e olhou para o escuro.

— Esquis de madeira — observou Kolkka, que estava diante da lareira olhando para os esquis de Harry.

— Do meu pai — respondeu Harry. Ele tinha encontrado o equipamento de esqui no porão em Oppsal. Os bastões eram novos, feitos de alguma liga que parecia pesar menos que o ar. Por um momento,

Harry pensara que a parte interior oca pudesse conter hélio. Mas os esquis eram os mesmo velhos esquis largos de montanha. — Na Páscoa, quando eu era pequeno, íamos à cabana do meu avô em Lesja. Tinha um pico que meu pai sempre queria escalar. Então ele disse para mim e para minha irmã que havia uma loja lá em cima que vendia Pepsi, que minha irmã adorava. Então, se a gente só aguentasse a última ladeira, daí...

Kolkka fez que sim e passou uma das mãos pela lateral dos esquis brancos. Harry tomou um gole do café fresco.

— Søs sempre conseguia se esquecer de uma Páscoa para a outra que era o mesmo velho blefe. E eu sempre queria poder fazer o mesmo. Mas fui incumbido de me lembrar de tudo que meu pai me incutia. Os códigos da montanha, como usar a natureza como bússola e como sobreviver numa avalanche. Os reis e rainhas da Noruega, as dinastias chinesas e os presidentes americanos.

— São bons esquis — comentou Kolkka.

— Um pouco curtos demais.

Kolkka se sentou à janela no outro lado da sala.

— Pois é, nunca se acha que isso vai acontecer. Que os esquis do pai fiquem curtos demais.

Harry esperou. Esperou. Então veio.

— Ela era tão bonita — disse Kolkka. — E achei que ela gostava de mim. Estranho. Só toquei nos seios dela. Ela não ofereceu resistência. Suponho que estivesse com medo.

Harry conseguiu conter o desejo de se levantar e sair da sala.

— Você tem razão — prosseguiu Kolkka. — Você é leal a quem te tira da sarjeta. Mesmo percebendo que ele precisa de você. O que mais se pode fazer? É preciso escolher um lado.

Quando Harry entendeu que a torneira da conversa estava fechada de novo, ele se levantou e foi à cozinha. Revistou todos os armários numa vã tentativa de encontrar aquilo que sabia não estar ali, uma espécie de manobra desesperada de despistar aquela voz que gritava na sua cabeça: "um drinque, só um".

O fantasma havia proporcionado uma chance a ele. Uma. Soltou as correntes e o levantou, vociferando sobre o fedor de merda, carregou-o até o banheiro, onde ele o deixou cair no chão por baixo do chuveiro, e abriu a torneira. O fantasma ficou ali por algum tempo, olhando para ele enquanto tentou ligar do celular. Amaldiçoou a falta de cobertura e foi até a sala onde ele o ouviu tentar de novo.

Queria chorar. Havia fugido para lá, queria se esconder para que ninguém o encontrasse. Tinha se instalado na cabana de turistas abandonada, levando tudo de que precisava. Ele pensou que estivesse seguro entre os precipícios. Protegido do fantasma. Ele não chorou. Porque, enquanto a água molhava as roupas, ensopando os restos da camisa de flanela vermelha que estava grudada às costas, ocorreu-lhe que essa era sua chance. Seu celular estava no bolso da calça, dobrada na cadeira ao lado da pia.

Ele tentou se levantar, mas os pés não queriam obedecer. Sem problema, era só 1 metro até a cadeira. Então pôs os braços chamuscados contra o chão, aguentou as dores e se arrastou para a frente, ouvindo estourar as bolhas de queimadura e sentindo o cheiro, mas em duas braçadas estava lá, logo procurou nos bolsos e pegou o telefone. Estava ligado e com sinal. A lista de contatos. Ele tinha salvado o número do policial, para que o reconhecesse no display se ele ligasse.

Apertou o botão de chamada. O telefone parecia respirar fundo na pequena eternidade entre cada chamada. Uma chance. O chuveiro fazia muito barulho para que o homem pudesse ouvi-lo falar. Agora! Ele ouviu a voz do policial. Ele o interrompeu com seu sussurro rouco, mas a voz continuou imperturbável. E percebeu que estava falando com a caixa de mensagem. Esperou a voz terminar, apertou o telefone, sentiu a pele da mão estourar, mas não soltou. Não podia soltar. Tinha que deixar um recado de... termine, pelo amor de Deus, vamos, o bipe!

Ele não o ouviu chegar; o chuveiro havia abafado seus passos leves. O telefone foi arrancado de sua mão, e ele teve tempo de ver a bota de esqui se aproximar.

Quando recuperou os sentidos, o homem estudava o celular com grande interesse.

— Então, você tem sinal?

O homem saiu do banheiro digitando um número, depois o zunido do chuveiro abafou tudo. Mas ele voltou logo depois.

— Vamos fazer uma viagem. Você e eu. — O homem parecia de repente de bom humor. Ele segurou um passaporte na mão. O passaporte dele. Na outra mão, o alicate do estojo de ferramentas. — Abra bem a boca.

Ele engoliu em seco. Jesus, tenha piedade.

— Eu disse para abrir!

— Piedade. Juro, contei tudo que eu... — Porém não disse mais nada, porque a mão dele havia agarrado seu pescoço, impedindo a entrada de ar. Ele relutou algum tempo. Então, finalmente, vieram as lágrimas. E abriu a boca.

57

Trovão

Bjørn Holm e Beate Lønn estavam ao lado da bancada de aço no laboratório, olhando as calças azul-marinho diante deles.

— É sem dúvida uma mancha de sêmen — declarou Beate.

— Ou um traço de sêmen — completou Bjørn Holm. — Repare no formato.

— Muito pouco para uma ejaculação. Parece que um pênis ereto e molhado foi empurrado sobre as nádegas da pessoa que estava vestindo as calças. Você disse que Bruun provavelmente é homossexual?

— Sim, mas ele diz que não usou mais as calças desde que as emprestou a Adele.

— Então eu diria que temos manchas de sêmen típicas de estupro. É só mandar para uma análise de DNA.

— De acordo. O que acha disso? — Holm apontou para a calça de hospital azul-clara, com duas manchas esfregadas embaixo dos bolsos de trás.

— O que é?

— Algo que não sai lavando. É um material à base de nonilfenol chamado vidro de fosfossilicato, ou PSG. É usado, entre outras coisas, em produtos de lavar carros.

— Ela deve ter sentado em cima.

— Não só sentado, está penetrado nas fibras, deve ter esfregado. Com força. Assim. — Ele balançou os quadris.

— Certo. Alguma teoria sobre o motivo?

Ela tirou os óculos e olhou para Holm, vendo sua boca se distorcer de várias formas para articular expressões que seu cérebro formou e rejeitou no mesmo instante.

— Estavam se roçando? — perguntou Beate.

— É — disse Holm, aliviado.

— Está bem. E onde e quando uma mulher, que não trabalha no hospital, veste uma roupa de enfermeira e fica se roçando com alguém em cima de PSG?

— Simples — disse Bjørn Holm. — Num encontro noturno numa fábrica de PSG abandonada.

As nuvens se dissiparam, e eles estavam de novo banhados pela mágica luz azul onde tudo, até as sombras, ficou fosforescente, congelado como num quadro de natureza-morta.

Kolkka já havia se deitado, mas Harry supunha que o finlandês estivesse no quarto de olhos abertos e os outros sentidos em alerta máximo.

Kaja estava sentada à janela apoiando o queixo na mão e olhando para fora. Ela vestia o pulôver branco, pois só estavam com os aquecedores elétricos acesos. Acharam que podia parecer suspeito se saísse fumaça da chaminé dia e noite, só com duas pessoas no lugar.

— Se alguma vez sentiu falta do céu estrelado de Hong Kong, então olhe para fora agora — disse Kaja.

— Não me lembro do céu estrelado — comentou Harry e acendeu um cigarro.

— Não sente falta de nada de Hong Kong?

— O macarrão celofane de Li Yuan — respondeu Harry. — Todo dia.

— Você está apaixonado por mim? — Ela havia baixado a voz só um pouco e olhou atentamente para ele enquanto prendia o cabelo com um elástico.

Harry examinou seus sentimentos.

— Nesse instante, não.

Ela riu com uma expressão de surpresa.

— Nesse instante, não? O que você quer dizer com isso?

— Que aquela parte de mim está desligada enquanto estivermos aqui.

Kaja balançou a cabeça.

— Você tem problemas, Harry.

— Sobre isso — comentou Harry, esboçando um sorriso — não há dúvida alguma.

— E quando esse trabalho terminar, daqui a... — Ela olhou o relógio.

— Dez horas?

— Então, talvez me apaixone por você de novo — disse Harry e pôs a mão na mesa ao lado da mão dela. — Se não antes.

Kaja olhou para as mãos, a de Harry e a sua. Viu como a dele era tão maior. Como a sua era muito mais delicada. Como a dele era mais pálida e nodosa, com veias grossas serpenteando sobre as costas da mão.

— Quer dizer que poderia se apaixonar antes de terminarmos esse trabalho? — Ela pôs a mão por cima da dele.

— Eu quis dizer que o trabalho pode ter terminado antes...

Ela retirou a mão.

Harry olhou para Kaja, surpreso.

— Só quis dizer...

— Escute!

Harry prendeu a respiração e prestou atenção. Mas não ouviu nada.

— O que foi?

— Parecia um carro — disse Kaja e espreitou o exterior. — O que acha?

— Acho improvável — respondeu Harry. — Estamos a 10 quilômetros longe da estrada mais próxima. Que tal um helicóptero? Ou uma motoneve?

— Ou talvez minha própria cabeça hiperativa? — Kaja suspirou. — O som desapareceu. E, pensando bem, talvez nunca tivesse existido. Sinto muito, mas é fácil ficar um pouco hipersensível quando se está levemente apreensiva e...

— Não — disse Harry e sacou o revólver do coldre. — Devidamente apreensiva, devidamente sensível. Descreva o que você ouviu. — Harry se levantou e foi até a outra janela.

— Nada, já te disse!

Harry entreabriu a janela.

— Seu ouvido é melhor que o meu. Ouça por nós dois.

Ficaram ouvindo o silêncio. Os minutos passaram.

— Harry...

— Shhh.

— Venha e sente aqui de novo, Harry.

— Ele está aqui — declarou Harry baixinho como se falasse consigo mesmo. — Ele está aqui agora.

— Harry, agora é você que está hipersens...

Houve um estrondo abafado. O som era baixo, profundo, meio lento, sem vibração, como um trovão distante. Mas Harry sabia que trovões raramente ocorrem com céu limpo e sete graus negativos.

Ele prendeu a respiração.

E então ouviu. Outro estrondo, diferente do primeiro mas também em baixa frequência, como ondas sonoras de uma caixa amplificadora, ondas sonoras que movem o ar, que se sente no estômago. Harry só ouvira esse som uma vez antes, mas sabia que iria se lembrar dele pelo resto da vida.

— Avalanche! — gritou Harry e correu para a porta do quarto de Kolkka, que virava para o lado da encosta. — Avalanche!

A porta do quarto se abriu e lá estava Kolkka, bem desperto.

Sentiram o chão tremer. Era uma avalanche grande. Porém, mesmo que a cabana tivesse um porão, Harry sabia que nunca iam ter tempo de chegar lá. Porque atrás de Kolkka cacos do que costumava ser uma janela voavam sobre eles, pressionados pelo ar que grandes avalanches empurram em sua frente.

— Segurem as minhas mãos! — gritou Harry por cima do estrondo e as estendeu, uma para Kaja e outra para Kolkka. Ele viu os dois correrem em sua direção no momento em que o ar foi puxado para fora da cabana, como se a avalanche respirasse, primeiro para fora e agora para dentro. Sentiu a mão de Kolkka agarrar a sua com força e esperou a de Kaja. Então a parede de neve caiu sobre a cabana.

58

Neve

O silêncio era ensurdecedor, e o escuro, total. Harry tentou se mexer. Impossível. Seu corpo parecia engessado, ele não conseguiu mexer um único membro. Decerto tinha feito como seu pai lhe ensinara: manteve uma das mãos na frente do rosto para criar um espaço vazio. Mas não sabia se continha ar. Porque Harry não conseguia respirar. E sabia o motivo. Pericardite constritiva. Como Olav Hole havia explicado; podia acontecer quando o tórax e o diafragma não conseguiam se mover. O que significava que ele só tinha o oxigênio que já estava no sangue, em torno de 1 litro, e que, com um consumo normal em torno de 0,25 litro por minuto, morreria em quatro minutos. O pânico veio; ele precisava de ar, precisava respirar! Harry retesou o corpo, mas a neve era como uma jiboia que respondia apertando ainda mais. Sabia que devia combater o pânico, precisava ser capaz de pensar. Pensar agora. O mundo lá fora já não existia mais; o tempo, a força da gravidade, a temperatura, nada disso existia. Harry não fazia ideia do que era para cima ou para baixo, ou por quanto tempo esteve na neve. Outro conselho de seu pai passou por sua cabeça. Para saber em que posição você está, deve cuspir e sentir em que direção a saliva escorre no rosto. Ele passou a língua pelo céu da boca. Sabia que era o pavor, a adrenalina, que o havia deixado seco. Ele abriu bem a boca e usou os dedos da mão diante do rosto para raspar um pouco de neve para dentro da boca. Ele mastigou, abriu-a de novo e deixou a água derretida escorrer para fora. Ficou em pânico por um momento e sobressaltou-se quando as narinas se encheram de água. Fechou a boca e soprou a água para fora. Soprou o que restava de ar nos pulmões. Logo ia morrer.

Pela água sabia que estava de ponta-cabeça, pelo sobressalto sabia que era de fato possível se mexer levemente. Tentou se sacudir mais, tencionou o corpo inteiro num espasmo, e sentiu a neve ceder um pouco. Um pouco. O suficiente para se libertar da camisa de força da pericardite constritiva? Harry inspirou. Conseguiu um pouco de ar. Não o suficiente. O cérebro já devia estar deficiente de oxigênio; mesmo assim lembrou com clareza as palavras de seu pai nas Páscoas que passavam em Lesja. Numa avalanche em que se consegue respirar um pouco, não se morre por falta de ar, mas por excesso de CO_2 no sangue. A outra mão sentiu alguma coisa, algo duro, algo que parecia uma grade. Olav Hole: "Por baixo da neve, você é como um tubarão, morre se não conseguir se mexer. Mesmo que a neve esteja fofa o bastante para que algum ar passe para dentro, o calor da sua respiração e do seu corpo formará logo uma camada de gelo em torno de você, fazendo com que o ar não entre, impedindo o dióxido de carbono venenoso da sua própria respiração de sair. Você simplesmente produz seu próprio caixão de gelo. Entendeu?"

"Sim, papai, mas relaxe. Estamos em Lesja, não no Himalaia."

O riso da mãe na cozinha.

Harry sabia que a cabana estava cheia de neve. E que havia um teto por cima dele. E por cima do teto, mais neve. Não tinha saída. O tempo se esgotava. Esse seria o fim.

Ele rezou para não acordar nunca mais. Rezou para que, quando ficasse inconsciente de novo, fosse pela última vez. Estava pendurado de ponta-cabeça. A cabeça latejava como se fosse explodir, talvez por todo o sangue que escorria para ela.

Foi o som da motoneve que o acordou.

Ele tentou não se mexer. No início, havia feito algumas tentativas, dando puxões, retesando o corpo, procurando se libertar. Mas logo desistiu. Não por causa dos ganchos de açougue nas panturrilhas; fazia tempo que não sentia mais as pernas. Era o som. O som de carne sendo rasgada e tendões e músculos que se rompiam e estouravam quando dava puxões e se contorcia, fazendo cantar as correntes presas no teto do depósito de mantimentos.

Então fitou o olhar vidrado de um veado pendendo pelos pés traseiros, como se estivesse caindo de um precipício com os chifres na frente. Ele o havia matado quando caçava ilegalmente. Com a mesma espingarda que usou para matá-la.

Ouviu o lamentoso chiar de passos na neve. A porta se abriu, o luar entrou. Ele estava ali de novo. O fantasma. Era estranho que só agora, quando o viu de ponta-cabeça, teve certeza.

— É você mesmo — sussurrou ele. Era tão estranho falar sem os dentes da frente. — É você mesmo, não é?

O homem foi para trás dele e soltou as mãos atadas nas costas.

— P-Pode me perdoar, meu garoto?

— Está pronto para viajar?

— Você matou todos eles, não foi?

— Matei. Então, vamos.

Harry cavou com a mão direita. Em direção à mão esquerda, que estava pressionada contra uma grade que ele não conseguia identificar. Uma parte de seu cérebro disse que estava preso, que era uma luta sem esperança contra o tempo, que a cada respiração se aproximava cada vez mais da morte. Que tudo o que fazia apenas prolongava o sofrimento, adiando o inevitável. A outra voz disse que ele preferia morrer desesperado a apático.

Tinha conseguido cavar até a outra mão e a passou sobre a grade. Pressionou-a com as mãos e tentou empurrar, mas ela não se mexeu. Sentiu que já respirava com mais dificuldade, que a neve ficava mais lisa, que seu túmulo estava prestes a ser coberto de gelo. A tontura ia e vinha. Só por um segundo, mas Harry sabia que era o primeiro aviso de que respirava ar envenenado. Logo ficaria sonolento e o cérebro se fecharia, cômodo a cômodo, como num hotel se preparando para a baixa temporada. E foi nesse instante que Harry sentiu algo que nunca havia sentido, nem em suas piores noites em Chungking Mansion: uma solidão esmagadora. Não era a certeza de que ia morrer que de repente o esvaziou de toda vontade, mas de que ia morrer ali, sem ninguém, sem as pessoas que amava, sem o pai, Søs, Oleg, Rakel...

A sonolência o invadiu. Harry parou de cavar. Mesmo sabendo que aquilo era a morte. Uma morte sedutora, tentadora, que o abraçava. Por que protestar, por que resistir, por que escolher a dor quando podia se entregar? Por que agora escolher diferente do que sempre escolhera? Harry fechou os olhos.

Espere.

A grade.

Devia ser o protetor de brasas da lareira. A lareira. A chaminé. Pedra. Se algo tivesse resistido à avalanche, se houvesse um lugar onde a massa de neve não teria entrado, seria a chaminé.

Harry deu outro empurrão na grade. Não se mexeu 1 milímetro sequer. Seus dedos a arranharam. Sem força, resignados.

Era o destino. Era para acabar assim. Seu cérebro infectado de CO_2 percebeu certa lógica nisso, porém não sabia exatamente qual. Mas ele aceitou. Deixou o sono vir, doce e quente. A sedação. A liberdade.

Seus dedos deslizaram pela grade. Encontraram algo duro, sólido. As pontas dos esquis. Os esquis do pai. Ele não ofereceu nenhuma resistência ao pensamento. Era um pouco menos solitário assim, segurando os esquis do pai. Que eles, juntos, entrassem no reino da morte. Subir o último e íngreme declive.

Mikael Bellman olhou para o que tinha em sua frente. Ou, melhor, o que *não* tinha. Porque não estava mais lá. A cabana não existia mais. Da caverna de neve havia parecido um pequeno desenho numa grande folha branca. Isso foi antes do estrondo e do baque distante que o acordara. Quando finalmente conseguiu pegar os binóculos estava novamente em silêncio, apenas um eco tardio distante reverberando pela cordilheira de Hallingskarvet. Ele tinha olhado um longo tempo pelos binóculos, inspecionando a encosta da montanha. Era como se alguém tivesse usado uma borracha numa folha de papel. Nenhum desenho, apenas o branco, pacífico e inocente. Era incompreensível. Uma cabana inteira enterrada? Eles colocaram os esquis depressa, chegando ao local da avalanche em oito minutos. Ou oito minutos e dezoito segundos. Ele havia registrado o tempo. Era um policial.

— Meu Deus, a área da avalanche é de *1 quilômetro quadrado.* — Ele ouviu uma voz atrás de si, e viu os fracos raios de luz amarela de suas lanternas sobre a neve.

O walkie-talkie chiou.

— A central de resgate diz que o helicóptero chega em trinta minutos. Câmbio.

Tempo demais, pensou Bellman. Havia lido uma vez que, depois de meia hora, as chances de sobreviver por baixo da neve era de uma em três. E, quando o helicóptero chegasse, o que podiam fazer? Enfiar aquelas sondas na neve procurando os restos de uma cabana? "Obrigado, câmbio e desligo."

Ærdal foi para o seu lado.

— Temos sorte! Há dois cães de busca e resgate em Ål. Estão os levando para Ustaoset agora. O delegado de lá, Krongli, não está em casa, pelo menos não atende ao telefone, mas um rapaz no hotel tem uma motoneve e pode trazê-los para cá. — Ele bateu com os braços para se manter aquecido.

Bellman olhou a neve por baixo dele. Kaja estava ali em algum lugar.

— Com que frequência disseram que acontecem avalanches por aqui?

— A cada dez anos — respondeu Ærdal.

Bellman balançou nos calcanhares. Milano orientava os outros, que perfuravam a neve com seus bastões de esqui.

— Os cães de busca e resgate?

— Quarenta minutos.

Bellman fez que sim. Sabia que os cães não iam fazer diferença. Quando chegassem, teria se passado uma hora desde a avalanche.

As chances de sobrevivência estariam a menos de dez por cento já antes de começarem. Depois de uma hora e meia, seria praticamente zero.

A viagem havia começado. Ele ia de motoneve. Era como se a escuridão e a luz viessem ao seu encontro, como se o céu respingado de diamantes se abrisse, desejando-lhe boas-vindas. Sabia que atrás dele estava o homem, o fantasma, observando suas costas queimadas, chamuscadas e cobertas de bolhas, pela mira de uma espingarda. Mas ninguém podia alcançá-lo agora. Estava livre, indo aonde queria, pelo mesmo caminho que sempre seguira. Ao mesmo lugar para onde ela havia ido, e pelo mesmo caminho. Ele não estava mais amarrado, e, se fosse capaz de mover os braços ou as pernas, teria se levantado do assento e girado o acelerador para ir ainda mais depressa. Ele se jubilou ao decolar em direção ao céu estrelado.

59

O Enterro

Harry mergulhou por camadas de sonhos, lembranças e retalhos de pensamentos. Estava tudo bem. Exceto por uma voz que dizia a mesma frase, repetidamente, sem parar. A voz do pai falando: "... e por fim estava tão ensanguentado que os rapazes maiores ficaram com medo e deram no pé."

Tentou afastá-la, e ouvir uma das outras vozes. Mas essa também pertencia a Olav Hole: "Tinha medo do escuro, mas isso não te impedia de andar na escuridão."

Merda, merda, merda.

Harry abriu os olhos no escuro. Ele se contorceu nas garras de ferro geladas da neve. Tentou chutar. Começou a cavar na frente da grade. Conseguiu ampliar um pouco o espaço. Os dedos encontraram a beira da grade protetora da lareira. Ele não ia morrer, Olav Hole tinha que ir na frente, era o que se esperava de um pai! Suas mãos cavaram como se fossem pás agora que havia mais espaço para se movimentar. Ele conseguiu colocar as mãos no lado de dentro da grade e a puxou para si. Aí! Se mexeu! Ele puxou de novo. E sentiu o ar. Fedendo a cinzas, pesado. Todavia era ar. Enquanto durasse. Afastou a neve. Enfiou as mãos; os dedos encontraram algo parecido com isopor. Notou que se tratava de lenha meio queimada. A grade havia suportado a avalanche, a lareira estava sem neve. Harry continuou cavando.

Alguns minutos, talvez segundos, mais tarde, estava encolhido dentro da grande lareira, respirando o ar e tossindo cinzas.

E lhe ocorreu que, até esse momento, só tinha pensado numa única coisa: em si mesmo.

Passou o braço em volta do canto da lareira, até onde estavam os esquis do pai. Ele mexeu na neve até achar o que procurava. Um dos bastões de esqui. Harry o pegou pela extremidade e o puxou para si. O bastão de metal liso, leve e duro penetrou a neve com facilidade. Colocou o bastão na lareira, prendeu-o entre os pés, apertou as botas e arrancou a extremidade que impede o esquiador de afundar o bastão na neve. Agora segurava uma flecha de 1,5m.

Kaja e Kolkka não podiam estar longe de onde ele estava. Harry criou um mapa imaginário como faziam nas cenas de crime que examinavam minuciosamente para procurar pistas, e começou a espetar a neve. Trabalhou depressa, espetou com bastante força, mas era um risco calculado. Na pior das hipóteses acertaria um olho ou furaria um pescoço, mas a melhor das hipóteses era que ainda estivessem respirando. Ele tentou um pouco mais à esquerda de onde achou que estivesse enterrado, e sentiu a ponta do bastão tocar algo resistente. Puxou um pouco o bastão, pressionou com cuidado e sentiu de novo algo resistente. Quando ia puxá-lo de novo, sentiu que estava preso. Harry soltou um pouco e sentiu o bastão sendo puxado de sua mão. Alguém segurava a ponta dele, o levando para a frente e para trás para sinalizar que estava vivo! Harry puxou o bastão para si, mais forte dessa vez, no entanto o outro segurou com uma força impressionante. Harry precisava do bastão, ele atrapalharia quando começasse a cavar, por isso, enfiou a mão dentro da correia de pulso e mesmo assim teve que usar toda a sua força para soltar o bastão.

Harry ficou pensando porque não havia deixado o bastão de lado e começado a cavar. Então entendeu o motivo. Ele hesitou mais um segundo. Então começou a enfiar o bastão de novo na neve, dessa vez à direita de onde ele mesmo estava. Na quarta tentativa teve contato. A mesma sensação de resistência. Estômago? Segurou o bastão de leve para tentar detectar algum subir e descer, respiração, mas não havia nenhum movimento.

A escolha devia ser fácil. O caminho para o primeiro era mais curto, e lá havia sinal de vida. Salvar quem podia ser salvo. Harry já estava de joelhos cavando loucamente.

Os dedos estavam dormentes quando chegaram ao corpo, e teve que usar as costas da mão para sentir que era a lã de um agasalho. O agasalho branco. Harry conseguiu pegar um ombro, afastou mais neve, soltou um braço e puxou o corpo inerte através da passagem na neve. Seu cabelo caía no rosto, ainda tinha o cheiro de Kaja. Ele conseguiu arrastar a cabeça e metade de seu corpo para o chão da lareira e tentou sentir se havia pulso no pescoço, mas as pontas de seus dedos eram como cimento. Encostou seu rosto no dela, mas não sentiu nenhuma respiração. Abriu sua boca, verificou que a língua não estava no caminho, então inalou e exalou no interior dela. Subiu para puxar ar, dominou o reflexo de tosse ao inalar partículas de cinzas e inalou em sua boca. Terceira vez. Ele contou; quatro, cinco, seis, sete. Sentiu tudo começar a rodopiar, pensou que estava de novo diante da lareira de Lesja, o menininho que soprava nas brasas para reavivar as chamas, e o pai que riu quando o menino cambaleou para trás, tonto e prestes a desmaiar. Mas tinha que continuar; sabia que a probabilidade de soprar vida nela diminuía a cada segundo.

Quando se inclinou para soprar pela décima 12ª, sentiu uma corrente quente de ar em seu rosto. Ele prendeu a respiração, esperou, não ousava acreditar que era verdade. O fôlego quente desapareceu. Mas então voltou outra vez. Kaja respirava! No mesmo instante, seu corpo se encolheu e ela começou a tossir. Então ouviu sua voz, fraca:

— É você, Harry?

— Sim.

— Onde... Não posso ver.

— Tudo bem, estamos na lareira.

Pausa.

— O que está fazendo?

— Estou cavando para tirar Jussi.

Quando Harry conseguiu remover a cabeça de Kolkka da neve em frente à lareira, não tinha ideia de quanto tempo havia se passado. Só que para Jussi Kolkka o tempo acabara. Ele acendeu um fósforo e viu os olhos grandes fitarem o vazio, antes da chama se apagar.

— Ele está morto — avisou Harry.

— Não pode tentar respiração boca a boca...

— Não — disse Harry.

— E agora? — sussurrou Kaja baixinho, sem forças.

— Temos que sair daqui— disse Harry e encontrou sua mão. Apertou-a.

— Não podemos esperar aqui até nos acharem?

— Não — retrucou ele.

— O fósforo — falou ela.

Harry não respondeu.

— Apagou rápido — concluiu Kaja. — Aqui também não tem ar. A cabana toda está debaixo da neve. Por isso você não quer tentar reanimá-lo. Não há nem ar suficiente para nós dois. Harry...

Harry havia se levantado, tentando se enfiar na chaminé, mas era estreita demais, os ombros ficaram presos. Ele se agachou de novo, quebrou as pontas dos dois bastões, que viraram um cano de metal oco, enfiou-os na chaminé e se levantou novamente, dessa vez com as mãos por cima da cabeça. Coube por pouco. A claustrofobia o invadiu, mas sumiu no mesmo instante, como se o corpo entendesse que fobias irracionais eram um luxo que não se podia permitir naquele momento. Pressionou as costas contra um lado da chaminé e usou as pernas para se impulsionar para cima. Os músculos das coxas ardiam, ele respirava com dificuldade e a tontura retornou. Mas Harry continuou; um pé para cima, pressionar o corpo, o outro pé para cima... Ficava mais quente conforme subia, e sabia que isso queria dizer que não havia saída para o ar quente. E ocorreu-lhe que, se tivessem acendido a lareira quando a avalanche vinha, estariam todos mortos faz tempo, envenenados por dióxido de carbono. O que se podia chamar de sorte na desgraça. Exceto que a avalanche não era má sorte. O estrondo que ouviram...

O bastão bateu em algo por cima de sua cabeça. Ele subiu. Tateou com a mão livre. Era uma grade de ferro. Uma dessas que colocam na saída da chaminé para esquilos e outros animais não entrarem na cabana. Passou os dedos ao longo da beirada. Estava cimentada. Merda!

A voz fraca de Kaja o alcançou.

— Estou tonta, Harry.

— Respire fundo.

Ele enfiou o bastão pela grade cimentada.

Não havia neve no outro lado!

Harry mal reparou no ácido láctico que queimava nas coxas e, animado, enfiou o bastão ainda mais. E sentiu o desapontamento quando ele bateu em algo duro. A tampa da chaminé. Devia ter se lembrado de que a cabana tinha uma daqueles capotas pretas e charmosas para a chuva e a neve no topo da chaminé. Tateou até o bastão ficar de viés por baixo da proteção e sentiu neve compacta, mais dura do que no interior da cabana. Mas também podia ser porque a neve agora pressionava para dentro da abertura do bastão oco. Por cada centímetro dele que Harry enfiava na neve, pediu para sentir a repentina ausência de resistência que queria dizer que podia soprar a neve para fora do bastão, e receber ar, ar fresco, ar vital. Depois podia empurrar Kaja para cima, dando a ela a mesma injeção de vida. Mas isso não aconteceu. Ele pressionara o bastão contra a grade de ferro e nada havia acontecido. Tentou mesmo assim, sugou com todas as forças, ficou com neve seca e fria na boca, o bastão continuou entupido. Harry não aguentava mais manter o corpo fazendo pressão para os lados e caiu. Gritou, esticando as pernas e os braços, sentindo a pele da mão esfolar, mas continuou caindo. Caiu sobre o corpo com as pernas.

— Tudo bem? — perguntou Harry e se enfiou de novo na chaminé.

— Tudo bem — disse Kaja e gemeu baixinho. — E você? Más notícias?

— Sim — respondeu Harry, deixando-se cair ao lado dela.

— O quê? Também não está apaixonado por mim agora?

Harry riu baixinho e puxou Kaja para perto de si.

— Ah, agora estou.

Ele sentiu lágrimas quentes no rosto dela quando Kaja sussurrou:

— Então vamos nos casar?

— Vamos, sim — disse Harry e sabia que era o veneno no cérebro que falava agora.

Ela riu baixinho.

— Até que a morte nos separe.

Ele sentiu o calor de seu corpo. E algo duro. O coldre com seu revólver de serviço. Harry a soltou e tateou até chegar a Kolkka. Achou que já podia ver que o rosto de Kolkka havia começado a ganhar uma rigidez marmórea. Meteu a mão na neve ao longo do pescoço do morto e continuou até o peito.

— O que está fazendo? — murmurou ela com a voz fraca.

— Estou pegando a pistola de Jussi.

Harry a ouviu parar de respirar por um segundo. Sentiu sua mão nas costas, tateando insegura, como um animal que tivesse perdido o senso de direção.

— Não — disse ela. — Não faça isso... Não assim... Vamos só dormir... Even.

Foi como Harry pensou, Jussi Kolkka havia se deitado na cama com o coldre. Ele conseguiu abrir o botão que segurava a pistola no lugar, segurou o cabo e a puxou para fora da neve. Passou um dedo sobre o cano.

Não havia mira, era a Weilert. Ele se levantou, sentiu que estava prestes a desmaiar e tentou se segurar em algo. Então, tudo ficou escuro.

Bellman olhava para o buraco de quase 4 metros de profundidade quando ouviu o intermitente som das hélices do helicóptero de resgate se aproximar, como um batedor de tapetes em alta velocidade. Seu pessoal usava mochilas para carregar a neve para cima, içando-as com cintos de calças unidos.

— A janela! — Ouviu o homem que estava no buraco berrar.

— Quebre! — gritou Milano de volta.

Ouviu-se o tilintar de vidro.

— Minha nossa... — Ouviu. E sabia que a invocação era um prenúncio de más noticias.

— Jogue um bastão para baixo...

Bellman esperou em silêncio. Então ouviu:

— Neve. Neve até o teto.

Bellman ouviu o latido de cães. E tentou calcular quantas horas levaria para tirar a neve da cabana. Correção: dias.

Harry acordou com uma dor terrível no queixo e sentiu algo quente escorrer pela testa e entre os olhos. Entendeu que devia ter batido a cabeça e o queixo contra a pedra quando caiu, e que foi isso que o acordou. O estranho era ainda estar em pé, segurando a pistola. Tentou respirar o ar fresco que não existia. Não sabia se havia o suficiente para uma última tentativa, mas e daí? Era simples: não tinha mais nada a fazer. Por isso enfiou a pistola no bolso e começou ofegante a forçar passagem pela chaminé. Ele se segurou com os pés nas laterais quando chegou em cima, tateou sobre a grade de ferro e encontrou a ponta do bastão de metal que ainda estava enfiado na neve. O bastão era levemente cônico com a abertura maior virada para Harry, onde, determinado, enfiou o cano da pistola. Deu para colocar dois terços dele. O que significava que estava bem paralelo ao bastão, como um abafador de som de 1,5m de comprimento. Uma bala não penetraria 1,5m de neve, mas e se só faltasse um *pouquinho* para o bastão atravessá-la?

Harry se apoiou na pistola para que o recuo não fizesse com que ela se soltasse e o tiro saísse torto. Então, atirou. E atirou. E atirou. O tímpano parecia querer estourar no recinto hermeticamente fechado. Depois de quatro disparos Harry parou, pôs a boca em torno da abertura do bastão e sugou.

Sugou... ar.

Por um momento ficou tão surpreso que quase caiu de novo. Harry sugou mais uma vez, com cuidado, para não danificar o túnel na neve que as balas deviam ter produzido. Um ou outro floco de neve caíram e se depositaram em sua língua. Ar. Tinha gosto de um uísque saboroso e encorpado, com gelo.

60

Duendes e Anões

Roger Gjendem correu pela rua Karl Johans, onde as lojas começavam a abrir. Na praça Egertorget, olhou para cima e viu os ponteiros do relógio vermelho da loja de chocolates Freia marcarem três para as dez. Ele apertou o passo.

Tinha sido chamado às pressas por Bent Nordbø, o então aposentado e, em todos os sentidos, lendário redator-chefe do jornal, que agora também era devoto membro do conselho administrativo.

Gjendem virou à direita, seguindo pela Akersgata, onde todos os grandes jornais se aglomeraram nos tempos em que a versão em papel era absoluta no mundo jornalístico. Virou à esquerda em direção aos tribunais de justiça, então de novo à direita em Apotekergata e entrou ofegante no Stopp Pressen. Aparentemente, não tinham conseguido decidir se o lugar deveria ser um bar esportivo ou um pub inglês tradicional. Talvez as duas coisas, visto que o objetivo era fazer todo tipo de jornalista se sentir em casa. Nas paredes havia fotos da imprensa mostrando o que emocionava, agitara, alegrara e chocara a nação ao longo dos últimos vinte anos. A maioria referia-se a eventos esportivos, celebridades e catástrofes naturais. Além de certos políticos que se encaixavam nas duas últimas categorias.

Como se podia ir a pé dos dois jornais remanescentes em Akersgata — *Verdens Gang* e *Dagbladet* —, o bar Stopp Pressen funcionava como uma extensão de seus refeitórios, mas no momento só havia duas pessoas no interior: o barman atrás do balcão e um homem sentado à mesa do fundo, embaixo de uma estante com livros clássicos publicados pela editora Gyldendal e um rádio velho, evidentemente para dar ao lugar certo toque de classe.

O homem embaixo da estante era Bent Nordbø. Ele tinha a pinta arrogante do ator John Gielgud, óculos enormes como os do ex-primeiro-ministro britânico John Major e suspensórios como os do apresentador Larry King. E lia um verdadeiro jornal em papel. Roger já havia ouvido dizer que Nordbø só lia *The New York Times*, *The Financial Times*, *The Guardian*, *China Daily*, *Süddeutsche Zeitung*, *El País* e *Le Monde*, e o fazia todo dia. Ele podia até inventar de folhear o *Pravda* e o esloveno *Dnevnik*, mas alegava que "as línguas do Leste Europeu eram pesadas demais para os olhos".

Gjendem parou em frente à mesa e pigarreou. Bent Nordbø terminou de ler as últimas linhas do artigo sobre áreas previamente condenadas do Bronx que se revitalizavam com a chegada de imigrantes mexicanos, e lançou um breve olhar na página para se assegurar de que não havia outra coisa ali que lhe interessava. Então, tirou os óculos enormes, puxou o lenço do bolso no peito do casaco de tweed e ergueu os olhos para o homem nervoso, ainda ofegante, diante da mesa.

— Roger Gjendem, suponho.

— Correto.

Nordbø dobrou o jornal. Gjendem também tinha ouvido dizer que, quando o homem o reabrisse, era certo que a conversa terminara. Nordbø inclinou um pouco a cabeça e iniciou, não sem considerável importância, a tarefa de limpar as lentes dos óculos.

— Você trabalha há muitos anos em casos criminalísticos e conhece bem o pessoal da Kripos e da Divisão de Homicídios, correto?

— É... correto.

— Mikael Bellman. O que sabe sobre ele?

Harry semicerrou os olhos contra o sol que inundava o quarto. Tinha acabado de acordar, aproveitando os primeiros segundos para se livrar dos sonhos e reconstruir a realidade.

Eles escutaram seus tiros.

E descobriram o bastão no primeiro empurrão da pá.

Depois haviam contado que o mais assustador foi levar tiros enquanto cavavam para chegar à chaminé.

A cabeça de Harry doía como se ele estivesse sem beber fazia uma semana. Pôs os pés para fora da cama e deu uma olhada no quarto do hotel de Ustaose.

Kaja e Kolkka tinham sido levados de helicóptero para o Hospital Central em Oslo. Harry havia se negado a acompanhá-los. Só depois de mentir, dizendo que teve bastante ar o tempo inteiro e se sentia muito bem, que o deixaram ficar.

Harry enfiou a cabeça embaixo da torneira do banheiro e bebeu. "Água nunca é tão ruim e muitas vezes é até bom." Quem costumava dizer aquilo? Rakel, quando ela queria que Oleg bebesse um copo inteiro na hora do jantar. Ele ligou o celular que esteve desligado desde sua ida até a cabana de Håvass. Havia cobertura em Ustaoset, informava a tela. Que também mostrou uma mensagem à espera. Ele a ouviu, mas era apenas um segundo de alguém pigarreando ou rindo antes que a conexão fosse cortada. Um número de celular — podia ser de qualquer pessoa. Ele parecia vagamente familiar, mas com certeza não era do Hospital Central. Quem quer que fosse, ligaria novamente se fosse importante.

Na sala do café da manhã, Mikael Bellman estava sentado em solidão majestosa, com uma xícara de café à sua frente. E jornais dobrados, já lidos. Harry não precisou folheá-los para saber que traziam mais do mesmo. Mais sobre o Caso, mais sobre a ineficácia da polícia, mais pressão. Porém a edição de hoje dificilmente tivera tempo para incluir a morte de Jussi Kolkka.

— Kaja está bem — comentou Bellman.

— Hum. Onde estão os outros?

— Pegaram o trem de manhã para Oslo.

— Mas você não.

— Queria esperar você. O que acha?

— Do quê?

— Da avalanche. Era algo que podia acontecer assim do nada?

— Não faço ideia.

— Não? Você ouviu o estrondo pouco antes da avalanche começar?

— Pode ter sido o amontoado de neve no topo que caiu na encosta da montanha. Que, por sua vez, impeliu a avalanche.

— Era isso que parecia, pelo que você ouviu?

— Não sei como deve ser o som disso. Mas ruídos desse tipo podem causar avalanches, com certeza.

Bellman balançou a cabeça

— Até alpinistas experientes acreditam naquele mito de que ondas sonoras podem provocar uma avalanche. Escalei os Alpes com um perito em avalanches e ele me disse que as pessoas lá embaixo ainda acreditam que as avalanches ocorridas por lá durante a Segunda Guerra Mundial foram provocadas por explosões de canhões. A verdade é que uma avalanche só é impelida se a neve for atingida diretamente.

— Hum. E?

— Sabe o que é isso? — Bellman segurava um pedacinho de metal brilhante entre o polegar e o indicador.

— Não — respondeu Harry, sinalizando para o garçom que retirava o bufê do café da manhã que ele queria uma xícara de café.

Bellman cantarolou o verso de Wergeland, *"Duendes e anões"*, sobre construir nas montanhas e explodir os rochedos.

— Passo.

— Você está me desapontando, Harry. Mas, ok, talvez eu tenha uma vantagem sobre você. Cresci nos anos 1970 em Manglerud, uma cidade suburbana em expansão. Cavavam lotes em torno da gente por todo lado. A trilha sonora da minha infância foi o som de cargas de dinamite explodindo. Depois que os trabalhadores voltavam para casa, eu andava por lá procurando pedaços de cabos com plástico vermelho e pedacinhos de papel das bananas de dinamite. Kaja me contou que o pessoal tem uma maneira especial de pescar aqui em cima. Bananas de dinamite são mais comuns que bebida ilegal. Não me diga que a ideia não passou pela sua cabeça.

— Ok — disse Harry. — É um pedaço de um detonador. Quando e onde o achou?

— Depois que vocês foram retirados ontem à noite. Eu e dois integrantes da equipe fizemos uma busca onde a avalanche começou.

— Alguma pista? — Harry recebeu a xícara de café do garçom e agradeceu.

— Não. É tão exposto lá no topo que o vento havia varrido qualquer trilha de esqui que poderia existir. Mas Kaja disse que talvez tivesse ouvido uma motoneve.

— Dificilmente. E passou bastante tempo entre ela ter ouvido aquilo e a avalanche começar. Ele pode ter estacionado a motoneve antes de se aproximar para a gente não ouvir.

— Pensei a mesma coisa.

— E agora? — Harry tomou um gole do café.

— Procurar pistas de motoneve.

— O delegado local...

— Ninguém sabe onde ele está. Mas arrumei uma motoneve, um mapa, uma corda de escalar, um machado para gelo e comida. Então, não fique tranquilão aí com o seu café... A previsão é de mais neve essa tarde.

Para chegar ao topo da área da avalanche, o diretor do hotel dinamarquês havia explicado que teriam que dar uma longa volta a oeste da cabana de Håvass, mas não muito a noroeste, para não entrar na área chamada Kjeften. Recebera o nome, que significava "bocão", devido aos blocos de pedra em forma de presas espalhados pela área. Repentinas fendas e precipícios foram encravados na planície, tornando-o um lugar extremamente perigoso de rondar em tempo ruim para quem não o conhecia bem.

Era quase meio-dia quando Harry e Bellman olharam a encosta lá embaixo, onde podiam vislumbrar a escavação da chaminé no fundo do vale.

As nuvens já se aproximavam, seguindo do oeste. Harry olhou para noroeste com olhos semicerrados. Sem sol, as sombras e os contornos não podiam ser vistos.

— Deve ter vindo de lá — indicou Harry. — Senão, a gente teria ouvido.

— Kjeften — emendou Bellman.

Duas horas mais tarde, após cruzarem a paisagem de neve de sul a norte em passos de caranguejo sem encontrar nenhuma pista de motoneve, pararam para comer. Sentaram lado a lado, bebendo da garrafa térmica que Bellman havia trazido. Caía um pouco de neve.

— Uma vez encontrei uma banana de dinamite que não havia sido detonada na área de construção em Manglerud — contou Bellman. — Eu tinha 15 anos. Em Manglerud, havia três coisas para os jovens fazerem: praticar esportes, estudar a Bíblia ou puxar fumo. Eu não tinha interesse em nenhuma dessas coisas. E menos ainda em ficar sentado no banco em frente aos correios à espera que a vida me levasse do haxixe à heroína, passando por cheirar cola, até a cova. Como aconteceu com quatro dos meus colegas de turma.

Harry notou que o dialeto de Manglerud tinha se misturado ao sotaque de Bellman.

— Eu detestava tudo aquilo — disse Bellman. — Então, meu primeiro passo para a profissão de policial foi levar a banana de dinamite para trás da igreja de Manglerud, onde os drogados de haxixe tinham seu bong subterrâneo.

— Bong subterrâneo?

— Eles cavaram um buraco no chão onde enfiaram uma garrafa de cerveja quebrada, de ponta-cabeça, com uma grade dentro, onde o haxixe fumegava e fedia. Eles tinham enterrado mangueiras que vinham do buraco, despontando do chão a meio metro dali. Ficavam deitados na grama em volta do bong, cada um sugando seu canudo de plástico. Não sei por que...

— Para esfriar a fumaça — explicou Harry sorrindo. — Mais efeito com menos droga. Maconheiros espertos, aqueles. Devo ter subestimado Manglerud.

— De qualquer maneira, tirei um dos tubos de plástico e enfiei a dinamite no lugar.

— Você explodiu o bong subterrâneo?

Bellman fez que sim e Harry riu.

— Choveu terra por meio minuto. — Bellman sorriu.

Ficaram em silêncio. O vento uivava baixinho e rouco.

— Na verdade, gostaria de te agradecer — disse Bellman e olhou para o próprio copo. — Por ter tirado Kaja a tempo.

Harry deu de ombros. Kaja. Bellman sabia que Harry sabia dos dois. Como? E isso queria dizer que Bellman também sabia sobre Kaja e ele?

— Eu não tinha mais nada para fazer lá embaixo — disse Harry.

— Tinha sim. Vi o corpo de Jussi antes de o levarem de avião.

Harry não respondeu, apenas olhou os flocos de neve que caíam com mais força.

— O corpo tinha uma ferida no pescoço. E nas palmas das mãos. Pareciam marcas de um bastão de esqui. Você o encontrou primeiro, não foi?

— Talvez — respondeu Harry.

— A ferida no pescoço tinha sangue fresco. O coração devia estar batendo quando foi ferido, Harry. E foi com muita força. Devia ter sido possível cavar e retirar o homem a tempo. Mas você deu prioridade a Kaja, não foi?

— Bem, acho que Kolkka tinha razão. — Ele despejou o resto do café na neve. — É preciso escolher de que lado ficar.

Às três encontraram as marcas deixadas pela motoneve, a 1 quilômetro do local da avalanche, entre duas rochas em forma de presas, onde o vento não chegava.

— Parece que ele deu uma parada aqui — refletiu Harry, apontando para as marcas deixadas pela banda de rodagem da esteira. — A motoneve teve tempo de afundar na neve.

Ele passou o dedo ao longo do rastro do esqui esquerdo enquanto Bellman varria a neve suave e seca ao redor da pegada.

— É isso mesmo — emendou ele, apontando. — Virou aqui e continuou em direção a noroeste.

— Estamos chegando mais perto dos precipícios, e a neve está ficando mais densa — comentou Harry, olhando para o céu e tirando o celular. — Temos que ligar para o hotel e pedir para enviar um guia numa motoneve. Droga!

— O quê?

— Estamos sem cobertura. Vamos ter que achar o caminho de volta para o hotel por conta própria.

Harry olhou para a tela. Ainda mostrava a ligação perdida daquele número vagamente familiar que tinha deixado aqueles sons na caixa postal. Os três últimos dígitos — onde foi que os havia visto?

E de repente lembrou. Memória de investigador. O número estava na pasta de "Ex-suspeitos", impresso num cartão de visita.

Com o nome de "Tony C. Leike, Empreendedor". Harry ergueu o olhar devagar e encarou Bellman.

— Leike está vivo.

— O quê?

— Pelo menos o telefone dele está. Leike tentou me ligar quando estávamos na cabana de Håvass.

Bellman devolveu o olhar de Harry sem piscar. Flocos de neve pousaram em seus longos cílios e as manchas brancas pareciam reluzir. Sua voz estava baixa, quase um sussurro:

— A visibilidade está ótima, não acha, Harry? E sequer um floco de neve no ar.

— Visibilidade excelente — concordou Harry. — E nem um maldito floco de neve.

E montou depressa de volta na motoneve.

Eles avançavam aos trancos e barrancos pela paisagem de neve, 100 metros por vez. Localizaram a rota provável da motoneve, varreram as marcas que deixavam com uma vassourinha, orientaram-se e continuaram em frente. Uma depressão na marca esquerda, provavelmente devido a um acidente, fez com que tivessem certeza de que seguiam a pista certa. Em alguns lugares, em pequenos declives ou em colinas varridas pelo vento, a marca estava visível e eles podiam avançar depressa. Mas não rápido demais, Harry havia tido que gritar duas vezes para alertar sobre precipícios e passaram perigosamente perto algumas vezes. Já eram quase quatro horas. Bellman ligava e desligava o farol da motoneve de acordo com a quantidade de neve caindo. Harry olhou o mapa. Não sabia exatamente onde estavam, apenas que se afastavam cada vez mais de Ustaoset. E que a luz do dia logo ia sumir. Um terço de Harry já começava a se preocupar com a volta. O que queria dizer que os dois terços majoritários não estavam nem aí.

Às quatro e meia perderam a pista.

A neve era tão densa que mal podiam ver um palmo à frente.

— Isso é loucura — gritou Harry sobre o rugido do motor. — Por que a gente não espera até amanhã?

Bellman se virou para ele e respondeu com um sorriso.

Às cinco reencontraram a marca.

Pararam e desceram da motoneve.

— Está indo naquela direção — avisou Bellman e voltou à motoneve. — Venha!

— Espere.

— Por quê? Vamos, já vai escurecer.

— Quando você gritou agora, não ouviu o eco?

— Já que você diz. — Bellman parou. — Despenhadeiro?

— Não há despenhadeiros no mapa — disse Harry e se virou para a mesma direção das marcas. — Desfiladeiro! — gritou. E obteve resposta. E bem rápida. Ele se virou de novo para Bellman.

— Acho que a motoneve que fez essas pegadas está bem ferrada.

— O que sei sobre Bellman? — repetiu Roger Gjendem para ganhar tempo. — Dizem que ele é muito competente e extremamente profissional. — O que exatamente o lendário redator Nordbø queria saber? — Ele sabe tudo, faz tudo direitinho — continuou Gjendem. — Aprende rápido, já sabe como lidar com o pessoal da imprensa. Um fenômeno. Bem, se é que você entende...

— A expressão é familiar — disse Bent Nordbø com um sorriso ácido, enquanto o polegar e o indicador direito esfregavam sem parar a lente com o lenço. — Mas na verdade estou mais interessado em saber se há alguma fofoca.

— Fofoca? — perguntou Gjendem, sem perceber que caiu no hábito antigo de deixar a boca aberta depois de falar.

— Espero que conheça o conceito, Gjendem. Já que é disso que você e seu empregador se sustentam. Então?

Gjendem hesitou

— Há fofocas e fofocas.

Nordbø revirou os olhos.

— Especulações. Invenções. Mentiras descaradas. Não estou preocupado com as delicadezas, Gjendem. Revire o saco de fofoca, bota para fora o que for ruim.

— Coi... coisas negativas, então?

Nordbø suspirou profundamente.

— Meu querido Gjendem. Quando você ouve fofocas sobre a sobriedade das pessoas, a generosidade financeira, a lealdade ao cônjuge e o estilo de liderança saudável? Será que é assim porque a função da fofoca é de nos alegrar por nos colocar numa posição melhor? — Nordbø terminou uma lente e começou a esfregar a outra.

— Há uma fofoca bastante duvidosa — comentou Gjendem e emendou depressa: — E conheço outras pessoas entre as quais circula a mesma conversa, e sei com certeza que definitivamente não é verdade.

— Como ex-redator-chefe, recomendo veementemente que elimine "com certeza" ou "definitivamente"; é uma tautologia — disse Nordbø.

— Definitivamente não é o quê?

— É. Ciumento.

— Não somos todos ciumentos?

— Violentamente ciumento.

— Ele espancou a mulher?

— Não, não acho que tenha posto a mão nela. Ou que teve motivos para tanto. Mas aqueles que olharam duas vezes para ela...

61

A Queda

Harry e Bellman estavam deitados de bruços na beira do precipício onde o rastro da motoneve acabava. Olhavam para baixo. Despenhadeiros íngremes e cortantes desapareciam por baixo deles no meio do redemoinho de neve, que já caía com mais força.

— Está vendo alguma coisa? — perguntou Bellman.

— Neve — respondeu Harry e estendeu o binóculo a ele.

— A motoneve está ali. — Bellman se levantou e deu alguns passos em direção ao veículo deles. — Vamos descer escalando.

— Nós?

— Você.

— Eu? Pensei que o alpinista aqui era você, Bellman.

— Correto — disse Bellman, que já havia começado a prender as cordas à cadeirinha. — Por isso faz mais sentido eu cuidar das cordas e da trava. A corda tem 70 metros. Vou baixar você até onde der. Ok?

Seis minutos mais tarde, Harry estava na beira com as costas para o precipício, o binóculo preso ao pescoço e um cigarro fumegante no canto da boca.

— Nervoso? — perguntou Bellman, sorrindo.

— Não — disse Harry. — Cagando de medo.

Bellman verificou que a corda corria solta pela trava, em volta do tronco da árvore e para a cadeirinha de Harry.

Harry fechou os olhos, respirou fundo e se concentrou em se inclinar para trás, reprimindo o protesto condicionado pela evolução, desenvolvido ao longo de milhões de anos de experiência, que diz que a espécie não pode sobreviver caso caia de um precipício.

A mente ganhou sobre o corpo com a menor margem possível.

Nos primeiros metros da descida, conseguiu apoiar os pés na rocha, mas, quando a parede começou a reentrar, ficou pendendo no ar. A corda foi liberada aos trancos, porém sua elasticidade suavizou a pressão contra as costas e as coxas. Depois, a corda vinha mais regular e, em seguida, Harry perdeu de vista o topo e estava sozinho, pairando entre os flocos brancos de neve e as escuras paredes rochosas.

Ele se inclinou para o lado e olhou para baixo. E lá, a 20 metros, vislumbrou pedras afiadas espichando entre a neve. Enormes pedras pontudas. E, em meio ao branco e ao preto, alguma coisa amarela.

— Estou vendo a motoneve! — gritou Harry, e o eco ricocheteou entre as paredes rochosas. O veículo estava virado, com os esquis no ar. Como ele e a corda não eram afetados pelo vento, calculou que a motoneve devia estar alguns metros adiante. Mais de 70 metros para baixo. Portanto, a motoneve devia estar indo bem devagar quando despencou.

De repente, a corda se retesou.

— Mais para baixo! — gritou Harry.

A resposta ressoante de cima parecia vir de um púlpito:

— Não há mais corda.

Harry olhou para a motoneve. Algo despontava por baixo dela, no lado esquerdo. Um braço nu. Preto, inchado, como uma salsicha esquecida na churrasqueira. A mão branca contra uma pedra preta. Ele tentou focar, forçando os olhos a ver melhor. Palma aberta, a mão direita. Dedos. Retorcidos, tortos. O cérebro de Harry rebobinou a fita. O que Tony Leike tinha dito sobre sua doença? Não era contagiosa, apenas hereditária. Artrite.

Harry olhou para o relógio. O reflexo de detetive. O morto encontrado às cinco e cinquenta e quatro. A escuridão já cobria as paredes das rochas lá embaixo.

— Para cima! — gritou Harry.

Nada aconteceu.

— Bellman?

Nenhuma resposta.

Um golpe de vento fez Harry girar na corda. Pedras negras. Vinte metros. E, de repente, sem aviso, sentiu o coração martelar e ele automaticamente agarrou a corda com as duas mãos para se assegurar de que ainda estava ali. Kaja. Bellman sabia.

Harry respirou fundo três vezes antes de gritar novamente:

— Está escurecendo, o vento está mais forte e eu estou congelando, Bellman. Está na hora de encontrar um abrigo.

Ainda sem resposta. Harry fechou os olhos. Estava com medo? Medo de que um colega aparentemente racional pudesse matá-lo por um capricho porque circunstâncias casuais eram propícias? Lógico que morria de medo. Porque não era um capricho. Não foi por acaso que Bellman esperou para adentrar aquele deserto congelado com Harry. Ou foi? Ele respirou fundo. Seria fácil para Bellman fazer parecer um acidente. Podia descer depois e remover a corda e a cadeirinha, argumentando que Harry havia caído no precipício na nevasca. Já sentia a garganta seca. Isso não estava acontecendo. Não tinha conseguido sair de uma maldita avalanche só para se deixar cair de um despenhadeiro 12 horas depois. Por outro policial. Isso não estava acontecendo, não...

A pressão da corda sumiu. Ele estava caindo. Queda livre. Veloz.

— O boato é que Bellman supostamente agrediu um colega — disse Gjendem. — Só porque o cara havia dançado vezes demais com ela na festa de Natal da polícia. O cara queria dar queixa por ter fraturado o maxilar e o crânio, mas não tinha provas, pois o agressor estava encapuzado. Mas todos sabiam que tinha sido Bellman. Os problemas se acumularam, por isso ele pediu transferência à Europol para se safar.

— Você acredita que há algo real nessas fofocas, Gjendem?

Roger deu de ombros.

— Parece que Bellman tem certa... bem, predileção por esse tipo de transgressão. Demos uma olhada na ficha de Jussi Kolkka depois da avalanche na cabana de Håvass. Ele espancou um estuprador durante as investigações. E Truls Berntsen, o capanga de Bellman, também não é exatamente flor que se cheire.

— Ótimo. Quero que cubra o duelo entre a Kripos e a Divisão de Homicídios sobre quem terá a responsabilidade principal da investigação de homicídios. Quero que solte algumas bombas. De preferência sobre certo estilo gerencial psicótico. É tudo. Aguardamos então a reação do ministro da Justiça.

Sem nenhum gesto ou palavras de despedida, Bent Nordbø colocou seus óculos devidamente limpos, abriu o jornal e retomou a leitura.

* * *

Harry não teve tempo de pensar. Não teve um único pensamento. Não viu sua vida passar diante de si, rostos de pessoas a quem devia ter dito que amava, nem se sentiu impelido a ir de encontro a alguma luz. Possivelmente porque não há tempo para isso numa queda de 5 metros. A cadeirinha de escalar apertou contra a virilha e as costas, mas a elasticidade da corda permitiu uma freada mais suave.

Então sentiu que estava sendo içado de novo. O vento soprou neve em seu rosto.

— Que merda foi essa? — perguntou Harry quando 15 minutos mais tarde estava na beira do precipício, balançando nos golpes do vento ao soltar a corda da cadeirinha.

— Ficou com medo, é? — Bellman sorriu.

Em vez de soltar a corda, Harry deu algumas voltas com ela na mão direita. Verificou que estava frouxa o bastante para erguer a mão e dar um soco no queixo dele, um belo gancho. A corda faria com que ele pudesse usar a mão no dia seguinte, o que não pôde fazer quando acertou Bjørn Holm e passou dois dias com ela doendo.

Harry deu um passo em direção a Bellman. Notou a expressão de surpresa do superintendente ao ver a corda em volta de sua mão, depois o observou recuar, cambalear e cair de costas na neve.

— Não! Eu... só tive que dar um nó na ponta da corda para que ela não passasse pela trava...

Harry continuou indo em sua direção, e Bellman — que estava encoberto pela neve — levantou automaticamente o braço para proteger o rosto.

— Harry! Houve... Houve um golpe de vento e eu escorreguei...

Harry parou e olhou surpreso para Bellman. Então passou pelo trêmulo superintendente, com passos pesados na neve.

O vento gelado atravessou a roupa externa, interna, a pele, a carne, os músculos, penetrando até os ossos. Harry pegou um bastão que estava preso à motoneve, procurou alguma roupa que pudesse amarrar na ponta, mas não achou nada, e sacrificar sua vestimenta estava fora de cogitação. Enfiou então o bastão na neve para marcar o lugar. Só Deus sabia quanto tempo iam levar para reencontrá-lo. Ele apertou a chave automática. Encontrou o botão dos faróis e ligou. E Harry viu de imediato. Viu pela neve que soprava de lado para dentro do cone de luz, formando uma parede branca e intransponível: que eles nunca conseguiriam sair daquele labirinto e voltar para Ustaoset.

62

Trânsito

Kim Erik Lokker era o funcionário mais jovem da Perícia Técnica. Consequentemente, recebia tarefas de caráter menos importante. Como ir de carro até a cidade de Drammen. Bjørn Holm havia mencionado que Bruun era homossexual, do tipo que gostava de flertar, mas que Kim Erik apenas entregaria as roupas e depois iria embora.

Quando a mulher do GPS declarou "*Você chegou ao seu destino*", ele se encontrou em frente a um pequeno prédio antigo. Estacionou, atravessou a entrada e subiu até a porta no terceiro andar com os nomes GEIR BRUUN/ADELE VETLESEN escritos num pedaço de papel, colado com dois pedaços de fita adesiva.

Kim Erik tocou a campainha uma vez, e outra, e ouviu finalmente o som de passos pesados chegando.

A porta foi aberta. O homem tinha apenas uma toalha presa na cintura. Era excepcionalmente branco e sua careca estava molhada, brilhando de suor.

— Geir Bruun? Esp... Espero não estar incomodando — desculpou-se Kim Erik Lokker e segurou o saco plástico à frente com o braço estendido.

— Sem problema, só estou dando uma trepada — disse ele com a voz afetada que Bjørn Holm imitara.

— O que é isso?

— As roupas que levamos emprestadas. Receio que vamos ter que ficar com as calças de esqui por mais um tempo.

— Sério?

Kim Erik ouviu a porta atrás de Geir Bruun ser aberta. E uma voz bem feminina piar:

— O que foi, meu amor?

— Só alguém entregando algo.

Uma figura se aninhou atrás de Geir Bruun. Ela nem havia se preocupado em pôr uma toalha, e Kim Erik constatou que aquela pequena
criatura era cem por cento mulher.

— Olá — saudou ela sobre o ombro de Geir Bruun. — Se terminou,
gostaria de tê-lo de volta. — Ela levantou um delicado pezinho e chutou.
O vidro da porta tremeu e ressoou um bom tempo depois que foi batida.

Harry parou o veículo e olhou para dentro da neve.

Havia algo ali.

Bellman estava com os braços em volta de Harry, a cabeça encostada
às costas dele para se proteger do vento.

Harry esperou. Observou.

Estava ali de novo.

Uma cabana. De toras entalhadas. E uma despensa externa.

Sumiu de novo, apagada pela neve, como se nunca houvesse existido.
Mas Harry sabia em que direção ela se encontrava.

Por que não acelerava de imediato para aquela direção, para se sal-
varem? Por que hesitou? Ele não sabia. Mas havia algo naquela cabana,
algo que tinha pressentido nos poucos segundos em que havia ficado visível. Alguma coisa com as janelas pretas, a sensação de estar observando
uma casa decididamente abandonada e, mesmo assim, habitada. Algo
que não era bom. E que o fez acelerar bem devagar, para que o vento
abafasse o som.

63

A Despensa

Harry pôs lenha no fogão de ferro.

Bellman estava sentado à mesa da sala, batendo os dentes. Suas manchas de pigmentação estavam com um tom azulado. Eles bateram à porta e gritaram no vento uivante durante algum tempo antes de quebrar a janela de um quarto vazio. Um quarto com a cama desarrumada e um cheiro que fez Harry pensar que alguém tinha dormido ali recentemente. Quase botou a mão nela para sentir se ainda estava quente. E, mesmo que a sala fosse parecer quente de qualquer forma — estavam com tanto frio —, Harry enfiou a mão no fogão para sentir se havia brasas quentes por baixo das cinzas. Mas não havia.

Bellman se sentou mais perto do fogão.

— Viu alguma coisa além da motoneve lá embaixo?

Foram as primeiras palavras que disse depois de correr atrás de Harry, gritando para ele não o abandonar, montando na motoneve atrás de Harry num só pulo.

— Um braço — respondeu Harry.

— O braço de quem?

— Como posso saber?

Harry se levantou e foi ao banheiro. Verificou o que tinha lá. O pouco que tinha. Um sabonete e um barbeador. Nenhuma escova de dente. Uma pessoa, um homem. Que não escovava os dentes ou tinha ido viajar. O chão estava úmido, mesmo ao longo do rodapé, como se alguém houvesse usado uma mangueira. Algo chamou sua atenção. Ele se agachou. Meio escondida atrás do rodapé havia uma coisa marrom e preta. Uma pedrinha? Harry a catou e a estudou. Com certeza não era lava. Ele a pôs no bolso.

Nas gavetas da cozinha encontrou café e pão. Ele apertou o pão. Relativamente fresco. Na geladeira havia um vidro de geleia, manteiga e duas garrafas de cerveja. Harry estava com tanta fome que pensou ter sentido cheiro de porco assado. Vasculhou os armários. Nada. Droga, será que o cara só comia pão com geleia? Encontrou um pacote de biscoito em cima de uma pilha de pratos. O mesmo tipo de prato que havia na cabana de Håvass. E os mesmos móveis. Será que essa também seria uma das cabanas de turistas? Harry parou. Não apenas imaginou, ele *sentiu* de fato cheiro de porco assado — corrigindo, porco *queimado*.

Ele voltou à sala.

— Está sentindo?

— O quê?

— O cheiro — disse Harry e se sentou de cócoras próximo ao fogão. Ao lado da porta, no alto-relevo de um veado, havia três pedacinhos pretos, não identificáveis, presos ao ferro do fogão, ainda fumegando.

— Encontrou alguma comida? — perguntou Bellman.

— Depende do que você chama de comida — respondeu Harry pensativo.

— Tem uma despensa no outro lado do quintal. Talvez...

— Em vez de "talvez", por que não vai dar uma olhada?

Bellman fez que sim, se levantou e saiu.

Harry foi até uma espécie de escrivaninha para ver se havia algo que pudesse usar para raspar os pedacinhos queimados. Abriu a gaveta de cima. Vazia. Abriu as outras, todas vazias. Exceto por uma folha de papel na última. Harry a tirou da gaveta. Não era uma folha, mas uma fotografia virada para baixo. A primeira coisa que estranhou foi o fato de haver uma foto de família numa cabana de turistas. Tinha sido tirada no verão, diante de uma pequena casa de fazenda. Uma mulher e um homem estavam no topo da escada da entrada, com um menino entre eles. A mulher usava um vestido azul, lenço na cabeça, sem maquiagem e tinha um sorriso cansado. O homem estava com a boca apertada numa expressão severa e o rosto fechado típico de homens constrangidos que parecem estar escondendo um segredo sombrio. Mas foi o menino no meio que mais chamou a atenção de Harry. Era parecido com a mãe, o mesmo sorriso largo e aberto, e olhar gentil. Porém era também parecido com outra pessoa. Aqueles grandes dentes brancos...

Harry foi até o fogão; de repente começou a sentir frio de novo. O cheiro forte de fumaça de carne de porco... Ele fechou os olhos e se concentrou em respirar pelo nariz, fundo e com calma, algumas vezes, porém mesmo assim sentiu náusea.

No mesmo instante, Bellman entrou pisando forte, com um largo sorriso nos lábios.

— Espero que goste de carne de veado.

Harry acordou, se perguntando o que o tinha despertado. Um ruído? Ou a falta de um ruído? Ele notou que a sala estava num silêncio total, e que havia parado de nevar. Jogou o cobertor de lado e se levantou do sofá.

Foi até a janela e olhou para fora. Era como se alguém tivesse passado uma varinha mágica sobre a paisagem. O que seis horas antes tinha sido um deserto branco, duro e implacável, agora estava suave e materno, quase belo ao luar cativante. Harry se viu procurando passos na neve. Certamente fora acordado por um ruído. Podia ter sido qualquer coisa. Um pássaro. Um bicho. Ele ficou quieto e ouviu o roncar leve atrás da porta do quarto. Então não podia ter sido Bellman que havia levantado. Seu olhar seguiu as pegadas que iam da casa à despensa. Ou da despensa à casa? Ou as duas coisas, havia várias. Podiam ter sido as pegadas de Bellman de seis horas antes? A que horas havia parado de nevar?

Harry calçou as botas, saiu e olhou em direção ao banheiro externo. Nenhuma pegada naquela direção. Ele virou as costas para a despensa e urinou na parede da cabana. Por que os homens faziam aquilo, por que tinham que urinar *em* alguma coisa? Os restos de um instinto de demarcação de território? Ou... Harry percebeu que não havia nada importante com o lugar onde urinava, mas para onde havia virado as costas. A despensa. Tinha a sensação de que o observavam de lá. Ele fechou o zíper, se virou e olhou para o lugar. Então, se aproximou. Agarrou a pá ao passar a motoneve. O plano era entrar de uma vez, mas, em vez disso, ficou parado na frente da escada de pedras que levava à porta baixa. Ficou quieto. Nada. O que estava fazendo? Não havia ninguém ali. Subiu a escada, tentou levantar a mão e agarrar a maçaneta, mas a mão não quis obedecer. O que estava acontecendo? Seu coração batia com tanta força que doía no peito a ponto de explodir. Suava, e seu corpo se recusava a obedecer a ordens. E, aos poucos, Harry se lembrou de que era exatamente como descreviam. Um ataque de pânico. Foi a raiva que o salvou. Ele deu um chute violento na porta e mergulhou no escuro. Um forte cheiro de ranço, carne defumada e sangue seco. Algo se mexeu na faixa de luar e um par de olhos brilhou no escuro. Harry brandiu a pá. E acertou. Ouviu o surdo ruído de carne e sentiu algo ceder. A porta atrás dele abriu, deixando a luz da lua entrar. Harry olhou para o veado morto pendendo na sua frente. Para as outras carcaças de animais. Ele soltou a pá e caiu de joelhos. Então, veio tudo de uma vez. A parede que rachou, a neve que o engoliu vivo, o pânico por não conseguir respirar, o longo grito de puro pavor na queda sobre as rochas pretas lá embaixo. Estava tão só. Porque todos tinham ido embora. O pai estava em coma, em trânsito. E Rakel e Oleg eram silhuetas à luz de um aeroporto, também em trânsito. Harry queria voltar. Voltar para o quarto onde pingava. Às paredes sólidas, úmidas. O colchão cheio de suor e a fumaça doce que o transportava para onde eles estavam. Em trânsito. Harry baixou a cabeça e sentiu lágrimas quentes escorrerem pelo rosto.

Imprimi uma foto de Jussi Kolkka tirada do jornal Dagbladet *on-line e prendi na parede ao lado das outras. Não havia uma palavra sobre Harry Hole no noticiário nem sobre os outros policiais que estavam lá. Para não mencionar Iska Peller. Foi um blefe? Pelo menos estão tentando. E agora há um policial morto. Vão se esforçar mais.* PRECISAM *se esforçar mais. Está me ouvindo, Hole? Não? Devia. Estou tão perto que eu poderia sussurrar essas palavras no seu ouvido.*

Parte 7

64

Estado de Saúde

O estado de Olav Hole continuava o mesmo, havia informado o Dr. Abel.

Harry ficou ao lado da cama, olhando a imagem inalterada do pai enquanto um monitor tocava seu canto de bipe-bipe. Sigurd Altman entrou, cumprimentou-o e anotou os números mostrados na tela num bloco de papel.

— Na verdade, estou aqui para visitar Kaja Solness — respondeu Harry ao se levantar. — Mas não sei em que ala ela está. Você poderia...?

— Sua colega que foi trazida de helicóptero alguns dias atrás? Ela está na UTI. Só até ficarem prontos os resultados dos exames. Ela ficou muito tempo soterrada na neve. Quando mencionaram a cabana de Håvass, presumi que ela fosse a testemunha de Sydney da qual falaram no rádio.

— Não acredite em tudo que ouve, Altman. Enquanto Kaja estava soterrada, a mulher australiana estava quente e segura em Bristol, sob proteção policial e com um excelente serviço de quarto.

— Espere. — Altman fitou Harry. — Você também esteve soterrado na neve?

— Por que acha isso?

— Pelo passo desequilibrado que deu agora. Sente tontura?

Harry deu de ombros.

— Confuso?

— Constantemente — respondeu Harry.

Altman sorriu.

— Você inalou CO_2 demais. O corpo se livra dele depressa ao receber oxigênio, mas você devia fazer um exame de sangue para ver os níveis de dióxido de carbono na sua circulação.

— Não, obrigado — disse Harry. — Como esse aqui está indo? — Ele apontou para a cama.

— O que diz o médico?

— Sem alteração. Estou perguntando a você.

— Não sou médico, Harry.

— E por isso não precisa responder como se fosse. Só uma estimativa.

— Não posso...

— Fica entre nós dois.

Sigurd Altman olhou para Harry. Ia dizer algo. Mudou de ideia. Mordeu o lábio inferior.

— Dias.

— Nem semanas?

Altman não respondeu.

— Obrigado, Sigurd — agradeceu Harry e foi até a porta.

O rosto de Kaja estava pálido e belo no travesseiro. Como uma flor num herbário, pensou Harry. A mão estava pequena e fria na dele. Na mesinha havia o jornal *Aftenposten* do dia com a manchete sobre a avalanche na cabana de Håvass. Descrevia a trágica avalanche, citando Mikael Bellman, que disse ser uma grande perda a morte do policial Kolkka ao tentar proteger Iska Peller. Mas que estava contente que a testemunha tinha sido salva e estava em segurança.

— Então, a avalanche foi provocada por uma dinamite? — perguntou Kaja.

— Sem dúvida — respondeu Harry.

— E você e Mikael cooperaram bem lá na montanha?

— É verdade. — Harry se virou para protegê-la do ataque de tosse.

— Soube que encontraram uma motoneve no fundo de um despenhadeiro. Possivelmente com um corpo por baixo.

— Foi. Bellman ficou em Ustaoset para voltar ao local com o delegado de lá.

— Krongli?

— Não, ele não foi localizado. Mas o seu substituto, Roy Stille, parece ser competente. Só que vão ter uma tarefa e tanto. A gente mal sabia onde estava, a neve já cobriu tudo, e naquela paisagem... — Harry balançou a cabeça.

— Alguma ideia de quem seja o morto?

Harry deu de ombros.

— Ficaria surpreso se não for Tony Leike.

Kaja virou a cabeça no travesseiro.

— Sério?

— Ainda não contei a ninguém, mas vi os dedos do corpo.

— E o que têm eles?

— Eram retorcidos. Tony Leike tinha artrite.

— Você acha que foi ele que provocou a avalanche? E depois despencou no precipício no escuro?

Harry fez que não.

— Tony me contou que conhecia a montanha como ninguém; era seu território. O dia estava claro, e a motoneve seguia em baixa velocidade, e estava apenas a 3 metros de onde caiu. E tinha um braço chamuscado que não foi causado por dinamite. E a motoneve não estava queimada.

— O que...?

— Acho que Tony Leike foi torturado, morto e depois largado junto com a motoneve para a gente não achar o corpo.

Kaja fez uma careta.

Harry esfregou o dedo mínimo. Talvez tivesse ficado com ulceração pelo frio.

— O que você acha desse Krongli?

— Krongli? — Kaja pensou um pouco. — Se for verdade que ele tentou estuprar Charlotte Lolles, ele nunca deveria ter se tornado policial.

— Ele espancava a mulher também.

— Não me surpreende.

— Não?

Harry olhou para ela.

— Há algo que não tenha me contado?

Kaja deu de ombros.

— Ele é um colega, e pensei que apenas estivesse bêbado, nada que eu gostaria de espalhar. Mas, sim, tive uma visão do seu outro lado. Ele foi até a minha casa e insistiu de forma bastante persistente que a gente deveria ficar mais próximo um do outro.

— Mas?

— Mikael estava lá.

Harry sentiu um espasmo em algum lugar.

Kaja se alçou para cima na cama.

— Você não acha seriamente que Krongli pode ter...

— Não sei. Só sei que quem provocou a avalanche devia conhecer bem a área. Krongli tem uma ligação com as pessoas que estiveram em Håvass. Além do mais, antes de ser morto, Elias Skog disse que tinha visto algo que parecia um estupro na cabana. Aslak Krongli parece ser do tipo que fica violento.

"E tem a avalanche. Se você quisesse matar uma mulher que pensou estar sozinha com um investigador armado numa cabana em cima da montanha, como ia fazer? Provocar uma avalanche não dá necessariamente resultados garantidos. Então, por que não fazer isso de modo simples e seguro; pegar a arma favorita e ir até a cabana? Porque ele sabia que Iska Peller e o investigador não estavam sozinhos. Sabia que a gente estava à espera dele. Por isso, chegou furtivamente e atacou da única maneira que permitiria a ele escapar depois. Estamos falando de uma pessoa bem-informada. Que conhecia nossas teorias sobre a cabana de Håvass e entendeu a situação quando ouviu a gente usar o nome de uma das testemunhas durante uma coletiva de imprensa. O delegado local de Ustaoset..."

— Geilo — corrigiu Kaja.

— Certamente, Krongli recebeu o pedido urgente da Kripos requerendo permissão para pousar o helicóptero policial no parque nacional aquela noite. Ele deve ter feito a ligação.

— Então também deve ter percebido que Iska Peller não estava lá e que a gente não ia colocar em risco uma testemunha — disse Kaja. — Por isso é estranho que não tenha ficado bem longe.

Harry fez que sim.

— Bom argumento, Kaja. Concordo, não acho que Krongli por um segundo sequer acreditou que Peller estivesse na cabana. Acho que a avalanche foi uma continuação do que anda fazendo há algum tempo.

— E o que seria?

— Brincar com a gente.

— Brincar?

— Recebi uma ligação do celular de Tony Leike quando estávamos na cabana de Håvass. Tony registrou meu número na sua lista de contatos, e tenho quase certeza de que não foi ele quem me ligou. O problema é que o cara que ligou não desligou rápido o bastante; a caixa postal começou a gravar e consegui ouvir um segundo antes da conexão ser cortada. Não tenho certeza, mas para mim pareceu uma risada.

— Uma risada?

— A risada de alguém que está se divertindo. Porque acabou de ouvir minha mensagem gravada, dizendo que estava fora da área de cobertura por alguns dias. Suponhamos que tenha sido Aslak Krongli que tivesse acabado de confirmar sua suspeita de que eu estava na cabana, aguardando o assassino.

Harry se calou e olhou para o vazio, pensativo.

— Então? — perguntou Kaja depois de um tempo.

— Só queria saber como soava minha teoria quando dita em voz alta — emendou Harry.

— E?

Ele se levantou.

— Na verdade, soa meio besta. Mas vou verificar os álibis de Krongli nos dias dos assassinatos. A gente se fala.

— Truls Berntsen?

— Ele mesmo.

— Roger Gjendem do *Aftenposten*. Você teria um tempo para responder algumas perguntas?

— Depende. Se for para me encher o saco sobre Jussi, seria melhor falar com...

— Não se trata de Jussi Kolkka. Aliás, sinto muito.

— Está bem.

Roger estava em seu escritório na torre dos Correios com as pernas na mesa, olhando os prédios baixos que constituíam a Central Ferroviária de Oslo e a Ópera, que estava prestes a ser inaugurada. Após a conversa com Bent Nordbø no bar Stopp Pressen, ele tinha passado o dia inteiro — e parte da noite — investigando a vida de Mikael Bellman. Além dos rumores sobre o espancamento do policial interino na delegacia de Stovner, não havia muitos fatos concretos. Mas, como jornalista policial, Roger Gjendem ao longo dos anos montara um leque de fontes fixas e confiáveis, que dedurariam a avó pelo preço de uma garrafa de destilado ou um pacote de cigarros. E três deles moravam em Manglerud. Após algumas ligações, descobriu que todos os três cresceram lá também. Talvez fosse verdade o que ouviu dizer, que ninguém se muda de Manglerud. Ou para lá.

Aparentemente havia poucos segredos naquele meio, pois os três se lembravam de Mikael Bellman. Em parte por ele ter sido um policial babaca na delegacia de Stovner. Mas principalmente por ele ter transado com a mulher de Julle enquanto o cara cumpria uma antiga pena de um ano por drogas, inicialmente suspensa, mas alterada após alguém dedurá-lo por roubar gasolina no posto de Mortensrud. A mulher era Ulla Swart, a mais fina de Manglerud e um ano mais velha que Bellman. Depois de Julle ter cumprido pena e saído da prisão, tendo prometido a torto e a direito que ia cuidar de Bellman, dois caras o esperavam na garagem quando ele voltou para casa para pegar sua Kawasaki. Usavam máscaras e o espancaram com violência com barras de ferro, prometendo que repetiriam a dose se ele tocasse em Bellman ou Ulla. Os rumores diziam que nenhum dos dois era Bellman. Mas um era o cara que chamavam de Beavis, eterno lacaio de Bellman. Essa era a única carta na manga que Roger Gjendem tinha quando ligou para Truls "Beavis" Berntsen. Mais um motivo para fingir ter quatro ases na mão.

— Só queria perguntar se tem alguma verdade na alegação de que você, instruído por Bellman, espancou Stanislav Hesse, o policial interino que cuidava da folha de pagamento da delegacia de Stovner.

Silêncio ensurdecedor no outro lado.

Roger pigarreou:

— Então?

— É uma mentira deslavada.

— Que parte?

— Nunca recebi nenhuma instrução de Mikael para fazer aquilo. Todo mundo viu que aquele maldito polonês cantava a mulher dele, qualquer um pode ter decidido dar uma prensa no cara.

Roger Gjendem estava inclinado a acreditar na primeira parte, sobre a instrução. Mas não do resto, sobre "qualquer um". Nenhum dos colegas anteriores de Stovner com quem Roger havia conversado teve algo realmente negativo a dizer sobre Bellman, mas transpareceu que Bellman não era benquisto, não era um homem pelo qual teriam posto a mão no fogo. Exceto um.

— Obrigado, era só isso — concluiu Roger Gjendem

* * *

Assim que Roger Gjendem guardou seu telefone, Harry pegou o celular do bolso da jaqueta e atendeu.

— Alô?

— Quem fala é Bjørn Holm.

— Eu sei.

— Meu Deus. Não pensei que você se desse ao trabalho de criar uma lista de contatos.

— Mas criei. Sinta-se honrado, Holm. Você é um dos quatro nomes da agenda.

— Que barulho é esse no fundo? Onde você está?

— Os jogadores estão torcendo porque acham que vão ganhar. Estou num hipódromo.

— O quê?

— Bombay Garden.

— Isso não é... Eles deixaram *você* entrar?

— Sou sócio. O que você quer?

— Jesus, você está apostando em cavalos, Harry? Não aprendeu *nada* em Hong Kong?

— Relaxa, estou aqui para saber de Aslak Krongli. De acordo com a delegacia, ele estava em viagem a serviço em Oslo quando Charlotte e Borgny foram mortas. Nada de tão estranho, já que ele costuma passar muito tempo em Oslo. E acabei de descobrir o motivo.

— Bombay Garden?

— Exato. Aslak Krongli tem certo problema com jogos de azar. É que consegui verificar as compras do cartão de crédito dele no sistema de dados aqui. Com horário e tudo. Krongli passou o cartão várias vezes, e os horários confirmam o álibi. Infelizmente.

— Ok. E eles têm o computador com os dados de contabilidade na mesma sala que a pista de corrida?

— Hein? Estão na chegada final, você precisa falar mais alto!

— Eles têm... Esquece. Estou ligando para dizer que temos amostra de sêmen das calças de esqui que Adele Vetlesen usava em Håvass.

— O quê? Está brincando. Isso quer dizer...

— Que podemos ter o DNA do oitavo hóspede em breve. Se o sêmen for dele. E a única maneira de termos certeza é excluir os outros homens que estiveram na cabana.

— Precisamos do DNA deles.

— Certo — disse Bjørn Holm. — Elias Skog está ok, já temos o DNA dele. O de Tony Leike é mais difícil. Seria fácil achar na casa dele, mas para isso precisamos de um mandado de busca. E, depois de tudo que aconteceu da última vez, não vai ser nada fácil.

— Deixa comigo — emendou Harry. — Também seria bom ter a impressão genética de Krongli. Mesmo que não tenha matado Charlotte ou Borgny, ele pode ter estuprado Adele.

— Está bem, mas como vamos conseguir?

— Como policial, ele deve ter estado em alguma cena de crime — explicou Harry e não precisou finalizar o raciocínio. Bjørn Holm já havia entendido. Para evitar confusão e trocas de identidades, era rotina tirar impressões digitais e amostras de DNA de todos os policiais que tivessem estado numa cena de crime e que potencialmente pudessem ter contaminado o local.

— Vou checar a base de dados.

— Bom trabalho, Bjørn.

— Espera. Tem mais. Você pediu para fazer outra busca pelo uniforme de enfermeira. Encontramos. E as calças têm manchas de PSG. E chequei: há uma fábrica de PSG fechada em Oslo, lá em Nydalen. Se estiver fechada e o oitavo homem traçou Adele lá, talvez a gente ainda encontre sêmen no local.

— Humm. Traçada em Nydalen e fodida na cabana de Håvass. O oitavo homem pode ter feito sua rota de escape fodendo. Você disse PSG. É da fábrica Kadok?

— É, como... ?

— O pai de um amigo trabalhava lá.

— Repita, tem um barulho infernal no seu lado.

— Estão passando pela linha de chegada. A gente se fala.

Harry pôs o celular no bolso da jaqueta, girou a cadeira para não ter que ver os tristes rostos dos perdedores em torno do hipódromo de feltro, preferindo o sorriso do crupiê.

— Palabéns outla vez, Hally!

Harry se levantou, vestiu a jaqueta e olhou para a nota que o vietnamita estendeu para ele. Com o retrato de Edvard Munch. Mil coroas.

— Muita solte — disse Harry. — Aposte-a no cavalo verde na próxima corrida. Venho pegar o dinheiro outro dia, Duc.

* * *

Lene Galtung estava na sala, olhando para o reflexo duplo no vidro duplo. Seu iPod tocava Tracy Chapman. "Fast Car". Ela podia ouvir essa música sem parar, sem nunca se cansar dela. Falava sobre uma garota pobre que queria fugir de tudo, queria se sentar no carro veloz do namorado e deixar a vida que tinha para trás; o emprego no caixa do supermercado, a responsabilidade por seu papai ser alcoólico, perder as estribeiras. Não podia ser mais distante da vida de Lene; todavia a música era sobre ela. Sobre a Lene que ela podia ter sido. A Lene que no fundo era. Uma das duas moças que via no reflexo duplo. A mais comum e apagada. Em todos os anos na escola, ela morria de medo de que a porta da sala se abrisse de repente e alguém entrasse, apontando um dedo para ela, dizendo que agora, agora pegamos você, tire suas roupas de grife. Depois iam jogar uns trapos para ela, dizendo que agora todos veriam quem ela era de verdade, a filha bastarda. Ano após ano havia ficado ali, escondida, quieta como um ratinho, vigiando a porta, esperando. Tinha prestado atenção às amigas, tentando captar os sinais que pudessem entregá-la. A timidez, o medo, a defesa que construíra pareciam arrogância aos outros. E ela sabia que exagerava seu papel de rica, bem-sucedida, mimada e despreocupada. Não era nem um pouco bonita e radiante como as outras garotas de seu círculo, aquelas que podiam entoar "Não faço a mínima ideia", com um sorriso autoconfiante, convencidas de que aquilo que não sabiam de modo algum pudesse ser muito importante, e que, de qualquer maneira, o mundo não ia exigir nada delas além de serem bonitas. Por isso, precisava fingir. Que era bonita. Radiante. Acima de tudo. Mas estava tão cansada daquilo. Só queria se sentar no carro de Tony e pedir para ele levá-la embora de tudo. Levá-la a um lugar onde pudesse ser a verdadeira Lene e não essas duas personagens falsas que se odiavam. Como na música de Tracy Chapman, juntos, ela e Tony podiam encontrar aquele lugar.

O reflexo no vidro se moveu. Lene se sobressaltou quando percebeu que o rosto não era seu. Ela não a tinha ouvido entrar. Lene se endireitou e tirou os fones de ouvido.

— Coloque a bandeja com o café ali, Nanna.

A mulher hesitou.

— Você devia esquecê-lo, Lene.

— Para!

— Só estou avisando. Ele não vai ser um homem bom para você.

— Para, já disse!

— Shhh! — A mulher pôs a bandeja na mesa com força, fazendo-a retinir. Seus olhos turquesa lampejaram. — É preciso ser sensata, Lene. Sempre quando necessário, tivemos que agir assim nessa casa. Só estou te dizendo isso como sua...

— Como minha o quê? — bufou Lene. — Olhe para você. O que poderia ser para mim?

A mulher passou as mãos sobre o avental branco, tentou pôr uma das mãos no rosto de Lene, mas ela a afastou. A mulher deu um suspiro que parecia uma gota d'água caindo num poço. Então, virou-se e saiu. Quando a porta se fechou, o celular preto de Lene tocou. Ela sentiu o coração acelerar. Desde que Tony tinha desaparecido, o celular esteve sempre ligado e à mão. Ela o agarrou.

— Lene Galtung.

— Harry Hole, Divisão de Homicídios... Quero dizer, Kripos. Sinto muito incomodar, mas preciso da sua ajuda num assunto. É sobre Tony.

Lene sentiu a voz fugir do controle ao responder:

— Acon... Aconteceu alguma coisa?

— Estamos procurando uma pessoa que suspeitamos ter morrido de uma queda na montanha perto de Ustaoset...

Ela se sentiu tonta; o chão estava se erguendo, e o teto, caindo.

— Ainda não encontramos o corpo. Nevou muito e a área de busca é extensa e extremamente perigosa. Está me ouvindo?

— Est... Estou.

A voz do policial, um tanto rouca, continuou:

— Quando o corpo for encontrado, vamos tentar identificá-lo o mais rápido possível. Mas pode haver grandes queimaduras. Por isso, estamos desde já precisando do DNA de qualquer pessoa que poderia ser a falecida. E como Tony está desaparecido...

Parecia que o coração de Lene queria subir pela garganta e saltar da boca. A voz do outro lado continuou a lenga-lenga:

— Por isso, gostaria de saber se você poderia ajudar um dos nossos peritos técnicos a providenciar material de DNA da casa de Tony.

— Q... Que tipo de material?

— Um fio de cabelo, saliva na escova de dente, eles sabem do que precisam. O importante é que você, como noiva dele, dê a permissão, comparecendo na frente da casa dele com a chave.

— Cla... Claro.

— Muito obrigado. Então vou mandar um perito para Holmenveien imediatamente.

Lene desligou. Sentiu o choro vir. Colocou de volta os fones de ouvido do iPod.

Tracy Chapman estava cantando a última estrofe, sobre pegar um carro veloz e ir embora para aquele lugar. Então, a música acabou. Ela apertou "repetir".

65

Kadok

O bairro Nydalen era a própria imagem da desindustrialização de Oslo. As fábricas que não foram demolidas — dando lugar a prédios comerciais com design elegante em vidro e aço — tinham sido convertidas em enormes estúdios de TV, restaurantes e grandes ambientes abertos, com tijolos, encanamentos de ventilação e água à mostra.

Os últimos eram frequentemente alugados por agências de publicidade que queriam mostrar que pensavam de modo não tradicional, achando que a criatividade florescia tão bem em ambientes industriais baratos como nos escritórios caros e centrais de seus concorrentes bem-estabelecidos. Mas o valor dos escritórios em Nydalen era pelo menos o mesmo, visto que as agências em geral pensam de maneira tradicional. Isto é, seguem a moda e elevam os preços para o que estiver na moda.

Entretanto os proprietários do lote da fábrica fechada da Kadok não participaram dessa bonança. Quando a fábrica finalmente foi desativada havia 14 anos, após anos de perdas e dumping de PSG na China, os herdeiros do fundador se engalfinharam. E, enquanto brigavam sobre quem ia ficar com o que, a construção, isolada por cercas ao oeste do rio Akerselva, deteriorou-se. Mato e árvores decíduas cresceram livremente, e aos poucos esconderam a fábrica das imediações.

Após levar tudo isso em conta, Harry estranhou o grande cadeado no portão ser tão novo.

— Pode cortar — informou ele ao policial ao seu lado.

As lâminas do enorme alicate passaram pelo metal como se fosse manteiga, e o cadeado foi cortado com a mesma rapidez que Harry levara para conseguir um mandado de busca. O promotor da Kripos parecia ter coisas mais importantes a fazer do que emitir mandados, e Harry mal havia terminado de falar até tê-lo devidamente assinado na mão. E ele tinha pensado consigo mesmo que seria bom se também possuíssem alguns advogados estressados e negligentes na Divisão de Homicídios.

O sol baixo da tarde reluziu nos cacos de vidros quebrados no alto das paredes de tijolo. O lugar era desolado, do tipo que só se encontra em fábricas fechadas, onde tudo que se vê foi construído para uma atividade agitada e eficaz, mas não há mais ninguém ali. Onde o eco de ferro contra ferro, de gritos, palavrões e risos de homens suados abafando as máquinas ainda reverbera silenciosamente entre as paredes, e o vento sopra através das janelas quebradas, pretas de fuligem, fazendo as teias de aranha e as carcaças de insetos mortos tremerem.

Não havia cadeado na grande porta que dava para o galpão da fábrica. Os cinco homens passaram por uma área retangular com acústica de igreja, que dava mais a impressão de uma evacuação do que de fechamento; ferramentas de trabalho ainda estavam espalhadas, um pallete carregado com baldes brancos marcados PSG TIPO 3 estava pronto para ser despachado, um macacão azul jazia largado sobre o encosto de uma cadeira.

Pararam no meio do galpão. Num canto havia uma espécie de quiosque, no formato de um farol, erguido 1 metro acima do piso. A sala do gerente, pensou Harry. No alto das paredes passava uma galeria em volta do galpão todo, que numa ponta levava a um mezanino com salas próprias. Harry supôs que fossem a copa e os escritórios administrativos.

— Por onde começamos? — perguntou Harry.

— No lugar de sempre — respondeu Bjørn Holm e olhou em torno. — No alto do canto esquerdo.

— O que estamos procurando?

— Uma mesa, um banco com PSG azul. A mancha na parte de trás das calças havia sido esfregada um pouco para dentro do bolso de trás, então ela deve ter sentado em algo... Quero dizer, ela não estava deitada.

— Se vocês vão começar aqui embaixo, vou subir com o policial. Vou levar o alicate — avisou Harry.

— Ah, é?

— Para abrir as portas para vocês, os peritos. Prometemos não encher o lugar de sêmen.

— Muito engraçado. Não...

— Toque em nada.

Harry e o policial, que ele chamava de "policial" pelo simples motivo de ter esquecido seu nome dois segundos depois de ouvi-lo, subiram por uma escada em caracol, fazendo cantar os degraus de ferro. As portas que encontraram estavam destrancadas, e, como Harry havia imaginado, eram escritórios dos quais os móveis foram removidos. Um vestiário com fileiras de armários de ferro. Um grande chuveiro comunitário. Mas nenhuma mancha azul.

— O que você acha que é aquilo? — perguntou Harry, no meio da copa. Ele apontou para uma porta estreita com cadeado ao fundo.

— A despensa — respondeu o policial, já de saída.

— Espere!

Harry foi até a porta. Arranhou com a unha a fechadura aparentemente enferrujada. Era ferrugem de verdade. Ele virou o cadeado e olhou para o cilindro. Não tinha ferrugem.

— Pode cortar — avisou Harry.

O outro fez como foi mandado, e Harry abriu a porta.

O policial estalou a língua.

— Só uma porta secreta — disse Harry.

Não havia despensa nem era uma sala, mas outra porta. Equipada com algo que parecia uma sólida fechadura.

O policial deitou o alicate no chão.

Harry passou os olhos pelo local e logo encontrou o que procurava. Um grande extintor de incêndio vermelho, bastante chamativo, preso no meio da parede da copa. Não foi Øystein que uma vez havia dito algo a respeito? Que o material que produziam onde seu pai trabalhava era tão inflamável que foram instruídos a fumar perto do rio. Para onde deviam jogar as pontas dos cigarros.

Ele retirou o extintor da parede e o levou até a porta. Deu dois passos para trás, correu para a frente, mirou e jogou o cilindro metálico na porta, como um aríete.

A porta rachou em torno da fechadura, mas continuou presa ao batente.

Harry repetiu o ataque. Lascas de madeira voaram para todo lado.

— O que diabos está acontecendo? — Ouviu Bjørn gritar lá de baixo.

Na terceira tentativa, a porta soltou um ruído resignado e abriu. Ambos olharam para um vazio escuro como breu.

— Posso usar sua lanterna? — Harry pediu ao policial ao largar o extintor e enxugar o suor. — Obrigado. Espere aqui.

Harry entrou na sala. Havia cheiro de amoníaco. Passou a luz da lanterna pelas paredes. A sala — que imaginou ter 9 metros quadrados — não tinha janelas. O facho de luz passou sobre uma cadeira preta dobrável, uma mesa com uma lâmpada e um monitor de computador da Dell. O teclado estava relativamente pouco gasto. A mesa estava arrumada, feita de madeira clara, sem manchas azuis. No cesto de lixo havia tiras de papel, como se alguém houvesse recortado fotos. E um exemplar do *Dagbladet*, do qual de fato algo tinha sido recortado da primeira página. Harry leu a manchete em cima do quadrado vazio e sabia que estavam no lugar certo. Chegaram. Esse era o lugar.

— MORTO EM AVALANCHE —

Instintivamente, Harry direcionou a luz para cima, para a parede sobre a mesa, passando por algumas manchas azuis. E lá estavam.

Todos.

Marit Olsen, Charlotte Lolles, Borgny Stem-Myhre, Adele Vetlesen, Elias Skog, Jussi Kolkka. E Tony Leike.

Harry se concentrou em respirar pelo diafragma. Em absorver a informação aos poucos. As fotos eram recortes de jornais ou foram impressas em folhas de papel, provavelmente de notícias da internet. Exceto a foto de Adele. Seu coração batia tão forte quanto um bumbo ao mandar mais sangue a seu cérebro. A foto era em papel fotográfico e tão granulada que Harry supôs ter sido tirada com uma teleobjetiva e depois aumentada. Mostrava uma janela lateral de um carro, o perfil de Adele no banco da frente, de onde o plástico não tinha sido removido, e havia algo sobressaindo de seu pescoço. Uma faca grande com um cabo amarelo brilhante. Harry forçou seu olhar a ir adiante. Por baixo das fotos havia uma fileira de cartas, também impressas de um computador. Harry passou os olhos sobre o texto inicial de uma:

É MUITO SIMPLES. EU SEI QUEM VOCÊ MATOU.
VOCÊ NÃO SABE QUEM EU SOU, MAS SABE O QUE QUERO.
DINHEIRO. SE VOCÊ NÃO PAGAR, OS POLICIAIS VÃO VIR. SIMPLES, NÃO É?

O texto continuava, mas o final da carta chamou sua atenção. Não havia nome, nenhuma assinatura. O policial estava à porta. Harry ouviu sua mão tatear a parede enquanto murmurava:

— Deve haver um interruptor aqui em algum lugar.

Harry iluminou o teto azul, para quatro grandes tubos fluorescentes.

— Tem que ter — disse Harry e direcionou a lanterna para a parede, sobre várias manchas azuis, antes de a faixa de luz parar numa folha de papel à direita das fotos. Uma incipiente espécie de alarme tinha começado a disparar em sua mente. A folha estava rasgada na lateral e continha linhas e colunas onde havia anotações à mão. Mas com caligrafias diferentes.

— Aqui está — indicou o policial.

Por algum motivo, Harry pensou de repente na lâmpada da mesa. E no teto azul. E no cheiro de amoníaco. E entendeu no mesmo instante que o alarme em sua mente não era por causa da folha.

— Não... — começou Harry.

Tarde demais.

Tecnicamente, não era uma explosão, mas — como constaria no relatório que o chefe dos bombeiros assinaria no dia seguinte — um incêndio explosivo causado por uma faísca elétrica de fios acoplados a uma lata com gás amoníaco, que por sua vez incendiou o PSG pintado no teto inteiro e chapinhado na parede.

Harry arfou quando o oxigênio na sala foi sugado pelas labaredas, sentindo ao mesmo tempo um calor intenso na cabeça. Ele caiu automaticamente de joelhos e passou as mãos pelo cabelo para saber se estava queimando. Quando ergueu os olhos, as chamas vinham das paredes. Ele queria respirar, mas conseguiu resistir ao reflexo. Levantou-se e ficou em pé. A porta estava a apenas 2 metros dele, mas tinha que levar... Harry esticou a mão em direção à folha de papel. Para a folha perdida do livro de hóspedes da cabana de Håvass.

— Afaste-se! — O policial estava no vão da porta com o extintor por baixo do braço e a mangueira na mão. Como em câmera lenta, Harry observou o jato esguichar. Viu o jato marrom-dourado sair da mangueira e atingir a parede. O marrom devia ser branco; o líquido devia ser espuma. E Harry entendera, antes de olhar para as labaredas que se levantavam, berrando para ele de onde o líquido caía; antes de sentir a fisgada doce do cheiro de gasolina nas narinas; antes de ver as chamas seguindo o jato da gasolina até o policial que estava no vão da porta, com a alavanca ainda pressionada, em choque. Harry sabia por que o extintor de incêndio estava no meio da parede da copa, exposto, impossível de não ser visto, vermelho e novo, gritando para ser usado.

O ombro de Harry acertou o policial na altura da cintura, dobrando-o sobre o inspetor furioso, jogando-o para trás com Harry sobre si.

Fizeram algumas cadeiras voarem pelo espaço ao derraparem por baixo da mesa. O policial, já sem ar, gesticulava e apontava enquanto abria e fechava a boca como um peixe. Harry se virou. Envolto em chamas, o extintor vermelho ribombou e rolou em sua direção. A mangueira cuspia borracha derretida. Harry se levantou, agarrou o policial e o arrastou atrás de si até a porta, enquanto um cronômetro atemporal ressoava em sua cabeça. Ele empurrou o policial cambaleante porta afora, para a galeria, e o empurrou para o chão ao seu lado quando veio aquilo que o chefe dos bombeiros iria descrever no relatório como uma explosão, que estourou todas as janelas e incendiou a copa inteira.

A sala de recortes está em chamas. Está no noticiário. Você deve servir e proteger, Harry Hole, não demolir e destruir. Vai ter que pagar uma compensação. Senão, vou tirar algo importante de você. Em questão de segundos. Não faz ideia de como será fácil.

66

Após o Incêndio

A escuridão da noite havia chegado a Nydalen. Harry estava com um cobertor sobre os ombros e um grande copo de papelão na mão enquanto ele e Bjørn Holm assistiam aos bombeiros entrando e saindo às pressas com as últimas latas de PSG que restavam na fábrica Kadok.

— Quer dizer que ele tinha colocado fotos de todas as vítimas na parede? — perguntou Bjørn Holm.

— Isso mesmo — confirmou Harry. — Exceto a prostituta de Leipzig, Juliana Verni.

— E a folha? Tem certeza de que era do livro de hóspedes da cabana de Håvass?

— Tenho. Vi o livro na cabana e as páginas eram idênticas.

— E você estava a meio metro da folha onde provavelmente constava o nome do oitavo hóspede, mas não viu?

Harry deu de ombros.

— Talvez eu precise de óculos para ler. Tudo aconteceu rápido demais lá dentro, Bjørn. E meu interesse pela folha esmoreceu um pouco quando o policial começou a pulverizar gasolina.

— Claro. Não quis...

— Havia algumas cartas na parede. Pelo que consegui ler, eram cartas de chantagem. Talvez ele já tenha sido desmascarado por alguém.

Um bombeiro foi até eles. Suas roupas chiavam e rangiam com os passos.

— Kripos, não é? — grunhiu o homem com uma voz que combinava com o capacete e as botas. E sua linguagem corporal dizia "chefe".

Harry hesitou, mas confirmou com um gesto de cabeça; não havia motivo para complicar as coisas.

— O que realmente aconteceu lá dentro?

— É o que espero que seu pessoal possa nos dizer — respondeu Harry. — Mas assim por alto podemos dizer que a pessoa que alugava de graça a sala lá dentro tinha um plano claro para o que ia acontecer se por acaso alguém chegasse sem ser convidado.

— É?

— Assim que vi os tubos fluorescentes no teto devia ter desconfiado que houvesse algo de errado. Se tivessem sido usados, o locatário não ia precisar de uma lâmpada na mesa. O interruptor estava ligado a outra coisa, algum dispositivo de ignição.

— Você acha? Bem, vamos mandar os peritos darem uma olhada amanhã cedo.

— Como está lá dentro? — perguntou Holm. — Na sala onde começou.

O bombeiro encarou Holm.

— Com PSG no teto e nas paredes, meu filho. Como você *acha* que está?

Harry estava cansado. Cansado de apanhar, cansado de sentir medo, cansado de sempre chegar tarde demais. Mas naquele exato momento, estava cansado de homens adultos que nunca cansavam de brincar de cacique. Harry falou baixinho, tão baixinho que o bombeiro precisou se inclinar um pouco para a frente.

— A não ser que esteja minimamente interessado no que meu perito criminal acha sobre a sala para onde você acabou de enviar inúmeros bombeiros, sugiro que bote para fora o que você sabe em respostas concisas, mas exaustivas. Entenda bem, havia um cara lá dentro que planejou seis ou sete homicídios. Que ele cumpriu. E estamos *muito* interessados em saber se podemos ter esperança em encontrar pistas na sala que possam nos ajudar a deter esse homem cruel, muito cruel. Fui claro o suficiente?

O bombeiro se endireitou e pigarreou.

— PSG é extrema...

— Escute aqui. Estamos querendo saber as consequências, não a causa.

O bombeiro enrubesceu não apenas por causa do calor do PSG em chamas.

— Tudo queimado. Não sobrou nada. Papéis, móveis, computador, tudo.

— Obrigado, chefe — disse Harry.

Os dois policiais ficaram olhando as costas do bombeiro ao se afastar.

— *Meu* perito criminal? — repetiu Holm fazendo careta, como se tivesse engolido algo indigesto.

— Tinha que fazer com que eu me parecesse um pouco com um chefe também.

— É bom passar a perna em alguém logo depois de alguém ter passado a perna em você, não é?

Harry fez que sim e apertou mais o cobertor.

— Ele disse "queimado", não disse?

— Queimado. Como se sente?

Harry lançou um olhar triste para a fumaça que ainda saía das janelas da fábrica, entrando nos refletores dos bombeiros.

— Fodido em Nydalen — respondeu ele e tomou o resto do café, já frio.

Harry deixou Nydalen de carro, mas não havia chegado ao sinal vermelho na Uelandsgate quando Bjørn Holm ligou de novo.

— Os peritos analisaram as manchas de sêmen nas calças de esqui de Adele e temos uma impressão genética.

— Já? — perguntou Harry.

— Um perfil parcial. Mas o suficiente para afirmarem com 93 por cento de certeza de que é idêntico a um perfil nos nossos registros.

Harry se endireitou no assento.

DNA idêntico. Que maravilha. Talvez o dia ainda pudesse ser salvo.

— Diga logo! — disse Harry.

— Você tem que aprender a apreciar uma pausa dramática — respondeu Holm.

Harry suspirou.

— Ok, ok. Eles acharam uma impressão genética idêntica no cabelo da escova de Tony Leike.

O olhar de Harry ficou distante.

Tony Leike havia estuprado Adele Vetlesen na cabana de Håvass.

Não estava preparado para aquilo. Tony Leike? Não fazia sentido. Violento, sim, mas estuprar uma mulher que está na cabana com outro homem? Elias Skog disse que o tinha visto com a mão na boca de Adele, arrastando-a para dentro da casinha do banheiro. Talvez não fosse um estupro afinal?

E então — de repente — as peças se encaixaram.
Harry viu tudo com clareza cristalina.
Não foi um estupro. E ali estava: o motivo.
O carro atrás dele buzinou. O sinal estava verde para Harry.

67

O Cavalheiro

Eram quinze para as oito, e o dia ainda não havia ajustado cor e contraste. A luz cinzenta da manhã mostrava a paisagem numa versão granulada em preto e branco quando Harry estacionou ao lado do único carro na beira do lago Lyseren e caminhou até o cais flutuante. O delegado Skai estava na beira com uma vara de pescar na mão e um cigarro no canto da boca. Chumaços de neblina pairavam como algodão sobre o junco que despontava do espelho d'água escuro e liso.

— Hole — disse Skai sem se virar. — Levantou cedo.

— Sua mulher disse que você estava aqui.

— Toda manhã das sete às oito. A única chance que tenho para pensar um pouco antes do estresse começar.

— Pegou algum?

— Nada. Mas tem peixes ali no meio do junco.

— Soa familiar. Receio que o estresse vá começar mais cedo hoje. É sobre Tony Leike.

— Tony, sim. A fazenda do avô dele ficava em Rustad, a leste do lago Lyseren.

— Então você se lembra bem dele?

— Esse é um lugar pequeno, Hole. Meu pai e o velho Leike eram amigos, e Tony vinha aqui todo verão.

— O que você lembra dele?

— Bem... Cara engraçado. Muitas pessoas gostavam de Tony. Especialmente as mulheres. Ele era bonito, tipo Elvis. E também conseguiu se cercar de bastante mistério. Os rumores diziam que tinha crescido sozinho com a mãe, que era infeliz e alcoólico, até ela o mandar embora, porque o homem com quem estava namorando não gostava do garoto.

Mas as mulheres por aqui gostavam bastante dele. E Tony gostava delas. Às vezes, isso o metia em encrencas.

— Como quando ele cantou sua filha?

Skai se sobressaltou, como se tivesse fisgado algo.

— Sua mulher — disse Harry. — Perguntei a ela sobre Tony, e ela contou. Que era pela sua filha que Tony e aquele garoto daqui brigaram aquela vez.

Skai fez que não.

— Aquilo não foi uma briga, foi uma matança. Coitado de Ole, pensou que ele e Mia eram namorados, só porque estava apaixonado e ela o deixou levá-la de carro para um baile com a amiga. Ole não era do tipo que gostava de briga, era mais mauricinho. Mas ele foi atrás de Tony. E Tony o derrubou, tirou a faca e... Foi muito feio, não estamos acostumados com esse tipo de coisa por aqui.

— O que ele fez?

— Cortou fora metade da língua do garoto. Colocou-a no bolso e foi embora. Meia hora depois prendemos Tony na casa do avô e dissemos que estavam precisando da língua na sala de cirurgia. Tony disse que a havia jogado aos corvos.

— O que quis te perguntar é se você chegou a suspeitar que Tony houvesse cometido um estupro. Naquela época ou em qualquer outra.

Skai se virou energicamente.

— Deixe-me explicar dessa maneira, Hole. Mia nunca mais voltou a ser a mesma garota alegre e feliz. Ela ainda queria o maluco, claro, mas as garotas dessa idade são assim mesmo. E Ole se mudou. Toda vez que o coitado abria a boca por aqui, não só ele como todos os outros se lembravam daquela humilhação. Por isso, sim, diria que Tony Leike é um cara violento. Mas não, não acho que ele tenha violentado alguém. Se tivesse, já teria feito com Mia, por assim dizer.

— Ela...?

— Eles estavam no mato atrás do salão do baile. Ela não deixou Tony pegá-la. E ele aceitou.

— Tem certeza? Lamento ter que perguntar, mas é...

O anzol saltou da água na direção deles. Brilhou nos primeiros raios horizontais do sol.

— Tudo bem, Hole. Sou policial e estou a par do caso em que estão trabalhando. Mia é uma garota direita e não mente. Nem na hora de testemunhar. Pode ter o relatório se quiser saber os detalhes. Só quero que ela não tenha que passar por tudo outra vez.

— Não será necessário — disse Harry. — Obrigado.

Harry havia informado os outros investigadores na sala de reuniões Odin de que a pessoa que ele tinha visto por baixo da motoneve — mas ainda não encontrada, apesar das tentativas com reforço policial — possuía os dedos artríticos de Tony Leike. Então expôs de novo sua teoria. E depois se inclinou para trás e aguardou as reações.

A investigadora Pelicano olhou para Harry por cima dos óculos, mas aparentemente falava a todos da reunião matinal.

— Quer dizer que você acha que Adele fez aquilo voluntariamente? Ela gritou por socorro, pelo amor de Deus!

— Isso foi algo que Elias Skog só pensou mais tarde — rebateu Harry. — Seu primeiro pensamento foi o de ver duas pessoas transando de forma consensual.

— Mas uma mulher que leva um homem para uma cabana não transa com outro cara que por acaso aparece no meio da noite! É preciso ser mulher para entender isso? — sibilou ela, e com seus novos dreadlocks, de impressionante mau gosto, lembrou a Harry uma furiosa Medusa.

A resposta veio da pessoa perto de Harry.

— Você realmente acha que o gênero automaticamente te dá conhecimento superior sobre a preferência sexual da metade da população mundial? — Ærdal fez uma pausa, estudando a unha do mindinho que tinha acabado de limpar. — Não constatamos que Adele Vetlesen mudava de parceiro o tempo todo por livre e espontânea vontade? E que ela aceitou transar com um homem que mal conhecia numa fábrica fechada, no meio da noite?

Ærdal baixou a mão e começou a limpar a unha do dedo anelar, murmurando tão baixinho que somente Harry podia ouvir.

— Além do mais, já fodi mais mulheres que você, sua ave descarnada.

— As mulheres se apaixonavam por Tony com facilidade e vice-versa — disse Harry. — Tony chegou tarde à cabana, o namorado de Adele estava chateado com algo e tinha ido para a cama. Ele e Adele podiam flertar em paz. Ele estava com problemas em casa, e ela havia começado a perder o tesão pelo namorado. Adele e Tony estavam a fim um do outro, mas na cabana havia pessoas em todo canto. Por isso, deram uma saidinha na madrugada e se encontraram em frente à casinha do banheiro. Começaram a se beijar, se tocaram e estavam tão excitados que havia o que na Divisão de Combate à Violência Sexual se chama de "fluido pré-ejaculatório" na ponta do pênis, que foi esfregado nas calças de esqui dela, antes que ele conseguisse baixá-las e eles começassem a transar. Extasiada, ela gritou o suficiente para acordar Elias Skog, que os viu pela janela. E acho que também acordou o namorado, e que ele os viu do seu quarto. Acho que ela não deu a mínima. Ao contrário de Tony, que tentou abafar seus gritos.

— Se *ela* não estivesse nem aí, por que *ele* estaria? — indagou Pelicano. — Afinal, são as mulheres que são estigmatizadas por esse tipo de frivolidade, enquanto o status dos homens só aumenta. De outros homens, quero dizer.

— Tony Leike tinha pelo menos dois bons motivos para abafar os gritos — explicou Harry. — Primeiro porque não se quer divulgar sexo extracurricular sendo um noivo que figura nas manchetes de jornal, e especialmente não quando é o dinheiro do futuro sogro que salvará seus investimentos no Congo. Além do mais, ele era um alpinista experiente e conhecia bem a área.

— E o que isso tem a ver com o caso?

Ouviram uma gargalhada, e todos se viraram para a ponta da mesa, onde Mikael Bellman estava.

— Avalanche — respondeu ele, rindo. — Tony Leike estava com receio de que os gritos de Adele Vetlesen pudessem provocar uma avalanche.

— Tony devia saber que mais de um quarto das avalanches que acontecem é provocado por pessoas — disse Harry.

Risos incrédulos se espalharam ao redor da mesa; até Pelicano se permitiu dar um sorriso.

— Mas o que faz você achar que o namorado de Adele os viu? — perguntou ela. — E por que Adele não estava nem aí? Será que ficou tão excitada assim?

— Porque — começou a responder Harry, inclinando-se para trás na cadeira — Adele já fez isso antes. Ela mandou uma mensagem de celular para seu namorado da época com uma foto dela transando com outro. Uma mensagem cruel, mas clara. De acordo com os amigos, ela não se encontrou mais com o namorado da época da viagem depois de irem à cabana de Håvass.

— Interessante — disse Bellman. — Mas aonde você está nos levando?

— Ao motivo — respondeu Harry. — Pela primeira vez nesse caso temos um "por quê".

— Então, estamos desistindo da teoria sobre um serial killer maluco? — perguntou Ærdal.

— O Boneco de Neve também tinha um motivo — emendou Beate Lønn, que tinha acabado de entrar e se sentar na ponta da mesa. — Insano, mas definitivamente um motivo.

— Esse motivo é mais simples — rebateu Harry. — Os ciúmes de sempre. Motivo de dois entre três assassinatos nesse país. E na maioria dos outros. Nesse sentido, como seres humanos somos bastante previsíveis.

— Talvez isso explique os assassinatos de Tony Leike e Adele Vetlesen — começou Pelicano. — Mas e os outros?

— Tiveram que ser eliminados — respondeu Harry. — Eram todos testemunhas em potencial do que aconteceu na cabana e podiam contar à polícia, revelando o motivo. E talvez pior: foram testemunhas da sua total humilhação; tinha sido traído em público. Para uma pessoa instável, isso pode ser motivo suficiente.

Bellman bateu as mãos.

— Espero termos logo algumas respostas. Falei com Krongli por telefone e ele disse que o tempo está melhor na área de busca. Agora podem mandar cães e usar um helicóptero. Alguma razão para não ter mencionado antes que você suspeita que o corpo seja de Tony Leike, Harry?

Harry deu de ombros.

— Pensei que chegaríamos ao corpo bem mais rápido, por isso não vi motivo para especular em voz alta. Afinal, artrite não é uma doença tão rara.

Bellman pousou seu olhar em Harry por um segundo antes de se dirigir aos outros.

— Pessoal, temos um suspeito. Alguém quer batizá-lo?

— O oitavo hóspede — sugeriu Ærdal.

— O Cavalheiro — continuou Pelicano.

Durante alguns segundos reinou um silêncio absoluto, como se as novas revelações precisassem ser digeridas antes de prosseguirem.

— Bem, não sou nenhuma investigadora tática — começou Beate Lønn, segura de que todos na sala sabiam que ela nunca comentava nada sobre algo do qual não tivesse profundos conhecimentos. — Mas não estão estranhando alguma coisa? Leike tinha álibi para os horários dos homicídios, mas e quanto a todas as pistas que apontam para ele? Como fica a ligação de seu telefone fixo para Elias Skog? E a arma do crime que foi comprada no Congo? Uma área onde Leike tinha interesses econômicos. Seria por acaso?

— Não — respondeu Harry. — Desde o primeiro dia, o Cavalheiro tem nos guiado a Tony Leike como assassino. Foi o Cavalheiro que pagou Juliana Verni para ir ao Congo, porque ele sabia que cada pista levando ao Congo apontaria para Tony Leike. E quanto à ligação da sua casa a Elias Skog, cheguei hoje algo que já deveríamos ter investigado há tempo, mas que é típico deixarmos de lado ao sentir que estamos nos aproximando do desfecho. Mais ou menos na mesma hora da ligação da casa de Leike para Skog foram feitas três ligações do telefone fixo do seu escritório em Aker Brygge. Ele não pode estar em dois lugares ao mesmo tempo. Aposto 200 coroas que ele estava em Aker Brygge. Alguém aposta contra?

Rostos mudos, mas atentos.

— Quer dizer que o Cavalheiro ligou para Elias Skog da casa de Leike? — perguntou Pelicano. — Como...

— Quando Leike foi me procurar na delegacia, ele contou que houve um arrombamento da porta do porão alguns dias antes. Confere com o horário da ligação a Skog. O Cavalheiro roubou uma bicicleta para disfarçar, fazendo parecer um roubo comum, inocente o suficiente para a gente anotar a ocorrência e mais nada. Leike sabe que a gente não faz nada nesse tipo de roubo, por isso nem deu queixa. Assim, o Cavalheiro plantou uma prova irrefutável contra Leike.

— Que víbora! — exclamou Pelicano.

— Aceito a explicação de como — disse Beate Lønn. — Mas por quê? Por que apontar para Tony Leike?

— Porque ele sabia que a gente cedo ou tarde ia conseguir ligar as vítimas à cabana de Håvass — explicou Harry. — E isso limitaria o número de suspeitos, de modo que todos que passaram aquela noite lá estariam no foco da investigação. Havia dois motivos para ele remover a página do livro de hóspedes. Primeiro, ele possuía os nomes dos hóspedes, e assim podia tranquilamente encontrá-los e matá-los, e a gente não teria como detê-lo. Segundo, e mais importante, ele podia manter o próprio nome escondido.

— Lógico — disse Ærdal. — E para ter absoluta certeza de que a gente não iria atrás dele, tinha que nos dar alguém que parecesse culpado. Tony Leike.

— E foi por isso que ele teve que esperar para matar Tony Leike no final — disse um dos investigadores, um homem com farto bigode tipo Fridtjof Nansen e de quem Harry só lembrava o sobrenome.

A pessoa próxima a Harry, um jovem com pele e olhos reluzentes, de quem ele não lembrava nome nenhum, interveio:

— Mas, infelizmente para ele, Tony tinha um álibi para os horários dos assassinatos. E como Tony já foi usado no papel de bode expiatório, chegou a hora de matar o inimigo número um.

A temperatura na sala havia aumentado, e o sol pálido e hesitante de inverno parecia iluminar a reunião. Eles avançavam; o nó estava finalmente frouxo. Harry registrou que até Bellman estava inclinado mais para a frente na cadeira.

— Tudo isso é muito bom — continuou Beate Lønn, e Harry esperou o "mas", porém já sabia o que ia perguntar, sabia que ela ia fazer o papel de advogado do diabo, porque Beate Lønn sabia que ele tinha as respostas. — Mas por que esse Cavalheiro fez tudo de um jeito tão complicado?

— Porque os seres humanos *são* complicados — respondeu Harry e podia ouvir um eco de algo que tinha ouvido e esquecido. — Queremos fazer coisas complexas, que se entrelaçam, por meio das quais podemos controlar nossos destinos e nos sentir soberanos em nosso próprio universo. A sala que queimou na fábrica Kadok... Sabem do que mais me lembrou? Uma sala de controle. O quartel-general. E nem é certo que ele planejava matar Leike. Talvez quisesse apenas que fosse preso e julgado.

O silêncio foi tão absoluto que podiam ouvir um pássaro chilrear do lado de fora.

— Por quê? — perguntou Pelicano. — Se ele podia matá-lo? Ou torturá-lo?

— Porque a dor e a morte não são o pior que pode acontecer a um ser humano — respondeu Harry, de novo ouvindo o eco. — É a humilhação. Era isso que ele queria para Leike. A humilhação de ser destituído de tudo que se tem. A queda. A vergonha.

Ele viu o esboço de um sorriso nos lábios de Beate Lønn, e notou seu reconhecimento num gesto de cabeça.

— Mas — prosseguiu ele —, como já foi apontado, infelizmente para o nosso assassino, Tony tinha um álibi. E por isso Tony escapou com outra punição. Uma morte lenta e certamente cruel.

No silêncio subsequente, Harry sentiu algo passar por ele. O cheiro de carne chamuscada. E parecia que a sala toda respirou fundo ao mesmo tempo.

— Então, o que faremos agora? — perguntou Pelicano.

Harry ergueu o olhar. O pássaro trinando no galho do outro lado da janela era um tentilhão. Uma ave migratória que havia chegado cedo demais. Que dava às pessoas a esperança da primavera, mas que congelou na noite da primeira geada.

Não faço ideia, pensou Harry. Não faço ideia.

68

Pescando

Foi uma longa reunião na Kripos aquela manhã.

Bjørn Holm relatou as análises técnicas da Kadok. Não encontraram sêmen nem outras pistas físicas do criminoso. Com certeza, a sala que havia sido usada estava totalmente queimada, e o computador fora reduzido a uma massa de metal, sem chance de recuperação de dados.

— Provavelmente acessava a internet pelas redes abertas na área. Nydalen está repleto delas.

— Mas ele deve ter deixado algum rastro eletrônico — comentou Ærdal; porém parecia mais um refrão que havia ouvido do que algo que podia elaborar além da especulação "deve".

— É claro que podemos pedir permissão para entrar em algumas das centenas de redes por lá e procurar algo que não sabemos o que é — disse Holm. — Mas não faço ideia de quantas semanas isso levaria. Ou se iremos achar alguma coisa.

— Deixa comigo — falou Harry. Ele já havia se levantado e estava a caminho da porta, digitando um número. — Conheço alguém.

Ele deixou a porta entreaberta, e, enquanto esperou ser atendido, ouviu um dos investigadores contar que ninguém com quem conversaram tinha visto alguém ir e vir na Kadok. Mas que isso não era estranho, pois a fábrica estava escondida atrás de árvores e mato, e, de qualquer maneira, estava muito escuro agora nos meses de inverno.

A chamada foi atendida.

— Secretária de Katrine Bratt.

— Alô?

— A Srta. Bratt está almoçando.

— Perdão, Katrine, mas a comida terá que esperar. Escute...

Katrine escutou Harry explicar o que queria.

— O Cavalheiro tinha fotos nas paredes que provavelmente foram impressas de sites de notícias. Com a ferramenta de busca, você pode entrar nas redes da área, checar os registros dos provedores e descobrir quem visitou as páginas com notícias sobre os homicídios. Muitas pessoas devem ter feito isso...

— Nem tanto quanto ele — comentou Katrine. — Só vou pedir uma lista selecionada de acordo com o número de downloads.

— Humm. Você aprendeu isso bem rápido.

— Não dizem que uma linha tênue separa a genialidade da loucura?

Harry se juntou aos outros.

Estavam tocando a mensagem que Harry havia recebido do celular de Leike. Tinha sido enviada para uma análise de voz à NTNU, a universidade técnica de Trondheim. Eles conseguiram bons resultados com gravações de roubo a bancos, de fato melhores do que as câmeras de vigilância, visto que a voz — mesmo tentando distorcê-la — é muito difícil de mascarar. Mas avisaram a Bjørn Holm que uma péssima gravação de apenas um segundo, com sons indefiníveis — pigarro ou gargalhada —, não valia nada e não podia ser usada para estabelecer um perfil de voz.

— Droga — grunhiu Bellman e deu uma pancada na mesa. — Com um perfil de voz, um ponto de partida, a gente podia pelo menos começar a eliminar possíveis suspeitos do caso.

— Que possíveis suspeitos? — murmurou Ærdal.

— O sinal da estação-base diz que o fulano que usou o telefone de Leike estava perto de Ustaoset quando ligou — explicou Holm. — Os sinais desaparecem logo depois, a rede da operadora só cobre as proximidades do centro de Ustaoset. Mas o fato dos sinais sumirem fortalece a teoria de que seja o Cavalheiro que está com o celular.

— Por quê?

— Mesmo quando o celular não está sendo usado, a estação-base da operadora capta os sinais a cada duas horas. O fato de não ter captado nenhum mostra que o celular antes e depois da ligação esteve na região deserta das montanhas ao redor de Ustaoset. Onde talvez tenha sido carregado durante a avalanche e a tortura e coisas afins.

Ninguém riu. Harry constatou que a euforia de pouco tempo antes havia desaparecido. Ele foi até sua cadeira.

— Existe uma chance de poder obter o ponto de partida que Bellman mencionou há pouco — disse baixinho, sabendo que não tinha que se esforçar para ganhar a atenção. — Imaginem de novo a casa de Leike e o arrombamento. Vamos supor que o nosso assassino entrou lá para ligar para Elias Skog. E vamos supor que os nossos peritos em trajes brancos fizeram um trabalho tão meticuloso quanto parecia quando cheguei e inadvertidamente... me choquei com Holm. — Bjørn Holm inclinou a cabeça e lançou um olhar do tipo "me poupe" a Harry. — Então, a gente já não teria impressões digitais de Holmenveien que poderiam muito bem ser... do Cavalheiro?

O sol iluminou a sala novamente. Os outros trocaram olhares. Quase envergonhados. Tão simples. Tão óbvio. E ninguém teve a ideia...

— Foi uma reunião longa cheia de novas informações — continuou Bellman. — Nossas cabeças estão visivelmente ficando mais lentas. Mas o que acha disso, Holm?

Bjørn Holm bateu com a mão na testa.

— É claro que temos todas as impressões digitais. Fizemos a busca pensando que Leike fosse o assassino, e sua casa, uma possível cena de crime. Esperamos encontrar impressões que fossem idênticas às de algumas das vítimas.

— Você tem muitas impressões não identificadas? — perguntou Bellman.

— A questão é essa — disse Bjørn Holm, sorrindo. — Leike tinha duas polacas que faziam a faxina duas vezes por semana. Estiveram lá seis dias antes, fazendo uma limpeza minuciosa. Por isso, só encontramos as impressões de Leike, de Lene Galtung, das duas polacas e de um desconhecido que com certeza não é uma das vítimas. Paramos de procurar impressões idênticas quando Leike apresentou seu álibi e foi solto. Mas, no momento, não me lembro exatamente onde achamos as impressões desconhecidas.

— Mas *eu* me lembro — interveio Beate Lønn. — Recebi o relatório com desenhos e fotos. As impressões na mão esquerda de X1 foram encontradas naquela horrível mesa pomposa. Assim. — Ela se levantou e se apoiou na mão esquerda. — Se não me engano, é onde fica o telefone fixo. Assim. — Ela usou a mão direita para fazer o sinal internacional de telefone com o polegar ao ouvido e o mindinho à boca.

— Senhoras e senhores — disse Bellman com um largo sorriso, abrindo os braços. — Acredito mesmo que temos uma pista real. Continue procurando impressões idênticas às de X1, Holm. Mas me *prometa* que não sejam do marido de uma das polacas que foi até lá para fazer uma ligação gratuita para a terra natal, ok?

Na saída da sala de reuniões, Pelicano andou ao lado de Harry. Ela brincava com uma de suas novas tranças rastafári.

— Talvez você seja melhor do que pensei, Harry. Mas quando apresenta suas teorias não faria mal incluir um "acho" de vez em quando. — Ela sorriu e deu uma cutucada na cintura dele.

Harry apreciou o sorriso, mas a cutucada... Seu celular vibrou no bolso. Ele o pegou. Não era do Hospital Central.

— Ele atende pelo nome Nashville — avisou Katrine Bratt.

— Como a cidade americana?

— Exato. Ele visitou os sites de todos os maiores jornais e leu tudinho sobre os homicídios. A má notícia é que isso é tudo que tenho para você. Pois Nashville só esteve ativo na rede durante dois meses e fez buscas exclusivas de assuntos relacionados aos homicídios. Quase parece que ele já imaginava que isso seria investigado.

— Parece o nosso homem — refletiu Harry.

— Bem, você precisa procurar homens com chapéu de caubói.

— O quê?

— Nashville. A meca da música country e afins.

Pausa.

— Alô? Harry?

— Estou aqui. Claro. Obrigado, Katrine.

— Beijos?

— Em você toda.

— Não, obrigada.

Desligaram.

Na Kripos, a sala de Harry tinha vista para Bryn e ele observava alguns de seus detalhes menos atraentes quando bateram à porta.

Beate Lønn estava no batente.

— Então, como se sente na cama do inimigo?

Harry deu de ombros.

— O inimigo se chama o Cavalheiro.

— Ótimo. Só queria dizer que comparamos as impressões digitais com a base de dados e ele não consta nela.

— Nem esperava que constasse.

— Como está o seu pai?

— Tem só alguns dias de vida.

— Sinto muito.

— Obrigado.

Eles se entreolharam. E de repente ocorreu a Harry que esse era um dos rostos que ele veria no enterro. Um rostinho pálido que tinha visto em outros enterros, molhado de lágrimas e com grandes olhos trágicos. Um rosto feito para enterros.

— No que você está pensando? — perguntou ela.

— Só conheço um assassino que matou dessa maneira — respondeu Harry e se virou para a janela.

— Ele lembra o Boneco de Neve, não é?

Harry afirmou com um lento sinal de cabeça.

Ela suspirou.

— Prometi não contar, mas Rakel ligou.

Harry olhou para os prédios residenciais de Helsfyr.

— Ela perguntou por você. Falei que você está bem. Fiz a coisa certa, Harry?

Harry respirou fundo.

— Claro que fez.

Beate ficou mais algum tempo no vão da porta. Depois foi embora.

Como ela está? Como está Oleg? Onde estão? O que fazem quando a noite chega, quem cuida deles, quem cuida da segurança dos dois? Harry apoiou a cabeça nos braços e cobriu os ouvidos com as mãos.

Só existe uma pessoa que sabe como o Cavalheiro pensa.

A escuridão da tarde chegou sem aviso. O Capitão, recepcionista superanimado do Hotel Bristol, telefonou para informar que alguém havia ligado para perguntar se Iska Peller, a mulher australiana no jornal *Aftenposten*, estava hospedada ali. Harry disse que devia ter sido a imprensa, mas o Capitão achou que mesmo o jornalista mais mesquinho conhecia as regras do jogo; precisavam sempre se apresentar com nome e local onde trabalhavam. Harry agradeceu e estava prestes a pedir ao Capitão para ligar de volta se ele soubesse de mais alguma coisa até se lembrar do que acarretaria um pedido desse gênero. Bellman ligou para dizer que havia uma coletiva com a imprensa e, se Harry tivesse vontade de participar, então...

Ele recusou o convite e podia ouvir o alívio na voz de Bellman.

Harry tamborilou na mesa. Levantou o fone para ligar para Kaja, mas desistiu.

Ergueu o fone de novo e ligou para alguns hotéis no centro. Ninguém lembrou ter recebido uma ligação com perguntas sobre Iska Peller.

Harry olhou o relógio. Sentiu vontade de tomar um drinque. Ficou tentado a entrar no escritório de Bellman, perguntar onde havia escondido seu ópio, erguer o punho, vê-lo encolher...

Só uma pessoa sabe.

Harry se levantou, chutou a cadeira, agarrou o casaco de lã e saiu.

Foi até o centro e estacionou num lugar visivelmente proibido diante do Teatro Norueguês. Cruzou a rua e entrou no vestíbulo do hotel.

O Capitão havia ganhado seu apelido quando trabalhava como segurança no mesmo hotel. O motivo foi provavelmente uma combinação da cafonice do uniforme vermelho e o fato de ele continuamente fazer comentários sobre, e dar ordens a, todos e tudo ao seu redor. Além do mais, ele via a si mesmo como o ponto de convergência de tudo que acontecia de importante no centro, o homem com seu dedo no pulso da cidade, o homem que *sabia*. O Informante com I maiúsculo, uma parte inestimável da maquinaria da polícia que mantinha Oslo segura.

— Nas profundezas da minha memória posso ouvir uma voz muito especial — declarou o Capitão enquanto saboreava as próprias palavras, estalando a língua.

Harry viu o colega ao lado do Capitão atrás do balcão revirar os olhos.

— Meio gay — concluiu o Capitão.

— Você quer dizer aguda? — perguntou Harry, pensando em algo que os amigos de Adele contaram. Adele havia comentado que fora um tanto brochante o namorado ter a mesma maneira de falar do amigo gay com quem ela dividia o apartamento.

— Não, está mais para isso. — O Capitão dobrou as mãos, mexeu os cílios e fez uma paródia de uma travesti escandalosa: — Estou tããão "xatiada" com você, Søren!

Seu colega, que de fato tinha uma etiqueta de identificação com o nome SØREN, deu risadas.

Harry agradeceu e estava novamente prestes a pedir ao Capitão para ligar caso se lembrasse de mais alguma coisa. Ele saiu. Acendeu um cigarro e olhou para a placa do hotel. Havia alguma coisa... No mesmo instante, viu o carro do Departamento de Trânsito estacionado atrás do seu e um homem de macacão anotando a placa de seu veículo.

Harry atravessou a rua e mostrou sua identificação.

— Policial em serviço.

— Não faz diferença alguma. Proibido estacionar é proibido estacionar — informou o homem de macacão sem parar de anotar. — Mande uma reclamação.

— Bem — rebateu Harry. — Você sabe que a gente também tem o direito de emitir multa para estacionamento ilegal.

O homem levantou o olhar e riu.

— Se acha que vou deixar você preencher a própria multa, está enganado, meu chapa.

— Estava me referindo *àquele* carro ali. — Harry apontou.

— É o meu e do departa...

— Proibido estacionar é proibido estacionar.

O homem de macacão lançou um olhar rabugento para ele. Harry deu de ombros.

— Mande uma reclamação. Meu chapa.

O outro fechou o bloco, se virou e voltou para seu carro.

Quando Harry estava subindo a Universitetsgata, o celular tocou. Era Gunnar Hagen. Harry ouviu o tom de empolgação na voz normalmente controlada do chefe da Divisão de Homicídios.

— Venha para cá agora.

— O que houve?

— Venha. Na galeria subterrânea.

Harry ouviu as vozes e viu os flashes sendo disparados muito antes de chegar ao final do corredor de concreto. Gunnar Hagen e Bjørn Holm estavam diante da porta de sua antiga sala. Uma perita técnica procurava impressões digitais na porta e na maçaneta, enquanto um sósia de Holm tirava fotos de uma pegada de bota no canto.

— Aquela pegada é antiga — disse Harry. — Já estava aqui antes da gente se mudar para cá. O que está acontecendo?

O sósia lançou um olhar indagador para Bjørn, que fez sinal de que já haviam terminado.

— Um dos guardas da prisão descobriu isso aqui no chão em frente a essa porta — explicou Hagen e segurou um saco de provas contendo um envelope pardo. Harry podia ler seu nome no envelope dentro do plástico. Em letras impressas numa etiqueta colada.

— O guarda acha que pode ter ficado aqui no máximo dois dias, não é sempre que passa gente por esse corredor.

— Estamos medindo a umidade do papel — disse Bjørn. — Deixamos um envelope parecido aqui para ver quanto tempo vai levar para alcançar o mesmo grau de umidade. A partir daí, podemos fazer o cálculo.

— É isso aí. Estilo *CSI* — brincou Harry.

— Não que o horário necessariamente seja de alguma ajuda — comentou Hagen. — Não há câmeras de segurança no caminho que ele deve ter usado. O que é bem simples. Entrou numa recepção agitada, pegou o elevador para cá e não há portas trancadas até subir para a prisão.

— Não, para que íamos trancar as portas aqui? — indagou Harry. — Alguma objeção de eu fumar aqui?

Ninguém respondeu, mas os olhares eram expressivos o suficiente. Harry deu de ombros.

— Imagino que alguém em algum momento vá me dizer o que estava no envelope — emendou ele.

Bjørn Holm ergueu outro saco com provas.

Foi difícil ver o conteúdo na iluminação precária, por isso Harry deu um passo para a frente.

— Ih, merda! — exclamou ele, e deu meio passo para trás.

— O dedo médio — informou Hagen.

— O dedo parece ter sido quebrado primeiro — explicou Bjørn. — Corte limpo e liso, sem pele rasgada. Machado. Ou facão.

Ouviu-se o eco de passos apressados se aproximando pelo corredor.

Harry olhou de novo. O dedo estava branco, sem sangue algum, mas a ponta estava preto-azulada.

— O que é isso? Já tirou as impressões digitais?

— Já — respondeu Bjørn. — E com sorte a resposta está a caminho.

— Aposto que é da mão direita — disse Harry.

— Bem observado, pois é isso mesmo — confirmou Hagen.

— Tinha mais alguma coisa no envelope?

— Não. Agora você sabe o mesmo que a gente.

— Talvez — disse Harry, mexendo no maço de cigarros. — Mas sei algo mais sobre o dedo.

— Já pensamos nisso também — emendou Hagen, trocando olhares com Bjørn Holm. O som de passos apressados aumentou. — O dedo do meio da mão direita. É o mesmo dedo que o Boneco de Neve tirou de você.

— Tenho algo aqui — interrompeu a perita técnica.

Os outros se viraram para ela, que estava de cócoras, segurando um objeto entre o polegar e o indicador. Era preto e cinza.

— Não é parecido com as pedrinhas que achamos na cena do crime de Borgny?

Harry se aproximou.

— É isso mesmo. Lava.

O apressado era um jovem com o crachá policial pendendo do bolso da camisa. Ele parou diante de Bjørn Holm, colocou as mãos nos joelhos e arfou.

— E então, Kim Erik? — perguntou Holm.

— Achamos um par idêntico — respondeu o jovem resfolegando.

— Deixe-me adivinhar — falou Harry e enfiou um cigarro entre os lábios.

Os outros olharam para ele.

— Tony Leike.

Kim Erik parecia genuinamente desapontado.

— Co... Como...

— Vi a mão direita despontar por baixo da motoneve e não estava faltando dedo nenhum. Então deve ter sido a mão esquerda. — Harry acenou com a cabeça para o saquinho de provas. — O dedo não está quebrado, só está um pouco retorcido. A boa e familiar artrite de sempre. Hereditária, mas não contagiosa.

69

Letras Entrelaçadas

A mulher que abriu a porta do apartamento em Hovseter tinha ombros largos de boxeador e a mesma altura de Harry. Ela olhou para ele com paciência, como se estivesse acostumada a dar às pessoas os segundos necessários para se recompor.

— Sim?

Harry reconheceu a voz de Frida Larsen do telefone, que fazia com que ele imaginasse uma mulher esbelta e baixinha.

— Harry Hole — apresentou-se ele. — Encontrei o endereço pelo número de telefone. Felix está?

— Não está aqui. Está jogando xadrez — respondeu ela com a voz inexpressiva. Parecia uma resposta padrão. — Mande um e-mail.

— Gostaria muito de falar com ele.

— Sobre o quê? — Ela preencheu o vão da porta de modo a impedir que ele bisbilhotasse. E não era só por causa de seu tamanho.

— Encontramos um fragmento de lava na delegacia de polícia. Gostaria de saber se esse fragmento é do mesmo vulcão daquele que mandamos para ele anteriormente.

Harry estava dois degraus mais baixo que ela, segurando a pedrinha no ar. Porém ela não se mexeu da soleira.

— Impossível de ver — retrucou ela. — Mande um e-mail para Felix. — Ia fechar a porta.

— Mas lava é lava — disse Harry.

Ela hesitou. Harry esperou. Por experiência, sabia que um perito em algo nunca conseguia resistir a uma oportunidade de corrigir um leigo.

— Todos os vulcões têm sua própria composição de lava — explicou ela. — Mas varia também de erupção para erupção. Vocês precisam analisar a pedra. A quantidade de ferro diz muito. — Seu rosto estava impassível, o olhar, desinteressado.

— O que eu realmente queria era perguntar um pouco sobre as pessoas que viajam pelo mundo estudando vulcões. Não devem ser muitas, por isso queria saber se Felix teria uma visão geral desse meio na Noruega.

— Somos mais numerosos do que imagina — comentou ela.

— Então, você é uma delas?

Ela deu de ombros.

— Qual foi o último vulcão onde estiveram?

— Ol Doinyo Lengai, na Tanzânia. E a gente não chegou ao vulcão, mas perto. Estava em erupção. Magma de natrocarbonatito. A lava que ele expele é preta, mas ela reage com o ar e depois de algumas horas fica totalmente branca. Como a neve.

Sua voz e seu rosto ficaram de repente vivazes.

— Por que ele não quer conversar? — perguntou Harry. — Seu irmão é mudo?

Seu rosto voltou a se fechar. Sua voz se tornou novamente inexpressiva.

— Mande um e-mail.

A porta bateu com tanta força que entrou poeira nos olhos de Harry.

Kaja estacionou na Maridalsveien, pulou a mureta e desceu com cuidado o declive íngreme até a floresta onde ficava a fábrica Kadok. Acendeu a lanterna e passou pelo meio do mato, afastando os galhos nus que queriam acertar seu rosto. O mato era denso, as sombras pulavam como lobos silenciosos e, mesmo quando parava para ouvir e olhar, as sombras das árvores caíam em outras árvores e não dava para distingui-las; era como um labirinto de espelhos. Mas Kaja não estava com medo. De fato, era estranho que ela, com tanto medo de portas fechadas, não tivesse medo do escuro. Ouviu o rugido do rio. Escutara alguma outra coisa? Um som que não devia estar ali? Ela continuou. Passou curvada por baixo de um tronco derrubado pelo vento e parou de novo. Mas os outros sons silenciaram assim que ela parou. Kaja respirou fundo e terminou o pensamento: como se alguém a seguisse sem querer ser descoberto.

Ela se virou e iluminou a trilha atrás de si. Sem tanta certeza sobre não ter medo do escuro. Alguns galhos oscilavam à luz, mas seriam os mesmos que ela havia tocado?

Kaja se virou para a frente.

E gritou quando a luz caiu num rosto pálido com olhos arregalados. Ela deixou a lanterna cair e deu alguns passos para trás, mas a figura a seguiu com um grunhido que mais parecia riso. No escuro, Kaja vislumbrou a figura se abaixar, se endireitar, e então ele estava com a luz ofuscante de sua lanterna no rosto.

Ela prendeu a respiração.

O grunhido parou.

— Aqui — chamou uma voz masculina rouca, e a luz ressurgiu.

— Aqui?

— Sua lanterna — avisou a voz.

Kaja a pegou e deixou a faixa de luz um pouco ao lado dele. Para poder vê-lo sem cegá-lo. Ele tinha cabelo loiro e um queixo proeminente.

— Quem é você? — perguntou ela.

— Truls Berntsen. Trabalho com Mikael.

Claro que tinha ouvido falar de Truls Berntsen. A sombra. Beavis, não era assim que Mikael o chamava?

— Eu sou...

— Kaja Solness.

— Correto, como sabe...? — Ela engoliu em seco, e reformulou a pergunta. — O que está fazendo aqui?

— O mesmo que você — respondeu ele com voz rascante.

— Certo. E o que eu estou fazendo aqui?

Ele soltou seu grunhido risonho. Mas não respondeu. Ficou ali parado em frente a ela, com os braços caídos um pouco para os lados. Uma pálpebra tremia como se um inseto estivesse preso por baixo.

Kaja suspirou.

— Se estiver fazendo o mesmo que eu, você está aqui para vigiar a fábrica — disse ela. — Caso ele reapareça.

— Exato, caso ele reapareça — disse Beavis sem desviar o olhar dela.

— Não seria tão improvável, seria? — perguntou Kaja. — Talvez ele não saiba que pegou fogo.

— Meu pai trabalhava ali — disse Beavis. — Ele dizia que produzia PSG, tossia PSG e virou PSG.

— Há muitas pessoas da Kripos na área? Mikael mandou você para cá?

— Você não está mais saindo com ele, não é? Está saindo com Harry Hole.

Kaja sentiu um frio no estômago. Como esse cara sabia disso? Será que Mikael realmente havia contado a alguém sobre ela?

— Você não estava na cabana de Håvass — comentou ela para mudar de assunto.

— Não estava? — Um grunhido risonho. — Eu devia estar de folga, então. Jussi estava lá.

— É — disse ela baixinho. — Estava.

Veio um golpe de vento, e Kaja virou a cabeça de lado para não ser atingida no rosto por um galho. Será que ele a havia seguido ou já estava no local antes de ela chegar?

Quando ia perguntar, ele não estava mais ali. Ela projetou a luz por entre as árvores. Truls Berntsen havia sumido.

Eram duas da madrugada quando ela estacionou na rua, entrou pelo portão e subiu a escada da casa amarela. Apertou o botão sobre a placa de cerâmica com as palavras "fam. Hole" com letras entrelaçadas.

Quando ia tocar pela terceira vez, ouviu alguém pigarrear baixo e se virou a tempo de ver Harry devolver um revólver de serviço ao cós da calça. Ele devia ter dado a volta pela casa sem fazer barulho.

— O que foi? — perguntou ela, assustada.

— Só estou sendo mais cuidadoso. Você devia ter ligado avisando que viria.

— Eu... Eu não devia ter vindo?

Harry subiu a escada, passou por ela e abriu a porta. Ela o seguiu, abraçou-o por trás, se agarrou às suas costas, fechando a porta dando um empurrão com o calcanhar. Ele se libertou, ia dizer alguma coisa, mas ela o deteve com um beijo. Um beijo ávido que exigia ser retribuído. Pôs as mãos geladas por baixo da camisa de Harry, sentiu pela sua pele cálida que vinha direto da cama, tirou o revólver da calça e o deixou cair na mesa do corredor.

— Quero você — sussurrou ela, mordendo a orelha dele, enfiando a mão nas calças de Harry. O membro estava quente e macio.

— Kaja...

— Posso?

Ela pensou ter sentido certa hesitação, uma leve relutância. Pôs a outra mão em torno do pescoço dele e o olhou nos olhos.

— Por favor...

Harry sorriu. Por fim, seus músculos relaxaram. E ele a beijou. Com cuidado. Com mais cuidado do que ela queria. Kaja gemeu de frustração, desabotoou sua calça. Segurou seu pau firme sem mexer a mão e ficou sentindo crescer.

— Foda-se — gemeu ele e a levantou do chão. Carregou-a escada acima. Chutou a porta do quarto e a deitou na cama. No lado da mãe. Kaja inclinou a cabeça para trás, fechou os olhos, sentiu as roupas serem tiradas, com rapidez, com eficiência. Sentiu o calor radiar de sua pele um instante antes de Harry se deitar por cima dela, forçando suas coxas a se abrirem. É, pensou ela. Me fode.

Kaja estava deitada com o rosto e a orelha sobre o peito dele, ouvindo as batidas do coração.

— O que você pensou quando estava deitado na neve, sabendo que ia morrer? — sussurrou ela.

— Que eu ia viver — respondeu Harry.

— Só isso?

— Só isso.

— Não que ia... rever as pessoas queridas?

— Não.

— Eu pensei. Foi estranho. Estava com tanto medo de que algo especial acabasse. Depois, o medo passou e me senti repleta de paz. Adormeci. E então você veio. Me acordou. Me salvou.

Harry estendeu o cigarro a Kaja e ela tragou, dando uma risadinha.

— Você é um herói, Harry. Do tipo para quem dão medalhas. Quem diria isso de você, hein?

Harry balançou a cabeça.

— Acredite, querida, só pensei em mim. Não pensei em você até chegar à lareira.

— Talvez não, mas quando chegou lá ainda tinha pouco ar. Ao cavar para me tirar, você sabia que ia usar o ar duas vezes mais rápido.

— O que posso dizer? Sou um cara generoso.

Ela deu um tapinha no peito dele.

— Um herói!

Harry deu uma bela tragada.

— Ou talvez fosse o instinto de sobrevivência que tenha passado a perna na consciência.

— O que quer dizer?

— A pessoa que encontrei primeiro era tão forte que quase conseguiu segurar o bastão. Por isso percebi que devia ser Kolkka e que ele estava vivo. Eu sabia que era questão de segundos e minutos, mas, em vez de cavar para retirá-lo, comecei a cutucar na neve até te encontrar. Você estava quieta. Pensei que estivesse morta.

— Então?

— Então, pode ser que eu tenha pensado, bem lá no fundo, que se cavasse para retirar a pessoa morta primeiro, nesse meio-tempo a pessoa que estava viva poderia morrer. Assim, eu teria todo o ar só para mim. É difícil saber o que governa nossas ações.

Ela ficou quieta. Lá fora o rugido de uma moto aumentou e sumiu. Uma motocicleta em março. E hoje, Kaja tinha visto uma ave migratória. Tudo estava fora do lugar.

— Você não frita o seu cérebro pensando tanto assim? — perguntou ela.

— Não. Talvez. Não sei.

Kaja se aconchegou nele.

— Sobre o que está pensando agora?

— Como ele pode saber o que sabe.

Ela suspirou.

— O nosso assassino?

— E por que ele está brincando comigo. Por que ele me enviou um pedaço de Tony Leike. Como ele pensa.

— E como está pensando em descobrir?

Harry apagou o cigarro no cinzeiro da mesa de cabeceira. Inalou fundo e soltou o ar com um longo assobio.

— É essa a questão. Só consigo pensar numa única maneira. Preciso falar com ele.

— Com ele? O Cavalheiro?

— Alguém *igual a* ele.

O sonho surgiu na soleira do sono. Ele olhava para cima, para um prego. Estava saindo da cabeça de um homem. Mas essa noite havia algo familiar com o rosto. Um retrato familiar, um que ele tinha visto tantas vezes. Recentemente. O objeto estranho na boca de Harry explodiu e ele se sobressaltou. Estava dormindo.

70

Ponto Cego

Harry andou pelo corredor do hospital ao lado de um guarda da prisão não uniformizado. A médica estava dois passos a sua frente. Ela havia informado Harry sobre o estado dele, preparando-o para o que poderia esperar.

Chegaram a uma porta e o guarda abriu. Do outro lado, o corredor continuava por alguns metros. Havia três portas ao longo da parede esquerda. Diante de uma delas havia um guarda fardado.

— Ele está acordado? — perguntou a médica enquanto Harry era revistado. O guarda fez que sim, deixou todo o conteúdo dos bolsos de Harry na mesa, destrancou a porta e deu um passo para o lado.

A médica sinalizou para Harry esperar do lado de fora, e entrou junto do guarda. Voltou logo depois.

— No máximo 15 minutos — pediu ela. — Ele está melhorando, mas continua fraco.

Harry fez que sim. Respirou fundo. E entrou.

Parou próximo à porta e a ouviu se fechar atrás de si. As cortinas se encontravam fechadas e a sala estava escura, exceto por uma lâmpada sobre a cama. A luz iluminava uma figura meio sentada, com a cabeça inclinada para a frente e o cabelo comprido caindo nos lados.

— Chegue mais perto, Harry. — Sua voz havia mudado; parecia o ranger de dobradiças enferrujadas. Porém Harry a reconheceu, e ela fez seu sangue gelar.

Ele se aproximou da cama e se sentou na cadeira colocada ao lado. O homem ergueu a cabeça. E Harry perdeu o fôlego.

Parecia que alguém tinha despejado cera líquida sobre seu rosto, que havia endurecido, formando uma máscara apertada demais, esticando a testa e o queixo para trás. Fazendo da boca um buraquinho numa paisagem encaroçada de tecido marcado pelos ossos. Sua risada era dois sopros curtos de ar.

— Não está me reconhecendo, Harry?

— Reconheço os olhos — disse Harry. — É o suficiente. É você.

— Alguma notícia da... — a boca de carpa esboçou um sorriso — nossa Rakel?

Harry havia se preparado para isso, como um lutador que se prepara para sentir dor. Todavia o som daquele nome na boca do homem o fez cerrar os punhos.

— Você aceitou falar sobre um homem. Um homem que acreditamos ser igual a você.

— Como eu? Mais bonito, espero. — De novo dois sopros de ar. — É estranho, Harry, nunca fui um homem vaidoso. Pensei que as dores iam ser a pior parte dessa doença. Mas quer saber? É a deterioração. É se ver no espelho, ver surgir o monstro. Ainda me deixam ir sozinho ao banheiro, mas evito todos os espelhos. Eu era um homem bonito, você sabe.

— Já leu o material que mandei para você?

— Dei uma olhada. A Dra. Dyregod é da opinião de que não devo me cansar. Infecções. Inflamações. Febre. Ela está realmente preocupada com minha saúde, Harry. Impressionante, levando em conta o que eu fiz, não é? Pessoalmente, estou mais interessado em morrer. Nesse ponto, sinto inveja daqueles que eu... Mas você impediu isso, não foi, Harry?

— A morte teria sido uma pena branda demais.

Algo pareceu se acender nos olhos do doente como uma luz branca e fria saindo pelas fendas onde estavam os olhos.

— Ao menos ganhei um nome e um lugar nos livros de história. As pessoas vão ler sobre o Boneco de Neve. Alguém vai herdar o manto e querer realizar minhas ideias. E você, o que ganhou, Harry? Nada. Na verdade, você perdeu o pouco que tinha.

— Verdade. Você ganhou.

— Sente falta do dedo médio?

— Bem, estou sentindo falta dele nesse momento. — Harry levantou a cabeça e encontrou os olhos do outro. E o encarou. Então a boquinha de carpa se abriu. A risada parecia uma pistola com silenciador.

— Pelo menos não perdeu o senso de humor, Harry. Você sabe que vou pedir algo em troca?

— *No pain, no gain.* Mas continue.

O homem se virou com dificuldade para a mesa de cabeceira, levantou o copo d'água e o levou à boca. Harry estudou a mão segurando o copo. Parecia uma garra de ave branca. Quando terminou de beber, colocou o copo com cuidado na mesa e falou. A voz queixosa estava mais fraca, como um rádio com pilhas gastas.

— Acho que consta algo no manual de prisão sobre o alto risco de suicídio. Pelo menos, estão me vigiando como falcões. Eles revistaram você antes de entrar, não foi? Receiam que você fosse trazer uma faca ou coisa parecida. Mas não quero continuar essa deterioração, Harry. Agora chega, não acha?

— Não — retrucou Harry. — Não acho. Escolha outra coisa.

— Você podia ter mentido e concordado.

— Você teria preferido assim?

O homem acenou com a mão, como que para dispensar a questão.

— Gostaria de ver Rakel.

Harry ergueu uma sobrancelha, surpreso.

— Por quê?

— Tenho algo que gostaria de dizer a ela.

— O quê?

— É um assunto entre mim e ela.

A cadeira arrastou no chão quando Harry se levantou.

— Isso não vai acontecer.

— Espere. Sente-se.

Harry se sentou.

O homem baixou os olhos e puxou o lençol.

— Não me entenda mal, não me arrependo das outras. Eram putas. Mas Rakel era diferente. Ela era... diferente. Só queria dizer isso.

Harry olhou incrédulo para ele.

— Então, o que acha? — perguntou o Boneco de Neve. — Diga que sim. Minta se precisar.

— Sim — mentiu Harry.

— Você mente muito mal, Harry. Quero falar com ela antes de ajudar você.

— Fora de questão.

— Por que devo confiar em você?

— Porque você não tem escolha. Porque ladrões confiam em ladrões quando precisam.

— É?

Harry esboçou um sorriso.

— Quando comprei ópio em Hong Kong, usamos durante algum tempo um banheiro para deficientes no shopping Landmark, em Des Voeux Road. Eu entrava primeiro e colocava uma mamadeira com dinheiro por baixo da tampa da cisterna no cubículo do lado direito. Dava uma volta, olhando relógios falsos, voltava e lá estava minha mamadeira. Sempre com a quantidade correta de ópio. Confiança cega.

— Você disse que usavam o banheiro "durante algum tempo".

Harry deu de ombros.

— Um dia, a mamadeira sumiu. Talvez o traficante tenha me enganado, talvez alguém tenha visto a gente e pegou o dinheiro ou a droga. Não há garantia.

O Boneco de Neve olhou Harry, pensativo.

Harry andou pelo corredor ao lado da médica. O guarda estava na frente.

— Não levou muito tempo — comentou ela.

— Ele foi breve — respondeu Harry.

Harry passou direto pela recepção até o estacionamento, e abriu o carro. Viu sua mão tremer quando enfiou a chave na ignição. Sentiu a camisa molhada de suor nas costas ao se inclinar para trás no banco.

Ele realmente tinha sido muito breve:

"Suponhamos que ele seja como eu, Harry. Afinal, essa suposição é vital para eu poder ser de alguma ajuda. Primeiro, o motivo. Ódio. Um ódio ardente, incandescente. É disso que ele sobrevive, é o magma dentro dele que o mantém quente. E, como magma, ódio é uma precondição à vida, para que tudo não congele. Ao mesmo tempo, a pressão do calor interior levará inevitavelmente a uma erupção, para liberar o elemento destrutivo. E, quanto mais tempo passar sem que isso aconteça, mais forte será a erupção. No momento, a erupção está no auge e é violenta. O que me diz que você terá que procurar o motivo num passado longínquo. Porque não são os atos, mas o motivo do ódio que pode solucionar essa charada para você. Sem a causa, as ações não farão sentido. Leva tempo para se criar esse ódio, mas a causa é simples. Alguma coisa aconteceu. Tudo se trata dessa única coisa. Descubra o que foi e você o encontrará."

O que o fez usar justamente o vulcão como metáfora? Harry desceu a rua sinuosa e íngreme do hospital de Bærum.

"Oito assassinatos. Agora, ele é o rei, está no topo. Construiu um universo onde tudo parece obedecer a ele. É o mestre no teatro de marionetes e está brincando com vocês. Principalmente com você, Harry. É difícil ver por que você seria o escolhido, talvez seja uma coincidência. Mas, aos poucos, enquanto estiver controlando suas marionetes, ele vai procurar mais emoção. Vai querer falar com as marionetes, ficar perto delas, apreciar seus triunfos onde pode curti-los melhor, com aqueles sobre quem triunfa. Mas ele está bem disfarçado. Não se destaca como titereiro; muito pelo contrário, ele pode até parecer subserviente, alguém fácil de levar, alguém que seja subestimado, alguém que você nunca imaginaria ser capaz de dirigir um drama tão complexo."

Harry seguiu caminho pela E18 em direção ao centro. Havia um engarrafamento. Ele entrou na faixa exclusiva de ônibus. Afinal, era um policial. E era urgente, urgente, urgente. Sua boca estava seca; os cães se amotinavam.

"Ele está perto de você, Harry, tenho quase certeza; ele simplesmente não consegue se conter. Mas chegou até você por um ponto cego. De alguma maneira, ele se furtou para dentro da sua vida e inspirou confiança num momento que sua atenção estava voltada para outra coisa. Ou quando esteve fraco. Ele se sente em casa onde quer que esteja. Um vizinho, um amigo, um colega. Ou alguém que simplesmente está por aí, atrás de outra pessoa que esteja mais evidente para você, uma sombra sobre a qual você sequer pensa, além de como um apêndice dessa primeira pessoa. Pense nas pessoas que passaram pelo seu campo visual. Porque ele já esteve lá. Você já conhece seu rosto. Pode não ter trocado muitas palavras com você, mas, se for como eu, ele não conseguiu se segurar, Harry. *Ele já tocou em você.*"

Harry estacionou em frente ao hotel Savoy, entrou e foi até o bar.

— O que posso pegar para você?

Harry deixou os olhos passarem sobre as garrafas nas prateleiras de vidro atrás do barman.

Beefeater, Johnnie Walker, Bristol Cream, Absolute, Jim Beam.

Estava procurando um homem com um ódio ardente. Alguém que não se permitia outras emoções. Alguém com o coração blindado.

Seu olhar vagante se deteve. E pulou de volta. Ele ficou boquiaberto. Foi como um flash divino. E tudo, *tudo,* estava naquele flash.

A voz vinha de longe.

— Oi, senhor? Oi?

— Sim.

— Já decidiu?

Harry fez que sim.

— Já. Já decidi.

71

Felicidade

Gunnar Hagen estava girando um lápis entre os dedos enquanto observava Harry, que por sua vez estava sentado — e não deitado — na cadeira em frente a sua mesa de trabalho.

— Por ora, você está tecnicamente empregado pela Kripos, fazendo parte da equipe de Bellman — disse o chefe da Divisão de Homicídios.

— Portanto, uma detenção efetuada por você seria uma vitória para Bellman.

— E se eu, ainda hipoteticamente, informasse a vocês e deixasse a detenção para alguém da Divisão de Homicídios. Kaja Solness ou Magnus Skarre, por exemplo?

— Eu seria forçado a recusar uma oferta tão generosa da sua parte, Harry. Como disse, sou obrigado devido a acordos.

— Humm. Bellman ainda manda em você?

Hagen suspirou.

— Se eu tentasse fazer uma manobra tipo tirar de Bellman uma detenção no maior caso de homicídio da Noruega, o Ministério da Justiça ia querer saber de tudo na hora. Se eu os desafiasse, trazendo você de volta para cá para investigar esse caso, isso seria considerado uma recusa em obedecer ordens. E iria atingir toda a corporação. Sinto muito, Harry, mas não posso.

Harry olhou pensativo o vazio.

— Ok, chefe. — Ele saltou da cadeira e foi rapidamente à porta.

— Espera!

Harry parou.

— Por que está me perguntando isso agora, Harry? Aconteceu algo que eu deveria saber?

Harry balançou a cabeça.

— Só estou testando algumas hipóteses, chefe. É o nosso trabalho, não é?

Até as três da tarde, Harry ficou realizando ligações. A última foi para Bjørn Holm, que sem pestanejar aceitou dirigir.

— Eu não te falei para onde e por quê — disse Harry.

— Não precisa — respondeu Bjørn, com ênfase em cada palavra. — Confio-em-você.

Houve uma pausa.

— Acho que eu merecia essa.

— É — rebateu Bjørn.

— Tenho a sensação de já ter pedido desculpas, mas será que pedi mesmo?

— Não.

— Não? Ok. Des... Des... Des.... Droga, isso é difícil. Des... Des...

— Parece que o motor de arranque pifou, parceiro — comentou Bjørn, mas Harry podia ouvir que ele sorria.

— Desculpe — disse Harry finalmente. — Espero ter algumas impressões para você checar antes de sairmos às cinco. Se não tiverem registro, não vai ter que dirigir, por assim dizer.

— Por que tanto segredo?

— Porque você confia em mim.

Eram três e meia quando Harry bateu à porta do minúsculo escritório no Hospital Central.

Sigurd Altman abriu.

— Olá, será que pode dar uma olhada nisso aqui?

Ele estendeu uma pilha de fotos ao enfermeiro.

— Estão grudentas — comentou Altman.

— Vieram direto da câmara escura.

— Hum. Um dedo decepado. O que há com ele?

— Suspeito que alguém tenha dado uma dose pesada de cetamina ao dono. Queria saber se, com sua experiência em anestesia, você pode dizer se podemos encontrar vestígios do material no dedo.

— Claro que sim; a droga circula pelo corpo inteiro com o sangue.

Altman folheou as fotos.

— Esse dedo parece não ter quase sangue nenhum, mas, teoricamente, uma gota seria o suficiente.

— Então a próxima pergunta é se você poderia nos ajudar numa detenção hoje à noite?

— Eu? Vocês não têm patologistas que...?

— Você sabe mais do que eles sobre esse assunto. E preciso de alguém em quem possa confiar.

Altman deu de ombros, olhou para o relógio e devolveu as fotos.

— Saio do plantão daqui a duas horas, então...

— Ótimo. Passamos aqui. Você vai fazer parte da história criminal norueguesa, Altman.

O enfermeiro esboçou um sorriso.

Mikael Bellman ligou quando Harry estava a caminho da perícia técnica.

— Por onde andou, Harry? Senti sua falta na reunião hoje de manhã.

— Por aí.

— Por aí onde?

— Pela nossa querida cidade — respondeu Harry, deixando um envelope A4 no banco diante de Kim Erik Lokker e apontando para as pontas de seus dedos para mostrar que ele queria que checasse o conteúdo à procura de impressões digitais.

— Fico nervoso quando você some do radar um dia inteiro, Harry.

— Não confia em mim, Mi-ka-el? Tem medo que eu vá me embebedar?

Ele ficou em silêncio do outro lado.

— Você se reporta diretamente a mim e eu gostaria que me mantivesse informado, é só.

— Estou relatando que não há nada a relatar, chefe.

Harry desligou e entrou na sala de Bjørn. Beate já estava lá, esperando.

— O que você quer nos contar? — perguntou ela.

— Uma história mirabolante — respondeu Harry ao se sentar.

Ele estava na metade da história quando Lokker enfiou a cabeça pela porta.

— Encontrei essas aqui — anunciou ele, e mostrou uma folha transparente de impressões digitais.

— Obrigado — disse Bjørn, que pegou a folha, colocou-a no scanner, sentou-se ao computador, abriu o arquivo das impressões que encontraram na Holmenveien e iniciou o programa de identificação.

Harry sabia que levaria apenas alguns segundos, mas fechou os olhos e sentiu o coração bater mesmo que soubesse — ele sabia. O Boneco de Neve sabia. E ele tinha contado a Harry o pouco que precisava;

formulara as palavras e criara a onda sonora necessária para iniciar a avalanche.

Tinha que ser assim.

Devia levar apenas alguns segundos.

O coração martelava.

Bjørn Holm pigarreou. Mas não disse nada.

— Bjørn — disse Harry, ainda de olhos fechados.

— Sim, Harry.

— Essa é uma das suas pausas dramáticas que você quer que eu aprecie?

— É.

— Já passou, seu bundão?

— Passou. E encontramos uma que bate com a nossa.

Harry abriu os olhos. A luz do sol invadiu a sala, encheu-a de tal maneira que eles podiam nadar nela. Felicidade. Puta felicidade.

Os três se levantaram ao mesmo tempo. Entreolharam-se com bocas abertas que formaram um grito mudo de júbilo. Então se abraçaram num abraço grupal acanhado, com Bjørn no lado de fora e a pequena Beate sendo esmagada. Eles continuaram com exclamações abafadas, *high-fives* cautelosos, e Bjørn Holm fechou com algo que Harry achou bem além do que se podia esperar de um fã de Hank Williams, um perfeito *moonwalk*.

72

Boy

Os dois homens estavam numa pequena relva — só que sem grama — entre a igreja de Manglerud e a autoestrada.

— A gente costumava chamar isso de narguilé ou bong subterrâneo — disse o homem de jaqueta de couro, jogando os fios do cabelo longo para o lado. — No verão, a gente ficava por aqui fumando tudo que conseguia arranjar. A 50 metros da delegacia de Manglerud. — Ele deu um sorriso torto. — Eu, Ulla, Te-Ve, sua namorada e algumas outras pessoas. Bons tempos aqueles.

O homem ficou com o olhar distante enquanto Roger Gjendem anotava.

Não tinha sido fácil encontrar Julle, mas por fim Roger conseguiu rastreá-lo num clube de motoqueiros em Alnabru onde, descobriram, ele comia, dormia e levava sua vida como homem livre; ele não se movia além do supermercado para comprar rapé e pão. Gjendem já havia visto o mesmo, como a prisão fazia com que as pessoas ficassem dependentes de ambientes familiares, de rotina e segurança. Mas, estranhamente, Julle tinha concordado relativamente rápido em falar sobre o passado. A palavra mágica havia sido *Bellman*.

— Ulla era minha namorada, e foi tão bom, porque todos em Manglerud estavam apaixonados por ela. — Julle fez que sim, como que para concordar consigo mesmo. — Mas ninguém foi ciumento de forma tão doentia quanto ele.

— Mikael Bellman?

Julle fez que não.

— O outro. A sombra. Beavis.

— O que houve?

Julle abriu os braços. Roger havia notado as cicatrizes. Um prisioneiro migrando entre a droga na prisão e a droga lá fora.

— Mikael Bellman me dedurou sobre um pouquinho de gasolina que roubei; eu possuía uma sentença suspensa por haxixe, e por causa disso tive que cumprir pena. Ouvi rumores de que Bellman e Ulla foram vistos juntos. De qualquer maneira, quando saí e fui buscar Ulla, aquele cara, Beavis, estava esperando por mim. Quase acabou comigo. Disse que Ulla pertencia a ele. E a Mikael. Certamente não a mim. E se eu mostrasse a cara por perto... — Julle passou o indicador sobre um pescoço magro com tufos de barba grisalhos. — Doentio aquilo. E sinistro. Ninguém do bando acreditou quando contei que o maldito Beavis por tão pouco não havia acabado comigo. O babaca babão que não fazia nada a não ser seguir Bellman por onde andasse.

— Mas você falou de um lote de heroína — disse Roger. Quando interrogava pessoas em casos de drogas, ele sempre tomava cuidado para usar a terminologia correta que não deixasse dúvidas, pois as gírias mudavam com rapidez e tinham diferentes significados em locais diferentes. Por exemplo, "smack" podia significar cocaína em Hovseter, heroína em Hellerud e qualquer droga que te deixasse doidão em Abilsdø.

— Eu, Ulla, Te-Ve e sua namorada fizemos uma viagem de moto pela Europa no mesmo verão que fui preso. Trouxemos meio quilo de boy de Copenhague. Motoqueiros que nem eu e Te-Ve eram revistados em todas as fronteiras, mas mandamos as garotas passarem sozinhas. Cacete, como eram bonitas, com vestidinhos de verão, olhos azuis e um quarto de quilo de boy na boceta. Vendemos a maior parte para um traficante lá em Tveita.

— Você é bem aberto — comentou Roger enquanto anotava, colocando "boceta" entre parênteses para reescrever mais tarde e adicionou "boy" à sua lista de sinônimos para heroína.

— O tempo passou, não podem mais prender ninguém por aquilo. O importante é que o traficante em Tveita foi pego. E ofereceram a ele pena reduzida caso dedurasse os fornecedores. O que ele fez, claro, aquele canalha.

— Como sabe disso?

— Hum! O cara contou para mim alguns anos depois quando cumprimos pena juntos em Ullersmo. Ele tinha dado o nome e o maldito endereço de nós quatro, Ulla inclusive. Só faltou o número da identidade. Tivemos sorte porque o caso foi arquivado.

Roger anotava rapidamente.

— E adivinha quem cuidava do caso na delegacia de Stovner? Quem interrogou o cara? Quem mais podia ter recomendado que o caso fosse deixado de lado, tirado da pilha, arquivado? Quem salvou a pele de Ulla?

— É o que eu gostaria que me dissesse, Julle.

— Com grande prazer. Foi o ladrão de bocetas. Mikael Bellman.

— Só uma última pergunta — falou Roger, e sabia que havia chegado ao ponto crítico. A história podia ser verificada? A fonte podia ser checada? — Você tem o nome daquele traficante? Quero dizer, ele já não corre mais risco nem será mencionado.

— Se eu quero dedurá-lo, você quis dizer? — Julle deu uma gargalhada. — Pode apostar que quero.

Ele soletrou o nome e Roger virou a página e anotou em maiúsculas, sentindo os maxilares se alargarem. Formando um sorriso. Ele se controlou e adotou uma expressão séria. Mas sabia que sentiria o gosto por muito tempo: o doce sabor de um furo.

— Então, obrigado pela ajuda — disse Roger.

— *Eu* que agradeço — respondeu Julle. — Apenas cuide para acabar com aquele Bellman, aí estaremos quites.

— E, a propósito, só por curiosidade. Por que acha que o traficante contou a você que tinha te dedurado?

— Porque ele estava com medo.

— Com medo? Por quê?

— Porque ele sabia demais. Ele queria que mais alguém conhecesse a história caso aquele policial fizesse o que ameaçava fazer.

— Bellman *ameaçou* o traficante?

— Bellman, não. Sua sombra. Ele disse que, se o cara sequer mencionasse o nome de Ulla novamente, ele enfiaria algo nele que o faria ficar de bico calado. Para sempre.

73

Detenção

Eram seis e cinco quando o Volvo Amazon de Bjørn Holm parou em frente ao Hospital Central, no lado oposto da estação de trem. Sigurd Altman esperava com as mãos nos bolsos do casaco. Harry acenou do banco de trás para ele se sentar na frente. Sigurd e Bjørn se cumprimentaram e seguiram pela Ringveien, indo em direção leste à interseção de Sinsen.

Harry se inclinou para a frente entre os assentos.

— Foi como um dos experimentos químicos que fizemos na escola. Você tem todos os ingredientes que precisa para conseguir uma reação, mas falta o catalisador, o componente exterior, a faísca necessária para engatilhar tudo. Eu tinha a informação, só precisava de algo que me ajudasse a montar tudo corretamente. Meu catalisador foi um homem doente, um assassino chamado Boneco de Neve. E uma garrafa na prateleira de um bar. Tudo bem se eu fumar?

Silêncio.

— Entendo. Então...

Atravessaram o túnel de Bryn, subiram para a interseção de Ryen e Manglerud.

Truls Berntsen estava no velho terreno olhando para cima da encosta, em direção à casa de Bellman.

Era estranho que ele, que tantas vezes havia jantado, brincado e passado a noite lá durante a juventude, não estivera lá sequer uma única vez depois de Mikael e Ulla assumirem a casa.

O motivo era simples: não tinha sido convidado.

Às vezes ficava ali onde estava agora, na escuridão do fim da tarde, olhando para a casa para tentar captar um vislumbre dela. Inatingível, aquela que não era para ninguém. Ninguém além dele, o príncipe, Mikael. Às vezes ele se perguntava se Mikael sabia. Se ele sabia, e se era por isso que não o convidavam. Ou será que era ela que sabia? Deixando Mikael entender, sem ser explícita, que esse Beavis, com quem ele havia crescido junto, talvez não fosse um cara que precisavam ter no círculo de amizades. Pelo menos não agora que a carreira dele finalmente decolava, e seria mais importante andar nos círculos sociais certos, encontrar as pessoas certas, emitir os sinais certos. Nesse momento não seria taticamente inteligente ser rodeado por um fantasma do passado que merecia ser mantido no esquecimento.

Ah, ele sabia disso. Só não sabia por que ela não podia entender: que ele nunca iria machucá-la. Pelo contrário, ele não havia protegido tanto ela quanto Mikael durante todos esses anos, afinal? Tinha, sim. Ele ficava vigiando, estava sempre presente, limpava o terreno. Cuidava da felicidade deles. Era assim seu amor.

Essa noite havia luz nas janelas lá em cima. Estavam dando uma festa? Estavam comendo e rindo, bebendo vinhos que as lojas em Manglerud nunca teriam em estoque, falando daquele jeito diferente? Estaria ela sorrindo, seus olhos faiscando, tão belos que doía quando olhavam para você? Será que iria reparar melhor nele se ele tivesse dinheiro, se ficasse rico? Seria possível? Algo tão simples?

Ele ficou mais um tempinho ali, no fundo do terreno dinamitado. Depois pegou o caminho para casa.

O Amazon de Bjørn Holm se inclinou majestosamente na rotatória de Ryen.

Uma placa mostrava a saída para Manglerud.

— Aonde vamos? — perguntou Sigurd Altman, encostado à porta.

— Vamos para onde o Boneco de Neve indicou — respondeu Harry. — Voltando a um passado remoto.

Passaram a saída.

— Aqui — indicou Harry, e Bjørn entrou à direita.

— A autoestrada E6?

— Isso mesmo, vamos para o leste. Para o lago Lyseren. Conhece a área, Sigurd?

— Bastante, mas...

— É aqui que começa a história — explicou Harry. — Há muitos anos, em frente a um salão de baile. Tony Leike, o dono do dedo que eu te mostrei nas fotos mais cedo hoje, está na beira da floresta beijando Mia, a filha do delegado Skai. Ole, que está apaixonado por Mia, sai para procurá-la e pega os dois no flagra. Zangado e derrotado, Ole se lança por cima do intruso, o charmoso Tony. Mas agora, outro lado de Tony se revela. O sorridente, charmoso paquerador de quem todos gostam desaparece. E em seu lugar surge um animal feroz. E, como todas as feras que se sentem ameaçadas, ele ataca com uma fúria e brutalidade que paralisa Ole, Mia e os outros em volta. Uma névoa sangrenta baixa sobre ele. Tony tira uma faca e corta fora metade da língua de Ole antes de conseguirem arrancá-lo de cima do garoto. E, mesmo que Ole seja inocente no caso, é sobre ele que fica a vergonha. A vergonha da paixão não correspondida foi exposta, ele foi humilhado no duelo de acasalamento ritual da Noruega rural e seu discurso tolhido será para sempre a testemunha da derrota. Então, ele foge, se muda para outro lugar. Está me acompanhando?

Altman fez que sim.

— Muitos anos se passam. Ole se estabeleceu em outro lugar, tem um emprego onde é apreciado e respeitado por sua competência. Tem amigos, não muitos, mas o suficiente. O mais importante é que eles não conhecem seu passado. O que falta em sua vida é uma mulher. Ele já encontrou algumas, pelos sites de relacionamentos, anúncios em jornais, raramente num restaurante. Mas elas desaparecem rápido. Não por causa da língua, mas porque carrega a derrota consigo como um saco cheio de merda. Por sua maneira arraigada de falar se autodepreciando, antecipando a rejeição e suspeitando de mulheres que se comportam como se *de fato* o quisessem. O de sempre. O fedor da derrota, da qual todos fogem. Então, um dia algo ocorre. Ele encontra uma mulher que não foge e que já viveu suas aventuras. Ela até o deixa viver suas fantasias sexuais; eles transam numa fábrica fechada. Ele a convida para ir esquiar na montanha, como um primeiro sinal de que está levando o caso a sério. Ela se chama Adele Vetlesen e o acompanha, mesmo que com certa relutância.

Bjørn Holm virou perto de Grønmo, onde a fumaça de lixo incendiado subia ao céu.

— Eles fazem um belo passeio na montanha. Talvez. Ou talvez Adele esteja entediada; ela é uma alma inquieta. Eles se hospedam na cabana de Håvass, onde já estão cinco hóspedes; Marit Olsen, Elias Skog, Borgny Stem-Myhre, Charlotte Lolles e Iska Peller, que está doente e dorme num quarto só para ela. Depois do jantar, acendem a lareira e algumas pessoas abrem uma garrafa de vinho tinto, enquanto outras vão se deitar. Como Charlotte Lolles. E Ole, que se deita num saco de dormir no quarto, esperando sua Adele. Mas Adele prefere ficar acordada. Talvez esteja começando a sentir o fedor. E então algo acontece. Tarde da noite chega uma última pessoa. As paredes são finas, e Ole escuta a voz do recém-chegado. Ele se enrijece. É a voz do seu pior pesadelo, das suas mais doces fantasias de vingança. Mas não pode ser ele, *não pode* ser. Ole presta atenção. A voz fala com Marit Olsen por algum tempo. Depois fala com Adele. Ele escuta o riso dela. Mas aos poucos suas vozes ficam mais baixas. Ele escuta os outros irem se deitar nos quartos ao lado. Mas Adele não. Nem esse homem com a voz familiar. Daí não escuta mais nada. Até ouvir algo vindo de fora. Ele se arrasta até a janela, olha para fora, vê os dois, vê o rosto dela, animado, reconhece seus gemidos de prazer. E sabe que o impossível está acontecendo; a história está se repetindo. Porque ele reconhece o homem que está atrás de Adele, que a está pegando. É ele. É Tony Leike.

Bjørn Holm aumentou o aquecedor. Harry se inclinou no banco.

— Quando os outros se levantam na manhã seguinte, Tony já não está. Ole faz de conta que nada aconteceu. Porque agora está mais forte; os anos de ódio o endureceram. Ele sabe que os outros viram Adele e Tony; viram sua humilhação, como no passado. Mas ele está calmo. Sabe o que vai fazer. Talvez tenha ansiado por isso, a última cutucada, a queda livre. Dois dias depois, seu plano está pronto. Ele volta para a cabana de Håvass, talvez tenha pegado uma carona de motoneve até lá, e remove a página do livro de hóspedes onde constam os nomes. Porque dessa vez não vai ser ele a fugir envergonhado das testemunhas, elas é que sofrerão. E Adele. Porém quem vai sofrer mais é Tony. Ele vai ter que carregar toda a vergonha que Ole já carregou, seu nome vai ser arrastado na sarjeta, sua vida vai ser destruída, ele vai ser atingido pelo mesmo Deus injusto que permite que as línguas dos perdidamente apaixonados sejam decepadas.

Sigurd Altman baixou um pouco a janela e um som suave e assobiante encheu o carro.

— A primeira coisa que Ole precisa fazer é arranjar uma sala, um quartel-general onde possa trabalhar em paz, sem medo de ser descoberto. E o que seria mais apropriado que aquela fábrica fechada onde uma noite ele viveu o momento mais feliz da sua vida? É lá que começa o mapeamento das vítimas e o planejamento minucioso. Claro, tem que matar Adele Vetlesen primeiro, já que era a única pessoa na cabana que conhecia sua verdadeira identidade. Os nomes que eventualmente foram trocados entre eles lá seriam rapidamente esquecidos, e não havia cópia daquela página do livro de hóspedes. Estão certos a respeito daquele cigarro, pessoal?

Sem resposta. Harry suspirou.

— Então, marca um novo encontro com ela. Vai buscá-la de carro. Ele já cobriu o interior com plástico. Vão até um local tranquilo, provavelmente à fábrica Kadok. Lá, ele retira uma faca grande com cabo amarelo. Ele a força a escrever um cartão-postal ditado por ele, endereçado ao amigo com quem divide o apartamento em Drammen. Em seguida, ele a mata. Bjørn?

Bjørn Holm pigarreou e diminuiu o ritmo.

— A necropsia mostra que ele furou a artéria carótida.

— Ele desce do carro. Tira uma foto dela sentada no banco do passageiro com a faca na garganta. A foto: a confirmação da vingança, do triunfo. É a primeira foto a ser fixada à parede na sua sala da fábrica Kadok.

Um carro na contramão saiu da pista, mas entrou de novo e buzinou ao passar.

— Talvez tivesse sido fácil matá-la. Talvez não. De qualquer maneira, ele sabe que essa é a vítima mais perigosa. Não se encontraram muitas vezes, mas não pode saber ao certo o quanto ela contou sobre ele a seus amigos. Só sabe que, se ela for encontrada e sua morte puder ser ligada a ele, um amante abandonado seria o suspeito número um da polícia. *Se* for encontrada. Entretanto, se ela aparentemente desaparece, por exemplo, durante uma viagem à África, ele estará seguro.

"Então, Ole afunda o corpo num lugar que conhece bem, onde a água é profunda e onde as pessoas não chegam perto. O lugar com a noiva abandonada na janela. A fábrica de cordas perto do lago Lyseren. Então, ele viaja a Leipzig e paga a prostituta Juliana Verni para levar o cartão escrito por Adele para Ruanda, para se hospedar num hotel em nome de Adele Vetlesen e enviar o cartão de lá. Além disso, ela compra algo para Ole no Congo. Uma arma mortal. A maça de Leopoldo. Evidentemente, a arma especial não foi escolhida por acaso, é para apontar em direção ao Congo e fazer a polícia suspeitar de Tony Leike, que sempre viaja ao país. Quando Juliana volta para Leipzig, Ole paga a ela. E talvez seja ali, de pé sobre a trêmula Juliana, vendo-a abocanhar a torturante maçã com lágrimas escorrendo, que ele começa a sentir o prazer, o sádico êxtase, um prazer quase sexual que desenvolveu e alimentou durante anos com sonhos solitários de vingança. Depois, ele a joga no rio, mas o corpo vem à superfície e é encontrado."

Harry respirou fundo. A estrada estava mais estreita, e a floresta se adensava nos dois lados do caminho.

— Durante as semanas seguintes, ele mata Borgny Stem-Myhre e Charlotte Lolles. Diferentemente do que fez com Adele e Juliana, não tenta esconder os corpos, muito pelo contrário. Mesmo assim, a investigação da polícia não leva a Tony Leike como Ole havia esperado. Por isso, precisa continuar a matar, continuar a deixar pistas e a pressioná-los. Ele mata Marit Olsen, um membro do Parlamento, e a exibe na piscina de Frogner. Agora, a polícia precisa ver a conexão entre as mulheres e encontrar o homem com a maçã de Leopoldo. Mas não acontece. E ele entende que tem que interferir, dar uma mãozinha, correr o risco. Ele vigia a casa de Tony em Holmenveien até vê-lo sair de casa. Então, entra pelo porão, vai até a sala e faz uma ligação do telefone fixo na mesa de Tony para Elias Skog, a vítima seguinte. Ao sair, leva uma bicicleta para fazer parecer um roubo comum. Deixar impressões digitais na sala não preocupa Ole, todos sabem que a polícia não investiga roubos comuns. Então, ele vai a Stavanger. A essa altura seu sadismo está no auge. Ele mata Elias, colando-o ao fundo da banheira, deixando a torneira pingando. Ali, um posto de gasolina! Alguém está com fome?

Bjørn Holm nem diminuiu a velocidade.

— Ok. Então, algo de fato acontece. Ole recebe uma carta. É de um chantagista. Ele escreve que sabe que Ole matou alguém, que ele quer dinheiro, senão a polícia o pegará. O primeiro pensamento de Ole é que deve ser de alguém que esteve na cabana de Håvass, portanto, uma das duas pessoas ainda vivas. Iska Peller. Ou Tony Leike. Ele logo exclui Iska Peller. Ela é australiana, já voltou para casa e nem deve saber escrever norueguês. Tony Leike, que ironia! Eles nunca se encontraram na cabana, mas, obviamente, Adele pode ter mencionado o nome de Ole enquanto flertavam. Ou Tony pode ter visto o nome de Ole no livro de hóspedes. De qualquer maneira, Tony deve ter adivinhado a ligação, já que os assassinatos foram noticiados nos jornais. A tentativa de chantagem confere bem com o que a imprensa financeira está escrevendo sobre Tony; que ele está desesperado atrás de dinheiro para seu projeto no Congo. Ole toma uma decisão. Mesmo que ele preferisse que Tony vivesse com a vergonha, precisa optar pelo plano B, antes que as coisas saiam do seu controle. Tony precisa morrer. Ele segue Tony. Vai atrás dele no trem, que o leva para onde Tony sempre viaja: Ustaoset. Segue a pista da motoneve que aponta para uma cabana de turistas fechada que fica no meio de penhascos e despenhadeiros. E é lá que Ole o encontra. E Tony reconhece o fantasma, o rapaz do baile, cuja língua ele cortou fora. E sabe o que o espera. E Ole se vinga. Ele tortura Tony, o queima. Talvez para fazê-lo entregar eventuais parceiros da história de chantagem. Talvez apenas por bel-prazer.

Altman fechou a janela com força.

— Frio — explicou.

— Enquanto isso, chega a notícia de que Iska Peller está na cabana de Håvass. Ole entende que a solução final pode estar próxima, mas desconfia que seja uma armadilha. Ele se lembra do amontoado de neve mais acima da cabana, que o pessoal local disse ser perigoso. Ele toma uma decisão. Talvez leve Tony como guia e vai em direção à cabana de Håvass, provocando a avalanche com dinamite. Volta depois de motoneve e empurra Tony, vivo ou morto, do penhasco, jogando a motoneve atrás dele. Se o corpo algum dia for encontrado, parecerá um acidente. Um homem que se queimou e caiu no precipício quando foi buscar ajuda, talvez.

A paisagem se abriu. Eles passaram por um lago refletindo o luar.

— Ole está triunfante, ele venceu. Enganou a todos, fazendo todo mundo de idiota. E começou a gostar da brincadeira, da sensação de estar no comando, de sentir todos seguindo suas indicações. Daí, o mestre que teceu oito destinos num grande drama decide deixar uma mensagem de despedida. Deixar para mim uma mensagem de despedida.

Um grupo de casas, um posto de gasolina e um supermercado. Pegaram a saída à esquerda numa rotatória.

— Ole cortou o dedo médio da mão direita de Tony. E ele tem o celular de Leike. É aquele que usou quando me ligou do centro de Ustaoset. Meu número não está registrado em lugar nenhum, mas Tony Leike o adicionou na lista de contatos. Ole não deixou nenhuma mensagem, talvez fosse apenas um capricho.

— Ou para nos confundir — comentou Bjørn Holm.

— Ou para nos mostrar sua superioridade — concluiu Harry.

— Como quando ele literalmente nos mostra o dedo ao deixar o dedo de Tony na frente da minha porta, dentro da delegacia, bem embaixo do nosso nariz. Porque ele é capaz disso. Ele é o Cavalheiro, ele se ergueu da vergonha, rebateu, se vingou contra todos que zombaram dele e o elenco de apoio. As testemunhas. A puta. O mulherengo. Então, de novo acontece um imprevisto. O quartel-general da fábrica Kadok é descoberto. Com certeza a polícia não tem nenhuma pista que leva diretamente a Ole, mas o perigo está se aproximando. Então, Ole vai a seu chefe e diz que quer tirar férias e descontar as folgas acumuladas. Que vai ficar longe por um bom tempo. Aliás, seu voo é depois de amanhã.

— Às nove e quinze da noite para Bangkok via Estocolmo — afirmou Bjørn Holm.

— Ok, muitos detalhes dessa história são suposições, mas estamos quase lá. Chegamos. É aqui.

Bjørn saiu da estrada e subiu no cascalho diante do grande prédio vermelho. Parou e desligou o motor.

As janelas estavam escuras, mas havia cartazes nas paredes do térreo anunciando que outrora num canto do prédio existia uma mercearia. No outro lado da praça, 50 metros adiante e por baixo da luz de um poste, havia um jipe Cherokee.

Estava parado. Sem som, sem tempo, sem vento. Por cima da janela do Cherokee, uma fumaça de cigarro subia à luz.

— Esse é lugar onde tudo começou — explicou Harry. — O salão de baile.

— Quem é aquele? — perguntou Altman e indicou o Cherokee com a cabeça.

— Você não o reconhece? — Harry pegou o maço, enfiou um cigarro apagado entre os lábios e olhou avidamente para a fumaça do Cherokee.

— Pode se enganar na luz do poste, é claro. A maioria das lâmpadas de rua tem luz amarela, o que faz um carro azul parecer verde.

— Já vi esse filme — disse Altman. — *No vale das Sombras*.

— Hum. Bom filme. Quase no nível de Altman.

— Quase.

— No nível de Sigurd Altman.

Sigurd não respondeu.

— Então — disse Harry. — Está contente? Foi a obra-prima que você tinha imaginado, Sigurd? Ou posso te chamar de Ole Sigurd?

74

Bristol Cream

— P refiro Sigurd.
— Pena que não é tão fácil trocar de nome como de sobrenome — declarou Harry e se inclinou para a frente entre os assentos. — Quando você me contou que tinha trocado o sobrenome comum que termina em -sen, não pensei que o S em Ole S. Hansen podia ser de Sigurd. Mas isso ajudou você, Sigurd? O novo nome fez de você alguém diferente da pessoa que perdeu tudo no cascalho nesse mesmo lugar?

Sigurd deu de ombros.

— A gente foge como pode. Suponho que o novo nome tenha me levado a uma parte do caminho.

— Hum. Verifiquei algumas coisas hoje. Quando você se mudou daqui para Oslo, começou os estudos de enfermagem. Por que não de medicina? Afinal, você só tinha notas altas no colégio.

— Eu queria evitar ter que falar em público — explicou Sigurd e esboçou um sorriso. — Presumi que não teria que fazer isso como enfermeiro.

— Liguei e falei com um fonoaudiólogo hoje e ele me disse que dependendo de que músculos estejam danificados, é possível, pelo menos em teoria, se treinar para falar quase perfeitamente de novo, mesmo faltando metade da língua.

— Os "esses" são difíceis sem a ponta da língua. Foi isso que me entregou?

Harry baixou a janela e acendeu o cigarro. Ele tragou com tanta força que o papel crepitou e estalou.

— Foi uma das coisas. Mas fomos levados na direção errada por algum tempo. O fonoaudiólogo me contou que as pessoas têm uma tendência de associar ceceio com a fala dos gays. Em inglês se chama "*gay lisp*" e não é ceceio no sentido fonoaudiológico, apenas outra maneira de pronunciar o "esse". Os gays podem ligar e desligar o ceceio, eles o usam como um código. E o código funciona. O fonoaudiólogo disse que fizeram uma pesquisa linguística numa universidade americana para ver se as pessoas podiam adivinhar a orientação sexual de alguém ouvindo gravações da fala. O resultado foi razoavelmente correto. Mas mostrou que a percepção do *gay lisp* era tão forte que ocultava outros sinais de fala típicos de heterossexuais. Quando o recepcionista no Hotel Bristol disse que um homem havia perguntado por Iska Peller e que ele falava de modo afeminado, foi vítima do mesmo estereótipo. Foi só quando ele demonstrou como a pessoa havia falado que entendi que ele havia se deixado enganar pelo ceceio.

— Deve ter sido um pouco mais que isso.

— Claro. Bristol. É um bairro em Sydney, Austrália. Vejo que já entendeu a conexão.

— Espere — disse Bjørn. — *Eu* não entendi.

Harry soprou fumaça pela janela.

— O Boneco de Neve me disse que o assassino queria estar por perto, que ele já havia passado no meu campo visual. Que ele havia tocado em mim. Então, quando uma garrafa de Bristol Cream passou pelo meu campo visual, tudo se encaixou. Me lembrei de ter visto uma etiqueta com o mesmo nome pouco tempo antes e contado algo a uma pessoa. Uma pessoa que tinha se aproximado de mim. E de repente entendi que o meu comentário havia sido interpretado erroneamente. Eu tinha dito que o paradeiro de Iska Peller era Bristol. A pessoa achou que eu me referia ao Hotel Bristol, em Oslo. Eu disse isso a você, Sigurd. No hospital, logo depois da avalanche.

— Você tem uma boa memória.

— Para algumas coisas. Quando tinha começado a suspeitar de você, outras coisas se tornaram óbvias. Como aquilo que você mesmo disse sobre cetamina; que é preciso trabalhar na área de anestesia para conseguir a droga na Noruega. Como um amigo meu disse que a gente deseja o que vê todo dia, o que pode sugerir que quem tem fantasias sexuais de uma mulher vestida de enfermeira talvez trabalhe num hospital. Como o nome do usuário do computador na fábrica Kadok era Nashville, o nome de um filme dirigido por...

— Robert Altman, 1975 — completou Sigurd. — Uma obra-prima bastante subestimada.

— E que a cadeira dobrável no quartel-general evidentemente era do diretor. Do diretor mestre Sigurd Altman.

Sigurd não respondeu.

— Mas eu ainda não sabia qual era o motivo — prosseguiu Harry.

— O Boneco de Neve me disse que o assassino era guiado por ódio. E que o ódio foi engendrado por um único acontecimento, algo que havia ocorrido há muito tempo. Possivelmente, eu tinha uma ideia. A língua. O ceceio. Levei uma amiga de Bergen a fazer um levantamento sobre Sigurd Altman. Ela demorou em torno de trinta segundos para encontrar a alteração do seu nome no registro civil e de ligá-lo ao seu antigo nome mencionado na sentença por agressão de Tony Leike.

Um cigarro foi jogado pela janela do Cherokee, deixando um rastro de fagulhas.

— Então, faltou apenas a questão sobre a linha do tempo — continuou Harry. — Checamos as listas de plantão no Hospital Central. Aparentemente, você tem um álibi para dois assassinatos. Estava de plantão quando Marit Olsen e Borgny Stem-Myhre foram mortas. Mas ambas ocorreram em Oslo, e não há ninguém no Hospital Central que tivesse certeza de que você estava lá nos horários em questão. E como você passa de uma ala à outra, não há ninguém que sinta sua falta se não é visto por algumas horas. Se eu não estiver enganado, você vai me contar que passa a maior parte do tempo livre sozinho. E em casa.

Sigurd Altman deu de ombros.

— Provavelmente.

— É isso aí então — concluiu Harry e bateu as mãos.

— Espera um pouco — ordenou Altman. — O que você me contou é apenas ficção. Você não tem uma única prova concreta.

— Ah, esqueci — rebateu Harry. — Se lembra das fotos que mostrei a você hoje cedo? Que pedi para olhar e que achou que eram grudentas?

— O que têm as fotos?

— Pegar naquele tipo de foto deixa excelentes impressões digitais. As suas eram idênticas àquelas que encontramos na casa de Tony Leike.

A expressão no rosto de Sigurd Altman se alterou lentamente conforme a ficha foi caindo.

— Você só me mostrou... para que eu pegasse nelas? — Altman fitou Harry por alguns segundos, petrificado. Então pôs o rosto nas mãos. E um som subiu por entre os dedos. Risos.

— Você pensou em praticamente tudo — prosseguiu Harry. — Por que não pensou que seria bom ter algo que pudesse parecer um álibi?

— Não me ocorreu que eu precisaria. — Altman riu. — Você teria descoberto tudo de qualquer maneira, não é, Harry?

Os olhos por trás dos óculos estavam úmidos, mas não arrasados. Resignados. Harry tinha visto isso antes. O alívio de ser pego. De finalmente poder contar.

— Provavelmente — disse Harry. — Quero dizer, oficialmente não descobri nada. Foi aquele homem no carro ali. Por isso ele que vai te prender.

Sigurd tirou os óculos e secou as lágrimas de riso.

— Então você mentiu quando disse que precisava de mim para dar uma olhada na cetamina?

— Foi, mas não menti quando disse que você ia fazer parte da história criminal da Noruega.

Harry acenou para Bjørn, que piscou os faróis.

Um homem saltou do Cherokee.

— Um velho conhecido seu — disse Harry. — Pelo menos a filha dele era.

O homem andou na direção deles, levemente calvo, erguendo as calças pelo cinto. Como um velho policial.

— Só uma última questão — acrescentou Harry. — O Boneco de Neve disse que o assassino ia chegar a mim de modo despercebido, enquanto eu estivesse fraco. Talvez. Como você fez isso?

Sigurd colocou os óculos de volta no rosto.

— Todos os pacientes que são internados precisam indicar uma pessoa próxima. Seu pai deve ter dado o seu nome, porque na lanchonete uma das enfermeiras mencionou que o pai do policial que tinha prendido o Boneco de Neve, Harry Hole, o próprio, estava na sua ala. Presumi que alguém com o seu renome estivesse na frente do caso. Naquele momento, eu trabalhava em alas diferentes, mas pedi ao meu chefe para usar seu pai num projeto de anestesia que estava escrevendo, falei que ele se enquadrava perfeitamente no meu grupo de teste. Pensei que, se eu encontrasse você por intermédio dele, podia ter uma ideia de como andava o caso.

— Podia estar *por perto*, você quer dizer. Seguir o processo do caso e confirmar sua superioridade.

— Quando você finalmente apareceu, eu tive que tomar cuidado para não perguntar diretamente sobre a investigação. — Sigurd Altman respirou fundo. — Eu não queria levantar suspeitas. Precisava ter paciência, esperar até ganhar sua confiança.

— E conseguiu.

Sigurd Altman afirmou com um lento movimento da cabeça.

— Obrigado, gosto de acreditar que sou uma pessoa confiável. Além do mais, eu chamava a sala na fábrica Kadok de "sala de recortes". Quando vocês a arrombaram, perdi a cabeça. Era o meu lar. Fiquei tão furioso que quase desconectei seu pai do respirador, Harry. Mas não fiz. Gostaria que soubesse.

Harry não respondeu.

— Só uma dúvida — disse Sigurd. — Como descobriram a cabana de turistas fechada?

Harry deu de ombros.

— Por acaso. Eu e um colega tivemos que passar a noite lá. Parecia que alguém havia acabado de sair do lugar. E tinha alguma coisa grudada ao fogão. Pedaços de bacon, pensei. Levei algum tempo para fazer a conexão ao braço despontando por baixo da motoneve. Parecia salsicha grelhada. O delegado foi à cabana, retirou os pedaços e mandou para uma análise de DNA. Teremos o resultado em poucos dias. Tony tinha alguns pertences pessoais lá. Por exemplo, encontrei uma foto de família numa gaveta. Tony quando menino. Você não arrumou o lugar direito, Sigurd.

O policial havia parado ao lado da janela do motorista e Bjørn desceu o vidro. Ele se abaixou e olhou por cima de Bjørn para Sigurd Altman.

— Oi, Ole — cumprimentou Skai. — Estou te detendo pelo assassinato de um monte de pessoas de quem eu devia ler os nomes para você agora, mas vamos tratar de uma coisa de cada vez. Antes de eu dar a volta para abrir a porta, quero que coloque as mãos em cima do painel onde eu possa vê-las. Vou colocar algemas e você vai me acompanhar a uma cela nova e limpa. Minha mulher fez bolinhos de carne com purê de batatas. Pelo que me lembro, você gostava disso. Tudo bem para você, Ole?

Parte 8

75

Transpiração

— Que merda é essa?

Eram sete horas, o prédio da Kripos estava acordando, e no vão da porta de Harry estava um furioso Mikael Bellman com uma pasta numa das mãos e o jornal *Aftenposten* na outra.

— Se você estiver pensando no *Aftenposten*...

— Estou pensando nisso, sim! — Bellman bateu o jornal na mesa à sua frente.

A manchete cobria a metade da primeira página. O CAVALHEIRO FOI PRESO ESTA NOITE. A imprensa havia descoberto o apelido Cavalheiro no mesmo dia em que eles o batizaram na sala de reuniões Odin. FOI PRESO ESTA NOITE não era de todo correto, foi mais no fim da tarde, mas Skai não teve tempo de mandar o comunicado à imprensa até depois da meia-noite, depois do último noticiário na TV e logo antes dos jornais fecharem. O comunicado tinha sido breve, sem especificar o horário e as circunstâncias, informando apenas que o Cavalheiro, após investigações intensas do delegado, fora preso na frente do salão de baile em Ytre Enebakk.

— O que isso significa? — repetiu Bellman.

— Deve significar que a polícia conseguiu colocar um dos piores assassinos da história da Noruega atrás das grades — disse Harry, tentando inclinar o encosto da cadeira para trás.

— A polícia? — sibilou Bellman. — A delegacia de.... — Ele teve que consultar o jornal. — ... Ytre Enebakk?

— Não deve ser tão importante quem soluciona o caso, desde que seja solucionado, não é? — disse Harry, procurando a alavanca na lateral da cadeira. — Como funciona essa coisa?

Bellman deu uns passos para trás e fechou a porta.

— Escute aqui, Hole.

— Não é mais Harry?

— Cala a boca e presta atenção. Eu sei o que houve. Você falou com Hagen e ficou sabendo que não podia deixar a detenção para ele e para a Divisão de Homicídios; seria arriscado demais para ele. Então, como você não podia ganhar em casa, optou pelo empate. Você passou a honra e os pontos para um delegado caipira que não sabe bulhufas sobre investigações de assassinato.

— Eu, chefe? — respondeu Harry, e fingiu olhar para Bellman com mágoa nos olhos azuis. — Um dos corpos foi encontrado no distrito dele, por isso foi natural que seguisse a investigação em nível local. Então, deve ter pegado o fio da meada sobre a história do passado de Tony Leike. Belo trabalho policial, eu diria.

As manchas brancas na testa de Bellman pareciam passar por todas as cores do arco-íris.

— Você sabe como isso fica do ponto de vista do Ministério da Justiça? Eles deixaram a investigação nas minhas mãos; batalhei semana após semana, sem nenhum resultado. E aí chega esse maldito caipira e em questão de dias nos passa a perna na reta final.

— Hum. — Harry puxou a alavanca e o encosto caiu bruscamente para trás. — Não soa bem quando você diz dessa maneira, chefe.

Bellman pôs as palmas das mãos na mesa, inclinou-se para a frente e sibilou, fazendo bolinhas de saliva branca voar em direção a Harry.

— Espero que isso não soe bem, Hole. Essa tarde, o ópio que foi encontrado na sua casa vai para o laboratório para ser identificado. Está acabado, Hole!

— E depois, chefe? — Harry balançou para cima e para baixo, tentando controlar a alavanca.

Bellman franziu a testa.

— O que você quer dizer?

— O que vai responder à imprensa e ao Ministério da Justiça? Quando olharem a data do mandado de busca que vocês usaram, emitido em seu nome? E perguntar como pode ser que, no dia depois de você ter encontrado ópio na casa de um policial, você dá ao mesmo policial um cargo alto no seu próprio grupo de investigação? Alguém poderia alegar que, se a Kripos for administrada dessa maneira, não é de se estranhar que um delegado caipira com uma única cela e uma esposa cozinheira seja melhor em relação a encontrar assassinos.

Bellman ficou boquiaberto, piscando sem parar.

— Aí! — Harry se inclinou para trás com um sorriso contente e o encosto preso. E semicerrou os olhos contra o golpe de ar da batida da porta.

O sol havia passado sobre o pico da montanha quando Krongli parou a motoneve, desceu e foi até Roy Stille, que estava ao lado de um bastão de esqui enfiado na neve.

— Então?

— Acho que o encontramos — anunciou Stille. — Esse deve ser o bastão que aquele Hole usou para marcar o local.

O policial prestes a se aposentar nunca teve a ambição de uma carreira ascendente, mas o farto cabelo grisalho, o olhar firme e a voz calma faziam com que, quando falava, as pessoas sempre achassem que era ele, e não Krongli, quem era o delegado.

— É? — perguntou Krongli.

Ele seguiu Stille até a beira do precipício, que apontou. E lá embaixo, ele viu a motoneve. Ajustou os binóculos. Focou no braço à mostra e chamuscado. Murmurou meio alto.

— Ah, merda. Finalmente. Ou as duas coisas.

Os clientes do café da manhã começaram a sair do Stopp Pressen quando Bent Nordbø ouviu um pigarro, levantou os olhos do *New York Times*, tirou os óculos, semicerrou os olhos e formou o mais próximo que ele jamais conseguiu chegar de um sorriso.

— Gunnar.

— Bent.

O cumprimento, mencionando o nome um do outro, era algo que os acompanhou da maçonaria, e sempre fazia Gunnar Hagen pensar em formigas se cruzando e trocando cheiros. O chefe da divisão se sentou, mas não tirou o casaco.

— Você disse ao telefone que tinha encontrado algo.

— Um dos meus jornalistas descobriu isso. — Nordbø empurrou um envelope pardo sobre a mesa. — Parece que Mikael Bellman protegeu sua mulher num caso de narcóticos. O caso é velho, portanto, juridicamente escapa, mas da imprensa...

— ... nunca se escapa — completou Hagen e pegou o envelope.

— Acho que pode considerar Mikael Bellman fora do jogo.

— Pelo menos pode se chegar a um equilíbrio de terror. Ele tem coisas contra mim também. Também não tenho mais certeza se vou precisar disso; ele acabou de ser humilhado pelo delegado de Ytre Enebakk.

— Li sobre isso. E o Ministério da Justiça também leu, não é?

— Lá no alto leem os jornais e ficam com o ouvido no chão. Mas, obrigado, mesmo assim.

— Não há de quê, a gente pode contar um com o outro.

— Quem sabe, talvez possa precisar disso um dia.

Gunnar Hagen pegou o envelope e o enfiou no bolso interno do casaco.

Ele não obteve resposta, uma vez que Bent Nordbø já havia retornado à sua leitura do artigo sobre um jovem senador americano, negro, com o nome de Barack Obama, que o autor do artigo com seriedade alegou que podia um dia vir a ser o presidente dos Estados Unidos.

Quando Krongli alcançou o fundo, ele gritou para os outros que havia chegado e se soltou da corda de escalar.

A motoneve era da marca Arctic Cat e estava com os esquis para cima. Ele se arrastou por 3 metros até os destroços e lembrou instintivamente de tomar cuidado onde pisava e tocava. Como se estivesse numa cena de crime. Ele se agachou. Um braço despontava por baixo da motoneve. Ele tocou o veículo. Balançava em cima de duas pedras. Ele respirou fundo e virou a motoneve de lado.

O corpo estava de costas. O primeiro pensamento de Krongli foi de que *provavelmente* era um homem. A cabeça e o rosto tinham sido esmagados entre a motoneve e as rochas, e o resultado parecia com os restos de um festival de frutos do mar. Não precisou tocar no corpo destroçado para saber que estava gelatinoso, como um pedaço de carne macia com as pernas removidas, ou que o torso tinha sido achatado, quadris e joelhos, pulverizados. Krongli mal teria conseguido reconhecer o corpo se não fosse pela camisa de flanela vermelha. E o único dente podre e amarelado que restou da arcada inferior.

76

Redefinição

— O que está me dizendo? — disse Harry e apertou o telefone com mais força junto ao ouvido, como se a falha fosse do aparelho.

— Estou dizendo que o corpo embaixo da motoneve não é de Tony Leike — repetiu Krongli.

— De quem é então?

— Odd Utmo. Um guia local recluso. Ele sempre usava a mesma camisa de flanela vermelha. E a motoneve é dele. Mas foram os dentes que me fizeram resolver a charada. Um único dente podre. Deus sabe onde foram parar o resto dos dentes e o aparelho ortodôntico.

Utmo. Aparelho ortodôntico. Harry lembrou-se de Kaja contando sobre o guia local que a havia levado de motoneve para a cabana de Håvass.

— Mas e os dedos — disse Harry. — Não estão retorcidos?

— Estão, sim. Utmo sofria muito de artrite, coitado. Foi Bellman quem pediu para eu ligar e informar a você diretamente. Não foi exatamente o que esperava, Hole?

Harry afastou a cadeira da mesa.

— Não era o que eu previa. Pode ter sido um acidente, Krongli?

Mas ele sabia da resposta antes de ouvi-la. Aquela noite estava clara; mesmo sem luz seria impossível não ver aquele despenhadeiro. Especialmente para um guia local. Especialmente quando andava tão devagar que ele, de uma queda perpendicular de 70 metros, só caiu a 3 metros da encosta.

— Deixa para lá, Krongli. Conte sobre as queimaduras.

Ele ficou quieto um momento antes de responder.

— Os braços e as costas. A pele dos braços estava arrebentada, com a carne exposta. Partes das costas estão chamuscadas. E na queimadura entre as escápulas ficou gravada uma marca...

Harry fechou os olhos. Pensou na marca do fogão na cabana. Os pedaços de gordura fumegando.

— Parece um veado. Mais alguma coisa, Hole? Temos que começar a remover...

— Não, é só, Krongli. Obrigado.

Harry desligou. Ficou um tempinho ruminando. Não era Tony Leike. Claro, isso alterava os detalhes, mas não a história geral. Utmo foi possivelmente uma vítima da vingança de Altman, alguém que de alguma forma tinha ficado em seu caminho. Eles tinham o dedo de Tony Leike, mas onde estava o resto do corpo? Uma ideia ocorreu a Harry. Se ele estivesse morto. Teoricamente, Tony Leike podia estar sendo mantido preso em algum lugar. Um lugar que só Sigurd Altman conhecia.

Harry digitou o número de Skai.

— Ele se nega a falar — respondeu Skai, que estava mastigando alguma coisa. — A não ser com o advogado.

— E quem é?

— Johan Krohn. Conhece o cara? Parece um moleque e...

— Conheço Johan Krohn muito bem.

Harry ligou para o escritório do advogado. A voz de Krohn era gentil e reservada, adequada para um advogado de defesa profissional ao atender uma autoridade pública. Ele ouviu Harry. Então respondeu.

— Infelizmente, a não ser que você tenha uma prova concreta que evidencie a probabilidade de meu cliente estar mantendo uma pessoa presa ou colocando alguém em risco por não informar seu paradeiro, não posso permitir que fale com Sigurd Altman neste momento, Hole. Você alega ter acusações graves contra ele, e não preciso dizer que é meu trabalho proteger os interesses do meu cliente da melhor forma possível.

— De acordo — respondeu Harry. — Não precisava me dizer.

Desligaram.

Harry olhou para o centro da cidade pela janela da sua sala. A cadeira era confortável, sem dúvida. Mas seu olhar se deteve na familiar casa de vidro em Grønland.

Então digitou outro número.

Katrine Bratt estava alegre como um pássaro e trinava como um.

— Vou ter alta em poucos dias — contou ela.

— Pensei que estivesse aí por vontade própria.

— Estou, mas agora preciso receber alta oficialmente. E estou feliz por isso. Já me ofereceram um trabalho burocrático na delegacia quando terminar a licença médica.

— Ótimo.

— Queria alguma coisa em especial?

Harry explicou.

— Então você precisa encontrar Tony Leike sem a ajuda de Altman? — disse Katrine.

— Exato.

— Alguma ideia de onde devo começar a procurar?

— Só uma. Logo depois que Tony desapareceu, verificamos que ele não tinha reserva de hotel em Ustaoset ou nos arredores. Mas eu chequei os últimos anos mais detalhadamente, e ele não foi registrado em nenhuma acomodação na região, só um ou outro pernoite numa cabana de turistas. E isso é estranho, já que ele passava tanto tempo por lá.

— Talvez ele ficasse nas cabanas de turistas sem se registrar, para não ter que pagar.

— Ele não é desse tipo — disse Harry. — Eu me pergunto se Tony não tem alguma cabana na montanha que ninguém conheça.

— Ok. Mais alguma coisa?

— Não. Sim, claro, e ver o que pode encontrar sobre as atividades de Odd Utmo nos últimos dias de vida dele.

— Ainda está solteiro, Harry?

— Que pergunta é essa?

— Sua voz está soando menos solteira.

— É mesmo?

— É. Mas fica bem em você.

— É mesmo?

— Já que você perguntou, não.

Aslak Krongli endireitou as costas doloridas e olhou para o alto do penhasco.

Um dos caras do grupo de busca havia chamado e agora gritava de novo. Parecia agitado.

— Aqui!

Aslak praguejou baixinho. Os policiais haviam terminado de trabalhar na cena do crime, e tinham conseguido içar a motoneve e o corpo de Odd Utmo para fora do despenhadeiro. Havia sido um trabalho complexo e demorado, já que a única maneira de descer até ali era com corda, o que, por si só, já era bastante difícil.

No intervalo do almoço, um dos caras tinha contado o que uma das empregadas do hotel havia sussurrado em seu ouvido: que os lençóis no quarto de Rasmus Olsen, o marido da parlamentar morta, estavam vermelhos de sangue quando ele fez o check-out. Primeiro, ela pensou que fosse sangue de menstruação, mas depois ficou sabendo que Rasmus Olsen havia ficado ali sozinho e que a mulher estava na cabana de Håvass.

Krongli havia respondido que Rasmus podia ter levado uma outra mulher para o quarto, ou encontrado a esposa na manhã em que ela foi a Ustaoset e feito as pazes na cama. O cara havia murmurado que podia não ser sangue de menstruação.

— Aqui!

Que chatice. Aslak Krongli queria ir para casa. Jantar, tomar café, dormir. Deixar todo esse maldito caso para trás. A dívida que tinha em Oslo já havia sido paga, e ele nunca mais iria para lá. Nunca mais iria para aquele lamaçal. Desta vez cumpriria a promessa.

Eles haviam usado um cão farejador para ter certeza de encontrar todos os pedaços de Utmo na neve, e o animal de repente subiu e ficou latindo cem metros acima. Cem metros íngremes. Aslak avaliou a subida.

— Algo importante? — perguntou, gritando, e uma sinfonia de ecos ressoou entre as rochas.

Ele obteve a resposta, e dez minutos depois estava olhando para aquilo que o cão havia deixado à mostra após cavar na neve. Estava prensado entre as rochas, impossível de ser visto da beira do penhasco.

— Que horror — comentou Aslak. — Quem pode ter sido?

— Com certeza não é Tony Leike — disse o dono do cão. — Teria que ficar muito tempo nesse despenhadeiro gelado para se tornar um esqueleto tão limpo. Vários anos.

— Dezoito anos. — Foi Roy Stille. O assistente do delegado tinha ido atrás deles e parecia ofegante. — Ela esteve aqui por dezoito anos — continuou Roy, agachando-se.

— Ela? — perguntou Aslak.

O policial apontou para os quadris do esqueleto.

— A pélvis das mulheres é maior. Nunca conseguimos achar o corpo quando ela desapareceu. É Karen Utmo.

Krongli percebeu algo que ele nunca tinha ouvido na voz de Roy Stille. Um tremor. O tremor de um homem transtornado. De pesar. Mas seu rosto de granito estava como sempre, impassível, fechado.

— Jesus, então é verdade — disse o dono do cão. — Ela se jogou do despenhadeiro, inconsolável pela perda do filho.

— Pouco provável — rebateu Krongli. Os outros dois olharam para ele. Ele havia enfiado o mindinho dentro de um buraco redondo na testa do crânio.

— É... o buraco de uma bala? — perguntou o dono do cão.

— Exato — respondeu Stille, e tocou a parte de trás do crânio. — E não tem um buraco de saída, então aposto que podemos encontrar a bala dentro do crânio.

— E vamos apostar que a bala vinha da espingarda de Utmo? — disse Krongli.

— Jesus — repetiu o dono do cão. — Quer dizer que ele matou a mulher? Como é possível? Matar uma pessoa que já amou? Porque você acha que ela e seu filho... que inferno.

— Dezoito anos — falou o policial Stille e se endireitou, gemendo. — Faltavam sete anos até o assassinato ser considerado prescrito. É isso que chamo de ironia. Você fica sempre na espera com medo de ser descoberto. E os anos passam. E então, quando se aproxima da liberdade, bang! Você morre e acaba no mesmo despenhadeiro.

Krongli voltou a fechar os olhos e pensou que sim, é possível matar alguém que se amou. Sem problema. Mas, não, você nunca fica livre. Nunca. Ele nunca mais voltaria àquele lugar.

Johan Krohn gostava dos holofotes. Não é possível se tornar o advogado de defesa mais requisitado do país sem gostar deles. E quando ele, sem hesitar um segundo sequer, aceitou fazer a defesa de Sigurd Altman, o "Cavalheiro", ele sabia que haveria mais holofotes do que nunca na sua até então notável carreira. Ele já havia alcançado a meta de superar seu pai em ser o advogado mais novo a aparecer diante da Suprema Corte. Como advogado de defesa, aos 20 e poucos anos ele foi proclamado uma nova estrela, o menino prodígio. Mas isso pode ter subido um pouco à cabeça; ele não estava acostumado com tanta atenção durante os tempos de escola. Tinha sido o CDF irritante que sempre erguia a mão na sala de aula um pouco avidamente demais, que socialmente sempre forçava um pouco a barra, e mesmo assim era sempre o último a saber onde seria a festa de sábado à noite — isso quando a informação chegava até ele. Mas agora, jovens assistentes e trainees davam risadinhas quando ele as elogiava ou sugeria um jantar depois do expediente. E choviam convites, tanto para dar palestras quanto para participar de debates no rádio e na TV, além de uma e outra première, que sua mulher tanto apreciava. Talvez esses eventos houvessem tomado demais sua atenção nos últimos anos. Pelo menos, ele havia notado certa redução no número de casos ganhos, casos grandes na mídia e clientes novos. Não tanto a ponto de ter começado a afetar sua reputação, mas o suficiente para ele saber que precisava de Sigurd Altman. Estava precisando de algo bastante notório para se colocar de volta onde devia estar: no topo.

Por isso, Johan Krohn ficou bem quieto ao ouvir o homem magro de óculos redondos. Ouviu Sigurd Altman contar uma história que não só era a menos provável que Krohn já tinha ouvido, mas também na qual *acreditava*. Johan Krohn já se via na sala do tribunal, o brilhante retórico, o agitador, o manipulador que, todavia, nunca perdia a justiça de vista, um deleite tanto para o leigo quanto para o juiz. Por isso, sua primeira reação foi de desapontamento quando Sigurd Altman revelou seus planos. Mas depois de lembrar o conselho tão repetido por seu pai, de que o advogado estava lá para ajudar o cliente, e não o contrário, ele aceitou o caso. Porque no fundo Johan Krohn não era má pessoa.

E quando Krohn deixou a prisão distrital de Oslo, para onde Sigurd Altman havia sido transferido no mesmo dia, ele viu novo potencial no caso, que de certa forma, apesar de tudo, era excepcional. A primeira coisa que fez quando voltou ao escritório foi entrar em contato com Mikael Bellman. Eles só haviam se encontrado uma vez antes — num caso de homicídio, claro —, mas Johan Krohn tinha entendido de imediato como lidar com Bellman. Um gavião reconhece o outro. Por isso sabia mais ou menos como Bellman estava se sentindo depois da manchete nos jornais sobre a detenção realizada pelo delegado de Ytre Enebakk.

— Bellman.

— Johan Krohn. É um prazer falar com você de novo.

— Bom dia, Krohn. — A voz parecia formal, mas não hostil.

— É? Imagino o que está sentindo por ter sido ultrapassado na reta final.

Pausa breve.

— Do que se trata, Krohn? — Dentes trincando. Furioso.

Johan Krohn sabia que ia conseguir.

Harry e Søs estavam quietos ao lado da cama do pai no Hospital Central. Na mesa de cabeceira e em duas outras mesas no quarto havia vasos com flores que tinham aparecido de repente nos últimos dias. Harry tinha dado uma volta, lendo os cartões dos remetentes. Em um deles estava escrito "Meu querido, querido Olav", assinado "sua Lise". Harry nunca tinha ouvido falar em Lise, muito menos passou pela sua cabeça que poderia haver outras mulheres na vida do pai além da mãe. Os outros cartões eram de amigos e vizinhos. Eles devem ter ouvido que o fim estava próximo. E apesar de saberem que Olav não podia lê-los, haviam enviado essas flores com cheiro adocicado para compensar o fato de não terem tido tempo de visitá-lo. Harry viu as flores que circundavam a cama como abutres rondando o moribundo. Cabeças dobradas e pesadas em finos pescoços de talos. Bicos vermelhos e amarelos.

— Não é permitido deixar o celular ligado aqui, Harry! — murmurou a irmã, severa.

Harry tirou o celular e olhou a tela.

— Sinto muito, Søs. É importante.

Katrine Bratt foi direto ao assunto.

— Sem dúvida, Leike esteve muitas vezes em Ustaoset e arredores — começou ela. — No último ano, ele comprou passagens de trem, pagou gasolina com cartão de crédito no posto de Geilo. O mesmo com mantimentos, a maior parte em Ustaoset. O que se destaca é uma fatura de material de construção, também em Geilo.

— Material de construção?

— Exato. Dei uma espiada na lista de faturas da loja. Tábuas, pregos, ferramentas, cabo de aço, blocos de concreto, cimento. Mais de 30 mil coroas. Mas foi há quatro anos.

— Está pensando o mesmo que eu?

— Que ele construiu um pequeno anexo ou algo parecido ali no alto?

— Ele não tinha cabana registrada no nome dele para construir um anexo, já verificamos. Mas você não compra comida se vai ficar em um hotel ou nas cabanas de turistas. Acho que Tony construiu ilegalmente um abrigo pequeno dentro da área do parque nacional, exatamente como era seu sonho, segundo me contou. Bem escondido na paisagem, claro. Um lugar onde podia ficar sozinho, sem ser incomodado por ninguém. Mas onde? — Harry percebeu que havia se levantado e estava andando de um lado a outro do quarto.

— Pois é, quem sabe — disse Katrine Bratt.

— Espere! Em que época do ano ele fez as compras?

— Deixe-me ver... A fatura é do dia seis de julho.

— Se a cabana tem que ficar escondida, deve estar longe das trilhas comuns. Algum lugar ermo sem estradas. Você mencionou cabo de aço?

— É. E posso imaginar para quê. Nos anos 1960, quando o pessoal de Bergen construía cabanas em Ustaoset nos lugares com muita ventania, eles usavam cabos de aço para ancorá-las.

— Então, a cabana de Leike estaria num lugar com muito vento, deserto, e ele tem que levar material de construção no valor de 30 mil coroas para lá. Pelo menos pesando umas duas toneladas. Como se faz isso no verão, quando não há neve e não se pode usar a motoneve?

— Cavalo? Jipe?

— Sobre rios, pântanos, subindo a montanha? Resposta errada.

— Não faço ideia.

— Mas eu faço. Já vi fotos. A gente se fala.

— Espere.

— Sim?

— Você pediu para eu verificar as atividades de Utmo durante os últimos dias da sua vida. Não há muitos registros dele no mundo eletrônico, mas ele deu alguns telefonemas. Uma das últimas coisas que fez foi ligar para Aslak Krongli. Parece que só conseguiu a caixa postal. A última conversa ao celular foi com a SAS. Chequei o sistema de reserva deles. Ele reservou uma passagem para Copenhagen.

— Hum. Ele não parece ser do tipo que viaja muito.

— Com certeza. De fato há um passaporte emitido no nome dele, mas ele não tem registro em um único sistema de compra de passagens. E estamos falando dos últimos 25 anos.

— Quer dizer que um homem que nunca sai do seu distrito de repente inventa de ir para Copenhagen. Aliás, quando era para ele ir?

— Ontem.

— Ok. Obrigado.

Harry desligou, pegou o casaco. Virou-se na porta e olhou para ela. A mulher atraente, sua irmã. Ia perguntar se ela ficaria bem sozinha, sem ele. Mas se absteve de fazer uma pergunta tão idiota. Quando foi que ela não havia conseguido?

— Se cuida — pediu ele.

Jens Rath estava na área de recepção do escritório compartilhado. Debaixo da jaqueta e da camisa, suas costas estavam ensopadas de suor. Porque tinha uma visita da polícia. Ele havia tido um episódio com a Divisão Antifraude alguns anos antes, mas o caso fora arquivado. Mesmo assim, ele sempre começava a suar frio só de ver um carro da polícia. E agora, Jens Rath sentia os poros de suor se escancararem. Ele era um homem baixinho e teve de erguer os olhos para o policial que havia acabado de se levantar. E continuou a se levantar. Até pairar uns 25 centímetros acima de Jens, dando a ele um aperto de mão firme e breve.

— Harry Hole, Homi... Kripos. É sobre Tony Leike.

— Alguma novidade?

— Vamos nos sentar, Rath?

Eles se sentaram em cadeiras Le Corbusier, e Rath sinalizou discretamente para Wenche na recepção que *não* servisse café, o que era a política-padrão quando recebiam visitas de investidores.

— Quero que me acompanhe para mostrar onde fica a cabana dele — disse o policial.

— Cabana?

— Vi que não pediu café, Rath, e tudo bem, tenho tão pouco tempo quanto você. Também sei que seu caso com a Divisão Antifraude foi arquivado, mas só preciso fazer uma única ligação para reabri-lo. Pode ser que também não encontrem nada dessa vez, mas prometo que a documentação que irão exigir que você apresente...

Rath fechou os olhos.

— Meu Deus...

— ... irá mantê-lo ocupado por mais tempo do que levou para construir a cabana do seu colega, amigo e parceiro Tony Leike. O que você acha?

O único talento de Jens Rath era saber calcular riscos vantajosos com mais rapidez e eficiência do que ninguém. Desse modo, ele levou cerca de um segundo para responder ao cálculo que acabava de ser apresentado.

— Está bem.

— A gente parte amanhã às nove da manhã.

— Como...?

— Da mesma maneira que vocês levaram o material para lá. Helicóptero. — O policial se levantou.

— Só uma pergunta. Tony sempre se preocupou muito com que ninguém ficasse sabendo daquela cabana. Acho que nem Lene, a noiva dele, sabe. Então, como...?

— Uma fatura de material de construção de Geilo, além da foto de vocês três de macacão sentados numa pilha de tábuas em frente a um helicóptero.

Jens Rath fez que sim.

— Claro, *a foto*.

— Aliás, quem a tirou?

— O piloto. Antes de decolarmos de Geilo. E foi ideia de Andreas enviá-la com um comunicado à imprensa quando abrimos o escritório. Ele achou mais bacana a foto da gente de macacão do que de terno e gravata. E Tony concordou por achar que fazia a gente parecer dono daquele helicóptero. De qualquer maneira, os jornais que tratam de economia usam aquela foto o tempo todo.

— Por que você e Andreas não disseram nada sobre a cabana quando Tony desapareceu?

Jens Rath deu de ombros.

— Não entenda mal, estamos tão interessados quanto vocês no reaparecimento de Tony. Temos um projeto no Congo que vai para o espaço se ele não aparecer logo com 10 milhões em espécie. Mas quando Tony some, é sempre porque ele mesmo quer. Ele sabe se cuidar. Não esqueça que ele era mercenário. Aposto que agora mesmo está sentado em algum lugar com um drinque na mão, uma mulher selvagem, exótica e muito gata nos braços e um largo sorriso por ter encontrado a solução.

— Humm — disse Harry. — Suponho que tenha sido essa gata que arrancou o dedo do meio dele, então. Aeroporto de Fornebu, às nove amanhã.

Jens Rath ficou parado, olhando o policial. Ele suava em bicas, encharcado.

Quando Harry voltou ao Hospital Central, Søs ainda estava lá. Ela folheava uma revista e comia uma maçã. Ele olhou para a revoada de abutres. Haviam chegado mais flores.

— Você está com cara de cansado, Harry. Devia ir para casa.

Ele riu.

— Vai você. Você já ficou tempo demais aqui sozinha.

— Não estive sozinha. — Ela sorriu para ele. — Adivinha quem esteve aqui?

Harry soltou um suspiro.

— Lamento, Søs, mas estou fazendo adivinhações demais no meu trabalho.

— Øystein!

— Øystein Eikeland?

— É! Ele trouxe chocolate ao leite. Não para o papai, mas para mim. Sinto muito, mas não sobrou nada. — Ela riu tanto que os olhos se tornaram apenas dois risquinhos.

Quando ela se levantou para dar uma volta, Harry olhou seu celular. Duas ligações perdidas de Kaja. Ele empurrou a cadeira para perto da parede e encostou a cabeça.

77

Impressões Digitais

Eram dez e dez da manhã quando o helicóptero aterrissou num espinhaço a oeste das montanhas de Hallingskarvet. Às onze localizaram a cabana.

Estava tão bem escondida na paisagem que, mesmo tendo uma ideia geral do local, não a teriam encontrado se Jens Rath não os tivesse acompanhado. A cabana fora construída em pedra bem no alto a leste, protegida pela montanha, alto demais para ser atingida por avalanches. As pedras foram carregadas para lá dos arredores e cimentadas por entre duas rochas, formando as paredes laterais e do fundo. Não havia nenhum ângulo reto visível. As janelas pareciam frestas de bunker e estavam tão fundas na parede que o sol não era refletido nelas.

— É isso que chamo de uma cabana de verdade — disse Bjørn Holm, tirando seus esquis e imediatamente afundando na neve até os joelhos.

Harry disse a Jens que a partir dali não precisavam mais de seus serviços e que ele devia voltar ao helicóptero e esperar lá com o piloto.

A neve não era tão funda em frente à porta.

— Alguém tirou a neve aqui há pouco tempo — comentou Harry.

A porta tinha uma placa de ferro e um cadeado simples, que cedeu ao pé de cabra de Bjørn sem muita resistência.

Antes de abrir, tiraram as luvas que usavam e puseram luvas de látex e sacos de plástico azul por cima das botas de esqui. E entraram.

— Uau — disse Bjørn baixinho.

A cabana toda consistia em um único cômodo de aproximadamente cinco por três metros e lembrava uma cabine de comandante de navio, com janelas parecendo escotilhas e soluções práticas para otimizar o espaço. O piso, as paredes e o teto haviam sido revestidos com tábuas grossas, não tratadas, que haviam recebido duas camadas de tinta branca para que o pouco de luz que entrava fosse aproveitado. A parede estreita à direita estava ocupada com uma bancada de cozinha com uma pia e um armário por baixo, além de um divã que, pelo visto, também servia de cama. No meio do cômodo havia uma mesa de jantar com uma única cadeira simples manchada de tinta. Diante de uma das janelas encontrava-se uma escrivaninha velha com iniciais e partes de letras de músicas entalhadas na madeira. À esquerda, na parede maior, onde a rocha era aparente, havia um fogão preto. Para aproveitar melhor o calor, o encanamento do fogão circundava a pedra à direita antes de subir verticalmente. A cesta de lenha estava cheia de troncos de bétula e jornais para atiçar o fogo. Nas paredes havia um mapa da região e outro da África.

Bjørn olhou pela janela sobre a escrivaninha.

— E isso que chamo de uma vista de verdade. Cara, dá para ver metade da Noruega daqui.

— Vamos começar — disse Harry. — O piloto nos deu duas horas, há nuvens chegando pelo litoral.

Como sempre, Mikael Bellman levantou às seis e correu na esteira no porão para acordar. Ele havia sonhado com Kaja de novo. Estava sentada numa moto, abraçada a um homem que era só capacete e visor. Ela estava sorrindo, feliz, mostrando os dentes pontudos, e acenou quando partiram. Mas não haviam roubado a moto? Não era dele? Ele não sabia ao certo, porque o cabelo dela, que esvoaçava no vento, era tão comprido que cobria a placa da moto.

Depois de correr, Mikael tomou banho antes de subir para o café.

Ele havia se preparado antes de abrir o jornal da manhã que Ulla, como sempre, havia colocado ao lado do seu prato.

Na falta de uma foto de Sigurd Altman, o Cavalheiro, eles haviam publicado a foto de Skai. Ele estava na frente da sua delegacia de braços cruzados, com um boné verde com aba longa, parecendo um maldito caçador de ursos. A manchete: "O CAVALHEIRO FOI PRESO?" E ao lado, em cima da foto de uma motoneve amarela esmigalhada: "OUTRO CORPO ENCONTRADO EM USTAOSET."

Bellman deu uma olhada no texto à procura da palavra Kripos ou, pior de tudo, seu próprio nome. Nada na primeira página. Ótimo.

Ele abriu as páginas da matéria, e lá estava, com foto e tudo:

O chefe da Kripos, Mikael Bellman, disse num curto comentário que não quer se pronunciar até que o Cavalheiro tenha sido interrogado. E também não tem nada a dizer sobre a detenção do suspeito pela polícia de Ytre Enebakk.

"Em geral, posso dizer que todo o trabalho da polícia é um trabalho de equipe. Na Kripos, não damos tanta importância às pessoas que recebem as honras."

Ele não devia ter dito aquela última parte. Era uma mentira, seria entendido como mentira e fedia de longe à frase de um mau perdedor.

Mas pouco importava. Porque, se aquilo que Johan Krohn havia lhe contado por telefone no dia anterior fosse verdade, Bellman tinha uma oportunidade de ouro para consertar tudo. Mais do que isso. De ele mesmo receber as honras. Sabia que o preço que Krohn exigiria seria alto, porém também sabia que não era ele quem teria que pagar. Mas aquele maldito caçador de ursos. E Harry Hole e a Divisão de Homicídios.

Um guarda da prisão segurou a porta de visitantes, e Mikael Bellman deixou Johan Krohn entrar primeiro. Krohn havia insistido que, por ser uma conversa e não um interrogatório formal, encontrariam-se num local que fosse o mais neutro possível. Já que estava fora de questão tirar o Cavalheiro da prisão distrital de Oslo, Krohn e Bellman concordaram em usar uma das salas de visita, normalmente usada para encontros particulares entre o preso e a família. Sem câmera, sem microfone, apenas uma sala sem janelas onde fora feito um esforço mínimo de alegrar o ambiente, com toalha de crochê na mesa e uma tapeçaria na parede. Os namorados e cônjuges tinham permissão para se encontrar ali, e as molas do sofá manchado de sêmen estavam tão gastas que Bellman podia ver Krohn afundar no tecido ao se sentar.

Sigurd Altman estava sentado numa cadeira na ponta da mesa. Bellman se sentou na outra cadeira, de modo que ele e Altman ficaram na mesma altura. O rosto de Altman aparentava magreza, tinha olhos fundos e uma boca marcante com dentes protuberantes, o que fez Bellman pensar em fotos de judeus macilentos em Auschwitz. E no monstro de *Alien*.

— Conversas como essa não seguem procedimentos regulares — disse Bellman. — Por isso, insisto que não sejam feitas anotações e que o que for dito aqui não passe dessas paredes.

— Ao mesmo tempo, temos que ter uma garantia de que as condições para uma confissão sejam cumpridas pelo promotor de justiça — rebateu Krohn.

— Tem a minha palavra — respondeu Bellman.

— E agradeço humildemente por isso. O que mais tem a oferecer?

— Mais? — Bellman esboçou um sorriso. — Do que mais gostaria? Um acordo por escrito e assinado? — Maldito advogado babaca e arrogante.

— De preferência — rebateu Krohn, passando uma folha de papel por cima da mesa.

Bellman olhou para o papel. Ele leu por alto, seu olhar saltando de frase em frase.

— Obviamente, não será mostrado a ninguém sem necessidade — disse Krohn. — E o documento será devolvido a você quando as condições forem cumpridas. E isso... — Ele estendeu uma caneta para Bellman — ... é uma S.T. Dupont, a melhor caneta-tinteiro que existe.

Bellman pegou a caneta e colocou-a na mesa ao seu lado.

— Se a história for boa o bastante, eu assino.

— Se isso aqui é para ser a cena de um crime, a pessoa fez uma bela limpeza.

Bjørn Holm colocou as mãos na cintura e olhou ao redor do cômodo. Eles haviam procurado em todo canto, em gavetas e armários, usando a lanterna em busca de vestígios de sangue e coletando impressões digitais. O laptop estava sobre a mesa, conectado a um scanner de impressões digitais do tamanho de uma caixa de fósforos, semelhante àquele que atualmente era usado em alguns aeroportos para identificar os passageiros. Até agora, todas as impressões eram de uma única pessoa envolvida no caso: Tony Leike.

— Continue — disse Harry, que estava de joelhos por baixo da pia, desatarraxando os canos de plástico. — Está aqui em algum lugar.

— O quê?

— Não sei. Alguma coisa.

— Se é para continuar, precisamos esquentar o lugar.

— Então acenda o fogão.

Bjørn Holm ficou de cócoras ao lado dele, abriu a portinha e começou a rasgar e amassar páginas de jornal do cesto de lenha.

— O que você ofereceu a Skai para ele entrar no seu jogo? Ele está arriscando muito caso a verdade venha à tona.

— Ele não está arriscando nada — retrucou Harry. — Ele não tem dito uma única palavra que não seja verdadeira, é só olhar seus depoimentos. Foi a mídia que chegou à conclusão errada. E não há nenhuma instrução da polícia sobre quem pode e quem não pode prender algum suspeito. Não precisei oferecer nada pela ajuda dele. Ele disse que desgosta menos de mim do que de Bellman, e foi motivo suficiente.

— Foi só isso?

— Bem, ele me contou sobre sua filha, Mia. As coisas não têm dado muito certo para ela. Nesses casos, os pais procuram um motivo, algo concreto para culpar. E Skai acha que aquela noite em frente ao salão de baile marcou Mia para o resto da vida. As fofocas dizem que Mia e Ole haviam sido namorados, e que Ole não a pegou em flagrante apenas dando beijinhos inocentes na floresta. Para Skai, Ole e Tony são os culpados pelos problemas da filha.

Bjørn balançou a cabeça.

— Vítimas, vítimas, estão em todo o canto.

Harry se aproximou de Bjørn e estendeu a mão. Na palma havia pedacinhos de algo que parecia fio de arame cortado de alguma cerca.

— Estava embaixo do cano de sucção. Tem ideia do que se trata?

Bjørn pegou os pedacinhos e os estudou.

— Cara! — exclamou Harry. — O que é isso?

— O quê?

— O jornal. Olha, é da coletiva de imprensa quando montamos a armadilha de Iska Peller.

Bjørn Holm olhou para a foto de Bellman, que ficou visível quando ele havia rasgado a primeira página.

— Pior que é...

— Aquele jornal só tem alguns dias. Alguém esteve aqui recentemente.

— Pior que é.

— Talvez tenha impressões digitais na primeira pá... — Harry olhou para dentro do fogão, onde a primeira página tinha acabado de pegar fogo.

— Lamento — disse Bjørn. — Mas posso checar as outras páginas.

— Ok. Na verdade, estou intrigado com aquela lenha.

— É?

— Não há uma árvore em um raio de quilômetros. Cheque o jornal, eu vou dar uma volta lá fora.

Mikael Bellman olhou para Sigurd Altman. Ele não gostou do seu olhar frio. Não gostou do corpo ossudo, a arcada dentária que fazia pressão contra os lábios, os movimentos desarmoniosos ou seu ceceio desajeitado. Mas ele não precisava gostar de Sigurd Altman para considerá-lo seu salvador e benfeitor. A cada palavra dita por ele, Bellman estava um passo mais próximo da vitória.

— Suponho que tenha lido o relatório de Harry Hole, apresentando o desenrolar dos eventos — disse Altman.

— Quer dizer o relatório do delegado Skai? — perguntou Bellman. — A apresentação de Skai?

Altman esboçou um sorriso.

— Como quiser. A história que Harry contou foi espantosamente correta. O problema é que só contém uma única prova concreta. Minhas impressões digitais na casa de Tony Leike. Bem, digamos que eu fui até lá, fiz uma visita a ele. E que conversamos sobre os bons e velhos tempos.

Bellman deu de ombros.

— E você acha que um júri vai acreditar nisso?

— Gosto de pensar em mim como alguém que inspira confiança. Mas... — Os lábios de Altman subiram, deixando a gengiva à mostra. — Agora não vou mais ter que encarar um júri, não é?

Harry encontrou a lenha empilhada sob uma lona verde, embaixo de uma rocha saliente da montanha. Um machado estava enfiado num cepo, e ao lado havia uma faca. Harry olhou em torno e chutou a neve. Não havia muita coisa interessante ali. Sua bota bateu em algo. Um saco de plástico branco, vazio. Ele se agachou. Tinha uma etiqueta com a especificação do produto. Dez metros de gaze. O que aquilo estava fazendo ali?

Harry inclinou a cabeça e olhou por um tempo para o cepo. Olhou para a lâmina preta enfiada na madeira. Para a faca. Para o cabo. Amarelo, liso. O que uma faca fazia num cepo? Podia ter muitos motivos, claro, mas...

Ele pôs a mão esquerda no cepo, de modo que o coto do dedo do meio ficou apontando para cima e os outros dedos ficaram pressionados para baixo.

Harry soltou a faca devagar, segurando-a com dois dedos no alto do cabo. Estava tão afiada quanto uma lâmina de barbear. E tinha traços do que ele sempre procurava na sua profissão. Então correu como um alce de pernas compridas na neve funda.

Bjørn desviou os olhos do laptop quando Harry irrompeu na cabana.

— Só mais Tony Leike — suspirou.

— Tem sangue na lâmina da faca — disse Harry ofegante. — Procure impressões no cabo.

Bjørn pegou a faca com cuidado. Pulverizou pó preto na madeira amarela envernizada, e soprou com cuidado.

— Só tem um par de impressões aqui, mas em compensação é lindo — concluiu ele. — Talvez tenha células epiteliais também.

— Beleza! — disse Harry.

— Qual é a história?

— O sujeito que deixou a impressão digital cortou o dedo de Tony Leike.

— Ah, é? O que te faz...

— Tem sangue no cepo. E ele estava com gaze de prontidão para estancar a ferida. E eu tenho a sensação de ter visto aquela faca antes. Numa foto granulada de Adele Vetlesen.

Bjørn Holm assobiou baixinho, pressionou a folha transparente contra o cabo para o pó grudar. Depois colocou a folha no scanner.

— Sigurd Altman, talvez você consiga um bom advogado para arrumar uma desculpa para as impressões digitais na mesa de Leike — murmurou Harry enquanto Bjørn apertava o botão "buscar" e os dois seguiram a linha azul que se moveu aos trancos e barrancos para a direita na barra. — Mas não a impressão nessa faca.

Pronto...

Um par idêntico encontrado.

Bjørn Holm apertou "mostrar".

Harry olhou para o nome que apareceu.

— Ainda acha que é a impressão digital da pessoa que cortou fora o dedo de Tony? — perguntou Bjørn Holm.

78

O Acordo

— Depois que vi Adele e Tony ali em pé transando como dois animais em frente à casinha, tudo voltou. Tudo que eu tinha conseguido enterrar. Tudo que o psicólogo disse que eu tinha conseguido deixar para trás. Mas foi o contrário. Foi como um bicho acorrentado que foi alimentado, que cresceu e se tornou mais forte do que nunca. E agora estava livre. Harry tinha razão. Planejei me vingar humilhando Tony Leike, exatamente da maneira como ele havia me humilhado.

Sigurd Altman olhou para as mãos e sorriu.

— Mas, a partir desse ponto, Harry se enganou. Não planejei a morte de Adele. Só queria humilhar Tony em público. Especialmente diante daqueles que ele esperava que viessem a ser sua família, aquelas vacas leiteiras dos Galtungs, que ia financiar sua aventura no Congo. Por que outro motivo um cara como Tony se casaria com uma ratinha cinzenta como Lene Galtung?

— É mesmo. — Mikael Bellman sorriu para mostrar que estava jogando no time de Altman.

— Então, escrevi uma carta para Tony, fingindo ser Adele. Escrevi que eu estava grávida e que queria ter o filho. Mas que eu, como futura mãe solteira, precisava cuidar do futuro, e por isso queria dinheiro para não revelar que ele era o pai. Para começar, 400 mil. Era para ele comparecer com o dinheiro no estacionamento atrás da loja de aparelhos elétricos Lefdal em Sandvika à meia-noite dois dias depois. Daí, mandei uma carta para Adele, fingindo ser Tony, perguntando se a gente podia se encontrar no mesmo horário e lugar. Eu sabia que o ambiente estaria ao gosto de Adele, e supus que não houvessem trocado nome e telefone, por assim dizer. O engano não seria descoberto até ser tarde demais, até eu ter o que queria. Às onze eu estava no lugar, sentado num carro com a câmera pronta. O plano era tirar fotos do encontro, quer ele acabasse em briga ou transa, e enviar tudo junto com a história reveladora para Anders Galtung. Só isso. — Sigurd olhou para Bellman e repetiu. — Só isso.

Bellman fez que sim, e Sigurd Altman continuou.

— Tony chegou primeiro. Ele estacionou, saiu do carro e olhou ao redor. Depois desapareceu nas sombras das árvores na beira do rio. Eu me abaixei atrás do volante. Daí Adele chegou. Baixei a janela para ouvir. Ela ficou ali esperando, olhando em volta, olhando o relógio. Eu vi Tony logo atrás dela, tão perto que foi incrível que ela não o visse. Eu o vi tirar uma grande faca e pôr o braço em volta do pescoço dela. Adele ficou se debatendo quando ele a carregou para dentro do carro dele. Quando a porta se abriu, eu vi o plástico cobrindo os bancos. Não ouvi o que Tony disse, mas levantei a câmera, dei um zoom e bati a foto. Eu o vi pressionar uma caneta na mão dela, aparentemente ditando algo que ela escreveu num cartão.

— O cartão-postal de Kigali — disse Bellman. — Ele havia planejado tudo de antemão. Era para ela desaparecer.

— Fiquei tirando fotos, não pensei em mais nada. Até vê-lo erguer de repente a mão e enfiar a faca no pescoço dela. Não podia acreditar no que vi. O sangue jorrou sobre o para-brisa.

Os dois homens nem perceberam que Krohn tinha prendido a respiração.

— Ele esperou um pouco, deixou a faca no pescoço, como se quisesse que o corpo dela ficasse sem sangue primeiro. Depois, ele a levantou, a carregou para fora, para trás do carro, e jogou-a no porta-malas. Quando ele ia se sentar no carro, parou e parecia cheirar o ar. Ele estava embaixo da luz de um poste, e foi quando vi: os mesmos olhos arregalados, o mesmo sorriso nos lábios que Tony tinha quando estava sentado em cima de mim na frente do salão de baile, forçando a faca na minha boca. Um bom tempo depois que Tony foi embora com Adele, eu ainda estava petrificado de pavor, sem conseguir me mover. Entendi que não podia mandar nenhuma carta reveladora para Anders Galtung. Ou para outra pessoa. Porque eu tinha acabado de me tornar cúmplice de um homicídio.

Sigurd bebeu um gole d'água do copo à sua frente e olhou para Johan Krohn, que respondeu com um gesto de cabeça.

Bellman limpou a garganta.

— Tecnicamente, você não foi cúmplice de homicídio. No pior dos casos, seria acusado por chantagem ou fraude. Você podia ter parado aí. Teria sido desagradável para você, mas podia ter ido à polícia. Você até tinha as fotos para provar sua história.

— De qualquer modo, eu seria acusado e condenado. Eles teriam alegado que eu, melhor do que ninguém, sabia que Tony Leike reagia com violência quando colocado sob pressão, que eu tinha iniciado a coisa toda, e que foi tudo premeditado.

— Você não havia pensado que isso pudesse acontecer? — perguntou Bellman, ignorando o olhar cauteloso de Krohn.

Sigurd Altman sorriu.

— Não é estranho que muitas vezes as nossas próprias deliberações são as mais difíceis de serem interpretadas? Ou lembradas? Nem lembro mais o que imaginei que fosse acontecer.

Porque não quer lembrar, pensou Bellman e fez um "hum", acenando com a cabeça, como em agradecimento por Altman ter oferecido uma nova compreensão sobre a alma do ser humano.

— Fiquei refletindo durante dias — disse Altman. — Então voltei à cabana de Håvass e arranquei a página do livro de hóspedes em que constavam os nomes e endereços de todos que haviam estado lá aquela noite. Depois, escrevi outra carta para Tony. Disse que sabia o que ele havia feito e que eu sabia o porquê. Que eu o tinha visto pegar Adele Vetlesen na cabana. E eu queria dinheiro. Assinei Borgny Stem-Myhre. Cinco dias depois, li nos jornais que ela havia sido encontrada morta num porão. Era para parar ali. A polícia devia ter investigado o caso e encontrado Tony. Era o que deviam ter feito. Detê-lo.

Sigurd Altman havia levantado a voz, e Bellman podia jurar que viu lágrimas surgirem nos olhos atrás dos óculos redondos.

— Mas vocês nem sequer tinham uma pista; estavam completamente confusos. Por isso eu tinha que continuar a alimentá-lo com mais vítimas, ameaçá-lo com novos nomes da lista da cabana. Recortei fotos das vítimas dos jornais e pendurei-os na parede da sala de clipagem na fábrica Kadok, com cópias das cartas que eu havia escrito em nome delas. À medida que Tony matava uma pessoa, surgia uma carta de *outra* que alegava ser o remetente das anteriores, e que agora sabia que ele tinha dois, três e depois quatro vidas na consciência. E que o preço do silêncio havia aumentado proporcionalmente. — Altman se inclinou para a frente, sua voz parecia angustiada. — Eu só fiz aquilo para dar a vocês a possibilidade de pegá-lo. Um assassino comete erros, não é? Mais mortes, mais chances de ele ser pego.

— É melhor ele se torna naquilo que está fazendo — disse Bellman.

— Não esqueça que Tony Leike não era nenhum novato em violência. Não se vive como mercenário na África tanto tempo quanto ele sem ter sangue nas mãos. Como você também tem.

— Sangue nas mãos? — gritou Altman, de repente furioso. — Eu arrombei a casa de Tony e liguei para Elias Skog para que vocês achassem a pista no registro telefônico. Foram vocês que não fizeram o trabalho direito, vocês é que têm sangue nas mãos! Putas como Adele e Mia, assassinos como Tony. Senão...

— Chega, Sigurd. — Johan Krohn havia se levantado. — Vamos fazer uma pausa, está bem?

Altman fechou os olhos, levantou as mãos e balançou a cabeça.

— Estou bem, estou bem. Vamos acabar logo com isso.

Johan Krohn olhou para seu cliente e para Bellman e voltou a se sentar.

Altman respirou fundo, trêmulo. Então prosseguiu:

— Claro, depois do terceiro ou quarto assassinato, Tony já havia entendido que a carta seguinte não necessariamente tinha sido enviada pela pessoa que dizia ser quem era. Mesmo assim, continuou a matá-las, de forma cada vez mais cruel. Foi como se ele quisesse me assustar, me fazer recuar, mostrar que podia matar tudo e todos e que por fim me mataria também.

— Ou ele queria se livrar das testemunhas em potencial que o tinham visto com Adele — retrucou Bellman. — Ele sabia que apenas sete pessoas haviam estado na cabana de Håvass, só que ele não tinha meios de saber quem eram.

Altman riu.

— Imagine! Aposto que ele foi até a cabana para olhar no livro de hóspedes. E só encontrou a margem de uma folha arrancada. Tony idiota!

— E o seu motivo para continuar?

— O que quer dizer? — perguntou Altman, de repente desconfiado.

— Você podia ter dado à polícia uma pista anônima muito mais cedo no caso. Talvez você também quisesse que todas as vítimas desaparecessem?

Altman inclinou a cabeça para trás, a orelha tocando o ombro.

— Como já disse, é difícil manter sob controle todos os motivos para fazer o que fazemos. O subconsciente é controlado por nosso instinto de sobrevivência e, portanto, é muitas vezes mais racional do que o pensamento consciente. Talvez o meu subconsciente percebesse que era mais seguro para mim também se Tony tirasse as vítimas do caminho. Assim, ninguém ia poder contar que eu estive lá, ou de repente me reconhecer na rua algum dia. Mas essa questão nunca será respondida, não é?

O fogão a lenha crepitava e estalava.

— Mas por que Tony Leike cortaria fora o próprio dedo? — perguntou Bjørn Holm. Ele havia se sentado no divã enquanto Harry vasculhava a caixa de remédios que tinham achado no fundo de uma gaveta na cozinha. Encontraram vários rolos de gaze. E pomada para estancar sangue, ajudando-o a coagular mais depressa. A data do tubo mostrava que era de apenas dois meses antes.

— Altman o forçou — disse Harry e girou uma garrafinha marrom sem etiqueta. — Era para humilhar Leike.

— Parece que nem você acredita nisso.

— Claro que acredito — respondeu Harry, tirando a tampa e cheirando o conteúdo.

— É mesmo? Não tem uma única impressão digital que não seja de Leike, nem um fio de cabelo que não seja o de Leike, nem uma pegada de sapato que não seja de Leike, tamanho 45. Sigurd Altman tem cabelo louro-acinzentado e usa sapatos tamanho 42, Harry.

— Ele fez uma bela limpeza. Me lembre de analisar isso aqui. — Harry deixou a garrafinha marrom cair no bolso da jaqueta.

— Bela limpeza? Num local que sequer parece ser uma cena de crime? O mesmo homem que não se importou em deixar grandes impressões gordurosas na mesa de Leike em Holmenveien? Que você mesmo disse não ter feito uma boa limpeza na cabana onde matou Utmo? Não acredito nisso, Harry. Nem você acredita.

— Merda! — gritou Harry. — Merda, merda. — Ele apoiou a testa nas mãos e olhou para a mesa.

Bjørn Holm segurava uma das peças metálicas do cano e arranhou o revestimento amarelo com a unha do indicador.

— Acho que sei o que é isso.

— É? — disse Harry, sem levantar a cabeça.

— Ferro, cromo, níquel e titânio.

— O quê?

— Eu usava aparelho ortodôntico quando era garoto. Quando os fios iam ser ajustados, precisavam ser dobrados e cortados.

Harry levantou a cabeça bruscamente e olhou para o mapa da África. Ele viu os países que se enquadravam como peças num quebra-cabeça. Apenas Madagascar ficava separado, como uma peça que não se encaixava.

— No dentista...

— Shhh! — disse Harry e levantou a mão. Ele já sabia. Alguma coisa havia acabado de se encaixar. Só ouviam o fogão e os golpes de vento que estavam ficando mais fortes. Duas peças do quebra-cabeça que estiveram longe uma da outra. Um avô materno no lago Lyseren. O pai da mãe. E a foto da gaveta na cabana de turistas. A foto da família. Não pertencia a Tony Leike, mas a Odd Utmo. Artrite. O que Tony havia dito? Não era contagioso, mas hereditário. O garoto com os grandes dentes à mostra. E o homem adulto com a boca rígida, cerrada, como se escondesse um segredo sombrio. Os próprios dentes podres e o aparelho ortodôntico.

A pedra. A pedra marrom e preta que ele havia encontrado no banheiro da cabana de turistas. Enfiou a mão no bolso. Ainda estava ali. Ele a jogou para Bjørn.

— Me diga — Harry engoliu em seco —, encontrei isso, será que pode ser um dente?

Bjørn segurou-a na luz. Arranhou-a com a unha.

— Pode ser.

— Temos que voltar — ordenou Harry, e sentiu o cabelo na nuca arrepiar. — Agora. Não foi Altman que os matou.

— Não?

— Foi Tony Leike.

— Com certeza você leu nos jornais que Tony Leike foi solto depois de ser preso — disse Bellman. — Porque ele tinha uma belezinha que se chama álibi. Podia provar que estava em outro lugar, tanto na morte de Borgny como de Charlotte.

— Não sei nada sobre isso — respondeu Sigurd Altman, cruzando os braços. — Só sei que eu o vi enfiar a faca em Adele. E que as cartas que eu mandava fizeram com que os supostos remetentes fossem mortos logo depois.

— Está ciente de que isso, pelo menos, o torna cúmplice de homicídio?

Johan Krohn tossiu.

— E você está ciente de que fizemos um acordo que entrega a você e a Kripos o verdadeiro assassino numa bandeja de prata? Todos os seus problemas internos acabarão, Bellman. Você vai receber todo o crédito, e terá uma testemunha que dirá perante o tribunal que viu Tony Leike matar Adele Vetlesen. O que aconteceu além disso fica entre a gente.

— E seu cliente fica livre?

— Esse é o acordo.

— E se Leike ficou com as cartas e elas aparecerem no tribunal? — disse Bellman. — Teremos um problema.

— Por isso mesmo tenho a sensação de que não vão aparecer. — Krohn sorriu. — Ou vão?

— E as fotos que você tirou de Adele e Tony?

— Foram queimadas no incêndio da Kadok — disse Altman. — Maldito Hole.

Mikael Bellman fez um longo sim com a cabeça. Então levantou a caneta S. T. Dupont. Chumbo e aço. Pesada. Mas assim que a encostou no papel, foi como se sua assinatura saísse por si só.

— Obrigado — disse Harry. — Câmbio e fim.

Ele recebeu um ruído em resposta e a linha silenciou, e ele só ouviu o zunido monótono do motor do helicóptero fora dos seus fones de ouvido. Harry afastou o microfone e olhou para fora.

Tarde demais.

Ele tinha acabado de terminar uma conversa pelo rádio com a torre do aeroporto de Gardermoen. Por motivos de segurança, eles tinham acesso a quase tudo, inclusive às listas de passageiros. E podiam confirmar que Odd Utmo havia viajado com sua passagem reservada para Copenhagen no dia anterior.

A paisagem se movia devagar embaixo deles.

Harry o visualizou em sua mente segurando o passaporte do homem que ele havia torturado e assassinado. O homem ou a mulher atrás do balcão que rotineiramente verificava se o nome do passaporte correspondia ao nome registrado na passagem e que — caso tenha chegado a olhar a foto — pensou que aquele era um aparelho ortodôntico e tanto. Ergueria o olhar, registrando o mesmo aparelho nos dentes talvez tingidos de marrom a sua frente, um aparelho que Tony Leike teve que dobrar e cortar para conseguir colocá-lo nos próprios dentes grandes de porcelana.

Eles entraram numa tempestade que irrompeu em torno da bolha de acrílico transparente, escorreu para os lados em linhas tremidas de água e desapareceu. Segundos depois, foi como se a nuvem nunca tivesse existido.

O dedo.

Tony Leike havia cortado o próprio dedo, enviando-o a Harry como uma última pista falsa, para mostrar que deveria ser considerado morto. Podia ser esquecido, anulado, arquivado. Será que tinha sido por acaso que havia escolhido o mesmo dedo que Harry, se igualando a ele?

Mas, e o álibi, seu álibi irrefutável?

O pensamento ocorrera a Harry antes, mas ele o havia deixado de lado porque assassinos em série são raridades, desvios, almas pervertidas no real sentido da palavra. Mas poderia ter havido mais alguém? A resposta podia ser tão simples quanto Tony Leike ter tido um cúmplice?

— Merda! — praguejou Harry, alto o suficiente para que o microfone sensível transmitisse a última parte da palavra aos outros três fones no helicóptero. Ele notou que Jens Rath olhou para ele de soslaio. Talvez Rath tivesse razão, afinal. Talvez Tony Leike estivesse mesmo sentado com um drinque na mão, uma mulher selvagem e exótica nos braços e um largo sorriso nos lábios por ter pensado em uma solução.

79

Ligações Perdidas

Eram duas e quinze quando o helicóptero aterrissou em Fornebu, o aeroporto antigo de onde se demorava doze minutos de carro para se chegar ao centro. Quando Harry e Bjørn passaram pela porta da Kripos e Harry perguntou ao recepcionista por que nem Bellman nem os outros investigadores da equipe atendiam às ligações, ele ficou sabendo que todos estavam na mesma reunião.

— E por que não fomos chamados? — murmurou Harry, andando a passos largos pelo corredor, com Bjørn quase correndo atrás.

Ele empurrou a porta aberta sem bater. Sete cabeças se viraram para eles. A oitava, de Mikael Bellman, não precisou se virar, já que estava sentado na ponta da mesa comprida de frente para a porta, e era nele que todos estiveram focados.

— O Gordo e o Magro — disse Bellman, rindo, e Harry entendeu pelas risadas que haviam sido sujeitos a comentários. — Onde estiveram?

— Bem, enquanto vocês ficaram aqui brincando de Branca de Neve e os Sete Anões, estivemos na cabana de Tony Leike — rebateu Harry e deixou-se cair numa cadeira vazia na outra extremidade da mesa. — E temos novidades. Não foi Altman. Prendemos o homem errado. Foi Tony Leike.

Harry não sabia que reação esperar, mas certamente não era esta: nenhuma.

O superintendente inclinou-se para trás na cadeira com um sorriso amistoso e indagador.

— *Nós* prendemos o homem errado? Pelo que me lembro, foi o delegado Skai que achou por bem prender Sigurd Altman. E quanto ao valor da novidade, é bastante limitado. Em relação a Tony Leike, talvez devêssemos dizer "Bem-vindo de volta".

O olhar de Harry pulou de Ærdal a Pelicano e voltou a Bellman, seu cérebro trabalhando. E chegou à única conclusão possível.

— Altman — disse Harry. — Altman contou que foi Leike. Ele sabia o tempo todo.

— Ele não só sabia — disse Bellman. — Assim como Leike foi o responsável pela avalanche na cabana de Håvass, Altman, sem saber, desencadeou todos esses assassinatos. Skai prendeu um homem inocente, Harry.

— Inocente? — Harry balançou a cabeça. — Eu *vi* as fotos na fábrica Kadok, Bellman. Altman está envolvido, só não sei ainda de que maneira.

— Mas a gente sabe — retrucou Bellman. — Então, se você não se importa em deixar isso para nós... — Harry ouviu a palavra *adultos* se formar na boca de Bellman, mas o que saiu foi: — ... que já estamos a par dos fatos, você pode entrar na conversa quando estiver mais atualizado, Harry. Ok? Bjørn também? Prosseguimos, então. Eu estava dizendo que não podemos excluir a hipótese de Tony Leike ter tido um cúmplice, alguém que executou pelo menos dois dos assassinatos, para quais Leike tem um álibi. Sabemos que quando Borgny e Charlotte foram mortas, ele estava em reuniões de negócios, com várias testemunhas presentes.

— Um safado esperto — disse Ærdal. — Naturalmente, Leike sabia que a polícia ia descobrir a conexão entre todos os assassinatos. De modo que, se ele tivesse um álibi de verdade para um ou dois deles, estaria automaticamente livre da suspeita dos outros.

— Correto — disse Bellman. — Mas quem seria o cúmplice?

Harry ouviu sugestões, comentários e perguntas voarem por cima da sua cabeça.

— O motivo para Tony Leike matar Adele Vetlesen não deve ter sido o valor da chantagem de 400 mil — concluiu Pelicano. — Mas sim o medo de que vazasse a informação de que ele havia deixado uma mulher grávida, pois Lene Galtung certamente ia romper com ele, e ele ia ter que dizer adeus aos milhões do bolso de Galtung para seu projeto no Congo. Portanto, a pergunta que a gente deve se fazer é quem tinha os mesmos interesses que ele.

— Os outros investidores no Congo — gritou o detetive imberbe. — Que tal seus parceiros no escritório?

— Para Tony Leike, o projeto do Congo era do tipo vai ou racha — disse Bellman. — Mas nenhum dos outros sujeitos do mercado financeiro teria matado duas pessoas para garantir sua participação de dez por cento num projeto. Aqueles caras estão acostumados a ganhar e perder dinheiro. Além do mais, Leike teria que colaborar com alguém em quem podia confiar, tanto pessoal como profissionalmente. Devemos também lembrar que a arma no caso de Borgny e Charlotte foi a mesma. Como é que se chama, Harry?

— A maçã de Leopoldo — disse Harry numa voz monótona, ainda confuso.

— Mais alto, por favor.

— A maçã de Leopoldo.

— Obrigado. Da África. Onde Leike foi mercenário. Por isso, seria razoável presumir que ele usou um de seus colegas anteriores, e acho que devemos começar por aí.

— Se ele tivesse usado um mercenário no segundo e no terceiro assassinato, por que não em todos? — perguntou Pelicano. — Assim ele teria álibi o tempo todo.

— Teria ganhado um desconto por cabeça também — disse o bigode de Nansen. — De qualquer maneira, o mercenário não pode pegar nada mais do que prisão perpétua.

— Pode haver ângulos que a gente não consegue ver — continuou Bellman. — Motivos banais, como falta de tempo ou Leike não ter o dinheiro. Ou o motivo mais comum em casos criminais: simplesmente aconteceu assim.

Todos assentiram em volta da mesa, e até Pelicano parecia contente com a resposta.

— Outras perguntas? Não? Então gostaria de usar a ocasião para agradecer Harry Hole por nos auxiliar até aqui. Já que não precisamos mais da sua perícia, ele vai voltar à Divisão de Homicídios imediatamente. Foi interessante experimentar outra visão da investigação de homicídios, Harry. Pode não ter conseguido solucionar o caso desta vez, mas quem sabe? Se não assassinatos, pode haver crimes interessantes esperando por você lá embaixo, em Grønland. Novamente, agradeço. Agora tenho uma coletiva de imprensa, pessoal.

Harry olhou para Bellman. Ele não podia deixar de admirá-lo. Como se admira uma barata que se joga na privada e dá a descarga, mas que se arrasta para cima de novo. E de novo. E acaba por ganhar o mundo.

Ao lado da cama de Olav no Hospital Central, os segundos, minutos e horas passavam numa monotonia lenta e ondulante. Um enfermeiro veio e foi embora, Søs veio e foi embora. Imperceptivelmente, as flores se aproximavam.

Harry tinha visto como muitas pessoas próximas não suportavam a espera pelo último suspiro de seus entes mais queridos, como elas no final rezavam, pedindo para a morte chegar e libertá-los. Libertar a eles, os vivos. Mas para Harry era o contrário. Ele nunca havia se sentido mais próximo do pai do que naquele momento, ali, naquele quarto sem palavras, onde tudo era respiração e a próxima batida de coração. Porque ver Olav Hole assim foi como ver a si mesmo, na existência pacífica entre a vida e o nada.

Os investigadores da Kripos haviam visto e entendido muita coisa. Mas não a conexão óbvia. A conexão que deixava tudo às claras. A conexão entre a fazenda de Leike e Ustaoset. Entre os rumores do fantasma de um menino desaparecido da fazenda de Utmo e um homem que chamava o ermo da montanha de "seu território". Entre Tony Leike e o menino da foto, junto com seu pai feio e sua bela mãe.

Vez ou outra, Harry dava uma olhada no celular e via uma ligação perdida. Hagen. Øystein. Kaja. Kaja de novo. Logo teria que responder às chamadas dela. Ligou para ela.

— Posso ir à sua casa esta noite? — perguntou ela.

80

O Ritmo

A chuva martelava as tábuas do cais. Harry se aproximou do homem de costas que estava na beirada, olhando para o outro lado.

— Bom dia, Skai.

— Bom dia, Hole — disse o delegado sem se virar. A ponta da vara de pescar estava curvada na direção da linha que desaparecia entre os juncos na outra margem.

— Fisgou algum?

— Nada — disse Skai. — Enrosquei nos malditos juncos.

— Lamento. Já leu os jornais de hoje?

— Eles só chegam mais tarde aqui na roça.

Harry sabia que não era verdade, mas fez que sim.

— Devem estar dizendo que sou um caipira babaca — disse Skai. — Precisavam dos urbanoides da Kripos para dar um jeito na confusão.

— Como eu disse, lamento.

Skai deu de ombros.

— Não tem por quê. Você me disse tudo, eu sabia o que estava fazendo. E foi um pouco divertido também. Não acontece muita coisa por aqui, você sabe.

— Hum. Eles não estão escrevendo muito sobre você, estão mais interessados em saber que Tony Leike é o assassino, afinal. Bellman é muito citado.

— Com certeza.

— Logo também vão descobrir quem é o pai de Tony.

Skai se virou e olhou para Harry.

— Eu devia ter sacado isso antes, especialmente depois da nossa conversa sobre a troca de nomes.

— Agora não estou te acompanhando, Hole.

— Foi você quem me contou, Skai. Que Tony morava com o avô na fazenda Leike. O pai da mãe. Tony tinha adotado o sobrenome da mãe.

— Isso não é nada fora do comum.

— Talvez não. Mas neste caso havia um bom motivo para isso. Tony estava se escondendo na casa do avô. A mãe mandou o menino para lá.

— O que leva você a pensar isso?

— Uma colega — disse Harry, e por um momento foi como se pudesse sentir o perfume de sua noite com ela. — Ela me disse algo que o delegado em Ustaoset havia contado. Sobre a família Utmo. Sobre um pai e um filho que se odiavam tão intensamente que eram capazes de cometer um homicídio.

— Homicídio?

— Verifiquei a ficha policial de Odd Utmo. Como o filho, ele era conhecido pela raiva. Quando jovem, cumpriu pena de oito anos por ter matado uma pessoa por ciúmes. Depois disso, se mudou para as montanhas. Ele se casou com Karen Leike, e tiveram um filho. Adolescente, o filho já era um belo rapaz, alto e charmoso. Dois homens e uma mulher praticamente isolados do mundo. Um homem que já havia matado por ciúmes. Parece que Karen Leike tentou evitar uma tragédia ao mandar o filho embora às escondidas e deixar um dos sapatos dele numa área onde havia acabado de cair uma grande avalanche.

— Isso é novidade para mim, Hole.

Harry fez que sim, devagar.

— Infelizmente, ela só conseguiu adiar a tragédia. Seu corpo acabou sendo encontrado num despenhadeiro com um buraco de bala na testa. Não muito longe dela, seu marido e assassino foi esmagado por uma motoneve. Ele havia sido torturado, teve a maior parte da pele das costas e dos braços chamuscados e os dentes arrancados. Adivinhe quem foi?

— Ai, meu Deus...

Harry colocou um cigarro entre os lábios.

— Como conseguiu fazer a conexão?

— As semelhanças, os genes. — Ele acendeu o cigarro. — Pai e filho. Você pode tentar fugir, mas é algo que sempre vai te seguir, como uma maldição. Acho que Odd Utmo sacou que os assassinatos ligados à cabana de Håvass iam fazer com que ele mesmo fosse caçado, e que era o fantasma do seu próprio filho morto que estava atrás dele. Por isso, ele fugiu da fazenda para a cabana de turistas que estava mais escondida entre os penhascos. Trouxe consigo uma foto da família, a família que ele mesmo havia destruído. Imagine só, um assassino assustado, talvez sentindo remorso, sozinho com seus pensamentos.

— Ele já foi punido.

— Achei aquela foto. Tony teve sorte, ele era mais parecido com a mãe. Foi difícil ver algo do Tony adulto no menino da foto. Mas ele já estava com os dentes grandes e brancos. Enquanto o pai escondia os seus. Nisso eles eram diferentes.

— Pensei que tivesse dito que foi a semelhança que os entregou...

Harry fez que sim.

— Eles tinham a mesma doença.

— Eram assassinos.

Harry balançou a cabeça.

— Não, doença física, Skai. Quis dizer que os dois tinham artrite. O parentesco foi confirmado hoje de manhã. A análise de DNA dos pedaços de carne no fogão e o cabelo de Tony Leike mostram que são pai e filho.

Skai assentiu.

— Bem — continuou Harry. — Eu vim para agradecer a ajuda e lamentar pelo resultado. Bjørn Holm manda um abraço à sua esposa e diz que ela faz as melhores almôndegas com purê que ele já comeu.

Skai mostrou um breve sorriso.

— A maioria das pessoas acha isso. Até Tony Leike gostava.

— Ah, é?

Skai deu de ombros e tirou uma faca da bainha do seu cinto.

— Eu te contei que Mia caiu de quatro pelo rapaz, não é? Foi logo depois de ele ter passado a faca em Ole. Ela o trouxe para almoçar em casa um dia que ela sabia que eu não estaria. Minha mulher não disse nada quando apareceram, mas foi um deus nos acuda quando fiquei sabendo. Você sabe como são as garotas naquela idade quando se apaixonam. Tentei explicar que Tony era um cara violento, idiota que fui. Eu devia saber que quanto mais eu denegrisse o namorado, mais ela ia querer ficar com ele. Porque aí são os dois juntos contra o resto do mundo. Bem, você mesmo já viu isso no caso de mulheres que começam a trocar cartas com assassinos condenados.

Harry fez que sim.

— Mia ia fugir de casa, ia segui-lo até o fim do mundo, não havia limite.

Harry acompanhou a linha sendo recolhida.

— Hum. Fim do mundo.

— Sim.

— Entendo.

Skai parou de repente e olhou para Harry.

— Não — disse com ênfase.

— Não o quê?

— Não é o que está pensando.

— Que é?

— Que Mia e Tony se encontraram posteriormente. Ele rompeu com ela; depois nunca mais se viram. Ela tocou a vida sem ele. Mia não tem nada a ver com esse caso, entendeu? Você tem minha palavra. Ela está começando a ajeitar a vida, por isso te peço, não...

Harry fez que sim e tirou da boca o cigarro molhado pela chuva.

— Eu não estou mais trabalhando no caso — disse ele. — Mas sua palavra teria de qualquer maneira sido suficiente.

Quando Harry saiu do estacionamento, olhou no retrovisor e observou Skai guardar o equipamento de pesca.

O Hospital Central. Ele já havia entrado no ritmo. O tempo não era um retalho de eventos, e sim uma corrente uniforme. Ele tinha pensado em pedir um colchão. Seria quase como estar em Chungking Mansion.

81

Os Cones de Luz

Passaram-se três dias. Ele estava vivo. Todos estavam vivos.

Ninguém sabia o paradeiro de Tony Leike; as pistas do falso Odd Utmo terminavam em Copenhagen. Uma foto de Lene Galtung com xale na cabeça e grandes óculos de sol, no melhor estilo Greta Garbo, estava na primeira página de um jornal. A manchete: NADA A DECLARAR. E havia dois dias que não era vista, depois de ter se enclausurado, supostamente na casa do pai em Londres. A foto de Tony na frente do helicóptero foi publicada em vários jornais. E O SUMIÇO DO CAVALHEIRO era uma das manchetes. O apelido passou a ser dele, provavelmente porque o povo já havia se acostumado, além de combinar mais com Leike do que com Altman. Estranho foi que ninguém da imprensa ainda havia conseguido ligar Tony Leike à fazenda Utmo. Aparentemente, a mãe, e mais tarde o próprio Tony, havia escondido as pistas muito bem.

Mikael Bellman tinha coletivas de imprensa diariamente. Num talk show na TV, mostrou suas habilidades pedagógicas e seu sorriso cativante ao explicar como o caso fora solucionado. Sua versão da história, claro. E conseguiu fazer parecer um descuido o fato de o assassino ainda não estar preso, já que o mais importante, para começar, era que Tony "o Cavalheiro" Leike havia sido desmascarado, neutralizado, era carta fora do baralho.

A cada noite, a escuridão chegava alguns minutos mais tarde. Todos esperavam a primavera ou uma geada, mas nem um nem outro apareceu.

Os cones de luz varriam o teto.

Harry estava deitado de lado, olhando a fumaça do cigarro subindo e serpenteando no escuro em desenhos intricados e sempre imprevisíveis.

— Você está tão quieto — disse Kaja e aconchegou-se às suas costas.

— Vou ficar aqui até o enterro — comentou ele. — Depois vou embora.

Ele deu uma tragada no cigarro. Ela não respondeu. Então, para sua surpresa, ele sentiu algo quente e molhado nas costas. Ele pôs o cigarro na beira do cinzeiro e virou-se para ela.

— Está chorando?

— Estou tentando me segurar — respondeu ela e fungou. — Não sei o que me deu.

— Quer um cigarro?

Ela balançou a cabeça e secou as lágrimas.

— Mikael ligou hoje, ele quer me encontrar.

— Hum.

Ela deitou a cabeça em seu peito.

— Não quer saber o que respondi?

— Só se quiser me contar.

— Eu disse não. E ele disse que eu ia me arrepender. Ele disse que você ia me arrastar para baixo. Não seria a primeira vez que teria feito isso com alguém.

— Ele tem razão.

Ela levantou a cabeça.

— Só que não importa, não entende? Quero ir aonde você for. — Lágrimas começaram a escorrer de novo. — E se for para baixo, quero ir para lá também.

— Mas não vai ter nada lá — disse Harry. — Nem eu. Eu vou sumir. Você me viu em Chungking. Ia ser como logo depois da avalanche. A mesma cabana, mas só e abandonada.

— Mas você me achou e me tirou de lá. Posso fazer o mesmo por você.

— E se eu não quiser sair? Você não tem mais pais moribundos para me convencer.

— Mas você me ama, Harry. Eu sei que você me ama. Isso é motivo suficiente, não é? *Eu* sou motivo suficiente.

Harry passou a mão pela cabeça dela, pelo rosto, secou as lágrimas com os dedos, levou-os à boca e os beijou.

— Sim — disse ele com um sorriso triste. — Você é motivo suficiente.

Ela pegou a mão dele, beijou-a onde ele a havia beijado.

— Não — continuou ela. — Não diga. Não diga que é por isso que vai embora. Para que você não me arraste para baixo. Quero seguir você até o fim do mundo, entende?

Ele a puxou para si. E sentiu no mesmo instante algo ceder, como um músculo que havia ficado trêmulo, tensionado por tempo demais sem ele ter percebido. Ele se entregou, desistiu, deixou-se cair. E a dor que antes esteve ali derreteu, tornou-se algo quente seguindo o sangue pelo corpo, que ficou sereno e apaziguado. A sensação de queda livre foi tão libertadora que ele sentiu um nó na garganta. E sabia que uma parte dele havia ansiado por isso também lá na névoa sobre o penhasco.

— Até o fim do mundo — sussurrou ela, já com a respiração acelerada.

Os cones de luz varriam o teto repetidamente.

82

Vermelho

Ainda estava escuro quando Harry se sentou ao lado da cama do pai. Uma enfermeira trouxe uma xícara de café, perguntou se ele havia tomado o café da manhã e deixou uma revista de fofocas no seu colo.

— Você precisa pensar em outra coisa, você sabe — disse ela, inclinando a cabeça, parecendo querer passar a mão no seu rosto.

Obediente, Harry folheou a revista enquanto ela cuidava do pai. Mas nem a imprensa de celebridades conseguiu distraí-lo. Fotos antigas de Lene Galtung saindo de estreias, jantares de gala, chegando no seu novo Porsche. Um SINTO FALTA DE TONY era a manchete, e a alegação era sustentada por comentários não da própria Lene, mas de celebridades que eram suas amigas. Havia fotos na frente do portão de uma casa em Londres, mas ninguém tinha visto Lene por lá. Pelo menos ninguém havia reconhecido. Havia uma foto granulada tirada à distância de uma ruiva na frente do Crédit Suisse em Zurique que a revista alegou ser Lene Galtung. Isso porque, segundo o estilista de Lene, que Harry supôs ter recebido uma bolada para dar a entrevista, "ela me pediu para encaracolar e tingir seu cabelo cor de vermelho-tijolo". Referia-se a Tony como "suspeito" de algo descrito como um escândalo comum da alta sociedade, e não como um dos piores casos de homicídio que o país já tinha visto.

Harry se levantou, foi até o corredor e ligou para Katrine Bratt. Ainda não eram nem sete horas, mas ela já estava acordada. Ela sairia hoje. Passado o fim da semana, ela ia começar a trabalhar na delegacia de Bergen.

Ele disse que seria bom ela pegar leve no começo. Mesmo sendo difícil imaginar Katrine Bratt pegando leve em qualquer situação.

— Um último serviço — disse ele.

— E depois? — perguntou ela.

— Depois vou sumir.

— Ninguém vai sentir sua falta.

— ... mais do que eu.

— Tinha um ponto final no fim da frase, querido.

— É sobre o Crédit Suisse em Zurique. Gostaria de saber se Lene Galtung tem uma conta lá. Supostamente, ela recebeu uma bolada como herança antecipada. Bancos suíços são complicados. Deve levar algum tempo.

— Sem problema, já estou manjando a coisa.

— Ótimo. E gostaria que checasse os movimentos de uma mulher.

— Lene Galtung?

— Não.

— Não? Então como se chama a gata?

Harry soletrou o nome.

Às oito e quinze, Harry estacionou na frente da casa de contos de fada em Voksenkollen. Havia outros dois carros estacionados, e atrás dos chuviscos, Harry vislumbrou os rostos cansados e as longas lentes dos paparazzi. Parecia que tinham passado a noite ali. Ele tocou a campainha do portão e entrou.

A mulher com os olhos turquesa estava esperando na porta.

— Lene não está — disse ela.

— E onde ela está?

— Em algum lugar onde eles não a encontrarão — respondeu ela, acenando em direção aos carros na frente do portão. — E depois do último interrogatório, que durou três horas, vocês prometeram que a deixariam em paz.

— Eu sei — mentiu Harry. — Mas é com você que eu gostaria de falar.

— Comigo?

— Posso entrar?

Ele a seguiu até a cozinha. Ela acenou para uma cadeira, virou as costas e serviu café de uma cafeteira na bancada.

— Qual é a história? — perguntou Harry.

— Que história?

— Aquela de você ser a mãe de Lene.

A xícara caiu no chão e espatifou-se em mil pedaços. Ela se agarrou à bancada, e ele podia ver as costas dela arquejarem. Harry hesitou um instante, mas então respirou fundo e disse o que tinha decidido dizer.

— Fizemos um teste de DNA.

Ela se virou depressa, furiosa.

— Como? Vocês não têm... — Ela se deteve.

Os olhos de Harry encontraram os dela. Ela havia caído no blefe. Ele sentiu um vago incômodo. Que pode ter sido vergonha. Que de qualquer maneira passou.

— Fora! — sibilou ela.

— Para dar de cara com eles? — perguntou Harry, acenando em direção aos paparazzi. — Estou encerrando minha carreira de policial, e planejo viajar. Preciso de um pouco de capital. Quando um estilista recebe 20 mil coroas para contar a cor de cabelo que Lene pediu, quanto você acha que eu posso receber para contar a eles quem é a verdadeira mãe dela?

A mulher deu um passo para a frente, ergueu a mão com raiva, mas então as lágrimas vieram, a luz ardente no seu olhar se apagou e ela caiu, impotente, numa cadeira. Harry xingou a si mesmo, sabendo que tinha sido desnecessariamente brutal. Mas o tempo não permitia estratagemas delicadamente planejados.

— Desculpe — disse ele. — Mas estou tentando salvar sua filha. E para isso, preciso da sua ajuda. Entende?

Ele colocou a mão por cima da mão dela, mas ela a retirou.

— Ele é um assassino — prosseguiu Harry. — Só que ela não liga para isso, não é? Ela vai fazer isso de qualquer maneira.

— Fazer o quê? — A mulher arfou.

— Segui-lo até o fim do mundo.

Ela não respondeu, apenas balançou a cabeça, chorando baixinho.

Harry esperou. Levantou-se, serviu café numa xícara, tirou um pedaço de papel-toalha do rolo, colocou-o na mesa diante dela, sentou-se e esperou. Bebeu um gole. Esperou.

— Eu disse para ela não fazer como eu — disse ela. — Ela não devia se apaixonar por um homem só por ele... por ele fazer com que ela se sinta *bonita*. Mais bonita do que é. Você acha que é uma bênção quando isso acontece, mas é uma maldição.

Harry esperou.

— Quando você se torna bonita aos olhos de alguém, então é como... como estar enfeitiçada. E é isso o que acontece. De novo e de novo, porque você acha que vai poder se ver sempre assim.

Harry esperou.

— Cresci num trailer. Estávamos sempre viajando, eu não podia frequentar a escola. Quando fiz 8 anos, uma instituição voltada para os direitos da criança foi me buscar. Quando completei 16, comecei a fazer faxina nos escritórios do armador Galtung. Anders era noivo quando me engravidou. Não era ele que tinha o dinheiro, era ela. Ele havia investido na bolsa, mas os preços das empresas petroleiras caíram, e ele não tinha escolha. Me mandou embora. Mas ela descobriu. E foi ela que resolveu que eu ia ter a criança, que eu ia continuar como faxineira, e que minha filha ia ser criada como a filha da casa. Ela não podia ter filhos, por isso, eles tiraram Lene de mim. Perguntaram que tipo de vida eu podia oferecer a ela. Eu, mãe solteira, sem formação, sem família, será que eu realmente queria privar minha filha da possibilidade de ter uma vida boa? Eu era tão jovem, tinha tanto medo, pensei que eles tivessem razão, que seria melhor assim.

— Ninguém nunca soube?

Ela pegou o papel da mesa e assoou o nariz.

— É estranho como é fácil enganar as pessoas quando querem ser enganadas. E se não se deixavam enganar, não o demonstravam. Para mim, isso não era tão importante. Eu só tinha sido o útero para a herdeira de Galtung, e daí?

— Foi só isso?

Ela deu de ombros.

— Não. Eu tinha Lene. Eu a amamentava, alimentava, trocava suas fraldas, dormia com ela. Ensinei ela a falar, e dei educação. Mas todos nós sabíamos que era temporário, um dia eu teria que abrir mão dela.

— E você fez isso?

Ela soltou um riso amargo.

— *Pode* uma mãe abrir mão da sua cria? Uma filha pode abrir mão. Lene me despreza pelo que fiz. Pelo que *sou*. Mas veja só, agora ela está fazendo a mesma coisa.

— Seguindo o homem errado até o fim do mundo?

Ela deu de ombros outra vez.

— Você sabe onde ela está?

— Não. Só sei que ela foi embora para ficar com ele.

Harry bebeu um gole de café.

— Eu sei onde fica o fim do mundo — comentou ele.

Ela não respondeu.

— Posso tentar trazê-la de volta para você.

— Ela não quer voltar.

— Posso tentar. Com a sua ajuda. — Harry tirou uma folha de papel e a colocou na frente dela. — O que me diz?

Ela leu. Depois levantou os olhos. A maquiagem havia escorrido dos olhos turquesa em sua face magra.

— Jure que trará minha filha de volta sã e salva, Hole. Jure. Se jurar, eu aceito.

Harry olhou longamente para ela.

— Juro — disse ele.

De novo lá fora, ao acender um cigarro, pensou nas palavras dela. *"Pode uma mãe abrir mão da sua cria?"* Pensou em Odd Utmo, que havia levado com ele uma foto do filho. *"Uma filha pode abrir mão."* Ela pode? Ele soprou a fumaça. Será que *ele* podia?

Gunnar Hagen estava ao lado do balcão de verduras em sua mercearia paquistanesa favorita. Ele olhou incrédulo para o inspetor.

— Quer voltar para o Congo? Para encontrar Lene Galtung? E não tem nada a ver com a investigação dos homicídios?

— É igual à outra vez — disse Harry, pegando uma verdura que ele nem reconhecia. — Estamos procurando uma pessoa desaparecida.

— Pelo que eu saiba, ninguém registrou Lene Galtung como desaparecida, a não ser a imprensa sensacionalista.

— Agora ela está. — Harry tirou uma folha de papel do bolso da jaqueta e mostrou a assinatura a Hagen. — Segundo sua mãe biológica.

— Entendo. E como vou explicar ao Ministério da Justiça que nós vamos começar a busca no Congo?

— Temos uma pista.

— E qual é?

— Li na revista *Se og Hør* que Lene Galtung pediu para tingir seu cabelo cor de vermelho-tijolo. Nem sei se é um nome de cor usado aqui, foi por isso que eu me lembrei.

— Lembrou de quê?

— Era a mesma cor de cabelo que constava no passaporte de Juliana Verni de Leipzig. Naquela época, pedi para Günther checar se havia um carimbo de Kigali no passaporte dela. Mas a polícia não achou. O passaporte havia sumido, e tenho certeza de que foi Tony Leike que o pegou.

— O passaporte? E daí?

— E agora está com Lene Galtung.

Hagen colocou um maço de couve-chinesa na cesta de compras, balançando a cabeça lentamente.

— Você está justificando uma viagem ao Congo com algo que leu numa revista de fofocas?

— Estou me baseando no que eu, ou melhor, Katrine Bratt, descobriu sobre o que Juliana Verni andou fazendo ultimamente.

Hagen deu uns passos em direção à caixa.

— Verni está morta, Harry.

— E pessoas mortas viajam de avião? Acontece que Juliana Verni, ou uma mulher com cabelo encaracolado cor vermelho-tijolo, comprou uma passagem de Zurique para o fim do mundo.

— O fim do mundo?

— Goma, Congo. Para amanhã cedo.

— Então, eles vão prendê-la quando descobrirem que ela está com o passaporte de uma pessoa que esteve morta por quase três meses.

— Chequei com a Aviação Civil Internacional. Eles dizem que pode levar até um ano para o número do passaporte de uma pessoa morta ser tirado dos registros. O que significa que alguém pode ter ido ao Congo com o passaporte de Odd Utmo também. De qualquer modo, não temos nenhum acordo de cooperação com o Congo. E provavelmente não seria um problema insuperável pagar para sair da prisão.

Hagen deixou o caixa registrar as compras enquanto massageava as têmporas numa tentativa de se antecipar a uma inevitável dor de cabeça.

— Então, vai pegá-la em Zurique. Mande a polícia suíça ao aeroporto.

— Estamos vigiando Lene. Ela vai nos levar a Tony Leike, chefe.

— Ela vai nos levar à perdição, Harry. — Hagen pagou, pegou suas compras e saiu da mercearia para a chuva e o vento de Grønlandsleiret, onde as pessoas passavam depressa com a gola levantada e os olhos voltados para baixo.

— Você não está entendendo. Bratt conseguiu descobrir que há dois dias Lene Galtung esvaziou sua conta em Zurique. Dois milhões de euros. Não é um valor assombroso e definitivamente não o suficiente para financiar um projeto inteiro de mineração. Mas o suficiente para ela passar por uma fase crítica.

— Especulações.

— O que mais ela vai querer com 2 milhões de euros em espécie? Vamos, chefe, esta é a nossa única chance. — Harry andou a passos largos para acompanhá-lo. — No Congo você não encontra pessoas que não querem ser encontradas. Aquela porra de país é tão vasto quanto a Europa Ocidental e a maior parte do território é dominada por uma selva que nenhum homem branco jamais viu. A hora é agora. Leike vai assombrar seus sonhos, chefe.

— Não tenho pesadelos como você, Harry.

— Já contou aos mais próximos como você dorme bem à noite, chefe?

Gunnar Hagen parou bruscamente.

— Desculpe, chefe — disse Harry. — Fui longe demais.

— Foi. E na verdade, nem sei por que está implorando pela minha permissão, nunca achou isso importante antes.

— Pensei que seria legal você ter a sensação de que é você quem manda, chefe.

Hagen deu um olhar de advertência a ele. Harry deu de ombros.

— Deixa eu fazer isso, chefe. Depois pode me botar na rua por me recusar a obedecer às ordens. Assumo toda a culpa; sem problema.

— Sem problema?

— Vou me demitir depois disso, de qualquer maneira.

Hagen olhou longamente para Harry.

— Ok — disse. — Vai, então. — E começou a andar de novo.

Harry correu atrás dele.

— Ok?

— Ok. Na verdade, estava ok desde o início.

— É? E por que não disse logo?

— Achei que seria legal eu ter a sensação de ser eu quem manda.

Parte 9

83

O Fim do Mundo

Ela sonhou que estava em frente a uma porta fechada, ouvindo um grito solitário e frio de um pássaro da floresta, e soava muito estranho, porque tinha sol e estava quente. Ela abriu a porta...

Acordou com a cabeça no ombro de Harry e saliva seca nos cantos da boca. A voz do comandante anunciava que estavam prestes a aterrissar em Goma.

Ela olhou pela janela. Uma faixa cinza a leste significava o presságio da chegada de um novo dia. Já haviam se passado 12 horas desde que saíram de Oslo. Dali a seis horas o voo de Zurique com Juliana Verni na lista dos passageiros aterrissaria.

— Por que Hagen achou tudo bem a gente seguir Lene? — disse Harry.

— Deve ter gostado dos seus argumentos — respondeu Kaja, bocejando.

— Hum. Ele parecia tranquilo demais. Acho que tem uma carta na manga. Algo que o assegure de que eles não vão colocá-lo contra a parede por isso.

— Talvez ele saiba algo sobre alguém que tenha poder de decisão no ministério — disse Kaja.

— Hum. Ou sobre Bellman. Talvez ele saiba que você e Bellman tinham uma relação.

— Duvido — retrucou Kaja, olhando o escuro lá fora. — O lugar está às escuras.

— Parece que acabou a luz — comentou Harry. — O aeroporto deve ter gerador próprio.

— Tem luz ali adiante — disse ela e apontou para um bruxuleio vermelho ao norte da cidade. — O que é?

— Nyiragongo — respondeu Harry. — É a lava que está iluminando o céu.

— Sério? — Ela encostou o nariz no vidro.

Harry terminou seu copo d'água.

— Vamos rever o plano mais uma vez?

Ela fez que sim e endireitou o encosto da cadeira.

— Você fica na área do desembarque observando os horários de chegada e assegurando que tudo ande de acordo com o plano. Enquanto isso, vou fazer compras. São 15 minutos até o centro, então, vou estar de volta bem antes de o avião de Lene aterrissar. Fique de olho, veja se alguém vem buscá-la e fique na cola dela. Já que Lene conhece meu rosto, vou ficar esperando você num táxi do lado de fora. E se ocorrer algo inesperado, me ligue imediatamente. Ok?

— Ok. E você tem certeza de que ela vai passar a noite em Goma?

— Não tenho certeza de nada. Só tem dois hotéis em Goma que ainda estão funcionando, e de acordo com Katrine, não há reserva lá, nem em nome de Verni ou de Galtung. Mas a guerrilha controla as estradas para o leste e o norte, e são oito horas de carro até a cidade mais próxima ao sul.

— Você realmente acha que o único motivo de Tony fazê-la vir para cá é tirar o dinheiro dela?

— De acordo com Jens Rath, a situação do projeto é bastante crítica. Você vê outro motivo?

Kaja deu de ombros.

— E se até um assassino for capaz de amar alguém a ponto de simplesmente querer estar com ela? É tão inconcebível?

Harry fez que sim. O que poderia significar "sim, tem razão" ou "sim, é inconcebível".

Houve zunidos e cliques, como de uma máquina em câmera lenta, quando as rodas foram baixadas.

Kaja olhou pela janela.

— E não gosto da história das compras, Harry. Por que quer as armas?

— Leike é um homem violento.

— E não gosto de trabalhar como uma policial à paisana. Entendo que não podemos contrabandear nossas próprias armas para o Congo, mas não podíamos pedir ajuda à polícia congolesa com relação a essa detenção?

— Como eu disse, não temos um acordo de extradição. E não é improvável que um empresário como Leike pague policiais locais para avisá-lo.

— A teoria da conspiração.

— Exato. E matemática simples. Um salário de um policial no Congo não é suficiente para alimentar uma família. Relaxe, Van Boorst tem uma bela lojinha de ferragens, e ele é profissional o bastante para ficar de bico calado.

As rodas emitiram um guincho ao tocarem o solo.

Kaja olhou para fora.

— Por que há tantos soldados aqui?

— As Nações Unidas estão trazendo reforços. A guerrilha tem chegado mais perto nos últimos dias.

— Que guerrilha?

— A guerrilha hutu, tutsi, mai-mai. Vai saber.

— Harry?

— Sim?

— Vamos terminar logo esse serviço e voltar para casa.

Ele fez que sim.

Já havia amanhecido quando Harry caminhou pela fila de motoristas de táxi do lado de fora. Ele trocou algumas palavras com cada um deles, até encontrar um que falava bem inglês. Excelente inglês, aliás. Um homem baixinho com olhar atento, cabelo grisalho e veias grossas sobre as têmporas e sobre as laterais da sua testa alta e brilhante. Seu inglês era definitivamente original, uma variante esnobe de Oxford e sotaque bem congolês. Harry explicou que ele ia querer seus serviços o dia todo, acertaram logo um preço e trocaram um aperto de mão, um terço do preço em dólares e nomes, Harry e Dr. Duigame.

— Literatura inglesa. — O homem explicou, contando o dinheiro abertamente. — Mas como vamos passar o dia juntos, pode me chamar de Saul.

Ele abriu a porta de trás de um Hyundai amassado. Harry explicou para onde Saul ia levá-lo, estrada ao lado da igreja queimada.

— Parece que já esteve aqui — disse Saul, dirigindo ao longo de uma faixa asfaltada e lisa que, assim que chegaram à rua principal, se tornou um terreno acidentado, cheio de crateras e fendas.

— Uma vez.

— Então deve tomar cuidado. — Ele sorriu — Hemingway escreveu que, assim que abrir sua alma à África, não vai querer mais ir a lugar algum.

— Hemingway escreveu isso? — perguntou Harry.

— Foi, sim, mas Hemingway escrevia esse tipo de baboseira romântica o tempo todo. Matava leões quando estava bêbado e mijava aquela urina doce de uísque sobre seus corpos. A verdade é que ninguém volta ao Congo a não ser por necessidade.

— É o meu caso — disse Harry. — Escute, tentei achar o motorista que usei da última vez que estive aqui, Joe, do Ajuda aos Refugiados. Mas ninguém atendeu no número dele.

— Joe foi embora.

— Foi embora?

— Ele pegou a família, roubou um carro e foi para Uganda. Goma está sitiada. Vão matar todo mundo. Logo vou embora também. Joe tinha um bom carro, talvez consiga fugir.

Harry reconheceu a torre da igreja pairando sobre as ruínas de tudo que Nyiragongo havia engolido. Ele teve que se segurar quando o Hyundai rolou por cima dos buracos. Algumas vezes ouviram arranhões e estalos no chassi.

— Espere aqui — disse Harry. — Vou fazer o resto do caminho a pé. Já volto.

Harry saiu e inalou poeira cinzenta e o cheiro de ervas e peixe podre.

Então começou a caminhar. Um homem visivelmente bêbado tentou empurrá-lo com o ombro, mas errou e cambaleou para o meio da rua. Harry ouviu alguns palavrões pelas costas e prosseguiu. Nem muito apressado, nem muito devagar. Ao chegar à única casa de tijolos na praça com lojas, subiu até a porta, bateu nela com força e esperou. Ouviu passos apressados lá dentro. Apressados demais para serem de Van Boorst. A porta estava entreaberta, e metade de um rosto negro apareceu.

— Van Boorst está em casa? — perguntou Harry em inglês.

— Não. — O dente grande de ouro na arcada superior cintilou.

— Quero comprar algumas pistolas. Pode me ajudar?

Ela balançou a cabeça.

— Desculpe. Até logo. — respondeu a mulher em inglês.

Harry foi rápido e colocou o pé no vão da porta.

— Pago bem.

— Armas não. Van Boorst não está aqui.

— Quando ele volta, miss Van Boorst?

— Não sei. Sem tempo agora.

— Procuro um homem da Noruega. Tony. Alto, bonito. Você o viu por aí?

A mulher balançou a cabeça.

— Van Boorst volta hoje de noite? É importante.

Ela o olhou. Mediu. Demoradamente, da cabeça aos pés. Seus lábios macios se entreabiram.

— Você é rico? — perguntou ela ainda em inglês.

Harry não respondeu. Ela piscou, sonolenta, e seus olhos pretos foscos brilharam. Então, ela esboçou um sorriso.

— Trinta minutos. Aí você volta.

Harry voltou ao táxi, se sentou no banco da frente, pediu para Saul levá-lo ao banco e ligou para Kaja.

— Ainda estou na área do desembarque — disse ela. — Não há avisos além de que o voo de Zurique deve chegar na hora prevista.

— Vou fazer o check-in no hotel antes de voltar para Van Boorst e comprar o que a gente precisa.

O hotel ficava a leste do centro, em direção à fronteira com a Ruanda. Na frente da recepção havia um estacionamento coberto por lava e cercado de árvores.

— Foram plantadas depois da última erupção do vulcão — explicou Saul, como se tivesse lido os pensamentos de Harry. Quase não existiam árvores em Goma. O quarto de casal ficava no segundo andar de um prédio baixo na beira da lagoa e tinha uma varanda com vista para ela. Harry fumou um cigarro e apreciou o sol da manhã reluzindo no espelho d'água e refletindo na plataforma de petróleo distante. Ele olhou para o relógio e voltou para o estacionamento.

Era como se o estado mental de Saul tivesse se adaptado ao trânsito vagaroso em que estavam: ele dirigia devagar, falava devagar, movia as mãos devagar. Ele estacionou em frente ao muro da igreja, a boa distância da casa de Van Boorst. Desligou o motor, se virou para Harry e pediu educadamente, mas com determinação, o segundo terço do valor do serviço.

— Não confia em mim? — perguntou Harry com uma sobrancelha erguida.

— Confio no seu desejo sincero de pagar — disse Saul. — Mas em Goma o dinheiro é mais seguro comigo do que com você, Sr. Harry. É uma pena, mas é verdade.

Harry reconheceu o raciocínio com um aceno de cabeça, tirou o restante do valor e perguntou se Saul tinha algo pesado e compacto do tamanho de uma pistola no carro, uma lanterna, por exemplo. Saul fez que sim e abriu o porta-luvas. Harry tirou a lanterna, enfiou-a no bolso interno da jaqueta e olhou para o relógio. Haviam se passado 25 minutos.

Ele desceu depressa a rua, olhando para a frente. Mas de soslaio viu homens se virando atrás dele com olhares atentos. Atentos à sua altura e peso. À elasticidade dos seus passos. À jaqueta caindo torta para um lado e o volume no bolso interno. E rejeitando a oportunidade.

Ele subiu até a porta da frente e bateu.

Os mesmos passos leves.

A porta se abriu. Ela o fitou brevemente antes de desviar o olhar para a rua.

— Rápido, entre — disse, pegando-o pelo braço e puxando-o para dentro.

Harry passou pela soleira e ficou parado na penumbra lá dentro. Todas as cortinas estavam fechadas, exceto a da janela em cima da cama, onde ele a havia visto seminua da primeira vez que esteve ali.

— Ele ainda não chegou — falou ela no seu inglês simples, mas eficiente. — Chega logo.

Harry assentiu e olhou para a cama. Tentou imaginá-la ali, com a coberta sobre o quadril. A luz em sua pele. Mas não conseguiu. Porque alguma coisa estava tentando prender sua atenção, alguma coisa que não estava certa, que estava faltando, ou que estava ali e não devia.

— Veio para cá sozinho? — perguntou ela, contornando-o e sentando-se na cama à sua frente. Ela colocou uma das mãos no colchão, deixando a alça do vestido cair.

Harry passou o olhar ao redor para localizar o que estava errado. E achou. O senhor colonial e explorador, o rei Leopoldo.

— Sim — disse ele automaticamente, ainda sem saber por quê. — Sozinho — acrescentou em inglês.

A foto do rei Leopoldo que estava na parede sobre a cama havia sumido. O segundo pensamento veio em seguida. Que Van Boorst não viria. Ele também havia sumido.

Harry deu meio passo em direção a ela, que inclinou de leve a cabeça para ele, umedecendo os volumosos lábios rubro-negros. E agora ele estava perto o suficiente para ver o que tinha substituído a pintura do rei belga. No prego onde antes estava a pintura havia uma nota de dinheiro. O rosto que destacava a nota era delicado e exibia um bigode bem-cuidado. Edvard Munch.

Harry entendeu o que estava prestes a acontecer; ele ia se virar, mas já era tarde demais. Estava posicionado exatamente como planejado no roteiro.

Ele percebeu mais do que viu o movimento atrás de si e não sentiu a injeção precisa em seu pescoço, apenas a respiração nas têmporas. Seu pescoço congelou, e seu corpo paralisou, primeiro a coluna e então até a cabeça. Suas pernas cederam à medida que a droga alcançou o cérebro e o fez perder a consciência. Seu último pensamento antes de ser engolido pela escuridão foi a espantosa rapidez do efeito da cetamina.

84

Reunião

Kaja mordeu o lábio inferior. Algo estava errado.

Ela digitou o número de Harry outra vez.

E outra vez caiu na caixa postal.

Já haviam se passado quase três horas na área do desembarque — que na verdade também era de embarque —, e a cadeira de plástico roçava em cada parte do corpo com a qual entrava em contato.

Ela ouviu o ruído de um avião. Logo depois, o único monitor da área, uma caixa amassada pendendo do teto em dois cabos enferrujados, mostrou que o voo KJ337 vindo de Zurique havia aterrissado.

Kaja observava as pessoas no saguão a cada dois minutos, constatando que nenhum dos presentes era Tony Leike.

Ela discou o número outra vez, mas cortou a conexão quando percebeu que era só para fazer alguma coisa, que não era uma ação, apenas apatia.

As portas corrediças que davam para as esteiras de bagagem se abriram, e os primeiros passageiros com bagagem de mão saíram. Kaja se levantou e foi até a parede ao lado da porta para poder ver os nomes nas placas de plástico e de papel que os motoristas de táxi erguiam em frente aos passageiros que chegavam. Nenhuma Juliana Verni ou Lene Galtung.

Ela voltou para seu posto de observação perto da cadeira. Sentou-se nas palmas das mãos, sentindo que estavam molhadas de suor. O que ia fazer? Baixou os óculos de sol e olhou para as portas corrediças.

Os segundos passaram. Nada aconteceu.

Lene Galtung estava quase escondida atrás dos óculos de sol violeta e de um homem alto e negro que andava à sua frente. Seu cabelo estava ruivo, encaracolado, e ela vestia jaqueta jeans, calça cáqui e pesadas botas de caminhada. Ela puxava uma pequena mala de rodinhas, do tamanho permitido para bagagem de mão. Não usava bolsa, mas tinha uma brilhante maleta de metal.

Nada aconteceu. Tudo aconteceu. Paralelamente, ao mesmo tempo, o passado e o presente. De uma forma estranha, Kaja sabia que a chance havia chegado. A chance que ela havia esperado. A chance de fazer a coisa certa.

Kaja não olhou diretamente para Lene Galtung, apenas cuidou para mantê-la à esquerda no seu campo de visão. Ela se levantou com calma depois de Lene ter passado, pegou sua bolsa e começou a segui-la. Para a ofuscante luz do sol. Ninguém ainda havia entrado em contato com Lene, e pelos passos rápidos e determinados, Kaja supôs que ela seguia instruções detalhadas. Lene passou pelos táxis, cruzou a rua e se sentou no banco de trás de um Range Rover azul-escuro. Um homem negro de terno escuro segurou a porta. Depois de fechá-la, ele deu a volta no carro e sentou no banco do motorista. Kaja se enfiou depressa no primeiro táxi da fila, inclinou-se para a frente e pensou rápido, chegando à conclusão de que não havia outra maneira de se expressar:

— Siga aquele carro — ordenou em inglês

Ela encontrou os olhos e a sobrancelha erguida do motorista no retrovisor. Então apontou para o carro na frente deles, e o motorista fez que sim, que entendeu, mas ainda estava com o carro em ponto morto.

— Pago em dobro — disse Kaja, ainda em inglês.

O motorista respondeu com um breve aceno da cabeça e soltou a embreagem.

Kaja ligou para Harry. Ainda nada de ele atender.

Arrastavam-se para o oeste ao longo da via principal. As ruas estavam cheias de caminhões, carroças e carros com malas amarradas no teto. Havia pessoas caminhando nos dois lados da rua equilibrando grandes trouxas de roupas e pertences na cabeça. Em alguns lugares, o trânsito tinha parado. Parecia que o motorista havia entendido a ideia e mantinha pelo menos um carro entre eles e o Range Rover de Lene Galtung.

— Para onde estão indo todas essas pessoas? — perguntou Kaja.

O motorista sorriu e balançou a cabeça para indicar que não havia estendido. Kaja repetiu a pergunta em francês, mas não obteve resposta. Por fim, apontou indagadora para as pessoas que se arrastavam, passando por eles.

— *Re-fu-gee,* disse o motorista. — Vão embora. Gente ruim vindo.

Kaja fez que sim.

Mandou outro SMS para Harry. Tentou deter o pânico.

No centro de Goma, a via principal se dividiu em duas. O Range Rover virou à esquerda. Um pouco mais adiante, virou de novo à esquerda e desceu em direção ao mar. Estavam em outra parte da cidade, totalmente diferente, com enormes mansões atrás de muros altos, cercadas por jardins com árvores grandes que davam sombra e impediam qualquer bisbilhotice.

— Antigo — disse o motorista em inglês. — Belgas. Colonos.

Não havia trânsito naquela área, e Kaja sinalizou para manter uma distância maior, mesmo que duvidasse de que Lene Galtung tivesse alguma experiência em ter a polícia em sua cola. Quando o Range Rover parou cem metros à frente deles, Kaja sinalizou para o motorista também parar.

Um portão de ferro foi aberto por um homem de uniforme cinza, o carro entrou e o portão se fechou novamente.

Lene Galtung sentiu o coração bater com força. Estava batendo assim desde que tinha recebido a ligação dele e ouvido sua voz. Ele contou que estava na África. E que ela devia ir até lá. Que ele precisava dela. Que só ela podia ajudá-lo. Para salvar o belo projeto que não era só dele, mas que ia ser dela também. Para ele ter um trabalho. Homens precisam de um trabalho. Um futuro. Uma vida segura em um lugar onde as crianças pudessem crescer.

O motorista abriu a porta para ela, e Lene Galtung desceu do carro. O sol não estava tão forte quanto ela havia temido. A mansão à sua frente era magnífica. Robusta, construída aos poucos. Pedra por pedra. Com dinheiro de família. Do modo como eles mesmos fariam. Quando ela e Tony se conheceram, ele ficou muito intrigado com a árvore genealógica dela. A família Galtung pertencia à aristocracia norueguesa, uma das pouquíssimas que não haviam sido importadas, um fato que Tony repetia várias vezes. Talvez tenha sido por isso que ela havia decidido esperar para contar que ela era como ele: de origem comum, modesta, uma pedra cinzenta entre os seixos, uma emergente.

Mas agora eles iam criar a própria nobreza, iam brilhar entre os seixos. Iam construir algo.

O motorista foi na frente e subiu a escada de pedra até a porta, que um homem armado em uniforme de camuflagem abriu para eles. Um enorme lustre de cristal pendia do teto no hall de entrada. A mão suada de Lene apertou o cabo da maleta de metal contendo o dinheiro. Sentiu como se seu coração fosse explodir no peito. Seu cabelo estava arrumado? Dava para ver o efeito da falta de sono e da longa viagem? Alguém vinha descendo a grande escadaria do primeiro andar. Não, era uma negra, com certeza uma das empregadas. Lene mostrou um sorriso amigável, sem exagerar. Viu um dente de ouro cintilar quando a mulher respondeu com um sorriso sem qualquer vergonha, quase atrevido, e sumiu pela porta atrás dela.

Ali estava ele.

Estava atrás do corrimão no patamar do primeiro andar, olhando para eles no térreo.

Era alto, moreno e vestia um roupão de seda. Lene podia ver a bela e grande cicatriz cintilar clara contra o peito bronzeado. Então ele sorriu. Ela ouviu a própria respiração acelerar. O sorriso. Iluminou seu rosto, o coração dela, e continha mais luz que qualquer lustre de cristal.

Ele desceu a escada.

Lene colocou a mala no chão e correu ao seu encontro. Ele a recebeu de braços abertos. Finalmente, estavam juntos. Ela reconheceu seu cheiro, mais forte do que nunca. Misturado a outro aroma forte e quente. Devia ser do roupão, porque agora ela viu que a elegante peça de seda tinha mangas curtas demais e não era nem um pouco nova. Foi só quando sentiu que ele queria se soltar que ela percebeu que se agarrava a ele, então o soltou depressa.

— Meu bem, você está chorando. — Ele riu e passou um dedo sobre o rosto dela.

— Estou? — Lene também riu, secando os olhos, torcendo para que não houvesse estragado a maquiagem.

— Tenho uma surpresa para você — disse ele e pegou sua mão. — Venha.

— Mas... — disse ela, virando-se e vendo que a maleta de metal já havia sido removida.

Subiram para o andar superior e entraram em um grande quarto iluminado. Longas cortinas de seda esvoaçavam lentamente na brisa da porta do terraço.

— Estava dormindo? — perguntou, acenando para a cama de dossel desarrumada.

— Não. — Ele sorriu. — Sente-se aqui e feche os olhos.

— Mas...

— Apenas faça o que estou pedindo, Lene.

Ela achou que havia uma leve irritação na voz dele e fez depressa o que ele mandou.

— Logo vão subir com champanhe, e aí vou te fazer uma pergunta. Mas primeiro quero te contar uma história. Está pronta?

— Estou — respondeu ela, e soube que era este o momento. O momento que havia esperado por tanto tempo. O momento que ia lembrar para o resto da vida.

— A história que vou contar é sobre mim. É que há algumas coisas que você devia saber antes de responder à minha pergunta.

— Entendo. — Era como se as borbulhas do champanhe já estivessem circulando em suas veias, e ela teve que se concentrar para não dar risadinhas.

— Eu já te contei que cresci na casa do meu avô e que meus pais morreram. O que não contei foi que morei com eles até fazer 15 anos.

— Eu sabia! — exclamou ela e arregalou os olhos.

Tony ergueu uma sobrancelha. Uma sobrancelha tão bonita e delicada, pensou Lene.

— Sempre soube que você tinha um segredo, Tony — disse, rindo. — Mas eu também tenho segredos. Quero que saibamos tudo um do outro, tudo mesmo!

Tony esboçou um sorriso.

— Então, me deixa prosseguir sem mais interrupções, querida Lene. Minha mãe era profundamente religiosa e conheceu meu pai numa capela. Ele tinha acabado de sair da prisão, onde cumpriu pena por ter matado uma pessoa num ataque de ciúmes, mas havia encontrado Jesus. Para minha mãe, isso era como algo saído da Bíblia, um pecador arrependido, um homem a quem ela podia ajudar a encontrar a redenção e a vida eterna enquanto fazia penitência pelos próprios pecados. Foi assim que ela me explicou a decisão de ter se casado com aquele safado.

— O que...?

— Shhh! Meu pai se arrependeu do assassinato rotulando como pecado tudo que não fosse louvor a Deus. Não me era permitido fazer nenhuma das coisas que as outras crianças faziam. Se eu o contradizia, ele me batia com o cinto. Ele tentava me provocar, dizendo que o sol girava em torno da terra, como estava escrito na Bíblia. Se eu protestasse, ele me surrava. Quando fiz 12 anos, eu estava no banheiro externo com a minha mãe. A gente costumava fazer isso. Quando eu saí, ele me bateu com uma pá, porque achou que isso era um pecado, que eu era velho demais para ir ao banheiro com a minha mãe. Ele me marcou para a vida toda.

Lene engoliu em seco ao ver Tony levantar o dedo indicador retorcido pela artrite, passando-o sobre a parte de cima da cicatriz no peito. E foi só nessa hora que ela notou que ele estava sem um dedo.

— Tony! O que...?

— Shhh! A última vez que meu pai me espancou, eu tinha 15 anos, e ele usou o cinto durante 23 minutos sem parar. Mil trezentos e noventa e dois segundos. Eu os contei. Ele me batia a cada quatro segundos, como uma máquina. Ele continuou me batendo, sua raiva cada vez maior porque eu me recusava a chorar. Por fim, seu braço estava tão cansado que teve que desistir. Trezentas e quarenta e oito chicotadas. Naquela noite, esperei até ouvir seu ronco, fui até o quarto e derramei ácido em seu olho. Ele ficou berrando sem parar enquanto eu o segurava, sussurrando no seu ouvido que, se me tocasse outra vez, eu o mataria. E eu senti ele se retesar em meus braços. Eu sabia que meu pai sabia que eu era mais forte do que ele. E ele sabia que eu tinha potencial.

— Potencial para que, Tony?

— Para matar.

O coração de Lene parou. Não era verdade. Não podia ser verdade. Ele havia contado a ela que não tinha sido ele, estavam enganados.

— Depois daquele dia, a gente se vigiava como falcões. E minha mãe sabia que seria ele ou eu. E um dia ela veio até mim, dizendo que ele tinha ido a Geilo para comprar munição para a espingarda. Eu tinha que ir embora e ela havia combinado com meu avô o que precisava ser feito. Ele era viúvo e morava perto do lago Lyseren. Ele sabia que ia ter que me manter escondido, senão o velho viria atrás de mim. Então, fui. Minha mãe fez parecer que eu tinha morrido numa avalanche. Meu pai evitava as pessoas, por isso era sempre minha mãe que fazia as coisas que exigiam contato com estranhos. Ele achou que ela tivesse registrado meu caso como desaparecimento, mas, na verdade, ela havia informado apenas uma pessoa sobre o que ela havia feito e o motivo. Ela e o assistente do delegado, Roy Stille, eles... bem, eles se conheciam muito bem. Stille foi esperto o suficiente para saber que a polícia podia fazer pouco para me proteger contra meu pai e vice-versa, por isso, ajudou a encobrir meu rastro. Foi bom na casa do meu avô. Até vir a notícia de que minha mãe havia desaparecido na montanha.

Lene estendeu o braço.

— Tadinho de você, Tony.

— Eu disse para fechar os olhos!

Ela se assustou com o rosnado na voz dele, retraiu a mão e fechou os olhos com força.

— Meu avô disse que eu não podia ir ao enterro dela. Ninguém podia saber que eu estava vivo. Quando voltou, ele me contou palavra por palavra o que o padre tinha dito sobre ela na missa. Três linhas. Três frases sobre a mulher mais linda e forte do mundo. A última foi: "Karen pisava com leveza sobre a terra." O resto foi sobre Jesus e o perdão dos pecados. Três frases e o perdão por pecados que ela nunca havia cometido. — Lene podia ouvir Tony arquejar. — Pisava com leveza. O babaca do padre ficou ali no púlpito e disse que ela não tinha deixado pegadas. Que ela havia desaparecido da maneira que viveu, sem deixar uma marca sequer. E passou-se ao próximo verso da Bíblia. Meu avô me contou isso sem papas na língua e sabe o que mais, Lene? Foi o dia mais importante da minha vida. Está entendendo?

— Eu... não, Tony.

— Eu sabia que ele estava ali, o safado que a havia matado. E eu jurei que me vingaria. Eu ia mostrar a ele. Ia mostrar a todos. Foi naquele dia que eu decidi que, não importava o que acontecesse, eu não ia acabar como ele. Ou como ela. Como três frases. E nem eu nem o safado sentado ali precisava de perdão pelos nossos pecados. Nós dois íamos queimar. Seria melhor isso do que dividir o paraíso com um deus daqueles. — Ele baixou a voz: — Eu não ia deixar ninguém, mas ninguém mesmo, ficar no meu caminho. Está me entendendo agora?

— Estou. — Lene sorriu. — E você merece, Tony. Tudo mesmo. Você já trabalhou tanto!

— Fico feliz por você ser tão compreensiva, meu bem. Agora vem o resto. Está preparada?

— Estou — disse Lene batendo as mãos. Pensou naquela mulher que estava em casa, invejosa, solitária e amarga, que não queria dar à própria filha a chance de viver seu amor.

— Eu tinha tudo na palma da minha mão — disse Tony, e Lene sentiu a mão dele em seu joelho. — Você, o dinheiro do seu pai, o projeto aqui na África. Pensei que nada podia dar errado. Até transar com aquela piranha na cabana de Håvass. Nem me lembrava mais do nome da garota até receber uma carta dela, dizendo que estava grávida e queria dinheiro. Ela estava no meu caminho, Lene. Eu planejei tudo meticulosamente. Revesti o carro com plástico. Levei um cartão em branco do Congo que eu tinha em casa, forcei ela a escrever algumas linhas para explicar seu desaparecimento. Depois meti a faca no pescoço dela. O som de sangue no plástico, Lene... é uma coisa ímpar.

85

Edvard Munch

Foi como se alguém houvesse enfiado um pingente de gelo no crânio de Lene a marteladas. Mesmo assim, ela manteve os olhos cerrados.

— Você... você... a matou? Uma mulher com quem você... transou na montanha?

— Minha libido é mais forte do que a sua, Lene. Quando você não quer fazer o que eu peço, arrumo outras pessoas que façam.

— Mas você... você queria que eu... — O choro pinçava as suas cordas vocais. — Não é natural!

Tony riu.

— Ela não se importou, Lene. Juliana tampouco. Se bem que foi bem-paga.

— Juliana? Do que está falando, Tony? Tony? — Lene tateava na sua frente como um cego.

— Uma puta alemã de Leipzig com quem eu me encontrava regularmente. Ela faz qualquer coisa por dinheiro. Fazia.

Lene sentiu as lágrimas escorrerem pelo rosto. A voz dele estava tão calma; foi isso que fez tudo parecer tão irreal.

— Diz... diz que não é verdade, Tony. Por favor, pare com isso agora.

— Silêncio. Recebi outra carta. Talvez você possa imaginar o choque quando vi que continha uma foto de Adele no meu carro com uma faca no pescoço. A carta tinha sido assinada por alguém chamado Borgny Stem-Myhre. Ela escreveu que queria dinheiro para não me entregar à polícia por causa do assassinato de Adele Vetlesen. Claro, eu sabia que tinha que me livrar dela. Mas eu precisava de um álibi para o horário da morte caso a polícia conseguisse me ligar a Borgny e à tentativa de chantagem. Na verdade, tinha pensado em mandar o pequeno cartão-postal de Adele na minha próxima viagem à África, mas então tive uma ideia melhor ainda. Entrei em contato com Juliana e a mandei para cá, para Goma. Ela viajou usando o nome de Adele, postou o cartão em Kigali, foi a Van Boorst e comprou uma maçã que eu tinha pensado em servir a Borgny. Quando Juliana voltou, a gente se encontrou em Leipzig. Onde deixei que ela fosse a primeira a provar a maçã. — Tony riu. — Ela achou que fosse um novo brinquedo sexual, coitada.

— Você... você a matou também?

— Matei. E depois Borgny. Eu a segui. Ela estava abrindo o portão da casa onde morava quando me aproximei com a faca. Levei-a para o porão, onde eu tinha deixado tudo pronto. Um cadeado. A maçã. Injetei cetamina no pescoço dela. Depois fui para Skien, para uma reunião de investidores onde todas as minhas testemunhas estavam esperando. O álibi. Eu sabia que, enquanto eu brindava com vinho branco, Borgny ia fazer o trabalho por conta própria. É o que todas acabam fazendo. Voltei mais tarde, passei pelo porão, peguei o cadeado, tirei a maçã da boca de Borgny e fui para casa. Para você. Fizemos amor. Você fingiu orgasmo. Está se lembrando?

Lene balançou a cabeça, sem saber o que falar.

— Feche os olhos, já disse.

Ela sentiu os dedos dele passarem por sua testa, fechando suas pálpebras, como um agente funerário faria. Ela ouviu sua voz monótona prosseguir, como que para si mesmo:

— Ele gostava de me bater. Agora consigo entender. A sensação de poder na hora de infligir dor, de ver outra pessoa sucumbir, seja feita a vossa vontade, assim na terra como no céu.

Ela podia sentir o cheiro dele, o cheiro de sexo. Sexo de mulher. Então, a voz dele voltou, bem no seu ouvido.

— Na medida em que eu as matava, algo começou a acontecer. Era como se o sangue delas irrigasse uma semente que esteve ali desde sempre. Comecei a entender o que eu tinha visto no olhar do meu pai aquela vez. O reconhecimento. Porque, do mesmo modo que ele se viu em mim, comecei a ver meu pai quando eu me via no espelho. Eu gostava do poder. *E* da impotência. Eu gostava do jogo, do risco, do abismo e do topo simultaneamente. Quando você está na montanha com a cabeça numa nuvem, ouvindo o coro dos anjos no paraíso, também precisa ouvir o fogo sibilante do inferno embaixo de você para que isso signifique alguma coisa. Era isso que meu pai sabia. E agora, eu também sei.

Lene viu manchas vermelhas dançarem no interior das pálpebras.

— Eu não entendia a extensão do meu ódio até poucos anos depois de ter saído de casa, quando eu estava com uma garota na beira da floresta em frente a um salão de baile. Um rapaz me atacou. Vi o ciúme arder em seus olhos. Vi meu pai vir para cima de mim e da minha mãe com a pá. Cortei fora a língua do rapaz. Eles me prenderam, e fui condenado. E descobri o que a prisão pode fazer a uma pessoa. E entendi por que meu pai nunca havia mencionado seu tempo no cárcere. Nem uma palavra. Minha pena foi curta. Mesmo assim, quase enlouqueci lá dentro. E foi ali, atrás das grades, que entendi o que eu precisava fazer. Tinha que fazer com que ele fosse posto na prisão por ter matado minha mãe. Não matá-lo, mas encarcerá-lo, enterrá-lo vivo. Mas primeiro, eu precisava encontrar a prova, os restos da minha mãe. Por isso construí uma cabana lá no alto da montanha, longe de tudo, para não correr o risco de alguém reconhecer o rapaz que havia desaparecido quando tinha 15 anos. Todo ano eu vasculhava a montanha, acre por acre. Começava quando a maior parte da neve tinha sumido, de preferência à noite, quando não havia mais ninguém andando por ali, vasculhando precipícios e áreas de avalanches. Quando necessário, pernoitava nas cabanas de turistas, onde as pessoas só estavam de passagem. Mas alguém do lugar deve ter me visto. De qualquer maneira, começou a circular rumores do fantasma do filho de Utmo. — Tony deu uma risada.

Lene abriu os olhos, mas Tony nem notou; ele estava estudando um porta-cigarros que havia acabado de tirar do bolso de seu roupão. Lene fechou os olhos depressa.

— Depois do assassinato de Borgny, chegou uma carta assinada "Charlotte", dizendo que havia sido ela que tinha escrito a mensagem anterior. Vi que fui pego num jogo. Podia ser outro blefe, ou podia ser qualquer pessoa que tivesse estado na cabana de Håvass naquela noite. Por isso, fui até lá dar uma olhada no livro dos hóspedes, mas alguém havia arrancado justamente a página daquela noite. Então, matei Charlotte. E esperei a próxima carta. Que veio. Matei Marit. E em seguida, Elias. Depois disso, tudo ficou quieto. Então li no jornal que estavam pedindo para que as pessoas que tivessem estado na cabana de Håvass na mesma noite que as vítimas se apresentassem. Claro, eu sabia que ninguém imaginava que eu tivesse estado lá, mas também, se eu me apresentasse, podia ficar sabendo pela polícia quem eram os outros hóspedes. Podia descobrir quem estava atrás de mim. Quem restava matar. Por isso, me apresentei diretamente a quem eu supunha saber mais. Aquele investigador, Harry Hole. Tentei arrancar dele informações sobre os outros hóspedes. Não consegui nada. Pior, aquele Mikael Bellman da Kripos veio para me prender. Alguém havia ligado para Elias Skog do meu telefone, ele me disse. E aí a ficha caiu. Não se tratava de dinheiro; alguém estava tentando me pegar; me botar atrás das grades. Quem podia, a sangue-frio, assistir às pessoas serem assassinadas e mesmo assim continuar essa... essa cruzada contra mim? Quem podia me odiar tanto? Daí chegou a última carta. Desta vez, ele não informou sua identidade, escreveu apenas que tinha estado na cabana de Håvass naquela noite, invisível como um fantasma. Disse que eu o conhecia bem até demais. E que estava vindo para me pegar. A ficha caiu. Ele finalmente havia me encontrado. Meu pai.

Tony parou para respirar.

— Ele havia planejado para mim o mesmo que eu havia planejado para ele. Ser enterrado vivo, encarcerado para o resto da vida. Mas como tinha conseguido? Será que havia mantido a cabana de Håvass sob vigilância? Seria por isso que sabia que eu estava vivo? Será que tinha me seguido à distância? Depois do nosso noivado, a imprensa de celebridades começou a publicar fotos minhas, e talvez até meu pai ocasionalmente folheasse uma dessas revistas. Mas ele tinha que estar trabalhando com alguém. Não podia, por exemplo, ter ido a Oslo e arrombado minha casa; Não podia ter tirado a foto de Adele com a faca no pescoço. Ou podia? Descobri que ele havia fugido da fazenda, aquele canalha. O que ele não sabia era que eu já conhecia a área bem melhor do que ele, depois de procurar minha mãe durante todos esses anos. Eu o encontrei na cabana de turistas em Kjeften. Fiquei igual a uma criança de tão feliz. Mas foi um anticlímax.

Um farfalho de seda.

— Tive menos prazer em torturá-lo do que eu esperava. Ele nem me reconheceu, o babaca cego. Mas não tinha importância. Eu queria que me visse como ele mesmo nunca havia conseguido ser. Um sucesso. Queria humilhá-lo. Em vez disso, ele me viu como a si mesmo. Um assassino. — Ele suspirou. — E comecei a perceber que ele não havia trabalhado com mais ninguém. E não tinha a capacidade de fazer aquilo tudo sozinho, estava fraco, apavorado e covarde demais. Provoquei a avalanche em Håvass, quase em pânico. Porque agora eu sabia: havia mais alguém. Em algum lugar no escuro havia um caçador invisível e inaudível, cuja respiração estava sincronizada com a minha. Eu tinha que fugir. Sumir do país. Para algum lugar onde não podia ser encontrado. Então, aqui estamos, querida. Às margens de uma selva do tamanho da Europa Ocidental.

Lene estava tremendo descontroladamente.

— Por que está fazendo isso, Tony? Por que está me contando... tudo isso?

Ela sentiu a mão dele em sua bochecha.

— Porque você merece, querida. Porque você se chama Galtung e vai ter um discurso fúnebre bem longo quando morrer. Porque acho correto você saber de tudo sobre mim antes de dar a sua resposta.

— Resposta a quê?

— Se você quer casar comigo.

Tudo girava na mente dela.

— Se eu quero... quero...

— Abra os olhos, Lene.

— Mas eu...

— Abra os olhos, já disse.

Ela fez como ele mandou.

— Esta é para você.

Lene Galtung arfou.

— É de ouro — disse Tony. Um raio de sol cintilou no metal dourado em cima de uma folha de papel na mesinha entre eles. — Quero que a use.

— Usar?

— Depois de assinar nosso contrato matrimonial, claro.

Lene piscou várias vezes. Tentou acordar do pesadelo. A mão com os dedos retorcidos se moveu por cima da mesa, cobrindo a sua. Ela olhou para baixo, para o padrão da seda cor de vinho do seu roupão.

— Eu sei o que está pensando — continuou ele. — Que o dinheiro que você trouxe só vai durar algum tempo, enquanto um casamento me dará certos direitos de herança depois que você morrer. Você quer saber se eu pretendo te matar, não é?

— Pretende?

Tony riu baixinho e apertou sua mão.

— Pretende ficar no meu caminho, Lene?

Ela balançou a cabeça. Seu único desejo havia sido estar sempre presente para cuidar de alguém. Dele. Como em transe, pegou a caneta que ele estendeu para ela. Levou-a até o papel. Lágrimas caíram, manchando sua assinatura. Ele pegou o documento.

— Vai servir — disse ele, soprando o papel, fazendo um gesto de cabeça em direção à mesinha — Agora, vamos ver como fica em você.

— O que quer dizer, Tony? Não é um anel.

— Quero que você abra bem a boca, Lene.

Harry piscou. Uma lâmpada solitária acesa pendia do teto. Ele estava de costas num colchão. Nu. Era o mesmo sonho, só que não estava sonhando. Na parede em cima dele havia um prego, onde estava espetada a cabeça de Edvard Munch. Uma cédula norueguesa. Ele abriu a boca e parecia que o maxilar estilhaçado fosse rasgar, mas mesmo assim, a pressão continuou, quase explodindo sua cabeça. Ele não estava sonhando. O efeito da cetamina havia esvanecido, e as dores impediram qualquer sonho. Quanto tempo esteve ali? Quanto tempo até enlouquecer com as dores? Cuidadosamente, virou a cabeça e passou os olhos pelo quarto. Ele ainda estava na casa de Van Boorst, sozinho. Não estava amarrado; ele podia se levantar se quisesse.

Seu olhar seguiu o fio atado à maçaneta da porta e que atravessava o quarto até a parede atrás dele. Com cuidado, virou a cabeça para o outro lado. O fio passava pelo parafuso em formato de "U" na parede logo atrás da sua cabeça. E de lá, até sua boca. A maçã de Leopoldo. Ele estava bem atado. A porta abria para fora, portanto, a primeira pessoa que a abrisse libertaria as agulhas que iriam furar sua cabeça pela boca. E se ele se mexesse demais, também ia soltar as agulhas.

Harry enfiou o polegar e o indicador em cada lado da boca. Sentiu as hastes circulares. Tentou em vão enfiar um dedo por baixo de uma delas. Teve um acesso de tosse e quase desmaiou quando tentou respirar. Percebeu que a carne em volta da faringe havia inchada por causa das hastes e ele corria o risco de sufocar. O fio para a maçaneta. O dedo decepado. Era um acaso, ou será que Tony Leike sabia sobre o Boneco de Neve? E queria superá-lo?

Harry chutou a parede e tensionou as cordas vocais, mas a bola metálica sufocou seu grito. Ele desistiu. Encostou-se à parede, preparou-se para as dores e tentou fechar a boca à força. Havia lido em algum lugar que a mordida de uma pessoa não era muito mais fraca do que a da baleia branca. Mesmo assim, sua musculatura maxilar mal conseguiu pressionar as hastes da bola para baixo antes da boca novamente se forçar a abrir. Parecia haver uma pulsação, um coração de ferro vivo em sua boca. Ele tocou o fio que pendia da maçã. Todo seu instinto gritava para puxá-lo, para arrancá-la. Mas ele havia assistido a uma demonstração do que aconteceria, havia visto fotos das cenas de crime. Se ele não tivesse visto...

E nesse instante, Harry sacou. Não apenas de que maneira ele mesmo morreria, mas como outros haviam morrido. E por que tinha sido feito daquele modo. Sentiu um desejo absurdo de rir. Era tão diabolicamente simples. Tão diabolicamente simples que só um diabo podia ter inventado uma coisa dessas.

O álibi de Tony Leike. Ele não tinha um cúmplice. Quer dizer, as próprias vítimas haviam sido suas cúmplices. Quando Borgny e Charlotte recuperaram a consciência depois de serem dopadas, não faziam ideia do que tinham na boca. Borgny estava trancada num porão. Charlotte estava do lado de fora, mas o fio ia da sua boca até o porta-malas do carro destroçado à sua frente, e independente do quanto lutava, arranhava e puxava a porta do porta-malas, ele continuou trancado. Nenhuma das duas teve chance de escapar de onde estavam, e quando as dores se tornaram fortes demais, fizeram o previsível. Puxaram o fio. Será que faziam ideia do que ia acontecer? Será que as dores fizeram a suspeita ceder à esperança, a esperança de que puxar o fio faria com que as hastes da misteriosa bola se retraíssem? E enquanto as mulheres aos poucos passavam pela agonia da dúvida e das conjecturas antes do ato inevitável, Tony Leike estava bem longe, num jantar com clientes ou numa palestra, bem seguro de que suas vítimas iam fazer a última parte do serviço por si mesmas. Dando a ele o melhor álibi possível para o horário da morte. Rigorosamente falando, nem foi ele quem as matou.

Harry girou a cabeça para ver o raio de movimento de que dispunha sem tensionar o fio de aço.

Tinha que fazer alguma coisa. Qualquer coisa. Ele gemeu, achou que o fio havia se retraído; parou de respirar, olhou para a porta. Esperou que se abrisse, que...

Nada aconteceu.

Ele tentou se lembrar da demonstração da maçã de Van Boorst, o tamanho da parte de fora das hastes quando não havia resistência. Se ele pudesse abrir a boca só mais um pouquinho, se os seus maxilares pudessem só...

Harry fechou os olhos. Ocorreu-lhe de repente como a ideia parecia estranhamente normal e óbvia, e quão pouca resistência ele sentia a ela. Aliás, bem pelo contrário — sentiu alívio. Alívio por infligir a si mesmo ainda mais dor, se necessário, ao arriscar a própria vida numa tentativa de sobrevivência. Era lógico, simples, o vão negro da dúvida reprimido por uma ideia clara e insana. Harry se virou de bruços com a cabeça encostada no parafuso em U para deixar o fio um pouco frouxo. Depois, se ergueu com cuidado até ficar de joelhos. Passou a mão no maxilar. Encontrou o ponto. O ponto para onde tudo convergia: a dor, a junta do maxilar, o nó, a mixórdia de nervos e músculos que apenas por pouco mantinha seu maxilar no lugar depois do incidente em Hong Kong. Assim, ele não ia conseguir bater em si mesmo com força suficiente; precisava de peso corporal por trás. Ele testou o prego com o indicador. Saía em torno de quatro centímetros da parede. Um prego normal com uma cabeça grande e larga. Quebraria tudo que entrasse em seu caminho se fosse com força suficiente. Harry mirou, encostou o maxilar à cabeça do prego para testar, levantou-se para calcular em que ângulo ele teria que cair. Até que profundidade o prego precisava entrar. E até que ponto ele *não* podia entrar. A nuca, os nervos, a paralisia. Calculou. Não de modo frio e calmo. Contudo, calculou. Forçou-se a isso. A cabeça do prego não era como o topo de um T; estava inclinada em direção à base de modo a não necessariamente rasgar tudo na hora de sair. Por fim, tentou detectar se havia se esquecido de alguma coisa. Até entender que era uma tentativa do cérebro de adiar as coisas.

Harry respirou fundo.

Seu corpo não queria obedecer. Protestou, resistiu. Não queria abaixar a cabeça.

— Idiota! — Ele tentou gritar, mas só saiu um sussurro. Ele sentiu uma lágrima quente escorrer pela face.

Chega de chorar, pensou ele. Está na hora de morrer um pouco.

Então, forçou a cabeça para baixo.

O prego o recebeu com um suspiro profundo.

Kaja tateou à procura do celular. Os Carpenters haviam acabado de gritar um *Stop!* a três vozes e Karen Carpenter havia respondido *Oh, yes, wait a minute*. O alerta de SMS.

No lado de fora do carro, a noite havia chegado com brutal rapidez. Ela tinha enviado três mensagens a Harry dizendo o que havia acontecido e que ela estava estacionada na rua da casa onde Lene Galtung havia entrado, esperando por instruções dele e por um sinal de vida.

Bom trabalho. Venha me buscar na rua ao sul da igreja. Fácil de encontrar, é a única casa de tijolos. Entre sem bater, a porta está aberta. Harry.

Estava em norueguês. Ela passou o endereço ao motorista, que assentiu, bocejou e ligou o motor.

Kaja respondeu a mensagem em norueguês, *"A caminho"*, ao passarem pelas ruas iluminadas ao norte. O vulcão clareou o céu noturno como uma lâmpada incandescente, ofuscando as estrelas e deixando tudo com um vago brilho vermelho-sangue.

Quinze minutos depois, eles estavam numa rua que mais parecia uma escura cratera feita por uma bomba. Algumas lâmpadas de parafina pendiam na frente de uma loja. Ou havia tido outro corte de luz ou aquela vizinhança não tinha energia elétrica.

O motorista parou e apontou. Van Boorst. De fato, ali estava, uma casinha de tijolos. Kaja olhou ao redor. Mais adiante na rua viu dois Range Rovers. Dois ciclomotores berrantes passaram com as luzes oscilando. Música africana retumbante vinha de uma boate. Aqui e ali, ela vislumbrou a brasa de cigarros e olhos brancos.

— Espere aqui — disse Kaja em inglês, empurrando o cabelo por baixo do boné e ignorando os gritos de alerta do motorista quando abriu a porta e desceu do carro.

Ela andou depressa até a casa. Não tinha nenhum preconceito ingênuo das chances que uma mulher branca tinha numa cidade como Goma depois do cair da noite, mas naquele momento a escuridão era sua melhor amiga.

Kaja viu a porta com pedras de lava nos dois lados e sabia que tinha que se apressar. Sentiu o medo chegar; teria que se antecipar. Quase tropeçou, mas continuou com passos rápidos, respirando pela boca aberta. Então chegou. Colocou os dedos na maçaneta. Mesmo que a temperatura tivesse baixado com surpreendente rapidez depois do pôr do sol, o suor escorria no meio das costas e no peito. Ela se forçou a pressionar a maçaneta para baixo. Parou para escutar. Silêncio sinistro. O mesmo silêncio de quando...

As lágrimas pareciam virar uma mistura viscosa de cimento na sua garganta.

— Vamos — sussurrou ela. — Agora não.

Ela fechou os olhos. Concentrou-se na respiração. Esvaziou a mente de todo pensamento. Agora ia conseguir. Os pensamentos se dissiparam. Deletar, deletar. Assim. Só restava um último pequeno pensamento, depois podia abrir a porta.

Harry acordou sentindo alguma coisa puxar o canto da boca. Abriu os olhos. Estava escuro. Devia ter desmaiado. Daí percebeu o fio da bola que ainda estava na sua boca ser puxado. Seu coração disparou, acelerou, ficou martelando. Ele empurrou a boca para perto do prego, absolutamente ciente de que nada disso ajudaria se alguém abrisse a porta.

Uma faixa de luz surgiu na parede acima dele. O sangue cintilou. Ele levou os dedos para dentro da boca, colocou-os em cima dos dentes no maxilar inferior e pressionou. A dor fez tudo escurecer por um segundo, mas ele sentiu o maxilar ceder. Estava deslocado! Enquanto pressionava o maxilar para baixo com uma das mãos, pegou a maçã com a outra e a puxou.

Ele ouviu ruídos na frente da porta. Caralho, caralho, caralho! Ele ainda não tinha conseguido fazer a maçã passar pelos dentes. Forçou ainda mais o maxilar. O som de osso e tecido quebrando e rasgando ressoou como se estivesse vindo dos seus ouvidos. Talvez pudesse puxar o maxilar para baixo num lado até poder tirar a maçã de lado, mas a bochecha estava atrapalhando. Ele podia ver a maçaneta da porta se mexer. Não daria tempo. Nenhum tempo. O tempo tinha acabado aqui.

O último pequeno pensamento. A mensagem em norueguês. *Gaten. Kirken.* A rua. A igreja. O dialeto de Harry não era assim. *Gata. Kirka.* Era assim que ele falava. Kaja abriu os olhos. O que ele tinha dito na varanda quando conversaram sobre o título do livro de Fante? Ele nunca mandava mensagens de texto. Porque não queria perder sua alma, porque preferia não deixar pistas quando fosse desaparecer. Ela nunca havia recebido uma única mensagem de texto dele. Até agora. Ele podia ter ligado. Algo estava errado; isso não era sua mente querendo achar desculpas para não abrir a porta. Era uma armadilha.

Com cuidado, Kaja soltou a maçaneta. Sentiu uma leve corrente de ar quente na nuca. Como se alguém estivesse respirando por cima dela. Desconsiderou o *"como se"* e se virou.

Eram dois. Seus rostos se mesclavam com a escuridão.

— Procurando alguém, senhorita? — perguntou um deles em inglês.

A sensação de déjà-vu surgiu antes de responder.

— Porta errada, só isso.

No mesmo instante ouviu o motor de um carro ligar. Ela se virou e viu os faróis traseiros do seu táxi se afastar.

— Não se preocupe, senhorita — disse a voz. — Nós pagamos a ele.

Ela se virou outra vez e olhou para baixo. Para a pistola apontada para ela.

— Vamos.

Kaja considerou as alternativas. Não demorou muito. Não havia nenhuma.

Ela andou na frente deles em direção aos dois Range Rovers. A porta traseira de um se abriu de repente quando eles se aproximaram. Ela entrou. Cheirava a colônia pós-barba com um leve toque de pimenta e couro novo. A porta se fechou atrás dela. Ele sorriu. Os dentes eram brancos e grandes, e a voz, suave, alegre.

— Olá, Kaja.

Tony Leike vestia um uniforme de combate amarelo-acinzentado. Na mão segurava um celular vermelho. O celular de Harry.

— Você foi instruída a entrar. O que te deteve?

Ela deu de ombros.

— Fascinante — disse ele, inclinando a cabeça.

— O quê?

— Você não parece ter nem um pouco de medo.

— Por que deveria?

— Porque vai morrer daqui a pouco. Será que ainda não entendeu?

A garganta de Kaja se contraiu. Mesmo que parte de seu cérebro estivesse gritando que se tratava de uma ameaça vazia, que ela era policial, que ele nunca ia correr o risco, não conseguiu abafar a outra voz, aquela que dizia que Tony Leike estava bem na sua frente e que sabia exatamente como estava a situação. Que ela e Harry eram dois idiotas kamikazes que estavam muito longe de casa, sem autorização, sem apoio, sem um plano B. Sem chance.

Leike apertou um botão e a janela desceu.

— Acaba com ele e traga-o aqui — ordenou ele em inglês aos dois homens e subiu de novo a janela. — Acho que teria dado um toque de classe se você tivesse aberto aquela porta. Acho que devemos a Harry uma morte poética. Mas agora teremos que optar por um adeus poético. — Ele inclinou-se para a frente e olhou para o céu. — Linda cor vermelha, não acha? — Ela já podia perceber no rosto dele. Ouvir. E sua própria voz, aquela que dizia a verdade, confirmou. Ela realmente iria morrer.

86

Calibre

Kinzonzi apontou para a casa de tijolo de Van Boorst e mandou Oudry parar o Range Rover bem na frente da porta. Kinzonzi desceu e esperou Oudry botar a chave do carro no bolso e segui-lo. A ordem era simples: matar o homem branco e levá-lo. Não esboçou nenhuma emoção. Nenhum medo, nenhum prazer, nem sequer tensão. Era um serviço. Kinzonzi tinha 19 anos. Era soldado desde os 11. Desde que o Exército Democrático de Libertação do Povo, havia assaltado sua aldeia. Eles esmagaram a cabeça de seu irmão com o cabo de uma Kalashnikov e estupraram as duas irmãs, forçando seu pai a assistir. Depois, o comandante disse que se o seu pai não transasse com a irmã mais nova na frente deles, eles iam matar Kinzonzi e a irmã mais velha. Mas antes de o comandante terminar a frase, o pai se empalou numa das machetes. As gargalhadas deles ressoaram longe.

Antes de saírem de lá, Kinzonzi fez a primeira refeição decente em vários meses e ganhou uma boina que o comandante disse que seria o seu uniforme. Dois meses depois, ele tinha uma Kalashnikov e havia matado o primeiro ser humano, uma mãe numa aldeia, que tinha se negado a entregar seus cobertores ao Exército Democrático de Libertação do Povo. Aos 12, ficou numa fila de soldados para estuprar uma menina, não muito longe de onde ele mesmo tinha sido recrutado. Quando chegou sua vez, ocorreu a ele de repente que a menina pudesse ser sua irmã; a idade conferia. Mas quando olhou para ela, percebeu que nem se lembrava mais dos rostos deles: da mãe, do pai, das irmãs. Haviam sumido, tinham sido apagados de sua memória.

Quatro meses mais tarde, ele e dois companheiros deceparam os braços do comandante e observaram ele sangrar até morrer, não por ódio ou vingança, mas porque a Frente de Libertação do Congo, a CFF, havia prometido pagar-lhes melhor. Por cinco anos sobreviveu do que conseguiu nos ataques no norte da floresta Kivu, mas tinham que ficar atentos a outras guerrilhas, e as aldeias aonde chegavam haviam sido depenadas durante tanto tempo que mal dava para eles se alimentarem. Por algum tempo, a CFF havia negociado com o exército do governo um desarmamento em troca de anistia e emprego. Mas as discussões chegaram a um impasse sobre salários.

Faminta e desesperada, a CFF atacou uma empresa de mineração que extraía coltano, mesmo sabendo que as empresas de mineração tinham melhores armas e soldados do que eles. Kinzonzi nunca havia nutrido qualquer ilusão de ter uma vida longa ou que fosse morrer de outra coisa a não ser lutando. Por isso, nem piscou quando se viu olhando para um cano de revólver e um homem branco falando com ele numa língua estrangeira. Kinzonzi apenas fez que sim, para que o homem acabasse logo com aquilo. Dois meses depois, as feridas estavam curadas, e a empresa de mineração era seu novo patrão.

O homem branco era Tony Leike. O Sr. Tony pagava bem, mas não demonstrava um pingo de piedade se visse o menor sinal de deslealdade. Ele mesmo falava com eles e era o melhor chefe que Kinzonzi já teve na vida. Mesmo assim, Kinzonzi não teria hesitado um segundo em matá-lo se tivesse valido a pena. Mas não valia.

— Depressa — disse Kinzonzi para Oudry, carregando sua pistola. Ele sabia que podia levar um tempo até que o policial branco morresse pela maçã metálica que seria ativada em sua boca assim que abrissem a porta, por isso, ele ia atirar nele de imediato para levá-lo a Nyirangongo, onde o Sr. Tony e as mulheres estavam esperando.

Um homem que estava fumando, sentado numa cadeira na frente da loja ao lado, se levantou e sumiu no escuro, murmurando zangado.

Kinzonzi olhou para a maçaneta. A primeira vez que estivera ali havia sido para pegar Van Boorst. Também tinha sido a primeira vez que vira a famosa Alma. Naquela época, Van Boorst gastava todo seu dinheiro com o drinque Singapore Sling, com proteção e com Alma, que não significava exatamente um custo baixo de se manter. Então Van Boorst, em desespero, cometeu o último erro da sua vida: chantagear o Sr. Tony com ameaças de ir à polícia. O belga havia parecido mais resignado do que surpreso quando apareceram, e terminou seu drinque primeiro. Eles o cortaram em pedaços do tamanho adequado para alimentar os porcos inacreditavelmente gordos na frente do campo de refugiados. O Sr. Tony havia assumido Alma. Alma dos quadris, do dente de ouro e do olhar sonolento tipo "me foda" que podia ter dado a Kinzonzi outro motivo para meter uma bala na cabeça do Sr. Tony. Se tivesse valido a pena.

Kinzonzi baixou a maçaneta. E empurrou a porta com força. A porta se abriu, mas apenas pela metade, detido por um cabo fino de aço atado à porta no lado de dentro. Quando o fio se esticou, houve um clique alto e claro e o som de metal contra metal, semelhante ao de uma baioneta sendo puxada de uma bainha de ferro. A porta se abriu com um rangido.

Ele entrou, puxou Oudry para atrás de si e bateu a porta. O cheiro amargo de vômito penetrou suas narinas.

— Acenda a luz.

Oudry obedeceu.

Kinzonzi olhou para o outro lado do quarto. De um prego na parede pendia uma nota de dinheiro ensopada de sangue, que também havia escorrido pela parede. Na cama, numa poça de vômito amarelo, havia uma bola metálica com agulhas compridas sobressaindo como raios de sol. Mas nenhum policial branco.

A porta. Kinzonzi deu meia-volta com a pistola na mão.

Ninguém.

Ele ficou de joelhos e olhou por baixo da cama. Ninguém.

Oudry abriu a porta do único guarda-roupa do quarto. Vazio.

— Ele fugiu — disse ele a Kinzonzi, que estava diante da cama, enfiando um dedo no colchão. — O que é? — perguntou ao se aproximar.

— Sangue — Kinzonzi pegou a lanterna de Oudry. Seguiu o rastro de sangue até onde acabava, no meio do quarto. Um alçapão com um anel de ferro. Ele deu dois passos até o alçapão, puxou o anel e levantou a porta, direcionando a lanterna para a escuridão embaixo.

— Pegue sua arma, Oudry.

Seu companheiro saiu e voltou com uma AK-47.

— Me dê cobertura — disse Kinzonzi e desceu a escada.

Ele alcançou o chão, segurou a pistola e a lanterna com as mãos na frente e deu um giro. O cone de luz passou por armários e prateleiras ao longo da parede. Continuou sobre uma estante no meio do cômodo com grotescas máscaras brancas nas prateleiras. Uma com rebites de sobrancelhas, outra bem realista com boca vermelha assimétrica indo até uma das orelhas, outra com olhos vazios e tatuagem de uma lança nas duas bochechas. O cone de luz prosseguiu sobre a prateleira na parede oposta.

E parou de repente. Kinzonzi se enrijeceu. Armas. Revólveres. Munição. O cérebro é um computador fantástico. Numa fração de segundo consegue registrar toneladas de dados, processá-los e raciocinar até chegar à solução. Portanto, quando ele girou a lanterna de volta às máscaras, já sabia a resposta correta. A luz caiu sobre a máscara branca com a boca assimétrica. Os molares à mostra. Vermelho cintilante. Do mesmo modo que o sangue na parede havia cintilado embaixo do prego.

Kinzonzi nunca teve a ilusão de que levaria uma vida longa. Ou de que morreria de outra maneira a não ser lutando.

Seu cérebro ordenou seus dedos a apertar o gatilho da pistola. O cérebro é um computador fantástico.

Num microssegundo, o dedo apertou o gatilho. No mesmo instante que seu cérebro havia terminado o raciocínio. Tinha a resposta. Já sabia o resultado.

Harry sabia que só havia uma solução. E de que não havia tempo a perder. Por isso, bateu a cabeça contra o prego um pouco mais alto dessa vez. Ele mal sentiu quando o prego perfurou sua face ou quando atingiu a bola de metal lá dentro. Em seguida, abaixou até a cama, forçando a cabeça contra a parede, fazendo força para trás, tentando ao mesmo tempo retesar os músculos da face. De início, não aconteceu nada. Depois veio a náusea. E o pânico. Se ele vomitasse agora, com a maçã de Leopoldo na boca, ia sufocar. Mas foi impossível deter o impulso; já sentia o estômago se contrair, querendo botar para fora a primeira carga pelo esôfago. Desesperado, Harry ergueu a cabeça e os quadris. E deixou-se cair com força. E sentiu a carne de seu rosto ceder, rasgar, abrir. Sentiu o sangue escorrer para dentro da boca, pela traqueia, ativando o reflexo de tosse, sentiu o prego bater contra os dentes da frente. Enfiou a mão na boca, mas a maçã estava escorregadia de sangue; seus dedos deslizavam no metal. Ele pôs uma das mãos atrás da maçã e a empurrou, enquanto a outra pressionou o maxilar para baixo. Ouviu a maçã raspar contra os dentes. Então — num grande ímpeto — o vômito veio.

Talvez isso tenha forçado a bola de metal para fora. Harry encostou a cabeça na parede, olhando para a invenção fatal cintilando no colchão, banhada em sua gosma.

Ele se levantou, nu e com as pernas bambas. Estava livre.

Cambaleou até a porta de entrada, então lembrou o porquê de ter ido àquela casa. Na terceira tentativa conseguiu abrir o alçapão. Desceu os degraus, derrapando no próprio sangue, e caiu no breu. Deitado no piso de concreto, arquejando, ouviu um veículo chegar e parar. Ouviu vozes e portas batendo. Com esforço, conseguiu se levantar e, tateando no escuro, subiu os degraus em dois lances, agarrou a portinha e fechou-a no momento em que ouviu a porta de entrada se abrir e o clique feroz da maçã.

Com cuidado, Harry desceu de novo a escada até sentir o piso frio de cimento nas solas dos pés. Fechou os olhos e forçou a memória. Evocou a lembrança da sua visita anterior. As prateleiras à esquerda. Kalashnikov. Glock. Smith & Wesson. A mala com o rifle Märklin. Munição. Nessa ordem. Ele avançou, tateando. Seus dedos passaram por cima do cabo de uma arma. O aço liso de uma Glock. E ali, as formas familiares de uma Smith & Wesson, calibre .38, igual ao seu revólver de serviço. Ele o pegou e continuou tateando até achar as caixas de munição. Sentiu a madeira na ponta dos dedos. Ouviu vozes furiosas e passos vindos de cima. Só faltava abrir a tampa. Precisava de um pouco de sorte. Ele enfiou a mão e agarrou uma das caixas de papelão. Passou os dedos pelo contorno do cartucho. Porra, grande demais! Ao levantar a tampa da caixa de madeira seguinte, o alçapão se abriu. Catou um pacote, tinha que correr o risco de ser o calibre certo. Nesse momento, a luz penetrou a escuridão do porão, um círculo, como o de uma lanterna, e iluminou o chão em torno da escada. Deu a Harry luz o suficiente para ler a etiqueta no pacote: 7.62 milímetros. Porra! Harry olhou para a prateleira. Ali. A caixa ao lado: calibre .38. A luz sumiu do chão e passou trêmula sobre o teto. Harry viu a silhueta de uma Kalashnikov no vão e um homem descendo a escada.

O cérebro é um computador fantástico.

Quando Harry conseguiu abrir a tampa da caixa e pegar um pacote de papelão, já havia feito seus cálculos. Era tarde demais.

87

Kalashnikov

— Não teria uma rua aqui se não tivéssemos um negócio de mineração — disse Tony Leike enquanto o carro chacoalhava pela rua estreita de chão batido. — Empreiteiros iguais a mim são a única esperança para países como o Congo se erguerem, repetirem o que fizemos, se tornarem civilizados. A alternativa é deixá-los seguir o próprio destino, continuando a fazer o que sempre fizeram: matando uns aos outros. Neste continente são todos ao mesmo tempo caçadores e caça. Não se esqueça disso quando olhar para dentro dos olhos pedintes de uma criança africana. Dê a ela um pouco de comida e esses olhos logo vão voltar a olhar para você, detrás de uma arma automática. E então, não haverá piedade.

Kaja não respondeu. Olhou para o cabelo ruivo da mulher no banco do passageiro. Lene Galtung não havia se mexido nem dito nada, estava apenas sentada ali com as costas eretas e os ombros retraídos.

— Tudo na África ocorre em ciclos — prosseguiu Tony. — Chuva e seca, noite e dia, comer e ser comido, viver e morrer. O curso da natureza é tudo, nada pode ser mudado: nadar com a correnteza, sobreviver pelo máximo de tempo possível, aceitar o que é oferecido; é tudo o que você pode fazer. Porque a vida dos seus antepassados é a sua vida, você não pode mudar nada, o desenvolvimento não é possível. Não é filosofia africana, apenas a experiência de gerações. E é a *experiência* que temos que mudar. É a experiência que muda o modo de pensar, não o contrário.

— E se a experiência dissesse que são explorados pelos homens brancos? — questionou Kaja.

— A ideia de exploração foi semeada por homens brancos — disse Tony. — Mas o termo tem se mostrado uma ferramenta útil para líderes africanos que precisam apontar um inimigo em comum para fazer o povo ficar do seu lado. Desde o fim dos governos colonialistas dos anos 1960, eles vêm usando o sentimento de culpa dos brancos para adquirir poder, para que a real exploração da população possa começar. A culpa dos brancos pela colonização da África é patética. O crime real foi deixar o continente entregue à sua própria natureza de matança e destruição. Acredite em mim, Kaja, os congoleses nunca estiveram melhores do que sob o governo dos belgas. As revoltas não tinham base no desejo popular, mas na cobiça de poder dos indivíduos. Pequenas facções atacaram as casas dos belgas aqui no lago Kivu, porque as casas eram tão elegantes que presumiram que iam achar ali algo que queriam. Foi assim, e continua assim. É por isso que as propriedades sempre têm pelo menos dois portões, um em cada extremidade. Um pelo qual os assaltantes possam atacar, e outro pelo qual os moradores possam fugir.

— Foi assim que vocês saíram da casa sem que eu os visse?

Tony riu.

— Você realmente achou que era você que estava nos seguindo? Estou vigiando vocês desde que chegaram. Goma é uma cidade pequena com pouco dinheiro e uma estrutura de poder bem clara. Foi muito ingênuo da sua parte e de Harry virem sozinhos.

— Quem é ingênuo? — disse Kaja. — O que acha que vai acontecer quando ficarem sabendo que dois policiais noruegueses desapareceram em Goma?

Tony deu de ombros.

— Sequestro ocorre com relativa frequência aqui. Não ia me surpreender se a polícia local logo recebesse uma carta de uma guerrilha exigindo uma soma exorbitante em dinheiro por vocês dois. Além da libertação de prisioneiros conhecidos como oponentes ao regime do presidente Kabila. As negociações iam continuar por alguns dias, mas não levariam a lugar algum, já que as exigências seriam impossíveis de cumprir. E então, ninguém ia mais ver vocês. Acontece todo dia.

Kaja tentou captar o olhar de Lene Galtung no retrovisor, mas ela o desviava.

— E ela? — perguntou Kaja. — Ela sabe que você matou todas essas pessoas, Tony?

— Agora sabe — respondeu ele. — E ela me entende. Amor verdadeiro é isso, Kaja. E é por isso que Lene e eu vamos nos casar esta noite. Você está convidada. — Ele riu. — Estamos a caminho da igreja. Acho que verá uma cerimônia tocante quando a gente jurar fidelidade eterna um ao outro. Não é, Lene?

Nesse momento, Lene inclinou-se para a frente no seu assento, e Kaja viu o motivo dos seus ombros retraídos: suas mãos estavam atadas nas costas com um par de algemas cor-de-rosa. Tony inclinou-se, pôs a mão nos ombros de Lene e bruscamente empurrou-a para trás. Nisso, Lene se virou para eles, e Kaja se sobressaltou. Lene Galtung estava quase irreconhecível: o rosto marcado por lágrimas, um olho inchado, e a boca estava aberta de tal modo que seus lábios formavam um O. Dentro do O, o metal cintilava. De uma esfera dourada pendia um fio vermelho curto.

E as palavras que Tony tinha dito eram para Kaja um eco de outra proposta de casamento às portas da morte, um enterro na neve: até que a morte nos separe.

Harry escondeu-se atrás da prateleira de máscaras no momento em que o vulto desceu da escada, se virou e acendeu a lanterna. Não havia onde se esconder, apenas uma contagem regressiva até ser descoberto. Ele fechou os olhos para não ficar sem enxergar enquanto abria o pacote de balas; seus dedos sabiam exatamente quanto eram quatro balas. Ele girou o cilindro à esquerda com a mão direita, fez os movimentos já automáticos, os mesmos que havia executado quando estava sozinho em Cabrini Green e, por puro tédio, praticava carregar a arma rapidamente. Mas ali, ele não estava sozinho o suficiente. Nem com tédio suficiente. Seus dedos tremiam. Ele viu o vermelho do lado interno das pálpebras quando a luz caiu sobre seu rosto. Ele se preparou. Mas nenhum tiro foi disparado. A luz se moveu. Ele não estava morto, ainda não. Seus dedos obedeceram; enfiaram quatro balas em quatro das seis câmaras vazias, relaxados, rápidos, com uma mão só. O cilindro se encaixou. Harry abriu os olhos quando a luz caiu em seu rosto de novo. Sem conseguir enxergar, ele atirou no sol.

A luz girou para cima, passou pelo teto e sumiu. O eco dos tiros pairou no ar enquanto a lanterna rolou sobre o próprio eixo, fazendo um alto ruído ressoante e iluminando as paredes como se fosse um farol.

— Kinzonzi! Kinzonzi!

A lanterna parou ao se chocar com a prateleira. Harry correu, agarrou-a, deitou-se de costas segurando-a com o braço estendido, o mais distante possível do seu corpo, escorou as pernas na estante e deu impulso em direção à escada até estar diretamente embaixo do alçapão. Então, vieram as balas, parecendo chicotadas, e ele sentiu pó de cimento voar contra o braço e o peito quando penetraram o chão em torno da lanterna. Harry mirou e atirou na figura iluminada no vão do alçapão. Três tiros rápidos.

A Kalashnikov veio primeiro. Atingiu o piso ao lado da cabeça de Harry com um estrondo sonoro. Depois veio o homem. Harry mal teve tempo de se jogar para o lado antes de o corpo aterrissar. Nenhuma resistência. Carne. Peso morto.

Ficou quieto por alguns segundos. Então Harry ouviu Kinzonzi — se é que esse era o nome dele — gemer baixinho. Ele se levantou, ainda com a lanterna estendida para o lado, viu uma Glock no chão ao lado de Kinzonzi e chutou-a para longe. Agarrou a Kalashnikov.

Em seguida, arrastou o outro homem até a parede, o mais longe possível de Kinzonzi, e direcionou a luz para ele. Previsivelmente, ele reagiu igual a Harry; sem conseguir enxergar, atirou para o sol. Os olhos de detetive de Harry registraram automaticamente que a virilha dele estava ensopada de sangue; a bala devia ter seguido até o estômago, mas era pouco provável que o tivesse matado. Um ombro sangrando, então uma bala deve ter entrado na axila. Isso explicou por que a Kalashnikov tinha chegado primeiro. Harry se agachou. Mas isso não explicava por que o homem não estava respirando.

Ele iluminou seu rosto. O motivo de o *rapaz* não estar respirando.

A bala havia entrado por baixo do queixo. Do ângulo do qual ele havia atirado, o chumbo deve ter perfurado a boca, atravessado o palato e atingido o cérebro. Harry inspirou. O rapaz não devia ter mais que 16 ou 17 anos. Rapaz bem bonito. Beleza desperdiçada. Harry se levantou, encostou o cano do rifle na cabeça do morto e gritou em inglês.

— Onde eles estão? O Sr. Leike. Tony. Onde?

Ele esperou um pouco.

— O quê? Mais alto. Não estou escutando. Onde? Três segundos. Um. Dois...

Harry apertou o gatilho. A arma devia estar em modo automático, porque disparou pelo menos quatro vezes antes de ele conseguir soltar o dedo. Harry fechou os olhos quando sentiu o jorro no rosto, e ao abri-los de novo, viu que o belo rosto do rapaz havia sumido. Harry percebeu que escorria sangue quente e molhado pelo próprio corpo nu.

Foi até Kinzonzi. Ficou por cima dele, iluminou seu rosto, apontou a arma para sua testa e repetiu a pergunta em inglês, palavra por palavra.

— Onde eles estão? O Sr. Leike. Tony. Onde? Três segundos...

Kinzonzi abriu os olhos. Harry viu o tremor no branco do seu olhar. O medo de morrer é um pré-requisito para querer viver. Tinha que ser, pelo menos aqui em Goma.

O homem respondeu, devagar e claramente.

88

A Igreja

Kinzonzi ficou bem quieto. O homem alto e branco havia colocado a lanterna no chão de modo a iluminar o teto. Ele observou Harry vestir as roupas de Oudry. Observou-o rasgar sua camiseta em tiras e atá-los em volta do queixo e da cabeça para que o maxilar escancarado, a ferida que ia da boca à orelha, fosse coberto. Ele apertou bem para impedir que o maxilar caísse para o lado. Kinzonzi viu o sangue ensopar o material de algodão.

Ele tinha respondido as poucas perguntas do homem. Onde. Quantas pessoas. Que armas eles tinham.

Agora o homem branco foi até a prateleira e retirou uma maleta preta, abriu e verificou o conteúdo.

Kinzonzi sabia que ia morrer. Uma morte precoce e violenta. Mas talvez não agora, não esta noite. O estômago ardia como se alguém houvesse derramado ácido nele. Mas tudo bem.

O homem branco segurava a Kalashnikov de Oudry. Ele se aproximou de Kinzonzi, pairou por cima dele com a luz nas costas. Uma figura alta com a cabeça embrulhada em pano branco, da mesma maneira que costumavam amarrar o queixo dos mortos antes de serem enterrados. Se Kinzonzi levasse um tiro, seria agora. O homem deixou cair as tiras da camiseta que ele não havia usado.

— Cuide-se.

Ele ouviu o homem alto gemer ao subir a escada.

Kinzonzi fechou os olhos. Se não demorasse muito, podia estancar o pior sangramento antes de perder sangue demais e desmaiar. Podia se levantar, arrastar-se pela rua, encontrar pessoas que o ajudassem. E podia ter sorte; *talvez* não pertencessem à espécie de abutres de Goma.

Ele podia encontrar Alma. Podia fazê-la ser dele. Porque agora ela não tinha mais seu homem. E Kinzonzi não tinha patrão. Ele tinha visto o que estava na maleta que o homem branco havia levado.

Harry parou o Range Rover na frente dos muros baixos da igreja, embicando-o no Hyundai amassado que ainda estava ali.

Ele viu a brasa de um cigarro dentro do carro.

Harry desligou os faróis, baixou o vidro e botou a cabeça para fora.

— Saul!

Harry viu a brasa do cigarro se mexer. O motorista de táxi desceu do carro.

— Harry. O que aconteceu? Seu rosto...?

— As coisas não saíram exatamente como planejei. Não pensei que ainda estivesse aqui.

— Por que não? Você me pagou pelo dia todo. — Saul passou a mão sobre o capô do Range Rover. — Belo carro. Roubado?

— Emprestado.

— Carro emprestado. Roupas emprestadas também?

— São.

— Vermelho de sangue. Do antigo dono?

— Vamos deixar o seu carro aqui, Saul.

— Será que quero essa corrida, Harry?

— Provavelmente não. Ajuda se eu disser que sou um dos caras do bem?

— Lamento, mas em Goma a gente já esqueceu o que isso quer dizer, Harry.

— Hum. Cem dólares ajudariam, Saul?

— Duzentos — disse Saul.

Harry fez que sim.

— ... e cinquenta.

Harry desceu e deixou Saul pegar no volante.

— Tem certeza de que é ali que eles estão? — perguntou Saul quando o carro entrou na estrada.

— Tenho — disse Harry do banco de trás. — Alguém já me disse que é o único lugar onde as pessoas em Goma podem chegar ao céu.

— Não gosto daquele lugar — comentou Saul.

— Ah, não? — perguntou Harry, abrindo a maleta ao seu lado. O Märklin. As instruções para montar o rifle estavam coladas na parte interna da tampa. Harry começou a trabalhar.

— Espíritos maus. Ba-Toye.

— Você estudou em Oxford, não foi? — As peças lubrificadas se encaixaram de imediato.

— Você não sabe nada sobre o demônio de fogo, suponho.

— Não, mas conheço estes aqui — disse Harry, erguendo um dos cartuchos do seu compartimento da maleta do Märklin. — E eu aposto neles contra Ba-Toye.

A parca luz amarela do teto fez brilhar o invólucro dourado dos cartuchos. A bala de chumbo no interior tinha um diâmetro de 16 milímetros. O maior calibre do mundo. Quando ele trabalhou no relatório depois da investigação do Garganta Vermelha, um perito em balística contou que o calibre de um Märklin ia muito além de qualquer limite sensato. Até para matar elefantes. Era mais adequado para cortar árvores.

Harry ajustou as miras telescópicas.

— Pise fundo, Saul.

Ele colocou o cano sobre o topo do assento vazio do passageiro e testou o gatilho enquanto mantinha seu olho a certa distância das miras devido aos trancos da corrida. As miras precisavam de ajustes, calibração, sincronização. Mas não ia surgir a chance para isso.

Chegaram. Kaja olhou pelo vidro do carro. As luzes dispersas embaixo deles eram Goma. Mais distante, ela viu a plataforma de petróleo iluminada no lago Kivu. A lua cintilava na água negro-esverdeada. A última parte da rua não passava de uma trilha que serpenteava em torno do topo, e os faróis dianteiros do carro varriam por cima da paisagem lunar desértica e escura. Quando chegaram à parte mais alta, um disco achatado de rocha com um diâmetro em torno de 100 metros, o motorista foi até a extremidade do planalto, passando por flutuantes nuvens de fumaça branca tingidas de vermelho pela cratera de Nyiragongo.

O motorista desligou o motor.

— Posso fazer uma pergunta? — disse Tony. — É sobre algo que tenho pensado muito nas últimas semanas. Como se sente sabendo que vai morrer? Não me refiro a ter medo por estar em perigo. Essa experiência eu já tive várias vezes. Mas de ter a certeza absoluta de que, aqui e agora, sua vida vai parar de existir. Seria capaz... de expressar isso? — Tony se inclinou um pouco para a frente para olhá-la nos olhos. — Leve o tempo que precisar para encontrar as palavras certas.

Kaja encarou seu olhar. Ela achou que ia entrar em pânico. Mas isso simplesmente não aconteceu. Emocionalmente, ela estava inexpressiva como a rocha da paisagem em volta.

— Não sinto nada — rebateu ela.

— Vamos — disse ele. — Os outros ficaram tão apavorados que nem conseguiram responder, apenas balbuciar. Charlotte Lolles ficou paralisada. Elias Skog não conseguiu falar direito. Meu pai chorou. É apenas caos ou há alguma reflexão? Sente tristeza? Remorso? Ou alívio por não ter mais que lutar contra nada? Olha Lene, por exemplo. Ela desistiu e está enfrentando sua morte como o cordeiro dócil que é. E com você, Kaja? O quanto anseia para renunciar ao controle?

Kaja podia ver que havia uma curiosidade genuína nos olhos dele.

— Em vez disso, deixe-me perguntar a você o quanto ansiava para *ganhar* o controle, Tony? — rebateu ela, passando a língua pelos lábios à procura de umidade. — Quando você matou uma pessoa atrás da outra, guiado por uma força invisível que você depois descobriu ser um rapaz cuja língua você havia cortado fora. Pode me dizer?

Tony ficou com o olhar distante e balançou a cabeça devagar, como se respondesse a outra pergunta.

— Não tinha ideia nenhuma até ler na internet que o bom e velho Skai havia prendido alguém do meu lugarejo. Ole, quem mais. Quem diria que ele teria a coragem.

— O ódio, quer dizer?

Tony pegou uma pistola do bolso. Olhou o relógio.

— Harry está atrasado.

— Ele virá.

Tony riu.

— Mas infelizmente para você, sem vida. Eu gostava de Harry, aliás. Verdade. Foi divertido brincar com ele. Eu liguei para ele de Ustaoset; ele havia me dado o número. Ouvi sua caixa postal dizer que ele não teria cobertura por alguns dias. Aquilo me fez rir. Ele estava na cabana de Håvass, claro, o espertalhão. — Tony deitou a pistola na palma da mão, passando a outra sobre o aço preto. — Percebi quando o encontrei na delegacia. Que ele era igual a mim.

— Duvido.

— Ah, mas é, sim. Um homem determinado. Um *junkie*. Um homem que faz o que é necessário para ter o que quer, que passa por cima de mortos se precisar. Não é?

Kaja não respondeu.

Tony olhou de novo para o relógio.

— Acho que vamos ter que começar sem ele.

Ele vem, pensou Kaja. Preciso ganhar tempo.

— Então, você fugiu, não é? — continuou ela. — Com o passaporte e os dentes de seu pai?

Tony olhou para Kaja.

Ela sabia que ele estava ciente do que ela estava fazendo. E também que ele gostava disso. De contar. Como ele os havia enganado. Todos gostavam.

— Sabe de uma coisa, Kaja? Eu gostaria que meu pai estivesse aqui agora para me ver. Aqui, no topo da minha montanha. Para me ver e me compreender. Antes que eu o matasse. Da maneira que Lene está compreendendo que ela precisa morrer. Da maneira que eu espero que você também compreenda, Kaja.

Ela já estava sentindo. O medo. Mais como uma dor física do que uma crise de pânico que faria sua mente racional implodir. Via com clareza, ouvia com clareza, raciocinava com clareza. Sim, com mais clareza do que nunca, pensou ela.

— Você começou a matar para esconder que tinha sido infiel — disse ela, sua voz mais rouca. — Para garantir os milhões da família Galtung. Mas quanto aos milhões que conseguiu tirar de Lene agora, são o bastante para salvar seu projeto aqui?

— Não sei. — Tony sorriu, agarrando o cabo da pistola. — Veremos. Desça.

— Vale a pena, Tony? Vale mesmo todas essas vidas?

Kaja arquejou com o golpe do cano da pistola em suas costelas. A voz de Tony sibilou no seu ouvido.

— Olhe ao redor, Kaja. Este é o berço da humanidade. Olhe o que vale uma vida humana. Alguns morrem e mais ainda nascem numa interminável corrida febril, de novo e de novo, e uma vida não tem mais sentido do que qualquer outra. Mas o jogo faz sentido. A paixão, o fervor. O vício do jogo, como dizem alguns imbecis. É tudo. É como Nyiragongo. Consome tudo, extermina tudo, mas é também o pré-requisito para toda a vida. Sem paixão, sem sentido, sem lava fervendo lá dentro e tudo aqui fora seria sem vida como pedra, gelo puro. Paixão, Kaja, você tem? Ou você é um vulcão morto, um cisco de poeira humana, a ser resumido em três frases num discurso fúnebre?

Kaja se libertou com um puxão, e Tony soltou uma gargalhada.

— Está pronta para o casamento, Kaja? Pronta para derreter?

Ela sentiu o cheiro de enxofre. O motorista havia aberto a porta e olhava indiferente para Kaja com uma arma de cano curto apontada para ela. Mesmo ali no carro, dez metros da beirada da cratera, ela podia sentir o imenso calor. Não se mexeu. O homem negro se inclinou para dentro e agarrou seu braço. Ela se deixou puxar sem muita resistência, mas se fez pesada o suficiente para ele não conseguir manter o equilíbrio, de modo que, quando ela de repente saltou para fora, ele foi pego de surpresa e cambaleou para trás. O homem era impressionantemente magro e provavelmente um pouco mais baixo do que ela. Kaja usou o cotovelo. Sabia que era mais poderoso que o punho. Sabia que o pescoço, as têmporas e o nariz eram alvos bons. O cotovelo acertou algo, que quebrou; o homem caiu e perdeu a arma. Kaja levantou o pé. Tinha aprendido que o modo mais eficaz de neutralizar uma pessoa no chão é pisar na sua coxa. A combinação de uma pisada vinda de cima com todo o peso do corpo e a pressão do chão embaixo causaria de imediato tamanho sangramento nos músculos da coxa que a pessoa seria incapaz de se levantar para te perseguir. A alternativa é pisar no peito e no pescoço com possíveis consequências fatais. Ela estava focada no pescoço exposto quando o luar caiu no rosto do homem. Por uma fração de segundo ela hesitou. Ele não podia ter mais idade que Even.

Em seguida, sentiu braços envolvendo-a por trás, os próprios braços sendo forçados rente ao corpo e o ar de seus pulmões sendo expelido ao ser erguida do chão com as pernas chutando inofensivas no ar. Perto do ouvido, a voz de Tony parecia animada.

— Muito bom, Kaja. Paixão. Você quer viver. Vou cuidar para descontar do salário do rapaz, prometo.

O rapaz no chão à sua frente se pôs de pé e agarrou sua arma. A indiferença havia sumido; uma fúria branca cintilou em seus olhos.

Tony juntou as mãos de Kaja nas costas, e ela sentiu tiras finas de plástico apertarem os punhos.

— Então — disse Tony. — Posso pedir para você ser a dama de honra de Lene, Srta. Solness?

E agora — por fim — havia chegado. O pânico. Esvaziou sua mente de todo o resto, deixando tudo branco, puro, cruel. Simples. Ela gritou.

89

O Casamento

Kaja estava na beirada olhando para baixo. O ar aquecido subia como uma brisa quente em seu rosto. A fumaça tóxica a deixava tonta, mas talvez fosse apenas o ar trepidante que borrava sua visão, fazendo a lava balançar no abismo abaixo, onde brilhava em tons de amarelo e vermelho. Uma mecha de cabelo caiu em seu rosto, mas as mãos estavam atadas nas costas com tiras de plástico. Ela estava ombro a ombro com Lene Galtung, que Kaja presumiu ter sido drogada, a julgar pelo modo sonâmbulo que ela olhava para a frente. Um cadáver vivo vestindo branco, com nada além de gelo e deserto por dentro. O manequim de vitrine em vestido de noiva na janela de uma fábrica de cordas.

Tony estava ao lado delas. Kaja sentiu a mão dele em suas costas.

— Você aceita o homem a seu lado e promete amá-lo, honrá-lo e respeitá-lo, na alegria e na tristeza... — sussurrou ele.

Não foi por crueldade, ele havia explicado. Mas era tão prático. Não deixariam rastro nenhum. Nem ao menos uma pergunta. No Congo pessoas desapareciam todos os dias.

— Eu vos declaro marido e mulher.

Kaja murmurou uma prece. Ela imaginou que fosse uma prece. Até ouvir as palavras: "... porque é impossível para mim e para a pessoa que desejo ficarmos juntos."

As palavras da carta de despedida de Even.

O motor de um carro ressoou em marcha lenta com os faróis varrendo os céus. O Range Rover apareceu na outra extremidade da cratera.

— E ali estão os outros — disse Tony. — Deem um belo aceno de adeus, meninas.

* * *

Harry não sabia que cena o esperava quando alcançassem o planalto sobre a cratera. Kinzonzi tinha dito que, além das mulheres, o Sr. Tony só havia levado seu motorista. Mas que ele e o Sr. Tony tinham armas automáticas.

Antes de chegar ao topo, Harry havia oferecido a Saul a chance de descer do carro, mas ele havia recusado.

— Não tenho mais família, Harry. Talvez seja verdade que você esteja do lado dos caras do bem. De qualquer maneira, você pagou pelo dia todo.

O carro parou, derrapando um pouco.

Os faróis apontavam para a outra extremidade da cratera, para os três juntos na beirada. Eles desapareceram de repente atrás de uma nuvem, mas Harry já os havia visto e resumido a situação: um homem com uma arma de cano curto atrás dos outros três. Um Range Rover estacionado. E nenhum tempo. Então a nuvem passou, e Harry viu Tony e o outro homem protegendo os olhos para ver o carro, como se estivessem aguardando alguma coisa.

— Desligue o motor — ordenou Harry do banco de trás, encostando o cano do rifle Märklin ao assento da frente. — Mas deixe as luzes acesas.

Saul seguiu as instruções.

O homem em trajes de camuflagem agachou-se com a arma no ombro e mirou.

— Pisque as luzes duas vezes — disse Harry, encostando os olhos nas miras. — Devem estar esperando algum sinal.

Harry fechou o olho esquerdo. Excluiu meio mundo. Excluiu os rostos pálidos, o fato de Kaja estar ali, de Lene estar ali com o rosto inchado e aspecto assustado, de que esses segundos contavam. Excluiu os olhos turquesa observando-o quando ele disse as palavras: "Eu juro." Excluiu o som de um disparo que dizia que eles haviam enviado o sinal errado, excluiu o baque quando o tiro acertou o carro, seguido por outro. Excluiu tudo que não era o reflexo da luz no para-brisa, o reflexo da luz no calor trepidante sobre a cratera, o desvio provável da bala à direita, a mesma direção que as nuvens de vapor estavam seguindo. Sabia que naquele momento ele era sustentado por uma única coisa: adrenalina. Ele sabia que o efeito do estimulante natural seria breve. Podia sumir em um segundo. Mas enquanto seu coração ainda fornecia sangue ao cérebro, era o segundo que precisava. Porque o cérebro é um computador fantástico. A cabeça de Tony Leike estava meio escondida atrás de Lene, um pouco mais acima.

Harry mirou os dentes pontudos de Kaja. Seguiu para a bola cintilante entre os lábios de Lene. Moveu a mira mais para cima. Sem tempo para ajustes. Tudo depende do acaso. Façam as suas apostas, última corrida.

Uma nuvem de vapor vinha da esquerda.

Logo estariam envoltos nela, e como se tivesse recebido um momento de clareza visual, Harry entendeu: quando a nuvem tivesse passado, não haveria mais ninguém ali. Harry apertou o gatilho. Viu Kaja piscar logo acima da mira.

Eu juro.

Ele estava perdido. Finalmente.

Parecia que o interior do carro ia explodir com o estrondo, e seu ombro ia ser deslocado. Havia uma pequena perfuração branca no para-brisa. A nuvem vermelho-sangue cobria tudo no outro lado da cratera. Trêmulo, Harry respirou fundo e esperou.

90

Marlon Brando

Harry estava de costas, flutuando. Flutuando para longe. Afundando no lago Kivu, enquanto o sangue, o dele e de outras pessoas, se mesclava ao sangue do lago, tornando-se único, sumindo no grande sono do universo, e as estrelas acima dele haviam desaparecido na água fria e escura. A paz das profundidades, silêncio, nada. Até ele voltar à superfície numa bolha de gás metano, um corpo azul-marinho com carne infectada de vermes da Guiné que fervilhavam e se agitavam por baixo da pele. E ele tinha que sair do lago Kivu para viver. Para esperar.

Harry abriu os olhos. Ele podia ver o balcão do hotel em cima dele. Virou de lado e nadou os poucos metros para a margem. Ergueu-se da água.

Logo ia amanhecer. Logo ele estaria no voo de volta a Oslo. Logo estaria no escritório de Gunnar Hagen, dizendo que havia acabado. Que tinham ido para sempre. Que haviam falhado. Então, ele também ia tentar sumir.

Trêmulo, Harry se enrolou na grande toalha branca e foi até a escada para seu quarto de hotel.

Quando a nuvem passou, não havia mais ninguém na beira da cratera.

A mira de Harry havia automaticamente procurado o atirador. Encontrou-o, e estava prestes a atirar. Mas descobriu que estava olhando para as costas do homem a caminho do carro. Em seguida, o Range Rover foi ligado, passou por eles e sumiu.

Ele voltou a mira para o lugar onde tinha visto Kaja, Tony e Lene. Ajustou a ótica. Viu as pegadas. Três pares.

Então, jogou o rifle, saltou do carro e correu para a cratera com o revólver à sua frente. Correu e rezou. Caiu de joelhos ao lado delas. E antes de olhar sabia que havia perdido.

Harry abriu a porta do quarto de hotel. Foi até o banheiro, tirou a atadura em volta da cabeça e colocou uma nova que conseguiu na recepção. Os pontos provisórios mantinham a bochecha no lugar; pior era o maxilar. A bolsa estava feita e pronta perto da cama. As roupas da viagem estavam sobre a cadeira. Ele pegou o maço de cigarros do bolso da calça, foi até o balcão e sentou-se numa cadeira de plástico. O frio aplacou as dores na bochecha e no maxilar. Ele olhou para o lago prateado e bruxuleante que nunca mais veria enquanto vivesse.

Ela estava morta. A bala de chumbo com 1 diâmetro de 1 centímetro e meio havia passado pelo olho direito dela, levando junto a metade direita da cabeça, fazendo os grandes dentes brancos de Tony Leike atravessarem o crânio dele, abrindo uma cratera no lado de trás, espalhando tudo sobre uma área de 100 metros quadrados de pedra vulcânica.

Harry havia vomitado. Cuspiu muco verde sobre eles e cambaleou para trás.

Tirou dois cigarros do maço. Enfiou-os entre os lábios e sentiu balançarem para cima e para baixo contra seus dentes que batiam. O voo sairia em quatro horas. Ele tinha combinado ir até o aeroporto com Saul. Harry estava tão cansado que mal conseguia manter os olhos abertos, mas não podia, nem queria dormir. Os fantasmas não tinham permissão de aparecer na primeira noite.

— Marlon Brando — disse ela.

— O quê? — respondeu Harry, acendendo os cigarros, passando um para ela.

— O ator machão de quem eu não conseguia lembrar o nome. Ele tem a voz mais feminina de todos. Boca feminina, também. Aliás, já notou que ele balbucia? Não é muito audível, no entanto está ali, como um ruído que o ouvido não capta como som, mas que o cérebro registra.

— Sei o que quer dizer — disse Harry, inalando e observando-a.

Ela havia sido pulverizada com sangue, fragmentos de osso e matéria cerebral. Tinha levado um bom tempo para cortar as tiras plásticas que atavam seus punhos; seus dedos simplesmente não queriam obedecer. Quando finalmente ficou livre, ela se pôs de pé, enquanto ele continuou de quatro.

E ele não tinha feito nada para impedi-la de agarrar o colarinho e o cinto de Tony e enrolar o corpo até que caísse na cratera. Harry não tinha ouvido um som, apenas o sussurro do vento. Ele a viu olhar para dentro do vulcão até se virar para ele.

Ele fez que sim. Não precisava explicar. Era assim que precisava ser feito.

Ela havia lançado um olhar indagador para o corpo de Lene Galtung. Harry havia avaliado o lado prático contra as considerações morais. As consequências diplomáticas contra a mãe ter um túmulo para visitar. A verdade contra uma mentira que poderia fazer a vida mais suportável. Então, ele se pôs de pé. Levantou Lene Galtung, quase caindo sobre o peso da pequena jovem. Ficou na beira do abismo, fechou os olhos, sentiu a ânsia, balançou por um segundo. E então, deixou-a cair. Abriu os olhos e acompanhou sua descida. Ela não passava de um pontinho. Em seguida foi engolida pela fumaça.

— No Congo, pessoas desaparecem todo santo dia — tinha dito Kaja quando voltavam do vulcão com Saul, com Harry no banco de trás, segurando-a nos braços.

Ele sabia que seria um relatório curto. Não havia pistas. Evaporadas. Podiam estar em qualquer lugar. E a resposta a todas as perguntas que iam receber seria esta: no Congo, pessoas desaparecem todo santo dia. Até quando ela perguntasse, a mulher com os olhos turquesa. Porque seria mais fácil para eles. Nenhum corpo, nenhum inquérito interno, o que seria a rotina quando policiais haviam disparado um tiro. Nenhum incidente internacional embaraçoso. O caso não seria arquivado, pelo menos não oficialmente, mas a busca contínua de Leike seria apenas para manter as aparências. Lene Galtung seria registrada como pessoa desaparecida. Ela não tinha passagem de voo e as autoridades da imigração no Congo não haviam registrado sua entrada no país. Melhor assim, diria Hagen. Para todos os envolvidos. Pelo menos para os que contavam.

E a mulher com os olhos turquesa aceitaria. Aceitaria o que ele contasse. Mas saberia talvez, se ela escutasse o que ele não contasse. Ela podia escolher. Escolher ouvi-lo dizer que sua filha estava morta. Que ele havia mirado entre os olhos de Lene em vez do ponto que ele supôs ser certeiro, um pouco mais à direita. Mas ele queria ter a certeza de que a bala não desviaria tão à direita a ponto de arriscar matar sua colega, a mulher com quem havia estado trabalhando neste serviço. Ela podia escolher isso, ou a mentira que empurrava as ondas do som adiante, aquelas que davam esperança em vez de um túmulo.

* * *

Trocaram de avião em Kampala.

Ficaram sentados em cadeiras de plástico perto do portão, olhando os aviões aterrissarem e decolarem, até Kaja adormecer e sua cabeça deslizar para o ombro de Harry.

Ela foi acordada por algum acontecimento. Não sabia o quê, mas alguma coisa havia mudado. A temperatura. O ritmo da batida do coração de Harry. Ou as linhas no seu rosto pálido e esgotado. Ela o viu colocar o celular ao bolso da jaqueta.

— Quem era? — perguntou ela.

— O Hospital Central — disse Harry, com o olhar ausente por cima dela, desaparecendo através das janelas panorâmicas à pista de concreto e ao céu azul deslumbrante. — Ele morreu.

Parte 10

91

Despedida

Choveu no enterro de Olav Hole. A presença foi como Harry havia esperado: não estava tão cheio quanto no enterro da mãe, mas não tão escasso que causasse constrangimento.

Depois, Harry e Søs ficaram na frente da igreja recebendo as condolências de velhos parentes de quem nunca tinham ouvido falar, de velhos colegas professores de cujos nomes eles lembravam, mas não de seus rostos. As únicas pessoas que não pareciam ser as próximas na fila eram os colegas de Harry da polícia: Gunnar Hagen, Beate Lønn, Kaja Solness e Bjørn Holm. Øystein Eikeland parecia definitivamente prestes a fazer o check-out, mas se desculpou dizendo que havia estado numa grande farra na noite anterior. E que Tresko, que não pôde ir, mandava abraços e pêsames. Harry passou os olhos pela igreja à procura das duas pessoas que ele tinha visto no último banco de trás, mas, obviamente, haviam partido antes do caixão ser carregado para fora.

Harry convidou todos para irem comer uns sanduíches e tomar um chope no restaurante Schrøder. Os poucos que haviam aceitado tinham muito a dizer sobre o tempo, mas pouco sobre Olav Hole. Harry terminou seu suco de maçã, explicou que tinha um compromisso, agradeceu a todos por terem comparecido e foi embora.

Ele pegou um táxi e deu um endereço de Holmenkollen ao motorista.

Ainda havia um pouco de neve nos gramados lá em cima.

Enquanto subiam a rua para a casa de toras pretas, o coração de Harry batia com força. E mais forte ainda quando estava na frente da porta familiar, depois de tocar a campainha e ouvir passos se aproximando. Passos familiares também.

Ela estava como sempre. Como sempre estaria. O cabelo escuro, a gentileza nos seus olhos castanhos, o pescoço fino. Maldita. Estava tão linda que doía.

— Harry — disse ela.

— Rakel.

— Seu rosto. Eu o vi na igreja. O que houve?

— Nada. Eles dizem que vai ficar bom de novo — mentiu ele.

— Entre, vou fazer café.

Harry balançou a cabeça.

— Deixei um táxi esperando na rua. Oleg está?

— Está no quarto. Quer vê-lo?

— Outro dia. Quanto tempo vão ficar?

— Três dias. Talvez quatro. Ou cinco. Veremos.

— Posso ver vocês dois em breve? Pode ser?

Ela fez que sim.

— Eu não sei se fiz a coisa certa.

Harry sorriu.

— Não, quem sabe o que é isso?

— Na igreja, quero dizer. Saímos antes de... atrapalhar. Você tinha outras coisas em que pensar. De qualquer modo, fomos por causa de Olav. Você sabe, Oleg e ele... bem, eles se davam muito bem. Duas pessoas reservadas. Não acontece todo dia.

Harry fez que sim.

— Oleg fala muito de você, Harry. Você significa mais para ele do que pode imaginar. — Ela olhou para baixo. — Mais do que eu também imaginei, talvez.

Harry limpou a garganta.

— Então tudo aqui está como desde... ?

Rakel apressou-se em dizer que sim, poupando-o de completar a frase impossível. Desde quando o Boneco de Neve tentou matá-los naquela mesma casa.

Harry olhou para ela. Só queria vê-la, ouvir sua voz. Sentir o olhar dela nele. Não queria perguntar. Harry limpou a garganta de novo.

— Tem uma coisa que preciso perguntar a você.

— O que é?

— Podemos ir até a cozinha?

Entraram. Ele se sentou à mesa bem na frente dela. Explicou lentamente e em detalhes. Ela o escutou sem interromper.

— Ele quer que o visite no hospital. Ele quer pedir o seu perdão.

— Por que eu devia aceitar?

— Você terá que responder isso por você mesma, Rakel. Mas ele não tem muito tempo.

— Eu li que é possível viver com a doença por muito tempo.

— Ele não tem muito tempo — repetiu Harry. — Pense a respeito. Você não precisa responder agora.

Ele esperou. Ele a viu piscar. Viu seus olhos ficarem marejados, ouviu o choro quase inaudível. Ela arfou.

— O que você faria, Harry?

— Eu diria não. Mas você sabe, sou uma pessoa bem ruim.

Seu riso se mesclou com as lágrimas. E Harry se perguntou como era possível sentir tanta falta de um som, certa oscilação de ar. Por quanto tempo você podia ansiar por certo riso.

— Preciso ir agora — disse ele.

— Por quê?

— Restam três reuniões.

— Restam? Antes de quê?

— Eu te ligo amanhã.

Harry se levantou. Ele tinha ouvido música do andar de cima. Slayer. Slipknot.

Depois de entrar no táxi e informar o próximo endereço, ele pensou sobre sua pergunta. Antes de quê? Antes de ter terminado. Antes de ficar livre. Talvez.

Foi uma corrida curta.

— Aqui pode levar mais tempo — avisou ele.

Respirou fundo, abriu o portão e foi até a porta da casa dos contos de fada.

Ele pensou poder ver os olhos turquesa seguindo-o da janela da cozinha.

92

Queda Livre

Mikael Bellman estava no interior da entrada da prisão distrital de Oslo, vendo Sigurd Altman e um guarda se aproximarem do balcão.

— Está fazendo o check-out? — perguntou o policial atrás do balcão.

— Estou — disse Altman, entregando um formulário.

— Pegou algo do minibar?

O outro policial riu ao que sem dúvida era uma frase padrão na hora da soltura.

Os pertences foram retirados de um armário e devolvidos com um largo sorriso.

— Espero que sua estada seja de acordo com as expectativas, Sr. Altman, e que nós o vejamos novamente em breve.

Bellman segurou a porta para Altman. Desceram a escada juntos.

— A imprensa está lá fora — informou Bellman. — Vamos passar pelo corredor subterrâneo. Krohn está esperando por você num carro nos fundos da sede da polícia.

— O perito em blefes — disse Altman com um sorriso cáustico.

Bellman não perguntou a que ele estava se referindo. Ele tinha outras questões. As últimas. E 400 metros para obter as respostas. A fechadura zuniu, e ele abriu a porta para o corredor.

— Agora que o acordo foi cumprido, achei que você pudesse esclarecer algumas coisas para mim.

— Vai em frente, Bellman.

— Por que não corrigiu Harry assim que você percebeu que ele ia te prender?

Altman deu de ombros.

— Achei o mal-entendido divertidíssimo. Entendi tudo, evidentemente. O que não entendi foi por que a detenção seria cumprida em Ytre Enebakk. Por que lá? E quando há algo que você não entende, é melhor ficar de bico calado. Foi o que fiz, até a ficha cair, até entender tudo.

— E o que você entendeu?

— Que eu estava numa posição de gangorra.

— O que quer dizer?

— Eu sabia sobre o conflito entre a Kripos e a Divisão de Homicídios. E percebi que isso me dava uma opção. Estar numa posição de gangorra quer dizer que você está em posição de aplicar peso a um lado ou ao outro.

— Mas por que você não tentou com Harry o mesmo acordo que você fez comigo?

— Numa posição de gangorra, você sempre se dirige para a parte perdedora. É a parte mais desesperada, pronta a pagar pelo que você tem para oferecer. É uma teoria de jogo de azar bem simples.

— Por que tinha tanta certeza de que Harry não estava no lado perdedor?

— Não tinha certeza, mas havia outro fator. Eu tinha começado a conhecer Harry. Ele não é como você, Bellman, um homem de acordos. Ele não dá a mínima para o prestígio pessoal; ele só quer pegar os caras ruins. Ele teria visto as coisas da seguinte maneira: se Tony fosse o ator principal, eu seria o diretor. Por isso, eu não ia escapar com facilidade. Imaginei que um homem de carreira como você veria as coisas de outro modo. E Johan Krohn concordou comigo. Você veria o ganho pessoal sendo o cara que pegou o assassino. Você sabia que as pessoas estavam ansiosas para saber quem fez a coisa, quem fisicamente matou e não quem pensou em matar. Se um filme fracassar, é ótimo para um diretor ter Tom Cruise no papel principal, porque é com ele que o povo quer acabar. As audiências e a imprensa gostam de manter as coisas simples, e meu crime é indireto, complicado. Um tribunal ia sem dúvida ter me dado a prisão perpétua, mas esse caso não se trata de tribunais, mas de política. Se a imprensa e as pessoas estão felizes, o Ministério da Justiça também está, assim, todos podem ir para casa, mais ou menos felizes. O fato de eu me safar com uma pena curta, talvez até uma condicional, é um preço barato a pagar.

— Não para todos — disse Bellman.

Altman riu. O eco abafou seus passos.

— Aceite um conselho de um sábio. Deixe para lá. Não deixe te corroer por dentro. A injustiça é como o clima. Se não pode viver do jeito que está, se mude. A injustiça não faz parte da maquinaria do sistema. É a maquinaria.

— Não estou falando sobre mim, Altman. Eu posso ir vivendo.

— Nem eu estou falando sobre você, Bellman. Estou falando sobre a pessoa que não pode seguir vivendo.

Bellman fez que sim. De sua parte, ele certamente podia viver com a situação. Tinha recebido ligações do ministério. Não do próprio ministro, claro, mas o contato só podia ser interpretado de uma maneira. Que estavam contentes. Que teria consequências positivas, tanto para a Kripos como para ele pessoalmente.

Subiram as escadas e entraram à luz do dia.

Johan Krohn desceu do seu Audi azul e, ao cruzarem a rua, estendeu a mão para Altman.

Bellman observou o homem livre e seu advogado até o Audi desaparecer na curva, a caminho de Tøyen.

— Não nos cumprimenta quando vem nos ver, Bellman?

Bellman se virou. Era Gunnar Hagen. Estava na calçada no outro lado da rua, sem jaqueta, os braços cruzados.

Bellman se aproximou, e eles se deram um aperto de mão.

— Tem alguém espalhando fofocas sobre mim? — perguntou Bellman.

— Aqui na Divisão de Homicídios tudo é trazido à luz — disse Hagen com um largo sorriso, esfregando as mãos para esquentá-las. — Aliás, tenho uma reunião com o ministro da Justiça no final do mês que vem.

— Ah, sim — disse Bellman, despreocupado. Ele sabia muito bem de que se trataria aquela reunião. Reestruturação. Cortes de pessoal. Transferência da responsabilidade para casos de homicídios. O que ele não sabia era o que Hagen queria dizer com sua alusão a trazer tudo à luz.

— Mas você já sabe tudo sobre a reunião, não é? — perguntou Hagen. — Nós dois fomos requisitados para passar uma recomendação para a futura configuração da investigação de homicídios. O prazo está se esgotando.

— Duvido que darão muito valor a nossas apresentações unilaterais — disse Bellman, olhando para Hagen, tentando entender aonde ele estava querendo chegar. — Suponho que tenhamos que dar as nossas opiniões, em nome da tolerância.

— A não ser que nós dois sejamos da opinião de que a configuração atual seja preferível em vez de toda investigação ser colocada sob um único teto — disse Hagen com os dentes batendo.

Bellman soltou uma breve risada.

— Você não está com roupa suficiente, Hagen.

— Pode ser. Mas também sei o que eu pensaria de uma nova unidade de homicídios sendo chefiada por um policial que usou sua posição para deixar a futura mulher sair livre, depois de ela ter contrabandeado drogas. Apesar de haver testemunhas que a deduraram.

Bellman parou de respirar. Sentiu-se perder o controle. Sentiu a força da gravidade se apossar dele, seu cabelo ficar em pé, seu estômago embrulhar. Esse era o pesadelo que ele andava tendo. Angustiante durante o sono, brutal na realidade: a queda sem corda. A queda do escalador solitário.

— Parece que também está sentindo o frio, Bellman.

— Vai se foder, Hagen.

— Eu?

— O que você quer?

— O que quero? A longo prazo, quero poupar a corporação de outro escândalo público lançando dúvidas sobre a integridade de policiais em geral. Quanto à reestruturação... — A cabeça de Hagen se retraiu entre os ombros e ele deu uma pisada forte no chão. — O Ministério da Justiça pode querer todos os recursos da investigação de homicídios num único lugar. Se porventura me solicitarem para chefiar uma unidade dessas, é claro que eu avaliaria a proposta. Mas, em geral, acho que as coisas estão funcionando bem como estão. Em geral, os assassinos recebem suas penas, ou não? Então, se o meu oponente neste caso compartilhar dessa avaliação, estarei preparado para que tanto a Kripos como a Divisão de Homicídios continuem com as investigações. O que acha, Bellman?

Mikael Bellman sentiu o puxão quando a corda afinal o pegou. Ele sentiu os arreios apertarem, sentiu ser rasgado ao meio, sentiu suas costas não aguentarem a pressão e quebrar. Uma mistura de dor e paralisia. Ele estava pendurado, impotente e tonto, em algum lugar entre o céu e a terra. Mas estava vivo.

— Deixe-me pensar a respeito, Hagen.

— À vontade. Mas não por tempo demais. Prazos, você sabe. Temos que coordenar.

Bellman observou as costas de Hagen quando ele se virou para a entrada da sede da Polícia. Então, deu meia-volta e olhou sobre os telhados de Grønland. Olhou para a cidade. Sua cidade.

93

A Resposta

Harry estava no meio da sala, olhando ao redor, quando o celular tocou.

— É Rakel. O que está fazendo?

— Vendo o que fica. Quando morre uma pessoa.

— E?

— Muitas coisas. Mas nem tanto. Søs já disse o que ela quer, e amanhã vem um cara para comprar os bens inventariados. Ele disse que pagaria 50 mil por tudo. E ele vai fazer a limpeza também. Isto é... — Harry não encontrou a palavra.

— Eu sei — emendou ela. — Foi assim para mim quando meu pai morreu. Suas coisas, que haviam sido tão importantes, tão insubstituíveis, pareciam perder o sentido. Foi como se só ele tivesse dado valor a elas.

— Ou talvez seja quem fique que perceba que tem que arrumar as coisas. Queimar. Recomeçar do zero. — Harry entrou na cozinha. Olhou para a foto na parede abaixo do armário da cozinha. Uma foto tirada em Sofies Gate. Oleg e Rakel.

— Espero que vocês tenham a chance de se despedir direito — disse Rakel. — A despedida é importante. Especialmente para quem fica.

— Não sei — respondeu Harry. — Ele e eu nunca dissemos um oi direito um ao outro. E eu o desapontei.

— Como assim?

— Ele me pediu para dar fim à vida dele. Eu recusei.

Houve silêncio. Harry ouviu ruídos de fundo. Ruídos de aeroporto. Então, sua voz voltou.

— Você acha que devia tê-lo ajudado dessa maneira?

— Acho — disse Harry. — Penso que sim. Agora penso que sim.

— Não pense a respeito. Já é tarde demais.

— É?

— É, Harry. É tarde demais.

De novo, silêncio. Harry ouviu uma voz nasalada anunciar o embarque de um voo para Amsterdã.

— Então você não quis encontrá-lo?

— Não posso, Harry. Acho que eu também sou uma pessoa ruim.

— Então, temos que tentar fazer melhor da próxima vez.

Ele podia ouvi-la sorrir.

— Podemos?

— Nunca é tarde demais para tentar. Mande um abraço a Oleg.

— Harry...

— Sim?

— Nada.

Harry ficou olhando pela janela da cozinha depois de ela ter desligado. Em seguida, foi ao andar de cima e começou a fazer as malas.

A médica estava esperando por Harry quando ele saiu do banheiro. Eles continuaram pela última parte do corredor até o guarda.

— A condição dele é estável — disse ela. — Podemos transferi-lo de volta à prisão. Qual é o propósito da visita?

— Gostaria de agradecer por nos ajudar a esclarecer um caso. E dar a resposta sobre um pedido dele.

Harry tirou a jaqueta, passou-a ao guarda e abriu os braços para ser revistado.

— Cinco minutos. Nem um segundo a mais. Ok?

Harry fez que sim.

— Vou entrar com você — disse o guarda, que não conseguiu desgrudar o olhar do queixo desfigurado de Harry.

Harry ergueu uma sobrancelha.

— Regras para visitas civis — emendou o guarda. — Estamos sabendo que você se demitiu da corporação.

Harry deu de ombros.

O homem havia saído da cama e estava sentado numa cadeira perto da janela.

— Nós o encontramos — disse Harry, puxando uma cadeira para perto. O guarda ficou próximo à porta, mas estava perto o suficiente para ouvi-los. — Agradeço a sua ajuda.

— Eu mantive minha parte do acordo — rebateu o homem. — E a sua parte?

— Rakel não quis vir.

O rosto do homem não mexeu um músculo; apenas se encolheu como se um golpe de vento gelado tivesse passado.

— Encontramos uma garrafa de remédio no kit de primeiros socorros na cabana do Cavalheiro. Ontem mandei analisar uma gota do conteúdo. Cetamina. O mesmo que ele usava nas vítimas. Você conhece a droga? Em grandes doses é fatal.

— Por que está me contando isso?

— Alguém me deu um pouco disso recentemente. De certa forma, gostei. Mas eu também gosto de todo tipo de droga. E só você sabe disso, não é? Eu te contei o que eu fazia no banheiro do Landmark em Hong Kong.

O Boneco de Neve olhou para Harry. Lançou um olhar cauteloso para o guarda e olhou de novo para Harry.

— Ah, sim — respondeu com voz monótona. — No cubículo no final à...

— À direita — completou Harry. — Bem, como disse, obrigado. Evite se olhar no espelho.

— O mesmo vale para você — disse o homem, oferecendo sua mão ossuda e branca.

Quando deixaram Harry sair no final do corredor, ele se virou em tempo de ver o Boneco de Neve cambalear em sua direção junto com o guarda. Até entrarem no banheiro.

94

Macarrão celofane

— Olá, Hole. — Kaja sorriu para ele.

Ela estava sentada no bar, num banco baixo, em cima das mãos. Tinha um olhar intenso, os lábios pintados de vermelho-sangue, o rosto radiante. Ocorreu a Harry que ele nunca a tinha visto usando maquiagem. E não era verdade o que ele outrora acreditara, na sua ingenuidade, que uma mulher não podia ser mais bela usando maquiagem. Ela usava um vestido preto simples. Um colar de pérolas brancas douradas repousava em sua clavícula e, quando ela respirava, refletia uma luz suave.

— Esperou muito? — perguntou Harry.

— Não — disse ela, se levantando antes de ele ter a chance de se sentar, puxando-o para si, encostando a cabeça no ombro dele, segurando-o assim. — Só estou com um pouco de frio.

Ela não se importou com os olhares das outras pessoas; não o soltou, em vez disso, enfiou as mãos por baixo da jaqueta do terno, esfregando as costas dele para esquentar as mãos. Harry ouviu uma tosse discreta, levantou o olhar e recebeu um aceno amistoso de um homem com uma linguagem corporal que dizia que era o garçom.

— Nossa mesa está pronta — informou ela.

— Mesa? Pensei que a gente só ia tomar um drinque.

— Temos que celebrar o fim do caso, não é? E eu já fiz o pedido dos pratos. Algo muito especial.

Foram levados a uma mesa perto da janela no restaurante lotado. Um garçom acendeu as velas, serviu cidra de maçã em taças, devolveu a garrafa ao balde de gelo e se afastou.

Ela ergueu sua taça.

— *Skål.*

— Ao quê?

— À Divisão de Homicídios continuando como antes. A você e a mim por pegar homens ruins. Por estarmos aqui e agora. Juntos.

Beberam. Harry colocou sua taça na mesa e a mexeu. A base fez uma marca molhada na toalha.

— Kaja...

— Tenho algo para você, Harry. Diga qual é seu maior desejo nesse instante.

— Escute, Kaja...

— O quê? — perguntou ela, ofegante, e inclinou-se para a frente, ansiosa para ouvir.

— Eu já te disse que eu ia viajar de novo. Vou amanhã.

— Amanhã? — Ela riu, e o sorriso se apagou quando o garçom abriu os guardanapos e deixou-os sobre seus colos, brancos e pesados. — Para onde?

— Para longe.

Kaja olhou para a mesa sem dizer uma palavra. Harry queria pôr a mão sobre a dela. Mas se conteve.

— Então, não bastava eu? — sussurrou ela. — Não bastava nós dois?

Harry esperou até poder captar seu olhar.

— Não — respondeu ele. — Não bastava nós dois. Não para você, nem para mim.

— O que você sabe sobre o que basta? — Sua voz estava abafada de choro.

— Muita coisa — disse Harry.

Kaja arfou e tentou controlar sua voz.

— É Rakel, não é?

— É. Sempre foi Rakel.

— Mas você disse a si mesmo que ela não queria você.

— Ela não me quer da maneira que sou agora. Por isso, preciso melhorar. Preciso ficar bem de novo. Entende?

— Não, não entendo. — Duas lágrimas pequenas trêmulas se agarraram aos cílios por baixo dos olhos. — Você *está* bem. As cicatrizes são apenas...

— Você sabe que não são a *essas* cicatrizes que estou me referindo.

— Será que vou ver você de novo algum dia? — perguntou ela, pegando uma das lágrimas com a unha.

Ela agarrou a mão dele e a apertou com tanta força que sua pele ficou branca. Harry olhou para ela. Então, ela o soltou.

— Não vou buscar você outra vez — disse ela.

— Eu sei.

— Você não vai se dar bem.

— Provavelmente, não. — Ele sorriu. — Mas então, quem é que se dá bem?

Ela inclinou a cabeça e sorriu com aqueles seus dentes pontiagudos.

— Eu — respondeu ela.

Harry ficou sentado até ouvir a suave batida de uma porta de carro e o ruído do motor a diesel. Ele olhou para a toalha de mesa e ia se levantar quando um prato fundo entrou no seu campo de visão e ele ouviu a voz do garçom anunciar.

— Pedido especial com as instruções da dama, vindo com o voo de Hong Kong. O macarrão celofane de Li Yuan.

Harry olhou para o prato. Ela ainda estava sentada ali, pensou ele. O restaurante é uma bolha de sabão e agora está decolando, voando sobre a cidade para depois desaparecer. A cozinha nunca fica sem ser abastecida, e a gente nunca aterrissa.

Ele se levantou para ir embora, mas mudou de ideia. Sentou-se de novo. Pegou os pauzinhos.

95

Os Aliados

Harry saiu do restaurante de dança que não era mais um restaurante de dança, desceu a colina para a escola de marinheiros que não era mais uma escola de marinheiros. Continuou até a casamata que havia defendido o país contra os invasores. Embaixo estavam o fiorde e a cidade, escondidos pela névoa. Carros se arrastavam com olhos de gatos amarelos. Um trem surgiu da névoa como um fantasma rangendo os dentes.

Um carro parou na sua frente, Harry entrou e se sentou no banco de passageiros. A voz de Katie Melua ressoou pelos alto-falantes com sua agonia melosa, e Harry procurou desesperadamente o botão para desligar o rádio.

— Jesus Cristo, que cara a tua! — disse Øystein, horrorizado. — Com certeza o cirurgião não passou no curso de costura. Mas pelo menos você vai poupar algum dinheiro com a máscara de Halloween. Não dá risada para não rachar de novo a cara.

— Prometo.

— Aliás — disse Øystein —, hoje é meu aniversário.

— Ih, merda. Parabéns. Toma um cigarro. De mim para você. De graça.

— É exatamente o que eu queria.

— Hum. Gostaria de algum presente maior?

— Como o quê?

— A paz mundial.

— O dia em que você acordar para a paz mundial, Harry, você não acorda. Porque aí já estaria detonado.

— Ok. Algum desejo em particular?

— Pouca coisa. Uma nova consciência, talvez.

— *Nova* consciência?

— A velha anda mal. Belo terno. Pensei que só tivesse aquele outro.

— É do meu pai.

— Jesus, você deve ter encolhido.

— É — disse Harry, endireitando a gravata. — Encolhi.

— Como é o restaurante de Ekeberg?

Harry fechou os olhos.

— Ótimo.

— Você se lembra daquela barraca gotejante onde a gente entrou de penetra aquela vez? Quantos anos a gente tinha? Dezesseis?

— Dezessete.

— Você não dançou com aquela Killer Queen uma vez?

— Um pouco.

— É assustador pensar que a MILF da sua juventude já está no asilo.

— MILF?

Øystein deu um suspiro.

— Procure na internet.

— Hum. Øystein?

— Sim.

— Por que eu e você ficamos amigos?

— Porque a gente cresceu junto, suponho.

— Só por isso? Um acaso geográfico. Nenhum companheirismo espiritual?

— Não que eu tenha notado. Pelo que saiba, a gente sempre teve só uma coisa em comum.

— E o que é?

— Ninguém mais queria ser amigo da gente.

Eles serpenteavam pelas curvas seguintes em silêncio.

— A não ser Tresko — disse Harry.

Øystein fungou.

— Que fedia tanto a chulé que ninguém aguentava sentar ao lado dele.

— Verdade — comentou Harry. — A gente era bom naquilo.

— A gente conseguiu — disse Øystein — Mas, Jesus, como fedia.

Riram juntos. Leves, alegres. Tristes.

Øystein havia estacionado no gramado marrom deixando as portas abertas. Harry subiu até o topo do bunker e se sentou na beirada, balançando os pés. Dos alto-falantes do carro, Bruce Springsteen cantava sobre irmãos de sangue numa noite de tempestade e a promessa que precisava ser cumprida.

Øystein passou a garrafa de Jim Beam a Harry. Uma sirene solitária da cidade subiu e desceu até perder a força e morrer. O veneno ardia na garganta e no estômago de Harry, e ele vomitou. O segundo gole foi melhor. O terceiro foi ótimo.

Max Weinberg parecia que estava tentando destruir a pele do tambor.

— Sempre me passa pela cabeça que eu *devia* querer ter mais arrependimentos — disse Øystein. — Mas não dou a mínima. Acho que eu simplesmente aceitei desde o primeiro momento que eu era um bundão. E você?

Harry pensou.

— Tenho arrependimentos aos montes. Mas talvez seja por eu me achar o máximo. De fato, acho que eu podia ter feito outras escolhas.

— Mas não podia, cara.

— Naqueles tempos, não. Mas na próxima vez, Øystein. Na próxima vez.

— Isso já aconteceu, Harry? Alguma vez na maldita história da humanidade?

— Só porque alguma coisa não aconteceu, não quer dizer que não possa acontecer no futuro. Eu não sei se essa garrafa vai cair se eu a soltar. Merda, que filósofo era aquele? Hobbes? Hume? Heidegger? Um daqueles malucos começando com H.

— Me responda.

Harry deu de ombros.

— Acho que podemos aprender. O problema é que a gente aprende tão *devagar*, então, quando você já sacou alguma coisa, é tarde demais. Por exemplo, alguém que você ama pode pedir um favor a você, um ato de amor. Como ajudá-lo a morrer. Ao que você diz não, porque você ainda não aprendeu, você ainda não tem a compreensão daquilo. E quando finalmente vê a luz, é tarde demais. — Harry tomou outro gole. — Então, em vez disso, você realiza esse ato de amor para outra pessoa. Talvez para alguém que você odeie, até.

Øystein aceitou a garrafa.

— Não faço ideia do que está falando, mas parece complicado demais.

— Não necessariamente. Nunca é tarde demais para uma boa ação, não é?

— É *sempre* tarde demais, não é o que quer dizer?

— Não! Sempre achei que a gente tem ódio demais para conseguir obedecer a outros impulsos. Mas meu pai tinha outra opinião. Ele dizia que amor e ódio são duas faces da mesma moeda. Tudo começa com amor, e o ódio é o viés da moeda.

— Amém.

— Mas isso deve significar que você pode fazer o caminho inverso, ir de ódio a amor. O ódio deve ser um bom ponto de começo para aprender, para mudar, para fazer coisas de modo diferente da próxima vez.

— Agora está tão otimista que estou quase vomitando, Harry.

O órgão veio no refrão, queixoso, cortante como uma serra circular.

Øystein inclinou a cabeça de lado, batendo as cinzas. E Harry quase ficou com vontade de chorar. Simplesmente porque viu os anos que haviam se tornado suas vidas, que haviam se tornado eles mesmos, do modo que seu amigo batia as cinzas como sempre havia feito, inclinando-se de lado como se o cigarro fosse pesado demais, sua cabeça inclinada como se ele gostasse mais do mundo na perspectiva oblíqua, as cinzas no chão do abrigo dos fumantes na escola, para dentro de uma garrafa de cerveja vazia numa festa na qual havia entrado por acaso, no chão de cimento frio e úmido da casamata.

— De qualquer maneira, você está começando a ficar velho, Harry.

— Por que diz isso?

— Quando homens começam a citar seus pais, estão velhos. Aí não há mais volta.

E então, Harry achou. A resposta para a pergunta dela sobre o que ele mais queria no momento. Ele queria um coração blindado.

Epílogo

Nuvens pretas azuladas pairavam sobre Victoria Peak, o ponto mais alto de Hong Kong, mas finalmente já havia parado de chover, depois de pingar ininterruptamente desde o início de setembro. O sol se infiltrou, e um enorme arco-íris formou uma ponte entre a ilha de Hong Kong e Kowloon. Harry fechou os olhos e deixou o sol esquentar seu rosto. O período de seca havia chegado em tempo para a temporada de corrida de cavalos, que abriria mais tarde esta noite em Happy Valley.

Harry ouviu o zunir de vozes em japonês se aproximarem e depois passar pelo banco no qual estava sentado. Eles vinham do funicular, que desde 1888 havia levado turistas e nativos para o ar fresco sobre a cidade. Harry abriu novamente os olhos e folheou o programa da corrida.

Assim que chegou em Hong Kong havia contatado Herman Kluit. Ele havia oferecido a Harry um emprego como coletor de débito, isto é, encontrar pessoas que tentavam fugir de suas dívidas. Desse modo, Kluit não teria que vender a dívida com um desconto substancial para a Tríade, nem pensar nos métodos de cobrança violentos que usavam.

Seria um exagero dizer que Harry gostava do trabalho, mas era bem pago e simples. Ele não tinha que fazer a cobrança, apenas localizar os devedores. Porém sua aparência — 1,93m e uma cicatriz sorridente da boca à orelha — frequentemente se mostrava o suficiente para acertarem as contas na hora. E apenas raramente usava uma ferramenta de busca num servidor da Alemanha.

De qualquer modo, o truque era ficar longe de drogas e bebidas, o que havia conseguido até agora. Hoje tinha duas cartas esperando por ele na recepção. Como o haviam encontrado, ele não fazia ideia. Mas desconfiava que Kaja estivesse envolvida. Uma carta tinha o logo da Polícia

Distrital de Oslo no envelope, e Harry adivinhou que fosse de Gunnar Hagen. A outra nem precisou adivinhar, de imediato havia reconhecido a caligrafia reta e ainda infantil de Oleg. Harry colocara as duas cartas no bolso da jaqueta sem decidir se, ou quando, iria lê-las.

Harry dobrou o programa de corrida e deixou-o no banco ao seu lado. Ele contemplou o continente no outro lado, onde a poluição amarela engrossava a cada ano. Mas ali em cima, no topo da montanha, o ar ainda era quase fresco. Ele olhou para baixo, para o Happy Valley. No cemitério a oeste da estrada Wong Nai Chung, onde havia seções separadas para protestantes, católicos, muçulmanos e hindus. Ele podia ver a pista de corrida, sabendo que os jóqueis e os cavalos já estavam lá fora fazendo testes antes da corrida à noite. Logo o público estaria enchendo o lugar: alguns com esperança, outros sem, alguns sortudos, e outros sem sorte. Os que vinham para realizar o sonho e os que só vinham para sonhar. Os perdedores que corriam riscos sem cálculo e aqueles que calculavam o risco, mas perdiam assim mesmo. Já haviam estado ali, e todos voltavam, até os fantasmas dos cemitérios lá embaixo, as centenas que haviam morrido durante o grande incêndio no hipódromo de Happy Valley em 1918. Porque esta noite era definitivamente a vez deles de burlar as probabilidades, de ganhar a chance, de encher seus bolsos de dólares estaladiços de Hong Kong, de se safar mesmo matando. Em duas horas, já teriam passado pelos portões, lido o programa das corridas, preenchido os cupons com os duplos, quinas, exatas, triplos, superfectas — independente de como se chamava seu deus de jogo. Teriam entrado na fila dos guichês com as apostas prontas. A maioria iria morrer um pouco a cada vez que cruzassem a linha de chegada, mas a redenção ficaria a 15 minutos apenas, quando os boxes de largada abrissem na corrida seguinte. A não ser que você fosse um *bridge jumper*, claro, alguém que arrisca todos os seus bens num único cavalo. Mas ninguém reclamava. Todos conheciam as chances.

Mas há aqueles que conhecem as chances, e há aqueles que conhecem o resultado. Numa pista de corrida na África do Sul encontraram recentemente tubos embaixo dos boxes de largada. Os tubos continham ar comprimido e minidardos com tranquilizantes que podiam ser atirados para dentro do estômago dos cavalos, acionados por controle remoto.

Katrine Bratt lhe havia informado que Sigurd Altman tinha se hospedado num hotel em Xangai. Ficava a menos de uma hora de avião.

Harry lançou um último olhar na primeira página do programa.

Aqueles que conhecem o resultado.

— É só um jogo — dizia Herman Kluit. Talvez porque costumasse ganhar.

Harry olhou para o relógio, levantou-se e começou a andar para o trem. Ele havia recebido uma dica sobre um cavalo promissor na terceira corrida.

Este livro foi composto na tipografia
Sabon LT Std, em corpo 10,5/14,3, e impresso em
papeloff-white no Sistema Digital Instant Duplex
da Divisão Gráfica da Distribuidora Record.